Rafik Schami werd in 1946 geboren in Damascus. In 1965 richtte hij er een muurkrant op die hij leidde tot 1970. In 1971 emigreerde hij naar Duitsland en werkte daar in fabrieken, restaurants en in de bouw, voordat hij scheikunde ging studeren aan de Universiteit van Heidelberg, waar hij in 1979 afstudeerde. Intussen publiceerde hij in tijdschriften en bloemlezingen, maar sinds 1982 wijdt hij zich volledig aan het schrijven. In 2004 verscheen *Die dunkle Seite der Liebe*; deze roman verscheen in 2007 bij Uitgeverij Wereldbibliotheek onder de titel *De duistere kant van de liefde*. Schami's literaire werk, dat hij in het Duits schrijft, werd veelvuldig bekroond en is reeds in 24 landen vertaald, waaronder Frankrijk, Engeland, Italië, Spanje, Turkije, China en Japan.

RAFIK SCHAMI

Het geheim
van de kalligraaf

WERELDBIBLIOTHEEK · AMSTERDAM

Vertaald uit het Duits door Sander Hoving

De vertaler ontving voor deze vertaling
een werkbeurs van het Nederlands Letterenfonds

Omslagontwerp Peter-Andreas Hassiepen
© Carl Hanser Verlag, München 2008
Omslagillustratie © David Vintiner/ZEFA/CORBIS
Arabische kalligrafieën Ismat Amiralai

Oorspronkelijke titel *Das Geheimnis des Kalligraphen*
© 2008 Carl Hanser Verlag, München
© 2011 Nederlandse vertaling Sander Hoving en
Uitgeverij Wereldbibliotheek bv
Spuistraat 283 · 1012 VR Amsterdam

www.wereldbibliotheek.nl

ISBN 978 90 284 2366 4

Voor
Ibn Muqla
(886–940),
de grootste architect van
letters en zijn eigen ongeluk

الإشاعة
أو كيف تبدأ
القصص في دمشق

Het gerucht
of
Hoe verhalen in
Damascus ontstaan

De oude stad van Damascus lag nog onder de grauwe mantel van de schemering toen een ongelooflijk gerucht de tafels van de kleine gaarkeukens en de eerste klanten van de bakkerijen bereikte: Nura, de mooie vrouw van de vooraanstaande en welgestelde kalligraaf Hamid Farsi, was ervandoor gegaan.

De maand april van het jaar 1957 bracht Damascus zomerse hitte. Op dit vroege uur was de nachtlucht nog niet uit de straten verdreven en de oude stad geurde naar de jasmijnbloesem van de binnenplaatsen, naar kruiden en vochtig hout. De Rechte Straat lag in het donker. Alleen in de bakkerijen en de gaarkeukens brandde licht.

Algauw klonk de oproep van de muezzins door de straten en drong door tot in de slaapkamers. Vlak na elkaar zetten ze in en brachten een meervoudige echo teweeg.

Toen de zon achter de Oosterpoort aan het begin van de Rechte Straat opkwam en het laatste grijs uit de blauwe hemel verjoeg, wist iedere slager, groenteman en kruidenier al van Nura's vlucht. Het rook naar olie, verbrand hout en paardenvijgen.

Tegen achten begon zich in de Rechte Straat de geur van waspoeder, komijn en hier en daar falafel te verspreiden. De kappers, banketbakkers en meubelmakers waren nu open en hadden de stoep voor hun winkel gesproeid. Inmiddels was uitgelekt dat Nura de dochter van de bekende geleerde Rami Arabi was.

En toen de apothekers, horlogemakers en antiquairs zoetjesaan hun winkel openden, zonder goede zaken te verwachten, had het gerucht de Oosterpoort bereikt, maar doordat het intussen enorme afmetingen had aangenomen, kon het de poort niet door. Het sloeg tegen de stenen boog en spatte uiteen in duizend-en-een stukken, die schuw als ratten door de straten schoten en de huizen opzochten.

Boze tongen beweerden dat Nura was gevlucht omdat haar echtgenoot vurige liefdesbrieven aan haar geschreven had – en op dat punt zwegen de doorgewinterde roddelaars in Damascus, want ze wisten heel goed dat hun toehoorders onherroepelijk in de val zaten.

'Wat?' vroegen ze verontwaardigd. 'Een vrouw verlaat haar man omdat hij schrijft hoe vurig hij haar liefheeft?'

'Niet over zijn liefde, niet over zijn liefde schreef hij,' antwoordden de boze tongen in alle rust, zeker van de overwinning. 'Hij schreef in opdracht van de rokkenjager Nassri Abbani, die de mooie vrouw met de brieven wilde verleiden. Die playboy zwemt in het geld, maar behalve zijn eigen naam krijgt hij geen zinnig woord op papier.' Nassri Abbani stond bekend als de plaatselijke casanova. Hij had van zijn vader grote boomgaarden vlak bij de stad en minstens tien huizen geërfd. Maar anders dan zijn broers Salah en Mohammed, die hun geërfde kapitaal vroom en vlijtig lieten groeien en brave echtgenoten waren, hoerde en snoerde Nassri erop los. Hij had vier vrouwen in vier huizen, verwekte elk jaar vier kinderen en onderhield intussen drie hoeren in de stad.

Toen het middag werd, de verzengende hitte alle geuren uit de straat had verdreven en de schaduwen van de weinige voorbijgangers nog maar een voet lang waren, wisten de bewoners van zowel de christelijke als de joodse en islamitische wijken van de vlucht. Het prachtige huis van de kalligraaf lag vlak bij de Romeinse Boog en de orthodoxe kerk van de heilige Maria, op de plek waar de wijken aan elkaar grensden.

'Sommige mannen worden ziek van arak of hasjiesj, andere sterven aan een onverzadigbare maag. Nassri is ziek vanwege de vrouwen. Dat is hetzelfde als met verkoudheid of tuberculose: je krijgt het of je krijgt het niet,' zei vroedvrouw Huda, die al zijn kinderen had verlost en de vertrouwelinge van zijn vier vrouwen was. Bestudeerd langzaam zette ze het sierlijke mokkakopje op tafel, alsof die ernstige diagnose haarzelf betrof. De vijf buurvrouwen knikten ademloos.

'En is die ziekte besmettelijk?' vroeg een gezette vrouw met geveinsde ernst. De vroedvrouw schudde haar hoofd en de anderen lachten verstolen, alsof ze de vraag pijnlijk vonden. Gedreven door begeerte maakte Nassri iedere vrouw het hof. Hij maakte geen onderscheid tussen vrouwen uit de hogere klassen en boerinnen, tussen oude prostituees en jonge meisjes. Zijn jongste vrouw, de zestienjarige Almas, moet ooit hebben gezegd: 'Nassri kan geen gat zien zonder dat hij zijn ding erin moet steken. Het zou me niets verbazen als hij op een dag naar huis komt en er hangt een bijenvolk aan zijn stok.'

En zoals dat bij zulke mannen gebruikelijk is, raakte Nassri pas echt in vuur en vlam als een vrouw hem afwees. Nura wilde niets van hem weten en dus werd hij bijna gek van verlangen. Hij schijnt maandenlang geen hoer meer te hebben aangeraakt. 'Hij was bezeten van haar,' vertrouwde zijn jonge vrouw Almas vroedvrouw Huda toe. 'Hij sliep nog maar zelden met mij, en als hij al naast me lag wist ik dat hij in zijn hart bij een ander was. Maar voor ze ervandoor ging, had ik geen idee wie het was.'

Toen zou de kalligraaf voor hem liefdesbrieven hebben geschreven die elke steen hadden kunnen laten smelten, maar voor de trotse Nura was dat het toppunt van schaamteloosheid. Ze overhandigde de brieven aan haar vader. De soefi-geleerde, een toonbeeld van rust, wilde het aanvankelijk niet geloven. Hij vermoedde dat een of andere boze geest het huwelijk van de kalligraaf wilde laten stranden. Maar de bewijzen waren overweldigend. 'Het was niet alleen onmiskenbaar het handschrift van de kalligraaf,' vertelde de vroedvrouw, maar ze zei ook dat Nura's schoonheid die in de brieven werd bezongen, zo nauwkeurig werd beschreven dat niemand anders dan zijzelf, Nura's moeder, en haar echtgenoot genoeg konden weten om daartoe in staat te zijn. En nu begon de vroedvrouw zo zacht te praten dat de andere vrouwen nauwelijks nog ademhaalden. 'Alleen deze mensen konden weten hoe Nura's borsten, buik en benen eruitzagen en waar ze een bepaalde moedervlek had,' voegde ze eraan toe, alsof ze de brieven zelf had gelezen. 'De kalligraaf wist daarop niets anders te zeggen,' vulde een andere buurvrouw aan, 'dan dat hij niet had geweten voor wie de playboy de brieven nodig had, en dat als dichters een vreemde, hun onbekende schoonheid bezingen, ze altijd datgene beschrijven wat ze kennen.'

'Wat een karakterloze man,' was de verzuchting die de dagen daarna van mond tot mond ging, alsof er in heel Damascus nog maar één thema toe deed. Als er geen kinderen in de buurt waren, voegde menigeen eraan toe: 'Dan moet hij in schande leven, terwijl zijn vrouw onder de playboy ligt.'

'Maar ze ligt niet onder de playboy. Ze ging ervandoor en liet beiden achter. Dat is juist het mooie,' corrigeerden de boze tongen geheimzinnig.

In Damascus houden geruchten met een bekend begin en einde niet lang stand, maar het gerucht over de vlucht van de mooie vrouw had een merkwaardig begin en geen einde. Het slenterde samen met de mannen van café naar café en langs de binnenplaatsen van het ene groepje vrouwen naar het andere, en telkens als het van tong naar tong sprong, veranderde het.

Er werd verteld over de uitspattingen waartoe Nassri Abbani de kalligraaf zou hebben verleid om zijn vrouw te krijgen. Van de bedragen die de kalligraaf voor de brieven ontving. Nassri zou het gewicht van de brieven in goud hebben betaald.

'Daarom schreef de inhalige kalligraaf de liefdesbrieven met grote letters en een brede marge. Van één bladzijde maakte hij er vijf,' wisten de boze tongen te melden.

Misschien heeft dat alles het besluit gemakkelijker gemaakt voor de jonge vrouw. Eén kern van waarheid was er, die iedereen ontging. Die kern was de liefde.
Een jaar eerder, in april 1956, was er een onstuimige liefdesgeschiedenis begonnen. In die tijd wist Nura geen uitweg meer, toen de liefde de muur die voor haar oprees plotseling aan stukken sloeg en haar twee mogelijkheden toonde. En Nura moest handelen.
Maar omdat de waarheid niet zo simpel is als een abrikoos, heeft ze een tweede kern waar zelfs Nura niets van wist. De tweede kern van dit verhaal was het geheim van de kalligraaf.

النَّوَاةُ الأُولَى لِلْحَقِيقَةِ

De eerste kern van waarheid

Ik volg de liefde.
Waarheen haar karavaan ook gaat,
liefde is mijn religie,
mijn geloof.

Ibn Arabi
(1165-1240),
soefi-geleerde

1

Onder luid gejoel van een groep jongeren tuimelde een man zijn graanhandel uit. Wanhopig probeerde hij zich aan de deur vast te houden, maar de luidruchtige meute sloeg op zijn vingers en armen, trok aan hem en deelde klappen uit, al waren die niet erg hard. Intussen lachten de jongens alsof het allemaal een grap was en zongen ze een absurd liedje, waarin ze God dankten en de man tegelijk de huid vol scholden. Het waren schunnigheden op rijm van analfabeten.

'Help!' riep de man nog, maar niemand hielp. Zijn stem was hees van angst.

Kleine kinderen in sjofele kleren zwermden als wespen om de dichte drom jongeren die de man omgaf. De kinderen jengelden en bedelden aan één stuk door, zij wilden de man ook graag eens vastpakken. Ze vielen op de grond, stonden op, spuugden even luidruchtig en ver als volwassenen en renden achter de meute aan.

Nadat er twee jaar lang droogte had geheerst, regende het die maartse dag in 1942 ononderbroken, net als de week daarvoor. De opgeluchte bewoners van de stad konden nu weer rustig slapen. Grote bezorgdheid had Damascus in zijn greep gehad, het was een nachtmerrie. Al in de maand september van het eerste jaar van de droogte waren de boodschappers van het onheil gekomen, de steppehoenderen; in reusachtige zwermen zochten ze naar water en voedsel in de tuinen van de groene oase Damascus. Sinds onheuglijke tijden wist men dat er droogte op komst is als het zandkleurig gevlekte steppehoen, een vogel ter grootte van een duif, verschijnt. Zo was het die herfst ook. Zo ging het altijd. De boeren haatten die vogel.

Zodra het eerste steppehoen was gesignaleerd, verhoogden de groothandelaars in graan, linzen, kekererwten, suiker en bonen hun prijzen.

In de moskeeën baden de imams sinds december samen met honderden kinderen en jongeren die, onder begeleiding van hun leraren en opvoeders, massaal de gebedshuizen bezochten.

De hemel leek alle wolken te hebben opgeslokt. Het blauw was stoffig. Het zaad bleef, smachtend naar water, in de droge aarde wachten en als er iets kortstondig ontkiemde, ging het dood – dun als kinderhaar – in de zomerhitte, die tot eind oktober aanhield. Boeren uit de omliggende dorpen pakten in Damascus voor een stuk brood elke klus aan en ze waren dankbaar, want ze wisten dat er algauw boeren uit het droge zuiden zouden komen die nog hongeriger waren en met nog minder loon genoegen zouden nemen dan zij.

Al sinds oktober was sjeik Rami Arabi, Nura's vader, volkomen uitgeput, want hij moest niet alleen de vijf officiële gebeden in zijn kleine moskee uitspreken, maar ook groepjes mannen leiden die tot aan de dageraad religieuze liederen zongen om God gunstig te stemmen en regen af te smeken. En ook overdag kreeg hij geen rust, want tussen de officiële gebedsstonden in kwamen hordes scholieren binnen, met wie hij droevige liederen moest aanheffen om Gods hart te vermurwen. Larmoyante liederen waren het, waar sjeik Rami Arabi niet van hield omdat ze doortrokken waren van bijgeloof. Het bijgeloof hield de mensen in zijn greep, als magie. Het waren niet de onontwikkelde, maar de vooraanstaande mannen die geloofden dat de stenen zuilen van de aangrenzende moskee tijdens het gebed van sjeik Hussein Kiftaros huilden van ontroering. Sjeik Hussein had een grote tulband en een lange baard; hij kon nauwelijks lezen en schrijven.

Rami Arabi wist dat zuilen nooit huilen, maar dat de damp die de biddende mensen uitademen condenseert tot waterdruppels op het koude steen. Maar dat mocht hij niet zeggen. Hij moest het bijgeloof gedogen, zodat de analfabeten hun geloof niet zouden verliezen, zei hij tegen zijn vrouw.

Op 1 maart viel de eerste druppel. Een jongen kwam de moskee in rennen, waar honderden kinderen aan het zingen waren. Hij riep zo schel dat ze allemaal ophielden. De jongen schrok ervan, maar daarna kwamen de woorden schuchter en zacht uit zijn mond: 'Het regent,' zei hij. Een golf van opluchting ging door de moskee en uit elke hoek klonk de dankzegging aan God: *Allahu Akbar*. En alsof ook hun ogen Gods zegen hadden ontvangen, huilden veel volwassenen van ontroering.

Buiten regende het – eerst aarzelend, daarna begon het te plenzen. De stoffige aarde huppelde van vreugde, stilde vervolgens zijn dorst en werd rustig en donker. Een paar dagen later glom het plaveisel van de straten van Damascus alweer, ontdaan van het stof, en de gele velden buiten de stad werden bedekt met een tere, helgroene mantel.

De armen haalden opgelucht adem en de boeren keerden terug naar hun dorpen en hun vrouwen.

Maar sjeik Rami wond zich op, want nu was de moskee leeg. Afgezien van een paar oude mannen kwam er niemand meer naar het gebed. 'Ze behandelen God als een kelner. Ze bestellen regen bij Hem en als Hij de bestelling heeft gebracht, laten ze Hem links liggen,' zei hij.

De regen nam af en een warme wind blies de fijne druppeltjes tegen de gezichten van de jongeren, die nu hun dans met de man naar het midden van de straat verplaatsten. Ze sloegen hun armen om hem heen en draaiden hem rond in hun midden, en vervolgens zwierde zijn overhemd boven hun hoofden, en alsof het een slang was of een spin trapten de kleine kinderen in de buitenste kring van dansers opgewonden op het hemd, zetten hun tanden erin en scheurden het aan stukken.

De man staakte zijn verzet want de vele oorvijgen verwarden hem. Zijn lippen bewogen, maar hij kon geen woord uitbrengen. Op een gegeven moment vloog zijn bril met dikke glazen door de lucht en belandde in een plas bij het trottoir.

Een van de jongeren was schor van opwinding. Hij zong geen versjes meer, maar onsamenhangende scheldwoorden. Als in een roes scandeerden de jongeren: 'God heeft ons verhoord', en hieven hun handen ten hemel.

De blik van de man dwaalde rond op zoek naar houvast; hij leek niemand te zien. Even staarde hij Nura aan. Ze was pas zes of zeven en stond beschut tegen de regen onder de grote, kleurige luifel van een snoepwinkel aan het begin van haar straat. Ze wilde net aan de rode lolly beginnen die ze voor een paar piaster bij Elias had gekocht, maar ze was in de ban van het tafereel voor haar. Nu verscheurden de jongeren de broek van de man; geen van de voorbijgangers hielp hem. Hij viel op de grond. Zijn bleke gezicht stond strak, alsof hij vermoedde wat komen ging. De schoppen die de dansende jongens uitdeelden leek hij niet te voelen. Hij schold niet en smeekte niet, maar tastte tussen de dunne benen van de jongeren de grond af, alsof hij zijn bril zocht.

'In de plas,' zei Nura, alsof ze hem wilde helpen.

Toen een oudere man, een winkelbediende in een grijze stofjas, naar hem toe wilde gaan, werd hij op de stoep hardhandig staande gehouden door een heerschap in elegante traditionele kledij: schoenen die van achteren open waren, een ruime zwarte broek, een wit overhemd, een kleurig vest en om zijn buik een rode zijden sjaal. Over zijn schouders lag een gevouwen *kufiya*, de Arabische hoofddoek voor mannen, met een zwart-wit patroon. Onder zijn arm had hij een bewerkte bamboestok. De dertigjarige man was gespierd, glad geschoren en had een forse gepommadeerde snor. Hij was een bekende vechtersbaas. Zulke mannen uit Damascus werden *kabadai* genoemd, een Turks woord dat zoveel betekent als kemphaan. Het waren sterke, moedige mannen die vaak op ruzie uit waren en de kost verdienden door smerige karweitjes op te knappen voor welgestelde lieden met schone handen, zoals iemand vernederen of afpersen. De kabadai leek plezier te hebben in de actie van de jongeren. 'Laat die kinderen zich toch amuseren, het is een ongelovige die hun het brood uit de mond stoot,' riep hij, alsof het hem om hun opvoeding ging, en hij greep de man in de grijze jas bij de keel en werkte hem zijn winkel weer in terwijl hij met zijn stok lachend op zijn achterste sloeg. De bediende begon als een schooljongen te smeken, en de aanwezige mannen en vrouwen lachten.

Nu lag de vermeende dief naakt en ineengedoken op straat, en huilde. De jongeren vertrokken, nog altijd zingend en dansend in de regen. Een kleine, bleke jongen met een smal, gehavend gezicht verliet de groep, kwam terug en verkocht de liggende man een laatste schop tegen zijn rug. Juichend en met uitgestrekte armen, een vliegtuig nabootsend, rende hij terug naar zijn kameraden.

'Nura, ga naar huis. Dat is niets voor meisjes,' hoorde ze Elias zachtjes tegen haar zeggen; hij had alles vanachter zijn winkelruit gevolgd.

Nura kromp ineen, maar ze ging niet. Ze zag hoe de naakte man zich langzaam oprichtte, om zich heen keek, een flard van zijn donkere broek aantrok en daarmee zijn geslacht bedekte. Een bedelaar raapte de bril op, die ondanks de verre worp intact was gebleven, en bracht hem naar de naakte man. Die zette hem op en liep zijn winkel in, zonder enige aandacht aan de bedelaar te schenken.

Toen Nura haar moeder in de woonkamer bij de koffie ademloos over het voorval vertelde, bleef deze onverstoorbaar. De dikke buurvrouw Badia, die elke dag op bezoek kwam, zette het mokkakopje op het tafeltje en lachte luid.

'Die harteloze kruisaanbidder krijgt zijn verdiende loon. Dat krijg je ervan als je de prijzen verhoogt,' siste haar moeder. Nura schrok.

En de buurvrouw vertelde op vrolijke toon dat haar man had verteld dat jongeren in de buurt van de Omajjaden-moskee een joodse koopman naakt naar de Rechte Straat hadden gesleurd en hem daar joelend hadden uitgescholden en geslagen.

Nura's vader kwam laat thuis. Die dag was elke kleur uit zijn gezicht verdwenen. Hij zag heel bleek, en ze hoorde hem langdurig met haar moeder over de jongeren ruziën, die hij voor 'goddeloos' uitmaakte. Pas bij het avondeten was hij weer gekalmeerd.

Jaren later dacht Nura dat ze, als er zoiets als een tweesprong bestond in de weg die haar met haar ouders verbond, die nacht besloten had het pad naar haar vader te kiezen. De verstandhouding met haar moeder bleef altijd koel.

De dag na het incident wilde Nura weten of de man met de bril ook zonder hart kon leven. Een paar uur klaarde de hemel op, alleen een kleine wolkenformatie stak de hemelse oceaan over. Nura sloop de openstaande voordeur uit en via haar straat bereikte ze de hoofdstraat. Ze sloeg links af en passeerde een grote graanhandel, waarvan aan de straatkant een kantoor met grote ramen lag. Daarnaast lag de hal waar arbeiders overvolle jutezakken met graan sjouwden, wogen en opstapelden.

Alsof er niets was gebeurd, zat de man weer in voorname donkere kleren aan een met papieren overdekte tafel en schreef iets in een dik schrift. Hij keek even op en tuurde uit het raam. Meteen draaide Nura haar hoofd weg en liep snel verder naar de ijssalon. Daar haalde ze diep adem en maakte rechtsomkeert. Dit keer keek ze niet bij het kantoor naar binnen, om te vermijden dat de man haar zou herkennen.

Nog jaren later achtervolgde het beeld van de naakte man die op straat lag haar tot in haar dromen. Nura schrok altijd wakker.

JOZEF AFLAK, GRANEN, ZAAIGOED las ze toen ze enige tijd later het bord boven de ingang van de winkel wist te ontcijferen, en even later hoorde ze dat de man christen was. Het was niet zo dat haar moeder de man haatte; voor haar was iedereen die geen moslim was een ongelovige.

Ook de snoepverkoper met het grappige rode haar was een christen. Hij heette Elias en maakte altijd grapjes met Nura. Hij was de enige in haar leven die haar prinses noemde. Een keer vroeg ze hem waarom hij haar niet bezocht, in de hoop dat hij met een grote zak kleurige snoepjes langs zou komen, maar Elias lachte alleen.

Ook de ijssalon was van een christen, Rimon. Dat was een wonderlijke man. Als hij geen klanten had, haalde hij zijn luit van de muur en speelde en zong tot de winkel vol was; dan riep hij: 'Wie wil er ijs?'

Dat was de reden dat haar moeder christenen niet mocht, dacht Nura: omdat ze grappig waren en altijd de lekkerste dingen verkochten. Haar moeder was broodmager, lachte bijna nooit en at alleen als het niet anders kon.

Vaak zei haar vader vermanend dat ze weldra geen schaduw meer zou werpen. Op oude foto's zag haar moeder er mollig en mooi uit. Maar nu zei ook Badia, de gezette buurvrouw, dat ze vreesde dat Nura's moeder bij de eerste de beste windvlaag zou wegwaaien.

Toen Nura bijna klaar was met de negende klas, hoorde ze van haar vader dat Jozef de graanhandelaar was overleden. Voordat hij stierf, scheen hij te hebben gezegd dat hij even buiten bewustzijn was geweest toen de jongeren hem hadden mishandeld en dat er een film

aan hem voorbijtrok waarin zijn dochter Marie en zijn zoon Michel overgingen tot de islam.
Omdat hij vlak voor zijn dood koorts had, nam niemand de oude man serieus. Het besluit van zijn dochter Marie om na een onstuimige liefde met een moslim te trouwen, had hij nooit kunnen verkroppen. Later liep het huwelijk spaak.
En aan zijn enige zoon Michel, die de zaak niet wilde overnemen maar politicus wilde worden, ergerde hij zich al lang. Jozefs droom kwam echter uit, want vijftig jaar later, vlak voordat hij stierf, ging hij in Bagdad, als verbitterde oude politicus in ballingschap, over tot de islam en werd daar uiteindelijk als Ahmad Aflak begraven. Maar dat is een ander verhaal.

De Aijubi-straat lag in de Midan-wijk ten zuidwesten van de oude stad, maar buiten de stadsmuur. Het rook er naar anijs, maar Nura vond het er saai. Hij was kort en telde maar vier huizen. Het was een doodlopende straat, die uitkwam op Nura's ouderlijk huis. De rechterkant werd gevormd door de blinde muur van het anijspakhuis.
In het eerste huis aan de linkerkant van de straat woonde Badia met haar man. Hij was groot en vormeloos, en zag eruit als een afgedankte kleerkast. Badia was de enige vriendin van Nura's moeder. Nura kende de negen dochters en zonen van Badia alleen als volwassenen, die altijd vriendelijk groetten, maar die als schaduwen langsgleden zonder een spoor achter te laten. De enige die ze zich uit haar kinderjaren herinnerde, was Badia's dochter Busjra. Ze was op Nura gesteld, kuste haar elke keer als ze haar zag en noemde haar 'mijn schoonheid'. Busjra geurde naar exotische bloemen, daarom liet Nura zich graag door haar omhelzen.
Het tweede huis werd bewoond door een rijk en kinderloos hoogbejaard echtpaar, dat nauwelijks contact met de anderen had.
In het huis vlak naast dat van Nura woonde een grote christelijke familie, waarmee haar moeder geen woord wisselde. Haar vader daarentegen groette de mannen vriendelijk als hij ze op straat tegenkwam, terwijl haar moeder iets mompelde dat klonk als een bezwering, bedoeld om haar te beschermen voor het geval dat die vijanden een van hun toverspreuken op haar zouden loslaten.
Zeven of acht jongens telde Nura in het huis van de christenen. Er was niet één meisje. Ze speelden met ballen, knikkers en kiezelstenen. Soms stoeiden ze de hele dag vrolijk als overmoedige welpen. Vaak keek Nura naar hen door de voordeur, klaar om die dicht te slaan zodra een van hen dichterbij zou komen. Wanneer twee van de jongens, die

al wat ouder en groter waren dan de anderen, haar zagen, zinspeelden ze erop dat ze haar wilden omhelzen en kussen, en dan ging ze snel het huis binnen en zag door het sleutelgat de jongens onder elkaar lachen. Haar hart ging tekeer, en de hele dag durfde ze niet meer naar buiten te gaan.

Soms maakten ze het wel erg bont. Als Nura terugkwam van de ijsverkoper of de snoephandelaar, kwamen de jongens opeens tevoorschijn en stelden zich als een muur tegenover haar op. Ze eisten dat ze aan haar ijsje of lolly mochten likken of anders, dreigden ze, zouden ze niet opzij gaan. Pas als Nura begon te huilen, verdwenen ze.

Op een dag zag Elias het schouwspel toen hij toevallig voor zijn winkel aan het vegen was en de straat in keek. Met zijn grote bezem kwam hij Nura te hulp en hij foeterde de jongens uit. 'Als een van hen nog eens het hart heeft je de weg te versperren, moet je naar mij komen. Mijn bezem hunkert naar een achterwerk,' riep Elias luid, zodat de jongens het konden horen. Dat hielp. Sinds die dag gingen de jongens op een rij staan als ze haar toevallig tegenkwamen.

Maar één gaf het niet op. Hij fluisterde steeds tegen haar: 'Je bent zo mooi. Ik wil meteen met je trouwen.'

Hij was dik, had een lichte huid en rode konen, en was jonger dan zij. De andere jongens, die al wat groter waren en naar haar lonkten, lachten hem uit.

'Domkop, ze is moslima.'

'Dan wil ik moslim zijn,' riep de jongen wanhopig, en hij kreeg een klinkende oorvijg van een van zijn broers. De dikke heette Maurice, een andere jongen Giorgios. Vreemde namen, vond Nura, en ze had medelijden met de dikke, die nu luidkeels huilde.

'En wat dan nog? Ik ben moslim als ik daar zin in heb en ik heb liever Mohammed dan jou,' riep hij koppig, en de ander gaf hem een tweede oorvijg en een harde schop tegen zijn scheenbeen. Maurice snotterde en keek voortdurend naar Nura's huis, alsof hij verwachtte dat daarvandaan redding zou komen.

Even later riep een vrouw in het huis naar hem en hij ging langzaam en met gebogen hoofd naar binnen. Het duurde niet lang of Nura hoorde het geschreeuw van de moeder en de smeekbeden van haar zoon.

Sinds die dag had Maurice het niet meer over trouwen. Hij meed Nura's blik alsof je er ziek van kon worden. Een keer zat hij naast de voordeur te snikken. Toen hij Nura zag, draaide hij zich om naar de muur en huilde zacht verder. Nura bleef staan. Ze zag zijn grote donkerrode oren en begreep dat hij was geslagen. Ze had met hem te doen. Ze liep naar hem toe en raakte heel zacht zijn schouder aan. Maurice hield abrupt op met huilen. Hij draaide zich naar haar toe met een glimlach op zijn gezicht vol tranen en snot, dat hij met zijn mouw over zijn wangen had uitgesmeerd.

'Nura,' fluisterde hij verbaasd. Ze kreeg een kleur en rende naar huis. Haar hart bonkte. Ze gaf haar moeder de papieren zak met uien, die ze bij groenteman Omar had gekocht.

'Heeft de groenteman iets gezegd?' vroeg haar moeder.

'Nee,' zei Nura. Ze wilde naar de voordeur gaan om naar Maurice uit te kijken.

'Je bent zo opgewonden, heb je iets uitgespookt?' vroeg haar moeder.

'Nee,' antwoordde Nura.

'Kom eens hier,' zei haar moeder. 'Ik lees alles op je voorhoofd.' Nura kreeg het doodsbenauwd, en haar moeder las en las, en toen zei ze: 'Je kunt gaan, je hebt niets ergs gedaan.'

Jarenlang geloofde Nura dat haar moeder haar schanddaden van haar voorhoofd kon aflezen; daarom keek ze elke keer als ze de mollige jongen had ontmoet in de spiegel om na te gaan of er iets aan haar voorhoofd was te zien. Voor alle zekerheid schrobde ze het met olijfzeep en spoelde het daarna grondig af.

Haar moeder was toch al eigenaardig. Ze leek zich verantwoordelijk te voelen voor de hele wereld. Een keer nam Nura's vader haar en haar moeder mee naar een feest waarop derwisjen dansten, en zelden voelde Nura zich zo licht als die avond. Ook haar vader leek te zweven van gelukzaligheid. Eén derwisj danste met gesloten ogen en de anderen draaiden om hem heen als planeten om de zon. Maar haar moeder zag alleen dat zijn gewaad op verschillende plekken vuil was.

Op religieuze feesten versierden haar ouders en de moslims van de hele straat hun huizen en winkels met kleurige doeken. Uit de ramen en van de balkons hingen tapijten, bloempotten werden naast de voordeur gezet. Optochten van zingende en dansende mensen trokken door de straten. Sommigen gaven demonstraties van zwaard- en bamboestokgevechten, anderen organiseerden een vuurwerk en uit de ramen regende rozenwater op de voorbijgangers.

De christenen vierden bescheiden feest, zonder kleurige vlaggen en zonder optochten. Dat verschil had Nura al heel jong vastgesteld. Alleen de kerkklokken luidden die dag iets harder. Je zag dat de christenen feestelijk gekleed gingen, maar er was geen jaarmarkt en geen reuzenrad, en er waren geen kleurige vlaggen.

Ook vielen de christelijke feestdagen altijd in hetzelfde seizoen: eind december Kerstmis, in het voorjaar Pasen en vroeg in de zomer Pinksteren. Maar de ramadan zwierf door het hele jaar heen. En als hij hartje zomer plaatsvond, was het nauwelijks uit te houden. Van 's ochtends vroeg tot 's avonds laat moest ze het zonder een stuk brood, zonder een slok water zien vol te houden, en dat bij veertig graden in de schaduw. Maurice had medelijden met haar. Hij fluisterde tegen haar dat hij ook stiekem vastte, om zich net zo miserabel te voelen als zij.

Nooit zou ze de dag vergeten waarop Maurice omwille van haar enige commotie had veroorzaakt. Ze was al veertien en de ramadan viel dat jaar in augustus. Ze vastte en leed. Opeens hoorden de buren duidelijk de oproep van de muezzin. Alleen haar moeder zei: 'Dat kan toch niet kloppen! Je vader is nog niet thuis en het kanon is nog niet afgegaan.'

Na een halfuur klonken dan de oproepen van de muezzins over de daken en een kanonschot deed de aarde trillen. Niet veel later kwam haar vader binnen en hij vertelde dat de mensen door toedoen van een valse muezzin de vasten te vroeg hadden gebroken. Nura wist meteen wie erachter zat. Een uur later klopten twee agenten aan bij de christelijke familie; er werd geschreeuwd en gehuild.

Van alle feestdagen was de zevenentwintigste dag van de ramadan bij Nura favoriet. Die dag opent de hemel zich en luistert God gedurende korte tijd naar de wensen van de mensen, zei haar vader. Zo lang ze zich heugen kon, was ze ieder jaar al dagen van tevoren onrustig; ze piekerde en piekerde wat ze God zou vragen.

Nooit had Hij ook maar één wens van haar vervuld.

God leek haar niet te mogen. De dikke Maurice zei tegen haar dat God heus wel van mooie meisjes hield. Hij kon alleen haar stem niet horen. En Maurice wist ook waarom: 'Die nacht bidden de volwassenen zo luid dat God er hoofdpijn van krijgt en de hemel dichtdoet voordat Hij ook maar een enkel kind heeft aangehoord.'

En inderdaad verzamelde haar vader zijn vrienden en familieleden op de binnenplaats en vroeg samen met hen luidkeels aan God hun zonden te vergeven en hun verlangen naar geluk en gezondheid te vervullen. Nura keek naar de aanwezigen en wist dat Maurice gelijk had. Toen riep ze een keer midden in het gebed opeens uit: 'Maar aan mij, lieve God, kun je wel een emmer vanille-ijs met pistache sturen.' De biddende mensen lachten en konden ondanks herhaalde pogingen niet verder bidden, want keer op keer onderbrak iemand het gebed door in lachen uit te barsten.

Alleen Nura's moeder vreesde de straf van God. En zij was de enige die de volgende dag diarree had. Ze beklaagde zich erover dat God uitgerekend haar bestrafte, hoewel ze nauwelijks had gelachen. Haar moeder was toch al erg bijgelovig; ze knipte haar nagels nooit 's nachts, zodat de geesten haar niet met nachtmerries zouden bestraffen. Ze goot nooit heet water in de wastafel zonder van tevoren luid Gods naam te roepen, zodat de geesten, die zich graag in de donkere waterleiding ophielden, zich niet zouden branden en haar zouden straffen. Vanaf dat moment mocht Nura niet meer meebidden. Ze moest op haar kamer blijven en zacht haar wensen uitspreken. Vaak lag ze alleen op bed en keek door het raam naar de donkere sterrenhemel.

Al vroeg merkte ze dat haar vader tijdens de feestdagen door een ongewoon verdriet werd gekweld. Hij die met zijn woorden in de moskee honderden mannen moed insprak en die door alle winkeliers in de hoofdstraat eerbiedig werd gegroet als hij langsliep – soms staakten ze zelfs hun gesprek, om hem even om raad te vragen –, die machtige vader was elk jaar ongelukkig na het plechtige gebed. Hij liep gebogen naar de sofa, kroop in elkaar en huilde als een kind. Nooit kwam Nura te weten waarom.

2

Nadat Salman op een koude februarinacht in het jaar 1937 onzacht ter wereld was gekomen, achtervolgde het ongeluk hem jarenlang als een schaduw. Destijds had vroedvrouw Halime haast gehad. Faise, de beweeglijke vrouw van verkeersagent Kamil, had haar 's nachts vanwege haar vriendin Mariam gewekt en dus kwam ze humeurig het kleine huis binnen, en in plaats van de magere twintigjarige Mariam op de vieze matras bij haar eerste bevalling moed in te spreken, beet ze haar toe dat ze zich niet zo moest aanstellen. En alsof de duivel zijn hele register van boosaardigheden wilde opentrekken, arriveerde vervolgens Olga, de oude dienstbode van de familie Farah. Faise, een kleine, stevige vrouw, sloeg een kruis want ze was altijd al bang geweest voor Olga's boze oog.

Het voorname herenhuis van de Farahs stond vlak achter de hoge muur van de stoffige armenhof met zijn ellendige behuizingen.

Daar konden verschoppelingen uit alle windstreken gratis wonen. Het terrein maakte vroeger deel uit van een reusachtige hofstede met een riant huis en een grote tuin, waartoe ook een uitgestrekt terrein behoorde met werkplaatsen, stallen, graandepots en huizen voor de ruim dertig arbeiders die voor hun werkgever op de akker, in de stallen en het huishouden hadden gewerkt. Na de dood van het kinderloze echtpaar erfde hun neef, de rijke specerijenhandelaar in Mansur Farah, het huis en de tuin; andere familieleden werden door alle akkers en raspaarden nog rijker. Het terrein met de vele onderkomens liet het echtpaar aan de katholieke kerk na, op voorwaarde dat er arme christenen zouden worden ondergebracht, zodat er 'in Damascus nooit een christen zonder dak boven zijn hoofd hoefde te slapen', zoals het testament pathetisch verkondigde. En nog voor er een jaar verstreken was, had de kruidenhandelaar een onneembare muur laten bouwen die zijn huis en zijn tuin afscheidde van de rest van de hoeve, waar arme drommels hun intrek namen, wier aanblik de deftige heer met weerzin vervulde.

De katholieke kerk was gelukkig met het grote terrein midden in de christelijke wijk, maar was niet bereid ook maar één piaster aan reparaties uit te geven. De huizen raakten meer en meer in verval en werden door de bewoners met blik en leem, karton en hout provisorisch gerepareerd.

De mensen probeerden de ellende enigszins te maskeren met fleurige bloempotten, maar het lelijke gezicht van de misère was overal zichtbaar.

Het grote terrein lag weliswaar in de Abbara-straat, dicht bij de Oosterpoort in de oude stad, maar het bleef al die jaren een geïsoleerd eiland van verdoemden. En hoewel de houten poort door de arme bewoners stukje bij beetje werd opgestookt en ten slotte alleen de open stenen boog restte, ging geen enkele bewoner van de straat vrijwillig naar de armen toe. Al die jaren bleven het vreemden voor hen. De armenhof was als een dorpje dat door een storm van zijn oorspronkelijke plek aan de rand van de woestijn was weggeblazen en met bewoners, stof, magere honden en al de stad in was gewaaid.

Een verre neef hielp Salmans vader aan een grote kamer toen deze op zoek naar werk uit Chabab, een christelijk dorp in het zuiden, naar Damascus was gekomen. De tweede kamer verwierf zijn vader na een vuistgevecht met een concurrent, die de kamer nog voor het lijk van de voormalige bewoonster naar het kerkhof was gebracht wilde betrekken. Iedereen vertelde een ander verhaal, dat op onbeholpen wijze moest aantonen dat het de enige wens van de overledene was geweest de woning aan hem, de verteller, ter beschikking te stellen opdat haar ziel in vrede ruste. Sommigen transformeerden de overledene tot een verre tante, anderen beweerden dat ze hun geld schuldig was, maar aan de handen van die leugenaars was te zien dat ze nooit geld hadden gehad. Toen alle verhalen door de toehoorders waren ontmaskerd als leugens en de schorre stemmen steeds luider werden, beslisten de vuisten – en wat dat betrof was Salmans vader onoverwinnelijk. Eerst liet hij de concurrenten op de vloer belanden, en vervolgens kwamen deze met lege handen bij hun vrouwen aan.

'En toen heeft je vader de muur tussen de kamers doorgebroken, een deur aangebracht en toen hadden jullie een tweekamerwoning,' vertelde Sarah jaren later. De dochter van Faise was van alles op de hoogte, daarom werd ze door iedereen Sarah de alwetende genoemd. Ze was drie jaar ouder en een kop groter dan Salman.

Ze was buitengewoon intelligent, en bovendien kon ze van alle kinderen het mooist dansen. Daar was Salman toevallig achter gekomen. Hij was acht of negen en wilde haar afhalen om te spelen, toen hij haar in haar huis zag dansen. Hij bleef roerloos in de deuropening staan en zag hoe ze er helemaal in opging.

Toen ze hem opmerkte, glimlachte ze verlegen. Later danste ze voor hem als hij verdrietig was.

Op een dag slenterden Salman en Sarah naar de brede Rechte Straat, waar Sarah van haar vijf piaster een ijsje kocht. Ze liet hem er telkens aan likken op voorwaarde dat hij er niets vanaf beet.

Ze stonden bij de ingang van hun straat, likten aan het ijsje en keken naar de koetsen, sjouwers, paarden, ezels, bedelaars en venters die op dat moment de lange Rechte Straat vulden. Toen van het ijs alleen nog de geverfde houten steel en een rode tong in hun koude mond over waren, wilden ze naar huis. Op dat moment versperde een grote jongen hun de weg. 'Ik krijg nog een kus van je,' zei hij tegen Sarah. Hij negeerde Salman.

'Jakkes,' riep Sarah vol walging.

'Jij krijgt niets,' riep Salman en hij wierp zich tussen Sarah en de kolos.

'Aan de kant, mug, anders sla ik je plat,' zei de jongen, duwde Salman opzij en pakte Sarah bij haar arm, maar Salman sprong op zijn rug en beet in zijn rechterschouder. De jongen schreeuwde en slingerde Salman tegen de muur, en ook Sarah gilde zo luid dat de voorbijgangers het hoorden en de jongen genoodzaakt was in de menigte te verdwijnen.

Salmans achterhoofd bloedde. Hij werd snel naar apotheker Jozef aan het Kisjle-kruispunt gebracht, die zijn ogen ten hemel sloeg en zijn hoofd verbond, zonder er geld voor te verlangen.

Het was maar een oppervlakkige wond, en toen Salman de apotheek uit kwam, keek Sarah hem verliefd aan. Ze pakte zijn hand en ging samen met hem naar huis.

'Morgen mag je afbijten,' zei ze bij het afscheid. Hij had liever gehad dat Sarah een keer voor hem alleen zou dansen, maar zoiets kreeg hij niet over zijn lippen; daarvoor was hij veel te verlegen.

Maar om terug te komen op die moeilijke bevalling en de oude dienstbode Olga, die door de duivel leek te zijn opgetrommeld: ze kwam op sloffen in haar nachthemd aan rennen en had de vroedvrouw gesmeekt naar haar meesteres te gaan, omdat de vliezen gebroken waren. De knappe vroedvrouw was een frisse verschijning van veertig, en de jaren waren ongemerkt aan haar voorbijgegaan. Al maanden zorgde ze voor de gevoelige en immer kwakkelende echtgenote van de welgestelde kruidenhandelaar en streek voor elke visite meer geld op dan tien arme families konden betalen. En als de nood het hoogst was, wilde ze haar bazin zeker in de steek laten, foeterde Olga luider dan beleefd was, en ze draaide zich om en slofte weg, scheldend op het ondankbare gebroed. Faise riep de oude vrouw twee toverspreuken achterna, die het spoor van pek dat bepaalde lieden achterlieten moesten uitwissen.

Alsof de woorden van de oude dienstmeid meer uithaalden dan alle gebeden, werd de vroedvrouw nu pas echt boos. Dat ze te vroeg gewekt was en de twee geboortes gelijktijdig waren begonnen, bracht haar uit haar humeur. En bovendien had ze er een hekel aan in de armenhof te werken.

Olga's man Victor, de tuinman van de familie Farah, had de vroedvrouw daarentegen bij elke visite een tas vol groenten en fruit cadeau gedaan. Dat alles groeide in de grote tuin van de rijke Farahs. Die waren gek op vlees en gebruikten lekkernijen, groenten en fruit alleen uit beleefdheid tegenover hun gasten.

Er werd gefluisterd dat de gebruinde, pezige tuinman een verhouding had met de vroedvrouw, die vroeg weduwe was geworden. Zijn zestig jaar waren hem niet aan te zien, maar door haar vermoeidheid was zijn vrouw Olga jaren ouder geworden en ze ging 's avonds uitsluitend nog naar bed om te slapen. In de tuin stond een tuinhuisje met exotische planten, waarvan een deur direct op de straat uitkwam, en daar ontving de tuinman zijn talloze minnaressen. Hij zou hun een vrucht van een Braziliaanse plant geven, waarvan ze wild werden. De vroedvrouw hield echter van de tuinman omdat hij haar aan het lachen kon maken.

Die ochtend verliet ze, toen ze merkte dat het met de jonge vrouw nog wel even kon duren, het kleine huis weer om naar de Farahs te gaan. Bij de poort van de armenhof probeerde buurvrouw Faise haar tegen te houden. 'Mariam is een kat met negens levens, ze gaat zo gauw niet dood,' zei de vroedvrouw alsof ze haar eigen geweten wilde sussen, want de vrouw op de matras zag er miserabel uit, zoals alles wat haar omringde.

Faise liet de vroedvrouw los, bond haar lange zwarte haar in een paardenstaart en volgde de vrouw met haar ogen tot deze rechts afsloeg, in de richting van de Bulos-kapel. Het eerste huis rechts was dat van de Farahs.

De ochtend gloorde al, maar de stoffige straatlantaarns in de Abbarastraat brandden nog. Faise ademde de frisse lucht in en ging terug naar haar vriendin Mariam.

Het was een zware bevalling.

Toen de vroedvrouw tegen achten langskwam, was Salman al in oude doeken gewikkeld. De vroedvrouw lalde en stonk naar sterkedrank. Vrolijk vertelde ze over de knappe pasgeboren baby van de Farahs, een meisje, wierp een blik op Salman en zijn moeder en fluisterde schor in Faises oor: 'Katten sterven niet zo snel.' En vervolgens wankelde ze de deur uit.

De volgende dag kregen alle bewoners van de Abbara-straat een porseleinen schaaltje met roze gesuikerde amandelen. En uit alle monden klonken korte gebeden en gelukwensen voor de pasgeboren dochter van de familie Farah: Victoria. Overigens zou de naam zijn voorgesteld door de vroedvrouw, toen het echtpaar het er niet over eens kon worden. Nog jaren later werd het meisje Victoria Amandel genoemd. Bij de geboorte van haar broertjes Georg en Edward deelde haar vader geen amandelen meer uit, want dan zou men in de straat over een verhouding van zijn vrouw met zijn jongste broer hebben geroddeld. Aanleiding voor de boze tongen was het feit dat de twee jongens bij hun geboorte sterk leken op hun oom, een vrijpostige goudsmid, en net zo scheel keken als hij.

Maar dat gebeurde later.

Toen Salman ter wereld kwam stierf zijn moeder niet, maar ze werd ziek, en toen de koorts na een paar weken was verdwenen, vreesde men dat ze haar verstand had verloren. Ze jankte als een hond en lachte en huilde aan één stuk door. Alleen als haar kind bij haar was, werd ze rustig en zachtmoedig, en hield ze op met jammeren. 'Salman, Salman, het is Salman,' riep ze, en ze bedoelde daarmee dat de jongen gezond was, en algauw noemde iedereen de baby Salman.

Zijn vader, een arme slotenmakersgezel, haatte Salman en beschuldigde hem ervan zijn Mariam krankzinnig te hebben gemaakt met zijn onfortuinlijke geboorte. En op een gegeven moment begon hij te drinken. Hij werd agressief van de goedkope arak, in tegenstelling tot Faises man Kamil, de politieman, die elke nacht met een akelige stem, maar goedgeluimd, zong als hij gedronken had. Hij beweerde dat hij met elk glas arak een kilo verlegenheid kwijtraakte, zodat hij zich na een paar glazen zo licht en zorgeloos voelde als een nachtegaal.

Zijn vrouw Faise was blij met zijn gezang, dat weliswaar vals was, maar voortkwam uit vurige passie, en soms zong ze zelfs met hem mee. Salman vond het altijd vreemd het duo te horen zingen. Het was alsof de engelen varkens hoedden en samen met hen aan het zingen waren.

Ook de joodse groenteman Sjimon dronk veel. Hij zei dat hij eigenlijk geen drinker was, maar een nakomeling van Sisyfus. Hij kon de aanblik van een vol glas wijn niet verdragen. Hij dronk en dronk, en als zijn glas leeg was, werd hij zwaarmoedig bij de aanblik van die leegte. Sjimon woonde in het eerste huis rechts van de armenhof, waar de Abbara-straat op de Joden-straat uitkomt. Vanaf zijn terras op de eerste verdieping kon hij recht in Salmans huis kijken.

Elke nacht dronk Sjimon tot hij bewusteloos was, hij lachte onophoudelijk en vertelde schuine moppen, hoewel hij in nuchtere toestand nors en kortaf was. Men zei dat Sjimon de hele dag bad omdat hij gewetenswroeging had vanwege zijn nachtelijke escapades.

Door de arak veranderde Salmans vader in een beest dat hem en zijn moeder onophoudelijk verwenste en sloeg, tot het moment dat een van de buren op de briesende man inpraatte, die dan midden in zijn woedeaanval stokte en zich naar bed liet brengen.

Zodoende leerde Salman al vroeg de heilige Maria smeken of een van de buren hem mocht horen en snel zou komen. De andere heiligen deugden geen van alle als je ze nodig had, zei Sarah.

Net als hij was ze broodmager, maar ze had het knappe gezicht van haar vader, en de voortvarendheid en de scherpe tong van haar moeder geërfd. En zolang Salman zich kon heugen, droeg Sarah haar haar altijd in een staart, ook later als volwassen vrouw, zodat haar mooie kleine oren, waar Salman haar om benijdde, zichtbaar waren. Maar bovenal las Sarah wanneer het maar even kon boeken, en Salman leerde al vroeg respect voor haar kennis te hebben.

Een keer had hij haar en de heilige Maria uitgelachen en onmiddellijk had de meikever die hij aan een draad liet rondvliegen zich losgerukt. De draad viel op de grond; aan het eind hing een levenloos pootje. Sarahs kever vloog daarentegen vrolijk verder aan zijn dunne draad, zo lang en zo ver hij maar wilde, en het tengere meisje vroeg de heilige Maria fluisterend de pootjes van het beestje te sparen. Ze haalde de kever naar beneden zo vaak ze wilde, voerde hem verse moerbeiblaadjes en stopte hem in een lucifersdoosje; vervolgens beende ze met opgeheven hoofd naar haar huis, dat slechts door een houten schuurtje van Salmans huis was gescheiden.

Sarah was ook degene die hem als eerste vertelde over de mannen die Samira bezochten wanneer haar man, de pompbediende Jusuf, niet thuis was. Ze woonde aan de andere kant van de armenhof tussen de bakkersknecht Barakat en het kippenhok.

Toen hij Sarah vroeg waarom de mannen naar Samira en niet naar haar man gingen, lachte ze. 'Domkop,' zei ze, 'omdat ze daar beneden een scheur heeft, en de mannen hebben een naald, en die naaien het gat voor haar dicht, en dan gaat de scheur weer open en dan komt de volgende man.'

'En waarom naait haar man Jusuf de scheur niet dicht?'

'Die heeft niet genoeg garen,' zei Sarah.

Ze legde Salman ook uit waarom zijn vader altijd wild werd als hij dronk. Het was zondag, en nadat zijn vader was uitgeraasd en eindelijk door Sjimon en de andere mannen naar bed was gebracht, ging Sarah naast Salman zitten. Ze streelde zijn hand tot hij ophield met huilen en veegde zijn neus af.

'Je vader heeft een beer in zijn hart,' vertelde ze zacht. Daarbinnen woont hij' – ze klopte op zijn borst – 'en als hij drinkt, wordt het dier wild en is je vader alleen maar het omhulsel daarvan.'

'Het omhulsel?'

'Ja, het omhulsel, zoals wanneer je een laken over je heen gooit en dan ronddanst en zingt. Iedereen ziet het laken, maar dat is alleen het omhulsel en jij bent degene die zingt en danst.'

'En wat heeft jouw vader in zijn hart?'

'Een raaf, maar die raaf denkt dat hij een nachtegaal is, daarom zingt hij ook zo vreselijk. Sjimon heeft een aap; daarom is hij alleen grappig als hij genoeg gedronken heeft.'

'En ik, wat heb ik?'

Sarah drukte haar oor tegen zijn borst. 'Een mus hoor ik. Hij is voorzichtig aan het pikken en is altijd bang.'

'En jij? Wat heb jij?'

'Een beschermengel voor een kleine jongen. Je mag driemaal raden wie dat is,' zei ze, en ze rende weg, want haar moeder riep haar.

's Avonds, toen hij naast zijn moeder ging liggen, vertelde hij haar over de beer. Zijn moeder stond versteld. Ze knikte. 'Het is een gevaarlijke beer, blijf bij hem uit de buurt, mijn jongen,' zei ze, en ze viel in slaap.

Pas twee jaar na Salmans geboorte was zijn moeder van haar ziekte hersteld, maar desondanks bleef zijn vader drinken. De vrouwen uit de omgeving durfden niet bij hem in de buurt te komen. Omdat zijn vader zo sterk was als een stier, konden alleen andere mannen hem tot bedaren brengen.

In de tussentijd probeerde Salman het hoofd van zijn moeder met zijn lichaam te beschermen. Tevergeefs. Als zijn vader razend was, slingerde hij zijn zoon in de hoek en sloeg buiten zinnen op zijn moeder in.

Sinds Salman de heilige Maria aanriep, kwam er altijd meteen iemand aan. Dat was echter te danken aan het feit dat Salman uit alle macht schreeuwde zodra zijn vader zijn arm ook maar optilde. Sarah zei dat er bij hen kortsluiting was geweest vanwege zijn gegil.

Zijn moeder was Salman dankbaar voor het gebrul, want zodra haar beschonken echtgenoot door de poort wankelde, fluisterde ze: 'Zing, mijn vogel, zing', en dan begon Salman zo te schreeuwen dat zijn vader het huis soms niet binnen durfde te gaan. Nog jaren later herinnerde Salman zich hoe gelukkig zijn moeder was als ze eens een dag zonder slaag had doorgebracht. Dan keek ze Salman met vrolijke, ronde ogen aan, kuste en streelde zijn gezicht, en ging in haar hoek op de oude matras slapen.

Soms hoorde Salman hoe zijn vader 's nachts thuiskwam en zijn moeder naar de andere kamer droeg, alsof ze een klein meisje was, en dan hoorde hij hoe zijn vader zich bij zijn moeder voor zijn stommiteiten verontschuldigde en verlegen lachte. Zijn moeder maakte dan zachte, vrolijke geluiden als een tevreden hondje.

Zo lang Salman zich kon herinneren, ondergingen zijn moeder en hij bijna dagelijks zo'n wisselbad, tot die bewuste zondag in de lente, toen zijn vader zich na de kerkgang in het wijnlokaal op de volgende hoek bedronk en al vroeg in de middag op zijn moeder insloeg. Buurman Sjimon schoot te hulp, kalmeerde zijn vader en bracht hem ten slotte naar bed.

Sjimon kwam zacht de kleine kamer binnen en leunde doodmoe tegen de muur. 'Wist je dat het huis van de overleden wever in de buurt van de Bulos-kapel al een halfjaar leegstaat?' vroeg hij. Zoals alle buurvrouwen wist ook zijn moeder het.

'Natuurlijk,' stamelde ze.

'Waar wacht je dan nog op?' vroeg de groenteman, en hij vertrok voordat hij moest aanhoren wat Salmans moeder op het hart had.

'Laten we gaan, voordat hij bij zijn positieven komt,' drong Salman aan, zonder te weten waarheen.

Zijn moeder keek om zich heen, stond op, ijsbeerde door de kamer, wierp een bezorgde blik op Salman en zei met tranen in haar ogen: 'Kom, we gaan.'

Buiten woei een ijskoude wind over de armenhof, en donkergrijze wolken hingen laag boven de stad. Salmans moeder trok hem twee pullovers over elkaar aan, en gooide een oude jas over haar schouders. De buren Marun en Barakat waren juist de dakgoot aan het repareren. Ze keken haar even na, zonder iets te vermoeden, maar Samira, die aan de andere kant van de hof woonde en het die dag druk had met koken, wassen en naar de radio luisteren, dacht er het hare van.

'Mijn schriften,' riep Salman geschrokken toen ze bij de poort kwamen. Zijn moeder leek hem niet te horen; zwijgend trok zij hem aan zijn hand achter zich aan.

Die koude middag was er bijna niemand op straat, zodat ze het huisje algauw bereikten. Zijn moeder duwde tegen de deur, die op een kier stond. Het was donker en muffe, vochtige lucht stroomde hun tegemoet.

Hij merkte dat zijn moeder bang was, want ze hield zijn hand zo stevig vast dat het pijn deed. Het was een vreemd huis. De deur kwam uit op een lange, donkere gang, die naar een piepkleine binnenplaats in de openlucht voerde. Op de benedenverdieping waren de vertrekken verruïneerd. Ramen en deuren waren eruit gesloopt.

Een donkere trap leidde naar de eerste verdieping, waar een wever tot zijn dood had gewoond.

Behoedzaam volgde Salman zijn moeder.

De kamer was groot, maar armoedig; overal lagen rommel en kapotte meubels, kranten en etensresten.

Ze ging op de grond zitten en leunde tegen de muur onder het raam, dat door een laag roet, stof en spinnenwebben ondoorzichtig was geworden en alleen een zwak, grauw licht doorliet. Ze begon te huilen. Ze huilde en huilde, zodat de kamer nog vochtiger leek te worden.

'Als meisje heb ik altijd gedroomd...' begon ze, maar alsof haar teleurstelling in die verwaarloosde ruimte ook nog het laatste woord in haar mond had verdronken, zweeg ze en snikte in stilte verder.

'Waar ben ik in terechtgekomen? Ik wilde toch...' probeerde ze weer, maar ook die woorden bestierven op haar lippen. In de verte rolde de donder zijn zware stenen over een golfplaten dak. Een vluchtige zonnestraal viel door een kier tussen de huizen, vlak voordat de zon onderging. Maar alsof de misère hem geen ruimte liet, was hij meteen weer verdwenen.

Zijn moeder sloeg haar armen om haar benen, leunde met haar hoofd op haar knieën en glimlachte naar hem. 'Ik ben dom, nietwaar? Ik zou met je moeten lachen, zorgen dat je niet bang... In plaats daarvan huil ik...'

Buiten gierde de wind, een loshangende dakgoot sloeg tegen de muur. En toen begon het ook nog te regenen.

Hij wilde vragen of hij haar op een of andere manier kon helpen, maar ze huilde alweer, nadat ze even haar hand naar hem had uitgestoken en hem over zijn haar had gestreken.

Op een matras die naar ranzige olie stonk, viel hij al snel in slaap. Toen hij wakker werd, was het aardedonker en buiten regende het pijpenstelen. 'Mama,' fluisterde hij angstig, want hij dacht dat ze ver van hem vandaan zat.

'Ik ben hier, wees niet bang,' fluisterde ze in tranen.

Hij ging rechtop zitten, legde haar hoofd op zijn schoot. Met zachte stem zong hij liedjes die hij van haar had gehoord.

Hij had honger, maar durfde niets te zeggen, hij vreesde dat ze dan definitief in diepe wanhoop zou verzinken. Zijn leven lang zou Salman die honger niet vergeten, en telkens als hij wilde uitdrukken dat iets 'enorm lang' duurde, zei hij: 'Dat duurt langer dan een dag honger lijden.'

'Morgen lap ik het raam,' zei zijn moeder opeens, en ze lachte. Hij begreep het niet.

'Is er hier geen kaars?' vroeg hij.

'Ja, daaraan moeten we ook denken, dus...' zei ze, alsof haar ineens iets te binnen schoot. 'Heb je een goed geheugen?'

Hij knikte in het donker en alsof ze dat had gezien, vervolgde ze: 'Dan spelen we "morgen halen we oude lappen".'

Hij was aan de beurt. 'We halen oude lappen en twee kaarsen.'

'We halen lappen, kaarsen en een doosje lucifers,' voegde ze eraan toe. En toen hij 's avonds laat in haar armen lag en zijn ogen van vermoeidheid niet meer kon openhouden, lachte ze en riep: 'Als we dat allemaal willen halen, hebben we een vrachtwagen nodig.'

De reken tikte gestaag tegen de ruiten en Salman drukte zich stevig tegen zijn moeder aan. Ze rook naar uien. Die dag had ze uiensoep voor haar vader gemaakt.

Zo diep had hij lang niet meer geslapen.

3

Nura's moeder, die haar man soms als een onzekere, schutterige jongen behandelde, beefde voor hem als het om Nura ging. Ze leek dan banger voor hem te zijn dan haar dochtertje. Ze nam geen enkele beslissing zonder erbij te zeggen: 'Maar alleen als je vader het goedvindt.' Als haar vader ergens niet bij betrokken werd, ging het fout.

Zo ook op de dag waarop Nura voor het laatst mee was met oom Farid, de stiefbroer van haar moeder. Hij was een knappe man. Pas jaren later zou Nura te weten komen dat oom Farid in die tijd al straatarm was, hoewel het hem niet was aan te zien. De drie textielwinkels die zijn vader hem had nagelaten, gingen binnen de kortste keren failliet. Farid gaf zijn vader de schuld omdat die zich voortdurend met alles bemoeide en met zijn ouderwetse ideeën elk succes in de weg stond. Vervolgens onterfde zijn vader, de grote Mahaini, hem; maar zelfs dat kon het humeur van de levensgenieter niet bederven.

Omdat hij op de beste scholen had gezeten, een geweldige taalbeheersing had en prachtig kon schoonschrijven, oefende hij het merkwaardige beroep van *ardhalgi* uit, schrijver van verzoekschriften. In het Damascus van de jaren vijftig kon meer dan de helft van de volwassenen lezen noch schrijven. De moderne staat stond echter op een ordelijke gang van zaken en daarom verlangden de bureaucraten dat elk verzoek, hoe onbeduidend ook, in schriftelijke vorm werd ingediend. Dit schriftelijke verzoek konden ze dan welwillend afhandelen en, voorzien van talloze rijkszegels en stempels, aan de burger teruggeven. Daarmee hoopte de staat enig aanzien te verwerven bij de bevolking, die vanwege haar wortels in het bedoeïenenverleden voortdurend geneigd was tot anarchie en geen enkel respect had voor welke wet dan ook.

De verzoeken, petities en rekesten tierden zo welig dat in Damascus de grap werd verteld: 'Als je buurman ambtenaar is, moet je hem niet groeten, maar een gestempeld verzoek tot een groet bij hem indienen. Misschien krijg je dan een reactie.'

Maar er werd ook gezegd dat bureaucratie noodzakelijk was om ervoor te zorgen dat de rijksambtenaren productiever en op eigentijdse wijze zouden werken. Als men de praatlustige Syriërs zou toestaan hun verzoeken en aanvragen mondeling in te dienen, zou elk rekest uitdijen tot een eindeloos vervolgverhaal met gecompliceerde uitweidingen. De ambtenaren zouden hun werk niet meer naar behoren kunnen doen. Bovendien bleven rijkszegels niet goed op het gesproken woord plakken.

En dus zaten de schrijvers bij de ingangen van de overheidsdiensten onder verschoten parasols aan piepkleine tafeltjes rekesten, bezwaarschriften, aanvragen, smeekbedes en andere teksten te schrijven. De politie stond iedere schrijver maar één tafel en één stoel toe, zodat de klanten moesten staan. Ze vertelden de schrijver waar het ongeveer over ging, en die ging direct aan de slag. Destijds werd alles met de hand geschreven en de ardhalgi schreef met omslachtige handbewegingen, om duidelijk te maken hoeveel moeite juist dat verzoekschrift hem kostte.

Hoe beter het geheugen van de schrijver was, des te flexibeler was hij, want de verzoekschriften voor de rechtbank zagen er anders uit dan die voor het ministerie van Financiën, en die weer anders dan die voor de burgerlijke stand. Sommige schrijvers hadden meer dan vijftig versies paraat en konden zich met hun klaptafeltje en stoel al naar gelang het seizoen en de dag tussen de verschillende ingangen van de diensten verplaatsen.

Oom Farid zat altijd onder een mooie rode parasol voor de rechtbank die over het familierecht ging. Hij was eleganter dan al zijn collega's en had daarom altijd veel werk. De mensen dachten dat oom Farid een betere verstandhouding had met de rechters en de advocaten dan zij, en hij liet hen in die waan.

De ardhalgi's schreven niet alleen, ze adviseerden hun klanten ook waar ze met hun verzoek het best heen konden gaan en hoeveel rijkszegels het mocht kosten. Ze troostten de radelozen en moedigden de opstandigen aan, staken de verlegen klanten een hart onder de riem en remden de optimisten, die meestal te veel van hun verzoekschrift verwachtten, af.

Als oom Farid niet zo lui was geweest, had hij een lijvig boek kunnen vullen met de verhalen, tragedies en komedies die hij al schrijvend van zijn cliënten hoorde, maar die nooit in een verzoek werden vermeld.

Oom Farid schreef niet alleen aanvragen, maar ook allerlei soorten brieven. Het meest schreef hij echter aan emigranten. Je hoefde hem alleen de naam van de emigrant en het land waar deze werkte te vertellen, of hij had al een lange brief in zijn hoofd. Het waren, zoals Nura later te weten kwam, nietszeggende brieven waarvan de inhoud in één zin kon worden samengevat. In het geval van de emigranten was het meestal gewoon: Stuur ons geld, alsjeblieft. Maar die ene regel werd verpakt in uitvoerige lofzangen, brandend verlangen, beloftes van trouw en een eed op het vaderland en de moedermelk. Alles wat op het gemoed werkte, voldeed. De weinige brieven die Nura later mocht lezen, vond ze belachelijk. Zijn leven lang repte oom Farid met geen woord over zijn brieven, ze waren strikt vertrouwelijk.

Wie iets meer geld had, liet oom Farid naar zijn huis komen en dicteerde hem in alle rust wat geschreven of aangevraagd diende te worden. Dat was natuurlijk duur, maar die brieven waren dan ook prachtig opgesteld.

De nog rijkere inwoners van Damascus gingen niet naar de ardhalgi, maar naar de kalligraaf, die fraaie, met kalligrafieën omgeven brieven schreef en meestal over een bibliotheek beschikte met wijsheden en bij uitstek toepasselijke citaten die hij de klant kon aanbieden. Een dergelijke brief was een unicum, in tegenstelling tot de brieven van de schrijvers op straat, die lopendebandwerk leverden.

De kalligrafen verhieven de eenvoudige handeling van het schrijven van een brief tot een cultus vol geheimen. Brieven aan echtgenoten of echtgenotes schreven ze met een koperen pen, voor brieven aan vrienden en geliefden namen ze een zilveren, voor die aan bijzonder gewichtige personen een gouden, aan verloofden een pen vervaardigd uit een ooievaarssnavel en aan vijanden eentje die was gesneden uit een takje van een granaatappelboom.

Oom Farid hield van Nura's moeder, zijn stiefzuster; hij bezocht haar – totdat hij omkwam bij een auto-ongeluk twee jaar na Nura's bruiloft – zo vaak hij kon.

Pas later zou Nura horen dat de afkeer die haar moeder en haar oom hadden van hun vader, de oude Mahaini, de brug vormde die haar moeder en haar oom met elkaar verbond.

Nura was op haar oom gesteld omdat hij veel lachte en heel royaal was, maar dat mocht ze haar vader niet vertellen. Die noemde haar oom een 'opgeverfde trommel'. Zijn brieven en verzoekschriften waren, net als hijzelf, bont, luidruchtig en hol.

Op een dag kwam oom Farid 's ochtends op bezoek. Niet alleen ging hij immer elegant gekleed, hij droeg bovendien rode schoenen van het fijnste dunne leer, die onder het lopen luidruchtig musiceerden. In die tijd was dat erg in trek, omdat alleen dure schoenen kraakten. En toen Nura de deur opendeed, zag ze een grote witte ezel die haar oom aan de ring naast de voordeur had vastgemaakt.

'En, kleintje, wil je met mij op die mooie ezel rijden?'

Nura was zo verrast dat ze niet wist hoe ze haar mond weer moest dichtdoen. Oom Farid vertelde haar moeder dat hij een rijke klant in de buurt moest bezoeken om belangrijke verzoekschriften voor hem te schrijven. De man betaalde heel royaal, zei hij nadrukkelijk. En toen had hij bedacht dat hij Nura kon meenemen, zodat haar moeder wat rust zou krijgen. Moeder was enthousiast: 'Dan houdt ze op haar ogen met die boeken te bederven. Maar vlak voor het middaggebed van de muezzins moeten jullie terug zijn, want dan komt Zijne Excellentie eten,' zei ze met een veelbetekende glimlach.

Oom Farid pakte Nura's handen en tilde haar met een zwaai op de rug van de ezel. Ze voelde haar hart in haar schoenen zinken. Angst klampte ze zich vast aan de uitstekende knop aan de voorkant van het zadel, dat met een tapijt was bedekt.

Die ezels waren te huur, ze waren vaak in het straatbeeld van de stad te zien. Vlak bij haar huis, op de hoofdstraat, bevond zich een van de vele standplaatsen waar je een ezel kon huren.

Slechts een paar rijke families bezaten een auto, en afgezien van de tram waren er twee of drie bussen en een paar koetsen onderweg om passagiers in en rond Damascus te vervoeren. Dat was veel te weinig.

De staart van de witte ezels werd knalrood geverfd, zodat ze van verre te herkennen waren. Doorgaans bracht een klant de ezel na gedane zaken terug. Als de klant niet zelf wilde terugrijden, stuurde de verhuurder een kleine jongen mee die naast de ruiter bleef lopen, bij aankomst de ezel overnam en hem naar de zaak terugbracht.

En nu reed oom Farid dus met haar over straat. Een tijdje volgden ze de hoofdstraat en sloegen toen een andere straat in. Ze werden opgeslokt door een labyrint van eenvoudige lage lemen huizen. Voor een fraai stenen pand aan het einde van een straat stopte haar oom. Hij maakte de ezel vast aan een lantaarnpaal vlak bij de ingang en klopte aan. Een vriendelijke man deed open en praatte een tijdje met haar oom. Vervolgens nodigde hij de twee uit om naar de mooie binnenplaats te komen, en ging snel terug om de ezel te halen. Haar oom wilde er niet van weten, maar de man stond erop. Hij bond de ezel vast aan een moerbeiboom en legde meloenschillen en verse maïsbladeren voor hem neer.

Nura kreeg limonade. Algauw stond ze met de kinderen van de man rond de ezel en aaide en voerde hem. Het waren de merkwaardigste kinderen die ze ooit had gezien. Ze deelden hun koekjes en abrikozen met haar zonder iets van haar te verlangen en zonder haar ook maar een moment lastig te vallen. Het liefst was ze daar gebleven.

Op het schaduwrijke terras schreef oom Farid op wat de man hem dicteerde. Af en toe pauzeerden ze omdat haar oom moest nadenken, vervolgens werkten ze energiek door. Toen hoorde mijn oom de muezzin, en moesten ze snel vertrekken.

Zodra Nura het huis binnen was, werden zij en haar moeder door haar vader uitgefoeterd. Haar oom had wijselijk bij de voordeur zijn excuses aangeboden en was snel verdwenen.

Waarom moest haar vader altijd zo schelden? Nura hield haar oren dicht om hem niet te hoeven horen.

Bovendien wilde ze niets eten, daarom liep ze naar haar kamer en ging op de bank liggen. 'Heb je gezien hoe gelukkig dat gezin is?' had haar oom op de terugweg gezegd, en Nura had alleen geknikt.

'Die man is steenhouwer. Hij lijdt geen honger, maar hij kan niets opzijleggen. Toch leeft hij als een vorst. En waarom?'

Ze wist het niet.

'Het geld van mijn vader en de boeken van jouw vader maken niet gelukkig,' zei hij. 'Alleen het hart.'

'Alleen het hart,' herhaalde ze.

Haar oom mocht haar moeder blijven bezoeken, maar Nura mocht nooit meer mee als hij naar een van zijn klanten reed.

4

In de herfst van het jaar 1945, toen Salman acht jaar en zeven maanden oud was, liep hij voor het eerst door de lage poort van de Heilige Nicolaas-school voor arme christenen. Hij wilde niet naar school, maar zelfs het feit dat hij al kon lezen en schrijven baatte hem niet. Sarah had hem onderwezen en voortdurend met hem geoefend. Hij moest haar alleen 'mevrouw de lerares' noemen terwijl ze hem inwijdde in de geheimen van letters en getallen. Als hij zijn best deed en intelligente antwoorden gaf, kuste ze hem op zijn wangen, zijn ogen of zijn voorhoofd of, als hij bijzonder goed presteerde, op zijn mond. Wanneer hij een fout maakte, schudde ze haar hoofd en zwaaide haar wijsvinger voor zijn neus heen en weer. Alleen als hij brutaal of ongezeglijk was, trok ze teder aan zijn oorlel of gaf hem een tikje tegen zijn hoofd en zei: 'Een vlinder klopt aan om je te waarschuwen dat je niet brutaler moet worden.'

Hij wilde niet naar school, maar pastoor Jakub had zijn vader ervan overtuigd dat Salman door het onderwijs een echt katholiek kind zou worden. 'Anders komt de eerste communie in gevaar,' zei hij met nadruk, en zijn vader begreep dat hun huis, waarin hij alleen dankzij de genade van de katholieke kerk woonde, eveneens in gevaar zou komen.

Toen Salman die oktobermorgen de donkere binnenplaats betrad, hield de zonnige dag op bij de ingang. Het stonk naar urine, schimmel en vocht. Een rat die achterna werd gezeten door drie luid piepende jongens bracht zich via een kelderraam met een kapotte ruit in veiligheid.

Het waren helse maanden. Onder de les werd hij meedogenloos door de leraren afgeranseld en op het schoolplein werd hij vanwege zijn magere postuur en grote flaporen gepest. 'De magere olifant' werd hij genoemd. Zelfs de leraren zagen er geen been in zich over hem vrolijk te maken.

Op een dag moesten de kinderen de werkwoorden leren die voortbeweging aanduiden. 'Een mens...' riep de leraar en de leerlingen riepen luid: 'Loopt.' Een vis zwemt, een vogel vliegt, dat wisten ze allemaal. Bij de slang aangekomen praatten de leerlingen eerst door elkaar, totdat ze het eens waren: 'Hij kruipt.' Van de schorpioen wist de meerderheid alleen dat hij steekt. 'Die kruipt ook,' zei de leraar. 'En Salman?' vroeg hij. De leerlingen lachten verlegen en stelden alle werkwoorden van voortbeweging voor, maar de leraar was niet tevreden. Salman sloeg zijn ogen neer, zijn oren kleurden donkerrood.

'Hij zeilt,' brulde de leraar, en hij lachte, en de hele klas lachte met hem mee. Eén jongen lachte niet: Benjamin, die naast Salman in de schoolbank zat. 'Kale knikker,' fluisterde hij tegen zijn neerslachtige vriend, en Salman moest lachen, want de leraar had een enorme kale schedel.

Salman haatte de school en net toen die hem dreigde te verstikken, liet Benjamin hem de poort naar de vrijheid zien. Benjamin had de tweede klas al twee keer gedaan. Het was een opgeschoten jongen en hij had de grootste neus die Salman ooit van zijn leven had gezien. Ondanks zijn twaalf jaar had hij nog steeds zijn eerste communie niet gedaan. Omdat zijn vader in zijn kraampje bij het kruispunt in de buurt van de katholieke kerk elke dag bergen falafelballetjes frituurde, stonk hij geregeld naar ranzige olie. Ook Benjamins vader wilde zijn zoon, net als Salmans vader, niet naar school sturen. En hij zou het ook niet hebben gedaan als Jakub, de fanatieke nieuwe pastoor van de katholieke kerk, de buurt niet tegen hem had opgezet en lichte twijfels had geuit omtrent zijn geloof en de properheid van zijn handen. Zo licht dat Benjamins vader het pas een maand later te weten kwam, en toen ook niet meer verbaasd was dat zo veel van zijn vaste klanten waren overgelopen naar de misselijke hypocriet Georg, wiens falafel naar oude sokken smaakte, terwijl zijn kraam wemelde van de kruisen en heiligenbeelden, alsof het een bedevaartsoord was.

Op een dag, toen Salman op het schoolplein een pak slaag van de opzichter had gekregen, verklapte Benjamin hem een groot geheim.

'In deze vervloekte school letten de leraren er niet op wie er wel of niet komt,' vertelde Benjamin zacht. 'Alleen 's zondags voor het kerkbezoek controleren ze de kinderen. Verder merken die gasten meestal niet eens voor welke klas ze staan; aan het einde van het lesuur ontdekken ze dat ze de tweede klas hebben aangezien voor de vierde.'

Salman wilde voor geen goud spijbelen. Gabriel, de zoon van de naaister, had hem verteld dat je een dag lang in de kelder werd opgesloten, waar hongerige ratten aan je oren knaagden, nadat die eerst met ranzig vet waren ingesmeerd. 'En bij jou hebben de ratten meer dan genoeg te eten,' zei Gabriel met een onaangenaam lachje.

'Gabriel is een angsthaas,' zei Benjamin. Vlak voor Kerstmis liet Benjamin hem zien hoe hij vier dagen kon spijbelen zonder dat iemand het merkte. Nu durfde Salman het ook, en op een zonnige, maar koude dag in januari brachten de twee een paar aangename uren door op de markten en vermaakten zich door lekkers te snoepen als de verkopers niet uitkeken.

Thuis had niemand iets gemerkt, dus hij bleef steeds vaker weg.

Alleen 's zondags stond hij fris gewassen en gekamd in de rij en liet zijn handen en zijn geknipte nagels zien. Zelden kreeg hij daar een klap met de brede houten lat, die gewoonlijk op de vuile handen neerdaalde.

'Na de communie moet ik toch van school. Mijn vader zegt dat ik tegen die tijd alleen meer littekens op mijn achterste en zaagsel in mijn hoofd zal hebben, verder niets. Ik kan beter geld gaan verdienen om mijn negen broers en zussen te onderhouden,' zei Benjamin.

'En ik wil naar de Sarah-school,' zei Salman. Benjamin dacht dat dat een betere school was en vroeg niets.

Salman en Benjamin benijdden geen enkele andere leerling behalve Girgi, de zoon van metselaar Ibrahim. Zijn vader was een indrukwekkende verschijning van twee meter lang en één meter breed.

Op een dag gaf onderwijzer Kudsi de jongen een pak slaag. Deze was de leraarskamer binnengeslopen en had twee belegde boterhammen van de leraar verorberd, die juist 'tegen de duisternis in de harten van zijn leerlingen' aan het strijden was. Met die zin verwelkomde hij elke klas, zodat zelfs de andere leraren hem laatdunkend 'ridder der duisternis' noemden.

Girgi's vader Ibrahim was net de buitenmuur van het huis van de rijke familie Sihnawi aan het repareren. Het voorname huis lag schuin tegenover de straat met de school. Die dag was Ibrahim bijzonder uit zijn humeur omdat het stonk. Vlak naast hem legden twee jonge arbeiders zonder haast een verstopte rioleringsbuis open. En zoals elke gemeentelijke functionaris waren ook zij begiftigd met de gave der traagheid. De zwarte, stinkende massa die ze naar boven haalden, deponeerden ze aan de kant van de weg en vervolgens gingen ze koffiedrinken in het naburige koffiehuis.

Opeens kwamen er twee meisjes naar de muur toe en buiten adem vertelden ze dat ze hadden gezien hoe een leraar met een bamboestok genadeloos op Ibrahims zoon Girgi insloeg en intussen de vader en moeder van de jongen uitfoeterde en zei dat ze geen christenen waren, maar aanbidders van de duivel. Hij had Girgi opgedragen dat te herhalen, en huilend had zijn zoon de woorden van de leraar nagezegd.

De metselaar was vol bewondering voor de manier waarop de meisjes om beurten praatten en ondanks hun opwinding alles veel nauwgezetter en geloofwaardiger rapporteerden dan zijn zoon Girgi ooit had gekund.

Hij sloot even zijn ogen en zag een fijne regen van gloeiende naaldjes tegen een donker firmament. Hij rende voor de meisjes uit naar de school, die honderd meter verderop lag, en nog voor hij de lage houten poort met de beroemde afbeelding van de heilige Nicolaas – die op het punt stond de kinderen uit het pekelvat te bevrijden – had bereikt, vergezelden hem behalve de twee meisjes nog de kapper, die rond deze tijd alleen vliegen verjoeg en zijn toch al perfecte snor voor de zoveelste keer met pommade opdraaide; de tapijthersteller, die op ochtenden als deze voor zijn deur zat te werken; de twee arbeiders van de gemeente; de groenteman en twee voorbijgangers die geen idee hadden wat er aan de hand was, maar wel wisten dat het spannend zou worden. En de voorstelling zou hen niet teleurstellen.

Met een trap tegen de houten poort en een kreet die aan Tarzan deed denken, bereikte de ziedende Ibrahim het midden van het kleine schoolplein.

'Waar is die hoerenzoon? Wij zijn geen duivelaanbidders. Wij zijn brave katholieken,' schreeuwde hij. Het schoolhoofd, een gezette man met een bril en een bespottelijk gecamoufleerde kale schedel, kwam zijn kamer uit en nog voor hij zijn verontwaardiging kon laten blijken over de ordinaire taal werd hij verrast door een klinkende oorvijg, die hem een paar meter naar achteren deed struikelen en op de grond deed belanden. Zijn toupet vloog achter hem aan, en de metselaar schrok. Hij dacht even dat hij, net als in een indianenfilm, het schoolhoofd met zijn oorvijg had gescalpeerd.

Het hoofd begon te jammeren, maar Ibrahim trapte hem in zijn buik en hield intussen de rechtervoet van de man in zijn hand, alsof hij al schoppend een zak met katoen aanstampte.

De directeur smeekte hem zijn voet los te laten. Hij zei dat hij er nooit aan had getwijfeld dat Ibrahim een goede christen was, en dat hij kiespijn had.

'Waar is de hoerenzoon die mijn Girgi mishandelt?'

De leerlingen stroomden de klassen uit, waar de les vanwege de herrie was gestaakt.

'Kudsi is op het toilet... Op het toilet heeft hij zich verstopt,' zei een opgewonden leerling tegen de metselaar, net toen deze zijn bleke zoon ontdekte, die verlegen tegen hem glimlachte. Met een groep kinderen in zijn kielzog rende Girgi's vader naar de toiletten. Aanvankelijk klonken er verscheidene klappen, die tot op het schoolplein doordrongen, vervolgens was te horen hoe onderwijzer Kudsi om genade smeekte en de zinnen herhaalde: 'U bent een goed christen... Ja, u bent een goede, gelovige katholiek, nee, Girgi is een brave leerling en ik...' en toen was het stil.

Girgi's vader liep bezweet de binnenplaats op en riep tegen de kring toehoorders: 'Wie het waagt Girgi aan te raken of beweert dat wij geen goede katholieken zijn, zal ook zo'n festijn beleven.'

Vanaf die dag werd Girgi met rust gelaten. Maar dat was slechts een van de redenen waarom Salman Girgi benijdde; de andere was dat de bleke jongen, wiens vader eveneens straatarm was, altijd geld op zak had. In de pauze kocht hij altijd iets lekkers bij de kiosk van de school. Hij likte, knabbelde, zoog en genoot van al die kleurige dingen en liet niemand ervan proeven.

Salman kreeg niet één keer geld van zijn vader, zelfs niet als hij dronken was.

Ook de buren hadden niet veel geld. Als Salman hen hielp, gaven ze hem hoogstens fruit of gedroogde vruchten. Groenteman Sjimon was de enige die betaalde voor de hulp die Salman hem bood. Maar die had hem alleen nodig als er te veel bestellingen waren die afgehandeld moesten worden. Het loon was karig, maar hij kreeg veel fooien; daarom ging Salman ook nog naar Sjimon als deze hem niet kon gebruiken.

Als er bruiloften en andere festiviteiten waren, kon Salman de hele dag manden met groenten en fruit bezorgen en zo een paar piaster verdienen. En als hij in de winkel pauze hield, kon hij op een groentekist zitten en zien hoe Sjimon zijn groenten verkocht en daar gratis advies bij gaf.

Sjimon kende de keuken – in tegenstelling tot zijn vrouw – zo goed als de beste kok. Zij was een kleine, bleke verschijning, die later aan een maagbloeding overleed. Ze at weinig en liep de hele dag humeurig en nerveus in haar woning te ijsberen. Sjimon, die van haar hield, vertelde een keer dat zijn vrouw iets zocht wat ze kwijt was, maar dat ze niemand verklapte wat het was. Sinds de dood van haar moeder zocht ze het de hele dag en ze ging 's avonds naar bed met het vaste voornemen de volgende dag verder te zoeken.

De vrouwen die groente bij Sjimon kochten, wilden vaak zijn raad horen. Hij wist precies welke groenten, welke specerijen en kruiden in welk seizoen mannen stimuleren en welke hen kalmeren. Tomaten, wortels, vijgen, en bananen, dille, munt en salie beval hij aan om de mannen rustig te maken. Gember, koriander, peper, artisjokken, granaatappels en abrikozen zouden hen stimuleren. En telkens weer adviseerde hij vrouwen zich te parfumeren met neroli-olie, die ze zelf uit oranjebloesem konden destilleren.

Doorgaans toonde men zich erkentelijk, want het resultaat liet niet lang op zich wachten. Maar het kwam ook voor dat een man geen enkele erotische belangstelling meer had. Een keer hoorde Salman een teleurgestelde vrouw zeggen dat haar man nog slapper was geworden. Sjimon luisterde belangstellend. 'Dan heeft je man een verkeerde lever,' verklaarde hij, en hij adviseerde haar een groente die mensen met een lever die niet 'verkeerd' was doorgaans kalmeerde. Regelmatig gaf hij de vrouwen de 'remedie' gratis.

Salman had geen idee wat een verkeerde lever was, maar veel buurvrouwen waren enthousiast over de 'remedie'.

Als er in de winkel niets te doen viel en Sjimon even pauzeerde, pakte hij een of andere groente, een aubergine, artisjok of selderij, streelde die en boog zich vertrouwelijk naar Salman toe: 'Weet je wat je van deze groente alleen al zou kunnen maken?' En omdat hij geen antwoord van Salman verwachtte, voegde hij eraan toe: 'Tweeëntwintig gerechten hebben wij, de oude Sofia en ik, laatst nog geteld. Tweeëntwintig compleet verschillende gerechten. Stel je eens voor: een reusachtige tafel met een hagelwit tafelkleed en daarop staan smalle en brede, platte en diepe, vierkante en ronde schalen die allemaal zijn gevuld met stevige aubergine- of artisjokken- of aardappelgerechten, en tussen de schalen, borden en schotels liggen op tafel rode en gele rozenblaadjes. En voor mijn bord staat een glas droge Libanese rode wijn. Wat kan God me in het paradijs meer bieden dan dit, hmm?' Salman wist niets anders te zeggen dan: 'Een waterpijp en een kop koffie met kardemom', en Sjimon lachte, streelde hem over zijn hoofd en kneep teder in zijn oorlel.

'Tjonge, jonge, jij bent in orde. Als je vader je niet in een dronken bui doodslaat, zul je het nog ver schoppen, zeg ik je.'

Het werk bij Sjimon was niet zwaar, maar hij stond erop dat Salman altijd gewassen, gekamd en in schone kleren bij hem kwam. 'Groente en fruit zijn een feest voor de ogen en de neus, nog voordat het feest voor de tong is begonnen.' Zelf was hij altijd proper en hij ging goed gekleed, beter zelfs dan de apotheker Jozef.

Eén keer stuurde hij Salman terug omdat deze direct na het voetballen bezweet naar hem toe was gekomen. 'Je bent mijn ambassadeur bij de klanten en als jij vies en ongewassen bent, wat moeten mijn klanten dan niet van mij denken?' Inderdaad betrad Salman voorname huizen met binnenplaatsen die mooier waren dan het paradijs dat de pastoor in de godsdienstles beschreef. Daarom verheugde hij zich meer op het bezorgen van de bestellingen dan op het werk in de winkel.

De klanten waren royaal, op één vrek na. Deze was professor aan de universiteit. Hij woonde in zijn eentje in een bescheiden huis en betaalde zijn rekening steevast aan het eind van de maand. 'Zulke klanten zijn een sieraad voor de winkel,' zei Sjimon op belerende toon, 'meer nog dan klinkende munt in je broekzak.'

'Waarom bent u nooit getrouwd?' vroeg Salman de professor op een dag. De vrek lachte: 'Ik ben zo lelijk dat ik me van mezelf zou laten scheiden, als ik kon.'

Van drie of vier vrouwen kreeg Salman een stuk chocola, een bonbon of zelfs een kus. Maar het gelukkigst was hij als hij bestellingen naar de weduwe Maria mocht brengen. Ze was rijk en had het hele huis voor zich alleen. De binnenplaats leek op een oerwoud; er bevonden zich zelfs drie bonte papegaaien.

De weduwe Maria bestelde veel en betaalde direct. Maar vaak pikte ze alleen een kleinigheid uit de volle mand en vroeg Salman de rest bij het huis ernaast af te leveren. 'De weduwe Maria heeft de kinderen wat groente gestuurd, zodat ze rode wangen krijgen,' riep hij dan vrolijk tegen de arme mensen.

Maar de belangrijkste reden dat hij graag naar de rijke weduwe ging, was dat ze een stoel voor hem onder de oude sinaasappelboom opstelde en hem exotische soorten jam voorzette, die hij nog nooit had geproefd. Pomeransen, kweeperen, pruimen, rozenblaadjes en andere vruchten en kruiden verwerkte ze tot gelei en jam. Ze was urenlang bezig met nieuwe mengsels, hoewel ze er zelf nog geen lepel van mocht hebben, want ze had suikerziekte. Maar ze wilde zien hoe al dat lekkers de mensen smaakte. Ze zei tegen Salman, die zijn eerste boterham snel naar binnen had gewerkt, dat hij langzamer moest eten en precies moest beschrijven hoe het smaakte; dan zou hij er nog een krijgen.

Dus onderdrukte Salman zijn verlangen. Hij zou graag iets voor zijn moeder of Sarah meenemen, maar hij durfde de weduwe er niet om te vragen.

Toen hij genoeg had gegeten, vertelde ze over haar leven. Alleen over haar man sprak ze met geen woord, zoals weduwen anders wel vaak doen. En altijd was ze omgeven door een aura van verdriet.

Toen Salman de groenteman naar de reden vroeg, zuchtte hij alleen. Volgens hem had Maria's man een diepe wond bij haar achtergelaten en daarom wilde ze niets over hem zeggen. Dat is trouwens niets voor kinderen, zei hij, en hij besproeide de radijsjes met water en legde de appels netjes in een krat.

Pas jaren later hoorde Salman dat Maria afkomstig was uit een bekende, zeer rijke familie. Ze was een van de eerste vrouwen die in de jaren twintig in Damascus eindexamen hadden gedaan. Al op de tweede dag na de bruiloft bedroog haar man haar met de kokkin. Maar voortdurend spiegelde hij haar voor dat zij zijn grote liefde was, zodat ze hem vergaf. Als dank bedroog hij haar opnieuw. Op zijn zestigste liep hij nog kwijlend achter elke rok aan, totdat de syfilisepidemie hem het leven kostte.

Sindsdien leidde ze een teruggetrokken leven. Ze was nog niet halverwege de zestig, maar zag eruit als tachtig.

Toen Salman Sarah vol vuur over het lekkers vertelde, dacht deze er hardop over na hoe ze ook aan zo'n exotische boterham kon komen.

'Misschien klop ik bij haar aan,' zei Sarah, 'en zeg dat ik heel arm ben en dat ik had gedroomd dat ze een groot hart en veel jam had en dat ik binnenkort zou doodgaan en daarom graag nog één keer tien boterhammen met allemaal soorten jam wilde eten.'

Salman lachte. Faise, Sarahs moeder, had hun gesprek door het open raam gevolgd. Ze kwam naar buiten en omhelsde Sarah ontroerd: 'Dat hoef je niet te doen. Morgen maak ik gelei van rozenblaadjes voor je.'

Sarah glimlachte tevreden. 'En overmorgen kweeperengelei,' zei ze, net toen er een agent de armenhof op fietste. Hij kreeg Sarah en Salman in het oog, glimlachte kort en vroeg naar het huis van een zekere Adnan, die gearresteerd moest worden omdat hij een aantal dure limousines had opengebroken en de stoelen, radio's en bij één auto zelfs het stuurwiel gedemonteerd en verkocht had. 'Aha,' zei Sarah, en ze wees naar het huis van Samira, Adnans moeder, aan de andere kant van de armenhof.

'Met zo'n bijzondere aanleg zou die Adnan een beroemde automonteur of coureur kunnen worden,' zei Sarah.
'Ben je gek, hij is gewoon slecht,' protesteerde Salman.
Adnan had uitsluitend doortrapte ideeën. Hij pakte katten, kleine honden, ratten en muizen bij hun staart, draaide ze rond als in een draaimolen en zette ze vervolgens op de grond. De arme schepsels strompelden als dronkenmannen weg, wankelend op hun poten, en soms gaven ze over. De bewoners van het asiel lagen dubbel van het lachen en zetten hem aan tot meer barbaarse daden. Salman vond hem alleen weerzinwekkend.

En het was Adnan die Salman er ten slotte toe dwong zijn spieren te trainen. Het was zondag, en Sarah wilde hem weer eens aan haar ijsje laten likken. Ze slenterden naar de ijsverkoper aan het Kisjlekruispunt. Sarahs keuze viel op een citroenijsje. Ze maakten rechtsomkeert en wilden naar huis teruglopen. Niet ver van haar straat stond die weerzinwekkende kerel bij drie andere jongens en grijnsde breed.
'Als je bang bent, maak dan dat je wegkomt. Ik red me wel,' fluisterde Sarah. Salman merkte dat ze beefde. 'Ach wat, ik maak korte metten met die kuikens. Eet rustig je ijsje op,' zei hij en hij voelde hoe zijn borstkas bijna explodeerde van zoveel opschepperij.
'Zeiloor, ezelsoor,' begon Adnan te zingen en de andere jongens vielen lachend in. Adnan hield Sarah aan haar schouder vast. In razend tempo likte ze aan haar ijsje en het was te horen hoe ze ademde als een astmapatiënt.
'Blijf met je vieze vingers van mijn vriendin af,' riep Salman woedend, en voor Adnan er erg in had, had hij een trap van Salman in zijn kruis te pakken. Hij kromp ineen, Sarah rende weg, maar de andere jongens beletten Salman te vluchten. De ijsverkoper zag de vechtpartij en riep luid dat ze moesten ophouden, en toen de jongens niet reageerden en op Salman bleven inslaan, holde de man met een bezem op hen af en sloeg uit alle macht op hun rug en hun achterwerk. Ze lieten Salman los en renden schreeuwend weg.
Die dag besloot Salman zijn spieren te ontwikkelen. 's Nachts droomde hij dat hij Adnan, die Sarah weer de weg versperde, met één hand door het raam van de groenteman op de eerste verdieping de lucht in slingerde.
En alsof de hemel zijn wensen had verhoord, vond hij niet lang daarna een ijzeren staaf van ruim een meter lang aan de kant van de weg. Hij nam hem mee naar huis. Hij wist hoe je van zo'n stang een halter kon maken. Je goot beton in een emmer, stak de stang erin en

liet het hard worden. Vervolgens stak je de stang met het andere eind in dezelfde hoeveelheid gemengd cement, zand en water. Het beton kreeg hij van metselaar Michail. Voor de linkerkant gebruikte hij een roestige emmer, die hij achter het kippenhok vond. Jammer genoeg kon hij nergens een soortgelijke emmer vinden voor de andere kant. Na lang zoeken koos hij een oude, gedeukte cilindervormige blikken bus.

Nadat alles was uitgehard, zag de halter er enigszins curieus uit; aan de ene kant hing een cilindervormige klomp beton, aan de andere een merkwaardige vorm, die gelijkenis vertoonde met een gekneusde worst. Dat kon Salman niet schelen. Hij was geobsedeerd door het idee de bijna tien kilo zware halter omhoog te krijgen. Maar dat viel niet mee, want de cilindervormige kant was ruim een kilo lichter dan de worstkant. Daarom kon Salman de stang maar een paar seconden omhooghouden, dan kantelde het werktuig opzij, en belandde met een klap op de grond. Sarah zag het geheel geamuseerd aan.

Salman trainde verder, maar telkens met hetzelfde resultaat. Een keer trof Sarah hem aan terwijl hij op de grond naar het plafond lag te kijken. Het gewicht lag scheef onder zijn hoofd.

'Van dat ding krijg je geen spieren,' zei ze. 'Je leert hoogstens zijwaarts te lopen als een kreeft en te vallen zoals mijn vader, als hij dronken is en zijn bed ziet.' Salman sloeg de uiteinden kapot met een hamer en bracht de stang naar een ijzerhandelaar. Die woog hem en gaf hem wel dertig piaster.

'Zesmaal ijs,' fluisterde Salman, en hij floot van blijdschap over zijn rijkdom. Drie ijshoorntjes deed hij Sarah cadeau. Haar verliefde blik deed zijn borstspieren groeien. Hij kon het letterlijk voelen.

5

De Midan-wijk ligt ten zuidwesten van het oude gedeelte van Damascus. Vandaar vertrokken de karavanen met pelgrims naar Mekka, daar werden ze bij terugkomst ontvangen. Daarom bevinden er zich veel moskeeën, winkels met benodigdheden voor pelgrims, hamams en groothandelaren in tarwe en ander graan in de brede hoofdstraat, die de naam van de wijk draagt: Midan-straat. Van die lange straat splitsten zich vele kleine straatjes af. De Aijubi-straat kwam uit op de drukke hoofdstraat, telde slechts vier huizen en een groot depot met anijszaad. De ingang van het depot bevond zich echter in een parallelle straat.

Nura hield van de zoetige lucht, die haar aan bonbons deed denken. De Aijubi-straat was naar de grote clan genoemd die ooit in de vier huizen woonde en die werd aangevoerd door Samih Aijubi, die na de opstand van 1925 tegen de Franse bezetter door de politie werd gezocht. Hij vluchtte met zijn familie naar Jordanië, waar hij de bescherming van de Engelsen genoot. Later, bij de oprichting van het koninkrijk Jordanië, werd hij de privésecretaris van de koning en spion voor de Britse Kroon in het koninklijk paleis. Hij werd Jordaniër en keerde nooit meer terug naar Damascus.

Vlak na Aijubi's vlucht kocht een rijke koopman, die Abdullah Mahaini heette, de huizen voor weinig geld. Mahaini, een rijk man, wiens voorouders in de zeventiende eeuw uit Midden-Syrië waren gekomen en zich hier in de Midan-wijk hadden gevestigd, verkocht in zijn filialen, die over het hele land verspreid lagen, textiel, edele houtsoorten, leder, wapens en bouwmaterialen. Hij bezat vestigingen van een Nederlands elektronicabedrijf, een Duitse naaimachinefabrikant en een Franse autobouwer.

Het kleine huis aan het einde van de doodlopende straat was een subliem voorbeeld van de bouwkunst en de levensstijl van het oude Damascus. Mahaini schonk het zijn dochter Sahar, Nura's moeder, als huwelijkscadeau. De drie andere huizen verkocht hij met een flinke winst. In tegenstelling tot Mahaini's eerste vrouw, die hem vier zoons schonk, leek zijn tweede, de moeder van Sahar, uitsluitend meisjes in haar schoot te dragen. Ze bracht er acht gezond ter wereld, en niet één wilde de handelaar langer te eten geven dan nodig was. Na hun vijftiende diende een echtgenoot voor hen te zorgen. Sommige buren zeiden kwaadaardig dat hij zich alleen geneerde voor het leeftijdsverschil tussen zijn dochters en de zeven vrouwen met wie hij in de loop der jaren trouwde, die almaar jonger werden naarmate de rijke Mahaini ouder werd.

Tot aan zijn dood woonde hij in een paleis in de buurt van de Omajjaden-moskee. De mededingers naar de hand van zijn dochters liepen af en aan, want het was een groot voorrecht met een dochter van Mahaini te mogen trouwen.

Met Sahar was het niet anders. Zoals het merendeel van zijn dochters kon ze niet lezen, maar ze was erg knap. Heel wat mannen vroegen haar ten huwelijk, maar Mahaini stuurde alle kooplieden en kleermakers, apothekers en onderwijzers weg. Voor Sahars moeder had hij alleen een medelijdende glimlach over wanneer ze om een afwijzing treurde.

'Voor Sahar heb ik al een uitstekende man gevonden,' zei hij zacht, als iemand die zeker is van zijn zaak. 'Een sieraad voor jou als schoonmoeder.'

Abdullah Mahaini was een belezen en geestige man: 'De hele dag ben ik bezig onder mijn negen krijgshaftige vrouwen, achtenveertig kinderen, tien dienstboden en tweehonderdvijftig medewerkers de vrede te bewaren. Napoleon had het heel wat gemakkelijker.'

Hij hechtte aan tradities, maar stond open voor vernieuwing, trouwde met negen vrouwen, maar wilde niet dat een van zijn vrouwen of dochters een sluier droeg. Als een streng gelovige moslim hem naar de reden daarvan vroeg, herhaalde hij de woorden van een door hem hooggeachte jonge soefi-geleerde: 'God heeft het gezicht geschapen om door ons te worden gezien en herkend. Het hart maakt vroom – niet de sluier.'

Hij legde zijn vrouwen en zijn dochters uit dat de sluier geen islamitische uitvinding was, maar duizend jaar voor de islam in het oude Syrië werd bedacht. Alleen adellijke vrouwen mochten destijds in het openbaar een sluier dragen. Het gold als een teken van luxe. Als een slavin of een boerin een sluier droeg, werd ze bestraft.

Mahaini hield van gezelligheid en omringde zich graag met ontwikkelde mannen, met wie hij het badhuis bezocht en zakendeed. Onder zijn beste vrienden bevonden zich twee joden en drie christenen.

Hij was vol lof over de gerespecteerde, maar arme soefi-geleerde sjeik Rami Arabi, wiens preken hij elke vrijdag in de kleine Salahmoskee in de Midan-wijk aanhoorde. Daarvoor liet hij het pompeuze gebed onder leiding van de grootmoefti van Damascus in de naburige Omajjaden-moskee schieten.

En zo werd de magere kleine sjeik de schoonzoon van de grote Mahaini en later de vader van Nura.

Met Nura's grootouders van vaderskant was het zo dat haar grootmoeder niet met Nura's moeder kon opschieten, hoewel haar grootvader zijn schoondochter verafgoodde. Hij was mensenschuw en bleef letterlijk in het verborgene, en als het niet absoluut noodzakelijk was, bezocht hij niemand. Nura's moeder verwende hem dan altijd enorm. Maar zijn vrouw, Nura's grootmoeder, was een energieke oude vrouw die vaak bij hen langskwam. 'Ik kom alleen om de slimme en gezegende Nura te bezoeken,' riep ze ongeneerd. 'Het personeel kan me gestolen worden. En hoe sneller ik een fatsoenlijke kop koffie krijg, des te sneller ik weer ben vertrokken.'

Zo snel zette Nura's moeder voor niemand anders koffie.

Grootvader Mahaini kwam elke vrijdagmiddag na het plechtige gebed eten. Alleen op vrijdag kon hij, naar hij zei, rustig slapen, want dan had hij geen vragen meer.

Het leek of een fee de jonge geleerde verklapte welke vragen er wekelijks door het hoofd van de oude koopman Mahaini spookten, want vanaf de kansel gaf hij op precies die vragen antwoord. Nura's moeder Sahar moet later tegen een buurvrouw hebben gezegd: 'Mijn man zou er beter aan hebben gedaan als hij met mijn vader in plaats van mij zou zijn getrouwd. Ze hadden geweldig met elkaar kunnen opschieten.'

Dat klopte niet helemaal, want als ze alleen waren vlogen de twee vrienden elkaar geregeld in de haren. Mahaini hield de jonge sjeik voor dat hij zijn toehoorders niet tientallen jaren, maar slechts enkele maanden vooruit moest zijn. Als hij zo snel ging kon geen mens hem meer volgen. Zo maakte hij het zijn vijanden gemakkelijk, en in plaats van moefti van Syrië te worden, moest hij nu in die kleine vervallen moskee voordrachten voor analfabeten en gehoorgestoorden houden.

'Ja ja, heel interessant. Ben je ineens een analfabeet?'

'Pardon?' riep de rijke handelaar en hij lachte luid.

'De mensen uit Damascus,' zei Nura's vader, 'snurken hard, terwijl de trein van de beschaving aan hen voorbijgaat. Hoe je het ook aanpakt, een snurker schrikt altijd als je hem wakker maakt,' voegde hij er met een wanhopig gebaar aan toe.

En na elke ontmoeting kapittelde de grote Mahaini zichzelf omdat hij zijn geleerde en rechtschapen schoonzoon zo streng had bekritiseerd. Maar sjeik Rami Arabi ging vaak slapen met het voornemen Mahaini's wijze raad op te volgen en de mensen het bittere medicijn niet met emmers tegelijk, maar lepel voor lepel toe te dienen.

Jaren later herinnerde Nura zich een gebeurtenis die voor haar in al zijn eenvoud symbool stond voor de diepe vriendschap tussen grootvader Mahaini en haar vader. Op een dag repareerde haar vader een kistje voor Nura's speelgoed. Toen kwam haar grootvader op bezoek en zoals altijd leek hij brandende vragen op zijn hart te hebben. Maar Nura's vader schroefde en hamerde verder, zonder aandacht te schenken aan de oude man, die onrustig op zijn stoel heen en weer schoof.

Toen hij stekelige opmerkingen begon te maken over tijd verspillen met kinderachtige zaken, stond haar vader op, verdween in zijn werkkamer en kwam terug met een schaar en twee vellen papier. 'Kun je een zwaluw vouwen, die ook kan vliegen?' vroeg hij zijn schoonvader liefdevol.

'Ben ik soms een kind?' bromde deze.

'Dat zou ik jou en mij toewensen,' zei Nura's vader, en hij wijdde zich weer aan het scharnier van de kist. Haar moeder kwam net met de koffie die ze voor haar vader had gezet en bleef als versteend in de deur staan. Ze stond versteld toen de oude man glimlachte, op de grond knielde en het stuk papier begon te vouwen.

Het was Nura's eerste papieren zwaluw, die langzaam in cirkels vloog, maar soms ook in een boom bleef hangen of met de snavel omlaag neerstortte als Nura hem van de eerste verdieping liet zweven.

Nura's ouderlijk huis was heel rustig, hoewel het dicht bij de hoofdstraat lag. In de lange donkere gang waardoor je van de straat op de binnenplaats weer in de openlucht kwam, stierf elk geluid weg.

Het was een kleine schaduwrijke binnenplaats, waarvan de bodem was versierd met ornamenten van kleurig marmer, die doorliepen in de vloeren van de omliggende ruimtes. In het midden van de binnenplaats stond een kleine fontein, waarvan het klaterende water grillige klanken voortbracht – muziek in de oren van de mensen in Damascus. Gedurende de warme maanden van het jaar hoorden ze niets liever dan dat.

Soms zat haar vader langdurig met gesloten ogen bij de fontein. Eerst dacht Nura dan dat hij sliep, maar daarin vergiste ze zich. 'Het water maakt deel uit van het paradijs, daarom kan geen moskee zonder. Wanneer ik hier zit en het geklater hoor, keer ik terug naar mijn oorsprong, naar de buik van mijn moeder. Of nog verder, naar de zee, en dan hoor ik golven tegen de kust slaan, alsof ik naar de hartslag van mijn moeder luister,' zei hij een keer toen ze naast hem zat en lang naar hem had gekeken.

Een trap voerde naar de eerste verdieping. Het platte dak dat erboven lag, was voorzien van een fraaie smeedijzeren balustrade. Het grootste gedeelte van het dak werd gebruikt om de was te laten drogen. Ook vruchten, groenten en vooral de verschillende soorten jam werden daar onder de brandende zon gedroogd. Ongeveer een kwart van de oppervlakte werd ingenomen door een grote, lichte zolderkamer, die door Nura's vader als werkkamer werd gebruikt.

Het toilet was een piepklein kamertje onder de trap. Als zoveel Arabische huizen had het huis geen badkamer. Je waste je bij de fontein of in de keuken, en nam eenmaal per week een bad in de nabijgelegen hamam.

Het mooist vond Nura haar ouderlijk huis in de zomer, want zodra de binnenplaats 's middags in de schaduw lag en haar moeder van haar dagelijkse kopje koffie met buurvrouw Badia terugkwam, besproeide ze de tegels en de planten met water en schrobde de marmeren vloer tot hij blonk en de kleuren prachtig uitkwamen.

'Nu is het tapijt van koelte neergelegd, nu kan de avond beginnen,' zei haar moeder elke dag opgeruimd. Het was een ritueel. Ze trok een schone jurk aan, een eenvoudige huisjapon, en draaide de kraan van de fontein open. Het water spoot uit de gaatjes omhoog en belandde met veel lawaai in het bekken, waarin haar moeder 's zomers een grote watermeloen legde. Ze haalde een bord met zoutjes en ging bij de fontein zitten. Tegen de tijd dat Nura's vader van de moskee kwam, was de meloen koud en smaakte verfrissend. Tot dan toe was haar moeder in een uitstekend humeur. Maar zodra haar vader arriveerde, werd ze stijf en koel. Er heerste trouwens verder ook ijzige kilte tussen haar ouders. Vaak zag Nura hoe andere paren elkaar omhelsden, grapjes maakten of elkaar zelfs kusten, zoals bij buurvrouw Badia. Ook hoorde ze verbaasd hoe openhartig vrouwen in hun koffiekransjes over hun intiemste bedgeheimen spraken. Ze gaven elkaar tips en deden de trucs uit de doeken waarmee ze hun mannen verleidden en zichzelf ook wat genot verschaften. Ze adviseerden elkaar over lingerie, dranken en parfums, en gingen op in beschrijvingen van allerlei soorten kussen. Dat waren dezelfde vrouwen die zich met een hoofddoek om en neergeslagen ogen over straat haastten, of liepen te sloffen alsof ze nog nooit hartstocht hadden gekend.

Nura's ouders kusten elkaar nooit. Er stond een onzichtbare muur tussen hen. Niet één keer zag Nura haar ouders elkaar omhelzen. Een keer kon Nura, toen de kamerdeur op een kier stond, vanaf de bank haar ouders op de binnenplaats zien zitten. Ze zaten bij de fontein en dronken koffie. Ze konden Nura niet zien, want haar kamer lag in het donker. De twee waren in een opperbest humeur en lachten veel over een of ander familielid dat zich op een bruiloft mal had gedragen. Opeens stak haar vader zijn hand uit om de blote schouders van haar moeder te strelen. Het was een snikhete dag en haar moeder droeg alleen een dun nachthemd. Toen hij haar aanraakte, sprong haar moeder op. 'Laat dat, je moet naar de moskee,' zei ze, en ze ging op een andere stoel zitten.

Het enige wat behalve de kilte tussen haar ouders als een rode draad door Nura's kinderjaren liep, waren boeken.

'Boeken, overal stinkende boeken,' klaagde haar moeder vaak. De boeken stonken niet, maar ze waren inderdaad overal. Ze bezetten de boekenkasten van de twee kamers op de begane grond en van de zolderkamer, waar ze ook nog opgestapeld of opengeslagen op de grond lagen. Een stoel achter het bureau en een bank waren de enige vrije plekken. Daar zat Nura later urenlang te lezen.

In de slaapkamer van haar ouders en in de keuken mochten geen boeken staan. Dat was de wens van haar moeder, waar haar vader zich morrend in schikte, want tenslotte was het huis – ook na de bruiloft

– van haar. 'Behalve zijn dertig luizen en drieduizend naar schimmel ruikende boeken bezat jouw vader niets,' zei Nura's moeder lachend tegen haar. Ze overdreef niet. Rami Arabi was een geleerde soefi, die niet veel op had met aardse goederen en die de geneugten van de heilige teksten verkoos boven alle andere genietingen.

In tegenstelling tot zijn eerste vrouw kon Sahar, Nura's moeder, niet lezen. Ze was zeventien jaar jonger dan haar man, en ze was net zeventien geworden toen hij met haar was getrouwd. Rami Arabi had drie zoons uit zijn eerste huwelijk. Ze waren bijna net zo oud als zijn tweede vrouw en hadden zelf een gezin. Ze kwamen zelden bij hun vader thuis, want Nura's moeder mocht hen niet, en ze sprak niet graag over hen en zijn overleden eerste vrouw. Ze keek neer op zijn zoons, niet alleen omdat ze net als hun vader arm waren gebleven, maar ook omdat ze bovendien simpele zielen waren. Dat wist Nura's vader ook, en hij leed eronder dat hij geen intelligente zoons had. Hij hield van Nura en zei tegen haar dat zij de schranderheid bezat die hij graag bij een van zijn zoons had gezien. 'Als je een man zou zijn, zou je de mensen in de moskee betoveren.'

Zelf had hij geen mooie stem of een knap uiterlijk, zaken die bij Arabieren een grote rol spelen. Hoewel zijn zoons hem teleurstelden, was hij steeds vol lof over zijn eerste vrouw, iets waar Nura's moeder zich bijzonder aan ergerde. Soms siste ze: 'De begraafplaatsen ruiken naar wierook, maar hier stinkt het naar ontbinding.'

Tegelijk diende Nura's moeder haar man eerbiedig en trouw. Ze kookte voor hem, waste en streek zijn gewaden, en troostte hem als hij een van zijn vele nederlagen had geleden. Maar ze had geen seconde van hem gehouden.

Haar moeder had het huis, maar hij had het laatste woord. Ze wilde graag een sluier dragen om een duidelijke scheiding aan te brengen tussen haar privéleven en de wereld van de anderen, maar hij had net zo'n grote hekel aan sluiers als haar vader. 'God heeft je met een mooi gezicht gezegend omdat hij de mensen een plezier wilde doen,' zei de een voor en de ander na haar huwelijk.

Toen een verre tante, die gefascineerd was door Nura's knappe gezicht, opperde dat het misschien beter was haar een sluier aan te meten, zodat ze de mannen niet zou verleiden, lachte Nura's vader haar uit: 'Als het zo eerlijk zou toegaan als God en zijn profeet zeggen, moeten mannen ook een sluier dragen, want heel wat mannen verleiden vrouwen met hun schoonheid, of heb ik het mis?'

Als door een adder gebeten sprong haar tante op en verliet het huis, want ze had zijn woorden begrepen. Ze had een verhouding met een dandy uit haar buurt. Iedereen wist het, behalve haar echtgenoot. Nura's moeder was daarna twee dagen lang in een slecht humeur omdat ze de zinspelingen van haar man niet bijzonder gastvrij vond. Ze was trouwens toch al behoorlijk verkrampt. Als ze de was ophing, lette ze er altijd op dat haar ondergoed aan de middelste lijn hing. Alleen daar was het veilig voor de nieuwsgierige blikken aan weerszijden van het terras. Ze had een eigenaardig gevoel van schaamte, alsof het ondergoed niet van katoen, maar van haar eigen huid was vervaardigd.

Ook haar buurvrouw Badia mocht geen sluier dragen. Haar man wilde zelfs dat ze ook de gasten ontving. Hij was een rijke textielhandelaar in de Al Hamidije-soek en kreeg vaak bezoek – zowel van Europeanen als van Chinezen. Badia bediende ze gereserveerd, want ze was van mening dat ongelovigen onrein waren.

Maar in tegenstelling tot Badia, die niet bijzonder veel respect voor haar man had, vreesde Sahar haar man Rami – zoals ze alle mannen vreesde sinds haar vader haar ooit een pak slaag had gegeven omdat ze hem als klein meisje ten overstaan van zijn gasten argeloos een 'haan met veel kippen' had genoemd en hem zo te schande had gemaakt. Toentertijd wachtte hij geduldig tot zijn gasten het huis hadden verlaten, en liet zich vervolgens door zijn personeel een stok aanreiken. Allebei haar handen werden vastgehouden. Toen sloeg hij erop los, en noch de tranen van haar moeder, noch de smeekbeden van de bedienden haalden iets uit. 'De man is de kroon op mijn hoofd,' moest ze luid en duidelijk herhalen. Haar stem werd meer dan eens in haar tranen gesmoord, maar die dag leek haar vader hardhorend te zijn.

Ook haar man kon binnen enkele seconden tot een uitbarsting komen. Hij sloeg haar nooit, maar gaf haar ervan langs met zijn tong, die scherper was dan een mes van Damascener staal en haar hart doorsneed. Telkens als zijn lippen trilden en zijn gezicht van kleur verschoot, was ze bang.

Ze wilde koste wat het kost een zoon. Maar na Nura stierven alle kinderen vlak na de geboorte.

Nog jaren later herinnerde Nura zich dat haar moeder haar meenam naar de begraafplaats in de buurt van Bab al Saghir. Daar, op die oude begraafplaats, waren behalve eenvoudige graven ook koepelvormige bouwsels met graven van zeer aanzienlijke mannen en vrouwen uit de begintijd van de islam. Het waren familieleden en metgezellen van de Profeet. Haar moeder bezocht telkens het graf van Um Habiba, een van zijn vrouwen, en het graf van Sakina, een achterkleindochter van de Profeet. Daar stonden altijd veel in zwart gehulde sjiitische vrouwen, vooral pelgrims uit Iran, die met hun linten en doeken langs alle schrijnen streken, alsof een aanraking voldoende was om een relikwie mee naar huis te nemen. En hoewel haar moeder behoorde tot de soennitische meerderheid en een nog grotere afkeer had van sjiieten dan van joden of christenen, bad ze daar en vroeg om een zoon. Ze raakte de schrijn met haar hand aan en masseerde vervolgens haar buik. Een doek durfde ze niet mee te nemen, want haar man stak de draak met al dat bijgeloof en daarom vreesde ze dat de vertoornde doden haar met een miskraam zouden straffen.

Al met al bracht haar moeder, herinnerde Nura zich, meer tijd door op de begraafplaatsen dan onder de levenden. Ze marcheerde met honderden gelovigen naar de graven van beroemde islamitische geleerden en metgezellen van de Profeet, beklom met hen de berg Qassiun bij Damascus en legde bloemen en groene mirtetakjes op de graven. Nura hield helemaal niet van de vermoeiende processie, die 's ochtends vroeg begon en doorging tot de muezzin 's middags zijn oproep deed. De optocht werd op bepaalde dagen van de heilige maanden ragab, rchaban en ramadan gehouden, om het even of het buiten ijskoud of tropisch warm was. Nura moest altijd mee, haar vader onttrok zich eraan. Hij beschouwde dergelijke rituelen als bijgeloof en verfoeide ze.

En elke keer eindigde de processie voor de poort van een moskee aan de voet van de berg Qassiun. Daar stonden honderden, zo niet duizenden mensen die hun wensen en smeekbedes luidkeels tot de hemel richtten. Alles voltrok zich in hoog tempo: het bezoek, het neerleggen van de bloemen en groene mirtetakken, en de gebeden. Want zowel de profeten als de engelen luisterden alleen naar de gebeden tot het middag was, zei haar moeder. En inderdaad, wanneer de muezzin opriep tot het middaggebed, viel iedereen op slag stil. Ook was het jarenlang de gewoonte dat de gelovigen de talloze bronzen kloppers en ijzeren ringen hanteerden die de deur van genoemde moskee tooiden en een hels kabaal veroorzaakten, tot de sjeik ze geergerd liet verwijderen en het teleurgestelde gezelschap toeriep: 'Als God en de profeten jullie uitroepen en gebeden niet horen, dan horen ze ook jullie oorverdovende geklop niet.'

Haar moeder was dol op de processie en het leek wel of ze in trance was als ze eraan deelnam. Daarom wist ze ook beter dan haar vader wanneer bepaalde graven werden bezocht en op welke tijd van de dag.

Soms verzuchtte deze wanhopig: 'Wie is hier de sjeik, jij of ik?'

Nura's vader had haar moeder verboden naar kwakzalvers te gaan. Het zou beter zijn als ze naar een echte dokter ging. Ook wilde hij niets van de deelname van zijn vrouw aan de processies naar dode en levende heiligen weten. Daarom verraadde Nura nooit een bezoek van haar moeder aan gewijde graven of heilige mannen. Ze had medelijden met haar. Het ging zover, dat ook Nura God begon te smeken dat haar moeder een zoon mocht krijgen.

Acht keer groeide haar moeders buik en welfde zich indrukwekkend boven haar benen, en daarna, als haar moeder weer mager werd, was er geen kind. Algauw leerde Nura het woord miskraam. Maar geen beproeving kon de droom van haar moeder verstoren. De achtste miskraam was bijzonder zwaar en met het nodige geluk wisten de artsen haar leven te redden, maar de prijs was hoog: ze kon nooit meer zwanger worden. Haar man verweet haar dat ze zichzelf onvruchtbaar had gemaakt met het duivelse goedje dat de kwakzalvers haar hadden voorgeschreven.

Die achtste en laatste miskraam herinnerde Nura zich heel goed. Haar moeder kwam jaren ouder uit het ziekenhuis. In die tijd ontdekte haar moeder tijdens hun gezamenlijke bad in de hamam dat de borsten van haar elf tot twaalf jaar oude dochter zich begonnen te welven. 'Je bent een vrouw geworden,' riep ze verwonderd uit. Er klonk een zweem van verwijt in door.

Vanaf dat moment behandelde haar moeder haar niet meer als het meisje dat ze was, maar als een volwassen vrouw, die door kwijlende, begerige mannen was omringd.

Toen Nura haar vader over de overdreven angst van haar moeder vertelde, lachte hij alleen, maar later begreep hij dat hij het voorgevoel van zijn dochter serieus had moeten nemen. Haar wantrouwige moeder vond iedere jonge man verdacht, alsof ze bang was dat ze zich direct op haar zouden storten.

'Beneden in de kelder heb ik een touw klaargelegd. Als jou iets overkomt, hang ik me op,' zei ze op een ochtend. Nura doorzocht de kelder, maar afgezien van een dunne waslijn vond ze niets. Niettemin maakte ze zich zorgen om haar moeder en begon alles wat ze meemaakte voor haar te verzwijgen.

Haar vader was bereid om te luisteren naar elke vraag, en men bezocht hem niet alleen in de moskee, maar ook thuis om zijn raad te vragen. Hij stond bekend om zijn geduld en zijn openhartigheid, en hij wond zich zelden op, zelfs niet als hem werd gevraagd waarom God de muggen had geschapen en waarom een mens moest slapen. Hij gaf geduldig en vriendelijk antwoord. Maar als het om vrouwen ging, wilde hij nergens, maar dan ook helemaal nergens antwoord op geven. Meer dan eens onderbrak hij de hulpzoekende botweg:

'Dat zijn vrouwenzaken, vraag het liever aan de vroedvrouw of aan je moeder.' Hij was doodsbang voor vrouwen.

Regelmatig zei hij dat de Profeet reeds voor de sluwheid der vrouwen had gewaarschuwd. Maar nog vaker vertelde hij over de man, die een wens had. Een fee wilde zijn wens in vervulling doen gaan. De man verlangde een brug van Damascus naar Honolulu. De fee sloeg haar ogen ten hemel en jammerde dat dit heel moeilijk voor haar was, en of hij misschien een minder lastige wens had. Ja, zei hij, hij zou zijn vrouw willen begrijpen. Toen vroeg de fee of hij de brug naar Honolulu met een een- of een tweebaansweg wilde hebben.

Hoe zou Nura hem of haar moeder van de jonge smid kunnen vertellen, die haar telkens op de hoofdstraat opwachtte en zacht vroeg of hij de scheur tussen haar benen voor haar zou naaien. Hij had wel een geschikte naald. Thuis bekeek ze zichzelf in de spiegel. Ja, de genoemde plek vertoonde gelijkenis met een scheur. Maar naaien?

Zeker, ze zag naakte jongens in de hamam. Want op vrouwendag mochten de vrouwen hun zoontjes meenemen, tot zich bij hen de eerste tekenen van opwinding manifesteerden, en vanaf dat moment moesten ze met hun vader naar het badhuis. Maar al die jaren geloofde ze wat een buurvrouw in de hamam had verteld, namelijk dat jongens vanaf hun geboorte enigszins gehandicapt waren en niet goed konden plassen, daarom had God hun dat slangetje geschonken, zodat ze zichzelf niet voortdurend zouden benatten.

Ze leerde trouwens nog veel meer in de hamam. Het was niet alleen een plek waar het om lichaamsverzorging en properheid ging, maar je kon er ook uitrusten en lachen. Daar hoorde ze altijd verhalen en leerde ze dingen van oudere vrouwen die in geen enkel boek voorkwamen. De vrouwen leken hun schaamte en schroom met hun kleren te hebben afgelegd en vertelden openhartig over allerlei dingen. De warme, vochtige ruimte geurde naar lavendel, amber en muskus.

Hier kreeg Nura exotische dranken en gerechten die ze buiten nooit proefde. Iedere vrouw deed haar best haar kookkunst te perfectioneren en bracht het smakelijke resultaat mee. Dan zaten alle vrouwen in een kring, en ze proefden van de ruim twintig gerechten en dronken er mierzoete thee bij. Elke keer kwam Nura terug met een hart vervuld van vreugde.

Toen ze haar schoolvriendin Samia over de lastige smid vertelde, zei ze: 'Dat is een bedrieger. Mannen hebben geen naald, maar een beitel, en ze maken het gat nog groter.' En Samia raadde haar aan de opdringerige man te vertellen de scheuren van zijn zusters te naaien, en als hij nog genoeg garen over had, dan moest hij het eens bij zijn moeder proberen.

Ook zou Nura haar vader of haar moeder graag hebben gevraagd waarom ze duizend excuses bedacht om de bleke jongen met de grote ogen te kunnen zien die in de herfst van 1947 bij de stoffeerder met zijn opleiding begon, toen ze net in de vijfde klas zat.

De zaak van de stoffeerder bevond zich in de buurt. De eerste dag zag de jongen haar langsslenteren en glimlachte verlegen. Toen ze de volgende dag langsliep om de jongen weer te zien, knielde hij in de hoek op een tapijtje en bad. Ook de volgende dag bad hij, en de dag daarop eveneens. Dat verwonderde Nura en ze vroeg het haar vader en moeder, maar die wisten ook niet waarom. 'Misschien is het toeval,' zei haar vader, 'dat die jongen net aan het bidden is als jij langsloopt.'

'Of hij heeft iets op zijn geweten,' vulde haar moeder aan, voor ze de soep in haar bord schepte.

Toen ze de jongen de keer daarop alweer biddend aantrof, vroeg ze aan zijn baas, een oude man met een korte spierwitte baard, of de jongen iets had misdaan.

'Lieve hemel, nee hoor. Het is een brave jongen,' zei de meester met een minzame glimlach, 'maar voordat hij leert hoe hij met katoen, wol, textiel en leer moet omgaan, moet hij leren om te gaan met mensen. Wij doen ons werk op de binnenplaatsen. Dikwijls is er alleen een huisvrouw of een oude grootmoeder thuis. Soms laten de mensen ons zelfs helemaal alleen hun huis binnen om er de bedden, matrassen en sofa's te repareren, terwijl zij boodschappen doen, werken of bij de buren op bezoek gaan. Als een stoffeerder dan niet honderd procent betrouwbaar is, schaadt hij de goede naam van het gilde. Daarom wordt voorgeschreven dat hij tot een vrome gezel moet worden opgeleid voordat hij het eerste huis binnengaat.'

De jongen sloeg zijn ogen tijdens de toespraak ten hemel, en Nura glimlachte over die korte, maar duidelijke mededeling.

Toen de jongen tegen de middag water van de openbare pomp naar de werkplaats droeg, wilde ze hem opwachten. Veel winkels hadden geen waterleiding. De jongen moest een paar keer heen en weer lopen en het water emmer voor emmer aanslepen.

Op een dag wachtte Nura bij de pomp. De jongen glimlachte tegen haar. 'Als je wilt, kan ik je helpen,' zei Nura, en ze liet hem haar blikken kan zien. De jongen lachte: 'Wat mij betreft graag, maar dat mag ik niet accepteren, want dan moet ik een halfuur langer bidden. Maar ik kan je hier even gezelschap houden, als je wilt,' voegde hij eraan toe, en hij zette een grote kan onder de kraan.

Er kwamen maar weinig mensen naar de pomp, en ze bleven niet lang.

Nura dacht vaak aan de jongen als ze gedichten en liedjes hoorde die over mooie engelen gingen. Ze had geen idee wat er mooi was aan zo'n wezen met reusachtige vleugels, maar Tamim was mooier dan welke andere jongen in de buurt ook en als hij praatte, begeleidden de slagen van haar hart elk van zijn woorden.

Tamim had maar twee jaar bij een sjeik leren lezen en schrijven; daarna moest hij werken, want zijn ouders waren arm. Eigenlijk wilde hij graag kapitein op een schip worden in plaats van matrassen en stoelen, sofa's en bedden stofferen. 'En dan ook nog elke vrije minuut bidden. Mijn knieën doen er pijn van,' zei hij tegen haar.

Toen Tamim haar een keer vertelde dat hij de volgende dag naar de Al Hamidije-soek moest om voor zijn baas een partij naaigaren en gekleurd draad bij een groothandel te halen, besloot ze hem daar te ontmoeten. Ze wilde naast ijssalon Bakdasj op hem wachten.

's Ochtends al vertelde ze dat ze misselijk was. Zoals altijd drukte haar moeder haar op het hart de school te mijden, want ze had zelf een hekel aan school, maar durfde er niet hardop over te praten aangezien Nura's vader wilde dat Nura haar middelbare-schooldiploma zou halen.

Haar vader vond ook dat ze er bleek uitzag. Als ze zich slechter zou gaan voelen, kon ze met de tram naar huis. Dus ging Nura naar school. Een uur later wist ze het schoolhoofd met een bleek gezicht en bevende stem van haar misselijkheid te overtuigen. Maar tien stappen van de school vandaan kreeg haar gezicht weer kleur en werd haar tred veerkrachtiger. Haar school lag niet ver van de Al Hamidije-soek. Ze hield de tien piaster liever in haar zak en ging te voet.

Om tien uur arriveerde Tamim. Hij droeg een grote lege boodschappenmand. Hier op de markt zag hij er nog knapper uit dan bij zijn baas.

'Als iemand ons iets vraagt, zijn we broer en zus, daarom moeten we hand in hand lopen,' stelde ze voor – de hele nacht had ze daarop zitten broeden. Hij gaf haar zijn hand, en ze had het gevoel dat ze zou sterven van geluk. Zwijgend liepen ze door de drukke soek.

'Zeg eens iets,' zei ze.

'Ik vind je hand prettig,' zei hij. 'Hij is net zo warm en droog als die van mijn moeder, maar veel kleiner.'

'Ik heb tien piaster,' zei ze, 'en die heb ik niet meer nodig voor de tram. Ik loop wel naar huis. Van welk ijs hou je het meest?'

'Citroen,' zei hij.

'En ik Damascener bessen,' zei ze lachend. 'Daar wordt je tong helemaal blauw van.'

'En ik krijg kippenvel van citroenijs.' Hij likte verlekkerd zijn lippen. Ze kochten ijsjes en slenterden over de markt. De lente bracht de geur van bloesem in de straten. Nura verlangde ernaar haar lievelingsliedje te fluiten zoals de jongens dat deden, maar als meisje mocht ze het niet. Ze liepen nu ieder apart, want Tamim hield met de ene hand de mand vast en met de andere zijn ijsje. En Nura moest lachen omdat Tamim zo luidruchtig aan zijn ijsje likte. Maar algauw was het zo druk in de soek dat ze zich voor hem uit door de menigte moest worstelen. Een blinde bedelaar fascineerde haar met zijn gezang. Ze vroeg zich af waarom blinden zo'n bijzondere stem hadden. Op dat moment voelde ze Tamims hand. Zij had de helft van haar ijsje nog niet eens op, en hij was al klaar! Ze draaide zich om en hij glimlachte. 'Niet bang zijn, het is je broer maar,' zei hij zacht. Toen ze voor de ingang van de markt uit elkaar moesten gaan, hield Tamim haar handen nog lang in de zijne. Hij keek haar in de ogen, en voor het eerst in haar leven voelde Nura haar adem stokken van vreugde. Hij trok haar naar zich toe. 'Broers en zusters nemen afscheid met een kus,' zei hij, en hij kuste haar op haar wang. 'En zodra ik kapitein ben, kom ik met mijn schip en haal je af,' zei hij en hij verdween snel in de menigte, alsof hij zich schaamde voor de tranen die over zijn wangen liepen.

Een maand later knielde er een andere jongen op het kleine gebedstapijt en bad.

'En waar is de...' vroeg ze aan de baas, en ze beet op haar tong om de naam niet te hoeven uitspreken die ze al die nachten in haar kussen had gefluisterd.

'Ach, die,' zei de baas geamuseerd. 'Die is 'm gesmeerd. Hij liet zijn ouders een paar dagen geleden weten dat hij op een Grieks vrachtschip had aangemonsterd. Een rare jongen.'

Die nacht moest haar vader de dokter halen. Een week lang had ze koorts.

Twee jaar na Nura's vlucht klopte een krachtig gebouwde man in marine-uniform op de voordeur. Hij was kapitein-ter-zee, zei hij tegen haar vader. Destijds lag haar moeder vanwege een blindedarmoperatie in het ziekenhuis.

Volgens haar vader glimlachte hij toen hij van Nura's vlucht hoorde, en gaf hij hem vriendelijk een hand. 'Nura was altijd op zoek naar het ruime sop,' zou hij hebben gezegd. Die woorden maakten zo'n indruk op haar vader dat hij – tot verdriet van zijn vrouw – vaak over die ontmoeting vertelde, zelfs op zijn sterfbed.

Maar dat gebeurde pas tientallen jaren later.

6

Niemand vroeg Salman waar hij was geweest wanneer hij zich een paar dagen niet op school liet zien. En onder de honderd kinderen en vijf onderwijzers was er maar één die vriendelijk naar hem glimlachte: Benjamin, die naast hem in de schoolbank zat.

Toen hij 's middags thuiskwam, was zijn moeder nog steeds bezig hun schuilplaats schoon te maken. Met veel moeite bracht ze de kamers in orde. Ze sopte en poetste, gooide het afval eerst op de binnenplaats en schoof het vervolgens in de vertrekken van de voormalige weverij.

Tot vroeg in de middag maakte ze alles klaar voor haar man en vluchtte vervolgens met de jongen naar haar onderkomen. En van Sjimon hoorde ze dat ze zich geen zorgen hoefde te maken – ze kon er een paar jaar blijven wonen, want de erfgenamen van de oude wever procedeerden tegen elkaar. Het piepkleine huisje lag dicht bij de historische Bulos-kapel, dus het zou veel geld opbrengen.

Na een tijdje hield zijn moeder op met huilen en hun toevlucht rook niet meer muf, maar geurde naar uien en tijm. Het huis had geen stroomaansluiting, maar de kaarsen verdreven de duisternis en de kou. Ook het toilet en het bad functioneerden, want al vechtend om de erfenis had men vergeten het water af te sluiten.

Algauw begonnen moeder en zoon als twee samenzweerders te lachen over het domme gezicht dat Salmans vader zou zetten als hij die avond dronken thuiskwam en niemand aan zou treffen om te slaan. Maar het geluk van de armen is van korte duur.

Op een nacht stond Salmans vader opeens in de kamer. Zijn schaduw danste wild over de muren. De twee kaarsen leken voor hem te beven. Zijn stem en de geur die hem omgaf, een weerzinwekkende mengeling van arak en bederf, vulden de hoeken en gaten die zijn lichaam nog niet in beslag had genomen. Salman durfde nauwelijks nog te ademen.

Pas later hoorde hij van Sarah dat buurvrouw Samira, de vrouw van pompbediende Jusuf, die aan de andere kant van de armenhof tussen de bakkersknecht Barakat en het kippenhok woonde, hun schuilplaats voor een lira had verraden. Niets ontsnapte aan Samira's aandacht. Vanuit haar huis hield ze alles in de gaten wat er bewoog in de acht huizen, twee toiletten, twee houten schuurtjes en het kippenhok van het asiel. Salman kon de buurvrouw het verraad nooit vergeven. Hij vermeed het haar naam uit te spreken en noemde haar alleen nog 'verraadster'.

Die nacht sleurde Salmans vader zijn moeder aan haar haren de trap af en de straat op, en als Sjimon en Kamil niet waren komen aanrennen en hem de weg hadden versperd, zou hij de arme vrouw helemaal naar de armenhof hebben gesleept. Ze bevrijdden Mariam uit zijn greep en terwijl Sjimon haar overeind hielp, duwde Sarahs vader, de politieman, de tierende man voor zich uit, terug naar de armenhof. 'Hou je rustig en dwing me niet mijn uniform aan te trekken, je weet waar ik je dan naartoe breng,' bromde hij om de dolleman tot bedaren te brengen.

Salman stond voor het raam en zag zijn eigen betraande gezicht. Hij was bang dat zijn vader zou terugkomen en ook hem aan zijn haren naar huis zou trekken. Maar toen het stil bleef, wilde hij nog maar één ding: naar zijn moeder. Op dat moment hoorde hij luid geblaf van de benedenverdieping komen, dat overging in gejank, alsof een hond bang was of honger had.

Salman hield de kaars boven zijn hoofd en probeerde door het raam naar de binnenplaats te kijken, maar het kaarslicht werd door de inktzwarte duisternis opgeslokt nog voor het de grond bereikte.

Angstig en nieuwsgierig liep hij langzaam de trap af, en nog voor hij bij de laatste tree was aangekomen, viel er een zwarte kluwen tegen zijn voeten. Een paar stralende ogen keek hem aan.

De hond was groot, maar uit zijn speelsheid en onhandigheid viel op te maken dat hij jong was. Hij had een mooie kop en een grote bek. Door het geronnen bloed op zijn borst merkte Salman pas dat het dier een wond aan zijn hals had. Het leek erop dat iemand de hond zwaar had toegetakeld en hier in de bouwval had achtergelaten.

'Wacht,' riep Salman en hij liep de trap weer op. Tussen de lappen die zijn moeder in een la bewaarde, vond hij een schoon stuk stof, afkomstig van een oude jurk. Dat wikkelde hij voorzichtig om de hals van de gewonde hond, die hem was gevolgd en verbazingwekkend stil bleef zitten.

'Je gaat niet dood,' zei Salman, en hij aaide hem over zijn kop. 'Evenmin als mijn mama,' voegde hij eraan toe, en hij omarmde de hond. De hond kermde van de honger. Salman herinnerde zich het schaapsbot dat slager Mahmud hun had gegeven en waarmee zijn moeder laatst soep had gemaakt. Ze had het bot bewaard, dan kon Salman de restjes vlees afkluiven als hij weer honger kreeg. Salman gaf het aan de hond, die het bot met graagte verslond, en intussen onafgebroken kwispelde. Nadat Salman de hond langdurig over zijn kop had geaaid, werd deze pas rustiger. Als twee verstotenen keken ze elkaar aan, en Salman zou die hondenblik nooit vergeten.

Hij sloop weg, maar vergat niet de deur van de binnenplaats zorgvuldig te sluiten, alsof hij bang was dat de hond ervandoor zou gaan. Toen hij het huis van zijn ouders binnensloop, was de ochtendschemering al aangebroken. Zijn moeder zat nog op haar matras, terwijl zijn vader luid in de andere kamer lag te snurken.

'Binnenkort zal hij je niet bang meer maken,' fluisterde hij zijn moeder in haar oor. 'Ik heb een grote hond, en die zal gauw groeien en iedereen opeten die aan je komt, mama,' zei Salman, en zijn moeder glimlachte, sloeg haar arm om hem heen en viel meteen in een diepe slaap. Maar Salman bleef wakker en verroerde zich niet, tot zijn vader 'Koffie!' riep en zijn moeder ontwaakte. Toen ze naar de keuken liep, dommelde Salman in. Hij zag de hond. De hond was zo groot en machtig als een paard en had sneeuwwitte vleugels. Hij, zijn moeder en Sarah zaten op zijn rug en zweefden boven de christelijke wijk. Zijn moeder omklemde angstig Salmans buik en hij hoorde hoe Sarah haar geruststelde en zei dat de hond een betoverde zwaluw was, die heel goed wist wat hij deed en haar nooit zou afwerpen.

Sarah riep hem luid over het hoofd van zijn moeder toe: 'Salman, Salman, je moet je hond een naam geven, anders raak je hem kwijt.'

'En hoe moet hij heten?' riep hij tegen de wind in.

'Vlieger,' hoorde hij Sarah en zijn moeder in koor antwoorden.

De hond vloog in een bocht om de kerk van de heilige Maria, die Salman voor het eerst van boven zag, en toen vloog de hond langs de Abbara-straat en arriveerde hij bij de armenhof. Salman zag de buren uit hun huizen komen. Ze wezen omhoog en riepen: 'Vlieger.'

Hij schrok wakker. Zijn vader stak juist zijn tweede sigaret op en ging op weg naar zijn werk.

'Vlieger heet mijn hond,' mompelde Salman zacht, en hij sprong uit bed.

7

Pasen 1948 deed Salman zijn eerste communie. Maar in het tweede jaar kwam de Heilige Nicolaas-school hem, nadat hij een keer de vrijheid van die vrije dag had geproefd, nog onverdraaglijker voor. Hij meed de school. Alleen 's winters, als het buiten ijskoud was, ging hij naar school en vergewiste zich er eens te meer van dat hij in dat vochtige gebouw, waar iedereen insloeg op iemand die zwakker was, niets te zoeken had.

Toen de lente lokte, voelde Salman de drang samen met Benjamin naar de velden voor de stadsmuur te gaan. Daar rook hij het leven, de lucht smaakte naar abrikozenbloesem en naar de jonge, wrange amandelen, die nog groen waren en die ze direct na het plukken opaten.

Ze lachten veel en speelden met de hond. En al snel was die ook op de sterke Benjamin gesteld en liet hij zich door hem dragen, terwijl hij als een bontkraag over zijn schouders lag. Binnen zes maanden groeide Vlieger op tot een prachtig, maar kolossaal beest. En op een gegeven moment speelde Benjamin het niet meer klaar de hond op te tillen. 'Dat is een vermomde ezel,' zei hij, kreunend onder het gewicht, en hij viel op zijn achterste, liet de hond gaan en lachte.

'De ezel ben jij,' zei Salman. 'Mijn Vlieger is een vermomde tijger.'

Vroeg in de zomer werd pastoor Jakub door de bisschop naar een bergdorp aan de kust overgeplaatst, nadat hij zich in Damascus met zijn fanatisme impopulair had gemaakt. Niet veel later, nog voor het einde van het tweede jaar, ging Benjamin definitief van school af. Hij werkte nu bij zijn vader. Het was een aardige, kleine man met een gezicht vol littekens en rimpels. Hij bewonderde de kracht van zijn jonge zoon, die nu een kop groter was dan hij en die hem soms, als er geen klandizie was, met één hand optilde.

Twee dagen na Benjamins vertrek nam ook Salman eens en voor altijd afscheid van de Heilige Nicolaas, en hij betrad de school nooit meer.

Geen buurman vroeg hem waarom hij niet meer naar school ging, zoals de andere kinderen. In de armenhof was de school niet erg belangrijk. Men streed de strijd om het naakte bestaan. Ze vonden het vanzelfsprekend dat Salman thuisbleef en zijn zieke moeder verzorgde, die zodra hij in de buurt was ophield met huilen en jammeren.

'Waarom ga jij niet meer naar school?' vroeg Sarah op een middag.

'Mijn moeder...' Hij wilde iets verzinnen, maar toen Sarah hem aankeek, bestierf de leugen hem op de lippen. 'Ik haat de school. Het is er verschrikkelijk... Ik wil niets meer leren,' stamelde hij boos.

'Wil je liever dat ik je mooie dingen voorlees, zoals vroeger?' vroeg Sarah, die wist wat de werkelijke reden was voor zijn afkeer van de school.

'Ik vind boeken niet leuk meer. Vertel liever iets,' zei hij.

'Ben je gek, boeken zijn geweldig. Niemand kan zo goed vertellen als de boeken die ik heb gelezen,' zei ze.

En zo kwam het dat ze hem voorlas. En met elk boek werd het lezen opwindender en spannender. Op een dag nam Sarah een boek met vreemde rekensommen en wonderlijke cijferraadsels mee. Vanaf dat moment begon Salman te ontdekken dat hij veel plezier had in het oplossen van ingewikkelde sommen. Sarah was verbaasd hoe snel hij kon hoofdrekenen, en die middag gaf ze hem als beloning drie kussen op zijn voorhoofd en een op zijn lippen.

Bijzonder geboeid was Salman door een boek over de aarde. Hij bestudeerde geduldig de loop van de grote rivieren van de wereld, en algauw wist hij van veel landen precies waar ze lagen. Hij had alleen moeite met voorlezen. Hij las gehaast en zag letters en regelmatig hele woorden over het hoofd. Sarah streek hem over zijn kruin en fluisterde: 'Rustig, rustig. We zijn niet op de vlucht.'

Het duurde een vol jaar totdat hij foutloos en met de juiste klemtoon kon lezen. Sarah was ingenomen met haar succes als lerares en was bijna elke dag bij hem.

De twee vormden een oplettend paar, een toonbeeld van rust en schoonheid.

Natuurlijk maakten de buren zich vrolijk over hen, en met name Samira zag hen in gedachten al als bruidspaar. Sarahs moeder wond zich daarover op, en ze las Samira de les. 'En vergeet niet, mijn man is bij de politie,' waarschuwde Faise ten slotte, en ze beende ten overstaan van de buren, die op die dag allemaal buiten zaten, met opgeheven hoofd naar haar woning. Vanaf die dag was het rustig.

Sarah bleef Salman meenemen naar verre landen en vreemde volkeren. Jarenlang gaf ze hem les, zonder vakantie en soms zonder genade. Haar laatste les gaf ze vlak voor haar bruiloft. Die dag lachten ze veel. Toen ze met Salman de laatste bladzijden van Guy de Maupassants *Sterk als de dood* had besproken, zei ze: 'Al die jaren heb ik erop gewacht dat ik je zou vervelen.' Salman zweeg. Hij vond geen woorden om uiting te geven aan zijn dankbaarheid.

Sarah had alles voorbereid. Ze overhandigde Salman een certificaat, dat ze voor hem had ondertekend. 'Salman is mijn beste leerling', stond erop, in het Arabisch en het Frans. Door de datum, handtekening en drie stempels, een rode, een groene en een blauwe, kreeg het document een officieel tintje. Maar Salman herkende het politiestempel, waarvoor Sarahs vader had gezorgd. 'Dat doet me aan de gevangenis denken,' zei hij lachend.

Maar dat gebeurde negen jaar later. Laten we naar de zomer van het jaar 1948 teruggaan, toen Salman net van school af was gegaan.

Toen het warmer werd, nam Salman de hond 's middags vaak nog eens alleen mee om een lange wandeling door de velden te maken, omdat Benjamin rond die tijd vaak in de falafelkraam moest werken. De hond nam graag een duik in het riviertje en rende achter elke stok aan.

Vlieger vrat alles wat Salman hem voorzette en begreep elk woord dat hij tegen hem fluisterde. Ook zonder ketting bleef hij op de binnenplaats zitten als zijn baasje vertrok. Hij jankte zacht en hartverscheurend, maar verroerde zich niet als Salman daar om had gevraagd.

Op een dag in augustus joeg de hond twee grote boerenjongens op de vlucht die Salman tijdens zijn wandeling aanvielen. Ze waren sterk en wilden zich met de tengere stadsjongen Salman amuseren. De hond zagen ze pas toen deze, bezorgd om zijn schreeuwende baas, uit het water sprong. Salmans wangen gloeiden van trots. Die dag bracht hij zijn beschermer een groot bord met restjes vlees. Hij liet hem met rust om te eten en ging naar huis.

'Vandaag slapen we ongestoord in onze schuilplaats,' zei hij.

'Maar dat heeft toch geen zin. 's Nachts komt hij me halen,' zei zijn moeder.

'Niemand komt je halen. Vlieger kan wel twee mannen zoals vader aan,' zei Salman. Hij hield voet bij stuk tot zijn moeder met hem meeging naar hun schuilplaats. Ze verbaasde zich erover hoe mooi en sterk de zwarte hond inmiddels was geworden. En toen Salman haar over de gescheurde broeken van de boerenjongens vertelde, en hoe ze toverspreuken hadden geschreeuwd in de hoop zich daarmee tegen de hond te beschermen, moest ze zelfs lachen.

'De hond verstaat geen Arabisch,' riep zijn moeder.

Ze aten brood en olijven, en dronken thee; toen gingen ze slapen. Nog jaren later zou Salman zeggen dat olijven hem nooit meer zo goed hadden gesmaakt als toen.

Hij werd wakker toen hij beneden het wanhopige roepen van zijn vader hoorde. Salman liep met een kaars in zijn hand omlaag. Zijn vader lag angstig jammerend op zijn buik in de gang en boven op hem, in overwinnaarpose, stond de hond.

'Kom hier nooit meer naartoe,' schreeuwde Salman, en hij floot zijn hond. Nog nooit had hij zijn vader er zo snel vandoor zien strompelen, alleen zijn vloeken bleven achter.

Maar nog geen jaar later werden de erfgenamen van de wever het eens en ze verkochten het huis voor goed geld aan de kerk. Op die plek zou, zo dicht bij de Bulos-kapel, een modern katholiek bejaardentehuis verrijzen.

Maar de hond mocht de armenhof niet in. Niet alleen Salmans vader, ook de meeste buren waren ertegen, blijkbaar waren ze bang dat hun kinderen iets zou overkomen. Het hielp niets dat Sarah en Salman aan iedereen lieten zien hoe lief Vlieger voor kinderen was. Buurvrouw Samira voerde met haar onophoudelijke gesnater de strijd

tegen de hond aan. 'Samira is bang dat hij 's nachts alle mannen aan stukken scheurt die haar thuis komen opzoeken,' zei Sarah.
'Wat voor mannen?' vroeg Salman.
'Dat is niets voor kleine jongens,' antwoordde Sarah, en ze keek veelbetekenend in de verte.
In de ruïne van een voormalige papierfabriek in de buurt van de Oosterpoort vond Sarah een onderkomen voor Vlieger. Het was een vergeten wachthuisje. Het was overwoekerd door klimop en goed bewaard gebleven. Daar bleef de hond totdat hij zeven jaar later op mysterieuze wijze verdween. Maar voor die tijd gebeurden er belangrijke dingen in Salmans leven. Daarom moeten die eerst worden verteld.

Als Sarah hem niet voorlas, zijn moeder hem niet nodig had, hij niet met zijn hond onderweg was en toevallig geen baantje had, speelde Salman op straat. Ruim tien jongens ontmoetten elkaar daar dagelijks. Hij voegde zich bij hen, maar drong zich nooit op de voorgrond en werd nooit een van hen.
Vijf van hen woonden bij hem op de armenhof en waren net als hij straatarm, maar zodra ze op straat met de andere kinderen speelden, die er altijd beter doorvoed en schoner uitzagen dan zij, deden ze alsof alleen hij, Salman, van de armenhof kwam. Vooral zijn afstaande oren waren het mikpunt van spot. Samira's zoon Adnan vertelde een akelig verhaal over de manier waarop ze waren ontstaan: 'De vroedvrouw had haast, maar Salman wilde niet op de wereld komen. Hij was doodsbenauwd voor het leven. Maar de vroedvrouw greep hem bij zijn oren en trok hem naar buiten.' Hij lachte boosaardig en stak de anderen aan.
Later noemde Adnan hem 'zoon van de gek'. Salman voelde diep in zijn hart hoe hij schrok. Zijn moeder was niet gek. Ze was ziek. Heel ziek. Maar hoe moest hij dat die onbehouwen kerel duidelijk maken?
Het woord 'hoerenzoon' lag hem op de lippen, maar zijn angst duwde het zijn keel weer in en hij slikte moeilijk. Adnan was groot en sterk.

Hoe oud hij was toen hij voor het eerst kookte, wist hij later niet meer, maar het moet in het jaar zijn geweest dat zijn moeder en hij definitief uit het wevershuis waren vertrokken. Faise merkte dat Mariam zo verward was dat je haar niet meer alleen naar de keuken kon laten gaan. Ze kookte nu voor zichzelf en voor de familie van haar vriendin. Sarah hielp haar en op een gegeven moment voegde Salman zich bij hen.

'Leer me koken,' zei hij tegen Faise, maar de vrouw stuurde hem lachend de straat op, naar de anderen. 'Ga maar met de jongens spelen. De keuken is niets voor mannen,' zei ze. Er viel niets aan te doen. Dus begon hij haar heimelijk te observeren: hoe ze rijst waste, vermicelli kookte, uien schilde, knoflook plette en schapenbotten doormidden brak om bij het smakelijke merg te komen. Nog geen jaar later kon hij verschillende eenvoudige maaltijden bereiden. Faise en Sarah vonden het eten lekker. En zijn vader? Na vijf jaar had die nog steeds niet in de gaten dat zijn vrouw niet meer voor hem kookte. Toen het steeds slechter met haar ging, hield hij op met schreeuwen en slaan. Een keer zag Salman, terwijl hij deed of hij sliep, dat zijn vader het hoofd van zijn moeder streelde en zacht iets voor haar zong.

'Bij jullie staat alles op zijn kop, de vrouw ligt in bed en de man maakt schoon,' zei buurman Marun, die met zijn vrouw en tien kinderen in twee piepkleine kamertjes aan de overkant woonde, toen Salman de ramen van hun huis lapte.

'Maruns ogen slapen,' fluisterde Sarah tegen Salman, toen zijn buurman verder liep, 'maar zijn kont maakt de hele nacht muziek. Ik hoor hem zelfs op mijn matras,' zei ze zacht op samenzweerderige toon. Marun was een armoedige controleur die kaartjes afscheurde in de Aida-bioscoop, die vroeger een roemrijk verleden had gekend maar nu in de versukkeling was geraakt en alleen nog oude films op het programma had staan. Een kaartje kostte twintig piaster en daar zagen de zaal en het filmdoek dan ook naar uit. Salman had genoeg over die stinkende tent gehoord om er nooit van zijn leven meer heen te gaan. De bioscoop was vergeven van de mannen die naar jongensbillen graaiden en van hongerige ruziezoekers, kerels die vaak dronken waren. Soms kwam Marun met een blauw oog of een gescheurde jas thuis. Zijn vrouw Madiha was een intelligente, mooie kleine vrouw. Elke dag hield ze hem voor met wie ze allemaal had kunnen trouwen, als ze niet de fout van haar leven had gemaakt door hem haar jawoord te geven.

'Maar ze schijnt niets van haar fout te hebben geleerd,' zei Sarah spottend. Elk jaar kreeg Madiha met Pasen een kind. Maar geen van de kinderen bezat ook maar een greintje van de schoonheid en het verstand van hun moeder. Ze keken je allemaal aan met de domme blik van hun vader, die bij de bioscoopingang afwezig de kaartjes aanpakte, een stuk afscheurde en de rest aan de bezoeker teruggaf, zonder deze aan te kijken. De kinderen waren voortdurend aan het kauwen. 'Die hebben geen honger, ze zíjn honger,' zei Sarahs moeder Faise.

Salman was wanhopig op zoek naar werk. De dagen duurden lang, want Sarah kwam pas 's middags van haar dagschool, en de aanhoudende leegte in zijn broekzak ergerde hem nog meer dan de verveling. Zijn vader liet bij buurvrouw Faise precies zoveel geld achter als ze voor levensmiddelen nodig had.

Ook omdat hij wilde ontkomen aan zijn vader, die zijn moeder na hun terugkeer iets beter, maar hem nog slechter behandelde, zocht Salman een baan. Hij wilde die groezelige grote man met zijn donkere, doorgaans ongeschoren gezicht niet meer zien. Hij wilde hem niet meer horen schreeuwen: 'Sta op, luie kankerhond!' En hij wilde de schoppen niet meer voelen die hij kreeg als hij, omdat hij sliep, niet meteen in de gaten had wat er zo belangrijk was.

Salman was jaloers op de kinderen van de buren, die elke morgen in koor door hun ouders en de rest van de familie in alle toonaarden werden uitgezwaaid, en in zijn hart beantwoordde hij elke groet die hij uit de hof hoorde komen. Maar hij had ook medelijden met hen, want zij moesten nog naar de Heilige Nicolaas-school. Eén jongen ging niet meer. Salman bewonderde hem omdat hij al een beroep had en door iedereen met respect werd behandeld, als een volwassene: Said.

Said was wees. Sinds zijn ouders waren omgekomen bij een busongeluk woonde hij bij de oude weduwe Lucia. Zij woonde in een klein huis recht tegenover de toegangspoort tussen de bakkersknecht Barakat en de grote gemeenschappelijke keuken. De weduwe adopteerde Said omdat ze geen kinderen had en de katholieke kerk voor het kind betaalde, aangezien zijn vader tientallen jaren als conciërge op de katholieke eliteschool had gewerkt. De school lag vlak bij de Heilige Nicolaas-school en was voorbehouden aan de zoons van rijke christenen.

Said was even oud als Salman, net zo knap als de dochters van de bakkersknecht en een beetje achterlijk, zoals Maruns kinderen. Na de dood van zijn ouders – hij zat toen in de vierde klas – wilde hij geen dag langer op school blijven en ging als hulpje bij een hamam in de buurt van Bab Tuma werken. Hij kreeg geen loon, en de paar piaster fooi die Said ontving als de mannen tevreden over hem waren, gaf hij aan zijn pleegmoeder. Op die manier was ook zij tevreden over hem.

Toen Salman aan Said vroeg of hij zijn chef niet kon vragen of ze nog een jongen in de hamam konden gebruiken, toonde deze zich zo verrast dat het leek of hij een dergelijk verzoek voor het eerst hoorde. Het duurde een jaar totdat Said meldde dat zijn chef hem wilde zien. Die dag wreef Salman zijn bleke wangen bijna tot bloedens toe met puimsteen. Sarah zag hoe hij zich in de keuken waste en zijn haren

kamde. 'Ga je vandaag trouwen?' vroeg ze. 'De badmeester wil me zien. Hij moet niet denken dat ik ziek ben,' lachte hij.
'Ben je bang?' vroeg ze. Salman knikte.
In onderhemd en met de doek om zijn buik zag de badmeester er inderdaad zo angstaanjagend uit als een samoerai. Hij nam Salman op en schudde toen zijn hoofd. 'Je hebt gezegd dat je een sterke vriend hebt. Waar is hij?' riep hij tegen Said. 'Dit hier is een tandenstoker. Als mijn gasten hem zien, denken ze dat we een hospitaal voor hopeloze gevallen zijn.'

8

'Arabi is de familienaam van mijn man,' zei haar grootmoeder, 'en daarom ook van jouw vader, maar ik heet Karima, en als je mij moet hebben, roep dan "oma Karima" en niet "oma Arabi". En weet je ook wat dat betekent, kindje?' Nura schudde haar hoofd.

'Karima betekent "edel", "kostbaar" en "gul". Een vrouw moet vooral gul zijn. Dat bevalt de mannen, want ze zijn nogal angstig en verwachten voortdurend een hongersnood. Ik heb al heel vroeg geleerd gul te zijn, en daarom kun je me vragen wat je wilt, ik zal het je geven – zelfs al is het mussenmelk,' zei ze, en ze werkte verder aan haar kleurige papieren vlieger.

Toen Nura haar vader vroeg hoe mussenmelk smaakte, lachte hij en zei dat het een van de vele verzinsels van zijn moeder was, maar ze kon het gerust eens proberen.

Maar haar moeder werd kwaad: 'Wat vertelt jouw moeder voor onzin? Mussen leggen eieren en geven geen melk. Zulke hersenspinsels bederven het meisje,' zei ze, en ze sloeg haar ogen ten hemel.

Dus bij het volgende bezoek wilde Nura mussenmelk. Haar grootmoeder verdween in de keuken en kwam terug met een glas lilakleurige melk. 'Die mus heeft vandaag een heleboel bessen opgepikt,' zei ze. De melk smaakte heerlijk zoet en geurde naar donkere Damascener bessen.

In de straat van grootmoeder Karima rook het erg lekker. Uit de bakkerij, die niet ver van haar huis lag, kwam altijd een geur van vers gebakken brood. De kleine bakkerij was gespecialiseerd in een bijzonder dun plat brood met een diameter van een halve meter. Het brood was goedkoop. Boeren en arbeiders kochten er veel van. Nura's ouders lustten het niet. Ze zeiden dat het smaakte alsof het verbrand was, en dat het te zout was.

Maar telkens als ze bij haar grootmoeder was, haalde die een groot vers plat brood, dat ze samen aan de grote tafel opaten, gewoon zo, zonder iets erbij. Haar grootvader moest lachen als hij die twee zag. 'Jullie zitten erbij als Indische fakirs, alsof we niets te eten hebben,' protesteerde hij. 'Jullie eten brood zonder beleg.'

'Een meisje moet vroeg leren blij te zijn met kleine dingen,' zei haar grootmoeder. 'Mannen kunnen dat niet.'

Nura wilde zo vaak ze kon naar grootmoeder Karima toe, maar toen ze nog klein was, moest ze telkens wachten tot haar vader haar kon brengen. Haar moeder ging zelden bij haar schoonouders op bezoek. Elke keer als Nura naar hen toe wilde, kreeg haar moeder migraine en vroeg ze aan haar vader of hij alleen met Nura kon gaan.

Nog jaren later zag Nura haar grootmoeder in haar kleine huisje scherp voor zich. De binnenplaats was één grote jungle van woekerende planten. Stoelen en hoekbanken gingen volledig schuil achter een gordijn van klimmende jasmijn en sinaasappelboompjes, oleanders, rozen, hibiscus en andere bloemen die in potten op groen geverfde houten steunen stonden. Als Nura bij haar grootmoeder aankwam, vlocht de oude dame snel een krans van bloeiende jasmijntakjes en zette die op Nura's hoofd.

Haar grootvader was een kleine, stille, stokoude man die ergens in die jungle zat te lezen of zijn gebeden opzegde. Met zijn flaporen leek zijn gezicht op dat van haar vader, en zijn stem was nog ieler en hoger.

Een keer verraste ze haar grootvader door de krantenkoppen voor te lezen. 'Je kunt dus lezen!' zei hij verbaasd.

Wanneer ze het precies had geleerd wist ze niet meer, maar toen ze op haar zevende in de eerste klas kwam, kon ze al uitstekend lezen.

Elke keer als Nura op bezoek kwam, maakte haar grootmoeder een vlieger voor haar van gekleurd papier. Haar vliegers waren veel mooier dan de exemplaren die je in de winkel van Abdo kon kopen. Bij elk uitstapje liet ze een vlieger op, en altijd stond ze midden in een groepje jongens, die er allemaal om bedelden ook een keer aan het touw te mogen trekken om met de vlieger mooie krullen aan de hemel te schrijven.

Haar moeder was ontdaan en geneerde zich, want vliegeren was een spel voor jongens en niet voor meisjes. Haar vader lachte er alleen maar om, maar toen ze tien werd, verbood hij het haar.

'Je bent nu een jongedame, en een dame heeft geen papieren vlieger nodig,' zei hij.

Maar met nog meer passie dan ze bloemen kweekte en vliegers in elkaar zette, maakte haar grootmoeder jam. Ze bereidde niet alleen de in Damascus gangbare abrikozen-, pruimen- en kweeperenjam, maar maakte moes van alles wat ze in handen kreeg: rozen, sinaasappels, pomeransen, kruiden, druiven, vijgen, dadels, appels, mirabellen en cactusvijgen. 'Met zoete jam streel je de tong van vriend en vijand, zodat ze minder zure dingen over je zeggen,' beweerde ze.

Op een dag was Nura naar haar grootvader op zoek om hem trots haar nieuwe jurk te laten zien, maar ze kon hem nergens vinden. Opeens dacht ze aan de woorden van haar moeder, die de jam van haar schoonmoeder met geen vinger aanraakte, en buurvrouw Bahia had verteld dat oma een heks was die ze ervan verdacht zelfs jam van kikkers, slangen en spinnen te maken.

'Waar is grootvader?' vroeg Nura argwanend. 'Heb je misschien jam van hem gemaakt?'

Grootmoeder glimlachte. 'Nee, hij is op reis gegaan naar een heel ver land,' antwoordde ze, en ze haastte zich naar de keuken. Toen Nura haar achternaging, zag ze dat haar grootmoeder hartverscheurend snikte. En ook later kon ze niet begrijpen dat de dood haar grootvader zo stilletjes had meegenomen dat ze het niet had gemerkt.

Op haar tiende had Nura alle hoop om met de buurkinderen te spelen definitief opgegeven. Wat waren ze allemaal onschuldig! Maar niet één keer had ze met hen kunnen spelen, omdat haar moeder haar voortdurend riep.

Dus begon ze zich voor boeken te interesseren. Als haar vader van de moskee kwam, las hij haar voor wat ze maar wilde. En toen liet hij haar op een dag zien hoe je letters schrijft. Hij verbaasde zich erover dat ze zo snel leerde lezen en schrijven. Ze verslond alles en bekeek alle afbeeldingen die in de boeken van de grote bibliotheek van haar vader te vinden waren. En op een dag verraste ze haar vader met een gedicht dat ze uit het hoofd had geleerd, een lofzang op de schepping. Hij was er zo van onder de indruk dat hij begon te huilen. 'Van zo'n kind heb ik altijd gedroomd. God is mij genadig,' zei hij, en hij kuste haar en schuurde met zijn stoppelbaard langs haar wang.

Tot dan toe had haar moeder elke keer als Nura naar de zolderkamer boven ging gejammerd: 'Waar heeft een meisje al die stoffige boeken voor nodig?'

Maar toen haar man Nura's liefde voor boeken als 'Gods genade' betitelde, durfde ze er niet meer mee te spotten.

Nura las langzaam, genuanceerd en luid. Ze proefde de woorden op haar tong en hoorde dat elke woord dat ze las zijn eigen melodie had. Door de jaren heen kreeg ze er gevoel voor hoe elk woord moest worden uitgesproken om het goed te laten klinken. Zo kon ze, als je haar vader moest geloven, al voordat ze naar school ging Koran-citaten en gedichten beter voordragen dan een vijfdeklasser.

Nura telde de dagen van de zomer die haar nog van school scheidden zoals een gevangene de laatste dagen voor zijn langverwachte vrijlating telt.

Nu waren er destijds in heel Damascus maar een paar meisjesscholen. De christelijke waren het best, en niet ver van Nura's huis stond een heel voorname school die door nonnen werd geleid. Maar haar moeder dreigde het huis te verlaten of er een eind aan te maken als haar dochter naar de ongelovigen zou worden gestuurd. Haar vader kookte van woede, er werden tranen vergoten en er was veel tumult, en ten slotte werden ze het eens en viel de keus op de beste islamitische school, die ver weg in de deftige Soek Saruja-wijk lag.

In augustus was het dus een uitgemaakte zaak dat ze die school zou bezoeken. En toen kwam de grote verrassing.

Op een dag verkondigde haar vader vrolijk dat zijn goede en zeer gelovige vriend Mahmud Humsi hem in de moskee had gezegd dat ook zijn dochter Nadia naar die goede school in de Soek Saruja-wijk zou gaan en er met de tram heen zou rijden.

Nura's moeder viel bijna in katzwijm. Ze huilde en beschuldigde haar man ervan lichtzinnig met het leven van zijn dochter te spelen. Hij vertrouwde het leven van een teer meisje toe aan dat rijdende ijzeren gedrocht. En als iemand haar zou ontvoeren, omdat ze zo mooi was?

'Niemand kan de tram kapen, die rijdt altijd op dezelfde rails en nummer 72 heeft een halte op de hoofdstraat, maar vijfentwintig stappen van onze voordeur, net zo ver als van mijn vriend Humsi's huis.'

Nura kon wel vliegen, zo licht en gelukkig voelde ze zich. 's Avonds ging ze naar het besnijdenisfeest van de rijke familie Humsi. Daar zou Nura haar aanstaande klasgenote Nadia leren kennen.

Het huis was vol gasten. Nura hield de hand van haar moeder stevig vast. Voortdurend werd ze door mensen die ze niet kende over haar hoofd en wangen gestreeld. Alleen de dikke buurvrouw Bahia en haar man waren haar vertrouwd.

In haar rode fluwelen jurk zag Nadia eruit als een prinses. Ze nam Nura bij de hand en trok haar door het gewoel naar een hoek, waar hoge piramides met lekkers stonden. 'Tast toe, de volwassenen laten straks alleen kruimels over,' zei ze, en ze trok een met pistache gevulde banketstaaf uit een piramide.

Nura was opgewonden. Nog nooit had ze zoveel mensen en zo'n groot huis gezien. Iedereen was vrolijk, er heerste een feestelijke stemming. Die dag hoorde Nura voor het eerst van het *tuhur*-feest, het rituele besnijdenisfeest. Nadia zei alleen dat haar broer dan een echte, reine moslim zou worden.

De tafels bezweken bijna onder de last van de lekkernijen, alsof de gastheer en gastvrouw bang waren dat hun gasten van honger zouden omkomen. Algauw kreeg Nura grote trek bij de aanblik van de piramides met zoete gebakjes van bladerdeeg met noten en suiker, maar ze was verlegen en raakte niets aan. Nadia daarentegen propte het ene gebakje na het andere naar binnen.

Opeens werd het onrustig en een paar vrouwen fluisterden opgewonden: 'Hij komt, hij komt.' Op dat moment kreeg Nura kapper Salih in het oog, die een zaak op de hoofdstraat had, niet ver van Elias' snoepwinkel. Het was een grote, magere man, altijd glad geschoren en met geolied, naar achteren gekamd haar. Hij droeg altijd een witte stofjas en had vijf kanaries die het hoogste lied zongen, als een orkest. Soms zag Nura dat hij een dirigent imiteerde als hij geen klanten had.

Meneer Salih beantwoordde de groet van de mannen met een minzaam knikje. Met zijn koffer in zijn rechterhand liep hij naar de overkant van de versierde binnenplaats. Op dat moment zag Nura de bleke jongen met de fleurige kleren. Veel kinderen baanden zich een weg naar hem toe. Hij was niet veel ouder dan zij.

'Jij blijft hier,' hoorde Nura haar moeder roepen toen ze met Nadia langs de rijen volwassenen glipte, die eerbiedig afstand bewaarden, maar ze arriveerde al snel bij de eerste rij.

Een man, waarschijnlijk een oom, vroeg de kinderen de kring groter te maken om de kapper niet bij zijn werk te storen.

'Niet bang zijn,' zei de kapper, 'ik wil alleen zien hoe groot je bent, zodat ik een overhemd en een broek voor je kan maken.'

'Waarom maakt een kapper een hemd en een broek? Waarom niet Dalia, de kleermaakster?' vroeg Nura aan Nadia. Die hoorde haar vraag niet, maar keek aandachtig naar de man die nu door de kapper werd verzocht de maat voor de schoenen te nemen. Het was dezelfde man die de kring rond de jongen en de kapper groter had gemaakt. Hij liep van achteren op de jongen af en pakte zijn armen en benen, zodat de jongen – die nu begon te huilen – zich niet meer kon bewegen. Alsof een koordirigent hun een teken had gegeven, begonnen de volwassen luid te zingen en te klappen, zodat niemand de kreten om hulp kon horen die de jongen nu begon te slaken. Alleen Nura hoorde hem om zijn moeder roepen.

De kapper pakte een scherp mes uit zijn koffer. Een jongen naast Nura kreunde en legde zijn handen in zijn schoot, alsof hem daar iets pijn deed, en verschool zich op de achterste rij. Wat er precies werd gedaan kon Nura niet zien, maar Nadia's broer huilde hartverscheurend. Toen ze om zich heen keek, zaten alleen zijzelf en een bleke jongen op de voorste rij.

Ook Nadia was achterin gaan zitten.

Nu tooiden twee vrouwen het hoofd van de jongen met een bloemenkrans en ze gaven hem geld. Toch zag hij er miserabel uit. Iedereen juichte hem toe. Nura streelde zijn hand toen hij langs haar heen naar een rustige kamer op de eerste verdieping werd gedragen. De jongen keek haar met een doffe blik aan, en een flauwe glimlach speelde om zijn lippen.

Alleen de eerste dag ging Nura's moeder met de twee meisjes mee naar school, vanaf de tweede dag reisden ze in hun eentje. Nadia zat altijd stil en staarde ongeïnteresseerd naar de straten waar de tram doorheen reed. Maar Nura beleefde bijna elke dag een avontuur.

Nadia was een stil, wat mollig meisje met rood haar. Ze hield niet van school en niet van boeken. Het liefst zou ze al op haar zevende trouwen en dertig kinderen krijgen. Ook wilde ze nooit meespelen. Alle spelletjes die de meisjes in haar buurt en op school speelden, vond ze kinderachtig, maar Nura speelde waar en wanneer ze maar kon.

Afgezien van touwtjespringen waren er nog twee spelletjes die Nura heel leuk vond. Het ene was verstoppertje. Haar vader was van mening dat Adam en Eva de eersten waren geweest die dat speelden toen ze zich voor God verstopten, nadat ze van de verboden vrucht hadden gegeten.

Wanneer Nura zich verstopte, stelde ze zich voor dat ze Eva was en degene die haar zocht niemand minder dan God.

Het tweede spel dat ze leuk vond, had Hanan bedacht, een heel slim klasgenootje van haar. Twee schoolmeisjes stonden tegenover elkaar; het ene verdedigde de vrouwen en het andere de mannen.

De een somde alles op wat slecht, gemeen en mannelijk was; de ander reageerde op elke zin met de vrouwelijke pendant.

'De duivel is een man en ook de doodskist,' begon de eerste.

'En de zonde is een vrouw en ook de pest,' antwoordde de tweede.

'De kont is een man en ook de scheet,' zei de eerste zacht, en de aanwezige schoolmeisjes giechelden.

'En de hel is een vrouw en ook de rat,' antwoordde de tweede.

Dat ging zo door tot er eentje een fout maakte of niet snel genoeg kon reageren. Dat moest een derde meisje, dat de rechter werd genoemd, beslissen. Als er te veel tijd verstreek zonder dat een van beiden won, stak de rechter haar hand op en draaide haar handpalm van links naar rechts ten teken dat er moest worden gewisseld. Nu ging het erom het mooiste, edelste en beste op te sommen.

'De hemel is een man en ook de ster,' riep de eerste.

'En de deugd is een vrouw en ook de zon.' Enzovoort, tot er eentje won of de rechter haar hand weer omhoogstak en draaide, waarna man en vrouw weer zwart afgeschilderd moesten worden.

Nadia beleefde geen plezier aan dat alles. Met pijn en moeite voltooide ze de vijfde klas, toen ging ze van school, werd steeds dikker en trouwde op haar zestiende met haar neef, een advocaat, die van de grote bruidsschat die zijn rijke schoonvader betaalde een modern kantoor kon opzetten. Later hoorde Nura van de buren dat Nadia geen kinderen had gekregen. Maar haar man wilde zich om die reden niet van haar laten scheiden, zoals dat in die tijd gebruikelijk was. Hij hield van haar.

Vanaf het zesde schooljaar reed Nura in haar eentje en ze merkte algauw dat ze Nadia niet eens miste.

Ze mocht de conducteur met zijn mooie grijze uniform en zijn kaartjestrommel graag. De controleur, die eenmaal per week kwam en vriendelijk naar de kaartjes vroeg, droeg een donkerblauw uniform. Hij zag eruit als een koning, droeg aan elke hand gouden ringen en lange tijd dacht Nura dat hij de eigenaar van de tram was.

Twee haltes verder stapte dagelijks een oude heer in een zwart pak in. Hij was ruim zeventig, had een nobel uiterlijk, was groot en slank, ging altijd elegant en netjes gekleed, en droeg een sierlijke wandelstok met een zilveren knop. Algauw kwam Nura te weten waarom noch de conducteur, noch de controleur ooit wilde dat baron Gregor een kaartje kocht. Hij was gek. Hij was er vast van overtuigd dat hij al Salomo's geheimen kende, op één na, en als hij dat ene geheim ook zou doorgronden, zou hij koning over de wereld worden. Tot het zover was, mocht iedereen hem baron noemen. Hij was Armeens, had een vrouw, en een zoon die in Damascus al een beroemde goudsmid en horlogemaker was.

De baron liep de hele dag door de stad en verdeelde genadig de functies voor de wereld, die hij later zou regeren, onder de voorbijgangers en de trampassagiers. Als iemand schijnheilig voor hem boog en hem met 'excellentie' aansprak, glimlachte de baron. 'Jou schenk ik Egypte, en Libië erbij,' zei hij, en hij klopte de huichelaar minzaam op zijn schouder. Hij mocht zonder te betalen in elk restaurant eten en drinken zoveel hij wilde, bij elke kiosk gaf men hem de duurste sigaretten. 'Voor u, meneer de baron, is het gratis, maar denkt u alstublieft aan mijn nietswaardige persoon als u het geheim doorgrondt.'

'Zeker, mijn beste, jij mag dan de bankbiljetten drukken en 's avonds kun je na gedane arbeid een paar extra biljetten voor jezelf bij laten maken.'

Van haar vader hoorde Nura dat de zoon van de baron week in week uit alle onkosten vergoedde, en hij was zo dankbaar en beleefd dat heel wat zaken zelfs met minder genoegen namen.

'Ja, hij is gek, maar hij leidt een leven waarvan anderen alleen kunnen dromen en waarvoor ze hun leven lang ploeteren,' zei de conducteur een keer tegen een passagier toen deze de baron belachelijk wilde maken.

Eén halte voor Nura's school stapte de baron uit, nadat hij op koninklijke wijze afscheid had genomen. Te zijner ere liet de trambestuurder de bel twee keer rinkelen. De baron draaide zich om en zwaaide. Het langzame gebaar met de bleke hand verleende hem een enorme waardigheid.

Soms reed Nura uit nieuwsgierigheid naar het eindpunt en weer terug naar school. De conducteur kneep een oogje toe. 'We hebben vergeten bij je halte te klingelen,' zei hij, en ze lachte met kloppend hart. Ze verkende delen van de stad die zelfs haar moeder niet kende. Maar ze kon haar er niets over vertellen, want haar moeder verwachtte altijd het ergste en stond daarom elke dag ongerust bij de tramhalte om haar af te halen.

Vanaf Nura's eerste schooldag tot de laatste bleef dat zo.

Nura's school lag in de deftige Soek Saruja-wijk. Het gebouw was een hoogtepunt van Arabische architectuur, een speels opgezet pand met een binnenplaats die in het midden was getooid met een schitterende fontein. De ramen waren voorzien van randen van kleurig glas in lood en de gaanderijen boden de leerlingen in de pauze bescherming tegen de brandende zon en de regen. Zo'n tweehonderd meisjes kregen hier les, van de eerste tot de negende klas.

Nadat Nura voor het toelatingsexamen van de middelbare school was geslaagd, werd het gebouw gesloopt en verrees er op die plek een smakeloos modern bouwsel, dat verscheidene winkels en een groot magazijn met elektrische huishoudelijke apparaten herbergde.

In Nura's klas zaten achttien leerlingen. Ieder van hen vormde een wereld op zich, maar ze waren solidair met elkaar als zusters.

Op school ontdekte Nura dat ze een mooie stem had. Ze zong graag en veel, en ook bij haar moeder viel haar stem in de smaak. Haar vader had bewondering voor haar en gaf haar jarenlang les in ademhalingstechniek. Zelf had hij geen goede stem, maar hij was een meester in de kunst van het ademen.

Maar de godsdienstles was bij Nura favoriet. Niet alleen omdat de leraar een jonge sjeik was, een leerling van haar vader die grote achting voor hem had, maar ook omdat hij een beeldschone man was. Hij had bewondering voor Nura's uitspraak, daarom vroeg hij haar teksten uit de Koran voor te dragen. Ze zong de verzen met heel haar hart, zodat sommige meisjes moesten huilen. Hij streek haar dankbaar over haar hoofd, en die aanraking trof haar als een donderslag. Ze stond in vuur en vlam. Algauw wist ze dat niet alleen zij, maar de hele klas op de jonge sjeik verliefd was.

Nog jaren later had Nura goede herinneringen aan haar schooltijd – afgezien van één pijnlijke ervaring. In het zevende jaar was ze in alle vakken de beste van de klas. Alleen met wiskunde had ze moeite. Ze kon de nieuwe wiskundeleraar Sadati niet luchten of zien. Meetkunde was een regelrechte ramp voor haar. De eenvoudigste bewerkingen met hoeken en benen van driehoeken veranderden in een labyrint dat nooit naar de juiste uitkomst leidde. De hele klas was slecht in wiskunde, maar voor Nura was de wiskundeles een sauna – louter transpiratie en hartkloppingen.

Toen gebeurde het onvermijdelijke: op een dag was leraar Sadati om een of andere reden uit zijn humeur en koos hij uitgerekend haar om naar het bord te komen en alle tot dan toe geleerde regels van de meetkunde met behulp van duidelijke voorbeelden uit te leggen. Nura was het liefst ter plekke door de grond gezakt; haar leraar kon wat haar betreft doodvallen.

Ze bleef zwijgen, tot de bamboestok door de lucht suisde en de eerste slag haar hand trof. Haar hart stond stil. Er volgden meer slagen op haar benen en rug, tot ze begreep dat ze haar geopende hand moest uitstrekken. Ze voelde de slagen niet die op haar neerdaalden. Door een waas van tranen zag ze dat de hele klas versteend was van schrik. Een paar meisjes zaten hard te huilen en smeekten de leraar op te houden, maar dat deed hij pas toen hij buiten adem was.

Thuis kreeg Nura een standje van haar moeder, maar haar vader nam zijn dochter in bescherming. Sadati is een ezel, zei hij, en geen leraar. Hij kende hem en zijn vader en oom, een kudde ezels. Nura haalde opgelucht adem.

'Ik haat hem,' zei ze tegen haar vader. 'Ik haat hem...'

'Nee, mijn kind,' sprak haar vader rustig. 'God houdt niet van degenen die haten, alleen liefhebbende mensen beschermt Hij met zijn grenzeloze genade. Heb medelijden met Sadati's onderontwikkelde hersens. Hij heeft het verkeerde beroep gekozen, dat is erg genoeg voor hem.'

Een jaar later verdween de leraar. Hij had zich uitgeleefd op een leerlinge van de zesde klas, zonder te vermoeden dat haar vader een hoge officier binnen de geheime dienst was. Het ministerie van Onderwijs plaatste de leraar over naar het zuiden. Voor Sadati was dat een ramp, want als hij ergens een hekel aan had, dan waren het de boeren in het zuiden.

Nura mocht op haar school alleen de middenbouw afmaken, de opleiding tot het eindexamen was de taak van een andere school. En daartegen kwam haar moeder in opstand. Met haar ziektes en haar tranen haalde ze Nura's vader over. Ze dreigde zich van het leven te zullen beroven als men haar nog verder onder haar bezorgdheid om Nura zou laten lijden.

Wat een vrouw volgens haar in het leven nodig had, was geen kennis, maar een man die kinderen bij haar verwekte, en als ze een beetje kon naaien en koken en zijn kinderen kon opvoeden tot goede moslims, was dat al meer dan van haar kon worden verwacht, zei ze.

Haar vader zwichtte. Dat was de eerste barst in Nura's vertrouwen in hem, en tot aan haar latere vlucht vermenigvuldigden de barsten zich. Vertrouwen is breekbaar als glas, en net als glas is het niet te repareren.

Haar moeder was enthousiast over het idee dat Nura kleermaakster zou worden, dus moest ze op haar vijftiende in de leer bij kleermaakster Dalia, van wie het huis in dezelfde wijk in de Rozenstraat lag.

Rond die tijd nam een nieuwe familie haar intrek in het huis naast dat van hun buren. De vorige eigenaar was twee jaar eerder overleden, zijn weduwe verkocht het huis en ging bij een nicht in het noorden wonen. De nieuwe eigenaar werkte bij de elektrische centrale. Hij had een kleine, heel vriendelijke vrouw en vier jongens die veel vrolijkheid in de straat brachten, want ze stonden vaak voor de huisdeur grapjes te maken. Het waren moslims, maar ze speelden ongedwongen met de christenen en konden goed met hen opschieten. Van het begin af aan waren ze heel beleefd tegen Nura, ze voelde zich tot hen aangetrokken. Ze maakte grapjes met hen en luisterde graag naar hun avontuurlijke verhalen over Afrika. Ze hadden jarenlang in Uganda gewoond en toen haar moeder het daar niet meer uithield, zegde haar man zijn lucratieve baan op en kwam naar Damascus. Sinds hun moeder voet had gezet op de bodem van Damascus was ze geen dag meer ziek geweest.

Vooral de tweede zoon, Murad, beviel haar. Hij rook altijd erg lekker en wanneer hij lachte, verlangde Nura ernaar door hem te worden omhelsd.

Een halfjaar later bekende hij haar dat hij meteen de eerste dag al verliefd op haar was geworden. Murad was vier, vijf jaar ouder dan zij. Hij was bijna even knap als Tamim, en voor het eerst na lange tijd voelde ze dat haar hart bij de aanblik van een jonge man weer een rondedansje maakte in haar borst.

Toen haar ouders een keer niet thuis waren, had ze de moed hem te ontmoeten. Nura deed twee uien in een papieren zak. Als haar ouders vroeger dan verwacht zouden terugkeren, zou Murad de twee uien pakken waarvoor hij zogenaamd was gekomen, beleefd bedanken en vertrekken. In de donkere gang konden ze elke voetstap op straat horen. Ze beefden van opwinding. Voor het eerst voelde Nura een lange kus op haar lippen. Murad had ervaring. Hij raakte ook haar borsten aan en tegelijk verzekerde hij haar dat hij nooit iets onfatsoenlijks met haar zou doen.

'Dat mag een vrouw niet voor het huwelijk,' zei hij. Zij vond dat absurd en lachte.

Bij hun volgende ontmoeting knoopte hij haar huisjurk los en zoog aan haar tepels. Ze voelde dat ze kippenvel kreeg en kon nauwelijks nog op haar benen staan. Keer op keer fluisterde hij: 'Niet bang zijn. Het is onschuldig.'

Een keer vroeg hij of ze van hem hield en op hem zou wachten tot hij zijn kappersopleiding had afgemaakt. Dan zou hij met haar trouwen en daar in de wijk een kapperszaak openen. 'Een hypermoderne zaak,' zei hij met nadruk.

Ze was geschokt door de vraag. Ze was niet alleen bereid op hem te wachten, maar ook om voor hem te sterven, verklaarde ze plechtig. Hij lachte. Dat klonk als een Egyptische smartlap; het zou beter zijn als ze zou blijven leven en het volgende huwelijksaanzoek zou afwijzen. Ze was namelijk heel mooi, zei hij, en schoonheid verwelkt al snel.

Hoe kon ze hem van haar grenzeloze liefde overtuigen? Ze wilde 's nachts bij hem komen, zei ze; dat het gevaarlijk was kon haar niet schelen.

Hij geloofde haar niet. Ze moest niet zo opscheppen, zei hij vaderlijk.

Nura was gekwetst. 'Vannacht, als de kerkklok na middernacht eenmaal slaat, sta ik op het dak van je huis.'

Hij zei dat ze niet goed wijs was, maar als ze kwam, zou hij haar boven op het platte dak beminnen.

'Ik ben niet gek,' zei ze, 'ik hou van je.'

Het was niet moeilijk; je moest alleen over de smalle tussenruimte springen. Het was ijskoud, maar vanbinnen voelde ze zich warm en ze verlangde ernaar zich tegen hem aan te drukken.

Hij was er niet. Ze begreep het niet. Hij hoefde toch alleen de trap van de eerste verdieping, waar zijn slaapkamer lag, naar zijn eigen dak op te lopen? Ze wachtte naast de zwartgeverfde watertonnen, waarin het water overdag door de brandende zon werd verhit. Ze drukte zich tegen de warme container aan en wachtte.

Murad kwam niet. De uren kropen voorbij. En elk kwartier dat de torenklok sloeg, scheen haar een eeuwigheid toe.

Pas toen de kerkklok twee keer sloeg, stond ze op. Haar knieën deden pijn en haar handen waren koud. Die nacht in maart stond er een stevige, ijskoude wind. Ze zag Murads schaduw in het raam van zijn slaapkamer. Hij maakte een gebaar en ze dacht dat hij naar haar wuifde, en met heel haar hart wilde ze naar hem toe, maar toen zag ze dat hij gebaarde dat ze moest weggaan. Beklemmende duisternis overviel haar. Haar blote voeten voelden zwaarder dan lood. Ze sloop terug over het dak en stond opeens voor de gapende afgrond die haar van het platte dak van haar huis scheidde. Ze keek naar beneden; ergens in de onpeilbare diepte flakkerde op de binnenplaats het zwakke schijnsel van een lamp.

Ze begon te huilen en wilde springen, maar tegelijk was ze verlamd van angst.

De volgende dag werd ze gevonden, een hoopje ellende, en ze werd naar huis gebracht. Haar moeder begon onbedaarlijk te snikken: 'Wat moeten de mensen niet van ons denken, kind? Wat moeten de mensen niet van ons denken?'

Ze riep en jammerde zo lang, dat haar vader bromde: 'Hou toch op met dat gejank! Wat moet iemand er nou helemaal van denken dat een meisje koorts heeft en slaapwandelt?'

'Wat de reden ook moge zijn, je dochter moet zo snel mogelijk onder de hoede van een flinke echtgenoot komen,' zei haar moeder. Nura's vader bracht daartegen in dat ze te jong was, maar toen haar moeder zei dat hij haar op haar zeventiende ook niet te jong had gevonden, ging hij overstag.

Twee weken later ontmoette Nura Murad opnieuw. Hij zag bleek en glimlachte tegen haar. Maar toen hij vroeg of hij twee uien voor zijn moeder kon lenen, bespuwde ze hem alleen verachtelijk.

'Je bent gek,' zei hij geschrokken. 'Een gek ben je.'

9

Nog jaren later kon Salman zich die ochtend tot in detail herinneren. Het was vlak voor Pasen. Zoals altijd bracht Benjamin die ochtend twee broodjes falafel mee en – voor het eerst – sigaretten. Ze liepen met Vlieger naar de rivier en daar stak Benjamin de eerste sigaret aan, trok er een paar keer stevig aan, hoestte en spuugde, en gaf de sigaret door aan Salman. Salman inhaleerde de rook en moest zo erg hoesten dat zijn ogen uitpuilden. Hij had het gevoel dat zijn ingewanden naar buiten wilden komen. Vlieger keek achterdochtig naar hem en jankte.

'Nee, dat is niets voor mij. Dat ruikt naar mijn vader,' zei hij, en hij gaf de sigaret terug aan zijn vriend.

'Hoe wil je dan een man worden?' vroeg Benjamin.

'Weet ik veel, ik wil in elk geval niet roken,' antwoordde Salman en hij hoestte verder. Hij raapte een takje op van de grond en gooide het in de rivier om Vlieger op andere gedachten te brengen.

Die dag was Benjamin in een bijzonder slecht humeur, want die ochtend had hij begrepen dat zijn jeugd voorbij was: hij moest binnenkort met zijn nicht trouwen. Benjamin had een hekel aan de nicht, maar ze had veel geërfd en zijn vader wilde eindelijk zijn schulden afbetalen.

Maar Salman wist niets van dat alles, alleen dat Benjamin geïrriteerd was en erop stond dat hij zou roken. Toen hij weigerde, ging Benjamin tekeer en begon hij te sneren: 'Jongens die niet meedoen kan ik niet uitstaan. Dat zijn de klikspanen. Vorige week wilde je niet meedoen met een wedstrijdje onaneren en nu wil je niet roken. Je bent een lafaard, een stinkende kleine scheet.' Salman was de tranen nabij, want hij voelde dat hij zijn enige vriend verloor.

Op dat moment hoorde hij dat Vlieger als een bezetene blafte.

Dat voorjaar had de rivier een hoge waterstand en het beekje was veranderd in een verwoestende vloedgolf die buiten zijn oevers trad, talloze bomen en hutten meesleurde en een brug bij de grote abrikozentuin van de familie Abbani vernielde.

Verontrust sprong Salman op en zag hoe Vlieger wanhopig de kant probeerde te bereiken. Met zijn bek hield hij een drenkeling aan zijn arm vast, en hij zwom schuin om de sterke stroming te ontwijken. Maar op die manier dreef hij steeds verder af. Salman schreeuwde naar Benjamin en rende eropaf. Achter de ingestorte brug trok Vlieger een kleine bewusteloze man aan land. Toen Salman arriveerde, stond zijn hond in ondiep water te kwispelen. De man lag op zijn rug. Hij leek gewond te zijn aan zijn hoofd.

'Kom, help me!' riep Salman naar Benjamin, die een eindje verderop was blijven staan en het schouwspel gadesloeg. 'Laten we gaan, die man is dood en wij krijgen er alleen maar narigheid mee,' riep Benjamin terug.

Salman voelde woede opkomen: 'Kom, help me, sukkel. Hij leeft nog!' schreeuwde hij wanhopig. Vlieger sprong om hem heen en blafte alsof hij Benjamin om hulp riep, maar die was spoorloos verdwenen in de wirwar van treurwilgen, die hun takken als een groen gordijn tot aan het water omlaag lieten hangen.

Het zouden de laatste woorden zijn die Salman met Benjamin sprak. Hij was diep in hem teleurgesteld en ging later elke ontmoeting uit de weg. Het enige wat hij nog over hem hoorde, was dat Benjamin met zijn nicht was getrouwd en met haar naar Bagdad was vertrokken. Maar dat gebeurde pas twee, drie jaar later.

Salman trok de man dus in zijn eentje op het droge en probeerde hem weer tot leven te wekken. Hij klopte hem op de borst en sloeg met zijn hand op zijn wangen. Opeens opende de man zijn ogen en hoestte. Hij keek Salman en Vlieger verward aan. 'Waar ben ik? Wie zijn jullie?'

'U dreef in de rivier, de hond heeft u gered. Hij kan geweldig zwemmen,' zei Salman opgewonden. 'U was bijna verdronken!'

'Ik ben een pechvogel. Ze hebben me betrapt en wilden me vermoorden.'

Nog jaren later vertelde Karam, want zo heette de geredde man, in zijn café dat hij twee levens had: het ene had hij te danken aan zijn moeder, het andere aan Salman en Vlieger.

Vanaf die dag werkte Salman zeven dagen per week bij Karam, die een mooi klein koffiehuis in de deftige Soek Saruja-wijk bezat.

Karam vertelde nooit waarom hij bewusteloos was geslagen en in de rivier was gegooid. Van een bediende in het café hoorde Salman alleen dat het om een liefdesaffaire ging.

'Dat betekent dat er een vrouw en een paar mannen achter zitten,' zei de alwetende Sarah, 'die de man die je hebt gered niet gunden dat hij met de vrouw onder een deken lag.'

'Hoe bedoel je, onder een deken?' vroeg Salman.

'Ach nee, zeg niet dat je niet weet wat vrouwen en mannen in het donker met elkaar doen,' zei Sarah verontwaardigd.

'Je bedoelt dat ze met elkaar naar bed zijn gegaan en dat Karam daarom in de rivier is gegooid?'

Sarah knikte.

De hele nacht kon Salman niet slapen. Waarom riskeert een man zijn leven om een vrouw te beminnen?

Hij wist er geen antwoord op.

Toen hij, vrezend voor zijn eigen geluk, Karam vroeg of hij de vrouw weer zou ontmoeten, keek die hem met grote ogen aan.

'Vrouw? Welke vrouw?'

'De vrouw om wie u in het water bent gegooid,' zei Salman, opeens bezorgd dat Sarah zich misschien had vergist.

Karman lachte vreemd. 'Ach die, die kom ik nooit meer tegen,' zei hij, maar Salman hoorde aan zijn stem dat het alleen de verpakking van een leugen was.

Pas een jaar later zou hij de werkelijke toedracht horen en kon hij er zeker van zijn dat Sarah zich in dit geval schromelijk had vergist.

Het café was zijn tweede thuis geworden. Loon kreeg hij niet, maar de fooien waren vorstelijk en bedroegen aan het eind van de dag meer dan het salaris dat Salmans vader als meester-slotenmaker verdiende. Hij streek ze vaak op bij bestellingen voor de voorname huizen in de wijk: frisdranken, hapjes, alles wat bij de kleine trek of onaangekondigd bezoek van pas kwam – en in Damascus kondigde het bezoek zich zelden aan.

De twee andere bediendes van het koffiehuis mochten Salman niet. De oudste heette Samih, hij was een verbitterde, gerimpelde dwerg. Darwisj, de jongste, was elegant, altijd fris gekamd en geschoren. Hij was rustig van aard, had een elegante manier van lopen en een zachte stem, als een vrouw. Later ontdekte Salman dat Darwisj zo vriendelijk deed als een non, maar zo giftig was als een cobra. Als je Darwisj een hand had gegeven, moest je tellen of al je vingers er nog aan zaten, zei Samih.

De twee medewerkers moesten nu zowel de bestellingen uit de buurt als de tafels in het café met Salman delen. Maar ze konden niets tegen hem ondernemen, omdat ze wisten van de genegenheid van hun broodheer voor de tengere jongeman met de flaporen. Ze hadden hun eigen verklaring voor de speciale behandeling die hun chef de jongen gaf, maar die hielden ze voor zich, want ze wisten hoe meedogenloos Karam kon zijn.

Allebei treiterden ze hem onafgebroken, en ze lieten hem telkens in de val lopen, zodat hij de goede klanten die rijkelijk fooi gaven niet kon bedienen.

Maar voor Salman speelde dat geen rol, want hij wekte voldoende sympathie op bij de gasten en omdat hij bovendien de beleefdheid en vriendelijkheid in eigen persoon was, bezweek zelfs de krenterigste vrek en gaf een fooi.

Maar wat de twee bijzonder stak, was het voorrecht dat Salman al na een week genoot. Hij mocht met Karam mee naar huis. Eén of twee keer per week gaf zijn chef hem opdracht boodschappen voor hem te doen en die naar zijn huis te brengen.

Karam woonde in een groene wijk bij de berg Qassiun, die in het noordwesten van Damascus over de stad waakt. Rondom de weinige huizen lagen keurige tuinen met fruit, heesters en cactusvijgen. Karams woning lag niet ver van het Chorsjid-plein, dat altijd 'plein van de laatste halte' werd genoemd, want daar was het eindpunt van de tram.

Appel-, abrikozen- en mirtebomen namen de helft van Karams tuin in beslag; de cactusvijgen en rozen langs het hek vormden een goede bescherming tegen vreemde blikken en zelfs in het huis was het geklater van de rivier de Yasid te horen, waaruit Karam met een grote zwengelpomp naar believen water kon putten.

Karam had het huis met de weelderige tuin van zijn kinderloze tante geërfd en woonde er in zijn eentje.

Over een smalle weg, die was omgeven door oleanderstruiken, kwam je via drie traptreden van het tuinhek bij de ingang van het huis, een deur die een staaltje van Damascener handwerkkunst was.

Een donkere gang deelde het huis in tweeën en kwam op de slaapkamer uit. Aan de rechterkant bevonden zich een grote keuken en een piepkleine badkamer. Aan de linkerkant lagen de ruime woonkamer en een lichte kamer met een raam naar de tuin.

De slaapkamer aan het einde van de gang had geen ramen. Het rook er altijd een beetje muf. Voortdurend probeerde Karam de geur met verschillende soorten reukwater te camoufleren, maar hij maakte het daarmee alleen maar erger. Maar Karam stelde er toch geen prijs op dat er iemand in die kamer kwam.

Dat was nieuw voor Salman. In het huis van zijn ouders bestond dat onderscheid niet. Ze kookten, woonden, sliepen en wasten zich in elke kamer.

'Mijn slaapkamer is mijn tempel,' had Karam een keer gezegd. En inderdaad rook het er soms naar wierook. De oudste ober in het café,

Samih, beweerde dat het geen wierook was maar hasjiesj, waarvan Karam 's nachts grote hoeveelheden rookte.

Op een dag, toen Salman voor Karam boodschappen naar zijn huis moest brengen en hij daar alleen was, dreef zijn nieuwsgierigheid hem naar de slaapkamer. Een groot tweepersoonsbed van donker hout domineerde de voor de rest nogal saaie kamer. Maar boven het bed had Karam een klein altaar met foto's opgesteld. Toen Salman het licht aandeed, ontdekte hij dat op elke foto maar één persoon te zien was: Badri, de kapper en bodybuilder die vaak in het café kwam en die alleen al met zijn spieren een hele tafel in beslag nam.

De man prijkte op de foto's in allerlei poses: grijnzend of overdreven ernstig, aangekleed of in een klein zwembroekje, met of zonder bokaal in zijn hand. Elke dag trainde de hercules hard in een sportschool, en hij liep voortdurend te koop met zijn figuur. Zijn borst, armen en benen waren gladgeschoren, zoals bij een vrouw. Hij had een bruingebrande huid en een onnozele blik.

Elke dag kreeg Salman les van Sarah. Daarna bracht hij Vlieger restjes vlees die hij voor weinig geld bij de slager kocht, en speelde met hem in de verlaten papierfabriek tot ze allebei doodop waren.

Salman gaf Faise altijd wat geld om iets lekkers voor zijn moeder te koken, want van zijn vader kreeg ze maar net genoeg om niet van honger om te komen. Het geld dat Salman dan nog overhad, bewaarde Sarah voor hem op een veilige plaats. Ze was betrouwbaar, maar ze verlangde elke maand een grote portie pistache-ijs. Dat noemde ze de rente. Pas jaren later was Salman in staat haar te corrigeren en gaf hij het ijs een andere naam: bankkosten. Maar hij trakteerde haar graag op het ijs, niet alleen omdat hij van Sarah en haar moeder hield, maar ook omdat hij thuis geen geheime bergplaats had.

Bijna twee jaar later had Salman zoveel geld gespaard dat hij zijn moeder kon verrassen. Al sinds zijn vroege kinderjaren had ze de dwaze gewoonte om vlak voor Pasen te zeggen: 'Kom, Salman, we gaan als voorname mensen kleren kopen voor Pasen.'

Vroeger, toen hij nog klein was, liet hij zich op die manier bedotten. Hij dacht dan dat zijn vader haar wel geld gegeven zou hebben. Hij waste zijn gezicht, kamde zijn haar en ging met haar naar de Al Hamidije-soek, waar veel winkels waren met elegante kleding in de etalage. Salman was blij, want de schoenen die hij 's winters had gedragen zaten onderaan vol met gaten en waren zacht geworden, en van boven keihard. De schoenen van de armen zijn bedoeld als martelwerktuigen; zo doen ze boete voor hun zonden en komen ze na hun dood in de hemel, zei Mahmud, de loopjongen van de naburige bakkerij, als hij op zijn schoenen klopte die zijn voeten tot bloedens toe openschaafden. Het leer klonk als hout.

Elk jaar opnieuw werd Salmans hoop gevoed door zijn verlangen naar betere schoenen. Dus dwaalde hij met zijn moeder door de soek. Ze bleef staan voor de bonte etalages, leek weg te dromen als ze een jurk zag, slaakte bewonderende kreetjes en als ze kinderkleding of een paar schoenen zag, keek ze Salman onderzoekend aan, alsof ze zijn maat schatte of naging of de kleur hem zou staan, maar vervolgens liep ze gewoon verder. Na een uur werd Salman moe.

'Moeder, wanneer gaan we nou naar binnen?'

'Naar binnen? Waarom?'

'Om schoenen voor mij en een jurk voor jou te kopen.'

'Och kind, en waar moet ik het geld vandaan halen?'

Hij keek haar ontzet aan. 'Trek toch niet zo'n gezicht,' zei ze met een onschuldige uitdrukking. 'Kijk die kleren eens aan, stel je voor dat je in al dat moois rondloopt,' zei ze, en ze beende nu met haastige stappen de markt over.

Een week voor Pasen nodigde Salman zijn moeder uit om naar de Al Hamidije-soek te gaan, en onderweg lachte ze veel. En toen zag ze in een winkel een prachtige jurk, en Salman vroeg schijnheilig of die haar beviel. Ze keek hem met stralende ogen aan: 'Of hij me bevalt? In die jurk ben ik een prinses,' zei ze.

'Dan is hij van jou. Je moet hem passen en afdingen bij de winkelier. Het geld heb ik,' zei Salman dapper, hoewel zijn stem het zowat begaf.

'En je maakt geen grapje?' vroeg zijn moeder onzeker.

Salman haalde zijn hand uit zijn broekzak. Zijn moeder zette grote ogen op toen ze twee blauwe biljetten van honderd lira en een paar tientjes zag. 'Dat heb ik allemaal voor jou gespaard, zodat je eindelijk eens een prinses kunt zijn,' zei hij. 'Vandaag moet je ook schoenen kopen, en ik wil een nieuwe broek, een overhemd en een paar lakschoenen. Ik heb alles uitgerekend. Honderdnegentig tot tweehonderd lira, als we goed afdingen,' voegde hij eraan toe.

Ondanks haar slechte gezondheid kon zijn moeder uitstekend onderhandelen. 's Avonds liepen ze bepakt en bezakt naar huis, en Salman had altijd nog dertig lira in zijn zak. Een paar witte sokken voor Sarah had hij ook meegebracht. Sarah kwam niet meer bij van het lachen, omdat ze drie maten te groot waren. Ze gaf de sokken aan haar moeder.

Met Pasen nam Salman vrij en ging hij met zijn moeder naar de vroegmis. Ze liep trots door het middenpad van de kerk en ging als een prinses op de eerste rij zitten. Ze zag er werkelijk betoverend uit. Toen de pastoor haar bij de communie herkende, viel zijn mond open. Hij vergat bij Salman, die na zijn moeder aan de beurt was, 'het lichaam van onze Heer' te zeggen en bleef naar de voorname verschijning kijken.

Zijn vader sliep om die tijd nog zijn roes van de vorige dag uit.

Het geluk van zijn moeder duurde precies drie weken, toen werd ze verkouden. Maar doordat ze zich niet ontzag, ontwikkelde de verkoudheid zich tot een longontsteking. En toen bleek dat alle kopjes thee, kompressen om haar kuiten en op haar voorhoofd niets baatten, liet Faise de dokter komen. Hij was vriendelijk maar verlangde vijf lira, bij vooruitbetaling te voldoen. Salman betaalde, maar het geneesmiddel dat de arts voorschreef was erg duur.

De buren, onder wie Faise, raadden Salman aan niet naar de dokter te luisteren, een paar kruiden waren voldoende. Maar Salman wist dat alleen dat geneesmiddel zijn moeder kon redden. Het spaargeld bij Sarah was echter niet toereikend.

Het was maandag, de rustigste dag in het koffiehuis; daarom werkte zijn chef Karam die dag niet. Samih, de oudste medewerker, maakte de kas op en toen Salman hem om een voorschot van twintig lira vroeg, moest hij onbedaarlijk lachen. 'Wees blij als ik je twintig piaster geef. Weet je hoeveel dat is, twintig lira? Tweehonderd koppen thee of honderd kopjes mokka of vijfenzeventig waterpijpen, en dat moet ik je zomaar even geven? De chef hangt me op en laat een bord op mijn borst plakken: OPGEKNOOPT WEGENS DOMHEID.'

Darwisj en Samih lachten zo hard dat Salman geërgerd het café uit liep. Hij wist waar zijn chef woonde en ging meteen op weg.

Het tuinhek stond op een kier. Salman liep de tuin door, en toen hij bij de voordeur kwam hoorde hij ver weg onduidelijk gelach. Ook de voordeur was niet op slot, dus ging hij zachtjes naar binnen. De geluiden kwamen uit de slaapkamer.

Jaren later wist Salman nog dat hij zijn hart voelde kloppen tot in zijn kruin. Hij was vaak bij Karam geweest en mocht binnenlopen wanneer hij maar wilde, dus hij kende het huis. Ook had hij kapper Badri keer op keer bij Karam aangetroffen.

Toen hij op dat moment in de gang stond, zag hij door de halfopen slaapkamerdeur dat de kapper onder zijn chef lag. Normaal gesproken sprak Badri met een zwaar Damascener accent en een diepe stem. Nu smeekte hij met de zwakke stem van een filmdiva genietend om meer, hoeveel Karam ook gaf. Destijds was Salman bijna veertien, maar hij begreep niet wat zich daar afspeelde. Zijn keel voelde droog en ruw als schuurpapier. Langzaam liep hij achteruit naar de deur en verliet het huis. Buiten haalde hij pas weer diep adem. Langzaam realiseerde hij zich dat de kapper bij het liefdesspel de rol van een vrouw had gespeeld. Natuurlijk had hij op straat het woord homo wel eens gehoord, maar alleen als scheldwoord, en hij had nooit gedacht dat er mannen waren die elkaar zo teder beminden.

Zonder dat hij zichzelf kon zien, wist hij dat hij er nog bleker uitzag dan anders. Zijn wangen waren ijskoud. Hij bleef gehurkt voor de deur zitten, tot hij de mannen in de badkamer hoorde lachen en lawaai maken. Pas toen kwam hij overeind en sloeg met de deurklopper driemaal luid tegen de deur.

Het duurde geruime tijd voor Karam verscheen en Salman door de kier van de deur geschrokken opnam. 'Is er iets gebeurd?' vroeg hij bezorgd.

'Nee, nee, maar mijn moeder is ernstig ziek. Ik heb dringend twintig lira nodig. Ze... Ze heeft een gevaarlijke longontsteking. Ik betaal het u stukje bij beetje terug,' zei Salman, de tranen nabij.

'Wacht hier,' zei Kalman, en hij verdween naar binnen. Even later kwam hij terug; hij droeg nu zijn nieuwe blauwe pyjama, en gaf Salman een biljet van twintig lira en vijf lira in munten. 'Van die vijf lira koop je fruit voor je moeder. Dat is een cadeau van mij, je betaalt me maar twintig terug.'

Het liefst had Salman zijn hand gekust, maar Karam streek kort over zijn haar. 'Doe het tuinhek achter je dicht,' zei hij, en hij verdween in het huis. Salman hoorde nog dat hij de voordeur twee keer op slot deed.

Zijn moeder nam de medicijnen in en sliep die nacht na lange tijd weer rustig. Maar Salman lag in zijn bed te woelen en kon de slaap niet vatten. Waarom hield zijn chef, die geld had en een huis bezat, niet van een vrouw maar van een man? En bovendien eentje die alleen uit spieren leek te bestaan en zich uitsluitend met zijn geoliede haar en zijn figuur bezighield? Badri kon zich niet eens normaal bewegen. Als hij een koffiekopje optilde, zag dat er zo krampachtig uit dat het leek of het kopje tien kilo woog.

Toen Salman voor zijn vriendin Sarah de liefdesscène in de slaapkamer beschreef, zei ze: 'Het leven is één groot carnaval. Die spierbundel is in zijn hart een vrouw; alleen het lichaam dat God hem inderhaast heeft gegeven, is dat van een man.' En omdat Salman haar verward aankeek, probeerde ze het duidelijker uit te leggen: 'Dat is zoals in de hamam, als de badmeester je de kleren van een andere gast geeft.' Sarah zweeg even. 'Ook Said is in zijn hart een vrouw,' zei ze toen, 'daarom houden alle mannen van hem.' Met haar ogen duidde ze Said aan, het mooie weeskind, die net van zijn werk in de hamam kwam.

'God,' vervolgde Sarah, 'heeft een paar dingen door elkaar gehaald. Geen wonder, gezien de miljarden dingen die Hij moet organiseren.' Sarah somde ruim tien goddelijke vergissingen op. Salman voelde zich heel klein naast Sarah en bewonderde haar. Ze was ondoorgrondelijk. Ze zat bij de Besançon-nonnen op school en was de beste van de klas. Vaak beschouwde hij haar als een dokter in Afrika of ontwikkelingshelper bij de indianen. En als hij dat tegen haar zei, lachte ze: 'Je bent een sufferd. De indianen en Afrikanen redden zich wel zonder mij. Ik wil lerares worden en twaalf kinderen krijgen, en ik zal een slager, een bakker, een meubelmaker, een slotenmaker, een kapper, een schoenmaker, een kleermaker, een leraar, een politieman, een bloemenverkoper, een dokter en een apotheker van hen maken, want op die manier ben ik tot het eind van mijn leven voorzien.'

Inderdaad werd Sarah later een van de beste leraressen van het land en na een stormachtige liefdesaffaire trouwde ze met een buschauffeur, die haar tot de laatste dag van zijn leven aanbad. Naast haar werk leidde ze twaalf kinderen op tot vakbekwame handwerkslieden, leraren en kooplieden. Onder haar kinderen bevonden zich zelfs een vrouwelijke arts en een advocate; alleen slager wilde niemand worden.

Toentertijd hoorde Salman ook dat zijn chef op de dag waarop hij door Vlieger halfdood uit de rivier was gehaald, niet vanwege een vrouw, maar vanwege een jonge man in elkaar was geslagen. Hij had de jongen willen ontmoeten, maar in zijn plaats wachtten zijn twee broers hem op om hem te vermoorden.

Ook Darwisj had een lange liefdesrelatie met zijn chef gehad, waarna deze hem verliet, maar hij stond hem wel toe in het café te blijven werken. Darwisj hield echter nog steeds van Karam en leed erg onder de scheiding. Hij was getrouwd, maar hij had een hekel aan zijn vrouw. Toch had hij zeven kinderen bij haar.

In die tijd begon Salman wat sympathie voor de spierbonk Badri te koesteren en soms had hij medelijden met de vrouw in diens binnenste, omdat ze zoveel spieren met zich moest meetorsen.

Niet alleen kon Badri Salman met één hand optillen, maar hij kon hem ook nog dragen met zijn tanden. Daarvoor moest Salman stijf als een plank op de grond gaan liggen. Badri klemde dan Salmans broekriem tussen zijn tanden en hief hem op. Tegelijk zwol zijn nek op tot een enorme piramide van spieren met vingerdikke aderen.

Badri kwam geregeld in het café, maar Karam dan deed alsof hij hem slechts oppervlakkig kende. Hij liet hem drankjes serveren en maakte grapjes, maar bewaarde altijd afstand. Wie echter nauwlettend toekeek, zag dat de twee van elkaar hielden. Darwisj kon uitstekend observeren, maar het irriteerde hem dat de man niet elke dag kwam en dat hij steeds betaalde. Daarom vermoedde hij dat Karam meer was gecharmeerd van de assistent van de banketbakker, die dagelijks de kleine lekkernijen naar het café bracht die daar naast de kleine gerechten werden aangeboden. Vaak maakte Karam vulgaire grapjes met de gezette assistent, die het spelletje leek te bevallen, maar het bleef bij grappige plagerijen, gekietel, omhelzingen en kneepjes.

Badri was niet erg bijdehand en een religieuze fanaticus, hij belichaamde die gevaarlijke mengeling van onwetendheid en stelligheid. En alleen omdat Karam op Salman gesteld was, gaf de spierbundel hem een hand. 'Jij bent de enige christen die ik een hand geef,' pochte hij, 'als een christen per ongeluk mijn kapperszaak binnenloopt, krijgt de leerling hem. Vervolgens worden de scharen en scheermessen uitgekookt om te voorkomen dat de lucht van de onreine christen er niet aan blijft hangen.'

'Die man leeft in angst, daar kun je vergif op innemen,' zei Sarah, 'als de fanatici hem betrappen, maken ze gehakt van hem.'

'Dan hebben ze die dag heel wat gehakt,' liet Salman zich ontvallen, toen hij zich voorstelde hoe de spierbonk in een gehaktmolen verdween, met daaromheen een kring van de gebaarde fanatici die destijds in Damascus fulmineerden tegen het verval der zeden.

'En jij wordt met de dag achterlijker in dat café,' zei Sarah vol weerzin. Haar leven lang had ze geen vlees gegeten.

Jaren later moest Salman toegeven dat Sarah – lang voor zijn chef – de eerste was die begreep dat hij met zijn werk in het café, ondanks de goede verdiensten, niet verder kwam.

Sarah velde haar oordeel in de zomer van 1952, maar Salman verliet het café pas in de herfst van 1955.

Later herinnerde hij zich, als hij aan vroeger terugdacht, de jaren in het café nog maar vaag. In zijn geheugen hielden alleen de gebeurtenissen stand die om één persoon draaiden: Sarah. Ze bleef hem bijna elke dag lesgeven. Hij moest nu samenvattingen maken van de romans die hij had gelezen, en er later ook kritisch commentaar op geven. Ze onderwees hem algebra, geometrie, biologie, aardrijkskunde, natuurkunde en een beetje Frans, een taal die ze zelf accentloos sprak.

Sarah was met vlag en wimpel voor haar eindexamen geslaagd, gaf les aan kleine kinderen en studeerde twee jaar aan de pedagogische faculteit. Daarna werd ze lerares Frans en wiskunde aan een eliteschool. Ze was ook erg in trek als privélerares van kinderen van rijke christenen, maar ze accepteerde alleen de dochters van de Braziliaanse consul, tegen een respectabel uurloon. Meer leerlingen wilde ze niet. Ze wilde veel lezen en doorgaan met de begeleiding van haar lievelingsleerling Salman.

Later trouwde ze met de buschauffeur, een mollige man met een kaal hoofd, van wie ze mateloos veel hield. En toen haar nicht Leila plagerig tegen Sarah zei dat ze in werkelijkheid droomde van een acteur die bij haar in de buurt woonde en dat zij alleen zou willen trouwen als de liefde stormenderhand haar hart zou veroveren en in vuur en vlam zou zetten, was ze bij de alwetende Sarah aan het goede adres voor een gratis lesje: 'Dan moet je met een brandweerman trouwen. Acteurs zijn ridders en hartenbrekers op het witte doek. In het echte leven laten ze winden en snurken ze, hebben puisten op hun kont en stinken uit hun mond. Ik vind mollige mannen heel aantrekkelijk en vooral geestig. Ze lachen veertig procent meer dan magere mannen. En als hij een goed hart heeft, ben ik een koningin.'

Sarahs bruiloft was een evenement. Ze had geluk met het weer. Februari was droog en zo warm alsof de maand had geruild met mei. Sarahs bruidegom kwam uit Homs. Hij was wees en daarom maakte het hem niet uit waar de bruiloft plaatsvond. Maar Sarahs vader, die wel wist hoe je een feestje moet vieren, wilde zijn dochter in Damascus laten trouwen. Bij de ingang van de kerk vormden tien van zijn collega's van de politie een erehaag voor zijn dochter, en Sarah schreed als een prinses langs de fraai geüniformeerde mannen naar de kerk.

Zeven dagen lang vierde de armenhof de bruiloft alsof alle bewoners familie van Sarah waren. Salman was het meest verrast door de inzet van Samira en haar zoon Adnan, die inmiddels getrouwd was, in de Joden-straat woonde en op een taxi reed. De twee waren zo toegewijd dat het leek of ze altijd al van Sarah hadden gehouden. Samira kookte voor de gasten en Adnan speelde voor loopjongen. Ook Salmans moeder Mariam hielp zoveel ze kon. En iedereen versierde de hof en stelde dranken beschikbaar. Ook Sjimon was gul en leverde kisten vol groente en fruit.

De bruidegom was zielsgelukkig. Zeven dagen lang stond hij versteld, want zoiets had hij nog nooit meegemaakt.

En als Salmans hond een week voor de bruiloft niet was verdwenen, dan zou ook Salman gelukkig zijn geweest. Hij had botten en vlees van een restaurant in de buurt gekregen en wilde dat naar Vlieger brengen. Maar hij trof zijn hond niet aan, alleen een paar druppels bloed en een pluk zwart haar. Wat was er gebeurd? Hij had Sarah geen woord over Vliegers verdwijning verteld, om haar plezier in de aanstaande bruiloft niet te vergallen.

Na de feestelijkheden reisde Sarah met haar man naar Homs, de mooie stad aan de rivier de Orontes. Dat was in de maand maart van het jaar 1955. Sarah omhelsde Salman ten afscheid en fluisterde in zijn oor: '1955 is een geluksjaar voor jou en voor mij. Ik trouw met de man van wie ik hou en ook jij zult nog dit jaar de eerste stap zetten door de poort van het geluk.'

Zijn verdriet om zijn zieke moeder en zijn verdwenen hond verstikte zijn stem. Hij knikte en drukte Sarah nog eenmaal stevig tegen zich aan en dacht intussen aan Vlieger, die, als hij niet dood was, nog eenzamer moest zijn dan hij.

Het zou jaren duren voordat Salman Vlieger terugzag, maar die herfst al zou hij merken dat Sarah ook in kwesties die de toekomst betreffen alwetend was.

10

'Is het niet wat overdreven,' vroeg de apotheker aan zijn vriend, 'om drie vrouwen in straten te laten wonen die zo ver van elkaar af liggen?' Waarom kon hij hen niet in afzonderlijke gedeeltes van een grote harem onderbrengen, zoals zijn vader en grootvader deden?

'Mijn vrouwen kunnen niet ver genoeg uit elkaar wonen, anders krabben ze elkaar al na een uur de ogen uit. Het zou zelfs beter zijn als ze van elkaar werden gescheiden door drie oceanen. Ik zou dan op een eiland in het midden wonen. Mijn kompas,' zei de elegante gast, 'zou me elke nacht feilloos naar een van hen toe brengen.'

'Ik zou er ook vrede mee hebben als ik van mijn vrouw word gescheiden door drie woestijnen,' zei de apotheker, 'maar voor ons christenen is het huwelijk, net als de dood, een eenmalige gebeurtenis. Jullie Profeet was een levensgenieter. Onze Here Jezus was een revolutionair. Hij had geen verstand van vrouwen.'

'Misschien toch wel. Misschien is hij daarom ook nooit getrouwd, hoewel de vrouwen aan zijn voeten lagen,' zei de man in het witte pak.

Ze dronken mokka, die een gezette apothekersassistente in een witte jas had geserveerd. Achter de winkel had de apotheker een laboratorium met een kookhoek en een met ijsblokken gekoelde kast waarin altijd een fles uitstekende arak lag. De apotheker stond op. 'Je wilt druppels voor een ontstoken oog? Voor wie?'

'Geen idee,' antwoordde Nassri Abbani verbaasd.

'Ik moet wel weten of ze voor een kind of voor een volwassene zijn bestemd,' zei de apotheker, en hij gaf zijn vriend ten afscheid nonchalant een hand.

'Dan vraag ik het mijn vrouw. Heb je telefoon?'

'Waar moet een arme apotheker een telefoon vandaan halen? Ik heet toch Elias Asjkar en niet Nassri bei Abbani.'

'Laat maar, ik zal het vandaag uitzoeken en het je morgen vertellen,' antwoordde de elegante heer, en hij verliet de apotheek.

Dat komt er nou van, dacht hij toen hij naar buiten liep. Lamia praat te veel en op het laatst weet niemand wat ze nou eigenlijk wil.

Was zijn vader maar met haar getrouwd in plaats van haar aan hem op te dringen. Hij, Nassri, was destijds nog jong en onervaren. Zijn verlangen naar vrouwen diende te worden beteugeld, zoals zijn vader het uitdrukte. Lamia leek de juiste keuze; ze was de dochter van een vermaarde rechter en rook meer naar boeken en inkt dan naar sensualiteit.

Lamia was de belichaming van de betweterij. Op elke zin die hij zei had ze commentaar, laat staan dat ze ooit iets van hem aannam. Steevast had een of andere Griekse, Chinese of Arabische malloot al eeuwen geleden het tegendeel aangetoond. En als Lamia niemand te binnen schoot, riep ze haar vader op als getuige voor haar betweterij.

Anders dan bij zijn andere vrouwen had hij zich bij Lamia nooit thuis gevoeld, want het grote huis met de prachtige tuin in de buurt van het Italiaanse ziekenhuis was een bruidsgeschenk van haar vader. Ze noemde het altijd ongeneerd 'mijn' en niet 'ons' huis.

Ze was letterlijk een lustmoordenares, die begon te gapen zodra ze werd aangeraakt. 'Jouw lichaam heeft geen huid, maar lichtknopjes,' zei hij een keer woedend tegen haar in bed. 'Zodra iemand aan je komt, ga je uit.'

'Manke vergelijking, niet geestig, geen esprit,' zei ze, en ze gaapte verveeld. Ze was verschrikkelijk mager, had een platte borst en was bezeten van lezen. Maar Nassri kon niets met boeken beginnen. Hij had genoeg aan de krant om de wereld weer walgelijk te kunnen vinden.

'Een zoon met jou knappe uiterlijk en haar intelligentie zou een mooie aanwinst voor de clan zijn. Hij mag mijn naam dragen,' zei zijn vader toen ze voor de huwelijksnacht afscheid namen.

Maar het zou heel anders lopen. Ze kregen zes kinderen – maar alleen meisjes, en alle zes leken ze op haar. Geen zoon waar hij plezier aan zou hebben gehad. Dit huwelijk was de grootste vergissing van zijn vader geweest. Met die gedachte viel Nassri Abbani om de drie nachten bij Lamia in slaap, nadat hij zijn plicht had gedaan. Hij was alleen gelukkig in de laatste paar maanden van haar zwangerschappen, want dan mocht hij haar niet aanraken. Een verbod waar hij zich graag aan hield.

Nassri Abbani had de gewoonte na een licht ontbijt eerst een café te bezoeken, daar een zoete mokka te drinken en de krant te lezen, en vervolgens slenterde hij door de soek. En passant plaatste hij bestellingen, te bezorgen bij een van zijn drie vrouwen, en wel bij degene met wie hij de nacht wilde doorbrengen. De groente-, zoetwaren-, kruiden- en vishandelaren, bakkers en slagers voerden zijn opdrachten stipt uit en leverden altijd de beste waar, want meneer Abbani stond bekend om zijn gulheid. Hij dong niet af en controleerde niets. Hij betaalde. Ook liet hij nooit na een royale fooi voor de loopjongens achter te laten.

Nassri Abbani droeg altijd dure Europese pakken, en omdat het vaak warm was in Damascus, bezat hij meer lichte pakken van fijn linnen en Damascener zijde dan van donkere Engelse stof. Hij droeg zijden hemden en Italiaanse schoenen, en stak elke dag een verse anjer of roos in zijn revers. Het enige wat Arabisch was aan zijn uiterlijk, waren zijn oriëntaals aandoende dassen met tierelantijnen. Bovendien bezat hij een grote collectie wandelstokken met zilveren en gouden knoppen.

Hij werd altijd Nassri bei genoemd. Bei en pasja waren Osmaanse eretitels, die in Damascus een overblijfsel uit het verleden zonder werkelijke waarde waren, maar ze verleenden de drager het aura van adellijke afstamming, want alleen een edelman die nauwe banden met de sultan onderhield, ontving van hem die onzichtbare, maar hoorbare onderscheiding.

Nassri Abbani was erg trots en ondanks het feit dat hij door iedereen vriendelijk werd bejegend, sprak hij zelden met iemand, behalve met apotheker Elias Asjkar, wiens medische kennis die van de artsen verre overtrof. Asjkars moderne apotheek lag in het nieuwe stadsdeel Salihije, in de buurt van Nassri's kantoor en niet ver van het huis van zijn tweede vrouw Saide, vlak naast de modezaak van de beroemde Albert Abirasjed op de drukke Koning Fuad-straat, die na de Suez-crisis van 1956 in de Port Said-straat werd omgedoopt. Met de nieuwe naam moest het verzet van de bevolking van de Egyptische havenstad Port Said tegen de Engels-Frans-Israëlische invasie worden herdacht. Nassri Abbani vond het een belachelijke aanleiding en tot de laatste dag van zijn leven sprak hij van de Koning Fuad-straat.

Nassri Abbani bezocht de apotheker bijna elke ochtend, en algauw werd er gefluisterd over de geheime mixturen die hij daar kreeg om zijn onverzadigbare verlangen naar vrouwen zonder lichamelijke schade te doorstaan.

Tegen een uur of tien – soms later, maar nooit vroeger – betrad Nassri Abbani zijn grote kantoor op de eerste verdieping van het fraaie moderne gebouw dat hem toebehoorde. Op de begane grond bevonden zich een grote zaak in elektrische artikelen, en Air France. Op de tweede verdieping was het hoofdkantoor van een handel in Perzische tapijten gevestigd. De winkels en firma's betaalden een aanzienlijke huur, want de Koning Fuad-straat was de belangrijkste verkeersader van de nieuwe stad met de beste hotels en restaurants, boekhandels, persbureaus, import-exportmaatschappijen, bioscopen en dure modezaken, die er prat op gingen dat ze de haute couture voor hun modeshows uit Parijs haalden. Nassri's kantoor op de eerste verdieping had, naast een keuken, een modern toilet en een magazijn voor het archief en diverse materialen, twee ruimtes. De ene kamer was groot en licht, had een raam naar de straat, en was ingericht als een salon. Twee banken van donker hout, overtrokken met rood velours, een lage tafel en een aantal voorname stoelen domineerden de ruimte en lieten alleen een hoekje vrij voor een elegante tafel met daarop een bureaulegger en een telefoon.

Via een smalle gang bereikte je de tweede, even grote ruimte, die echter geen ramen had en slechts uit bureaus en met ordners gevulde kasten leek te bestaan. Daar zat Taufiq, die daar al vele jaren werkte, met twee oudere kantoorbediendes en drie jonge assistenten.

Taufiq was niet ouder dan Nassri, maar hij leek door zijn magere verschijning, zijn gebogen houding en zijn vroeg grijzende haar deel uit te maken van een andere generatie. De donkere kringen onder zijn ogen verraadden dat hij doodmoe was.

Nassri had Taufiq van zijn vader geërfd, die op zijn sterfbed tegen hem moet hebben gezegd: 'Je twee broers zijn intelligent, maar jij hebt Taufiq. Pas goed op hem. Als hij vertrekt, ga je ten onder.'

De oude Abbani, die spreekwoordelijk rijk was, beoordeelde anderen tot het laatste moment met een scherpe blik. Hij was fabrikant, makelaar en grootgrondbezitter. Er werd gezegd dat elke tweede abrikoos die iemand uit Damascus at van zijn velden afkomstig was en dat elk product waar abrikozen in waren verwerkt uit een van zijn fabrieken kwam.

Ook was hij de grootste handelaar in abrikozenpitten, die zeer in trek waren bij producenten van banketbakkersspijs, olie en aroma's.

Taufiq was op zijn vijftiende als loopjongen bij Abbani begonnen. Destijds was hij klein en bijna verhongerd, en daarom werd hij gepest door de magazijnknechten die de jutezakken met abrikozen voor het transport vulden en dichtnaaiden. Maar de ervaren Abbani ontdekte niet alleen dat Taufiq een geniale rekenaar was, maar ook een moedige jongeman met een messcherp intellect. Dat had Taufiq ooit laten blijken toen hij Abbani tegensprak, iets waar niemand anders de moed toe had.

Toentertijd was de oude Abbani woedend, en wel op zichzelf, omdat hij zonder het protest van de bleke jongen vanwege een domme rekenfout failliet zou zijn gegaan. Toen hij weer was gekalmeerd liep hij naar het magazijn beneden om de jongen een lira beloning te geven. Maar Taufiq was nergens te bekennen. Toen Abbani naar hem vroeg, kreeg hij te horen dat Mustafa, de magazijnmeester, de jongen met een stok bont en blauw had geslagen omdat hij zo brutaal was geweest de chef op een fout te wijzen. De anderen, die de fout natuurlijk ook hadden opgemerkt, hadden uit respect hun mond gehouden. Toen Taufiq eindelijk was gevonden en naar de chef werd gebracht, zei deze: 'Vanaf vandaag werken we samen, mijn jongen. En iedereen die hier staat, moet je met respect behandelen, want van nu af aan ben je mijn eerste secretaris.' En de aanwezigen deelde hij mee: 'Wie hem nog eens boos aankijkt, wordt ontslagen.'

Een paar maanden later was Taufiq op de hoogte van alle rekenmethodes, het calculeren met procenten en het opstellen van tabellen. Hij beheerste de meest uitgekookte trucs bij het aanvragen van ontheffing van invoerrechten, een vaardigheid die de oude Abbani zijn twee boekhouders tien jaar lang vergeefs had geprobeerd bij te brengen.

Vanaf dat moment werd Taufiq als een zoon van de familie Abbani behandeld. Toen hij achttien werd, regelde zijn mecenas een goed huwelijk voor hem met een welgestelde jonge weduwe uit het dorp Garamana, ten zuiden van Damascus. Ze was een goede vrouw, en van nu af aan was Taufiq tevreden met zijn leven. Voor hem was de oude Abbani een geschenk uit de hemel.

Mettertijd werd hij welgesteld en zijn vrouw schonk hem drie kinderen. Hij bleef bescheiden en sprak met iedereen op gedempte, eerbiedige toon, zelfs met de loopjongens. Uit dankbaarheid tegenover zijn redder bleef hij ook loyaal aan diens verwende zoon, die zich meer voor lingerie interesseerde dan voor rente en grondprijzen. Algauw werd Taufiq alleenheerser over een klein financieel imperium. Door de jaren heen raakte hij ook gesteld op Nassri, die hem volledig vertrouwde en hem nooit vanwege een fout terechtwees. In tegenstelling tot zijn twee krenterige broers was Nassri royaal. Weliswaar begreep hij weinig van zaken, maar wel van het leven en net als zijn vader had hij geen greintje respect voor de machtigen der aarde, die hij met groot genoegen om zijn vinger wond.

'God gaf iedereen het zijne,' zei hij tegen zichzelf en de anderen. Je kon van een bokskampioen niet verlangen dat hij kon balletdansen.

Taufiq hield vast aan zijn gewoonte om elke keer voor hij een zaak beklonk Abbani om toestemming te vragen. Die ging steevast akkoord, want hij begreep niets van die handel in abrikozen en de talloze aanverwante producten. Ook had hij geen belangstelling voor stukken land die werden verkocht om andere terug te kopen, omdat op de plek waar nu granaatappelbomen, oleanders en suikerriet groeiden binnenkort de duurste wijk van Damascus zou verrijzen. De reden daarvoor was dat een ambassade zijn prachtige locatie in de binnenstad opgaf en daarheen wilde verhuizen.

'Doe wat je goeddunkt,' zei Nassri Abbani weifelend. Twee jaar later was de grondprijs vervijfvoudigd.

En toen Abbani, die zeer ingenomen was met de winst, tot verkoop wilde overgaan, wilde Taufiq daar niets van weten. 'Nu moeten we pas echt grote percelen kopen. Over vijf jaar heb je vijfhonderd keer zoveel.'

'Voor mijn part,' zei Nassri, maar werkelijk overtuigd was hij niet. Vijf jaar later waren de percelen in de nieuwe Abu Rummane-wijk inderdaad de duurste van de stad. Taufiq stelde de winst vast op zeshonderdvijftig procent.

Wanneer Nassri 's ochtend het kantoor binnenkwam, vroeg hij Taufiq vriendelijk: 'Is er nog nieuws?' En Taufiq antwoordde elke morgen: 'Ik ben zo bij je, Nassri bei.' Dan gebaarde hij de loopjongen dat die in het naburige café twee mokka moest halen, een mierzoete voor de baas en een zonder suiker, maar met veel kardemom voor hemzelf.

En terwijl ze de koffie dronken, lichtte Taufiq kort en krachtig alle ontwikkelingen toe, wel wetend dat zijn chef zich heel snel verveelde. In precies zeven minuten passeerden alle geldstromen, de export, huren en reparaties van de vele huizen, en de nieuwe bouwterreinen de revue.

'Dan is alles in orde,' zei Abbani afwezig, zelfs als er een keer rode cijfers in het verslag voorkwamen.

Vervolgens belde hij een uurlang met zijn vrienden, en bijna wekelijks had hij in zijn favoriete restaurant Al Malik, dat vlak bij het parlement lag, wel een lunchafspraak met een of andere machtige man.

'Onder het eten kan ik het pad effenen voor onze belangen,' zei hij tegen zijn bedrijfsleider, en hij overdreef niet. Nassri was charmant en kende zijn medemensen en de wereld, en de laatste roddels, en dat maakte indruk op zijn gasten. Vanzelfsprekend mochten die nooit betalen, alleen genieten. De kok kwam uit Aleppo en als er een keuken was die de keuken van Damascus met zijn geuren en composities overtrof, dan was het wel die van de grote stad in het noorden.

Wanneer hij niemand kon uitnodigen, ging hij in zijn eentje eten. En alleen op die dagen durfde de eigenaar van het restaurant een paar woorden met de deftige heer te wisselen.

's Middags at Nassri Abbani liever niet met zijn vrouw en kinderen, 's avonds nam hij het voor lief.

Na de lunch ging Nassri op weg naar zijn lievelingshoer, Asmahan. Ze woonde in een klein huis, nog geen tweehonderd passen van het restaurant verwijderd. Asmahan was blij met hem want hij kwam altijd 's middags, als geen van haar voorname klanten tijd voor haar had. Nassri maakte grapjes met haar, en zij was oprecht gecharmeerd van zijn humor en lachte zich tranen. Daarna sliep hij met haar, hield een halfuur lang zijn siësta, sliep nog eens met haar, douchte, betaalde en vertrok.

Soms dacht hij, als hij naar buiten ging, dat de jonge hoer alles te gewillig en te mechanisch over zich heen liet komen en wenste hij dat ze wat hartstochtelijker was. Pas jaren later zou hij er door toeval achter komen waarmee hij Asmahans hart kon veroveren. Maar verder had ze alles waar hij van hield: een prachtig gezicht, blauwe ogen en blond haar, een betoverend lichaam als van marmer en een honingzoete tong.

En dat had geen van zijn drie vrouwen te bieden.

11

Op een regenachtige januaridag in het jaar 1952 betrad Nassri Abbani het atelier van kalligraaf Hamid Farsi. Hij was aangenaam verrast door de properheid van de winkel. Hij was nog nooit bij een kalligraaf geweest en hij had verwacht een oude heer met baard en zwarte vingers aan te zullen treffen. Maar hier, achter een kleine notenhouten tafel, zat een slanke, jonge, elegant geklede man. Nassri glimlachte, groette, schudde zijn paraplu uit en zette hem in de hoek naast de etalage.

Nassri had tot dan toe nog nooit een kalligrafie besteld, en realiseerde zich opeens dat hij onvoldoende voorbereid naar de winkel was gekomen. Hij keek om zich heen. Overal hingen prachtige letters, gedichten, wijsheden en soera's uit de Koran. Maar wat hij wilde, zag hij niet.

'Vervaardigt u ook volgens speciale wensen?' vroeg Nassri.

'Vanzelfsprekend, meneer,' antwoordde de kalligraaf zacht.

'Ook discreet? Het gaat om een geschenk voor een hooggeplaatst persoon.'

'Alles wat met mooie letters moet worden geschreven, zolang de woorden zich niet tegen God en zijn profeten richten,' antwoordde de kalligraaf geroutineerd. Op dat moment wist hij al dat hij om het even welke prijs van de welgestelde en welriekende man kon verlangen.

'Het is een spreuk voor onze president,' zei Nassri en peuterde een briefje uit zijn zak waarop Taufiq had geschreven: 'Voor Zijne Excellentie Adib Sjisjakli! Leid ons land naar de overwinning.'

De kalligraaf las de zinnen. Blijkbaar bevielen ze hem niet. Hij schudde langzaam zijn hoofd. Nassri voelde het onbehagen van de man. 'Het geeft alleen aan welke kant het uit zou moeten gaan. U kunt beter beoordelen en formuleren wat men zo'n groot man schrijft, en op welke manier.'

Hamid Farsi haalde opgelucht adem. Een man van formaat, dacht hij, en hij kwam direct met voorstellen. 'Bovenaan zou ik in goud de naam van God en zijn profeten als sterren willen aanbrengen, daaronder in rood de naam van onze president en daaronder in helgroen: "Jij bent door God en zijn profeten uitverkoren tot leider van deze natie".' De kalligraaf zweeg. 'Naar ik heb vernomen, is hij diep gelovig, en zo strookt de spreuk met zijn opvattingen en komt niet over als een bevel. Hier spreekt u hoffelijk een vermoeden, een wens uit, dat God hem heeft voorbestemd om te regeren. En dat is iets wat iedere heerser bevalt.'

'En als niet God hem destijds had uitverkoren om een staatsgreep te plegen?' schertste Nassri, om de kilte die hij voelde te verdrijven.

'Dan zou de CIA of de KGB er de hand in hebben gehad, maar dat kunnen we niet schrijven, nietwaar?' zei de kalligraaf, terwijl hij geen spier vertrok. Nassri lachte luid en voelde zich eenzaam.

Hamid Farsi liet het kostbare papier en de vergulde lijst zien die hij voor de spreuk zou kiezen. Nassri was enthousiast.

De kalligraaf ging ermee akkoord zijn overige werk te laten rusten en de opdracht binnen een week te volbrengen. Hij noemde een extreem hoge prijs, maar Nassri glimlachte. 'Laten we het zo doen:

ik vraag u niet naar de prijs en u maakt voor mij het allerbeste. Akkoord?' zei hij, en hij stak zijn hand uit, want hij verwachtte niet dat zijn royale aanbod zou worden afgewezen.

'Akkoord,' antwoordde Hamid zacht. Nassri was verbaasd dat de man niet eens glimlachte of hem voor de opdracht bedankte. Een merkwaardige kerel. Taufiq had hem aangeraden de president iets te schenken, zodat hij de vele machines die hij wilde importeren door de douane kon loodsen, waardoor de winst driehonderd procent hoger zou uitvallen. 'Sinds de staatsgreep gaat er niets buiten de president om,' had Taufiq gezegd, 'en deze houdt van kalligrafieën, laat zich elke dag vollopen, kijkt urenlang naar Hitler-films en hangt voor het volk de gelovige uit.' Nassri verbaasde zich over die duivelse vent, die zoveel wist dat het leek of hij zijn eigen geheime dienst had.

En naar Taufiqs mening was Farsi de beste kalligraaf van Damascus. Hij wist dat Farsi duur, ongenaakbaar en arrogant was, maar een kalligrafie van hem was altijd een uniek kunstwerk. En bovenal was hij betrouwbaar. Het geschenk moest precies op het juiste moment worden aangeboden. Over twee weken zou het schip met de machines de haven van Latakia in het noorden aandoen. En voor die tijd had hij de toestemming van de president nodig. 'Eén telefoontje van hem volstaat om de minister van Handel voor me uit te laten rennen om die idiote douaniers in toom te houden tot onze vrachtwagens de machines de haven uit hebben gereden.'

Taufiq was een duivel, en het meest duivelse aan hem was zijn vermoeide engelengezicht.

Nassri keek uit het raam. Het was opgehouden met regenen, en opeens herinnerde hij zich wat hij nog wenste om het geschenk compleet te maken.

'Nog iets,' zei hij, terwijl hij al in de deur stond. 'Zou u namens mij in uw mooie schrift nog een begeleidende brief willen schrijven? Het zou van slechte smaak getuigen als ik met mijn hanenpoten...'

'Zeker, maar ik heb uw volledige naam en adres nodig om de brief van een fraai briefhoofd te kunnen voorzien, zodat geen secretaris of secretaresse hem zal tegenhouden,' zei Hamid, en hij schoof Nassri een leeg vel papier toe. Toen deze zijn naam en adres had opgeschreven wist Hamid Farsi dat de elegante heer niet had overdreven.

Intussen was buiten de zon gaan schijnen. Nassri haalde opgelucht adem. De kalligraaf was een intelligente en kundige zakenman, maar zijn slechte adem was nauwelijks te verdragen. Nassri moest denken aan de geur van de roofdieren in het circus dat hij met zijn vader had bezocht. Omdat de circusdirecteur een bewonderaar was van zijn vader, mocht hij onder begeleiding van een medewerker vlak langs de kooien van de roofdieren lopen. De kooien stonken ontzettend naar urine, dat was al erg genoeg. Maar als een tijger, leeuw of hyena brulde, ontstond er een stinkende wolk die Nassri bijna deed stikken.

Al een week later verraste Taufiq hem 's ochtends vroeg met de kalligrafie, die hij persoonlijk had afgehaald en betaald. Hij was veel mooier dan Nassri had verwacht. Een grandioos ornament omgaf de tekst en verleende die iets gewijds.

'Ik geloof dat ons nu niets meer in de weg staat,' zei Taufiq, en Nassri zag een duivelse gloed in zijn ogen.

Na een week ontving Nassri een persoonlijke uitnodiging van de president om te komen dineren. Een chauffeur haalde hem af en bracht hem naar het presidentiële paleis. De president was zo enthousiast over de avond dat hij vanaf dat moment eenmaal per week met Nassri en een paar uitverkoren handelaren in de stad wilde dineren.

In die kringen waren vriendschappen zo goed als onmogelijk, maar Nassri kreeg door zijn gevoel voor humor en zijn vrijmoedigheid algauw een bijzondere band met de president. Achter het stijve uniform ontdekte hij een eenzame man die na zijn jeugd geen dag meer had genoten, maar zijn tijd had verspild met de ene samenzwering na de andere.

Nassri vond de andere handelaren schijnheilig. Elke week keken ze met de dictator naar dezelfde film, en lachten hem vervolgens heimelijk uit. President Sjisjakli vereerde Hitler en wilde hem navolgen. Hij was diep onder de indruk van Leni Riefenstahls film *Triumph des Willens*, die hij iedere week in de filmzaal van het presidentiële paleis bekeek.

Nassri hield niet van de Duitsers en de oorlog. Elke keer verontschuldigde hij zich en verliet het paleis. Dat boezemde de boerenzoon Sjisjakli respect in, want hij begreep dat Nassri een vrije, gecultiveerde man was die goed luisterde en die, hoe beleefd ook, zijn eigen mening gaf.

Drie weken later al arriveerden er drie volle vrachtwagens met belastingvrije lading. Kneed- en doseermachines voor bakkerijen, boormachines en draaibanken voor metaalbewerkingsbedrijven en garages – de eerste import uit Hongarije. Taufiq verklaarde dat hij het hoofdagentschap van de machinefabriek in Syrië had verworven, om een tweede poot voor de firma te creëren.

'Tweede, zeg je? Ik heb de indruk dat je een duizendpoot van onze firma hebt gemaakt,' zei Nassri, en de twee mannen lachten.

Die dag bracht Nassri een duur parfum voor de hoer Asmahan mee. Toen hij haar huis binnenging, zag hij dat ze aan de keukentafel bezig was een mooie spreuk uit een tijdschrift te knippen. Asmahan bedankte hem voor het parfum en terwijl ze doorging met het secuur uitknippen en inlijsten van de tekst, vertelde ze dat ze al sinds haar jeugd een zwak voor kalligrafie had. Kalligrafie was als het fotograferen van woorden, zei ze, en ze hield meer van woorden dan van alle mannen ter wereld.

Pas nu viel Nassri op dat de muren van de slaap- en woonkamer, de keuken en de badkamer met ingelijste spreuken waren overdekt. Hij schaamde zich voor zijn blindheid, maar hij wist nu hoe hij Asmahan kon inpalmen.

Toen ze zich terugtrok om zich voor hem op te maken, schreef hij de spreuk over die ze zojuist had uitgeknipt: 'Het verstandige aan de liefde is haar dwaasheid.'

Die dag dacht hij, zoals zo vaak, dat hij met de hoer had moeten trouwen en maling had moeten hebben aan de clan en zijn reputatie. Ze was net zo slim als zijn vrouw Lamia, had een betoverende lach, was zo geestig als zijn vrouw Nasime en had bovendien het verrukkelijke lichaam van zijn vrouw Saide. En in tegenstelling tot zijn vrouwen was ze dankbaar. Zeker, ze verlangde geld voor haar prestaties in bed, maar zijn vrouwen incasseerden het dubbele, alleen op een andere manier – dat had hij uitgerekend. Maar wanneer hij een cadeau meebracht, was geen van hen zo dankbaar als zij. Asmahan was soms dagenlang opgetogen over een fles parfum of een duur Frans modeblad uit boekhandel Librairie Universelle.

Zodra hij zich echter vol verlangen door die gedachte wilde laten meevoeren, werd hij zoals altijd wakker geschud door een innerlijke stem, die veel weg had van die van zijn vader: 'Sukkel, geloof je nou echt dat ze genoeg heeft aan jou? Zo'n vrouw heeft genoeg seks voor zeven mannen, wat moet ze beginnen met haar overschot als jij uitgeteld naast haar ligt te snurken? Ze zal een tweede, een derde, een vierde man opzoeken, zodat je algauw geen hoorns, maar een gewei met zeven enden hebt en je geen deur meer door kunt...'

Nassri schudde mismoedig zijn hoofd toen Asmahan in een dunne zijden peignoir naar de kamer terugkeerde. Haar blonde haar had ze opgestoken in een piramide en met stras en veren versierd. Ze was de mooiste hoer van Damascus en als ze niet zo'n hoog tarief had, zouden de mannen voor de deur in de rij staan. Voor elke bijslaap verlangde ze honderd lira, evenveel als Taufiqs weekloon.

Uitsluitend parlementariërs, ministers, grootgrondbezitters, generaals en rijke kooplieden konden zich die weelde veroorloven.

Die dag wilde Nassri na het korte liefdesspel uit frustratie en een beetje uit schaamte weten hoevelen hem die middag waren voorgegaan. 'Jij bent de derde,' zei ze bedaard, en ze trok haar ondergoed aan.

'En nu heb je genoeg?' vroeg hij, in de hoop dat ze, na met hem te hebben geslapen, 'O ja' zou zeggen. Asmahan lachte alleen hoog, maar gaf geen antwoord.

'Schiet op, dadelijk komt de voorzitter van het parlement! Die wil dat ik een onschuldige studente ben die hij kan verleiden. Hij is professor, weet je…'

'En daarna?'

'Maak toch voort. Daarna komen er nog drie of vier, misschien vijf, dat hangt ervan af hoe jaloers de echtgenote is,' zei ze en duwde hem lachend, maar energiek naar de deur.

Wonderlijk was deze vrouw die – alsof ze geen Arabische was – geen schaamte kende, maar een nuchtere, realistische kijk op haar beroep had. 'Hoererij is een oeroud beroep,' zei ze op een dag tegen hem. 'Sommigen verkopen de kracht en de arbeid van hun handen, hun ogen, hun rug. Ik verkoop de arbeid van mijn vagina.' Zo kon je het natuurlijk ook bekijken. Nassri beviel het niets. Ze voegde eraan toe: 'Laten we aannemen dat een mooie en intelligente vrouw zover is dat ze kan gaan trouwen. Als er honderd kandidaten zijn, welke man kiezen haar ouders dan? Ze zullen niet de gevoeligste, noch de welsprekendste, noch de slimste, laat staan de eerlijkste uitkiezen, maar de rijkste en de machtigste, en dat is niets anders dan handjeklap. Mooie en gezonde vrouwen in ruil voor macht en zekerheid voor zichzelf en haar familie. Maar ik zie dat je me niet begrijpt.'

Nassri was in de war. De vrouw sprak weliswaar Arabisch, maar dergelijke taal was hij niet gewend.

Deze keer ging Nassri pas 's middags naar de kalligraaf, in de hoop dat deze tegen die tijd niet meer zo uit zijn mond zou ruiken, en inderdaad: de adem van de man geurde die dag naar sinaasappelen en koriander.

'Is de vorige kalligrafie ook bij de president in de smaak gevallen?' vroeg hij, nadat hij Nassri's groet had beantwoord.

'Ja, buitengewoon. Hoe zou hij ook niet in de smaak kunnen vallen als hij uit uw pen is gevloeid?' zei Nassri, en hij richtte zijn blik op het scherpe mes waarmee de kalligraaf de punt van zijn rietpen bijsneed.

'Ik ben zo meteen klaar, neemt u alstublieft plaats,' zei hij, wijzend naar een elegante stoel. Een gezel kwam naast hem staan en vroeg zacht naar bladgoud. De kalligraaf stond op en haalde een dik boek uit de kast achter hem. 'Er zijn nog zeventig vellen over, als je klaar bent, schrijf je het aantal verwijderde vellen met de datum op in de lijst die je achter in het schrift vindt, en let op de laatste restjes. Het is wel goud, begrepen?' zei hij zacht op strenge toon tegen de al wat oudere assistent, die zich tegenover de klant voor die instructies geneerde. 'Ja meneer, daar let ik voortdurend op.'

'Stuur Jusuf naar me toe, hij moet twee mokka halen,' voegde Hamid Farsi eraan toe.

Een kleine jongen kwam uit het atelier en vroeg Nassri beleefd hoe hij zijn koffie wilde hebben. 'Met veel suiker en weinig kardemom.' De sterk loensende jongen ging op weg naar Café Karam aan het eind van de straat.

Nassri keek hem na en was verbaasd hoe schoon zijn kleren waren. Iedereen in de winkel leek te zijn geïnstrueerd om er net iets eleganter uit te zien dan de medewerkers van de omliggende winkels. 'Smoezeligheid en kalligrafie gaan niet samen,' zei Hamid Farsi kortaf, als antwoord op het compliment van zijn klant.

'Vandaag heb ik een speciaal verzoek.' Nadat hij zijn mokka had opgedronken, trok Nassri zijn stoel dichter naar de tafel van de meester toe. 'Het is zeer vertrouwelijk, voor een vrouw, begrijpt u?' fluisterde hij. 'Natuurlijk niet de mijne. Wie schrijft zijn eigen vrouw nu een liefdesbrief?'

De kalligraaf glimlachte kil.

'Nee, het is een spreuk over de liefde, hier is hij,' zei Nassri. Hij haalde een klein vel papier uit zijn portemonnee en vouwde het op tafel uit. Hamid Farsi las de spreuk. Die beviel hem.

'Hoe groot moet het worden?'

'Zo groot als mijn handpalm, maar alstublieft van de hoogste kwaliteit, het liefst in goud,' voegde Nassri eraan toe.

'Is er haast bij?'

'Ja, zoals gewoonlijk. En ook ditmaal graag een gepast begeleidend schrijven in een voortreffelijk handschrift, maar zonder briefhoofd en adres. U begrijpt dat de vrouw het aan derden zou kunnen laten zien. Het is voldoende als de brief met mijn voornaam, Nassri, eindigt.'

'Maar u moet zeggen wat er in de brief moet komen te staan. Ik breng het dan onder woorden.'

Nassri zat in de val. Hij was op alles voorbereid, behalve het antwoord op zo'n vraag.

'Iets... U weet wel. Iets met liefde en zo...' stotterde hij en hij voelde zich opeens belachelijk. De kalligraaf had heimelijk plezier om die rijke man, die wilde laten zien dat hij wereldklasse bezat, maar niet in staat was twee zinnen over zijn gevoelens te formuleren. 'Goed,' zei hij, uit de hoogte als iemand die een drenkeling vanuit een boot de hand reikt, 'zegt u dan maar waar die dame van houdt en waarin haar schoonheid vooral tot uiting komt, en ik zal kijken wat ik kan doen.'

Sinds zijn kinderjaren had Nassri niets meer zo pijnlijk gevonden, maar toen begon hij over de blauwe ogen van zijn hoer te vertellen, over haar lichaam en haar gratie. En ten slotte had hij het over de opmerking die hem had geschokt, namelijk dat ze meer van woorden hield dan van mannen.

De kalligraaf noteerde alles. Hij benijdde de rijkaard erom dat hij een vrouw het hof maakte die van kalligrafie hield.

Toen Nassri de winkel uit kwam en op straat stond, merkte hij dat hij bezweet was.

12

Nog jaren later dacht Nura met heimwee terug aan haar tijd bij kleermaakster Dalia. Drie jaar bracht ze bij haar door. Wat had ze er veel geleerd! Keer op keer vertelde ze dat ze van haar vader had leren lezen, van haar moeder had leren koken en van Dalia had leren leven.

Nura genoot er ook daarom van bij Dalia te werken, omdat ze op die manier aan haar moeder kon ontsnappen. Thuis hoefde ze niet te koken of schoon te maken. Ze had immers een beroep. En daarvoor had haar moeder groot respect.

Het huis van de kleermaakster lag op de kop van twee straten. De driehoekige vorm kwam in de stad weinig voor. Het huis leek op de boeg van een reusachtig schip en had twee voordeuren, een naar elke straat. Het had geen binnenplaats, maar achter het woonhuis was een smalle tuin, die het met zijn hoge planten van de aangrenzende huizen in de twee straten afschermde. Een oude, knoestige pomeransboom, een hoge palm en twee citroenbomen vormden de zuilen van een jungle, waartussen rozen en oleanders hoog opschoten. Voor de huizen ernaast weefde de jasmijn een dicht web van witte bloesems en donkergroene bladeren.

Het terras, dat was geplaveid met rode en witte tegels in een schaakbordpatroon, was verfraaid met een piepkleine fontein. Op die plek hielden de kleermaakster en haar medewerksters hun rustpauze. Daar dronken ze tien maanden per jaar thee en koffie, en daar mochten ze ook roken. In het atelier was dat streng verboden.

De kleermakerij lag in het souterrain. Dit beschikte over een mooie visitekamer, twee lichte ateliers, een grote keuken en een kleine bergruimte voor het materiaal. Als toilet deed een huisje dienst dat achter de pomeransboom in de tuin verscholen lag.

Dalia woonde op de eerste verdieping. Daar wilde ze geen bezoek, ook niet van Nura. De zolderwoning op de tweede verdieping was te bereiken via een trap die langs de achtergevel omhoogliep. Naast de zolderwoning bevond zich nog een groot plat dak waar de was kon worden opgehangen, maar het was niet beveiligd met een hek, zoals bij Nura thuis. Nura ging altijd met tegenzin naar boven om de was op te hangen. Ze werd duizelig op de trap, die altijd een beetje wiebelde.

Dalia hield van het huis, dat ze zelf gekocht en opgeknapt had. De erfenis van haar vader hadden haar vier broers onder elkaar verdeeld. Na de dood van haar ouders onterfden ze Dalia op slinkse wijze op een moment dat haar aandacht volledig door persoonlijke catastrofes werd opgeëist. Toen ze het bedrog ontdekte, was het te laat. Tot het einde van haar leven sprak ze geen woord meer met haar broers, en evenmin met hun zoons en dochters, die voortdurend probeerden zich met de bekende en veelgevraagde kleermaakster te verzoenen.

Ze wees haar familie bars af. 'Geef eerst maar terug wat jullie vaders van me hebben gestolen, anders kunnen jullie de pot op met je geslijm.'

Het huis van kleermaakster Dalia lag slechts op een steenworp afstand van Nura's huis. In het begin was dat het enige nadeel, want de eerste weken dook Nura's moeder een paar keer per dag op om haar dochter iets mee te delen. Nura geneerde zich omdat haar moeder tegen haar sprak alsof ze een klein meisje was. Algauw merkte Dalia dat haar jonge medewerkster dan geïrriteerd was. Op een mooie ochtend maakte ze een eind aan de pijnlijke situatie. 'Luister eens,' snauwde ze tegen Nura's moeder terwijl ze opkeek van haar naaimachine, 'voed je dochter thuis maar op. Hier moet ze iets van mij leren. Behalve ikzelf heeft niemand hier iets te vertellen. Hebben we elkaar begrepen?'

Haar moeder had het begrepen en keerde niet meer terug. Maar vreemd genoeg nam ze de kleermaakster haar terechtwijzing niet kwalijk. 'Het is een sterke vrouw. Ze heeft al drie mannen het graf in geholpen. Ze weet wat ze wil,' zei ze.

Die nacht lag Nura lang wakker. Hoe konden haar ouders het op den duur met elkaar uithouden? Haar vader was een onverbeterlijke mensenvriend, die zelfs in een misdadiger een arm schepsel zag dat liefde nodig had, maar haar moeder vertrouwde de mensen niet. In elke voorbijganger zag ze een wolf in mannengedaante, die Nura met een valse glimlach opwachtte om haar te verslinden. 'Mama, er is geen man die tegen mij lacht, en als eentje het wel doet zeg ik dat hij naar de duivel kan lopen,' zei ze schijnheilig om haar moeder gerust te stellen. Ze verzweeg dat ze bang was voor de kapper wiens blikken ze op haar huid voelde branden, en ook dat ze genegenheid voelde voor bonenverkoper Ismail, die niet ver van haar straat een winkel had. Hij was altijd vriendelijk, goed gekleed en fris geschoren, maar ook lelijker dan de andere mannen in de wijk. Hij had een gezicht als een gier en een lichaam als een nijlpaard, maar was steeds in een goed humeur en prees boven het lawaai van de tram uit zijn gekookte bonen, gebraden falafel en de andere vegetarische hapjes aan die hij van achter zijn toonbank verkocht. De winkel was zo klein dat alleen hijzelf, zijn pannen en zijn frituurketel erin pasten. Nura's vader zei dat Ismail geen plaats meer zou hebben voor het zoutvaatje als hij nog iets zou aankomen. Toch gaf hij, zoals alle buren, hoog op van de gerechten van Ismail, die de geheime recepten van zijn voorouders geërfd had. Al tweeëntwintig generaties – dat stond boven de kleine deur – kookten en frituurden ze groente in die winkel. Er werd zelfs gezegd dat de Osmaanse sultan Selim, onderweg naar Palestina en Egypte, hier was gestopt omdat zijn eetlust werd opgewekt door de geur die uit de winkel kwam. De sultan had de eigenaar een bedankbrief geschreven, die nu al vierhonderd jaar in de winkel hing en die iedere ambtenaar verbood de eigenaar lastig te vallen, zolang het Osmaanse Rijk bestond.

Als Ismail Nura zag, tuitte hij zijn lippen en soms gaf hij zelfs zijn enorme opscheplepel een flinke kus, waarbij hij zijn wenkbrauwen veelbetekenend op en neer liet gaan.

'Roos van Damascus, trouw met me,' riep hij naar haar toen ze op een ochtend in gedachten verzonken langs zijn winkel liep. Ze schrok op, toen lachte ze naar hem. Sinds die dag voelde ze een soort warmte wanneer ze hem zag, en vanaf dat moment liep ze met opgeheven hoofd langzaam langs zijn winkel en genoot van zijn waterval van poëtische woorden.

Wat voor gevaar zou er van die gezette man moeten uitgaan? In haar dromen verscheen hij tweemaal als een falafelballetje dat in olie zwom, belletjes blies en haar zangerig toeriep: 'Eet mij, eet mij.' Lachend werd ze wakker.

Nee, Nura had haar moeder sinds haar tiende of elfde niets meer toevertrouwd, om haar en zichzelf te ontzien.

Toch draaide het telkens weer op ruzie uit als Nura's moeder iets had ontdekt dat voedsel gaf aan haar bezorgdheid over haar.

Destijds dweepten alle jonge vrouwen met de zanger en acteur Farid al Atrasj, die populaire melancholieke liefdesliedjes zong. Hij bezat de droevigste stem van de Arabische wereld, een stem die iedere vrouw aan het huilen maakte. Week in week uit berichtten de kranten over zijn hartkwaal. Farid al Atrasj bleef zijn leven lang vrijgezel; ze beweerden dat hij meer van paarden en jongens dan van vrouwen hield, iets wat de vrouwen niet wilden geloven.

De zanger liet Nura's vader koud, maar haar moeder had een hekel aan hem omdat hij vrouwen met zijn liedjes verleidde. 'Hij is een druus, en wat stelt iemand met een moeder die luit speelde voor geld nou helemaal voor? Heb je gehoord hoe zijn zus aan haar eind is gekomen? Ze verdronk in de Nijl. Ze was de mooiste vrouw van de Arabische wereld, en in plaats van met een koning te trouwen zong ze in nachtclubs en werd door haar minnaar, een jaloerse Engelsman, gewurgd en in de Nijl gegooid.'

Dalia, de kleermaakster, verafgoodde Farid al Atrasj. Niet alleen zong ze graag zijn liedjes, maar ze had in de Roxy-bioscoop ook al zijn films gezien. Sommige films, zoals *Ahlam al Sjabab* (*Dromen van de jeugd*) en *Sjahr al Asal* (*Wittebroodsweken*) had ze meer dan tien keer gezien. De muur boven haar werkplek was getooid met een groot affiche van de film *Makdarsji* (*Ik kan niet*). Dat was precies wat Farid al Atrasj tegen de toeschouwer leek te zeggen, terwijl zijn partner, de beroemde danseres Tahija Karioka, hem jaloers opnam. En telkens als haar klanten zeiden dat er haast bij was, wees Dalia zwijgend naar het affiche en ging verder met haar werk.

Op een dag, Nura was al ruim een jaar bij Dalia in de leer, praatten de medewerksters opgewonden over zijn nieuwste film, *Achir Kisbeh*, *Laatste leugen*, die over een paar weken in de Roxy zou komen, en dat Farid al Atrasj, die van kindsbeen af in Cairo had gewoond, bij de première aanwezig zou zijn.

Waar Dalia de vijf vrijkaartjes vandaan had, vertelde ze niemand. In ieder geval gingen alle medewerksters mee naar de bioscoop.

Negentig procent van de bezoekers bestond uit vrouwen die, zoals de cheffin had voorspeld, in hun duurste modieuze kleren waren gekomen om de verstokte vrijgezel te behagen. Toen de zanger verscheen, ging er een zucht van verlangen door de zaal.

De zanger was kleiner dan je gezien het affiche zou verwachten. Zijn gezicht was bleek en glad. In tegenstelling tot wat destijds gebruikelijk was, had hij geen snor. Nura bloosde en voelde haar hart stokken toen de zanger haar even met zijn grote droevige ogen aankeek. Ze was op slag smoorverliefd. De handeling in de film ging volledig aan haar voorbij. Als Farid zong, had ze het gevoel dat hij niet voor Samia Gamal, zijn geliefde in de film, maar uitsluitend voor haar zong. Ze huilde en lachte. Toen volgde de korte ontmoeting waarvan ze die nacht wakker zou liggen.

Terwijl de toeschouwers naar buiten gingen stond de zanger, geflankeerd door de belangrijke persoonlijkheden van de stad, die zich graag met hem lieten fotograferen, bij de ingang en deelde zijn portret met handtekening uit. En de vrouwen uit Damascus, die nooit in de rij gingen staan en elkaar bij iedere groenteman de ogen uitkrabden als ze haast hadden, stonden er nu bij als lieve, brave kloosterleerlingen omdat ze bij de zanger in de smaak wilden vallen. Ze pakten de foto van hem aan en liepen gedisciplineerd naar buiten. Dalia stond achter Nura en fluisterde: 'Nu of nooit', maar Nura was veel te opgewonden in haar dure jurk, die ze van een bruid geleend had. Toen zij aan de beurt was, gaf de zanger haar zijn portret, glimlachte kort tegen haar en raakte haar vingers aan. Ze viel bijna flauw.

Dalia pakte het heel anders aan. Ze raapte al haar moed bij elkaar, vatte de koe bij de hoorns en gaf de verblufte zanger een klinkende zoen op zijn wang.

'Ik, Dalia, de kleine kleermaakster en drievoudige weduwe, heb Farid al Atrasj gekust. Nu kan ik sterven en kan God me rustig naar de hel sturen,' zei ze triomfantelijk in de koets naar huis. Haar medewerksters giechelden.

Toen Nura de dag daarop 's middags thuiskwam, was de foto onder haar kussen in duizend stukjes gescheurd.

Ze verstijfde. En toen voelde ze dat haar woede haar bijna de adem benam. Haar verlangen het ouderlijk huis te verlaten werd steeds sterker. Ze wilde snel trouwen om van haar moeder af te zijn.

Dalia ontging niets. 'Och kindje, spaar je tranen, hier heb je een nieuwe foto,' zei ze, en ze gaf haar het portret. 'Ik heb er meer dan genoeg. Is hij niet lief? En wat ruikt hij lekker!'

Nura verstopte de foto thuis onder een losse plank in haar kleerkast, maar vergat hem al gauw.

Pas na haar vlucht herinnerde ze zich hem weer en ze vroeg zich af of iemand die de foto in een volgende eeuw onder de bodem van de kast ontdekte, zou vermoeden wat het verhaal erachter was. Ze schudde haar hoofd en lachte.

Dalia was een echte vakvrouw. Ze had een hekel aan slordigheid en geloofde haar leven lang dat half werk zich zou wreken. Ze was geduldig, maar had de pech dat haar medewerksters meestal niet over de nodige passie beschikten. Velen dachten dat ze al kleermaakster waren als ze thuis een keer een schort of een pannenlap hadden genaaid. 'Meisje, meisje, je bent er met je hoofd niet bij,' was de zin die Dalia het meest gebruikte, want de meeste hulpkrachten wilden alleen een beetje leren naaien om voor een goede partij voor een man door te gaan. Naast koken was naaien een vaardigheid die een man graag bij zijn aanstaande vrouw zag.

'Naald en draad, schaar en naaimachine zijn alleen hulpmiddelen,' legde ze Nura meteen de eerste week al uit. 'Na twee jaar ken je de regels van het kleermakersvak wel, maar als je bij het zien van een stof weet wat voor jurk je er het best van kunt maken, ben je pas een kleermaakster. Dat staat in geen enkel boek, dat moet je aanvoelen om uit de zee van mogelijkheden de meest interessante eruit te pikken.'

Nura keek nauwlettend toe hoe Dalia de stof die haar klanten meebrachten uitrolde, aanraakte en tegen haar wang hield, nadacht, hem weer vastpakte en tegen het licht hield, en hoe er vervolgens een verlegen glimlach over haar gezicht gleed – een onfeilbaar teken dat haar cheffin op een idee was gekomen. Ze pakte een stuk papier, knipte er vlug een patroon uit en hield dit keurend tegen de stof. Als Dalia tevreden was, merkte Nura dat het idee van haar hoofd naar haar pols gleed en via haar vingers in de stof terechtkwam. Vanaf dat moment tot het punt waarop de stof met spelden en rijgsteken bijeen werd gehouden, was er geen aarzeling meer.

Behalve de ervaren Fatima mocht geen enkele medewerkster stoffen knippen. Maar Dalia moedigde hen aan met restjes te oefenen: 'Eerst met het welwillende katoen en je dan opwerken naar koning fluweel en koningin zijde.'

In haar eerste leerjaar verbaasde Nura zich vaak over de lange discussies die Dalia met haar klanten had. Doorgaans wisten ze precies wat voor jurk ze wilden hebben, maar Dalia dacht meestal dat die jurk juist niet bij de klant zou passen.

'Nee, madame, oranje en rood passen niet bij uw ogen, niet bij de kleur van uw haar en vooral niet bij uw gezegende rondingen,' zei ze.

'Maar mijn man houdt van rood,' jammerde de vrouw van bankdirecteur Al Salem. 'Dan moet hij maar rood dragen, of u valt tien of vijftien kilo af,' zei Dalia, en ze liet haar zien hoe goed blauw haar stond en hoe slank het bovendien afkleedde.

'Hoe kun je dat allemaal zien?' vroeg Nura op een dag, toen de vrouw van een beroemde chirurg zo blij en dankbaar was voor haar nieuwe jurk dat ze niet tot bedaren kon komen.

'Ik heb leren kijken voor ik mijn eerste patroon knipte. Probeer eens de rimpels van golven, het betoverende groen van de bladeren van de oranjeboom, het wit van jasmijnbloesem, het ranke van een palm te begrijpen. Je zult zien dat dat de grootmeesters van de elegantie zijn.'

Dalia was nooit tevreden. En meer dan eens had ze gelijk. Ook Fatima spaarde ze niet: 'Neem nu Fatima,' zei ze vaak met geveinsde wanhoop, terwijl ze naar haar oudste en beste medewerkster keek. 'Ze is al tien jaar bij me en kan nog steeds geen fatsoenlijk knoopsgat naaien.'

Fatima had een hekel aan knoopsgaten, maar verder was ze een uitstekende kleermaakster. Ze was de enige trouwe medewerkster. Voor Nura's komst werkte ze al in het atelier en na Nura's vertrek bleef ze. Niet alleen verzette ze het werk van drie vrouwen, ze was ook de ziel van het atelier. Ze troostte, kwam de jonge vrouwen te hulp en protesteerde luid als haar bazin weer eens overdreef.

De andere medewerksters kwamen en gingen. Ze hielden niet van het werk. Ze arriveerden met het idee dat ze na een jaar volleerd zouden zijn, maar ontdekten dan hoe gecompliceerd het vak was.

Soms vertrokken de meisjes uit zichzelf, soms stuurde Dalia ze ook weg: 'Je weet meer dan genoeg om een onderbroek voor je man te naaien,' zei ze.

Ze betaalde een karig loon, net genoeg voor een maandkaart voor tram of bus. Maar iedere medewerkster kreeg overdag een warme maaltijd en koffie zoveel ze wilde. Alcohol mocht niemand drinken, behalve de cheffin.

Het eerste jaar vond Nura achteraf het moeilijkste, het tweede jaar was ze laaiend enthousiast en algauw kon ze complete jurken in haar eentje naaien.

Toen ze over haar werk begon te dromen, lachte Dalia en klopte haar op haar schouder: 'Je gaat vooruit, zelfs in je slaap,' zei ze. Overigens was haar droom allesbehalve grappig. Nura droomde over een klant die de kleermaakster bezocht om haar trouwjurk te passen. De jurk was bijna klaar, zowel in werkelijkheid als in haar droom. De klant was ontevreden, hoewel de jurk als gegoten zat en haar zwangerschap goed camoufleerde. Nura dacht dat het een goed idee was koffie te zetten om de klant te kalmeren, die de tranen nabij in haar nieuwe jurk voor de spiegel stond. Op weg naar de keuken vroeg Nura haar cheffin of ze met de klant kon praten, want die had groot respect voor Dalia. Op dat moment hoorde ze de klant opgelucht lachen. 'Zo is het goed,' jubelde ze. Ze had de jurk met een grote schaar een handbreedte boven haar knieën afgeknipt, zodat er alleen nog een erbarmelijke korte jurk met een kartelrand over was.

Happend naar adem was Nura wakker geworden.

'Nu is het beroep vlees en bloed geworden, en binnenkort zal het zich in je hersens nestelen,' zei Dalia lachend toen Nura klaar was met haar verhaal. De jurk was het eerste werkstuk dat Nura zelfstandig had gemaakt.

Ze leerde vlijtig en trok zich elke dag na het avondeten terug op haar kamer om de moeilijke namen van de kleuren en de stoffen te leren, en vaak deed ze een patroon of een naad nog eens over met de restanten stof die ze uit het atelier mocht meenemen. Dalia kon alle elf nuances van de kleur blauw slapend opzeggen, van marine- tot pauwblauw, ook wel 'prune' genoemd. Van de kleur rood bestonden er zelfs zestien nuances, van kardinaalrood tot roze, en ze haalde ze nooit door elkaar.

Dalia was heel openhartig, ook tegenover haar klanten. Een keer was iemand tussen de verschillende pasbeurten van haar bruidsjapon razendsnel aangekomen vanwege de vele uitnodigingen in de aanloop naar het feest. Bij elke pasbeurt verscheen ze dikker in de kleermakerij. Dalia had al drie keer alles opnieuw afgetekend en gespeld. Toen de klant weer kwam passen en Dalia zag dat ze niet meer in de jurk kon, zei ze met een afwerend gebaar: 'Ik maak kleren voor vrouwen en niet voor zelfrijzend bakmeel. Dus meisje, hak de knoop door: bruidsjurk of pistache en taart!' De jonge vrouw bloosde en liep haastig de deur uit, maar tien dagen later was ze terug, lijkbleek, maar slank.

'Mooie mensen hebben geen kleren nodig, God zelf heeft de mooiste voor hen genaaid. Maar zulke mensen komen niet veel voor, bij de anderen is het de kunst te accentueren wat mooi is en te verhullen wat lelijk is,' luidde Dalia's devies.

Urenlang naaide ze op haar Singer-naaimachine met voetpedaal, waar ze bijzonder trots op was. Voor haar medewerksters waren er drie oude machines met zwengels.

Jaren na haar vlucht dacht Nura nog vaak aan Dalia, en aan alles wat ze van die raadselachtige vrouw had geleerd.

13

'Hoe ik aan mijn eerste man kwam, heeft natuurlijk ook met mijn ouders te maken,' vertelde de kleermaakster op een dag. 'Hier in de Midan-wijk stonden ze in hoog aanzien, en bij hen was het altijd open huis. Mijn vader, en meer nog mijn moeder, dronk graag arak, alsof ze christenen waren. Tegelijk waren het alle twee gelovige moslims, maar ze beschouwden de voorschriften en verboden alleen als regels die noodzakelijk waren om primitieve samenlevingen in toom te houden. Ik heb ze nooit dronken gezien.

Al sinds de Osmaanse tijd stond onze Midan-wijk als opstandig bekend, ook tijdens de Franse overheersing. Soms werd de hele buurt met een wirwar van prikkeldraad afgesloten en werd iedereen gecontroleerd die erin of eruit wilde. Toen zelfs dat niet meer hielp, bombardeerden de Fransen de wijk.

Mijn vader was zo'n beetje de aanvoerder. De mensen leefden dicht op elkaar en kenden elkaar goed. Mijn ouders stonden bekend om hun gastvrijheid; daarom werd elke vreemde goedschiks of kwaadschiks naar mijn vader gebracht. Als de vreemdeling in orde was, werd hij als een gast in de watten gelegd en maakten alle buren een feestmaal voor hem. Maar als hij kwaad in de zin had, werd hij uit de buurt verbannen of nog harder bestraft. In de jaren van de opstand werden twee spionnen ontmaskerd, terechtgesteld en met een stuk papier op hun borst naast het prikkeldraad gelegd. "Hartelijke groeten aan Sarai" stond erop. Generaal Sarai was de chef van de Franse troepen in Syrië.

Op een koude januaridag van het jaar 1926 – sinds het uitbreken van de grote opstand tegen de Fransen, in de zomer van 1925, was het land in oproer – kwam er een jonge man uit Aleppo bij ons. Hij wilde leren hoe de mensen in de Midan-wijk het verzet tegen de Fransen organiseerden. Hij heette Salah en kon prachtig gedichten voordragen.

Toen hij mij zag, wilde hij meteen met me trouwen, en mijn vader ging direct akkoord. De man kwam uit een voorname familie en was tamelijk welgesteld. Vanuit het gezichtspunt van mijn vader was het buitengewoon verstandig aan een bewonderaar van de Midan-wijk een dochter van diezelfde wijk te schenken. Mij werd niets gevraagd. Ik was een jong ding van zestien en ik viel voor de blik van die man. Hij had mooie ogen en lang, golvend haar.' Dalia schonk arak in haar glas, deed er water bij en nam een flinke slok. 'De hele huwelijksnacht was Salah charmant. En terwijl de gasten zongen en dansten, las hij me het ene liefdesgedicht na het andere voor. Ik was verliefd. Na het feest gingen we naar de grote slaapkamer. Hij deed de deur achter zich dicht en glimlachte naar me. Ik had ademnood, alsof hij door de deur te sluiten een zak over mijn hoofd had getrokken.

Ik probeerde me de goede raad van mijn moeder te herinneren: een beetje verzet bieden. Ik was zo onzeker dat ik beefde over mijn hele lichaam: hoe doe je alsof je een beetje verzet biedt? Hij knoopte mijn jurk los. Ik stond op het punt flauw te vallen. "Wil je een slok arak?" vroeg hij. De fles was netjes in een koeler met gemalen ijs in de kamer gezet. Ik knikte. Alcohol geeft moed, dacht ik. Mijn moeder had gezegd dat het ook de eigen lust opwekt, zodat je zelf ook iets aan de eerste nacht hebt. Salah nam een slokje. Ik sloeg meteen het hele glas achterover en voelde hoe de drank sissend in mijn gloeiend hete innerlijk belandde. Zijn handen zochten haastig toegang tot me en tegelijk maakte hij zijn gulp open.

Als hij mijn borsten zou aanraken, had mijn moeder me als tip voor de huwelijksnacht gegeven, moest ik kreunen zodat hij ermee zou doorgaan en daar waar het me niet beviel, moest ik stijf als een plank worden.

Maar zodra Salah me tussen mijn benen betastte, werd ik van top tot teen zo stijf als een vlot dat wil wegdrijven maar ergens aan vast blijft zitten. Alles in mij was dood. Hij kleedde zich helemaal uit en toen zag ik zijn ding: klein en krom. Ik schoot in de lach. Hij gaf me de eerste klap, omdat zijn ding niet reageerde. Hij duwde mijn benen nog verder uit elkaar, alsof hij een olifant was. Ik keek naar hem, zo naakt tussen mijn benen. God, wat is hij lelijk!, dacht ik. Mijn lust was vervlogen en door het open raam verdwenen. Hij zweette en rook vreemd; niet scherp, maar vreemd, ongeveer zoals pasgesneden augurken.

In de uren daarna probeerde hij omzichtig zijn nagenoeg slappe geval bij me naar binnen te duwen. Ten slotte leverde zijn vinger het bewijs van mijn maagdelijkheid. Buiten jubelden onze ouders en familieleden opgelucht.

Drie weken later werd Salah bij een controle staande gehouden. Hij probeerde te vluchten, want hij vervoerde wapens. Hij werd neergeschoten. De hele buurt volgde zijn kist, en allen zwoeren wraak op Sarai en de Fransen. Harde mannen huilden als in de steek gelaten kinderen. Ik zou liegen als ik zou zeggen dat ik rouwde. In die drie weken was hij een vreemde voor me gebleven. Destijds waren uien een uitkomst. Ik denk dat God de ui heeft geschapen om weduwen te helpen hun gezicht te redden. Ook ik had er baat bij. De familieleden brachten me tot bedaren en waren bezorgd om mijn gezondheid. Ik voelde me een monster, maar mijn hart bleef koud.'

Nura was altijd al een beetje verziend geweest, zodat ze algauw moeite had een draad door het oog van de naald te steken. Dus kreeg ze een bril, de goedkoopste en de lelijkste, want dat wilde haar moeder. Zodat niemand haar zou verleiden, verklaarde deze. Als Nura haar bril op straat of in huis droeg, schaamde ze zich en ze deponeerde hem bij de kleermaakster in haar la. Haar moeder gaf haar de raad niemand van de bril te vertellen, want de mensen wilden geen bebrilde, laat staan verziende schoondochter.

Maar Dalia droeg altijd een bril met dikke glazen en toen ze hem een keer afzette, was Nura verrast. Opeens had ze mooie grote ogen en niet, zoals anders, kleine erwten achter ringen van glas.

Nura hield van de rust die ze had als ze urenlang simpel en eentonig werk moest doen, dan had ze tijd om over alle mogelijke dingen na te denken. Vreemd genoeg dacht ze nooit na over trouwen, zoals de andere vrouwen bij Dalia. Ze wilde graag iemand hartstochtelijk liefhebben, iemand aan wie ze met hart en ziel verslingerd zou zijn, maar ze kwam niemand tegen. Vaak stelde ze in gedachten de man van haar dromen samen uit aparte onderdelen: de ogen van een bedelaar, de esprit en het verstand van haar vader, het gevoel voor humor van de ijsverkoper en de hartstocht van de bonenverkoper, de stem van de zanger Farid al Atrasj en de lichte tred van Tyrone Power, die ze in de bioscoop had bewonderd.

Soms moest ze lachen bij de gedachte dat, als de montage door een vergissing zou mislukken, de man van haar dromen zo klein zou zijn als haar vader, met de buik en de kale schedel van de bonenverkoper, het nietszeggende gezicht van de zanger en het verdorven karakter van Tyrone Power.

Op een dag verscheen een medewerkster ontdaan op het werk en vertelde snikkend dat ze voor het examen was gezakt. 'Welk examen?' vroeg Dalia.

'Het bruidsexamen,' zei de jonge vrouw huilend. Opgelucht keerde Dalia naar haar naaimachine terug. Die dag moest de medewerkster de keuken opruimen, koffie zetten en tegen de middag naar huis gaan om op te knappen, zodat de klanten haar betraande gezicht niet hoefden te zien.

En wat was er gebeurd? De ouders van een jonge slager hadden de vrouw als bruid voor hun zoon op het oog gehad. Ze onderzochten haar, trokken en plukten aan haar en waren ontevreden omdat ze slechte tanden had en transpireerde van opwinding. In de hamam eindigde de keuring van de bruid met een nederlaag omdat ze twee grote lelijke littekens op de buik van de vrouw ontdekten. De droom was uit!

Terwijl de radeloze jonge vrouw zich in de keuken beklaagde over haar lot, herinnerde Nura zich een platenboek met Franse schilderijen, waarin een mooie naakte vrouw met een gladde huid werd betast door een onbehouwen man in vermomming. Hij keurde haar tanden, zoals boeren die een ezel willen kopen.

Nura's moeder was verrukt van haar dochters kwaliteiten als kleermaakster. Haar leven lang bleef ze trots op de huisjapon die Nura haar op het offerfeest cadeau deed. Hij was donkerrood met lichtere versieringen. Hij had een eenvoudige snit en Nura had er niet eens bijzonder haar best op gedaan.

Niet eerder had Nura haar moeder zo ontroerd gezien als op die dag. 'Mijn leven lang wilde ik kleermaakster worden en mensen aankleden met mooie stoffen,' verzuchtte ze, 'maar mijn vader vond het een schande als een vrouw met werken haar brood moest verdienen.'

Vreemd genoeg vertrouwde haar moeder Dalia, die erg onbarmhartig kon zijn, volkomen. Toen Nura haar een keer vertelde dat ze met de kleermaakster in het huis van een rijke man, voor wiens vrouw Dalia naaide, was uitgenodigd, had haar moeder daar niets op tegen. 'Dalia is een leeuwin, ze zal goed op je passen,' zei ze vol vertrouwen, 'maar zeg niets tegen je vader. Hij mag rijkelui niet en zal je bezoek bederven met een preek.'

'Laten we er voor vandaag maar mee ophouden,' zei Dalia laat in de middag, en ze voltooide de laatste naad van de zomerjurk voor haar beste vriendin.

Dalia controleerde de jurk voor de laatste keer en gaf hem aan Nura, die hem op een kleerhanger hing, straktrok en gladstreek. 'Die zal Sofia minstens tien jaar jonger maken,' zei ze.

Ze pakte de fles arak, haar sigaretten en een glas, en slofte naar het terras buiten. Daar draaide ze kraan van de fontein open, en het water klaterde zacht in het kleine bekken. Nura volgde haar. Door haar nieuwsgierigheid kwam het gesprek uiteindelijk op Dalia's leven na de dood van haar man. 'Kadir, mijn tweede man,' vertelde ze, 'was automonteur. Hij was mijn neef en werkte aan de rand van Damascus in een grote garage. Ik kende hem als een zwijgzame jongen die zo behaard was als een aap. In de familie schamperden ze dat zijn moeder een verhouding met een gorilla had gehad. Maar zo erg was het nou ook weer niet. Kadir verscheen toen mijn eerste man overleed. Hij stond op het punt zijn eerste garage te openen. Ik was nog geen zeventien en leefde niet in de straten van Damascus, maar in de films die ik destijds zag.

Hij was een goede monteur en hij had geluk. Algauw had hij meer klanten dan hij aankon. Als hij op bezoek kwam, rook hij altijd naar benzine. Meestal zweeg hij, of hij praatte met mijn vader over auto's. Destijds reed mijn vader als een van de eersten in een Ford.

Ik mocht mijn neef Kadir niet, maar bij mijn moeder viel hij in de smaak en nog meer bij mijn vader, wiens auto vanaf dat moment gratis werd gerepareerd.

"Kadir heeft gouden handen. Sinds hij de auto heeft aangepakt, bezorgt de oude rammelkast me geen problemen meer."

Mijn verloofde was precies het tegendeel van de geliefde zoals ik me die in mijn verbeelding voorstelde. Dat was een spraakzame, slanke Arabier met grote ogen, een dun snorretje en messcherpe bakkebaarden. Altijd als ik hem wilde zien verscheen hij, met een gladgeschoren gezicht. Zijn golvende haar glansde en hij had steevast een krant of een tijdschrift onder zijn arm. En die geliefde was meer in mijn lippen en ogen geïnteresseerd dan in mijn achterwerk. Hij vond mijn woorden zinnelijk en verdronk in mijn ogen.

Maar die geliefde viel dood neer bij de eerste klap die mijn bruidegom hem in de huwelijksnacht verkocht. Die zag niets in kappers of tijdschriften, en films waren voor hem je reinste bedrog. Iets wat niet uit vlees of metaal bestond, interesseerde hem niet. Hij at geen groente, zong nooit en zag zijn leven lang geen enkele film. Hij merkte niet eens dat ik ogen en een mond had, want hij keek alleen naar mijn achterwerk.

De eerste nacht lag ik, zonder ook maar één kus te krijgen, onder hem. Hij hinnikte als een hengst en transpireerde. Zijn zweet rook naar stookolie. Ik kon het overvloedige bruiloftsmaal nog net binnenhouden.

Niet alleen moest ik zijn geliefde in bed zijn, maar ook een moeder die voor hem zorgde, en daarnaast zakenvrouw en slavin in het huishouden. Alleen aan zijn werkkleding al zou een wasvrouw een dagtaak hebben gehad. Want elke dag wilde hij schone aan. Geef mij maar de oude Arabieren! Die hielden alles keurig gescheiden: de moeder, de echtgenote als vrouw des huizes, een slavin voor het huishouden, een kokkin, een mooi vriendinnetje, een opvoedster voor de kinderen en God weet wat nog meer. Tegenwoordig verlangen mannen dat alles van één enkele vrouw. En liefst zo goedkoop mogelijk.

Een jaar lang besteeg hij me twee keer per dag, zodat ik algauw niet meer kon lopen. En toen, op een nacht, kwam de verlossing. Tijdens zijn orgasme stiet hij een kreet uit alsof hij in Tarzan was veranderd en viel zijdelings op het bed. Hij was dood, morsdood. Van schrik huilde ik drie dagen lang. Mijn gejammer werd opgevat als een blijk van rouw.'

Het was ongelooflijk wat Nura allemaal te horen kreeg. Ze zou graag vragen hebben gesteld om de details beter te begrijpen, maar ze durfde Dalia's woordenvloed niet te onderbreken.

Deze keer pakte de kleermaakster het handig aan, ze was de familie van haar man net voor. Ze verkocht de garage aan de oudste medewerker en de grote 16-cilinder Cadillac voor veel geld aan een rijke Saudiër, en ze lachte zich een hoedje om de boze broers en zusters van haar man, die met lege handen naar huis gingen.

Over haar derde man vertelde Dalia niets. Toen Nura vlak voor haar vertrek, bijna drie jaar later, naar hem vroeg, wuifde de kleermaakster haar vraag weg. Het leek op een wond, en het was ook een ernstig trauma, zoals Nura later van een buurvrouw hoorde.

Dalia had haar derde man in het ziekenhuis ontmoet, toen ze een zieke vriendin bezocht. Hij was jong, maar had ongeneeslijke kanker. Dalia werd verliefd op de bleke jongeman. De vrouw van de chef-arts was een enthousiaste klant van haar, en zodoende kon Dalia haar geliefde zien wanneer ze wilde. Ze besloot te trouwen met de zieke man, wiens naam ze nooit noemde. Al haar vrienden en familieleden waarschuwden haar, maar Dalia was altijd al een stijfkop geweest, onverzettelijk als graniet. Ze trouwde met de man, nam hem liefderijk op en verpleegde hem tot hij weer kon opstaan en de dood uit zijn bleke gezicht, dat nu weer kleur kreeg, was geweken. Aan de zijde van haar geestige, knappe man was Dalia's leven een paradijs. Het stoorde haar niet dat hij lui was. Ze gunde het hem en tegen alle kwaadsprekers zei ze: 'Laat hem toch van het leven genieten, jaloerse vrekken dat jullie zijn. Hij heeft zoveel jaar moeten lijden.' Ze gaf veel geld voor hem uit en werkte als een bezetene om geen schulden te hoeven maken. Haar man was heel charmant en aanvankelijk ook heel lief voor haar, maar toen begon hij haar te bedriegen. Iedereen wist het, alleen Dalia wilde van niets weten.

Op een mooie zomeravond wachtte ze met het eten op hem, want die dag waren ze drie jaar getrouwd en Dalia hoopte dat het getal drie een beetje geluk zou brengen. Toen ging de telefoon en een kille vrouwenstem zei kortaf dat ze het lijk van haar man kon afhalen. Hij had een hartaanval gehad en lag in het trappenhuis.

De vrouw die had gebeld was een bekende hoer in de nieuwe wijk. Inderdaad trof Dalia hem daar liggend op de trap aan. Hij had een verkrampt gezicht, dat was vertrokken tot een lelijke grimas. Dalia riep de politie en nog dezelfde avond kwam uit dat de dode een vaste klant van het bordeel was geweest en dat de vrouwen en het personeel van het huis hem kenden als een rijke man, die met geld smeet en alleen heel jonge hoeren wilde. Het hartinfarct had hem het leven gekost.

Na deze schok bleef Dalia met mannen omgaan, maar ze wilde nooit meer samenwonen. Nura was er zeker van dat Dalia een minnaar had, want soms zag ze een blauwe vlek in haar hals. Maar Nura kwam er nooit achter wie die minnaar was.

Als ervaren vrouw diende Dalia haar klanten en medewerksters van advies als ze zich over hun mannen beklaagden. Nura had vaak de indruk dat sommige vrouwen geen kleren, maar alleen de goede raad van de kleermaakster nodig hadden.

Zolang ze haar naaimachine niet gebruikte, kon Nura vanaf haar werkplek alles horen wat er op het terras werd besproken. Zo hoorde ze van het leed van de voorname mevrouw Abbani, een rijke jonge vrouw, die niet bepaald was begiftigd met schoonheid, maar wel met een prachtige stem. Nura merkte dat de vrouw soms een wonderbaarlijke metamorfose onderging. Zolang ze zweeg, zag ze er nogal meelijwekkend uit, maar zodra ze iets vertelde, veranderde ze in een uiterst aantrekkelijke vrouw. Ze was heel ontwikkeld en wist veel over sterrenwichelarij, literatuur en in het bijzonder over architectuur. Maar van mannen begreep ze niets en ze was doodongelukkig met haar man.

Mevrouw Abbani liet bij Dalia twaalf jurken per jaar naaien; op die manier kon ze elke week een keer langskomen om haar hart uit te storten bij een kopje koffie. De cheffin mocht haar Nasime noemen, maar voor de medewerksters was ze mevrouw Abbani, en ze diende door allen met respect te worden bejegend.

Nasime Abbani was de beste leerling van haar klas geweest en had nooit iets van mannen willen weten. Ze droomde van een carrière als architect en tekende als meisje fantastische ontwerpen van futuristische huizen, die waren aangepast aan het warme klimaat en die het 's winters vrijwel zonder verwarming konden stellen. Het geheim van de huizen was een geraffineerd ventilatiesysteem, dat Nasime tijdens een vakantie in Jemen had gezien.

Haar moeder was heel vroeg weduwe geworden, maar ze was steenrijk. Haar enige ambitie was te proberen de bezittingen van haar overleden man niet aan een erfenisjager kwijt te raken. Dus besloot ze uitsluitend goede partijen voor haar twee zoons en haar enige dochter te zoeken, iets waar ze ook in slaagde. Alle drie trouwden in nog rijkere families.

Bij Nasime was het de zoon van een vriendin van haar moeder. Dat ze de derde vrouw van de man was, stoorde blijkbaar alleen Nasime. Dalia kende Nasimes man. Hij bezat vele huizen en landerijen, en was een machtige man in de stad.

Het grootste probleem voor Nasime was dat ze om de drie dagen de hunkerende echtgenote moest spelen. Daarna had ze twee dagen een hekel aan zichzelf. Ze mocht niet openlijk met haar man praten, maar moest altijd instemmen met wat hij zei. Daardoor voelde ze zich doodmoe, want een leugen waar je hart niet achter staat, is vermoeiend en Nasimes hart was puur als dat van een vijfjarig meisje. Telkens weer moest ze doen alsof ze opgewekt was en hem masseren, kussen en stimuleren tot hij de smaak te pakken kreeg. Ze hield echter niet van zijn lichaam. Het was lijkbleek en papperig, en doordat hij hevig transpireerde werd hij zo glibberig als een kikker. Voor het liefdesspel dronk hij altijd arak, zodat ze algauw geen anijs meer kon ruiken. Bovendien bezat hij een apparaat dat in Damascus enig in zijn soort was, en hoe meer ze hem vroeg voorzichtig te zijn, des te wilder werd hij. Het was een marteling om onder hem te moeten liggen. Intussen had ze drie kinderen gekregen, van wie ze hield. Ze genoot van het leven met hen, en herstelde zo van de beproevingen die haar man haar deed ondergaan.

Op een dag raadde Dalia de vrouw aan voor de daad drie hasjiesjsigaretten te roken, iets wat een paar andere klanten ook deden om zo hun echtgenoten beter te kunnen verdragen. Nasime was echter van mening dat de hasjiesj bij haar niet goed zou vallen, omdat ze telkens zou moeten overgeven bij de aanblik van haar man. Dalia probeerde haar klant te troosten en zei dat haar man blijkbaar te veel zaad produceerde en dat moest zien kwijt te raken, of hij wilde of niet. Nasime lachte wrang. 'Ik geloof,' zei ze, 'dat de hersens van mijn man volledig uit zaad bestaan.'

De twee vrouwen lachten, en voor het eerst viel het Nura op wat voor een betoverende, klokkende lach de vrouw had. Als ze een man was geweest, dacht Nura, zou ze op slag verliefd worden op madame Abbani. Ze had er geen idee van hoe dicht in de buurt van de waarheid ze kwam. Ook Nassri Abbani had voor de vrouw gekozen toen hij haar in het huis van zijn ouders hoorde lachen. Destijds mocht hij haar niet zien, maar hij had de raad van zijn moeder opgevolgd en was met de vrouw getrouwd.

En op een gegeven moment, vlak voordat haar leertijd ten einde was, hoorde Nura dat de kleermaakster haar vriendin Nasime Abbani de raad gaf: 'Je kunt maar één ding doen: scheiden! En daarna ga je op zoek naar die ene man van wie je kunt houden.'

Tegen het einde van het derde jaar mocht ook Nura zelfstandig aan de slag met de duurste stoffen, zoals fluweel en zijde. Als ze dan een opdracht geheel op eigen kracht uitvoerde, liet Dalia duidelijk merken hoeveel waardering ze voor haar had, wat dan weer de jaloezie van haar medewerkster Fatima opwekte.

Ze zou haar leertijd gelukkig en tevreden hebben kunnen afmaken, als niet op een dag de tante van een beroemde kalligraaf was verschenen.

De ochtend waarop ze de vrouw zou leren kennen, zag ze onderweg naar de kleermaakster dat twee agenten een hond neerschoten. Al weken ging op straat het gerucht dat er een bende was die honden ving, met waterstofperoxide de naam van president Sjisjakli op hun rug schreef en ze vervolgens de stad door joeg. De hond die voor Nura's ogen werd doodgeschoten, had een lichtbruine vacht waartegen de gebleekte letters sneeuwwit afstaken.

Toen Nura die ochtend aan Dalia vertelde dat ze had gezien hoe ellendig de hond aan zijn eind kwam omdat het schot hem niet meteen had gedood, verstijfde deze: 'Dat brengt ongeluk. God behoede ons voor wat komen gaat.'

In de loop van de dag vergaten Dalia en Nura de hond en de president.

Kolonel Sjisjakli, die door een staatsgreep aan de macht was gekomen, werd in het voorjaar van 1954 na een opstand verjaagd. Het zou echter jaren duren voordat Nura begreep dat Dalia die ochtend niet bijgelovig was, maar een profetische uitspraak had gedaan.

14

Het duurde jaren voor Nura zich aan de hand van de bonte verzameling losse flarden van haar herinnering een beeld van haar huwelijk kon vormen. Daarbij dacht ze vaak aan haar grootmoeder, die van gekleurde lapjes hele landschappen had genaaid.

Pas kort voor haar vlucht had ze gehoord dat het haar schoolvriendin Nabiha al Azm was geweest die Hamid Farsi indirect met haar in contact had gebracht. Nabiha's rijke familie woonde in een mooi huis, dat nog geen vijftig passen van Hamids atelier verwijderd was. Haar broer, die Nura al kende toen ze nog een jong meisje was, had een zwak voor kalligrafie en was een trouwe klant van Hamid. Op een dag vertelde hij Nabiha over de eenzame kalligraaf, en ze dacht direct: Nura!

Later kon Nura zich herinneren dat ze Nabiha toevallig had ontmoet in de Al Hamidije-soek, waar ze speciale knopen voor Dalia haalde. Nura had tijd genoeg, en dus accepteerde ze de uitnodiging van haar voormalige schoolvriendin om samen ijs te gaan eten. Nabiha, die al verloofd was en op het punt stond te gaan trouwen, was verbaasd dat Nura nog steeds geen man had.

'Ik had altijd gedacht dat jij met je knappe gezicht al op je vijftiende een rijke man aan de haak zou slaan. Vergeleken met jou ben ik maar een kale kip!'

Twee weken later vertelde Nura's vader dat een of andere rijke nazaat van een adellijke clan haar als vierde vrouw wilde. Hij had hem natuurlijk afgewimpeld, want zijn dochter verdiende een man die alleen van haar hield.

Een maand later nodigde buurvrouw Badia Nura en haar moeder uit koffie te komen drinken. Nura had er helemaal geen zin in, maar uit beleefdheid ging ze mee.

Elke keer als ze er goed over nadacht, kwam ze tot de overtuiging dat haar moeder die dag al op de hoogte moest zijn geweest en dat ze Nura daarom herhaaldelijk vroeg mooie kleren aan te trekken. Dat was ongewoon, want meestal bezochten de buren elkaar op sloffen en in huiskleding.

In de huiskamer van de buurvrouw zat een oudere, zeer voorname dame, die werd voorgesteld als Majda. Zij was de dochter van de beroemde koopman Hamid Farsi, en een vriendin van haar, zei Badia. Haar man werkte in Saudi-Arabië en kwam daarom zelden naar Damascus. De dame verzekerde keer op keer dat haar man daar in hoog aanzien stond en dat ze in een paleis woonden, maar dat het land hen buitengewoon verveelde, reden waarom ze elke zomer naar hun kleine huis in de Salihije gingen.

Terwijl ze dat vertelde, keek ze Nura met haar kleine, maar felle ogen doordringend aan, Nura voelde de blik van de vrouw door haar kleding heen dringen en het maakte haar onrustig. Het lag er allemaal duimendik bovenop, maar ze had het niet in de gaten. Al bij het eerste bezoek vroeg Badia aan Nura of ze koffie wilde maken want, beweerde ze, als zij hem zette smaakte hij bijzonder goed. Nura had nog nooit erg lekkere mokka gezet. Ze deed het net zo goed of slecht als ieder ander zestien- of zeventienjarig meisje in Damascus. Maar omdat ze het huis van de buurvrouw op haar duimpje kende, stond ze op en ging naar de keuken. Ze vermoedde niet dat de vreemde vrouw intussen met geoefende blik haar manier van lopen keurde. Toen Nura de koffie serveerde, riep ze geestdriftig: 'Wat een gratie!'

De vrouwen spraken openlijk over alles, en Nura vond de conversatie te vertrouwelijk voor een eerste gesprek met een vreemde vrouw aan tafel. Opeens begon Badia vol lof te praten over een rijke kalligraaf, die vroeg weduwnaar was geworden en over wie ze veel leek te weten. Nura's moeder verzekerde dat het haar noch enige andere verstandige vrouw iets uitmaakte of iemand al dan niet een kinderloze weduwnaar was.

'Kinderloos is hij, godzijdank, maar als hij een jonge gazelle tot echtgenote neemt, zou hij graag een paar mooie kinderen van haar hebben,' zei de vreemdelinge, terwijl ze Nura bekeek en haar wenkbrauwen veelzeggend op en neer bewoog. Toen wist Nura dat het haar betrof, en ze was onaangenaam verrast.

Even later namen haar moeder en zij afscheid en vertrokken. Haar moeder bleef vlak achter de deur staan en gebaarde naar Nura dat ze moest luisteren naar wat de vrouwen over haar zeiden. Het gesprek liet niet lang op zich wachten. Luid en duidelijk zei de vreemdelinge tegen de gastvrouw: 'Een gazelle. Moge God haar behoeden voor afgunstige blikken. Ze is nog mager, maar als je haar vetmest kan het een schoonheid worden, want ze heeft goede botten, ze heeft een heel vrouwelijke manier van lopen, haar handen zijn warm en droog, en ze heeft een trotse blik. Misschien een beetje te trots.'

'Zeker, zeker. Dat zijn alle vrouwen die boeken lezen, maar als je neef een man is, breekt hij haar trots in de eerste nacht en laat zien wie de baas in huis is, en als hem dat niet lukt, zeg ik: Het zij zo – tenslotte hebben onze mannen bij jou en mij ook geen slecht leven.'

De twee vrouwen lachten.

Haar moeder leek gefascineerd te zijn door het vertrouwelijke gesprek, maar Nura vond het pijnlijk. Ze wilde alleen maar weg.

Maanden later hoorde Nura dat haar moeder de volgende dag al naar het atelier van haar aanstaande bruidegom was gegaan en hem had geobserveerd. Het was een mooi, licht atelier met een wachtkamer van marmer en glas, als een modern museum. De Soek Sarujawijk stond hoog aangeschreven. Niettemin kon haar moeder zich niet voorstellen dat je van de pen kunt leven, want haar man had toch tal van boeken geschreven en was nog steeds arm. Toen ze haar twijfels met Dalia deelde, zei deze geruststellend dat Hamid Farsi een van beste kalligrafen van Damascus was en een prachtig huis bezat. Daarom kon je hem niet met Nura's vader vergelijken. Ze gaf haar zelfs de sleutel van zijn huis, maar Nura's moeder wilde de vertrekken van de aanstaande bruidegom niet zonder diens tante betreden. Dus ontmoetten ze elkaar op de kruidenmarkt, de Al Busurije-soek, en slenterden samen naar het huis.

'Dat is geen huis, dat is een stukje van het paradijs,' fluisterde Nura's moeder, en al haar bezwaren waren verdwenen. Inderdaad had het huis alles weg van het paradijs zoals de mensen uit Damascus zich dat voorstelden. Als je van de oostkant door de voordeur stapte, kwam je in een donkere gang die de herrie, de hitte en het stof van de straat tot een minimum beperkte. Ongeveer in het midden van de gang was een deur die uitkwam op een enorme keuken, die precies zo was als Nura's moeder altijd al had gewild. Ertegenover lagen een modern toilet en een bijkamer voor oude meubels, lege glazen, grote inmaakpotten, distilleertoestellen en andere huishoudelijke apparaten die je hooguit eenmaal per jaar nodig had. Vanuit de gang kwam je op een binnenplaats die met kleurig marmer, een fontein, citroen-, sinaasappel- en abrikozenbomen, allerlei rozen en een klimmende jasmijn niets te wensen overliet. Overdekte nissen en ruime woon-, slaap- en logeerkamers omgaven de binnenplaats. Nura's moeder wilde de eerste verdieping niet meer bekijken. Het was genoeg wat ze op de begane grond had gezien.

Ze vertelde haar man noch Nura van dat geheime bezoek. Ook later niet.

Maar vanaf dat moment was ze ervan overtuigd dat Hamid Farsi het geluk van haar dochter zou zijn. Ze begon er voorzichtig met Nura's vader over te praten. Later, na Nura's vlucht, beweerde ze echter dat ze van het begin af aan al haar twijfels over de man had gehad. Nura's vader kreeg zelden een woedeaanval, maar als zijn vrouw een verkeerde voorstelling van zaken gaf als ze op die fase van de bemiddeling terugkeek, schold hij haar uit.

Een week na de genoemde bezichtiging kwamen Badia en Majda bij hen koffiedrinken. Ze zaten samen rond de fontein en spraken over de dromen van de vrouwen, die allemaal op hetzelfde neer leken te komen, namelijk hun echtgenoot gelukkig maken.

Destijds vond Nura het schijnheilig geklets, want noch haar moeder, noch Badia leefde dat beginsel na. Haar vader zou met iedere andere vrouw gelukkiger zijn geweest, daarvan was ze als kind al overtuigd.

Majda praatte lang op haar in. Het waren beleefdheidsfrases, die Nura beantwoorden moest en zoals ieder meisje uit Damascus ook beantwoorden kon. Bij het afscheid verraste Majda haar met een hartelijke, stevige omhelzing. Ze vond het goed dat ze haar gewoon met haar voornaam, Majda, aansprak. Maar vervolgens, toen de vrouw haar vol op haar mond kuste, schrok Nura. Het was niet onprettig, want de vrouw rook lekker en had een mooie mond, maar Nura vond het gênant.

'Waarom?' vroeg ze geïrriteerd, toen zij en haar moeder later weer alleen waren.

'Majda wilde van dichtbij nagaan hoe je ruikt en of je een aantrekkelijke mond hebt.'
'En waarom?' vroeg Nura verbaasd.
'Omdat Majda's neef, een beroemde kalligraaf, op zoek is naar een vrouw,' antwoordde haar moeder, 'en je kunt jezelf gelukkig prijzen als het lukt.'
Nura was zielsgelukkig dat een beroemde man om haar hand vroeg. Een week later zou ze met haar moeder naar de hamam gaan en Majda en buurvrouw Badia daar ontmoeten.
Pas later hoorde ze dat de tante van Hamid Farsi haar naakte lichaam wilde keuren, om een definitief oordeel te kunnen vellen.
Nu kwam de volgende verrassing. Haar moeder, die zich nog schaamde voor een mus op haar binnenplaats, veroorloofde de vreemde vrouw haar eigen dochter te betasten en te onderzoeken. Nura was als verdoofd, ze liet zich alles welgevallen. Haar vagina, borsten, oksels, neus en oren werden door de vrouw gekeurd.
Een ander pijnlijk gebruik bleef Nura bespaard, want de familie Arabi stond te goeder naam en faam bekend, en daarom was het niet nodig de buren te ondervragen.
Toen volgden een paar onzekere weken.
Na de hamam liet de vrouw lang niets van zich horen. Nura's moeder kon nauwelijks slapen, alsof ze binnenkort zelf moest trouwen.
Eindelijk kwam ze en ze stelde Nura's moeder gerust met het verheugende bericht dat Hamid Farsi Nura graag tot vrouw wilde nemen. Haar moeder huilde van geluk. Tante Majda en zijzelf regelden alles tot in de puntjes, van de bruidsschat tot de datum waarop de mannen alle zaken moesten uitspreken waarover de vrouwen het na wekenlange onderhandelingen eens waren geworden.
Hamids oom, de man van tante Majda, kwam speciaal over uit Saudi-Arabië. Hij werd vergezeld door drie schatrijke handelaren uit de Al Hamidije-soek, alsof hij wilde laten zien wat voor mannen er achter de bruidegom stonden.
Nura's vader, sjeik Arabi, imponeerde de bezoekers met zijn kennis en ze stelden hem moeilijke vragen over morele kwesties en het geloof, alsof het een wedstrijd was. Ze aten in alle rust fruit, rookten, en dronken zoete zwarte thee. Pas toen kwam het doel van hun bezoek ter sprake, en algauw waren de twee partijen het eens. Toen het gesprek op de bruidsschat kwam, zei Nura's vader met nadruk, tegen de wil van zijn vrouw in, dat die hem niet kon schelen. Het belangrijkste was dat hij er zeker van kon zijn dat zijn dochter in goede handen was. Geld was vergankelijk, maar het respect en de

liefde van een partner niet, en die vond hij belangrijker voor zijn dochter. Zijn vrouw, die in de keuken had meegeluisterd, verweet hem later dat hij met wat handigheid een aanzienlijk grotere bruidsschat had kunnen bedingen, zoals zij al met de tante van de bruidegom was overeengekomen. Hij gaf zijn dochter voor zo weinig geld weg dat het leek of het om een oude vrijster ging. Ook Hamids oom was die mening toegedaan, maar hij zweeg en lachte in zijn vuistje om Nura's vader, die eens te meer bewees dat een man van de letteren niets van zaken en het echte leven begreep. Met een zo mooie en intelligente dochter had hij er een driemaal zo grote bruidsschat uit kunnen slepen.

Toen ze het eens waren over de datum van de bruiloft, stonden ze allemaal op en schudden elkaar de hand, en Nura's vader reciteerde een soera uit de Koran om de overeenkomst te bezegelen.

Een paar dagen later arriveerde een koerier van de bruidegom met een gedeelte van de bruidsschat, en toen ging alles razendsnel. Kleermaakster Dalia kreeg de grootste opdracht van het jaar, namelijk Nura voor de bruiloft in prachtige kleren te steken. Achteraf leek het alsof ze in een roes leefde. Nooit eerder was ze in zo veel winkels geweest en had ze zo veel geld uitgegeven. Haar moeder bleef maar bestek, kleren en sieraden kopen, hoewel Nura in een ingericht huis zou gaan wonen dat haar toekomstige man jaren geleden had gekocht en met zijn eerste vrouw had bewoond. Maar Nura's moeder hield koppig vol dat bestek en beddengoed nieuw moesten zijn. De bruidegom probeerde in elk geval nog zijn dure bestek te redden, maar Nura's moeder beweerde dat het ongeluk bracht als je van borden at die een dode had gebruikt. De bruidegom zwichtte met tegenzin, overhandigde zijn toekomstige schoonmoeder een extra huissleutel en bekommerde zich er niet meer om wat er uit zijn huis werd weggehaald. Bij de herinrichting van het huis door zijn schoonmoeder zag hij alles door de vingers. Voor Nura's moeder bewees hij daarmee dat hij onbaatzuchtig en edelmoedig was. Vanaf dat moment sloot zij hem in haar hart.

Alleen de zware meubelstukken werden direct naar Hamids huis gebracht. De overige zaken werden tot de trouwdag in het huis van Nura's ouders opgeslagen. De ene na de andere kamer werd door de nieuwe aankopen in beslag genomen en haar vader keek verlangend uit naar de dag waarop de hele boel naar het huis van de bruidegom zou worden gedragen. Maar hij moest nog even geduld hebben.

Dalia werkte alleen nog voor Nura's bruiloft. Ze verzuchtte vaak dat ze het niet op tijd af zou krijgen, dronk veel arak en sliep weinig.

'Tegen de tijd dat ik voor het eerst met mijn man slaap, lig jij op de begraafplaats,' zei Nura voor de grap, om haar eigen slechte geweten te sussen.

Nog jaren later herinnerde ze zich de laatste weken bij de kleermaakster. Dalia was diep bedroefd. 'Altijd word ik verlaten door de mensen van wie ik hou,' zei ze op een avond ineens, toen Nura met haar alleen werkte. Het speet haar zeer dat de bruidegom zo rijk was, want Nura was haar beste medewerkster en ze zou een goede kleermaakster zijn. En toen Dalia haar bij het afscheid een zijden hemd cadeau deed, liepen Nura de tranen over de wangen. 'Pak aan, dat heb ik stiekem voor je genaaid,' zei Dalia ontroerd. 'De zijde was een restant en die dure knopen heb ik achtergehouden bij een rijke klant. Je hoeft je dus geen zorgen te maken. Gestolen goed smaakt lekkerder en zit beter dan iets wat je koopt.' Ze was stomdronken.

Nura kon zich het afscheid later zo goed herinneren omdat ze nog diezelfde avond naar de hamam ging en daar iets vervelends meemaakte. Het gebeurde vlak voor de bruiloft. Een paar minuten nadat ze was gearriveerd, kwam een in de wijk bekende vroedvrouw naar haar moeder, en even later moest Nura haar volgen. De vrouwen maakten lawaai in de grote ruimte en speelden met water als kleine meisjes. Ze zaten in groepjes, zeepten zichzelf in en wasten elkaar of begonnen te zingen.

Nura volgde de gezette vrouw naar een afgelegen nis die eruitzag als een cabine zonder deur. De vroedvrouw keek naar binnen en zei: 'Hier kunnen we het doen.'

Nura wist van haar moeder dat haar hele lichaam die dag moest worden onthaard. De vroedvrouw ging geroutineerd en meedogenloos te werk, en ze verwijderde Nura's haar strook voor strook met speciaal suikerdeeg. De pijn leek op die van een wespensteek, of slagen met een staalborstel. De pijn werd erger, en onverdraaglijk toen haar schaamhaar werd verwijderd. Nura had het gevoel dat de vroedvrouw haar vilde. Ze huilde, maar in plaats van haar te troosten, sloeg de vroedvrouw haar in haar gezicht. 'Stil, meisje,' gromde ze. 'Als je dit beetje pijn niet kunt uithouden, hoe wil je je man dan verdragen? Dit is kinderspel.' Ze waste haar met ruwe bewegingen en haastte zich de cabine uit. En een paar minuten later kwam de kapster. Ze stelde Nura gerust en zei dat de vroedvrouw altijd wat hardhandig was. Ze knipte haar teen- en vingernagels, waste en knipte haar haar en vertelde de trucjes die ze kende om haar man, die ze niet mocht, snel naar een hoogtepunt te brengen als hij met haar naar bed ging.

Achteraf had Nura het gevoel dat ze een lammetje was dat in de dagen voor de bruiloft wordt gekruid en klaargemaakt. De kapster poederde en parfumeerde haar. Haar keel was kurkdroog, maar ze durfde niets te zeggen. Haar lichaam brandde en de lucht in de hamam werd warmer en warmer. Toen ze overeind wilde komen, begonnen de muren voor haar ogen te draaien. De kapster pakte haar meteen onder haar oksels, Nura voelde de adem van de vrouw in haar nek. De kapster kuste haar hals. 'Kindje, wat is er met je aan de hand?' fluisterde ze teder.

'Ik heb dorst,' antwoordde Nura.

De kapster liet haar langzaam op de grond zakken en liep vlug naar buiten. Even later kwam ze terug met een messing schaal met koud water.

Toen Nura een slok nam, deed haar droge keel zeer. Versuft keek ze naar de hand van de kapster, die haar borsten streelde. Willoos zag ze hoe haar tepels zich oprichtten, alsof ze bij een vreemde hoorden.

'Je kunt me opzoeken als je wilt. Ik zal je verwennen zoals geen enkele man je verwennen kan,' fluisterde de kapster, en ze kuste haar op haar lippen.

Na het bezoek aan het badhuis liepen Nura en haar moeder zwijgend naar huis. Nura was verdrietig, haar plezier in de bruiloft was grondig bedorven.

Nura's officiële verloving vond plaats in het huis van haar ouders, dat het grote aantal gasten nog net kon herbergen. Het rook er naar was, wierook en zwaar parfum. Haar moeder had honderd grote kaarsen van de beste kwaliteit uit Aleppo laten komen, als aanvulling op het elektrische licht. Ze vertrouwde de elektrische centrale niet. Zolang de Fransen in het land waren, had de centrale altijd goed gewerkt. Sinds de onafhankelijkheid viel de stroom in de oude stad twee keer per week uit. Duisternis op de avond van de verloving of de huwelijksnacht stond voor haar moeder gelijk aan het grootste onheil op aarde, een voorbode van een triest huwelijksleven.

Bij de bruiloft van haar nicht Barake had men niet naar haar geluisterd, zei haar moeder vaak. Nura herinnerde zich dat de stroom was uitgevallen. De mensen bleven kalm, alleen haar moeder zaaide destijds paniek. Olielampen brachten uitkomst, maar haar moeder beweerde dat ze stikte in de oliestank.

Drie jaar later, na haar derde miskraam, nam de jonge vrouw vergif in. En Nura's moeder wist wel waarom: de stroomstoring in de huwelijksnacht.

Lang na haar verloving herinnerde Nura zich de wierook nog. Haar vader hoopte dat hij het huis zo in een tempel kon veranderen. Ze vond de geur erg zinnelijk. Een jonge nicht gooide in opdracht van Nura's moeder keer op keer stukjes van de gewilde wierookhars in gloeiende koperen schaaltjes.

Toen Nura's vader met een boek in zijn hand op een tafel ging staan, werden de mensen stil. Hij las een paar verhalen voor uit het leven van de Profeet en wierp intussen strenge blikken op een paar vrouwen die doorlopend bonbons en gekonfijte vruchten naar binnen werkten.

De officiële religieuze ceremonie van de verloving werd op verzoek van de bruidegom voltrokken door de bekende sjeik van de Omajjaden-moskee, Mahmud Nadir. De bruidegom zelf was niet aanwezig. De traditie verbood hem zijn bruid te zien voordat de religieuze handeling van de huwelijksverbintenis was voltrokken.

De lange verlovingsceremonie ging grotendeels aan Nura voorbij. Omdat de vader van de bruidegom al was overleden, trad Hamids oom op als vertegenwoordiger van de Farsi's. Een dag eerder was hij weer met zijn vrouw uit Saudi-Arabië komen vliegen, en er werd gefluisterd dat hij voor de familieaangelegenheid het koninklijke vliegtuig had mogen gebruiken, hij was immers een goede vriend van de Saudische koning. De man gaf Nura's vader ten overstaan van de sjeik een hand, verzekerde plechtig dat zijn neef het huwelijk wenste en overhandigde hem het resterende deel van de bruidsschat. De mannen zeiden gezamenlijk een kort gebed en vervolgens sprak sjeik Nadir stichtende woorden over de heiligheid van het huwelijk.

Nura moest verderop op een hoge, op een troon gelijkende stoel zitten, omgeven door rozen, basilicum en lelies. Ze mocht niet glimlachen, want dat zou als hoon, als spot tegenover haar eigen familie worden opgevat. 'Als je kunt, moet je hard huilen,' had haar moeder haar aangeraden. Nura deed haar best aan droevige momenten in haar leven of in films te denken, maar er schoten haar alleen huwelijkskomedies te binnen. Ze moest zich een paar maal verbijten om het niet uit te proesten als ze een gast zag die zich net zo vreemd gedroeg als in een van de drakerige Egyptische films.

Tot overmaat van ramp maakte oom Farid haar telkens aan het lachen. Hij stond in een groepje vlak bij haar. Hij was inmiddels voor de zesde keer gescheiden en was zo rond als een watermeloen. Hij vertelde ononderbroken grappen en zijn toehoorders lachten hard en aanstekelijk. Ten slotte vroeg haar moeder oom Farid ergens anders te gaan staan om Nura rust te gunnen.

Nura was haar dankbaar, maar pas toen ze haar ogen sloot en aan de hulpeloze jongen dacht die moest worden besneden en hartverscheurend snikte, begon ze te huilen. Ongeïnteresseerd hoorde ze de troostende woorden van haar moeder en de andere vrouwen aan.

Van ver drong de stem van haar vader tot haar door, die nu hardop met de andere mannen toepasselijke Korancitaten reciteerde om het huwelijk te zegenen.

'Mijn kleine prinses,' zei haar moeder met tranen van ontroering op haar gezicht toen Nura hoor ogen opende, 'dat is ons lot. Vrouwen moeten altijd hun ouderlijk huis verlaten.'

Een paar dagen voor de bruiloft kwam de hennadag. Er was een grote hoeveelheid henna aangeschaft, en het huis was vol vrouwen die familie waren of uit de buurt kwamen. Ze vierden allemaal feest, dansten en zongen. Ze beschilderden hun handen en voeten met de rode aarde. Sommigen lieten geometrische patronen aanbrengen, anderen hielden het op kleurige vlekken op hun handpalmen, vingers en voeten.

En eindelijk kwam de trouwdag, waarop de aangeschafte spullen in een lange optocht naar het huis van de bruidegom werden gedragen. Nura's vader haalde opgelucht adem.

Ruim tien aanzienlijke mannen uit de Midan-wijk liepen langzaam voorop. Ze werden gevolgd door een lange man in een Arabisch gewaad. Hij hield een grote opengeslagen koran omhoog. Na hem kwam een kleine, mooi aangeklede jongen die het hoofdkussen van de bruidegom op zijn hoofd droeg, gevolgd door een andere jongen met het kussen van de bruid. Na hen kwamen vier sterke kerels, die de nieuwe matrassen en bedden torsten. Dan volgde een stoet van zes mannen, met twee aan twee een opgerold tapijt op hun schouders. Daarachter duwden vier mannen een kar waarop twee kleine kasten en twee nachtkastjes met touwen waren vastgemaakt. Een man met een atletisch figuur droeg een grote, ingelijste spiegel voor zich uit, waarin de huizen kort ronddansten. Nog eens tien mannen waren bepakt met bestek en zes met grote en kleine keukenapparaten; anderen volgden met stoelen en krukken, kussens, opgevouwen gordijnen en lakens. Alleen al Nura's kleren, die in grote kleurige zakken waren verpakt, moesten door zes jongens worden gedragen.

In het huis van de bruidegom werd de processie door familie en vrienden met gejuich, gezang en verfrissingen ontvangen.

De dragers werden door Nura's vader rijkelijk beloond voor hun hulp. Ze kusten zijn hand en gingen er vrolijk zingend vandoor.

Nura kreeg nog een keer bezoek van de kapster, die haar lichaam inspecteerde en hier en daar haartjes uittrok die bij de eerste ontharing aan de aandacht waren ontsnapt, en ze masseerde Nura's lichaam met sterk geurende jasmijnolie. Vervolgens trok Nura snel de zware bruidsjurk aan; tien gouden armbanden werden om haar linkerarm geschoven, ze kreeg een brede gouden halsketting omgehangen en twee oorringen aan, eveneens van goud. Haar gezicht werd gepoederd en opgemaakt. Toen de vrouwen klaar waren, herkende Nura zichzelf niet meer in de spiegel. Ze was veel mooier, veel vrouwelijker geworden.

Nu werd Nura met haar moeder aan haar rechter- en Majda aan haar linkerkant van haar ouderlijk huis naar een versierde koets gebracht. Nura dacht dat ze dat vast en zeker van een sentimentele Egyptische film hadden afgekeken. Achter haar stapten de vrienden en familieleden in twintig koetsen. De stoet zette zich in beweging en reed door de wijk in de richting van de Rechte Straat. Veel voorbijgangers, bedelaars en straatventers bekeken de processie van koetsen met grote ogen. En af en toe riep er iemand: 'Moge de Profeet jullie zegenen en jullie kinderen schenken.'

'Een nicht van mij,' vertelde Majda, 'beleefde vorige week een ramp in plaats van een bruiloft. De ouders van haar bruidegom zijn heel ouderwets en twee uur voor de bruiloft eiste haar schoonmoeder dat een met haar bevriende vroedvrouw de maagdelijkheid van mijn nicht in haar bijzijn zou controleren. Mijn nicht, die veel van haar aanstaande bruidegom hield en in de zevende hemel was, had er niets op tegen, want ze was inderdaad ongerept. Maar haar ouders weigerden. Ze beschouwden het als een opzettelijke belediging van de schoonmoeder, die van het begin af aan tegen het huwelijk was geweest. Er ontstond groot tumult, waarbij de twee families na een tijdje op elkaar insloegen. Pas na een uur kon de gewaarschuwde politie de vechtende partijen scheiden. De binnenplaats bood een hartverscheurende aanblik. Het was een puinhoop, en ergens onder dat puin lag het geluk van mijn nicht aan scherven.'

Nura's maag draaide om. Waarom vertelt ze dat, vroeg ze zich af. Wil ze er iets mee zeggen?

Voor de deur van haar toekomstige huis stapte ze uit en liep op de verzamelde mensen af, die haar na een paar passen al in koor begonnen toe te juichen en te verwelkomen. Het waren meer dan honderd mensen die daar van hun vreugde blijk gaven. Dalia omhelsde haar kort. 'Je bent mooier dan alle prinsessen uit de film,' fluisterde ze, en ze liep zachtjes weg. Een man die familie van de bruidegom was, zette een stoel voor de ingang van het huis voor haar neer en een vrouw overhandigde haar een klomp deeg zo groot als een vuist. Nura wist wat haar te doen stond. Ze pakte de deegbal, ging op de stoel staan en sloeg hem met kracht tegen de stenen boog die de voordeur omgaf. Het deeg bleef plakken. De mensen juichten: 'Dat jullie je mogen vermenigvuldigen als gist,' riepen ze.

Nura ging het huis binnen en was gefascineerd door de binnenplaats, waar haar moeder, zoals eerder in haar eigen huis, een groot aantal kaarsen en wierookschalen had laten neerzetten.

In de deinende zee van mannen en vrouwen probeerde Nura haar vader te ontdekken, ze voelde zich vreemd eenzaam en hoopte op een bemoedigend woord van hem, maar hij was nergens te bekennen.

Haar moeder trok haar zonder iets te zeggen een kamer in. Een groepje oude vrouwen grijnsde haar aan. En nu moest ze een halfuur lang de schertsvertoning aanzien waarover haar vriendinnen al hadden verteld. De vrouwen praatten een voor een, soms in koor, op haar in. Ze stond als enige midden in de kamer, en haar moeder leunde tegen een muur en zag het geheel onbewogen aan, alsof Nura haar dochter niet was. De vrouwen dreunden hun vanbuiten geleerde spreuken op.

'Wat hij ook tegen je zegt, weerspreek hem niet. Daar houden mannen niet van.'

'Wat hij ook vraagt, jij weet niets, ook als je het antwoord kent. Mannen houden van de onwetendheid van vrouwen, en wat we wel weten gaat hun niets aan.'

'Geef je nooit aan hem, verzet je, zodat hij je moet veroveren. Daar houden mannen van. Als je jezelf te gemakkelijk geeft – al is het uit liefde – houdt hij je voor een meisje van plezier.'

'En als hij je neemt, moet je niet bang voor hem zijn. Even je kiezen op elkaar, dan is hij er al in, en nog voor je tien keer hebt kunnen ademhalen, heeft hij het sap van zijn begeerte al bij je naar binnen gespuugd. Begin weer te tellen; nog voor je honderd hebt gezegd hoor je hem snurken, en als hij heel potent is, doet hij het nog drie keer; daarna is hij op z'n best nog een bezwete slapjanus.'

'In de huwelijksnacht moet je hem leegpompen, want niet bij de eerste zaadlozing, maar bij de laatste is zijn hart in jouw handen. Vanaf dat moment zal hij jouw slaaf zijn. Als hij in de huwelijksnacht niet tevreden is, wordt hij je meester en een vriend van de hoeren.'

Zo praatten ze op Nura in, alsof ze op weg was naar een vijand. Waarom zou ze op een manier met hem moeten omgaan die hem anders deed lijken dan hij was, omdat zij zich anders voordeed dan zij was?

Nura hoorde niets meer. Ze voelde dat de vrouwen en de kamer begonnen te tollen, alsof ze zich op een draaischijf bevonden. Haar knieën begaven het, maar de vrouwen hielden haar armen vast, zetten haar op een bank en praatten onafgebroken op haar in. Nura probeerde een tunnel door het lawaai van de vrouwen te maken waardoor ze zou kunnen horen wat de mensen buiten op de binnenplaats deden. Opeens hoorde ze dat haar vader haar riep.

Op een gegeven moment klopte er iemand op de deur. Het was haar vader. Nura duwde de vrouwen opzij en baande zich een weg naar de frisse lucht. Haar vader lachte tegen haar. 'Waar was je? Ik heb je gezocht.'

'Ik jou ook,' fluisterde Nura, en ze huilde tegen zijn schouder. Bij hem was ze veilig. Maar ze voelde ook hoe de haat jegens haar moeder, die haar in de steek had gelaten, in haar groeide. Elk woord van de onzin die de oude vrouwen hadden uitgekraamd stond jarenlang in haar geheugen gegrift.

In het midden van de binnenplaats dansten vrouwen met gekleurde kaarsen. Haar moeder was druk bezig met instructies geven. Een tijdje stond er Nura verloren bij. Toen hoorde ze herrie buiten op straat. Een verre nicht van de bruidegom pakte haar hand. 'Kom mee,' zei ze, en voor Nura er erg in had, stond ze in een donkere kamer. 'We doen iets wat niet mag,' fluisterde ze, 'let op.' Ze liep naar het raam en sloeg het zware gordijn opzij. Toen zag ze Hamid voor de eerste keer. Hij zag er mooi uit, zoals hij omringd door fakkeldragers en zwaardvechters in zijn witte Europese pak op het huis af liep.

Sinds haar verloving was Nura benieuwd naar hem geweest, ze had hem graag willen zien. Van haar moeder wist ze waar zijn atelier lag, maar ze liep er met een grote boog omheen omdat ze bang was dat hij haar zou herkennen. 'Het allerminst houden mannen van nieuwsgierige vrouwen. Daar worden ze onzeker van,' had haar moeder gezegd. De foto waar haar moeder heimelijk via omwegen aan was gekomen, gaf niet veel prijs. Het was een groepsfoto, genomen tijdens een picknick. Hamid was vaag op de achterste rij te zien.

De statige optocht stond stil en op dat moment bevond hij zich zo dicht bij het raam dat ze, als ze het had geopend, zijn gezicht had kunnen aanraken. Hij was niet groot, maar een trotse, atletische verschijning en veel knapper en mannelijker dan de beschrijvingen deden vermoeden. 'Die fakkels maken elke man knapper,' hoorde ze de vrouw naast haar zeggen, maar nu scheen Hamid haar een prins toe.

Alles zag er heel onwerkelijk uit in het licht van de fakkels.

'Nu moet je naar buiten gaan en op de troon plaatsnemen,' zei de vrouw toen de processie bij de voordeur aankwam en met gejuich en trillers werd ontvangen. Nura glipte de deur uit en liep regelrecht in de armen van haar moeder. 'Waar was je al die tijd?' bromde die.

Op dat moment ging Hamid het huis binnen en meteen viel zijn scherpe blik op haar. Ze bloosde. Hij liep zelfverzekerd op haar af, zij keek naar de grond. Vervolgens nam hij haar bij haar hand en ging met haar naar de slaapkamer.

Hamid sprak geruststellende woorden tegen haar. Hij had haar al aardig gevonden door wat hij over haar had gehoord, en nu bleek ze ook nog eens veel mooier te zijn dan hij ooit had gedacht. Hij zou haar gelukkig maken. Ze moest hem gehoorzamen, maar niet bang voor hem zijn.

Hij nam haar gezicht in zijn handen en kwam dichterbij, zodat ze hem in zijn ogen moest kijken. Toen kuste hij haar, eerst op haar rechterwang en vervolgens op haar mond. Ze zweeg, maar haar hart ging tekeer. Hij rook naar lavendel en citroenbloesem. Zijn mond smaakte een beetje bitter, maar zijn kus was prettig. Toen liet hij haar alleen en ging naar de badkamer.

Op dat moment kwamen haar moeder en buurvrouw Badia de kamer in, alsof ze achter de deur hadden gestaan. Ze ontdeden haar van haar zware bruidsjurk en van haar sieraden, gaven haar een mooi zijden nachthemd, fatsoeneerden het bed en verdwenen. 'Denk eraan, we hebben het allemaal gedaan en we leven nog,' zei Badia spottend en ze lachte obsceen.

'Stel me niet teleur, kindje,' fluisterde haar moeder in tranen. 'Hij zal in de ban raken van je schoonheid en je zult heersen door je aan hem te onderwerpen,' zei ze zacht. Ze kuste Nura, die verloren op de rand van het bed zat, en liep snel de kamer uit. Nura was er zeker van dat de twee vrouwen achter de deur gehurkt zaten.

Hamid kwam in een rode pyjama uit de badkamer en spreidde zijn armen. Ze vond hem zo nog knapper dan in zijn pak.

Op de binnenplaats zongen de vrouwen liefdesliedjes over wachtende vrouwen die verlangden naar hun geëmigreerde mannen, over de slapeloze nachten en hun onstilbare honger naar tederheid, en al bij het derde couplet was Hamid bij haar binnengedrongen. Hij ging heel behoedzaam en voorkomend met haar om, en ze kreunde en prees zijn mannelijkheid, zoals haar vriendinnen en moeder haar hadden geleerd, en hij leek inderdaad heel gelukkig te zijn.

Het deed minder pijn dan ze had gevreesd, maar ze kon niet echt genieten van het liefdesspel. Voor hem was het nog lang niet afgelopen.

Terwijl zij naar de badkamer ging en zich waste, haalde hij het laken van het bed en gaf het aan de wachtende vrouwen bij de deur, die het jubelend en met luide trillers in ontvangst namen.

Toen Nura de badkamer uit kwam, had Hamid al een schoon laken over de matrassen uitgespreid. 'Ik heb het andere laken aan de wachtende vrouwen gegeven, zodat ze ons met rust laten,' zei hij, en hij lachte verlegen. Hij had gelijk: vanaf dat moment bemoeide niemand zich meer met hen.

Hamid was diep onder de indruk van Nura. 'Je bent de mooiste vrouw uit mijn leven,' zei hij op verliefde toon. 'Mijn grootvader heeft zich in tante Majda vergist,' voegde hij eraan toe, en hij viel direct in slaap. Nura begreep er niets van.

Ze lag in de huwelijksnacht wakker tot de ochtendschemering. Ze was opgewonden door alles wat er in haar leven was veranderd, en ze vond het een eigenaardig gevoel naast een vreemde in bed te liggen.

De feestelijkheden duurden een week, en elke keer als ze samen alleen in de slaapkamer waren, sliep Hamid met haar, of tijdens de siësta, 's ochtends vroeg, 's nachts of zomaar tussendoor. Ze vond zijn verlangen mooi, maar zelf voelde ze niets.

'Dat komt nog wel, dat weet ik zeker,' zei een vriendin troostend.

Maar haar vriendin vergiste zich.

15

Farsi's kalligrafieën werden door kolonel Sjisjakli zeer op prijs gesteld. Bijna elke week schonk Nassri hem een kalligrafie met een klassieke tekst. Hamid Farsi was blij met die opdrachten, want nu kregen veel kennissen van de president de smaak te pakken en plaatsten bestellingen bij hem. Hij beschouwde Nassri als een geluksbode en ging nu vriendelijker met hem om, wat deze echter nauwelijks opmerkte.

De ongenaakbare president Sjisjakli sloeg al bij de tweede gekalligrafeerde spreuk die Nassri naar het diner meenam ontroerd zijn arm om diens schouders. Sinds de dag waarop hij als arm kind een hele honingraat in zijn eentje had mogen opeten, beweerde hij, was hij nooit zo gelukkig geweest als op dat moment, en hij omhelsde zijn gast. 'Je bent een echte vriend.'

Hij liet de andere gasten voor wat ze waren en ging hand in hand met Nassri naar de paleistuin, waar hij hem langdurig en emotioneel over zijn ongelukkige omgang met politici vertelde. De president sprak niet als een machtige heerser, maar als een eenzame dorpsjongen die zijn hart wil uitstorten bij iemand uit de stad. Nassri begreep niets van politiek en hield zijn mond maar.

Toen ze na twee uur terugkeerden, zaten de gasten nog altijd stram van vermoeidheid rond de tafel en glimlachten onderdanig tegen hun president. Hij nam nauwelijks notitie van hen, bedankte Nassri nog een laatste maal voor de kalligrafie en liep gebogen naar zijn slaapvertrek. Ten slotte gaven de functionarissen die met het protocol waren belast de gasten toestemming hun plaatsen te verlaten. Nassri straalde, maar de anderen vloekten binnensmonds.

De kalligrafie – wat dat betreft had Taufiq gelijk – heeft een magische uitwerking op een Arabier. Zelfs de hoer verwende hem meer dan gewoonlijk sinds de dag waarop hij haar de eerste kalligrafie had gegeven. Ze huilde van vreugde toen ze de handtekening van de beroemde kalligraaf onder de spreuk over de liefde zag.

Voor het eerst voelde hij haar hartstocht in bed oplaaien. Hij was gehuld in een wolk van haar parfum en zachte huid, en voelde zich alsof hij in het paradijs was. Een gevoel dat hij nog niet eerder had gehad – noch met een van zijn echtgenotes, noch met een van zijn talloze hoeren. Zijn hart raakte in vuur en vlam. Zou hij haar vertellen dat hij smoorverliefd op haar was? Liever niet. Want hij vreesde haar lach. Ze had een keer gezegd dat ze nergens zo hartelijk om kon lachen als om getrouwde mannen die haar vlak voor het orgasme hun eeuwige liefde verklaarden. Zodra het achter de rug was, zei ze, lagen ze bezweet en onbeweeglijk naast haar, en dachten met een kwaad geweten aan hun vrouw.

Nassri zweeg en vervloekte zichzelf om zijn lafheid. Niet veel later, toen de hoer zich waste en – zoals altijd vlak voor het afscheid – koel tegen hem glimlachte, was hij dankbaar dat zijn gezond verstand had gezegevierd. Hij betaalde en vertrok.

Nassri zwoer nooit verliefd te worden op een hoer. Maar vanaf dat moment schonk hij haar zo nu en dan een kalligrafie en schepte er een beetje over op dat hij degene was die de begeleidende brieven had gedicteerd.

Nassri stond versteld toen hij merkte dat de jonge hoer, net als de president, in staat was details van de kalligrafie die hem waren ontgaan uitvoerig uit de doeken te doen. Veel woorden waarvan de letters met elkaar waren verstrengeld, zodat er een ondoordringbaar woud van fijne penseelstreken ontstond, kon hij niet eens ontcijferen. Maar de president en de hoer lazen elk woord alsof het de eenvoudigste zaak van de wereld was. En pas als ze hem de woorden voorlazen, doemden die ook voor hem uit de wirwar van letters op.

Hij had graag met de kalligraaf over de geheimen van zijn kunst gesproken, maar zijn vragen bleven in zijn keel steken. Hij was bang zijn overwicht op die arrogante man te verliezen als hij zijn onwetendheid liet blijken.

Slechts één keer deed de gelegenheid zich voor toch een tipje van de sluier op te lichten. Toen hij namelijk op een dag het atelier van de kalligraaf bezocht en hem niet aantrof, vroeg de oudste knecht of hij, op verzoek van de meester, wilde wachten. Men liet hem de kalligrafie zien om het leed te verzachten. Het was een schilderij met loodrechte dunne lijnen, zwierige krullen en een heleboel punten, die als zegenspreuk voor de president was bedoeld. Maar meer dan het woord Allah kon hij niet ontcijferen.

'Ik ben geen vakman,' zei hij, 'en ik zou u willen vragen of u mij deze figuur kunt uitleggen.'

De medewerker was ietwat verwonderd, maar glimlachte vriendelijk en ging met zijn wijsvinger over de glasplaat, langs de letters van elk woord, en opeens glipte er een hele zin uit de kluwen: 'Leider van het volk, kolonel Sjisjakli, Gods hand is met jou'.

Nassri was verbaasd hoe eenvoudig de tekst te lezen was, maar al na een paar minuten vervaagde hij weer voor zijn ogen. Alleen de afzonderlijke woorden 'Allah', 'Sjisjakli' en 'leider' bleven over. De rest verdween in het woud van gouden letters.

Het jaar 1954 begon slecht. Overal kwam het tot gevechten tegen de regeringstroepen. President Sjisjakli stond onder druk en zegde de wekelijkse bijeenkomsten af. Nassri zag hem alleen nog in de krant; hij zag bleek en leek kleiner in zijn uniform, zijn blik verloren en bedroefd. Nassri dacht weer aan de eenzame, gekwetste boerenzoon die zijn hart bij hem had uitgestort. 'Alleen distels en littekens,' fluisterde hij bij de aanblik van het treurige gezicht.

In het voorjaar kwam de kolonel na een opstand, die zonder bloedvergieten verliep, ten val. De president hield een korte afscheidstoespraak en verliet het land, zijn zakken gevuld met een grote hoeveelheid goud en dollars. Nassri was wekenlang verdrietig. Hij had niets te vrezen, zei zijn bedrijfsleider Taufiq. De nieuwe democratische regering zou het land opengooien, en in tijden van vrijheid zou niemand zich aan de handelaren vergrijpen. Persoonlijk had die primitieve boerenzoon, die van toeten noch blazen wist, maar over alles en iedereen iets te zeggen had, hem op de zenuwen gewerkt.

'Van nu af aan hoef je niet meer elke maand een dure kalligrafie af te leveren,' zei Taufiq lachend.

Nassri was verontwaardigd over de kilte en ondankbaarheid van zijn bedrijfsleider. Hij stond op het punt zijn jarenlange medewerker te ontslaan, maar hij onderdrukte zijn woede toen hij het gejuich van de mensen in de wijk hoorde, die nog maar kortgeleden tijdens demonstraties hadden laten weten dat ze hun leven voor de president wilden geven. Hij troostte zich met de gedachte dat Damascus een hoer was die haar benen spreidde voor iedere heerser. En de volgende heerser heette: parlementaire democratie.

Nassri voelde dat hij van de afgezette kolonel had gehouden als van een broer, zonder dat hij het zichzelf al die jaren had willen toegeven. Hij werd geplaagd door een terugkerende nachtmerrie, waarin hij zag dat de president de deur van zijn huis opende en tegen een vreemde glimlachte, wiens gezicht Nassri niet kon zien. De glimlach bevroor tot een masker toen de vreemde zijn pistool op de president richtte en schoot. Elke keer werd Nassri badend in het zweet wakker.

Het land verviel niet in chaos, zoals kolonel Sjisjakli had gedacht. In de zomer van 1954 leken de mensen uit Damascus vriendelijker dan anders, ze lachten iets harder dan vroeger, en geen mens had het nog over de afgezette president. Nooit hadden de boeren een betere oogst binnengehaald dan die zomer. De kiosken verkochten opeens meer dan twintig kranten en evenveel tijdschriften, die naar de gunst van de lezer dongen.

De opstand en het verjagen van de president lieten de hoer Asmahan koud. 'Bij mij zijn alle mannen hetzelfde. Als ze naakt zijn, zie ik geen verschil tussen een groenteboer en een generaal,' zei ze kil. 'Naaktheid is een betere vermomming dan een carnavalsmasker.' Toen de betekenis van die zinnen op de terugweg tot Nassri doordrong, liepen de rillingen hem over de rug.

Maar ze hield van zijn kalligrafieën en genoot van de brieven, die hij zogenaamd aan de kalligraaf had gedicteerd. Ze bevatten spreuken en lofzangen op het genot en de vreugden des levens. Maar in geen van de brieven stond ook maar één woord over de diepe liefde die Nassri voor Asmahan voelde. Toen die liefde een keer doorschemerde, vroeg Nassri de kalligraaf een nieuwe begeleidende brief te schrijven, al ging het maar om een bijzin. 'Ik wil niet dat ze me verkeerd begrijpt. Vrouwen wikken en wegen elk woord, en hebben ook wel kromme gedachten, anders dan wij mannen, die steeds rechttoe rechtaan denken. Die ellende wil ik mezelf besparen.'

Farsi gaf toe dat de zin zo begrepen kon worden dat het leek of Nassri van verlangen de slaap niet kon vatten. Maar hij kon niet vermoeden dat het geen dichterlijke verbeelding was geweest die deze regels had gedicteerd, maar een profetische ingeving. Destijds werd Nassri verteerd door verlangen naar Asmahan. Hij hoefde de naam Asmahan maar te horen of zijn hart ging sneller kloppen, en hoewel hij elke dag bezwoer haar te vergeten, moest hij constateren dat zijn hart hem niet toebehoorde. Hij moest leren dat je niet kunt besluiten niet verliefd te worden, zoals je ook niet kunt besluiten dat je niet zult sterven. Nassri's noodlot was dat hij niemand, ook niet apotheker Elias, zonder zichzelf belachelijk te maken kon vertellen dat hij smoorverliefd was en jaloers was op de andere klanten. Wie zou begrijpen dat een ervaren man met drie vrouwen nog als een wellustige jongeman bij een hoer de kluts kwijtraakte?

Niemand wist dat Nassri er sinds zijn kinderjaren van overtuigd was dat hij van niemand mocht houden en dat, als hij er toch de moed toe zou hebben, de geliefde persoon van hem zou worden weggenomen. Als kind had hij respect voor zijn vader, maar niet voor zijn moeder. Voor hem was ze een van de vele vrouwen in de harem. Hij begon pas van haar te houden toen hij bijna twintig was en van haar goedheid overtuigd was geraakt. Vanaf dat moment vereerde hij haar idolaat. Met zijn derde vrouw was hij alleen getrouwd omdat zijn moeder haar in haar hart had gesloten. Nasime had inderdaad een goed karakter en was goed van de tongriem gesneden, maar helaas was ze lelijk. En wat deed zijn moeder? In plaats van zich over het huwelijk te verheugen, overleed ze op de dag na de bruiloft.

Vaak lag hij wakker en vroeg zich af door welke vloek hij werd achtervolgd, of dat de liefde misschien een meer was dat de mensen met hun huwelijk en hun werk dempten om er niet in te verdrinken. Hoe vaak hield hij niet van vrouwen die hij niet kon bereiken? Was hij niet telkens onder dwang getrouwd? Bij zijn eerste vrouw Lamia was hij gedwongen door zijn vader, bij zijn tweede vrouw door het geweer van zijn broer, bij zijn derde vrouw wilde hij de hartenwens van zijn moeder vervullen. Van liefde kon geen sprake zijn.

Keer op keer had hij besloten niet van Asmahan te houden zodat hij haar niet zou verliezen, maar zodra hij in haar zachte armen lag en verzonk in haar bodemloze blauwe ogen, verloor hij de controle over zijn hart. Eén keer zong hij zelfs hardop terwijl hij met haar sliep, hoewel hij wist dat hij een vreselijke stem had.

'Je kunt gerust brullen als Tarzan, dat is grappig, maar kijk me intussen niet zo klef aan,' zei Asmahan, 'want dan word ik bang voor je en ontvang ik liever oude heren die alleen bezorgd zijn over hun stijfheid.'

Nassri glimlachte verlegen, en vanaf dat moment bedekte hij zijn ogen met de sluier van de onverschilligheid.

'Kunt u een brief schrijven, zodanig dat de liefde die direct tot het hart spreekt in de woorden verborgen is, zonder dat het verstand het lachwekkend vindt?' vroeg hij aan Hamid Farsi. Op die warme middag in mei had hij veel tijd. Hij wilde Asmahan een kalligrafie met haar volle naam geven en er een bijzonder geraffineerde brief bij laten schrijven.

'Hoe kunnen woorden het hart bereiken, zonder door de poort van het verstand te gaan?' antwoordde Farsi, en hij tekende de schaduw van een boektitel. Het fascineerde Nassri hoe de meester de schaduw van elke letter precies daar plaatste waar hij zou vallen als er een lamp in de hoek linksboven had geschenen. De letters kregen zo een derde dimensie en leken van het papier los te komen.

'Hoe de kalligrafie het hart verblijdt! Ook als de woorden niet te ontcijferen zijn,' zei Nassri. Farsi stopte en keek op. Hij was verbaasd dat die halve analfabeet tot een dergelijk antwoord in staat was.

'Dat is iets anders,' zei Hamid Farsi na een ongemakkelijke stilte. Die had nog geen twee minuten geduurd, maar het kwam Nassri voor als een eeuwigheid. 'De kalligrafie oefent door zijn innerlijke muziek invloed uit op de hersenen, hij opent dan de weg naar het hart – zoals muziek waarvan u de herkomst niet kent en waarbij u niet snapt waar het om gaat, u toch gelukkig maakt.'

Nassri begreep er geen woord van, maar hij knikte.

'Desondanks is het geen misdaad bekende liefdesgedichten te sturen aan een geliefde; hoe ouder ze zijn, des te beter. Je kunt dan zeggen dat je die hebt gestuurd omdat je ze mooi vond en dat met die vrouw wilde delen... Zo zou het ongeveer kunnen gaan, maar niet buiten de hersens om. Taal laat zich niet smokkelen...'

'Niet slecht om zo ondubbelzinnig over de dubbele bodem van de poëzie te spreken,' zei Nassri. Dat had hij die ochtend in de krant gelezen, en het beviel hem. Het ging om een toespraak van het nieuwe staatshoofd, dat altijd met dubbele tong leek te spreken.

'Is er haast bij?' wilde Farsi weten. Het ministerie had hem de eervolle opdracht gegeven alle schoolboeken opnieuw vorm te geven, want alle sporen van dictator Sjisjakli dienden – in de geest van de democratie – te worden uitgewist.

Toen Hamid Farsi een poging deed zich te beklagen over het grote aantal opdrachten, was Nassri voor het eerst kortaf. 'Geen afspraak is belangrijker dan een Abbani,' zei hij, 'zelfs niet een met het parlement. Laat daar geen misverstand over bestaan,' zei hij ten slotte uit de hoogte.

Hamid Farsi gehoorzaamde, want Nassri betaalde het tienvoudige van de prijs die om het even welke kenner zou willen betalen.

Vijf dagen later lag de brief klaar in een rode envelop, samen met een kleine ingelijste kalligrafie van een bekend liefdesgedicht van Ibn Saidun. Zoals altijd vond Asmahan de kalligrafie schitterend, maar door de brief die erbij zat was ze tot tranen toe geroerd. Nassri stond verloren in de salon. Hij zag dat de jonge hoer overweldigd werd door de schoonheid van de woorden. En hij zag hoe ze de stalen kooi van haar kilte verliet en hem meteen in de armen viel. 'Doe vandaag met me wat je wilt. Je bent de heerser van mijn hart,' zei ze en ze gaf zich aan hem zoals ze zich nog nooit aan hem had gegeven.

De hele nacht bleef Nassri bij haar. De volgende morgen weigerde Asmahan geld voor die nacht aan te nemen. 'Met deze brief heb je me dingen teruggegeven die de wereld me had ontnomen,' zei ze, en ze gaf hem een innige kus op zijn mond.

Voor haar huis bleef Nassri even staan. Hij dacht aan haar mooie borsten en lippen en ademde de geur van het jasmijnparfum in waarmee ze zijn haar na het baden had besproeid. Hamid Farsi bracht geluk, daarvan was hij overtuigd.

In een wolk van jasmijn en welbehagen liep hij zwierig naar zijn kantoor, zonder te vermoeden hoezeer hij zich vergiste.

16

Niet alleen in de huwelijksnacht, ook in de nachten daarna bleef Hamid Farsi een vreemde voor Nura – tot aan haar vlucht. De goedbedoelde verzekeringen van de vrouwen dat je aan je echtgenoot gewend raakt, werden niet bewaarheid. Ze raakte gewend aan de kamers en de meubels, en ook aan de eenzaamheid. Maar hoe moest ze wennen aan een vreemde? Ze wist er geen antwoord op.

In bed was Hamid Farsi vriendelijk en attent, en toch voelde Nura zich alleen. Ze stikte bijna, als hij in haar was en boven op haar lag. Ze kreeg geen lucht meer. En die eenzaamheid en vreemdheid deden haar oneindig veel pijn.

Toen alle gerechten van de bruiloft waren opgegeten, alle liederen waren gezongen en de laatste gasten het huis hadden verlaten, verdween de bedwelmende exotische sfeer en bleef gewone eenzaamheid over. Ze bekeek hem met andere ogen, alsof de bruidegom het huis had verlaten en een vreemde echtgenoot zijn plaats had ingenomen.

Na korte tijd ontdekte ze zijn eerste zwakke punt: hij behoorde niet alleen vreemde vrouwen niet toe, maar ook haar niet. Het maakte niet uit wat ze vertelde – hij had het vervolgens alleen over zijn eigen grote en kleine voornemens. Van alle dingen interesseerde zijn leven met haar hem het minst. Als ze naar zijn plannen vroeg, werd hij neerbuigend: 'Dat is niets voor vrouwen,' zei hij. Ieder onbeduidend mannetje interesseerde hem meer dan een intelligente vrouw.

Algauw bestierven de woorden op haar lippen.

Ook leed ze onder zijn ijzeren dagschema, waar ze maar niet aan kon wennen. Hoewel haar vader de leiding had over een moskee, trok hij zich nooit veel aan van de tijd, een houding die Hamid verfoeide. Het was een symptoom van de decadentie van de Arabische cultuur dat de tijd niet serieus werd genomen. Niets ter wereld verfoeide hij meer dan het woord 'morgen', dat veel Arabieren graag gebruikten bij beloftes, reparaties, bestellingen en afspraken. 'Praat er niet omheen,' brulde hij een keer tegen een meubelmaker. 'Noem een dag met een datum! Alle dagen hebben een begin en een eind, alleen morgen niet.'

De meubelmaker had drie keer beloofd een kast voor de keuken te maken, en uiteindelijk kocht Hamid er een in een meubelzaak.

Hamid leidde een leven dat werd gedicteerd door zijn planning en de klok. Hij werd wakker, waste en schoor zich, dronk koffie en verliet om klokslag acht uur het huis. Precies om tien uur belde hij Nura en vroeg of ze iets nodig had, zodat de loopjongen het haar kon brengen wanneer hij 's middags het eten kwam halen. Ook deze werd door zijn baas opgejaagd. Exact om halftwaalf stond hij hijgend en bezweet voor haar deur. Arme loopjongens.

Stipt om zes uur kwam Hamid thuis om te douchen. Om halfzeven pakte hij de krant die hij van de zaak had meegenomen om hem uit te lezen. Klokslag zeven uur wilde hij eten. Voortdurend keek hij op zijn horloge. Maandag en woensdag ging hij precies om negen uur naar bed. Op dinsdag, vrijdag en zondag sliep hij met haar en stelde zijn nachtrust een halfuur uit. Op die dagen deed hij gemaakt vrolijk, om zichzelf in de stemming te brengen en de kalligrafie, waarvan hij bezeten was, een paar uur uit zijn hoofd te bannen. Nura leerde op die dagen haar gezicht tot een glimlach te plooien en zo haar man te ontvangen.

Op donderdag kaartte hij met drie andere kalligrafen tot na middernacht in een koffiehuis in de nieuwe wijk. Op zaterdag nam hij aan de wekelijkse bijeenkomst van een bond van kalligrafen deel. Maar Nura kwam nooit te weten wat daar werd besproken. 'Dat is niets voor vrouwen,' zei hij streng, en hij wuifde haar woorden weg.

Een tijdje twijfelde ze of hij 's zaterdags naar de hoeren ging. Maar toen ontdekte ze een document in de binnenzak van een jas die hij op een van de bijeenkomsten had gedragen. Het waren twee velletjes met de notulen van een vergadering die door kalligrafen was georganiseerd. Ze las de onderwerpen en vond ze saai, en ze verbaasde zich erover dat alle bijdragen waren opgetekend. Het ging over het Arabische schrift. Ze stopte de gevouwen pagina's weer in de binnenzak van de jas, zodat hij niets zou merken.

Nog geen drie maanden later had haar intense gevoel van eenzaamheid zich definitief in het huis genesteld. Zodra het rustig werd, liet Nura zich van haar slechtste kant zien. De geliefde boeken die ze had meegenomen, veranderden in fletse geschriften die al hun aantrekkingskracht hadden verloren. Nieuwe boeken mocht ze zonder Hamids toestemming niet kopen. Drie keer noemde ze titels die ze graag wilde lezen, maar hij maakte alleen een afwerend gebaar. Dat waren moderne schrijvers, en hun boeken tastten het familieleven en de moraal aan, zei hij. Ze werd woedend omdat hij niet één ervan had gelezen.

Om haar eenzaamheid te verdrijven begon Nura luid te zingen, maar even later hoorde ze uit het huis ernaast giftig commentaar komen, dat haar stem deed stokken: 'Als die vrouw er zo uitziet als ze zingt, dan slaapt haar man met een verroeste gieter,' riep iemand luid lachend over de binnenplaats. Het was een kleine man met een vriendelijk gezicht, die ze voortaan niet meer groette.

Op zoek naar wat afleiding begon Nura keer op keer het huis te stofzuigen. Pas toen ze merkte dat ze de ramen voor de derde keer die week met een doek opwreef, smeet ze de lap in een hoek, ging bij de fontein zitten en huilde.

De vrouwen van de aangrenzende huizen in de straat waren zonder uitzondering vriendelijk en open, en als ze bij hen op de koffie werd uitgenodigd, kreeg ze aandacht en warmte. De vrouwen waren op hun beurt ingenomen met Nura's verfijnde taalgebruik en haar kleermakerskwaliteiten, en ze hoopten dat ze met hen ook naar het badhuis zou gaan.

De vrouwen kwamen vroeg in de ochtend bijeen om met een kopje geurige koffie de roddels van de nacht door te nemen, en na de siësta zaten ze bij het gebruikelijke tweede kopje weer bij elkaar.

Tussendoor hielpen ze elkaar met koken of het bewerkelijke konfijten en conserveren van groente en fruit.

Nura lachte veel met de buurvrouwen. In tegenstelling tot haar moeder waren ze levenslustig en staken ze de draak met alles en iedereen, ook met zichzelf. Bovenal waren ze gewiekst, en gebruikten dat om hun leven te veraangenamen. Nura leerde veel van hen.

Maar eerlijk gezegd vervelden de vrouwen haar. Het waren eenvoudige mensen die, zodra het gesprek niet over mannen, koken en ruzies tussen kinderen ging – en op dat gebied waren ze echte experts –, niets over het leven te melden hadden. Ze konden lezen noch schrijven. Na een paar mislukte pogingen om de vrouwen iets over de wereld buiten de huwelijkse sleur bij te brengen, viel ook Nura stil. Wat kon ze anders doen?

De telefoon was haar redding. Daarmee kon ze tenminste weer contact opnemen met de vriendinnen uit haar schooltijd. Het maakte haar leven iets draaglijker, ook al bleef de tijd voorbijkruipen. Sana, een grappige vriendin van school, raadde haar aan: 'Hou een dagboek bij over de geheimen van je huwelijk, en vooral over de verboden dingen waar je naar verlangt. Maar zoek er eerst een veilige bergplaats voor!'

Die veilige bergplaats ontdekte Nura in de voorraadkamer, waar een oude kast stond waarvan de bodem er gemakkelijk uit te halen viel.

Ze begon te schrijven en tegelijk begon ze haar echtgenoot nauwlettender te observeren. Haar waarnemingen en gevoelens noteerde ze in een groot schrift. Al schrijvend leerde ze de moeilijkste vragen te stellen, en ook al wist ze er niet altijd antwoord op, ze was op een vreemde manier opgelucht alleen al door ze te hebben gesteld.

Met elke bladzijde die ze schreef, werd de afstand tot haar echtgenoot groter. Vreemd genoeg kwam ze nu achter veel dingen die ze tot dan toe nooit bij hem had gezien. Ze ontdekte dat Hamid iemand was met een geniale techniek, maar anders dan bij haar vader was hij niet zozeer in de inhoud van de woorden, maar in hun vorm geïnteresseerd. 'De proportie en de muziek moeten kloppen,' zei hij op een dag tegen haar. 'Ik kan niet geloven dat een kalligraaf alleen belangstelling heeft voor de schoonheid van de woorden, maar niet voor hun inhoud,' schreef ze in haar dagboek, en ze onderstreepte die zin met een rode pen.

Op een dag nam hij een prachtig geschreven ingelijste spreuk mee naar huis, die een plaatsje kreeg in de salon. Keer op keer prees Nura de schoonheid van de letters, maar ze was niet in staat de spreuk te ontcijferen. Hij was stijlvol in elkaar gewerkt, gedraaid en gespiegeld. Ook niemand van de weinige gasten kon hem lezen, maar allen, ook haar vader, vonden de voorstelling die door de letters werd gevormd van een volmaakte schoonheid, omdat hij volgens hen een weldaad was voor de geest en de ziel. Toen Nura er bij haar man op aandrong de betekenis te verklappen, grijnsde Hamid alleen: 'Met mest groeit groente het best.' Nura's ontsteltenis bewees volgens hem dat ze geen gevoel voor humor had.

Het was alsof Hamid zich in een burcht bevond, omgeven door de trotse muren van zijn zwijgen. Vrouwen hadden in die burcht niets te zoeken. Toegang hadden alleen zijn oude meester Serani en minister-president Al Azm, wiens huis vlak bij het atelier lag en die, als fervent bewonderaar van de kalligraaf, ook een heel goede klant was.

Maar zelfs die mannen bleven hem, ondanks het respect dat hij hun betuigde, vreemd. Diep in zijn hart was Hamid Farsi eenzaam. Het deed Nura veel pijn dat ze uitsluitend op die dikke muren stuitte als ze hem wilde bereiken. Haar vriendinnen wilden haar troosten en zeiden dat het hun niet anders verging. Sana had een man die ziekelijk jaloers was. 'Elke keer schopt hij een pijnlijke scène als iemand op straat te lang naar me kijkt. Dan laat hij zijn gezag als luchtmachtofficier gelden en wil ik alleen nog maar dat de aarde zich opent en me verzwelgt. Hij is continu bang dat een vreemde me van hem afpakt. Alsof ik zijn ezel, zijn auto of zijn speelgoed ben. Hij stort zich meteen op de andere man, zoals hij dat van zijn vader, zijn buurman en de erbarmelijke Egyptische films heeft geleerd, waarin mannen in een vlaag van jaloezie op elkaar inslaan. En de vrouw staat aan de kant te wachten, zoals eerder de geit, de ooi en de hen hebben gewacht tot de strijd tussen de bokken, schapen en hanen een overwinnaar opleverde.'

Sana kwam van haar man geen woord te weten over zijn werk bij de luchtmacht. Dat was niets voor vrouwen, zei hij. 'Maar we mogen wel weduwe worden,' zei Sana bitter – en profetisch, want een paar jaar later verongelukte hij bij de eerste vlucht van een nieuw gevechtsvliegtuig.

Andere vriendinnen beschouwden hun mannen als onzekere kleine jongens, die niet zonder hun zandkasteel konden. Nura zou blij moeten zijn dat haar man haar niet bedroog. En een andere vriendin verweet haar dat ze ondankbaar was, want haar man had haar rijker gemaakt dan ze ooit had kunnen dromen, en toch verveelde ze zich.

'Die schat,' bromde Dalia. 'Zeg maar tegen haar dat echtgenoten meer besteden aan het bordeel en het restaurant dan aan hun vrouw – dan hoef je bij mij niet met dankbaarheid aan te komen.'

Ook zonder de solidariteit van de kleermaakster voelde Nura geen dankbaarheid tegenover iemand die haar nooit aanraakte, behalve als hij met haar sliep en maandenlang niet vroeg hoe het met haar ging.

Hij vermeed elke aanraking, alsof ze een besmettelijke huidziekte had. Ook op straat liep hij altijd een meter voor haar uit. Ze vroeg hem naast haar te blijven lopen, want ze vond het vernederend om steeds achter hem aan te moeten rennen. Hij beloofde het, maar bij de volgende straat liep hij weer een paar stappen voor haar. Haar hand wilde hij ook nooit vasthouden. 'Dat doet een trotse man niet,' zei hij kortaf.

Jarenlang vroeg ze zich af waarom een man door het vasthouden van een vrouwenhand in zijn trots wordt gekrenkt, maar ze vond geen antwoord. Soms versperde ze hem de weg, zodat hij haar wel moest aanraken, maar hij zag telkens kans haar te ontwijken. Als ze hem aanraakte, schoot hij achteruit. Krampachtig hoedde hij zich ervoor zich naakt aan haar te tonen, en ook wendde hij zijn blik van haar af als ze naakt door de slaapkamer naar de badkamer liep.

Een keer foeterde hij haar de hele nacht uit omdat ze hem bij het avondeten onder tafel had aangeraakt. Ze waren bij haar ouders uitgenodigd, het eten was voortreffelijk en haar moeder was haar leven lang zelden zo vrolijk geweest. Voor het eerst streelde ze ten overstaan van gasten de wangen van haar vader. Nura voelde zich gelukkig en wilde haar vreugde met haar man delen. Ze stootte onder tafel met haar voet zijn been aan. Hij kromp geschrokken ineen. Ze had moeite om te blijven glimlachen. Thuis schreeuwde hij tegen haar dat dergelijk zedeloos gedrag hoerig was, geen fatsoenlijke echtgenote zou zoiets in het openbaar doen.

Die avond schreeuwde ze voor het eerst terug. Ze was buiten zichzelf. Als het zo verderging, zou ze naast hem bevriezen, en Hamid lachte alleen giftig: 'Steek dan de kachel aan. Hout hebben we genoeg.' Na die kille opmerking liet hij haar achter in de salon.

Haar ontzetting kende geen grenzen toen ze hem nog geen halfuur later hoorde snurken.

Wat moest Nura doen? Ze wilde alleen met rust gelaten worden. Had haar moeder niet vaak gezegd dat het huwelijk, hoe slecht ook, een veilige haven was? Daar klopte niets van. Nog nooit had ze zo onrustig geslapen, nog nooit had ze zo vaak aan vluchten gedacht.

Wat verontrustte haar? Lange tijd wist ze het niet, totdat ze Salman ontmoette. Pas door hem begreep ze dat haar verontrusting voortkwam uit de stellige overtuiging dat ze haar leven verknoeide.

Haar geheime dagboek raakte voller en voller, en Nura had het gevoel dat ze een spionne was die een vreemd wezen moest observeren. Zelfs als haar man naast haar stond of sliep, voelde ze die afstand, die haar in staat stelde hem steeds nauwlettend te observeren.

In alles wat hij dacht en deed was hij fanatiek, maar hij bedekte de scherpe kantjes van zijn mening met een dikke laag beleefdheid. Hij wilde in alles de beste zijn, maar afgezien van de kalligrafie was hij zo naïef als een kleine jongen. Vaak merkte hij dat haar vader toegeeflijk tegenover hem was, zodat hij niet door de mand zou vallen.

Toen ze haar vader daar een keer op aansprak, zei hij: 'Kindje, je hebt gelijk, over veel dingen heeft hij alleen vermoedens, die hij voor kennis aanziet, maar als ik hem elke week blameer zal hij ons algauw niet meer willen ontmoeten, en dat zou erger zijn. Dat ik jouw gezicht kan zien is me meer waard dan alle gelijk van de wereld.'

Niet alleen op theologisch, filosofisch of literair gebied, ook op menig ander terrein wilde Hamid voortdurend de beste zijn, hoewel hij niets anders las dan zijn krant. Hij was als winnaar uit de jarenlange strijd gekomen om de eer zich de meest vooraanstaande kalligraaf te mogen noemen, en zoals vrijwel alle winnaars was hij zeer met zichzelf ingenomen.

Toen hij met Nura trouwde, was hij zo beroemd dat hij ondanks zijn gepeperde prijzen meer opdrachten had dan hij aankon. Er restte hem niets anders dan veel aan zijn medewerkers te delegeren. De ontwerpen en de laatste correcties bleven natuurlijk aan hem voorbehouden. En de belangrijkste opdrachten, brieven en lofzangen in schrift van de allerbeste kwaliteit, handelde hij nog altijd zelf af, wat hem enorme voldoening gaf. Hij verlangde veel geld, maar zijn werk was uniek. En hij was gevleid als wetenschappers, politici of rijke handelaren speciaal naar hem toe kwamen om hem te bedanken, verheugd over het succes dat ze dankzij zijn werk hadden.

'De opdracht die ik gaf, was een onooglijk skelet van mijn wensen,' zei een klant tegen hem, 'en jij hebt het tot leven gewekt met vlees, bloed en een ziel.'

Vooral rijke boeren die de weg niet kenden in de jungle van de hoofdstad, vroegen Hamid Farsi om een brief. Ze informeerden nooit naar de prijs, want ze wisten dat zijn brieven deuren deden opengaan. Brieven waarvan de bladzijden stuk voor stuk uitzonderlijke kunstwerken waren. Niet één keer herhaalde Hamid een sjabloon. Daarom deed hij maar met tegenzin afstand van de voltooide exemplaren.

Dagenlang hield hij zich bezig met het doel en de betekenis van een brief, en goot hem precies in de vorm die het schrift in muziek veranderde, in een golf die de lezer precies daarheen bracht waar de opdrachtgever hem wilde hebben.

In zijn werk voelde hij zich zeer aan een componist verwant. Zijn meester had zijn gevoel voor de muziek van het schrift al geprezen. Terwijl anderen nooit echt leerden aanvoelen hoe lang een verlenging moest zijn, hoeveel rondingen een woord verdroeg en waar de punten geplaatst dienden te worden, beheerste hij die kunst intuïtief tot in de perfectie. Dissonanten in de compositie van zijn bladen liet hij vanuit zijn diepste instinct niet toe.

Het Arabische schrift lijkt ervoor geschapen muziek voor het oog te zijn. Omdat het altijd aaneengeschreven wordt, speelt de lengte van de verbinding tussen de letters een grote rol bij de compositie. De verlenging of verkorting van die verbinding is voor het oog wat de verlenging of verkorting van de duur van een toon is voor het oor. De A(lif), in het Arabisch een horizontale streep, verandert in een maatstreep voor het ritme van de muziek. Maar omdat de afmeting van de letter A(lif) volgens de verhoudingsleer de grootte van alle andere letters bepaalt, is hij ook van invloed op de variaties in hoogte van de muziek die de letters horizontaal op elke regel vormen. En ook het verschil in breedte van zowel de letters als de overgang aan de voet, romp en kop van de letters, van haarfijn tot breed, heeft invloed op deze muziek voor het oog. De verlenging van de horizontalen, de afwisseling van ronde en hoekige letters, van liggende en verticale lijnen beïnvloeden de melodie van het schrift en roepen een lichte, speelse en vrolijke, een rustige en melancholieke, of een zware, duistere stemming op.

En aan degene die zorgvuldig met de letters wil musiceren stelt de ruimte tussen de letters en woorden nog hogere eisen. De lege plekken van een kalligrafie zijn momenten van stilte. Evenals in de Arabische muziek gaat het ook in de kalligrafie om een herhaling van bepaalde elementen, die niet alleen de dans van lichaam en ziel, maar ook het loskomen van het aardse en het bereiken van andere sferen bevordert.

17

Alles om Nura heen werd opgeslokt door een doodse stilte. De avonden werden een kwelling. Soms zei Hamid geen woord, en als hij met haar sliep, sprak hij alleen tussen zijn opeengeklemde tanden door.

Af en toe dwong Nura zich ertoe de hele avond ook geen kik te geven om te zien of het hem opviel. Geen reactie. Hij waste zich, at, dronk zijn mokka, sliep met haar, of niet, en snurkte de hele nacht.

En als hij al iets zei, dan was het een echo van de lofzangen die anderen op hem hielden. Hoe lang zou ze dat leven nog kunnen uithouden?

Een keer legde ze uit protest een smerige dweil op een bord, verfraaide hem met de staalwol waarmee ze de pannen schoonmaakte en garneerde het geheel met lucifers, stompjes kaars en olijvenpitten. Ze zette het bord naast de karaf met water waarvan hij zich bediende. Hij merkte niets. Zwijgend zat hij op zijn stoel en at in stilte zijn vleespastei.

Bovendien was hij gierig. Elke middag om halftwaalf moest ze hem met een bode zijn eten sturen in een *matbakia*, drie gestapelde pannetjes met een hengsel: sla, hoofdgerecht en bijgerechten, allemaal mooi boven op elkaar. Hij gebruikte nooit een dessert; koffie dronk hij in zijn atelier.

Bijna de helft van de buurvrouwen stuurde het eten voor hun echtgenoot in een matbakia naar hun werk, maar in tegenstelling tot Nura kregen al die vrouwen geld van hun man en mochten ze winkelen. Ze dongen af, dronken thee of koffie, luisteren naar de roddels en verspreidden er een paar, en lachten veel met de handelaren. Nura vond winkelen heerlijk. Als klein meisje al was ze graag naar de bekende kruidenhandelaar Sami gegaan om naar de fantastische verhalen te luisteren die hij over zijn kruiden vertelde.

Maar Hamid zei dat hij aan betere levensmiddelen voor de helft van de prijs kon komen, en bovendien was het niet goed als de mooie vrouw van de beroemde kalligraaf moest afdingen op de markt – bij die 'primitievelingen', zoals hij ze noemde.

'Hij heeft geen idee!' schreef ze in haar dagboek. Afdingen stond boven aan de lijst van paradijselijke bezigheden van een echte Damasceense. Hamid kon daar geen begrip voor opbrengen. Hij stuurde haar met zijn loopjongen de goedkoopste restjes vlees en groente, precies de dingen die een levensmiddelenhandelaar alleen een man kan aansmeren. Hij kocht enorme hoeveelheden in, alsof ze het middageten voor een weeshuis moest klaarmaken, en hoewel alles van slechte kwaliteit was, verlangde Hamid van haar dat ze er de heerlijkste gerechten van maakte. De buurvrouwen kwamen haar te hulp. Ze kenden geheime recepten waarmee je van de goedkoopste ingrediënten een stevige, tongstrelende maaltijd op tafel kon toveren. Als tegenprestatie naaide Nura kosteloos voor hen. Op die manier konden de vrouwen het geld dat ze van hun mannen voor naaiwerk kregen in koffie, kardemom, zoetigheden en bioscoopkaartjes investeren.

Hamid Farsi merkte niets van die wederzijdse hulp.

Hij dwong Nura niet een hoofddoek te dragen. In die tijd kwam Damascus tot bloei en alleen oude vrouwen hadden een hoofddoek om; jonge vrouwen droegen hem zelden, en een sluier droegen ze bijna nooit. Hij was ook niet jaloers, hij wilde alleen niet dat ze bezoek ontving als hij er niet was.

Er kwam ook niemand, behalve de buurvrouwen. Hun mannen stonden ook geen bezoek toe als ze niet thuis waren, maar geen vrouw in de wijk hield zich aan dat verbod.

Ook dat merkte Hamid niet.

De wereld van familie, vrienden en buren leek hem in het geheel niet te raken. Tegen iedereen was hij vriendelijk, maar alleen oppervlakkig – hij was in niemand geïnteresseerd. Als hij toevallig hoorde dat een vriendin of een buurvrouw op bezoek was geweest, sloeg hij zijn ogen ten hemel en zei: 'Ze moeten langskomen als ik er ook ben.' Maar afgezien van haar moeder voelde geen enkele vrouw zich prettig in zijn gezelschap.

'Dat is afhankelijk van de sekse,' zei Sultane, een kleine buurvrouw met één oog. 'Mannen zijn jagers en zoeken het geluk altijd ver weg. Wij zijn verzamelaars en zoeken elk plekje af naar zaden en kruiden. Soms vinden we een verhaal dat is als een zaadje, zo klein dat je het niet opmerkt, hoewel het een heel leven in zich draagt en zo taai is dat het overleeft als een olifant erop stapt. Verhalen zijn zaadjes. Daarom houden vrouwen meer van verhalen dan mannen. Daarom luisteren ze beter.'

Nura probeerde Hamids belangstelling te wekken en vertelde hem bij het avondeten over het lot van de families die om hem heen wonen, over wonderlijke gebeurtenissen en avontuurlijke voorvallen. Maar algauw merkte ze dat hij niet luisterde.

'Hou je verre van getekenden en achtergestelden,' was zijn enige commentaar, 'ellende is zo besmettelijk als griep.' Waar hij de spreuken vandaan haalde die hij voortdurend uit zijn mouw schudde wist ze niet, en ze kon zijn uitlatingen ook niet serieus nemen. Tenminste, niet tot de dag dat hij haar vriendin Busjra zonder pardon de deur uit gooide.

Busjra was Badia's dochter en groeide – zoals Nura destijds – op in de Aijubi-straat. Badia had eerder bemiddeld bij Nura's huwelijk met Hamid. Badia had vijf zoons en Busjra. Algauw was haar dochter de lieveling van de buurt, omdat ze zo mooi helder en luid kon lachen. De snoepverkoper Elias stuurde haar soms een kleurige lolly omdat haar heldere lach een glimlach op zijn gezicht toverde en zijn zorgen verdreef. Ook Nura hield van haar en als de zeven jaar oudere Busjra haar over haar hoofd streek, en haar soms zelfs kuste en 'mijn mooie meisje' noemde, was de kleine Nura zielsgelukkig.

Haar ouders, buren en schoolvriendinnen verwachtten dat de rijkste man van de stad zijn keuze op Busjra zou laten vallen. Aanvankelijk leken hun profetische woorden bewaarheid te worden. De advocaat

Kadri stuurde – nadat hij Busjra, die net uit school kwam, langs zijn raam had zien lopen – zijn moeder, die met Badia in de hamam alles beklonk. Vervolgens fluisterden ze het hun mannen in, waarop die geloofden dat ze met hun fijne neus voor zaken die de clan en het fatsoen betroffen tot de ontdekking kwamen hoe goed de vijftienjarige Busjra en de vijfentwintigjarige Kadri bij elkaar pasten.

Na Busjra's huwelijk verloor Nura haar zeven jaar lang uit het oog. En toen fluisterden de mensen in de wijk opeens dat Busjra's man zijn nicht zwanger had gemaakt en daarom met haar wilde trouwen. Maar deze stond erop dat hij van Busjra zou scheiden. Kort daarna ging Busjra met haar drie dochters terug naar haar ouders. Inmiddels was ze tweeëntwintig, en ze was bleek, maar haar drie bevallingen waren haar niet aan te zien. Ze was groot en slank, net als haar vader, en ze had het knappe gezicht van haar moeder.

De mensen uit de buurt verbaasden zich over de meisjes. Ze zagen er alle drie uit als kopieën van hun moeder op een andere leeftijd. De oudste was zes, de jongste twee.

In die tijd leerde Nura naaien bij Dalia en begon ze weer met Busjra om te gaan. Afgezien van de ruwe Dalia was Busjra de tweede vrouw die haar iets over het huwelijk kon vertellen.

'Wat kun je verwachten van een man,' zei ze een keer, 'die je in de eerste nacht net zo lang om je oren slaat totdat je hem op je knieën nazegt: "Ja meneer, jij bent de heerser en bezitter van mijn ziel en ik ben een nul"? Na zes jaar huwelijk en drie kinderen kwam hij erachter dat hij van zijn nicht hield, en vervolgens scheidde hij van me,' vertelde ze Nura bij een kop koffie.

De twee konden goed met elkaar opschieten, alsof ze al die jaren goede vriendinnen waren geweest. Na een halfjaar ongeveer hoorde Nura dat Busjra voor de tweede maal zou gaan trouwen, dit keer met Jusuf, een vriend van haar broer, die ze altijd al aardig had gevonden en die ook geen bezwaar had tegen haar drie dochters.

Nura verheugde zich over Busjra's geluk, maar Dalia mocht de man niet, die volgens haar te jaloers was voor die grote vrouw en een te kleine ziel had. Was Dalia dronken of meende ze het serieus?

Nog geen drie jaar later legde Busjra een onaangekondigd bezoek af bij Nura, die intussen was getrouwd.

Busjra dronk haar koffie nerveus en snel, alsof de kwestie haar beslist van het hart moest. 'Hij werd gek van jaloezie toen ik een meisje kreeg,' vertelde ze. 'Hij was er zeker van dat hij alleen jongens zou krijgen die op hem zouden lijken. Maar Dunia is een meisje en ze lijkt op mij. Hij insinueerde dat ik het zaad van mijn eerste man nog in mijn lichaam droeg, en dat dit me mijn leven lang zou blijven bevruchten. De dokter verzekerde hem dat sperma uiterlijk na enkele dagen afsterft, maar het haalde niets uit. Hij beschuldigde de arts ervan dat hij met mij sliep en rende met een keukenmes achter hem aan.'

Terwijl ze dat zei, kwam Hamid het huis binnen. Hij ontstak direct in woede toen hij de huilende Busjra zag. Hij groette haar niet, maar gelastte haar met ijskoude stem het huis op staande voet te verlaten en haar ongeluk met zich mee te nemen.

Nura voelde zich vernederd en wist dat ze Busjra voorgoed was kwijtgeraakt. Ze huilde de hele nacht. Hamid pakte zijn deken en ging op de bank in de salon slapen, en de dagen daarna wilde hij er niet over praten. Voor hem was het een afgedane zaak, alsof Busjra een kalligrafie was die hij had afgeleverd.

Jaren later hoorde Nura dat Busjra alleen nog voor haar kinderen leefde. Ze woonde op de eerste verdieping van haar ouderlijk huis en werkte als kantoorbediende bij een luchtvaartmaatschappij. Algauw lachte ze weer net zo hard en helder als in haar kinderjaren.

Die dag, toen Hamid Busjra het huis uit gooide, omhelsde ze Nura huilend in de donkere gang naast de voordeur. 'Hij is ook ziek van jaloezie. Arme zuster, je deelt mijn lot,' zei ze, en ze vertrok.

18

'In een café werken is op den duur niets voor jou. Of wil je me vertellen dat je hier in al die jaren iets hebt geleerd waarmee je later je gezin te eten kunt geven?' Dat vroeg Karam op een warme ochtend in de herfst, en hij wachtte niet op een antwoord. 'De kalligraaf Hamid Farsi is op zoek naar een loopjongen. Schele Mustafa is ervandoor,' voegde hij eraan toe, en hij nam een flinke slok thee. 'Je moet daar solliciteren. Kalligrafie is een goudmijn, dat verzeker ik je,' begon hij weer.

Salman verstijfde van angst. Hij dacht dat de oudste bediende, Samih, hem vanwege de ruzie van de dag ervoor bij Karam had aangegeven.

Het was de eerste ernstige ruzie sinds jaren. Ook die maandag was Karam niet in het café. Daardoor was de kelner Darwisj als altijd agressief. Hij uitte zijn vermoedens, maar alleen Salman wist er het fijne van. Karam lag de hele dag met zijn geliefde Badri in bed, die als alle kappers 's maandags vrij had. Maar het café was elke dag open.

De ruzie ontstond toen de laatste klant het café had verlaten. Samih, de oudste van de drie medewerkers, had de kassa opgemaakt en de onbetaalde rekeningen van de briefjes overgeschreven in de klantenboekjes. Behalve de gasten die contant betaalden, waren er stamgasten en zaken in de wijk die wekelijks of zelfs maar eens per maand betaalden. Salman en Darwisj ruimden op, deden de vaat, veegden de vloer, schoven de stoelen op hun plaats en zetten schone asbakken op de tafeltjes. Er was niets wat de chef 's ochtends vroeg meer verfoeide dan stof.

Darwisj was de hele tijd aan het sarren en ruzie met Salman aan het zoeken, want hij ergerde zich aan hem. Juwelier Elias Barakat had zich over Darwisj' arrogantie beklaagd en verlangde dat Salman hem zou bedienen. Samih, de oudste bediende, waarschuwde Salman Darwisj niet in de rug aan te vallen. Maar Salman wilde de gast niet irriteren. De juwelier gaf telkens royale fooien en was bovendien christelijk, voor Salman een belangrijke reden om zich goed te gedragen. Samih en Darwisj waren moslims en Salman vermoedde dat ze christelijke gasten met opzet onvriendelijk bejegenden.

Salman bediende hem en ontving een hele lira fooi. Hij zou terugkomen, had de gast ten afscheid geroepen, omdat het café toch nog een beschaafde en beleefde kelner had.

Toen ze alleen waren, voelde Salman de opgekropte haat van de twee moslims jegens hem, de 'varkensvreter', zoals Darwisj hem had genoemd. Samih praatte weinig, maar knikte zijn collega telkens bemoedigend toe, wat deze ook zei, en spoorde hem daarmee aan. Het was even voor middernacht toen Darwisj erop zinspeelde dat hij wist dat Salman keer op keer bij zijn chef in bed kroop om zijn baantje te houden, anders was hij er allang uit gevlogen met zijn onhandige gedrag.

Toen was Salmans geduld op. 'Je bent alleen maar jaloers,' schreeuwde hij tegen Darwisj, 'omdat de chef niet meer jouw kont kiest, maar een veel mooiere! Je kunt ervan op aan, domkop, dat zelfs een kraai niets in mijn knokige achterwerk ziet. Elke dag neukt Karam een prachtige man, en zijn naam krijg je van mij niet te horen, al sterf je van jaloezie.'

Darwisj stortte volledig in en begon te huilen. Samih siste vol haat: 'Kruisaanbidder, je bent satansgebroed. Moet je hem nu zo kwetsen? Weet je niet hoe hij lijdt?'

Samih was eigenlijk geen verklikker, maar als de chef belangstelling bij hem probeerde te wekken voor een nieuwe baan, dacht Salman, dan moest de oude bediende hem toch hebben verraden.

Waarom moest hij uitgerekend naar die kalligraaf?

Als Karam hem zou hebben aangeboden naar een meubelmaker of slotenmaker te gaan, zou hij niet die druk op zijn maag hebben gevoeld. Maar hij wist dat Karam, en vooral zijn geliefde Badri, de kalligraaf een slang noemden en vaak op hem scholden als ze vertrouwelijk over hem praatten. En nu wilde Karam hem uitgerekend naar die man sturen? Salman kon het niet eens aan zijn chef vragen, omdat hij hun gesprekken over de kalligraaf meestal toevallig had opgevangen. Hij had heimelijk, en met plezier, naar hun roddels geluisterd en was op die manier een paar geheimen van de stad te weten gekomen die zelfs op de alwetende Sarah indruk zouden hebben gemaakt.

Sinds Adnans dood kon Salman haar nog maar weinig verhalen vertellen. Taxichauffeur Adnan, Samira's zoon, had tijdens zijn rustpauzes telkens de meest avontuurlijke verhalen in het café ten beste gegeven. Tot aan zijn dood kwam hij elke dag twee tot drie keer langs en dronk een glas thee met veel suiker. Tijdens een nachtelijke rit op een binnenweg botste zijn taxi tegen een geparkeerde vrachtwagen. Adnan en zijn passagier waren op slag dood.

Het enige verhaal dat overbleef, was dus dat over het liefdespaar Karam en Badri. Sarah kon er geen genoeg van krijgen. Ze was er gewoonweg aan verslaafd.

Badri stond niet bepaald bekend als mensenvriend. Hij was lid van een obscuur genootschap dat zich de Zuiveren noemde en tegen christenen en joden was, maar vooral tegen een geheime organisatie met de naam Bond der Wetenden. Blijkbaar had de kalligraaf Hamid Farsi iets met die bond te maken. De leden waren slangen, beweerde Badri; naar buiten toe leken het moslims, maar in werkelijkheid waren het vijanden van de islam. Ze zouden Griekse goden aanbidden en met hun zusters naar bed gaan. Sarah lachte zich een ongeluk bij de gedachte dat ze met een van haar broers zou slapen, want ze kon haar drie broers niet uitstaan.

'Die Badri heeft wel spieren, maar verder alleen drek in zijn hoofd,' zei ze. 'Toch is het avontuurlijk wat hij met Karam doet.'

Salman begreep er niets meer van. Aan de ene kant kon Karam fanatici niet luchten of zien, aan de andere kant kwam er van hem geen kwaad woord over de Zuiveren om Badri niet te ergeren. Hij was hem toegedaan en daarvan maakte Badri gebruik. Soms, na een ruzie, huilde Karam van verlangen naar zijn vriend en moest hij hem aan de telefoon om vergiffenis smeken tot hij genegen was op te houden met zijn gemok.

Als Karam zijn geliefde Badri ontmoette, werd hij een aanhankelijke kleine jongen die bij elke aanraking overvloeide van dankbaarheid en onbaatzuchtig deed wat Badri verlangde.

Sarah was van mening dat de liefde een godin was met een januskop: ze bevrijdde en verslaafde tegelijk. Ze had speciaal een lange wandeling door de Amara-wijk gemaakt, waar Badri zijn armzalige, schemerige kapperszaak dreef. Karams liefde moest hem stekeblind hebben gemaakt, want die gespierde windbuil kon een nuchter mens niet eens inspireren tot neuspeuteren. 'Het zou me niets verbazen als jouw chef op een dag voor Badri zou sterven, hoewel hij zo oliedom is dat de spijkers ervan roesten,' zei ze, en Salman lachte zich krom om die uitdrukking.

Waarom naar de kalligraaf? vroeg hij zich de volgende ochtend af.

En alsof Karam zijn onuitgesproken vraag had gehoord, zei hij: 'Een verheven kunst. Kijk eens naar die mensen, tot zijn klanten behoren ministers en artsen. En allemaal willen ze met "Hamid Farsi persoonlijk" spreken.'

Salman knikte, maar hij vertrouwde de zaak niet. Bijna elk jaar had de arrogante en wispelturige Farsi een loopjongen de deur uit gegooid, als die er tenminste niet, zoals onlangs de schele jongen, zelf vandoor was gegaan.

'Je kunt je onderkaak weer ophijsen,' zei Karam opbeurend. 'Het is goed nieuws! Ik stuur je toch niet naar een bordeel? Kalligrafie is een verheven kunst. De rijken zijn gek op die dingen, ze kunnen er niet genoeg van krijgen. En het beste is dat ze niet vragen wat zoiets kost. Weet je wat Hamid Farsi voor een spreuk als *Bismillah alruhman alrahim* vraagt? Honderd lira! Toegegeven, hij is een meester, maar dat zijn ook maar mensen. En wat kosten de inkt en het papier? Eén lira! En wij hier? Zoveel verdien ik nog niet in een week, en dan moet ik ook nog de winden en het spuug, de slechte adem en het zweet van mijn klanten verdragen. Zíjn klanten buigen voor hem, uit dankbaarheid. Die van ons hoor je alleen als ze iets te klagen hebben.'

'Maar je weet toch dat ik een hekel heb aan school en boeken?' zei Salman, in een poging om van een leugentje een reddingsvlot te maken.

'Ouwe boef, wil je Karam in de maling nemen? Dankzij Sarah ben je verder dan de meeste eindexamenkandidaten. En' – Karam boog zich naar Salman toe en sprak zachtjes op samenzweerderstoon – 'je moet verborgen houden voor de meester wat je allemaal kunt. Je kunt rustig zeggen dat je maar tot de tweede klas op school hebt gezeten en geen belangstelling hebt voor boeken. En dan kun je hem stiekem de kunst afkijken. Kalligrafen bewaren angstvallig hun geheimen. Je moet dat gouden ambacht dus heimelijk leren. En als hij je eruit gooit, kom je terug bij mij.'

Salman haalde opgelucht adem. 'En mag ik je komen opzoeken?' vroeg hij.

'Heb je een klap van de molen gehad of zo? Elke middag kom je hier om te eten en eens per week kom je naar mijn huis om kalligrafie te oefenen. Op de plek waar jij woont kan geen mens iets worden. Ik zal een kamertje voor je inrichten. Maar geen woord hierover tegen de anderen! Die gunnen je niets. Hebben we elkaar begrepen?'

Hij knikte zwijgend.

Als Salman terugkeek, moest hij Karam gelijk geven. Afgezien van Sarahs lessen en het beetje fooi waar hij zijn moeder een plezier mee deed, was de tijd in het café, anders dan hij aanvankelijk had gehoopt, vervelend geweest. Zijn gedachten dwaalden af naar de duistere hoekjes van zijn herinnering. Drie keer had een klant, een rijke makelaar die alleen woonde, geprobeerd hem zijn bed in te krijgen. Iedere dag bestelde hij een kleinigheid en hij raakte Salman elke keer aan, met in zijn ogen een vurig verlangen. Hij smeekte Salman te blijven, hij wilde alleen zijn achterste een beetje strelen. Salman werd bang en vroeg Kalman om hulp. Die glimlachte veelbetekenend en stuurde vanaf dat moment Darwisj, die voor zijn discretie een paar lira verdiende, naar de homoseksuele makelaar.

Ook de herinnering aan Nadia dook op. Nadia, de mooie twintigjarige dochter van tapijthandelaar Mahmud Bustani. Haar ouders bezaten een fraai huis aan de Rozenstraat, die in het centrum van de Soek Saruja-wijk lag. Elke dag om drie uur kwam haar vader en rookte zijn waterpijp, voordat hij naar de zaak ging. Nadia was na een huwelijk van een jaar met een Jordaanse prins gescheiden. Ze flirtte met Salman totdat hij werkelijk verliefd op haar werd, en ze hield hem voortdurend staande als hij bestellingen voor haar ouders of de buurt bezorgde. Waar hij woonde, wilde ze weten. Hij loog en zei Bab Tuma, het centrum van de christelijke wijk, en toen ze hem vroeg of hij zich omwille van de liefde tot de islam zou bekeren, antwoordde hij overmoedig dat hij daarvoor jood en zelfs boeddhist zou worden als de islam voor haar niet genoeg zou zijn. En telkens als ze nieuwsgierig naar zijn huis informeerde, gaf hij een kort antwoord, zodat hij zijn armoede verborgen kon houden. De schoonheid van de huizen in de Soek Saruja-wijk belette hem eerlijk te zijn. Hoe moest hij Nadia of een van de andere rijke klanten vertellen in wat voor gebrekkig onderkomen hij 's nachts sliep? Daar waren huizen met binnenplaatsen, die geraffineerde architecten naar afbeeldingen van het paradijs hadden ontworpen. Karam overdreef niet als hij zei dat de rijken uit Damascus ooit teleurgesteld zouden zijn over het paradijs en beledigd zouden uitroepen: 'In Damascus hadden we het beter. Al die vroomheid en al dat vasten waren voor niets.' Salman deelde zijn mening. Het paradijs was eigenlijk voor de armen gemaakt, en als er een degelijk onderkomen en genoeg te eten was, zouden ze allemaal tevreden zijn.

Nadia klaagde vaak dat hij er alleen zwijgend bij stond of haar ophemelde, ze wilde graag iets moois van hem horen. Er schoot hem niets te binnen, daarom vroeg hij Sarah hem te helpen en ze dicteerde hem de vertaling van een vurig Frans liefdesgedicht.

Maar hij had pech. Nadia wilde het vel papier niet eens aannemen. Ze zei dat ze van een vriendin had gehoord dat hij in een krot woonde, en ze was er geweest om zich ervan te overtuigen. 'Een hof van bedelaars! En dan heb je ook nog het lef om mij voor te liegen. Je houdt niet van me.' Nadia lachte hysterisch, maar Salman voelde dat ze zich moest bedwingen om niet te huilen van teleurstelling. Hij wilde zeggen dat hij haar had belogen omdat hij van haar hield, maar Nadia liet hem niet aan het woord komen. Toen ze zei dat hij een arrogant leugenaartje was en dat ze hem alleen uit edelmoedigheid niet bij zijn chef zou aangeven, liep hij langzaam terug naar het café.

Ondanks Sarahs troostende woorden kon hij de slaap niet vatten. Hij schaamde zich diep voor zijn leugen. Want in feite wilde hij Nadia alleen kussen en haar zachte armen om zich heen voelen.

Karam liet Samih de kassa doen en ging met Salman naar de Al Hamidije-soek. Hij kocht twee hemden en twee broeken, sokken en nieuwe schoenen voor hem. Toen ze alles hadden, gingen ze naar de bekende ijssalon Bakdasj.

'Meester Hamid neemt liever simpele analfabeten dan slimmeriken in dienst,' zei hij terwijl ze hun ijs aten. 'Hij is zo jaloers dat hij alle drie de kalligrafen die de laatste tien jaar hebben geprobeerd een zaak in de wijk te beginnen met zijn gemene streken heeft geruïneerd. Met niemand deelt hij de vette buit die hij hier zonder concurrentie binnenhaalt. Maar in de kalligrafenwijk Al Bahssa zitten ze op elkaars lip.

Hij geeft ook geen enkel geheim van zijn kunst prijs. Je moet alles zien uit te vissen. Je mag het masker van de onverschillige, ongeïnteresseerde simpele ziel niet laten vallen. Misschien verwaarloost hij dan zijn verdediging, en daar moet je van profiteren en zijn geheimen oplossen. Ontdek welke recepten hij voor zijn beroemde inktsoorten en welke geheime trucs hij bij het schrijven gebruikt. Wat kenmerkt zijn meesterschap? Ik heb er zelf geen verstand van, maar ik hoor dat je zijn kalligrafieën van verre kunt herkennen. Hoe en waarom? Dat moet je allemaal zien uit te zoeken om succes te hebben. Maar bewaar je geheimen goed, schrijf ze op en verstop je notities bij mij – en niet bij de duivel, daar heeft hij een verbond mee! Je mag niemand hierover vertellen, ook Sarah niet. Als hij je betrapt, zal hij je er niet alleen uit gooien voordat je alle kneepjes kent, maar je bovendien zwaar straffen. Dat heeft hij twee keer gedaan met hoogbegaafde, maar onvoorzichtige leerlingen. De een zit met een verminkte hand naast de Omajjadenmoskee te bedelen, de ander verkoopt sindsdien uien. En geen van beiden weet dat hun meester hen ongelukkig heeft laten slaan. Hij is de tweelingbroer van de duivel.' Karam zag aan het bezorgde gezicht van zijn jonge vriend dat hij had overdreven. 'Maar in jouw geval zal hij niets slechts doen. En o wee als hij je een haar krenkt, dan blijft er niets, maar dan ook helemaal niets van zijn atelier en zijn botten heel. Dus je moet alles leren en niet bang zijn.'

'Maar wat als ik dat niet kan leren?'

'Je bent slim en hebt een vaste hand. Het is ook niet moeilijk, als je de geheimen maar kent. Een vriend heeft me verteld dat in de kalligrafie de juiste pen en de juiste inkt al het halve werk is. Daarom moet je heel goed kijken hoe de meester zijn rietpen snijdt, totdat je het met je ogen dicht kunt.'

'En waarom doe je dat allemaal voor mij?' vroeg Salman, toen zijn blik op de twee grote zakken met nieuwe kleren viel.

'Dat is een kleinigheid, mijn jongen. Ik heb geen kinderen en ik heb tenslotte mijn leven aan jou te danken,' zei hij, en hij streek teder over Salmans hoofd. 'Jij gaat vandaag naar de kapper en vervolgens naar de hamam, en morgenvroeg verschijn je als een prins tegen negenen bij mij, dan lopen we naar hem toe. Maar ik bel hem vandaag al, want hij houdt niet van onaangekondigd bezoek. Zoals ik al zei: de Franse ambassadeur is bescheidener dan hij,' zei Karam.

Toen ze in de Al Hamidije-soek afscheid namen, hield Karam langdurig Salmans hand vast. 'Ik geef je twee jaar, dan moet je alle trucs hebben geleerd. Begrepen?' zei hij pathetisch.

'Ja meneer, ik zal mijn best doen,' antwoordde Salman verlegen. Hij lachte en salueerde, om zichzelf van het beklemmende gevoel van dankbaarheid te bevrijden dat hem tot tranen toe had geroerd. Hij kon niet vermoeden dat hij zich aan zijn woord zou houden.

Salmans moeder stond verbaasd toen ze hem de volgende ochtend in zijn nieuwe kleren zag. 'Je ziet eruit als een bruidegom. Heeft Sarah toch voor jou gekozen?' vroeg ze. De voorbereidingen voor Sarahs bruiloft waren in volle gang.

'Nee, nee, ik probeer vandaag een nieuwe baan te krijgen. Bij een kalligraaf,' antwoordde Salman.

Zijn moeder nam zijn hoofd in haar handen en kuste hem op zijn voorhoofd. 'Je ruikt naar geluk,' zei ze.

Hamid Farsi was niet zo erg als Salman had gevreesd. Karam kende hem al jaren, maar net als de andere buren had hij nooit echt contact met hem kunnen krijgen.

Wat Salman meteen opviel, naast het feit dat de winkel zo netjes was, waren de kleine slimme ogen van de kalligraaf. Hij leek hen voortdurend te observeren, en tegen Karams advies in wilde Salman niet liegen door zijn familie beter voor te stellen dan die was. Hij gaf oprecht antwoord op de vragen van de meester. De ziekte van zijn moeder noch het drankgebruik van zijn vader verzweeg hij. Hamid Farsi trok zijn wenkbrauwen op, verbaasd over de openheid van die magere kleine jongen, die hooguit zeventien of achttien was, maar alle toppen en dalen van het leven al had gezien. Hij zag niet alleen zichzelf als kind, de afstaande oren deden hem ook denken aan zijn geliefde meester Serrani, die eveneens van die imposante zeiloren bezat.

Toen hij vroeg wat Salman van het werk verwachtte, had deze – zo had hij het met Karam gerepeteerd – moeten antwoorden: 'Dienen, meneer, en geld verdienen', maar opeens leek Sarah hem in te fluisteren: 'Meneer, ik ben nauwelijks naar school gegaan, maar ik hou van ons schrift. Ik word geen kalligraaf of geleerde, maar ik wil een goede assistent worden. Ik zal mijn best doen en uw raad opvolgen en steeds uw trouwe dienaar zijn.'

Karam was ervan overtuigd dat Salman het nu had verbruid. Maar tot zijn stomme verbazing hoorde hij de beroemdste kalligraaf van Damascus zeggen: 'Dan zullen we het eens proberen. Je bent met onmiddellijke ingang aangenomen en ik zal je meteen maar laten zien met wie en wat je in dit atelier te doen hebt. Neem afscheid van je vorige meester, zonder zijn voorspraak had je mijn atelier niet eens mogen binnenkomen.'

Salman ging naar Karam en gaf hem beleefd een hand. 'Hartelijk dank, meester,' zei hij zacht.

'Het ga je goed, jongen, en elke middag na twaalven krijg je een warme maaltijd bij me. En gedraag je netjes, net als al die jaren bij mij,' zei hij ontroerd, en hij vertrok.

Buiten merkte hij dat hij had getranspireerd van opwinding en haalde hij opgelucht adem. 'Een sluwe vos,' zei hij, en hij lachte. Toen begaf hij zich naar zijn café aan het eind van de straat.

19

Karam had niet overdreven. De kalligrafie was een heel andere wereld. Nooit had Salman gedacht dat er zoveel met het schrift kon worden gedaan. Hij dacht dat een kalligraaf een veredelde huisschilder was die borden voor bedrijven en gebouwen vervaardigde. Maar hier kreeg hij toegang tot geheimen die voor hem grensden aan magie. Het was ook niet bedreigend voor hem, zoals school, en geen minuut voelde hij de eeuwige last van de tijd, die zijn hart destijds had bezwaard. De dagen gingen sneller voorbij dan hij wilde. Het werk in het café was fysiek uitputtend geweest, maar het had niet veel van zijn hoofd gevergd. Zijn gedachten zwierven overal heen, hij had geen seconde gedacht aan wat hij deed.

Het werk hier was niet alleen lichamelijk veeleisend, ook zijn hoofd liep over van alles wat hij zag en in zich opnam. In het atelier en achter in de werkplaats heerste een stilte die hem aan de katholieke kerk deed denken als er geen mis was. Niet alleen Hamid Farsi, maar alle kalligrafen die hij leerde kennen waren stille, weinig spraakzame mannen. En desondanks was Salmans hoofd zo vol ideeën dat hij zelfs zijn moeder en Sarah, Vlieger en Karam vergat, omdat hij de hele dag alleen dacht aan wat er om hem heen gebeurde. En 's avonds was hij uitgeput, maar gelukkiger dan ooit.

Elke dag moest Salman het atelier en de werkplaats grondig schoonmaken. De meester was properder dan een apotheker en verafschuwde stof. Daarna mocht Salman bij de gezellen leren. Boven de deur van de werkplaats hing een spreuk: HAAST EN SPOED ZIJN ZELDEN GOED. Niets werd vervaardigd in haast. De eerste dag al sloeg hij gade hoe de gezel Samad, de rechterhand van de meester en leider van de werkplaats, voor zijn assistenten een driehoek met ornamenten door meervoudige spiegeling omvormde tot een zeshoek, waarin verstrengelde woorden zich rond het centrum groepeerden. Salman kon de letters tijdens het schetsen nog herkennen, maar al snel verdwenen ze in een arabesk die mooi en geheimzinnig was als een roos.

Elke lijn was messcherp, maar de letters kwamen pas echt los van het papier toen assistent Basem de boektitel die de gezel Samad met vaste hand had geschreven van een schaduw voorzag. Salman mocht toekijken. De gezellen waren blij met hem, want hij vervulde al hun wensen razendsnel.

Hamid Farsi kwam even binnen, bekeek de titel, knikte tevreden en zette zijn naam onder de kalligrafie, hij noteerde iets in zijn order-

boek en vertrok om aan een gecompliceerd gedicht verder te werken.
 Salman pakte een stuk kladpapier, schreef er met potlood zijn naam op en probeerde die een schaduw te geven. Het zag er niet eens zo slecht uit, maar de letters kwamen niet los van de bladzijde, zoals bij Basem.
 Toen hij 's middags thee voor de medewerkers zette, waren ze vol lof over de smaak. Hij had de thee zorgvuldig bereid op de manier die Karam hem had geleerd. 'Koffie is een robuuste drank waarbij je wel een paar fouten kunt maken, maar thee stamt van kruidje-roer-mij-niet. Eén moment van onoplettendheid en hij valt om en verliest zijn bloesem,' had Karam hem destijds gezegd. Hamid Farsi's medewerkers keken nieuwsgierig hoe Salman met zichtbaar enthousiasme thee zette. Van de vorige loopjongens waren ze dat niet gewend. Zelfs de grote meester Farsi was geestdriftig: 'Binnenkort concurreer je met je vroegere baas,' zei hij, en hij nam een flinke slok van de geurige Ceylon-thee.
 'Je mag de zon geen moment vergeten,' zei Basem vriendelijk. 'Let op, als ik een lijn teken die draait en wentelt, die rechtuit en zigzaggend verder loopt, en ik plaats de zon links bovenaan, in welke richting valt dan de schaduw?'
 En hij tekende langzaam de schaduw in en dronk ondertussen zijn thee, en Salman zag hoe de schaduw de lijn begeleidde en afhankelijk van de draaiingen van vorm veranderde. Meester Hamid keek even de werkplaats in en knikte tevreden toen hij zag hoe zijn assistent zich met de jonge knaap bezighield. Salman sprong van zijn kruk en ging in de houding staan. Hamid glimlachte: 'Blijf zitten, we zijn hier niet in een kazerne, en luister goed naar wat Basem tegen je zegt.'
 Ook de dagen daarna nam Salman ijverig alles in zich op wat hij hoorde en zag. Alles was nieuw en geheimzinnig voor hem. Zelfs inkt en papier vormden opeens een interessante nieuwe wereld.

Elke vrijdag, als de meester – zoals alle moslims – zijn vrije dag had en het atelier gesloten bleef, zat Salman de hele dag in de kamer die Karam voor hem in orde had gemaakt. Het was een mooie kleine kamer met een bureau, een oeroude maar comfortabele kruk, een smal bed en een piepkleine kast. De kamer was licht, in de noordelijke muur zat ter hoogte van het bureau een groot raam, waardoor in de lente de zware geur van mirte de kamer binnenkwam. Er was zelfs elektrisch licht.
 Salman kreeg een sleutel en mocht vanaf dat moment altijd komen, behalve op maandag. Als tegenprestatie moest hij water uit de

rivier pompen, de struiken, rozen en bomen besproeien en daarnaast boodschappen voor Karam doen en het huis schoonmaken. Dat was gemakkelijk, want er lagen kleurige tegels op de vloer, en behalve 's maandags kwam Karam alleen om te slapen. Een wasserij nam de was voor zijn rekening.

'De telefoon in de keuken mag je gebruiken, maar neem hem nooit op als hij overgaat,' zei Karam. Zelf belde hij veel als hij thuis was.

Twee grote schriften had Salman van Karam gekregen, een voor schrijfoefeningen en een voor geheimen en recepten.

Salman begon uit te zien naar de vrijdagen. Dan schreef hij vergenoegd zijn indrukken op en nam alle opmerkingen en notities van de briefjes netjes over in zijn schrift. Elke keer als hij zijn kamer binnenkwam, trof hij twee, drie gedichten aan die Karam voor hem had neergelegd. Hij moest ze uit het hoofd leren. 'Gedichten openen je hart voor de geheimen van de taal,' zei Karam, en Salman schaamde zich als hij ze een keer niet had kunnen onthouden.

De kalligrafie was een nieuw continent waar Salman in reisde. Hoe zacht de mensen alleen al met elkaar praatten! Ze fluisterden! De eerste dagen viel het Salman op dat hij veel te hard praatte in de werkplaats, omdat hij er in het café aan gewend was geraakt dat hij het lawaai moest overstemmen. De chef van de werkplaats, Samad, lachte alleen, maar de drie gezellen Mahmud, Radi en Said en hun assistenten Basem en Ali probeerden Salman op zijn stemvolume te wijzen door hun vinger tegen hun lippen te leggen.

Afgezien van Mahmud, die ruw was in de omgang, gaf niemand een ander een tik tegen het hoofd, niemand gebruikte onbehoorlijke woorden. Toen Salman een keer onder het vertellen het woord 'reet' in de mond nam, maande Samad hem dergelijke woorden buiten op straat achter te laten en pas weer op te halen en te gebruiken als hij het atelier had verlaten. Dat beviel Salman, en vanaf dat moment bleef hij voor de ingang altijd even staan en zei tegen zijn onbetamelijke woorden dat ze buiten moesten blijven, maar hij beloofde ze na het werk te zullen ophalen. En alsof de woorden als lood hadden gewogen, stapte hij vederlicht naar binnen.

Op een ochtend keek Hamid Farsi naar hem tijdens zijn scheldwoordenritueel, en toen Salman hem uitlegde wat hij zojuist had gemompeld, glimlachte Farsi. Maar zijn glimlach was kil als die van een heerser. En alleenheerser was hij. Niemand mocht een loopje met hem nemen of hem ook maar aanraken als hij met hem praatte, zoals dat in het café bij Karam de gewoonte was. Farsi zat altijd in het voorste deel van het atelier aan zijn elegante notenhouten tafel. En iedereen sprak vol respect, zelfs eerbiedig met hem, ook Samad, die ouder was dan de meester en de werkplaats leidde. Voor alle medewerkers was het verboden zich voor in het atelier op te houden, tenzij de meester hen had geroepen. Achter in de werkplaats heerste Samad, de rechterhand van de meester, een man van veertig met een knap gezicht en een zonnig karakter. Hij leidde en controleerde nauwgezet het werk van de drie gezellen, twee assistenten en de loopjongen. Alles had zijn plaats en geen van hen leek afgunstig te zijn op de ander. Allen hadden een vast inkomen, dat afhankelijk was van het aantal jaren ervaring. Wie meer verdiende, presteerde ook meer en kreeg naar verhouding zwaardere opdrachten.

Salmans loon bedroeg de helft van wat hij in het café had verdiend. Karam troostte hem en zei dat alle meesters ooit als loopjongens waren begonnen.

Elke dag slenterde Salman in zijn middagpauze naar Karam. Daar at hij een hapje, dronk een kop thee – allemaal gratis – en liep dan terug naar het atelier. Zowel Samih als Darwisj was zichzelf niet meer; vriendelijk en attent verwenden ze hem. 'Wees voorzichtig,' zei Karam, 'vertel hun niets van je werk of je meester. En geen woord over de kamer in mijn huis. Ze zijn allebei dom. Ze verkopen hun moeder nog voor een fooi.'

Salman voelde zich betrapt. Bijna had hij tegen Samih en Darwisj over zijn meester geroddeld, die zichzelf in weerwil van zijn rijkdom niets gunde. Hij rookte en dronk niet, speelde nooit triktrak, gokte niet en ging nooit naar het café. 's Middags liet hij eten door zijn vrouw sturen en hij dronk alleen koffie en thee die hij in zijn eigen werkplaats liet zetten. Alleen als er belangrijke klanten kwamen, liet hij limonade of mokka halen bij Karams café.

Onder het toeziend oog van de gezellen leerde Salman gretig en snel. Hamid Farsi leek geen aandacht meer aan hem te schenken; alleen als er iets op de markt moest worden gekocht of er koffie en thee moest worden gezet, liet hij hem komen. Dat stoorde Salman nauwelijks, omdat Hamid zich ook tegenover de anderen kil en ongeïnteresseerd leek te gedragen, hoewel hij precies wist wat elk van hen presteerde. Hij jaagde hen nooit op, maar als hij de kwaliteit van hun werk beoordeelde, was hij genadeloos. De medewerkers sidderden voor de controle, en als die naar tevredenheid verliep, keerden ze opgelucht naar de werkplaats terug. Van enthousiasme liet Hamid nooit iets blijken. Samad, de chef van de werkplaats, troostte de gezel Radi toen die een keer gebroken terugkeerde van de meester en als een zak aardappelen op zijn stoel neerplofte. Hij moest het briefhoofd voor een geleerde opnieuw schrijven want de meester vond het samenspel van de lettertekens niet harmonieus genoeg.

'Zelfs als God iets voor hem zou schrijven, zou onze meester nog een onvolkomenheid vinden,' zei Samad, en hij hielp de gezel met het ontwerp van een nieuw handschrift en een nieuwe rangschikking van de woorden, en Salman moest toegeven dat de nieuwe kalligrafie veel mooier was. De volgende dag wierp Hamid Farsi een blik op het nieuwe werkstuk. Hij knikte, riep Salman, gaf hem het adres van de geleerde en noemde het bedrag dat de klant diende te betalen. De geleerde woonde in de naburige Salihije-wijk. Hij was opgetogen en gaf Salman een lira fooi. Salman bracht de meester het geld en zei tegen hem, met de onschuld van een lammetje, dat hij een lira had gekregen en of hij die niet met de medewerkers moest delen. Hamid Farsi was zichtbaar onder de indruk.

'En hoe wil je die eerlijk verdelen?' vroeg hij geamuseerd. Hij had geen idee dat Salman onderweg al een antwoord had bedacht. Hij beschouwde de lira als een investering die noodzakelijk was om meer sympathie te oogsten.

'Ik kan er het best Darjeeling-thee van kopen. Die theesoort heeft een heerlijk aroma en ruikt alsof je na een slokje een bloementuin in je mond hebt,' antwoordde Salman. Op dat moment was Hamid voor het eerst enthousiast over de magere jongen.

Ook de medewerkers waren aangenaam verrast. Ze dronken de Darjeeling van Salman graag, maar anders dan meester Hamid wilden zij bij hun robuuste Ceylon blijven.

'Hij is wel aromatisch, maar hij is te snel vervlogen,' zei Samad.

'En hij oogt te licht,' grapte Radi. 'Hij doet me denken aan de venkelthee die mijn grootmoeder vanwege haar maagkwaal zette.'

Binnensmonds vervloekte Salman hun moeders, omdat ze zo'n ondankbaar stelletje ter wereld hadden gebracht. Alleen Karam lachte. 'Je hebt op een briljante manier sympathie bij de meester gewekt, dat is meer waard dan alle commentaren van de medewerkers,' zei hij.

En inderdaad riep Hamid hem twee dagen later bij zich. 'Je bent nu een maand bij me en je gaat goed vooruit. Met ingang van volgende week ga je elke dag om elf uur naar mijn huis, haalt het middageten en geeft mijn vrouw de lege matbakia van de vorige dag. Ook breng je haar alle bestellingen waartoe ik je opdracht geef. De vorige loopjongen deed een uur en een kwartier over die afstand. Het was een lamlendige vent die zich door elke straatventer en goochelaar liet afleiden. Jij krijgt dat beslist in de helft van de tijd voor elkaar. In elk geval moet het eten hier klokslag twaalf uur op tafel staan, ook al is het een chaos in de stad,' zei de meester, die intussen met een scherp mes de zijkanten van een rietpen sneed.

'Geniet van het leven en loop rustig,' zei de gezel Radi, die net inkt aan het mengen was. En tijdens de lunch fluisterde Karam tegen hem: 'Ik heb gehoord dat hij een mooie vrouw heeft met oogstrelende rondingen, dus geef je ogen maar goed de kost.' Hij lachte zo hard over zijn vondst dat Salman onder tafel boos tegen zijn scheenbeen schopte. 'Waar zie je me voor aan?' bromde hij.

'Waar ik je voor aanzie?' vroeg Karam, en hij lachte nog harder. 'Voor een man met een hongerige slang tussen zijn benen, en verderop wandelt een klein, weldoorvoed haasje.'

'Je bent onuitstaanbaar vandaag,' zei Salman, en hij stormde het café uit.

Toen hij buiten stond, werd hij weer wat kalmer. Hij ging naar de ijsverkoper en kocht zijn lievelingsijs, Damascener moerbes, waarmee hij zijn kokende bloed afkoelde en de vieze smaak in zijn mond wegwerkte. Langzaam ging hij op weg naar het atelier, en toen hij langs het café liep, riep Karam naar buiten: 'Tot vrijdag!' Salman ontdooide en riep: 'Tot vrijdag!'

De volgende dag betaalde Hamid Farsi de oude man uit die elke dag de warme maaltijd had bezorgd. In het karretje achter zijn fiets stonden zo'n vijftig pannetjes voor de handwerkslieden en handelaren van de buurt. De man kon niet lezen, daarom zaten er geen etiketten met namen en adressen op de pannen. Maar hij haalde zijn klanten of pannetjes geen enkele keer door elkaar. Nu moest Salman die taak op zich nemen.

'Maar telkens als u me nodig hebt, kunt u op me rekenen,' zei de oude man beleefd, en hij maakte een buiging en vertrok.

'Een fatsoenlijke man,' zei Hamid. Hij had telkens van zijn diensten gebruikgemaakt als hij geen loopjongen had of die niet vertrouwde. Achter in de werkplaats dreef Samad de spot met de gierigheid van zijn meester. Maar zelf at hij overdag alleen droge boterhammen met olijven of schapenkaas, en hij ging hooguit eenmaal per week naar Karam voor een warme maaltijd. 'Onze meester heeft een afkeer van gaarkeukens en restaurants,' zei Said. Samad glimlachte; Radi, die dat opving, schudde zijn hoofd. 'Hij is gierig,' fluisterde hij, en hij wreef met zijn duim tegen zijn wijsvinger, wat niet alleen in Damascus 'geld' betekent.

De gezellen Radi en Said vonden Karams café te duur. Elke dag aten ze met de assistenten Ali en Basem in een morsige maar goedkope gaarkeuken in de buurt. Alleen Mahmud at de hele dag niets. Het was een grote man, die aan één stuk door rookte. Hij at niet graag en zou zich het liefst met roken in leven houden, gaf hij als reden op.

Op een donderdag kreeg Salman te horen dat hij 's avonds op Hamid moest wachten. Tegen zessen sloot deze het atelier en liep door de straten zo snel voor Salman uit dat die hem maar ternauwernood kon bijhouden. De route voerde van Soek Saruja naar de citadel en vandaar door de Al Hamidije-soek in de richting van de Omajjadenmoskee. Wilde hij hem er met die duurloop van overtuigen hoe kort de afstand was? Net toen Salman daarover nadacht, gleed de meester uit. Hij had de Bimaristan-straat willen inslaan en was van de gladde basalten stoeprand gegleden. Het was vreemd voor Salman om zijn grote meester zo hulpeloos tussen de benen van de voorbijgangers te zien liggen. Was Hamid misschien uitgegleden omdat hij hem dat had toegewenst?

'O, vervloekte...' riep zijn meester, en niemand wist wie hij daarmee bedoelde. Een drankenhandelaar hielp hem op de been en bood hem een glas koud water aan. De meester weigerde botweg en liep, nu heel wat langzamer, door de Bimaristan-straat, langs het beroemde Bimaristan-ziekenhuis uit de twaalfde eeuw. Hij bloedde aan zijn knie en zijn broek was gescheurd op die plek, maar Salman durfde hem er niet op te wijzen. Hij volgde hem naar de Mahkama-straat, met de bonte verzameling winkels, die uitkwam op de Kleermakers-straat, die Salman goed kende omdat hij vaak bestellingen bij een kleermaker in de christelijke wijk had bezorgd. De Kleermakers-straat kwam direct uit op de Rechte Straat.

De straat waar zijn meester woonde was een aftakking van de Rechte Straat. Ertegenover begon de Joden-straat, maar als je verder liep over de Rechte Straat, kwam je in de christelijke wijk. Nog geen honderd meter van de straat vandaan lagen de rooms-orthodoxe kerk van de heilige Maria en de Romeinse Boog. Salmans straat lag ongeveer honderd meter van het huis van de meester.

'Hier is het. Je klopt drie keer en blijft hier staan,' zei Hamid Farsi voor een fraai huis, en hij wees naar de bronzen klopper. 'Vervolgens overhandigt mijn vrouw jou het middageten en geef jij haar de lege pan van de vorige dag,' zei hij. Hij opende de voordeur, die zoals elke huisdeur alleen op een kier stond.

'En nog iets,' zei Hamid, 'niemand mag mijn adres te weten komen, jouw familie niet en Samad ook niet. Heb je dat begrepen?' vroeg hij. Hij wachtte het antwoord niet af, maar verdween zonder groeten achter de deur, die hij vanbinnen op slot deed.

Salman haalde opgelucht adem. Hij wilde nu grondig het traject verkennen, want na de val van zijn meester had hij niet opgelet. Dus keerde hij terug en ging straat voor straat de route naar het atelier na. Daar had hij precies twintig minuten voor nodig, maar wel met de nodige zweetdruppels.

Zaterdag, de eerste werkdag van de islamitische week, werd hij voor dag en dauw wakker. Een warme herfstdag kondigde zich aan. Zijn vader sliep nog, en zijn moeder zei verbaasd: 'Zo vroeg? Verliefd? Of woont er nu een wekker in je hart?'

'Vandaag moet ik voor het eerst het eten van het huis van de meester naar het atelier brengen. Zijn vrouw zal de matbakia aan me geven, en ik heb nog nooit een islamitische vrouw van zo nabij in haar eigen huis meegemaakt.'

'Islamitisch, joods of christelijk – wat maakt het uit? Die vrouw zal je niet opeten. Alleen de matbakia afhalen en naar je meester brengen. Maak je niet ongerust, schat van me,' zei ze, en ze kuste hem op beide ogen.

Om elf uur verliet hij het atelier en ging naar Karam, dronk een glas thee en nam haastig afscheid. Karam pakte hem bij zijn arm. 'Wat ben je nerveus. Ik denk dat je vandaag verliefd wordt,' zei hij, en hij streek Salman over zijn korte haar.

Salmans hart bonkte wild toen hij voor Hamid Farsi's huis stond. Hij haalde diep adem, klopte eenmaal aan en zei zacht: 'Goedemorgen.' En toen hij voetstappen hoorde, luider: 'Hallo, goedemorgen, mevrouw... of madame?'

Er verscheen een knap jongensachtig gezicht in de kier van de deur. De vrouw was niet gesloten of afwijzend. Ze was modern gekleed en had geen weelderige rondingen, maar was vrij mager.

'Ach, jij bent de jongen die vandaag het eten afhaalt,' zei ze vriendelijk, en ze gaf hem de drievoudige matbakia. Hij overhandigde haar de schoongemaakte matbakia van de vorige dag.

'Bedankt,' zei ze, en ze sloot de deur nog voor hij 'goedemorgen' had kunnen zeggen.

Onderweg probeerde hij tot bedaren te komen. Hij was toch gaan transpireren, daarom liep hij in de schaduw van de huizen terug naar het atelier. Toen hij daar arriveerde, was het even voor twaalven. Hamid Farsi keek hem meewarig aan. 'Je hoeft niet te rennen. Je hebt gezien wat mij is overkomen en ik heb liever dat je niet hoeft te zweten, geen zonnesteek krijgt, en dat het eten hier behouden aankomt.' Salade, lamsvlees in yoghurtsaus en rijst. Het zag er in de pannetjes allemaal heel smakelijk uit en het rook heerlijk. Salman begreep waarom zijn meester het eten in het restaurant versmaadde.

Die dag waren er bij Karam met gehakt gevulde aubergines, eigenlijk een mooi gerecht wanneer Salmans moeder het maakte, maar Samih liet het te lang koken, en het smaakte even bitter als zijn ziel.

'En?' wilde Karam weten, toen Salman klaar was met eten en een glas thee met hem dronk. 'Ben je verliefd?'

Zijn vraag verontrustte Salman. 'Nee, maar als het mocht gebeuren,' zei hij, 'ben jij de eerste die het weet.'

De volgende dag sprak Salman bij het overhandigen van het middageten zijn begroeting uit voordat de vrouw de deur helemaal had geopend. 'Hallo, goedemorgen, madame,' zei hij. Ze glimlachte vriendelijk en gaf hem net als de vorige dag de matbakia en een zak met abrikozen van de neef – legde de vrouw van de meester uit – van haar moeder.

Die dag at Hamid vleespastei, gebakken aardappelen en salade. Bij Karam was er *bamya*: okra's in tomatensaus en rijst. Salman had de glibberige okra's nooit lekker gevonden. Hij nam alleen schapenkaas, brood en een paar olijven.

Toen hij naar het atelier terugkeerde, geurde de hele ruimte tot achter in de werkplaats naar abrikozen. En sinds die dag was die geur voor Salman verbonden met de mooie vrouw van de kalligraaf.

Gaandeweg gedroeg Karam zich steeds hartelijker en royaler tegenover Salman. Nu huilde de eigenaar van het koffiehuis bij Salman uit, omdat kapper Badri ondanks al zijn spieren overgevoelig was als een schoolmeisje. Natuurlijk had Karam zijn geliefde niet verteld dat Salman allang van hun liefde wist, 'want dan zou hij direct zijn vertrokken. Hij is doodsbang voor zijn mensen en geneert zich voor zijn liefde voor mij.'

'Welke mensen?' vroeg Salman.

Karam wuifde zijn vraag weg. 'Dat is niets voor jou. Ze zijn heel gelovig, en de herenliefde is voor hen een doodzonde,' voegde hij er wanhopig aan toe.

Badri, die normaal gesproken somber en gesloten was, kwam alleen los als hij over zijn religieuze visioenen vertelde. Daarin gingen mensen in vlammen op, werden in afzichtelijke dieren veranderd of kregen twee meter lange vurige tongen omdat ze zondig leefden, en de brave gelovigen werden 's nachts door engelen naar Mekka gedragen en weer teruggevlogen nadat ze hun gebed hadden beëindigd. Allemaal verhalen die Salman in min of meer in dezelfde vorm op de lagere school had gehoord over heilige en zondige christenen. Hij had er nooit geloof aan gehecht.

Met tranen in zijn ogen vertelde Badri van Amerikaanse en Europese beroemdheden – uitvinders, acteurs, generaals en filosofen – die allemaal heimelijk tot de islam waren overgegaan, omdat een Arabische stem hen 's nachts had opgeroepen zich tot de enig ware religie te bekeren. 'Waarom zeggen ze dan niet hardop dat ze moslim zijn?' vroeg Salman geïrriteerd, want ook de pastoor die het katholieke godsdienstonderwijs gaf, had over zulke hemelse stemmen bericht.

'Omdat ze belangrijke missies onder de gelovigen hebben,' antwoordde Badri onaangedaan, alsof hij zojuist met die grote persoonlijkheden had gebeld.

Als Badri vertelde, kreeg Salman na een tijdje hoofdpijn. De warrige lariekoek die hij opdiste, was ongenietbaar. Van Sarah had Salman de wijsheid dat het soms uren vergde om de rommel van buren en familieleden uit je hoofd te verbannen. Voor Badri's mengsel van naïviteit en fanatisme had je dagen nodig.

Op een nacht kwam Badri met iemand anders naar Karams huis. Salman hoorde de gasten, maar die avond moest hij veel oefenen en hij had geen zin in Badri's verhalen. Hij bleef in zijn kamer.

Hij hoorde de telefoon overgaan en Karam luid lachen.

Even later bracht Karam hem thee en gaf beleefd te kennen dat ze een belangrijk gesprek in de keuken voerden en dat het goed zou zijn als hij hen niet zou storen.

'Dat ben ik ook helemaal niet van plan,' zei Salman. 'Maandag moet ik de meester drie moeilijke oefeningen in het Tulut-schrift laten zien, en ze willen maar niet lukken.'

Karam glimlachte en vertrok.

Toen Salman een uur later naar de wc ging, hoorde hij dat er in de keuken werd geruzied. Badri en de vreemdeling, wiens gezicht Salman niet kon zien, zeiden duidelijk dat het 'duivelsgebroed' als een geit moest worden geslacht. Karam bracht daartegen in: 'Als je je vijand het ergst wilt treffen, dood hem dan niet, maar laat hem lijden en wens hem een lang leven toe.'

Salmans hart ging tekeer, hij stond te trillen op zijn benen. Vliegensvlug sloop hij geruisloos de tuin in. Daar kon hij op de wc van angst zijn broek niet laten zakken. Zijn urine leek door de schrik te zijn verdampt. Wie wilden die twee vermoorden? En waarom was Karam daarbij betrokken?

Pas jaren later zouden alle puzzelstukjes op hun plaats vallen en zou het beeld duidelijk worden. Die avond was zijn hand niet vast genoeg om de gecompliceerde kalligrafie uit te voeren.

De eerste maanden leerde Salman de geheimen van de inktfabricage kennen. Weliswaar mocht hij alleen assisteren, maar hij sloeg alles gade, onthield de hoeveelheden en schreef alles heimelijk op briefjes, die hij op vrijdag bij Karam netjes in zijn schriften overschreef.

Het atelier had grote hoeveelheden gekleurde inkt nodig voor de opdrachten van een architect die een nieuwe moskee had ontworpen. Samad zag toe op de bereiding, Radi deed het werk. En Salman moest zakkenvol Arabische gom van de kruidenmarkt aanslepen.

Samad liet de gom in water oplossen en voegde er een precies afgepaste hoeveelheid zwavelarseen en poeder uit een zak zonder opschrift aan toe. Toen Salman ernaar vroeg, mompelde Samad iets over natrium. Radi mengde en kookte die dag kilo's felgele kleurstof. Voor de kleinste en iets grotere kalligrafieën gebruikte meester Hamid dure saffraanextracten, maar alleen hij mocht die kostbare kleur gebruiken. Van arseensulfide vervaardigde Samad de kleur oranje, loodwit nam hij voor wit. Voor blauw gebruikte hij het stof van lapis lazuli. Sommige nuances van rood werden van vermiljoenpoeder of loodoxide gemaakt, voor andere werden zeepkruid, aluin en water gebruikt; om het rood dieper te maken, werd aan het extract gemalen cochenille toegevoegd, een rood poeder dat uit de gelijknamige schildluis werd gewonnen.

Samad waarschuwde voorzichtig met de kleuren om te gaan, want in tegenstelling tot de onschadelijke zwarte inkt waren de meeste pigmenten zeer giftig. Toen de gezel Radi dat hoorde, maakte hij zich vrolijk over Samads angst. Hij mengde alles met zijn handen en ging vervolgens eten zonder zijn handen te wassen. Een jaar later werd hij plotseling gekweld door maagkramp, en omdat hij straatarm was, kon hij geen goede arts raadplegen. Hij volstond met kruiden en andere huismiddeltjes. Toen werd hij vaal en grauw, alsof hij in de bouw werkte. 's Winters begon hij regelmatig over te geven en niet lang nadat Salman eind februari 1957 het atelier had verlaten, werd Radi zo ziek dat hij niet meer kon werken. Zijn handen waren verlamd en als hij iets zei, zag zijn mond er afschuwelijk uit. Zijn tandvlees had een zwarte rand. Hamid betaalde hem een kleine schadevergoeding en ontsloeg hem.

Ook Hamid hield er niet van met kleur te werken, en niet alleen vanwege de giftigheid. Tegen een klant zei hij: 'Zwart-wit is muziek, de blik gaat tussen die twee polen heen en weer. Er ontstaat een ritme, muziek voor het oog, waarvan de bestanddelen emotie en precisie zijn. Kleur is speels en laat al snel vreugde in chaos ontstaan.' Salman schreef die opmerking op de rand van een oude krant, scheurde de smalle strook af en stak deze in zijn broekzak voor hij de thee serveerde.

De meester hield alleen van goud op een groene of blauwe ondergrond. Hij noemde het 'mijn gouden extase'.

Een tijdlang vroeg Salman zich af waarom de meester hem keer op keer naar de kruidenmarkt stuurde om honing te kopen, hoewel hij nooit honing gebruikte.

Eind augustus vond hij het antwoord: goudverf. Dat was een zaak voor de chef en alleen Samad, Hamids rechterhand, mocht goudverf maken of gebruiken. Ook mocht niemand de twee gadeslaan. Salman bekeek stiekem hoe Hamid in het keukentje achter het atelier te werk ging. De rechthoekige, flinterdunne goudfolie, vervaardigd van platgewalst en gehamerd goud, lag tussen bladen perkament in een dik boek met een leren omslag.

Hamid nam een porseleinen schaal, deed er gelatine, honing en opgeloste, gezeefde hars in, legde vervolgens het bladgoud in de oplossing en wreef erover met zijn wijsvinger tot het was verdwenen. Dat herhaalde hij met een tweede, derde en vierde stuk folie. Daarna verwarmde hij het geheel en liet het rusten; vervolgens decanteerde hij de vloeistof en liet het restje goud dat niet was opgelost een paar dagen in de schaal, tot het droog was. Aan de gouden vloeistof voegde hij wat water toe. Hij roerde tot deze homogeen was, schraapte het restant goud uit de schaal, deed het in een fles en goot daarna de goudinkt erin.

Hamid bracht de goudinkt altijd dik aan, liet hem dan drogen en wreef het oppervlak op met een gladde edelsteen tot het goud van de letter blonk.

Ook over het mes van de kalligraaf maakte Salman aantekeningen. Meester Hamids scherpe mes was afkomstig uit Solingen. Samads mes, waar hij enorm trots op was, was in een beroemde staalsmederij in de Iraanse stad Singan vervaardigd. Hij had het van een Iraniër op doorreis gekocht.

Salman schafte een scherp mes aan bij een zwijgzame Armeense schoenmaker in de buurt van zijn straat. Hij schreef een mooie prijslijst voor hem, zodat de schoenmaker zich niet met de Arabische taal, die hij nauwelijks begreep, hoefde bezig te houden. Als loon kreeg hij het scherpe mes.

Salman leerde de gecompliceerde kunst uit een riet- of bamboestengel een pen met een scherpe punt te fabriceren. Voor veel leerlingen was de laatste snede, die de lengte van de punt en de hoek van de pen bepaalde, het moeilijkst. 'Niet zagen, maar snijden,' riep Samad ontzet toen zijn assistent Said een stengel sneed. Samad legde het riet op een houten plank, sloeg er één keer op met Saids mes, en voilà: de stengel was gesneden. Hij sleep de punt en bracht een spleetje aan, zodat hij inkt kon opnemen. De punt van de pen had een schuin verloop met een hoek van zo'n vijfendertig graden.

De mond van de verblufte assistent hing open.

'Nu kun je Tulut schrijven. Als je aarzelt, krijgt je pen geen scherpe tong waarmee hij het papier vlijt, maar tanden, en daarmee kun je niet eens aan je schoonmoeder schrijven,' zei Samad, en hij ging terug naar zijn tafel.

De vrijdag daarop oefende Salman de snede in zijn kamer bij Karam. Hij merkte dat het hem niet alleen aan ervaring ontbrak, maar ook aan moed om de pen in één keer te snijden.

Je mocht het papier niet mishandelen met de rietpen, maar moest die als een breekbare, gevoelige fee over het papier geleiden. Samad had hem ook de functie van elke vinger van de rechterhand laten zien. 'De pen zit zo,' zei hij, 'dat de wijsvinger hem van boven naar beneden beweegt, de middelvinger van links naar rechts en de duim duwt hem in de tegenovergestelde richting.' En Samad glimlachte tevreden toen hij zag dat Salman ijverig op elk papiertje oefende dat hij kon vinden.

Later zou Salman zeggen dat het beslissende moment in zijn leven, het moment waarop hij kalligraaf werd, een bepaalde januariavond van het jaar 1956 was geweest. Hij moest overwerken om zijn meester te helpen; ook alle andere medewerkers draaiden een nachtdienst. De opdracht kwam van de Saudische ambassade. De Saudi's betaalden tienmaal zoveel, maar eisten de beste kwaliteit. Ze wilden zo snel mogelijk een groot schilderij met spreuken, dat ze hun koning bij zijn bezoek aan Damascus ten geschenke wilden geven.

Die nacht was Salman gebiologeerd door de elegante manier waarop meester Hamid het grote vlak indeelde en de letters uit het niets deed ontstaan. En toen de dag gloorde, stond het schilderij voor hem als een goddelijke schepping. Op weg naar huis fluisterde Salman voortdurend bij zichzelf: 'Ik wil kalligraaf worden, en het zal me lukken ook.'

Salman deed zijn oefeningen, en daarnaast verdiepte hij zich in een klein boek in het atelier dat alle medewerkers ter beschikking stond. Daarin stond dat de harmonische vorm van de Arabische letters was gebaseerd op de geometrische principes die de geniale kalligraaf Ibn Muqla meer dan duizend jaar geleden had uitgevonden. Die heeft met de dualiteit van gebogen en rechte lijnen, van samentrekking en ontspanning, van het zichtbare en het verborgene te maken. Algauw probeerde Salman ook de zeven verschillende stijlen van het Arabische schrift te onderscheiden. Sommige stijlen vond hij gemakkelijk. Hij raakte verliefd op de populaire Nas-chi-stijl, waarin de meeste boeken werden geschreven, en vreesde de Tulut-stijl. Maar hij leerde steeds met grote ijver, iets waar Hamid soms zowaar een lovende opmerking over maakte.

In bijna elk hoofdstuk van het boekje kwam hij de naam Ibn Muqla tegen. De medewerkers wisten niet veel over het genie. Maar er ging geen week voorbij zonder dat Salman zijn meester de lof hoorde zingen van de geniale kalligraaf, die in Bagdad had geleefd en wiens verhoudingsleer nog altijd geldigheid bezat.

Hamid Farsi zei over Ibn Muqla: 'Wij leren de kunst. Hij heeft die onderwezen, want God heeft hem aan hem geschonken. Daarom kon hij in zijn korte leven meer voor de kalligrafie doen dan honderd kalligrafen.'

Diezelfde avond schreef Salman die zin in zijn schrift en zette naast de naam Ibn Muqla een groot vraagteken.

In de loop van het jaar 1956 leerde Salman bijna alles over de grondslagen van de Arabische kalligrafie, de elementen waaruit die bestond, de balans tussen de regels en het vlak, het ritme van een kalligrafie, dat net als muziek aan regels was gebonden, de manier waarop een deel van een woord of van de letters de andere letters op een bladzijde domineerde, de harmonie, de symmetrie, het contrast, de overlappingen en spiegelingen, en bovenal het geheim van de ruimte tussen de letters.

Maar het belangrijkste dat hij dat jaar voor het eerst in zijn leven leerde, was van een vrouw te houden.

20

Nura's oom Farid was in zijn negende of tiende huwelijk weer eens ongelukkig. Ze kon zijn gezwets over vrouwen niet meer horen. Hij leerde eenzame vrouwen kennen als ze brieven bij hem bestelden en vervolgens verliefd werden op zijn schrift en zijn poëtische woorden. De teleurstelling liet niet lang op zich wachten. Ook bleef hij andere vrouwen het hof maken. 'Voor een huwelijk is volwassenheid nodig, en je oom is nog altijd een domme jongen,' zei haar vader op een dag, toen hij van de volgende scheiding van zijn zwager hoorde. Nura had de indruk dat er één ding was dat haar oom over het hoofd zag: de tijd. Hij was veel ouder geworden en zag er met zijn respectabele omvang nogal belachelijk uit in zijn witte pak en rode schoenen. Voor vrouwen was zijn charme verworden tot het hinderlijke gedrag van een tandeloze casanova. Toen hij Nura weer eens bezocht, stuurde ze hem weg. Ze vroeg hem alleen te komen als haar man thuis was, want tijdens zijn afwezigheid mocht ze geen mannen ontvangen. Ze wist dat oom Farid haar man niet mocht. Ze waren als water en vuur.

'Maar Nura, ik ben je oom,' zei Farid poeslief. 'Mij kun je toch wel binnenlaten!'

'Dat geldt voor alle mannen,' zei ze streng, en ze sloot de deur. Hij bezocht haar nooit meer, en ook na zijn dood miste Nura hem niet.

'In de gevangenis en in het huwelijk is de tijd je ergste vijand,' zei de uienverkoper, die zijn kar door de straat duwde en met zijn melancholieke stem zijn goedkope uien aanprees, tegen haar. Hij had drie jaar in de gevangenis gezeten en was voor de tweede keer ongelukkig getrouwd. Nura betaalde de uien, glimlachte tegen de onfortuinlijke verkoper en deed de voordeur achter zich dicht. Ze was de tranen nabij. Haar pogingen om de tijd te doden waren die dag, zoals op zoveel andere dagen, vergeefs geweest. Van de lange telefoongesprekken met haar vriendinnen kreeg ze een vieze smaak in haar mond.

De tijd veranderde meer en meer in een kleverige, taaie massa, vooral op dinsdag, vrijdag en zondag, de drie dagen waarop haar man met haar sliep, waarop ze zich het liefst na het avondeten had verstopt.

Aanvankelijk was ze door haar man gefascineerd geweest, maar daar was niets meer van over en ze was inmiddels onbevangen naar hem gaan kijken. Hij was saai en verwaand, maar ondanks dat alles bestond er nog een plekje zonder wrok en minachting voor hem in haar hart – tot de nacht dat hij haar voor het eerst sloeg. Ze waren net een halfjaar getrouwd. En sinds die gruwelijke nacht werd dat hoekje van haar hart in beslag genomen door de gedachte aan die vernedering, en ook door de aparte geur die zijn lichaam verspreidde: verbrand rubber. Van zijn vroegere lichaamsgeur bleef alleen de herinnering.

Een merkwaardig gevoel overviel haar als hij thuiskwam. IJzige kou vulde de kamers, ze had het koud en was als verlamd. Ze herinnerde zich een film waarbij ze het in de bioscoopzaal koud had gekregen toen in Siberië een trein aan de rails was vastgevroren. Alle passagiers waren verstijfd en hun ogen waren bedekt met ijs. Even voelde ze een vuur vanbinnen, alsof haar hart aanstalten maakte haar ledematen voor bevriezing te behoeden, maar toen merkte ze dat het vuur doofde – en dat de kou die haar man uitstraalde in haar binnendrong.

Hamid besteedde veel aandacht aan zijn uiterlijk. Hij douchte dagelijks en smeerde zijn handen in met een mengsel van olijven- en lavendelolie, zodat ze altijd glad en soepel bleven – voor de kalligrafie natuurlijk.

De dag begon met een catastrofe. Een groot glas, tot de rand gevuld met kleine aubergines, die ze met veel moeite had ingemaakt en met walnoten had gevuld, was uit haar handen gegleden en op de grond in duizend stukjes uiteengespat. De vloerplanken en de kasten in de keuken waren overdekt met olijfolie. Uit angst voor glassplinters moest ze alles weggooien en de keuken twee uur lang schoonmaken.

Doodmoe kookte ze zijn lievelingsgerecht voor hem: linzensoep met vermicelli. Ze stuurde het in de matbakia naar hem toe en rustte een halfuur uit.

Toen buurvrouw Warde haar voor een feestje uitnodigde, verheugde Nura zich en ze dacht dat de dag was gered. Ze had geen idee dat de catastrofe nu pas echt begon. Bij Warde bedierf ze haar maag met zoete rijstebrij en ze gaf die avond drie keer over. Ze voelde zich miserabel en futloos.

Maar Hamid kon er geen begrip voor opbrengen. 'Ik heb vandaag zin in je,' zei hij, en hij greep haar bij haar achterste terwijl ze de sla opdiende.

Toen ze zei dat ze zich slap voelde en buikpijn had, wuifde hij haar woorden weg: 'Je kunt de hele dag ziek zijn, maar dinsdag-, vrijdag- en zondagnacht niet,' zei hij met een brede glimlach. 'Dat is mijn recht. Heeft je geleerde vader je niet voorgelezen dat God mij dat allemaal veroorlooft?'

Ze wilde zeggen dat haar vader haar moeder nooit dwong met hem te slapen. Maar haar tong gehoorzaamde niet. De tranen sprongen haar in de ogen.

In bed was ze bang voor hem, doodsbang, en ze verstijfde. Hij werd kwaad: 'Slaap ik soms met een lijk?' Ze voelde een grotere woede dan ooit. Toen ze van hem weg wilde schuiven, sloeg hij haar. Hij leek in een roes te verkeren en sloeg genadeloos op haar in. Ze schrok zo erg dat ze niet kon huilen.

In die hopeloze situatie herinnerde Nura zich de raad van haar moeder steeds hardop te zeggen wat de mannen graag hoorden en ze begon te kronkelen en te kreunen en naar meer te verlangen. En dat was precies wat hem leek te bevallen. Toen hij eindelijk klaar was, viel hij zonder een woord in slaap.

Zijn zweet plakte nog aan haar, en het rook naar verbrand rubber. Ze stond op en sloop naar de keuken, waar ze haar huid zo lang boende met water en harde zeep tot het pijn deed.

Vanaf dat moment drong die aparte geur door elk parfum heen dat Hamid gebruikte, en elke keer herinnerde de geur haar aan die verschrikkelijke nacht.

Telkens als het slecht uitkwam, verscheen Nura's moeder en diende haar ongevraagd van advies. Een slang. Nura voelde geen werkelijke haat meer jegens haar, zoals vroeger, maar diepe minachting. Soms verdacht ze haar ervan dat ze op Hamid verliefd was. Waar ze hem ook zag, ze dweepte met hem, raakte hem teder aan en was het met alle onzin die hij uitkraamde eens.

'De man is de kroon op je hoofd en je moet hem dienen, zijn voeten wassen en dan het water opdrinken alsof het een geschenk uit de hemel is! Hoogmoedige vrouwen eindigen in de goot, dochterlief.'

Nura zette de radio zo hard dat haar moeder het huis verliet zonder afscheid te nemen. Ze wilde haar ouders een tijdlang niet zien, maar Hamid nam de uitnodiging van haar vader aan om op een vrijdagmiddag te komen eten. Het was een week voor het nieuwe jaar. Het eten was voortreffelijk, en er kwam geen eind aan Hamids lofprijzingen. Haar moeder keek hem verliefd aan. 'Breng je schoonvader zulke charmante woorden bij. Hij zegt nooit iets!' En toen Hamid voor de koffie erna bedankte, pakte ze stevig zijn been beet, wat zelfs Nura niet was toegestaan, maar hij glimlachte alleen tegen haar moeder. Nura had het wel kunnen uitschreeuwen van woede.

'Je bent een verraadster,' siste ze in de keuken tegen haar, en ze haatte de onnozele glimlach die het gezicht van haar moeder ontsierde. Ze leek zich in een andere wereld te bevinden.

'Je moeder heeft een goed hart, ze maakt zich zorgen om je,' zei Hamid buiten op straat tegen haar.

Nura had het gevoel dat ze zou stikken.

'Hallo, Nura,' riep de snoepverkoper Elias. 'Groet je me niet meer?'

Nura schaamde zich dat ze de oude, inmiddels tandeloze, maar nog altijd grappige man niet had gezien.

'Oom Elias, goedemiddag,' zei ze, en ze glimlachte.

'Meneer de kalligraaf heeft de mooiste letter van onze buurt ontvoerd, en nu vertoont ons alfabet een gat. Wil hij misschien een kilo gemengde pralines voor zijn prinses kopen? Of eventueel *usj al bulbul*, nachtegaalnestjes of, als het u belieft, de beste *barasek*, boterkoekjes met sesam en pistache? Kortom, alles wat het hart van een mooie vrouw doet smelten.'

Elias sprak zoals het merendeel van de verkopers in Damascus spreekt: verleidelijk, zangerig, terwijl hij zijn wenkbrauwen op en neer bewoog.

'Nee, we hebben geen gebak nodig,' antwoordde Hamid zuinig en hij liep verder. En Nura kon Elias alleen nog een verontschuldigende blik toewerpen. Toen rende ze achter haar echtgenoot aan.

Die nacht, lang voordat hij begin 1956 elke vrijdag naar de moskee begon te gaan, verbood Hamid haar het huis ooit zonder hoofddoek te verlaten. En hij dreigde van haar te zullen scheiden als ze op straat met een christelijke man sprak. Hamid leek wel dronken. Hij trilde over zijn hele lichaam en de woorden kwamen afgemeten uit zijn mond.

'Wat is er gebeurd?' vroeg buurvrouw Widad toen Nura over haar verveling vertelde. 'Wat wil je eigenlijk? Zelfs een wonder dat driehonderdvijfenzestig maal per jaar gebeurt, verliest zijn glans. Over vijf jaar zul je hem alleen nog als een broer zien. Onze mannen kunnen daar niets aan doen. De tijd krabt het mooie vernisje van iedere bruidegom af en het enige wat overblijft is een gortdroge massa die "echtgenoot" of "vader van mijn kinderen" heet.'

Widad dronk heimelijk om het verlangen naar haar man bij zichzelf op te wekken, en onder invloed liet ze hem in een wilde zestienjarige jongen veranderen, die naar haar lichaam snakte.

Samia, een jonge buurvrouw uit het noorden, vertelde dat ze uit haar lichaam trad zodra haar man, een lompe leraar, haar aanraakte, en dat ze dan ver weg reisde. Intussen was ze daar zo bedreven in geworden dat ze niet eens merkte of haar man nog bij haar was of al in slaap was gevallen.

Dat wilde Nura ook proberen. Terwijl haar man achter haar lag en in haar drong, sloot ze haar ogen en maakte zich los van haar lichaam, bewoog zich door de slaapkamer en keek naar het bed. Vervolgens ging ze naar de keuken, dronk koffie en dacht aan een verhaal uit haar kinderjaren. Toen ze de deegroller op tafel zag liggen waarmee ze die dag gevulde deegkussentjes had gemaakt, kwam ze op het idee dat ze hem zou kunnen pakken en hem bij haar man in zijn achterste zou kunnen steken. Ze zag zijn geschrokken gezicht al voor zich, en proestte het uit van het lachen.

Na een jaar praatte Hamid niet meer met haar. Alles liep zoals hij het zich had voorgesteld: op rolletjes. Hij leek tevreden te zijn. Soms hoorde ze hem met anderen bellen en was jaloers op de gesprekspartners die wel in staat waren zijn belangstelling te wekken. Als zij een onderwerp aansneed, liet hij het gesprek verzanden. 'Juist, zo is het,' zei hij dan. Of: 'Dat is vrouwenpraat.' Ze kreeg steeds minder contact met hem.

Dalia, wie ze over haar zorgen vertelde, haalde alleen haar schouders op. 'Dat klinkt alsof je het over de mannen van mijn klanten hebt. Op de een of andere manier staat het systeem van het huwelijk nog in de kinderschoenen, hoewel we het al sinds Adam en Eva proberen,' zei ze, en ze nam een stevige slok arak. 'Het huwelijk zou maar zeven maanden mogen duren; daarna zou iedereen van partner moeten wisselen. Dan is er geen kans op verveling.' Maakte ze een grapje? Nura was niet in de stemming voor grapjes.

Ze raakte gewend aan de hoofddoek. Ze mocht tenslotte, met haar hoofd tot een ei samengebonden – een grapje van haar vader –, het huis verlaten, maar alleen om buurvrouwen te bezoeken of om de boodschappen te doen waar haar man niet aan toekwam.

Ze had het veel beter dan andere vrouwen, zei buurvrouw Widad tegen haar. Nura wist dat Widad, maar ook Sultana en andere vriendinnen, hun huis alleen onder begeleiding van een man mochten verlaten. De voordeur was de grens. Zelfs als ze een blik uit het raam wierp, moest Sultana dat heimelijk doen, zodat niemand haar zag. Ook mochten Widad en Sultana niemand bellen, maar ze mochten wel de telefoon opnemen, en daarom telefoneerde Nura minstens één keer per dag met hen.

Als jong meisje al droomde Sultana ervan verkleed als man naar Café Brazil te gaan, tussen de mannen te zitten en dan haar overhemd uit te trekken. Ze had ook het dwaze idee haar man te ketenen, zodat hij zich een halfjaar lang alleen van de slaapkamer naar de badkamer, naar het toilet, de keuken en weer terug kon bewegen en hem dan te vragen: 'Wat vind je van mijn wereld?'

Het viel Nura op hoe moedig Sultana's tong was als ze met haar familie afrekende. Ze liet geen spaan heel van haar vader en haar man, wiens spierwitte, met lappen vlees gelardeerde lichaam merkwaardige geuren verspreidde. 'Uit elke lap een andere stank,' zei ze. Nura had de moed niet de beproevingen waaronder ze leed te beschrijven.

Alle uren, dagen en maanden waren eender en smoorden elke verrassing in de kiem. Nura voelde zich als de ezel van de olijvenpers in de Midan-wijk, waar ze als meisje had gewoond, die geblinddoekt de molensteen voortbewoog en van zonsopgang tot zonsondergang zijn rondjes draaide. 'Hij wordt geblinddoekt, zodat hij zich voorstelt dat hij ergens naartoe draaft, en elke dag krijgt hij een inzinking als de smerige blinddoek wordt afgedaan en hij ziet dat hij op dezelfde plek staat,' vertelde Dalia toentertijd. Nura kende de molen.

'Maar ik ben geen ezelin. God heeft geen mooie vrouw van me gemaakt om me de hele dag geblinddoekt pas op de plaats te laten maken,' zei ze uitdagend.

Dalia trok haar wenkbrauwen op. 'Meisje, meisje,' fluisterde ze, en ze volgde Nura bezorgd met haar blik toen deze haar huis verliet.

Nura's schoolvriendin Nariman adviseerde haar naar een bekende vrouwelijke helderziende te gaan, die weinig verlangde maar er veel tegenover stelde. Ze wilde de eerste keer wel met haar meegaan, omdat Nura ervoor terugschrok in een onbekend deel van de stad over straat te gaan.

'Ze is de enige zieneres van de stad,' fluisterde Nariman op weg naar de Muhajirin-wijk. Ze moesten twee verschillende bussen nemen en nog een stuk lopen. Bij haar had de zieneres direct geconstateerd dat haar man in de ban van de zwarte magie van een andere vrouw was. Ze had haar het juiste middel gegeven en de juiste toverspreuken geleerd, en ziedaar: dezelfde man die haar eerder onverschillig bekeek, alsof ze een oud stuk hout was, wilde, toen hij van zijn werk kwam, niets liever dan zich volledig aan haar geven, vertelde Nariman iets luider, en ze zweeg veelbetekenend. 'Algauw werd duidelijk wie hem al die tijd van zijn levenskracht had beroofd en hem van me had vervreemd. Het was een verre nicht van hem die al vroeg weduwe was geworden, en de hoop koesterde dat hij mij zou verlaten en bij haar zou komen. De zieneres had de nicht exact beschreven en voorspeld dat de djinn die mijn man bewoonde en zijn ding had lamgelegd hem zou verlaten, de aanstichtster aan haar oor zou pakken en haar naar mij zou voeren. En inderdaad kwam de vrouw met een rood oor naar me toe en vroeg hondsbrutaal naar haar neef, die haar al een poosje niet meer bezocht. Ik liet haar het huis niet in. Ze kon op straat wachten en daar voor hem komedie spelen.' Ze lachte kort.

'En, bleef ze wachten?'

'Ja, tot hij van zijn werk kwam. Toen versperde ze hem de weg en wilde horen waarom hij niet was gekomen. Maar mijn man duwde haar opzij en zei dat ze naar de maan kon lopen; hij was genezen en wilde naar zijn vrouw. En ze schreeuwde de hele straat bij elkaar, tot ze moe werd en vertrok.'

Als dank voor de genezing had Nariman de zieneres het door haar beloofde lam bezorgd.

'Kan ze mijn man zover krijgen dat hij minder met me slaapt, maar meer met me praat?' vroeg Nura, en ze voelde zich belachelijk.

'Wat? Wil je minder? Ben je niet lekker?'

Nura gaf geen antwoord. Ze waren al bij de waarzegster gearriveerd. Nura werd door angst overmand toen ze de kamer binnenging. Alles was in het zwart gehuld en het rook naar kippendrek en ranzig vet.

De helderziende was klein en lelijk. Ze droeg een vlekkerige zwarte jurk en een stel zilveren hangers om haar nek, die bij elke beweging geluid maakten.

Nadat Nariman afscheid had genomen, legde de tovenares de kaarten en keek Nura keer op keer met haar kleine ogen scherp aan. 'Jouw hart heeft zeven zegels. Je man houdt van je, maar hij heeft de juiste sleutels niet gevonden. Je moet hem helpen. Zeven poeders moet hij zeven dagen lang innemen, en bij elk poeder moet je een van de zeven briefjes met spreuken verbranden. En deze zeven stukjes lood leg je onder zijn kussen.'

Ze verlangde voorlopig drie lira. Dat was veel, maar als het zou helpen was het weinig.

Na een paar dagen kreeg haar man vreselijke diarree en klaagde erover dat het eten vreemde smaakte. Dat was het enige wat hij zei.

Nura ging – dit keer in haar eentje – nog eens naar de tovenares, om haar over een merkwaardige droom te vertellen. Op de vierde of vijfde dag van de 'behandeling' van haar man met poeder en spreuken had ze van Omar, de groenteman, gedroomd. Het was een sterke man met een kale schedel, die altijd glom. Zijn groentewinkel bevond zich in de Rechte Straat. Het was geen knappe man, maar hij bezat een onweerstaanbare charme. In haar droom zag ze hoe hij een aubergine opwreef. Toen hij tegen haar lachte, merkte ze dat ze naakt was. Hij legde haar op een jutezak, bedekte haar lichaam met rozenblaadjes en sneed met een groot mes een watermeloen open, haalde er een enorm stuk vruchtvlees uit en stopte de uiteinden in haar mond en in de zijne. En terwijl ze at, merkte ze hoe hij in haar binnendrong en ze at verder tot het laatste stuk op haar naakte buik viel, en Omar boog zich voorover en slurpte de stukken op en stootte tot ze uitzinnig was van lust.

Toen ze wakker werd, was ze in een uitstekend humeur.

Nadat ze de zieneres haar droom had verteld, zei deze: 'Dan heeft mijn magie de juiste persoon bereikt: de man die de sleutels van je sloten bezit.'

Dat leek haar belachelijk en ze besloot de helderziende vrouw voortaan te mijden. Toen ze naar buiten ging, trof ze een vrouw aan die een vriendin naar de helderziende bracht, maar alleen tot de voordeur. Zelf wilde ze het huis niet binnengaan.

'Het is een kwakzalver. Ze leeft als een made in het ongelukspek van de vrouwen,' zei de vreemde vrouw. Nura vond haar woorden fascinerend. Ze wilde meer horen om troost te vinden, en nodigde haar uit ijs met haar te gaan eten. Op weg naar de ijssalon vertelde Safije – zo heette de vrouw – over het gelukkige leven dat ze leidde met haar man, van wie ze elke dag meer ging houden en aan wie ze elke dag nieuwe kanten ontdekte. Zij was lerares en hij meester-slotenmaker. Voor hun huwelijk hadden ze elkaar maar kort gekend, en toch was hij van meet af aan lief voor haar geweest en in de tien jaar dat hun huwelijk duurde was hij nog liefdevoller geworden.

Die ochtend praatte Safije veel en Nura luisterde aandachtig. Dat er in Damascus gelukkige paren waren, vond ze spannender om te horen dan welk sprookje ook. Toen ze afscheid namen, wisselden ze adressen uit en Nura beloofde Safije dat ze haar zou opzoeken.

'Ik denk dat je problemen er voor een deel aan te wijten zijn dat je je talent niet mag ontplooien,' zei Safije bij het afscheid. 'Je bent een intelligente vrouw. Je zou iets moeten doen wat je voldoening schenkt, in plaats van de hele dag op je man te zitten wachten.'

Maar Hamid werd kwaad toen ze hem voorzichtig te kennen gaf dat ze als kleermaakster wilde gaan werken. In de straat was er niemand die dat essentiële ambacht uitoefende. Hij begon tegen haar te schreeuwen en wilde meteen weten wie haar op dat idee had gebracht.

Ze zweeg.

De weken daarna bezocht ze Safije herhaaldelijk en overtuigde zich ervan dat de vrouw niet had overdreven. Een keer was haar man tijdens een van Nura's visites thuis, omdat hij zich een dag eerder onder het werk aan zijn hand had verwond. Hij was vriendelijk en liet hen alleen, maar zette koffie voor hen en lachte toen zijn vrouw na de eerste slok vroeg of de koffie intussen schaars geworden was.

Nooit eerder had Nura een man ontmoet die koffie voor zijn vrouw zette.

Het geluk van de anderen deed Nura pijn, dus besloot ze Safije niet meer te bezoeken. Het was allemaal zo simpel. Waarom weigerde Hamid ook maar één stap in die richting te zetten? Hij wilde niet eens zout halen wanneer het niet op tafel stond. 'Zout,' zei hij, en als Nura met opzet niet reageerde in de hoop dat hij zelf zou opstaan, greep hij haar arm en bromde: 'Ben je doof? Ik zei zout.'

Nura wist nu dat ze aan het eind van een doodlopende weg stond. Een uitzichtloze situatie, maar ze was zich ervan bewust, en dat beschouwde ze als winst.

Terwijl ze in die tijd wanhopig naar een uitweg uit de impasse zocht, verscheen Salman. Uitgerekend Salman, de straatarme man met het kindergezicht zonder baard en met die zeiloren! Aanvankelijk dacht ze dat hij vijftien was, maar ze was verbluft toen hij, rood tot over beide oren, antwoordde dat hij al twintig was. Je moest je best doen om niet in lachen uit te barsten als je hem zag.

Waarom ze uitgerekend op hem verliefd werd? Ze wist het niet. Ze vond troost in de gedachte dat de liefde, net als de dood, haar eigen plan trekt. Ze komt onverwacht en laat zich niet verklaren. En af en toe zoekt ze mensen uit van wie je het nooit zou denken, zoals de dood soms kerngezonde mensen naar gene zijde helpt, hoewel ernstig zieken hem elke dag smeken om haast te maken.

Die dag voelde Nura een onweerstaanbare behoefte alle gedachten op te schrijven waardoor ze werd overspoeld, en waarover ze niemand iets durfde te vertellen. 'De liefde is een wild en onbehouwen kind, ze gaat direct het hart binnen, zonder kloppen.'

Het bijzondere van haar liefde voor Salman was dat het geen liefde op het eerste gezicht was, zoals men dat in Damascus pleegt te noemen. Begin oktober, toen hij voor het eerst voor de deur stond, kon er bij haar nauwelijks een groet voor hem vanaf.

Elke dag overhandigde ze hem de matbakia en pakte de zware mand met boodschappen, die Hamid had gekocht, van hem aan.

In de zeven maanden tussen oktober 1955 en april 1956 herhaalde dit ritueel zich ruim tweehonderd maal. Soms wisselde ze uit beleefdheid of medelijden een paar woorden met hem, soms ook niet. Soms gaf ze hem een appel, soms ook niet. Hij was verlegen en niet bepaald spraakzaam. En telkens als ze de deur sloot, was hij uit haar hoofd verdwenen.

Maar op een dag deed ze de deur dicht en kon hem niet meer vergeten, en het speet haar dat ze zo koud en hooghartig was geweest.

Dat was op een warme dag midden in april. De hele nacht dacht ze aan Salman. Jaren later zou ze vertellen dat haar gedachten aan Salman destijds de beitel hadden gevormd die het ene stuk na het andere uit de muur aan het eind van de donkere doodlopende straat hakte, en vlak voor ze in de ochtendschemering in slaap viel, zag ze dat er zich voor haar ogen een adembenemend mooi, zonovergoten landschap ontvouwde.

De volgende ochtend vroeg Nura zich herhaaldelijk af: ben ik werkelijk verliefd op hem geworden?

Driemaal keek ze naar de klok en toen ze de deurklopper hoorde, bestierf ze het bijna van geluk. Ze dwong zichzelf rustig te blijven, maar toen ze hem zag wist ze dat ze verloren was. Hij zei geen woord, keek haar angstig aan en wachtte op een bevel. Toen ze Salman in zijn ogen keek, voelde ze zich alsof ze aan zee was; ze voelde hoe de golven door haar heen gingen en hoe ze deel uitmaakte van die golven.

Ze trok hem snel aan zijn hand het huis in en sloeg de deur achter hem dicht. 'Wil je...' vroeg ze buiten adem, 'wil je een kop koffie, een bonbon of een praline?' Haar hart danste dronken in haar borst.

Hij antwoordde niet, maar glimlachte alleen. Het liefst had hij gezegd: Ik heb honger, heb je een stuk brood en een paar gekookte eieren of een stuk kaas? Maar hij slikte zijn vraag in.

'Of wil je liever iets eten?' vroeg ze op dat moment, alsof ze aan zijn ogen had gezien dat hij honger had.

Hij knikte, beschaamd dat ze hem had doorzien. Ze haalde opgelucht adem, liep naar de keuken en vulde een groot bord met lekkers, met kaas, *pasturma*-ham, olijven, ingelegde paprika en augurken.

Hij stond nog steeds verlegen in de gang, tegen de muur tegenover de keuken geleund. Ze gaf hem het bord en twee kleine platte broden.

Salman hurkte op de grond en zette het bord behoedzaam voor zich neer. Ze keek naar hem en voelde zich gelukkiger dan ooit. Hij at en glimlachte.

Die dag beleefde ze voor het eerst van haar leven dat haar hand zich buiten haar wil om kon bewegen. Terwijl ze vanuit de keukendeur nog naar Salman keek, begon haar rechterhand naar hem toe te bewegen. Nura moest haar hand volgen, die op Salmans voorhoofd ging liggen, als om te voelen of hij koorts had. Hij hield op met eten en huilde.

'Opeens begrijp ik...' zei hij, en hij zweeg, alsof hij tegen zijn tranen vocht, 'hoe mijn hond zich heeft gevoeld toen hij voor het eerst zijn honger bij me kon stillen.' Hij vertelde haar van zijn eerste nachtelijke ontmoeting met de kleine verlaten welp, die later zijn hond Vlieger zou worden.

Ze kuste hem op zijn lippen, die zout smaakten. Hij kuste haar eveneens en ademde de citroenbloesemgeur van haar wangen in.

En toen hij haar gezicht in zijn handen nam en haar ogen kuste, voelde ze een vuur in haar binnenste oplaaien. Ze drukte Salman tegen zich aan. Opeens realiseerde ze zich dat hij zich moest haasten. Ze kuste hem een laatste keer en stond op.

'De zeven sloten zijn opengesprongen en zojuist op mijn voeten gevallen,' zei ze.

Hij begreep niet wat ze bedoelde. Snel pakte hij de matbakia en beende weg.

Pas toen ontdekte ze dat hij bijna niets had gegeten.

Nura voelde zich uitgeput, alsof ze langs bergen en dalen was gereisd. Ze was verbaasd dat ze alleen al van Salmans aanrakingen en kussen zo intens had kunnen genieten.

's Middags voelde ze zich schuldig. Was ze misschien een ondankbare verraadster, die in rijkdom leefde en degene die die mogelijk maakte bedroog? Ze nam zich voor Salman de volgende dag koel te ontvangen, hem de matbakia te geven en de deur te sluiten zoals altijd. De ochtend daarna verzekerde ze zichzelf honderd keer dat dat het beste was voor iedereen. Ze wilde hem – zoals in een van de Egyptische films – bedanken voor dat geweldige ogenblik en hem vervolgens een preek geven over trouw en plicht. Maar toen ze midden in de voorbereiding van haar toespraak op de klok keek, was het even na elven, en verlangde ze hevig naar Salman, zoals iemand die verdrinkt naar adem snakt. En nog voor hij de klopper voor de tweede keer had laten vallen trok ze hem het huis in en drukte hem tegen haar borst.

Vanaf die dag vloog de tijd voorbij, en leek hij zo vluchtig te zijn als ether.

21

Meester Hamid was nauwelijks uit zijn evenwicht te brengen. Vergeleken met hem, zei Samad, was Boeddha een beklagenswaardig heethoofd. Alleen als zijn zuster kwam, een grote, knappe vrouw, werd hij nerveus. Hij mocht haar niet, want ze was vulgair en ging tamelijk uitdagend gekleed, iets waar hij zich voor geneerde.

Als zij er was, kon de meester niet rustig blijven zitten en keek hij voortdurend bezorgd naar de deur, alsof hij bang was dat een van zijn voorname klanten zou binnenkomen en vragen wie die onverschrokken uitziende vrouw was.

Ook zijn medewerkers werden merkwaardig onrustig. Hoewel de vrouw de zuster van hun broodheer was, wierpen ze ongegeneerd begerige blikken op haar achterwerk.

Meester Hamid gaf zijn zus Siham het geld waar ze om bedelde, alleen om haar zo snel mogelijk zijn atelier uit te krijgen. Daarna foeterde hij langdurig op zijn onbekwame zwager, volgens hem een miserabele fotograaf.

Ook zijn goed geconserveerde schoonmoeder gooide af en toe zijn dagschema in de war met een bezoek. Hij bleef vriendelijk, maar wist niet waar hij kijken moest van verlegenheid. Omdat hij elke keer met haar het atelier verliet, beweerde Samad dat ze naar een hotel in de buurt gingen. Maar dat was bezijden de waarheid. Hamid nodigde zijn schoonmoeder uit mee te gaan naar een familiecafé niet ver van het atelier, en kwam een uur later tamelijk vrolijk terug.

Maar toen zijn schoonmoeder dat jaar steeds vaker kwam, begon ze de meester enorm op zijn zenuwen te werken. Dat merkten zijn medewerkers natuurlijk ook, en Samad zei hoofdschuddend: 'Die vrouw maakt zijn leven nog eens kapot.'

Maar opeens liet ze zich niet meer zien.

In de lente had meester Hamid veel afspraken bij het ministerie van Onderwijs en Cultuur. Telkens als hij niet in de werkplaats was, ontspanden de medewerkers zich enigszins. Al maanden kregen ze meer opdrachten dan ooit en meester Hamid eiste volledige inzet.

Op een zonnige dag begin mei was Hamid weer naar het ministerie, en aangezien er in het atelier niet veel te doen was, stond Samad alle medewerkers toe een uur pauze te nemen. Salman liep naar Karam. Die riep vrolijk naar hem: 'Zo, ouwe kalligraaf, wil je chef misschien eten bestellen?'

'Nee, nee. Hij is weer bij het ministerie en Samad heeft ons een uurtje pauze gegeven als beloning, omdat we alle orders hebben afgehandeld die vanmiddag worden opgehaald.'

Salman zweeg een tijdje en vroeg zich af of hij zijn vaderlijke vriend Karam niets over zijn liefde voor Nura, die nu al drie weken duurde, moest zeggen. Hij voelde een groot vertrouwen en een even grote behoefte om hem alles te vertellen. 'Heb je even tijd voor me?'

'Voor jou heb ik alle tijd van de wereld. Waar gaat het om?'

'Er is een vrouw, vraag me alsjeblieft niet hoe ze heet. Dat weet ik ook niet, maar ze is beeldschoon en ik... Ik weet het niet zeker, maar ik denk dat ze me leuk vindt,' zei Salman hakkelend.

'En wat is het probleem?'

'Misschien verbeeld ik me alleen dat ze van me houdt. Misschien wil ze alleen de verveling verdrijven. Bovendien is ze moslima.'

'Het laatste is niet moeilijk na te gaan. De andere kwestie ligt gevoelig en vraagt om een rustige aanpak, maar er is altijd een ingang.'

Salman glimlachte wrang. 'Die vrouw is getrouwd... met een machtig man,' voegde Salman er snel aan toe.

'Allemachtig! Jij bent me er eentje. Eerst vertel je me een onschuldig verhaaltje, vervolgens kom je met de ene na de andere ongelooflijke zin. Hou je van die vrouw? Dat is het belangrijkste. De rest zal wel lukken, als je gewoon van haar houdt en zij van jou. Getrouwd, moslim, christen, jood, man, vrouw – dat alles speelt alleen voor bekrompen lieden een rol.' Hij boog zich over tafel en sprak verder: 'Zoals je weet, hou ik van Badri, wat hij ook doet, wat hij ook zegt. Hij houdt ook van mij, niet zoals ik het graag zou zien, maar zo goed hij kan. Pech gehad, maar ik hou van hem. Al kost het me mijn leven, ik wijk geen seconde van zijn zijde. Liefde streept positief en negatief, zeker en onzeker, veilig en gevaarlijk niet tegen elkaar weg, anders was het geen liefde maar een handelsbalans. Zo, en hoe is het met jouw hart gesteld?'

'Ik hou veel van haar, maar ik weet echt niet of ze ook van mij houdt. Ze vindt me beslist aardig, maar ik denk dat ze zou schrikken als ze hoort dat ik in de armenhof woon.'

'Mocht dat zo zijn, dan moet je meteen bij haar weg, want dan is ze je liefde niet waard. Maar ik geloof dat het die vrouw niets uitmaakt waar je vandaan komt. Het gaat erom wie je bent, en wat dat betreft is ze met jou in de prijzen gevallen. Maar als ik je een tip mag geven: denk niet te veel na, kom in actie – dan zul je snel ontdekken of ze van je houdt of zich alleen met je wil amuseren. Heeft jullie Jezus niet gezegd: klopt en u zal opengedaan worden? Of was het Boeddha?'

Salman wist het niet. Het uur was voorbij, en Salman moest terug naar het atelier. Toen pakte Karam hem bij zijn arm. 'Ik heb iets voor je,' zei hij, en hij wees naar een fiets die op de stoep stond. Het was een solide transportfiets met wat bredere banden dan de gemiddelde fiets en vooraan een kleine bagagedrager boven het voorwiel, een model dat veel kruideniers en bakkers gebruikten om bestellingen bij hun klanten te bezorgen. 'Made in Holland,' riep Karam. 'Ik heb hem gekregen voor de schulden die een nietsnut van een dichter een jaar lang bij me had gemaakt. Hij hield me aan het lijntje door te zeggen dat hij sensationele boeken aan het schrijven was. In werkelijkheid waren het gedichten, en als je die een uur lang aan onze lamlendige sprinters zou voorlezen en dan de voordeur zou openzetten, zouden ze alle olympische records breken. Die fiets is goed voor een kwart van zijn rekening. Pas als de helft van de schulden is voldaan, mag hij weer een glas thee bestellen.'

Salman was geroerd door het cadeau en omhelsde zijn vriend. 'Ik dacht, met de fiets kun je 's middags op z'n minst een halfuur tijdwinst boeken en de tijd met haar genieten,' fluisterde hij Salman in zijn oor. Salman verstijfde. 'Je mag niemand in het atelier over die fiets vertellen. Zet hem neer bij mijn vriend, de pottenbakker Yassin. Je kent zijn winkel. Je haalt hem op wanneer je wilt en vandaar ga je te voet terug naar het atelier. Als een van Hamids medewerkers je ziet, dan zeg je dat het Karams fiets is en dat je hem af en toe mag gebruiken.'

De hele tijd dacht Salman alleen aan Nura, en om kwart voor elf was zijn geduld op. Hij greep de zak met gebrande koffie die meester Hamid bij de koffiebranderij in de buurt voor zijn vrouw had gekocht. 'Maar het is nog geen elf uur,' mopperde Samad.

'Laat hem toch eens op zijn gemak lopen,' verdedigde Radi hem, en ten slotte gaf Samad toestemming. De eerste vijf passen liep Salman langzaam; toen rende hij naar de pottenbakkerij, sprong op zijn fiets en reed weg.

Met de fiets duurde het precies tien minuten.

'Je hebt me ruim twintig martelende minuten van verlangend wachten bespaard,' zei Nura, en ze drukte hem meteen al in de donkere gang achter de voordeur tegen zich aan. Hij kuste haar zo lang als hij niemand voor haar had gekust. Algauw kon ze niet meer op haar benen staan en nam hem mee naar het kamertje tegenover de keuken. Het was een soort rommelkamer, met een oude brede bank. Nura had hem schoongemaakt en ontdaan van allerlei pannen, lampen, huishoudelijke apparaten en tal van kartonnen dozen met oude troep.

Lange tijd kwam Salman haar voor als een wezen van een andere planeet. Sinds de eerste kus midden april maakte hij geen aanstalten met haar te slapen. Ze brandde van verlangen, maar hij streelde haar teder en voorzichtig alsof haar huid een teer rozenblaadje was dat hij vreesde met zijn vingers te zullen vermorzelen. Daardoor werd ze gek van verlangen naar hem.

Toen ze het die dag niet meer uithield, vergat ze zijn vrees en haar breekbaarheid. Ze trok zijn broek omlaag en nam hem zonder verdere uitleg. Voor het eerst van haar leven voelde ze dat, waarover sommige vriendinnen hadden verteld: volkomen genot.

Ze merkte dat haar aderen vlam vatten en hete stoom door haar lichaam stroomde. Haar hart sloeg wild, en ze zag het mooiste gezicht ter wereld in haar handen, het gezicht van een man die van vreugde geluiden maakte als een dolfijn, en ze was bezorgd over hem en drukte hem tegen zich aan.

Hij likte aan haar borsten. 'Je smaakt naar geroosterde pistache,' zei hij toen verbaasd.

Vervolgens lag hij naast haar op de bank, en pas toen merkte ze dat hij niet besneden was. 'Heeft de besnijder je vergeten?'

'Nee, wij worden niet besneden,' zei hij.

'Maar waarom niet? Het is toch een teken dat een jongen volwassen is? Waarom niet bij jullie christenen?'

'Misschien wilde Jezus dat zijn volgelingen altijd kinderen zouden blijven.'

22

Nooit had Nassri Abbani gedacht dat een hartstochtelijke liefde zo snel zou kunnen eindigen. Meer dan een jaar was hij op het vijftienjarige meisje Almas verliefd geweest. Ook als hij naast andere vrouwen lag, sloot hij zijn ogen en zag Almas. Ze had een goddelijk lichaam, met zo'n gladde, zachte huid dat zijn vingers nauwelijks houvast vonden. En wat rook ze vrouwelijk! En hoe bedreven was ze in de kunst van de koketterie. Ze bracht de mannen het hoofd op hol door nu eens van alles te suggereren en dan weer een afwijzende houding aan te nemen, die Nassri eerder bij geen enkele andere vrouw had gezien – een afwijzende houding die niet beledigend was of afstootte, maar slechts te kennen gaf: je hebt nog niet genoeg je best gedaan.

Ze was de dochter van een pachter. Zonder twijfel was ze nog een kind, maar ze was veel verder dan al zijn drie vrouwen bij elkaar. Ze bezat een prachtig, intelligent gevoel voor humor, waarvan hij genoot, en zat nooit om een antwoord verlegen. Haar scherpe tong – en daarvan was Nassri het meest onder de indruk – sloeg diepe wonden bij haar vijanden. Ze was drie vingers langer dan hij en had bovendien een knap gezicht dat meer aan een Zweedse dan aan een Arabische deed denken.

Hij kende haar al toen ze nog met poppen speelde. Toen al had ze die wellustige blik, die mannen vleit en provoceert tegelijk. Haar ouders deden alsof ze dat alles niet begrepen.

Telkens als Nassri haar vader bezocht, die niet veel ouder was dan hij, leek het of ze alleen maar op hem had gewacht. Ze week niet van zijn zijde. Hij bedacht haar rijkelijk en vergat nooit haar favoriete gebak mee te nemen: pistacherollen. Een keer wilde hij – het was in de koude januarimaand van 1955 – met haar vader over een project praten, maar hij trof Almas alleen thuis. Haar ouders waren voor een paar dagen op reis gegaan naar een begrafenis in het noorden. Een tante kwam 's avonds na haar werk en overnachtte bij het meisje. Toen ze die dag in de pistacherol beet, met haar tong lang haar lippen ging en hem met halfgeloken ogen van opzij aankeek, verloor hij zijn verstand en zijn zelfbeheersing.

Hij maakte haar zwanger.

Zijn broer en zijn medewerker Taufiq waren in alle staten, en zelf had hij de zaak liever met geld geregeld, maar Almas' vader was een heethoofd. Ofwel Nassri trouwde met het meisje, ofwel hij zou zijn dubbelloops jachtgeweer twee keer leegschieten: één keer in Nassri's mond en vervolgens in zijn eigen mond. Liever sterven dan een dergelijke smaad te moeten verduren, zei hij, en hij liet zich daar noch door overreding, noch door chantage vanaf brengen.

Nassri's bedrijfsleider Taufiq was de eerste die bakzeil haalde. Liever trouwen met Almas en de clan met haar kinderen versterken dan een schandaal met onzekere afloop. De slechtste echtgenote was beter dan de chicste hoer, want daar vergooide je niet alleen je geld, maar ook je zaad.

'In elk geval ben ik mijn broer in dat opzicht de baas,' zei Nassri getergd. 'Ik zal de Abbani-clan verviervoudigen. Ik ben een echte fokstier uit Damascus,' riep hij, terugdenkend aan de Internationale Jaarbeurs van Damascus van afgelopen herfst, waar hij in het Nederlandse Centrum van Industrie en Landbouw voor het eerst van zijn leven oog in oog had gestaan met een weerzinwekkende fokstier, die volgens de informatie meer dan drieduizendmaal vader was geworden.

Dus zwichtte Nassri, en in maart trouwde hij met Almas. Hij voelde een sterke liefde voor haar, die hem verjongde. Zijn drie andere vrouwen maakten hem daarentegen ouder met hun zorgen en hun gemopper.

Na de bruiloft vloog Nassri met Almas naar Cairo, en daar verloor hij zijn hart definitief. De jonge vrouw, die niets anders van de wereld had gezien dan haar boerse ouderlijk huis aan de rand van Damascus, ontpopte zich, opgemaakt en in elegante kleren, als een vrouw van de wereld die de mannen in de hotels en op de schepen van de Nijlcruises op zo'n manier commandeerde dat ze alleen nog maar voor haar renden. Iedereen wilde Almas ter wille zijn. Nassri was sprakeloos. Maar in bed, vlak na het mooiste moment, toen hij doodmoe en dronken van geluk naast haar lag te dommelen, gedroeg ze zich op een manier die hij lange tijd niet begreep en pas later als een mengeling van ziekelijke jaloezie en uitgesproken heerszucht herkende. Ze dwong hem stelling te nemen tegen zijn drie andere vrouwen en wilde keer op keer dat hij beloofde dat zij de onbetwiste nummer één en de vrouw van zijn hart was, en dat hij uitsluitend met haar toestemming naar zijn andere drie vrouwen mocht gaan.

Hij kon en wilde dat niet beloven, maar was bereid tot een compromis. Zo kwam hij tegemoet aan haar wens van de veertien dagen vakantie een maand te maken, maar wat zijn autoriteit betrof was hij onverbiddelijk. In huize Abbani, zei hij, had een man het altijd voor het zeggen. Desondanks zou ze blij moeten zijn dat zij zijn favoriet was; meer kon ze niet verlangen.

Hij deelde Taufiq mee dat hij Egyptische griep had gekregen en dat hij in een sanatorium aan de Rode Zee moest herstellen. Taufiq moest zijn vrouwen van alles voorzien wat ze nodig hadden.

Maar met de extra vakantietijd was het probleem de wereld niet uit. Want Almas werkte hem nog steeds op zijn zenuwen met haar jaloezie, en als Nassri een of andere vrouw, een serveerster of een straatverkoopster, vriendelijk toesprak, schopte ze een scène. Ze had het idee dat alle vrouwen maar één doel hadden, namelijk haar geluk met Nassri verstoren.

Nadat ze waren teruggekeerd namen ze hun intrek in een riant ingericht huis in de voorname Bagdad-straat, maar de eerste nacht al jammerde Almas dat alles zo koud en zo Europees was. Ze wilde een fontein en een tuin met sinaasappels en citroenen, jasmijn en wijnranken, bloembedden en een kruidentuin. Alleen zo kon ze leven, maar niet in dat kille gebouw.

En daar kwam nog bij dat Almas door de zwangerschap onwaarschijnlijk dik werd. Waarschijnlijk was dat te wijten aan de enorme hoeveelheid taartjes en zoetigheden die ze naar binnen werkte, samen met de vele gevulde deegkussentjes die haar moeder elke week stuurde, alsof een hongersnood haar dochter bedreigde.

Nassri wist hoe een vrouw kon veranderen door een zwangerschap. Alleen zijn laatste vrouw, Lamia, was het tot de laatste weken niet aan te zien. Zijn tweede vrouw, Saide, werd iets dikker en tot aan de bevalling werd haar afkeer van hem geleidelijk aan groter. Na de zesde maand mocht hij niet meer met haar slapen omdat 'zijn ding', zoals Saide naar haar zeggen had gelezen, tegen het hoofd van het kindje in haar buik aan stootte.

Zijn derde vrouw, Nasime, gaf eigenlijks niets om seks, maar als ze zwanger was, werd ze wellustig en had ze behoefte elke dag met hem te slapen.

Almas maakte daarentegen een eigenaardige ontwikkeling door. Ze kwam rond haar boezem, buik en achterste zo enorm aan dat haar vriendinnen en familieleden haar nauwelijks nog herkenden.

Ze ademde niet meer maar snoof, ze at niet meer maar vrat, ze bewoog zich amper en stak geen vinger meer uit in het huishouden. Ze liet familie komen om haar te helpen en betaalde hun royaal van zijn geld. Alleen haar geur was nog even vrouwelijk en even aantrekkelijk voor hem als voorheen.

En met elke kilo die ze aankwam werd ze jaloerser, want hij sliep nog maar zelden met haar. Ze beschuldigde al zijn vrouwen en alle hoeren van de stad ervan dat ze een samenzwering tegen haar op touw hadden gezet. Haar hatelijkheden brandden in zijn wonden, alsof ze haar tong scherp had gemaakt met peperoni-olie.

Na de bevalling zou dat alles weer verdwijnen, troostte men hem, haar overgewicht en haar giftige tong, en ook haar slechte humeur zou overgaan. Maar toen Nariman in september ter wereld kwam, werd Almas nog onaangenamer. Nu was haar dochter het middelpunt van de wereld en iedereen diende op slag haar slaaf te worden. Het ergste was nog dat haar familieleden enthousiast partij kozen voor haar. Almas' ouders veranderden in brabbelende idioten, en soms, als Nassri naar hen keek, scheelde het maar weinig of hij had het gekkenhuis gebeld om zijn schoonouders te laten ophalen.

Vervolgens moest hij met Almas naar de oude stad verhuizen, omdat haar ouders daar van een tante een huis hadden geërfd en het niet aan een vreemde wilden verkopen. Veel huizen in de stad stonden destijds leeg. Damascus en omgeving telden nog geen driehonderdduizend inwoners, maar de stad had een even grote oppervlakte als Cairo. Nassri wilde geen woning huren en ook niet afhankelijk zijn van de genade van zijn schoonouders, dus kocht hij het huis van hen.

Het pand lag ten zuiden van de Omajjaden-moskee in een zijstraat van de Rechte Straat. Het had een kleine, maar mooie binnenplaats met een tuin en pomeransen, een sinaasappelboom en een fontein. Alles was klein en kronkelig in dit huis, maar het beschikte niet alleen over een eerste verdieping, zoals alle Arabische huizen in de omgeving, maar ook over een zolderappartement dat je met behulp van een ladder vanaf de eerste etage kon bereiken.

Na de verhuizing, in november, was Nassri aan het eind van zijn Latijn doordat Almas geen vinger uitstak en over alles ontevreden was. Toen hij zich daarover beklaagde bij zijn vriend, apotheker Elias, lachte die cynisch: 'Als je met nog meer vrouwen trouwt, zal er snel woningnood in Damascus ontstaan.'

Nassri kon er niet om lachen.

Almas' ouders leken zich in het huis te hebben geïnstalleerd. Telkens als hij kwam, waren ze er. Herhaaldelijk stond hij op het punt van Almas te scheiden, maar zijn broers en zijn bedrijfsleider raadden hem aan in het belang van de clan kalm te blijven.

Zo begon hij na een lange onderbreking Asmahan, zijn favoriete hoer, weer te bezoeken. Maar ze was volkomen veranderd. Ze wilde niet alleen dat hij haar hartstochtelijk beminde, maar kwam ook met het idiote voorstel haar hoerenbestaan op te geven om zich volledig aan hem te wijden.

Ashaman vormde een risico, want ze was verliefd op hem geworden. Al die jaren dat hij vanwege haar nachtenlang wakker had gelegen was ze koel gebleven en nu hij niets meer van haar wilde, werd ze opdringerig.

Er zat maar één ding op: vluchten.

Natuurlijk hoorde Almas van zijn bezoeken aan Asmahan en ze riep hem ter verantwoording. Hij wist heel goed dat zij zijn liefde en zorgzaamheid nodig had, zei ze, en als hij desondanks bed in, bed uit sprong, zou ze het hem op een dag betaald zetten.

Haar ouders, die erbij waren, verstijfden van schaamte. Ze wilden opstaan en vertrekken, maar met haar wijsvinger beduidde Almas hun te blijven zitten.

'De vrouwen zeggen zoveel. Ik heb niets met hoeren te maken,' zei Nassri uit de hoogte.

Apotheker Elias waarschuwde hem dat hij haar dreigement niet te licht moest opvatten. Maar Nassri was zeker van zijn zaak, want hij had zijn relatie met Ashaman in de ijskast gezet.

Al snel leek Almas te zijn gekalmeerd, maar ze bleef koel. Als hij – eens in de vier dagen – bij haar was, verveelde hij zich. Almas' ouders gingen hem zo tegenstaan dat hij hen geregeld woedend naar huis stuurde, maar soms vond hij zelfs troost in hun gescharrel. De hele dag hingen ze de pias uit voor de baby Nariman en ze waren slaven van hun eigen dochter.

Maar meestal stond de hele vertoning hem tegen. Hij verplaatste zijn slaapkamer naar de eerste verdieping en liet de heerschappij over de benedenverdieping over aan zijn vrouw. Daar boven werd hij niet gestoord.

Na Narimans geboorte viel Almas geen kilo af en ze bewoog zich als een sumoworstelaar. Alleen haar betoverende geur en haar dochter herinnerden hem op pijnlijke wijze aan haar vroegere schoonheid.

Op een dag in oktober dronk hij met zijn schoonvader een flesje arak met ijswater op het piepkleine terras voor het zolderappartement. Het was zomers warm. Ze keken uit over de daken van de stad, die tijdens de zonsondergang langzaam tot rust kwam. De duivenmelkers stuurden hun beschermelingen de lucht in en dirigeerden ze al fluitend van hun daken, en de vogels beschreven grote cirkels boven de oude stad en voerden acrobatische duikvluchten en loopings uit. De straatgeluiden die de hemel boven Damascus vervulden, klonken op die tijd van de avond zachter en melancholieker.

Ze aten gebrande pinda's, dronken de ijskoude melkachtige arak uit sierlijke glazen en spraken over geluk en vrouwen, de oogst van dat jaar en de crisis bij het Suezkanaal.

Toen de fles leeg was en de pinda's op waren en ze elkaar alle geruchten en verhalen hadden verteld, ging zijn schoonvader op weg naar de benedenverdieping. Hij riep God aan om hem te beschermen, omdat hij bang was op de wiebelige oude ladder die van het zolderappartement naar het terras op de eerste verdieping liep, waar de was te drogen hing. Nassri droeg de stoelen en het marmeren tafeltje naar het zolderappartement, dat slechts uit een enkele kamer bestond, met een raampje op het oosten tegenover de deur.

Dat raampje bood uitzicht op het huis ernaast. De hoek was weliswaar ongunstig, maar hij kon het keukenraam op de begane grond en een deel van de binnenplaats met een fontein en bomen, en een rommelkamer op de eerste verdieping zien.

Onbedoeld keek hij door de halfgesloten luiken van het raam – en toen zag hij haar. Ze nam ontspannen een bad en was intussen vrolijk aan het zingen. Wat een aanblik! Wat een schoonheid! Nassri raakte niet uitgekeken en moest slikken want zijn keel was droog en pijnlijk. Op dat moment riep zijn vrouw dat hij onderhand eens naar beneden moest komen voor het avondeten.

Zowel het eten als de gesprekken gingen aan hem voorbij.

De volgende ochtend werd hij heel vroeg wakker, sloop naar het zolderappartement en sloeg opnieuw het huis ernaast gade. Het lag in diepe rust in de ochtendschemering.

Hij was geheel in de ban geraakt van de onbekende vrouw. Ze had een fijn getekend gezicht met mooie, grote ogen, was iets kleiner dan hij, en bijna zo slank als een jongen. Zo'n vrouw had hij nog nooit gehad. Wie was ze? Waarom was er geen man in het huis? Was ze weduwe? Of was ze een van de vele vrouwen van een man die haar eens in de week bezocht?

Wie ze ook was, Nassri begeerde haar.

Maar hij moest geduldig zijn, want binnenkort moest hij met Taufiq op reis naar Saudi-Arabië, Jordanië en Marokko om belangrijke transacties af te sluiten. Zijn aanwezigheid was vereist.

Twee weken later aanvaardde hij de terugreis naar Damascus met een toestel van de Syrische luchtvaartmaatschappij, dat al aardig op leeftijd was gekomen. Zijn medewerker Taufiq had riante orders op zak en glom van tevredenheid, terwijl Nassri Abbani slecht had geslapen en uit zijn humeur was.

Toen Nassri vlak na zijn terugkeer naar het zolderappartement sloop om naar zijn onbekende geliefde te kijken, leek de vrouw van de aardbodem verdwenen. Waar zat ze? Hij zou haar voorzichtig bespioneren, zonder dat de jaloerse Almas iets merkte.

Terwijl hij daar nog over nadacht, kwam Almas puffend de trap op en wilde weten wat hij daar boven aan het doen was.

De beste tijd voor hem was de siësta. Dan sliep Almas als een blok. Ook al huilde Nariman, ze kreeg geen enkele kans om de aandacht van haar moeder te trekken. Als haar grootouders er niet waren, moest ze zichzelf kalmeren, want Almas was uitgeteld en snurkte zo hard dat de vliegen in de slaapkamer een veilig heenkomen zochten.

Wat kon Nassri doen? Af en toe liet de stem van zijn verstand zich horen, die vermanend zei dat hij zich gedroeg als een verliefde puber. Overal in de stad bevonden zich verlokkende hoeren, de ene nog mooier dan de andere – en hij wachtte met kloppend hart op een buurvrouw. Maar hij negeerde die stem graag. Koppig fluisterde hij: 'Ja, en wat dan nog? Verliefdheid maakt ons tot kinderen.'

Op een ijskoude, natte ochtend in december betrad hij, bleek en bezorgd, het atelier van Hamid Farsi. De kalligraaf had klanten, een echtpaar dat net een ingelijste tekst ophaalde. Nassri groette beleefd en bleef geduldig wachten. Hij was verstrooid en het heftige gesprek ging grotendeels langs hem heen; hij begreep alleen dat die mensen de afbeelding te duur vonden.

'Uw mokka,' zei iemand naast hem. Het was een magere jonge man met afstaande oren, die hem zoete mokka serveerde.

De koffie was slap, en de lastige klanten bleven maar afdingen. Hamid Farsi was zichtbaar geïrriteerd. Nassri probeerde zijn gedachten te lezen: eerst geven ze de beste kalligraaf met veel poeha een opdracht en vervolgens, als het op betalen aankomt, laten ze het afweten.

Na een vol kwartier werd Hamid het met de man eens over de prijs, die tien lira lager lag dan het bedrag dat hij zelf had genoemd. Zijn kleine, slanke roodharige vrouw was niet tevreden. Ze siste iets onbegrijpelijks tegen haar echtgenoot en toen die niet reageerde, sloeg ze haar ogen ten hemel en liet tegenover Nassri haar ongenoegen blijken. Deze onthield haar de solidaire glimlach waarmee klanten doorgaans steun bij elkaar zoeken tegenover een handelaar. De gierige man werkte hem op de zenuwen.

Toen de zaak eindelijk beklonken was, gooide de kalligraaf het geld in de tafellade en wendde zich met een brede glimlach tot Nassri.

'Waar was u al die tijd? Ik heb al een eeuwigheid niets meer van u gehoord! Ik was laatst zelfs bij u om een voorstel te doen!'

'Hebt u mij bezocht?' vroeg Nassri verbaasd, en geërgerd omdat niemand hem daar op kantoor iets over had gezegd.

'Ja, we willen een school voor kalligrafie beginnen. En we krijgen al royale financiële steun van het ministerie van Onderwijs en Cultuur en de belangrijkste families in Damascus. Al Azm, Bakri, Sihnawi, Barasi, Asfar, Ghazi, Mardam Bei en vele andere persoonlijkheden, zoals Sjukri al Quatli, Fares al Churi, Chalid al Azm, Fachri al Barudi en Sabri al Assali, hebben ons plan niet alleen toegejuicht, maar willen zich ook met gulle giften bij ons aansluiten. En ik vond dat u in deze rij respectabele mannen niet mag ontbreken. Het Arabische schrift is een zaak die ons allemaal aangaat. Onze allerhoogste kunst mag niet in verval raken en blootstaan aan willekeur, maar ze moet worden bestudeerd, van overbodige ballast ontdaan en verder ontwikkeld worden. Als we niets ondernemen, schrijven we ons schrift binnenkort met Europese machines.' De kalligraaf merkte dat zijn toehoorder enigszins afwezig was, dus moest hij hem verleiden: 'Natuurlijk zullen alle namen van hen die de school mogelijk hebben gemaakt op een marmeren plaat worden vereeuwigd. Voor zover ik u en uw gulheid ken, komt u vast helemaal bovenaan te staan.'

Nu begreep Nassri waarom men het bericht op kantoor voor hem had verzwegen. Er was afgesproken aanvragen voor donaties niet af te wijzen maar te laten verzanden, zo lang en zo vaak tot de aanvrager – en daar waren er heel wat van in Damascus – murw was en uit zichzelf opgaf.

Maar dit was een ander geval. Eerst stelde hij zich vergenoegd voor hoe jaloers zijn twee broers zouden zijn als ze zijn naam onder de donateurs, de groten uit politiek en cultuur, zouden aantreffen; vervolgens bedacht hij hoe woedend zijn leraren zouden worden, die hem verwijtend hadden gezegd dat de Arabische taal zich schaamde omdat hij die elke dag verhaspelde. Een seconde lang dacht hij intens aan zijn gehate leraar sjeik Rasjid Dumani, die hij beslist voor de opening wilde uitnodigen.

'Een goed idee,' zei hij, 'en ik ben graag van de partij. Ik bezit een leegstaand, onlangs gerenoveerd pand in de voorname Bagdad-straat, dat ik u de komende tien jaar vrij van huur ter beschikking stel. Zo lang geldt de schenking, en daarna kan de school het pand huren of kopen. Het is belangrijk dat het pand na tien jaar in dezelfde vlekkeloze staat verkeert als op dit moment. Wat vindt u ervan?'

'Ik ben sprakeloos,' zei de kalligraaf, en hij was zo ontroerd dat hij zijn tranen niet kon bedwingen. Nassri voelde niets toen hij de emoties van die anders zo kille man zag opwellen. Het pand stond leeg, evenals vier andere panden van hem, en als hij via een leeg pand roem zou verwerven terwijl geleerden een karig bestaan leidden, kreeg hij weer eens gelijk: de school is niet de weg naar roem en rijkdom.

'Hebt u al leraren en voldoende leerlingen?' vroeg Nassri, om de drukkende stilte te doorbreken.

'Leraren wel, leerlingen uit het hele land moeten we nog selecteren. Alleen de besten zullen zich student mogen noemen, en de school zal algauw wereldberoemd zijn, omdat we veel waarde hechten aan onderwijs van hoge kwaliteit volgens de richtlijnen van de legendarische Ibn Muqla. Studenten uit alle Arabische en islamitische landen zullen naar ons toe komen en van Damascus een centrum van kalligrafie maken. Trouwens, wanneer kan ik het pand bezichtigen?'

'Er valt niet veel te bezichtigen, want het betreft een modern Europees huis. Beneden zijn zeven kamers, op de eerste verdieping vijf en op de tweede eveneens vijf. Op elke verdieping bevinden zich een keuken, twee badkamers en twee toiletten. Gaat u vandaag nog naar mijn bedrijfsleider en onderteken het contract. Ik zal hem bellen en instructies geven. Wanneer denkt u de school te openen?'

'Als God het wil in mei, maar de officiële plechtigheid moet al in maart plaatsvinden, zodat we in februari met de promotie kunnen beginnen en de uitnodigingen kunnen versturen.' Hamid zweeg even en draaide zich om naar de werkplaats. 'Salman,' riep hij. De jongen die Nassri mokka had gebracht, kwam tevoorschijn. 'Loop eens naar Karam en haal twee koppen mokka…'

'Nee dank u, ik moet meteen weer weg, en waar ik heen ga moet ik weer koffiedrinken… Vriendelijk dank, vandaag niet, maar zou ik u even onder vier ogen kunnen spreken?' zei Nassri met een blik op de magere man met de zeiloren.

'We kunnen even naar buiten gaan. In de Salihije-wijk zijn wel een paar cafés die heel vroeg opengaan,' zei Hamid.

Tien minuten later zaten ze vrijwel alleen in Café Al Amir.

'Het gaat om een vrouw,' zei Nassri, nadat de oude bediende nors de dampende koppen mokka had gebracht, 'een vrouw die mijn hart heeft veroverd. Ik heb een brief nodig. Ze is een jonge weduwe die een zeer teruggetrokken leven leidt. Daarom heb ik uw hulp nodig. Uw brieven hadden tot dusverre altijd een magische uitwerking. Niemand schrijft beter in de stad.'

'Hoe oud is die vrouw? Is ze welgesteld? Leest ze gedichten?'

'Ziet u de verkoopster in de textielzaak aan de overkant? Ze heeft haar figuur. Maar haar gezicht is veel knapper, als dat van een schone jongeling. Of ze gedichten leest, weet ik niet.'

De kalligraaf wierp een blik op de verkoopster in de winkel. 'Zij is toch ook knap?' zei hij glimlachend. Maar Nassri schudde zijn hoofd en deed uit de doeken hoeveel erotischer zijn aanbedene in vergelijking met de verkoopster was. Hij noemde details die, zichtbaar of onzichtbaar, het verschil maakten: haar manier van bewegen en haar uitstraling, die van binnenuit kwam. Hij verklaarde de subtiele verandering in de uitstraling van een vrouw als ze bevredigd was. 'Die vrouw is nog nooit bevredigd geweest,' zei hij op samenzweerderige toon, 'en die verkoopster is volkomen verzadigd.' Hamid keek onderzoekend naar de winkel, maar kon met de beste wil van de wereld niet ontdekken waaraan zijn rijke klant de seksuele vervulling kon zien.

'Ik schrijf voor u niet alleen deze brief, maar alle brieven in de komende tien jaar gratis!' beloofde de kalligraaf.

Nassri belde zijn medewerker Taufiq en legde uit dat hij nu een mecenas was en dat het pand in de Bagdad-straat tien jaar lang kosteloos ter beschikking zou staan aan de kalligraaf. Hij verwachtte een kreet van verontwaardiging, maar Taufiq reageerde bedaard, bijna vrolijk: 'Dat klinkt goed. Wie doet er verder nog mee?' En toen Nassri nogal luid alle notabelen van de stad opsomde en vertelde dat zijn naam bovenaan op de marmeren plaat zou staan, vreesde Taufiq dat Nassri dronken was.

'Taufiq verwacht u,' zei Nassri lachend toen hij terugkeerde.

'Ik moet u iets vragen,' zei Hamid. 'Ik wil u en uw aanbedene niet voor het hoofd stoten, maar ik moet het weten om uit te kunnen maken wat voor brief ik moet schrijven: hoe woont die vrouw?'

Het koude zweet brak Nassri uit. Hij had nooit gedacht dat de stijve kalligraaf opeens zo opdringerig kon worden.

'Hoe ze woont? Hier in de buurt, niet ver van het parlement,' loog hij.

'Nee, nee, u begrijpt me verkeerd. Waar ze woont interesseert me niet, maar ik moet weten hoe en met wie ze woont. Ik vermoed dat u haar de brief heimelijk moet geven en als er gevaar is dat iemand in het huis u ziet, dan zal ik de brief ondubbelzinnig formuleren, maar zonder dat hij verraadt wie u bent. Als u in staat bent haar de brief persoonlijk te overhandigen, kan ik me directer uitdrukken dan wanneer een koerier de brief bezorgt. In dat geval is het beter onzichtbare inkt te gebruiken. Daarom moet ik weten of ze alleen woont of buren heeft.'

'Nee, nee. Ze woont in haar eentje in een huis. Ik weet nog niet precies hoe ik de brief zal sturen. Aan wat voor onzichtbare inkt had u gedacht?'

'Je kunt met een heleboel vloeistoffen schrijven die pas na een behandeling met warmte of chemicaliën leesbaar worden. U kunt met melk, citroen- of uiensap schrijven. Er bestaan ook aanmerkelijk duurdere inktsoorten, maar de letters blijven dan maar voor een bepaalde tijd leesbaar.'

'Nee, nee, liever niet. Ik wil de vrouw sublieme brieven van uw hand doen toekomen. Mijn naam, Nassri Abbani, moet eronder staan. Zo'n naam verberg je niet,' zei Nassri trots.

'Dus niet met onzichtbare inkt. Goed, ik zal iets bedenken, en over drie, vier dagen kunt u de brief ophalen.'

'Wacht nog even met de definitieve formulering. Uiterlijk morgen bel ik u, als me duidelijk is welke kant het op moet gaan,' zei Nassri bij het afscheid. Hij moest zich haasten. Zijn vrouw Lamia moest dringend naar de oogarts. Al maanden sprongen er adertjes in haar linkeroog, dat inmiddels donkerrood was, alsof ze had gevochten. Ze was bang dat ze kanker in haar oog had. Het leek wel hysterie. Elke afwijking die vroeger met kruidenthee kon worden verholpen, dreigde nu kanker te zijn en je ging niet meer naar grootmoeder, die precies wist welke kruiden hielpen bij welke gebreken, maar bezocht meteen een specialist.

23

Hamid was verrast hoe vriendelijk hij door bedrijfsleider Taufiq werd ontvangen. De kleine grijze man met de oplettende ogen had een intelligente glimlach en stelde geen wantrouwende of sluwe vragen. Toch waren ze scherp geformuleerd en bevatten ze handig gecamoufleerde valkuilen. Maar toen hij hoorde dat de aanzienlijke Hamid Farsi persoonlijk de nieuwe school zou leiden en dat de kalligraaf Serani, tijdens zijn leven reeds een legende, erevoorzitter zou zijn, was de bedrijfsleider beleefd op het onderdanige af. Hij overhandigde Hamid het contract en schreef op de plaats waar de huursom moest staan de opmerking: 'De gebruiker betaalt voor de duur van het contract geen huur.' Hij maakte Hamid Farsi echter vriendelijk opmerkzaam op de clausule waarin stond dat de huur met onmiddellijke ingang zou worden opgezegd als het pand voor andere doeleinden zou worden gebruikt of werd verwaarloosd. 'Bij zoveel panden en huurders als meneer Abbani heeft, zouden we anders alleen maar aan het opknappen zijn en niets anders meer kunnen doen.'

Hamid, die daar alle begrip voor had, zette zwierig zijn handtekening. De volgende dag deelde Nassri de kalligraaf telefonisch mee wat hij van de brief verwachtte: 'Goud moet een rol spelen. U moet vermelden dat ik bereid ben haar gewicht in goud te betalen als ik haar mooie ogen mag zien en de moedervlek op haar buik mag kussen. Iets in die trant, als er maar goud in de brief voorkomt.'

'Ze mag zich gelukkig prijzen,' riep Hamid in de hoorn. 'De helft van de vrouwen uit Damascus zou al aan uw voeten liggen als u hun gewicht in katoen zou betalen, laat staan in goud.'

'Zo is het, maar het hart is een wild dier en heeft nog nooit met het verstand overweg gekund.'

'Dat hebt u fraai gezegd, die zin neem ik erin op: het hart is een wild dier. Dat is mooi,' herhaalde de kalligraaf zangerig. 'Ik heb al een opzet en ik denk dat die u wel zal bevallen. Twee pagina's, een normaal formaat briefpapier, maar op een extra fijne kwaliteit Chinees papier, handgeschept, sneeuwwit, op die manier komen de zwarte letters er vorstelijk op uit, en ik kom net op het idee het woord "goud" met bladgoud te schrijven. Over twee dagen kunt u de brief afhalen. Heeft uw vriendelijke medewerker trouwens gezegd dat we het contract al hebben getekend? Ik heb de sleutel ook al gekregen. Gisteravond was ik zo nieuwsgierig dat ik naar de Bagdad-straat ben gegaan om het pand te bekijken. Echt een juweel. U hebt niet overdreven. Begin januari zijn de marmeren plaquettes gereed...'

'Verschillende borden? Zijn er inmiddels zoveel donateurs?'
'Ja, op de eerste plaquette wil ik alleen de voornaamste donateurs en vrienden van de school noemen. U staat natuurlijk op de eerste positie. Op het tweede bord zetten we de rest.'

Nassri had besloten zijn brieven naar de knappe vrouw te laten zweven. Een paar dagen eerder had hij het idee laten varen haar huis op te zoeken, en hij besloot haar de brief direct of via een koerier te doen toekomen, nadat hij de straat had gevonden.

Hij probeerde het huis van de vrouw precies te lokaliseren. Het kostte hem erg veel moeite om vanuit het raam van zijn dakappartement haar voordeur te onderscheiden. Maar hij had de ongewone bruine kleur van de dakgoot in zijn geheugen geprent en hoopte dat hij het huis vanaf de straat kon herkennen.

Maar hij had de Rechte Straat nog maar amper verlaten om de straat van de geheimzinnige buurvrouw in te lopen, of hij hoorde de stem van Balal Abbani, een verre neef. Balal was een man met een beperkt verstand, maar met een lange tong. Na een ongeluk was hij verlamd geraakt en hij zat vierentwintig uur per dag voor het raam.

'Kijk, wie hebben we daar?' kraste hij met zijn vreselijke stem. 'Mijn neef Nassri Abbani! Wat heb jij in onze straat te zoeken? Ben je weer over iemand heen gegaan en breng je haar alimentatie?' En hij lachte zo schunnig dat Nassri hem dood wenste. 'Goedemiddag,' riep hij alleen, en hij liep snel onder het raam door.

Tien stappen verder lag de tweede verrassing op de loer. De zuster van een van zijn huurders herkende hem en greep hartstochtelijk zijn hand. Ze wilde hem kussen uit dankbaarheid en riep luid naar binnen in het huis waar ze een appartement huurde: 'Hier is de royale Abbani, moet je die prachtige vent eens zien!' Hij trok zijn hand los en terwijl hij er snel vandoor ging en zijn pech vervloekte, riep de vrouw naar de toegesnelde buurvrouwen: 'Hij is verlegen, een echte Abbani.'

Nog geen vijf meter verder groette een bedelaar hem: 'U hier, meneer Abbani? Wat een verrassing,' riep hij hees.

Nassri wist niet hoe de bedelaar, die hem nu aan zijn mouwen vasthield, kon weten hoe hij heette. Hij rukte zich woedend los en was zo in de war dat hij niet alleen het huis van de mooie vrouw niet meer vond, maar ook niet meer wist hoe hij de straat weer uit moest komen.

Nee, dacht hij, deze straat ligt vol mijnen. Zijn neef was er een, de zuster van de pachter een andere; de bedelaar en alle mensen die achter de ramen en kieren van deuren loerden om zijn reputatie aan stukken te scheuren, vormden een compleet mijnenveld. Nassri herinnerde zich het verhaal van een minnaar die er veertig jaar over had gedaan om zijn aanbedene ongemerkt een liefdesbrief te overhandigen. Toen het zover was, had de vrouw al vier zoons en twintig kleinkinderen.

Hij moest een andere oplossing bedenken. Waarom geen papieren vliegtuigje van de brief vouwen en hem naar de vrouw laten zweven, vanuit het zolderappartement naar de kamer of de binnenplaats, vroeg hij zich af, toen hij zag hoe twee jongens naast de Omajjaden-moskee behendig papieren vliegtuigjes naar elkaar gooiden.

Het bezoek bij de oogarts duurde niet lang. Dr. Farah onderzocht het aangetaste oog precies vijf minuten, schreef Lamia een heparinederivaat voor en rekende dertig lira af. 'Wat is hij duur,' zei zijn vrouw toen ze weggingen. Nassri wees naar de naamplaat van de dokter. 'Iemand moet toch de reizen naar al die prachtige landen bekostigen,' zei hij. Lamia was net klaar met de laatste regel onder de naam van de arts. De ziekenhuizen van New York, Londen, Lyon, Madrid en Frankfurt werden als referentie voor zijn specialisme genoemd.

Thuis, bij zijn vrouw Lamia, begon hij papieren vliegtuigjes te vouwen en ze van het balkon op de eerste verdieping te laten zweven. De vier oudste meisjes sprongen opgewonden om hem heen en de twee jongste wezen met een verbaasde lach naar de vliegtuigjes, die nu eens na een duikvlucht onder het balkon belandden, dan weer elegant in grote bochten vlogen en op een gegeven moment in een boom van de grote tuin bleven hangen of gewoon een buiklanding maakten.

De papieren vliegtuigjes waren onbetrouwbaar, ontdekte Nassri; eentje werd zelfs door een windvlaag gegrepen en meegevoerd naar de aangrenzende tuin. Hij stelde zich voor hoe de buurvrouw zijn brief zou ontvangen en hem door zijn neef zou laten voorlezen. Hij voelde zijn woede als een steen in zijn hals.

Wat bezielt die man, vroeg Lamia zich af. Ze had hem nooit eerder met haar dochters zien spelen. En nu opeens dit, op een weliswaar zonnige, maar ijskoude dag in december.

Zijn derde dochter, Samira, was degene die in plaats van het gecompliceerde vliegtuigje een truc koos die veel eenvoudiger was. Ze vouwde het blad in de lengte drie keer dubbel. De gevouwen strook papier zag eruit als een liniaal. Toen knikte ze de strook in het midden, zodat er een V ontstond, en liet hem van het balkon vallen. En ziedaar: het papier draaide als de wieken van een helikopter langzaam in de rondte en kwam zachtjes op de grond terecht, niet ver van het balkon. Nassri was enthousiast. 'Dat is het!' riep hij. En ook hij vouwde het papier in de lengte, verzwaarde het met een munt, die hij met wat lijm in het midden van de V bevestigde, en nu zeilde het papier loodrecht naar beneden en belandde feilloos precies onder het balkon.

24

Een week na de ondertekening van het contract zaten er ongeveer veertig mannen in de grootste ruimte van de nieuwe school. Omdat er nog geen tafels en stoelen waren, zaten ze allemaal op tapijten, die Hamid had laten komen. Ze dronken thee en luisterden naar hun voorzitter Hamid Farsi, die ze 'grootmeester' noemden. Hij legde hun de voornaamste aspecten uit van het opzetten van een nieuwe school. Zijn woorden klonken zelfverzekerd en hij had de houding van een trotse generaal voor een goed geplande veldslag. Aan de muur hing het ontwerp van een groot bord, voorlopig nog op papier: IBN MUQLA-SCHOOL VOOR KALLIGRAFIE.

'Daarmee zullen we geweldige vooruitgang met onze bond boeken: de eerste school in Syrië voor de kunst die onze hooggeachte meester Ibn Muqla in het jaar 937, drie jaar voor zijn dood, heeft ontwikkeld. Onze vijanden slapen niet, daarom is het goed als ze van het inwijdingsfeest en de namen van de donateurs onder de indruk raken en in hun schulp kruipen. En voor ze van de schrik bekomen zijn, zal de tweede school in Aleppo al zijn opgericht. Het geheim van de overwinning is anderen altijd een stap voor te zijn. En terwijl ze over de scholen in Damascus en Aleppo discussiëren, hebben wij de derde in Homs en de vierde in Latakia geopend.

Die scholen zullen de aanzet voor een nieuwe toekomst van de kalligrafie zijn. We zullen hier de traditie in ere houden, en terwijl we op zoek zijn naar nieuwe wegen, zullen we experimenteren en ons verder ontwikkelen, tot we een dynamisch alfabet hebben ontwikkeld, en en passant zullen we – eens in de vier jaar, schat ik – de ene groep jonge, hoogopgeleide kalligrafen na de andere het land in sturen. Overal zullen ze letters uit het moeras van achterlijkheid trekken, ze verbeteren en weer in vrijheid stellen. Ik geloof dat we over twintig jaar de kalligrafie tot datgene hebben verheven wat die is: een goddelijke, zuivere kunst.

De gebaarde domkoppen die zich de Zuiveren noemen, vallen ons aan door ons te verwijten dat we de religie verachten omdat wij het schrift en de taal willen hervormen. Laat je niet intimideren, beste broeders – juist omdat wij van de islam houden en de Koran eren, willen we deze taal, de mooiste van allemaal, niet in verval laten raken.

Wie voor de taal zorgt, zorgt ook voor de rede, en God is de grootste en zuiverste rede. Door de onnozelen wordt God gevreesd, Hij en Zijn Profeet zullen tot aan het einde der tijden fier door ons worden bemind en vereerd.

Mijn droom is een Arabische taal die alle klanken en geluiden van de aarde, van de noordpool tot aan de zuidpool, kan uitdrukken. Maar voor het zover is, is er nog een lange weg te gaan. Dus maak u op voor de strijd, soldaten van de beschaving, en scherp uw pennen. Wij gaan in de aanval.'

Bijval klonk door het hele gebouw. Hamid kwam overeind en nam aangedaan de complimenten van zijn vertrouwelingen in ontvangst. Zelfs zijn meeste verstokte tegenstanders moesten toegeven dat Hamid Farsi er als eerste in was geslaagd de bond een officiële school te schenken.

Twaalf van de mannen behoorden tot de Raad der Wijzen, het hoogste orgaan van de bond, zesendertig mannen tot de kring van Ingewijden, en samen voerden ze de Bond der Wetenden aan, een geheim genootschap van kalligrafen. Die was in het jaar 1267 door Yakut al Musta'simi, een van de geniaalste kalligrafen, opgericht. Hij was kalligraaf en bibliothecaris, en maakte destijds in de koude februaridagen van het jaar 1258 de verwoesting mee van Bagdad door de Mongolen, die alle bibliotheken in brand staken en zoveel boeken in de Tigris wierpen dat het water zeven dagen lang zwart was, alsof het treurde om de ondergang van de Arabische cultuur.

Yakut had geen tijd om te huilen. Niet alleen richtte hij een grote school voor kalligrafie in Bagdad op, maar hij zond ook vijf van zijn beste en meest vooraanstaande leerlingen uit naar alle windstreken, met de instructie overal in de toenmalige islamitische wereld scholen en kringen van kalligrafen te stichten. Hamid wilde de geest van Yakut weer tot leven wekken in het heden.

25

Het was een ijskoude dag in december en de regen was pas in de ochtendschemering opgehouden, nadat hij alle kuilen in de armenhof in plassen had veranderd. Salman werd voor dag en dauw wakker en was doodmoe. Vanwege het overwerk was de nacht voor al Hamids medewerkers kort geweest. Hij was uitgeput op bed gevallen, maar kon niet in slaap komen. Hij dacht aan Nura, hoorde de regen op het golfplaten dak van zijn kamer roffelen en benijdde haar man, die nu naast haar mocht liggen. Hij kreeg het warm als hij dacht aan haar zachte huid. Maar in het donker werd hij ook door grote angst overmand: wat zou er gebeuren als meester Hamid iets te weten zou komen?!

Hij sprong uit bed, waste zich snel en verslond de boterham met jam die zijn moeder had klaargezet. Het brood was vers en rook naar aarde. Na lange tijd glimlachte zijn moeder weer, de vreemde koorts die haar het leven maandenlang moeilijk had gemaakt, was minder geworden.

Zijn vader was al naar zijn werk. Salman stak vijf lira in de zak van het gebreide vest van zijn moeder: 'Koop wat je hart begeert, zodat je weer helemaal gezond wordt,' zei hij. Ze kuste hem, nam zijn hoofd in haar handen, snuffelde luidruchtig aan hem en keek hem stralend aan: 'Je ruikt naar geluk,' zei ze. Hij lachte en liep snel naar buiten, haalde op het nippertje de bus en was stipt op tijd in de werkplaats.

Meester Hamid Farsi was uit zijn humeur. Zijn zus Siham was die ochtend al vroeg langsgekomen en had om geld gebedeld, blijkbaar omdat haar man moest worden geopereerd, zei Samad. Hamid had tegen haar geschreeuwd dat hij geen armenkas was, haar man moest maar gaan werken in plaats van te zuipen en hasjiesj te roken. Maar ten slotte gaf hij haar het geld toch, zei Samad. Door het slechte humeur van de meester was de stemming onder de medewerkers gedrukt. Zelfs de levenslustige Radi tapte geen moppen en gezel Mahmud was nors en gaf Salman, in tegenstelling tot Samad, telkens saaie opdrachten, waar hij niets van kon opsteken.

Die dag was er een grote opdracht die eruit bestond grote aantallen briefjes te produceren met één grote letter en een citaat uit de Koran of een spreuk van de Profeet die met die letter begon. Alle gezellen werkten alsof ze aan een lopende band stonden. Er waren tien exemplaren van elke letter van het alfabet besteld, en Salman moest de papiertjes vouwen zodra de inkt droog was, en in kleine zakjes van stof schuiven. Later zou de klant, een bekende vroedvrouw, die dichtnaaien en voor veel geld aan bijgelovige vrouwen verkopen.

Salman herinnerde zich een grap die Benjamin destijds op school over een domme pastoor in het dorp van zijn ouders had verteld. De pastoor werd op een dag geroepen om de duivel uit te drijven uit de ziel van een bezeten jongen. De pastoor stond bekend als duivelbezweerder. Hij legde de bijbel op het hoofd van de knielende jongen en begon te lezen: 'I.N. is samen in. D.E.N. is samen den. B.E.G.I.N.N.E. is samen beginne. S.C.H.I.E.P. is samen schiep. G.O.D. is samen God.'

'Hoe lang wil je zo nog verder lezen?' vroeg de duivel met een vreselijke, holle stem.

'De hele Bijbel,' antwoordde de pastoor bedaard, en hij ging door met lezen: 'H.E.M.E.L. is samen hemel.'

'Genoeg!' schreeuwde de duivel. 'Genoeg. Ik ga al, niet omdat je heilig bent, maar omdat je oersaai bent.'

Salman had binnenpret, maar hij wilde het grapje niet vertellen, want alle medewerkers waren moslims. Gelukkig was het al tijd om de matbakia voor meester Hamid te halen en bovenal: om Nura te ontmoeten.

Toen Salman het eten naar het atelier bracht, was Hamid, die met een rijke klant was vertrokken, nog niet teruggekeerd. Hij zette de matbakia neer en ging naar Karam. Voor het eerst voelde Salman een onbeschrijflijk geluk en hij begreep nu wat Sarah met het paradijselijke 'bemind worden' bedoeld had. Onderweg naar het café had hij het liefst alle voorbijgangers omhelsd.

Het leek wel of Karam koorts had. Elke dag wilde hij meer over de school voor kalligrafie weten. Dat werkte Salman op de zenuwen, hij wist ook niet meer te melden dan dat de school in mei zijn deuren zou openen. Begin maart zou er een groot feest worden gegeven met kopstukken uit de politiek en de kunstwereld; uit het hele land kwamen al royale giften binnen, en met het geld dat overbleef zou een tweede school in Aleppo worden opgericht. Daardoor werd een of andere bond, waarmee Hamid nauwe banden had, sterker en een andere zou verzwakken.

Meer viel er niet over te zeggen, omdat de meester er alleen in vage bewoordingen over sprak. Maar Karam bleef aandringen, want hij vermoedde dat de school een dekmantel was voor geheime plannen.

'Geheime plannen? Je bent niet goed wijs. Je begint al net zo te praten als Badri, die achter elke weersomslag een joodse samenzwering ziet. Er zijn geen geheime plannen. Het enige wat Hamid wil, is zijn naam onsterfelijk maken!'

Karam kreeg een gespannen uitdrukking op zijn gezicht. Hij zweeg.

In tegenstelling tot Karam was Hamid in een opperbest humeur. Nog nooit had Salman zijn meester zo vrolijk en vriendelijk meegemaakt als in die tijd. Hij werkte voor twee. Hij voerde alle opdrachten even nauwgezet uit als vroeger en telefoneerde urenlang vanwege de school, de nodige vergunningen, de meubels, de advertenties in de pers en andere zaken die voor de opening moesten worden afgehandeld. Soms bleef hij tot middernacht in zijn atelier; zijn medewerkers stuurde hij even na vijven naar huis.

26

Die ochtend kreeg Salman opdracht zelfstandig de schaduw te tekenen van een grote spreuk die Samad had gemaakt. Het was de eerste verantwoordelijke taak die hij moest uitvoeren. Daarom luisterde hij niet naar het gesprek dat de meester aan de telefoon voerde.

'Salman.' Hij was in zijn werk verdiept, zijn meester deed hem schrikken. 'Je brengt mijn vrouw een mand met noten van groenteman Adel en dan haal je onderweg de kruiden op die ik bij Haladis heb besteld. Zeg haar maar dat ik met de minister van Onderwijs en Cultuur lunch en dat ze daarom niets hoeft te sturen,' zei hij zo hard dat het leek of al zijn medewerkers het moesten weten. Salman was verbaasd omdat zijn meester dat alles aan zijn vrouw had kunnen doorbellen. En inderdaad belde hij later zijn vrouw, herhaalde alles nog een keer en zei dat ze 's avonds naar haar ouders moest gaan. Hij zou haar daar afhalen als hij terugkwam van het ministerie, waar hij een belangrijke vergadering met experts zou bijwonen.

Even na tienen was Salman klaar met zijn opdracht, en Samad was vol lof over het keurige werk. Hij wist dat de meester niet meer zou terugkomen, daarom stuurde hij Salman naar huis.

'Jij handelt die bestelling van de noten af en de andere dingen, en vanmiddag ben je lekker thuis. Genoeg voor vandaag. Morgenochtend vroeg ben je fris en op tijd hier, dan is hij ook tevreden,' zei Samad vriendelijk. Zelf moest hij tot laat in de middag werken en hij wilde daarna ook naar huis.

Salman liet de fiets staan, hij liep liever naar Nura. Hij liet de grote, zware mand op zijn hoofd balanceren en baande zich moeizaam een weg tussen de voorbijgangers, karren en ezels door, die allemaal doof en slecht ter been waren die dag en wie het er alleen om te doen was hem voor de voeten te lopen.

Nura kuste zijn ogen. 'Je hebt niet alleen geweldige oren, maar ook de mooiste ogen die ik ooit heb gezien. Ze zijn rond en verstandig als de ogen van een kat,' zei ze, toen hij net het puntje van haar neus liefkoosde.

Nog jaren later dacht hij eraan dat Nura de eerste vrouw in zijn leven was die iets aan hem mooi had gevonden. Sarah vond hem aardig, maar ze had nooit een compliment over zijn ogen gemaakt. In feite waren ze mooi, vond hij. Maar dat Nura zijn oren 'geweldig' vond, begreep hij niet.

'Laat me eens zien hoe je met knikkers speelt. Ik was altijd jaloers op de jongens uit mijn straat, omdat wij meisjes nooit mochten knikkeren,' zei ze opeens, en ze haalde een houten doosje met tien knikkers.

Ze speelden. Nura was heel goed, maar ze kon niet van Salman winnen. 'Je hebt alleen oefening nodig. In de armenhof moest ik een harde leerschool doorlopen en heb ik mijn handen kapotgeschaafd,' zei hij toen ze zijn spel bewonderde.

Hij hurkte achter haar en nam haar rechterhand in de zijne om haar te laten zien hoe ze de knikkers beter kon vasthouden. Een warme golf stroomde door haar lichaam en haar hart bonsde van verlangen naar hem, maar ze beheerste zich om het spel te leren.

Ze waren alle twee naakt.

'Als je man komt, beland ik na vijf minuten in de hel,' zei hij toen hij de knikkers verzamelde.

'Dat doet hij niet. Omwille van de kalligrafie zal hij zijn handen niet vuilmaken. Nee, hij zal drie keer de scheidingsformule uitspreken: Je bent gescheiden, je bent gescheiden, je bent gescheiden. En dan is hij van me af. Dat is anders dan bij jullie; het touw waarmee iedere moslima is vastgebonden, is de tong van haar man. Hij heeft er een getuige bij nodig, en met jou heeft hij al een dader en getuige, verenigd in één persoon,' zei ze, en ze duwde Salman op de sofa en gaf hem een tik op zijn billen.

'Maar ik tel niet als getuige. Je vergeet dat ik christen ben,' zei hij, en hij kuste haar schouder.

'Dat vergeet ik niet, maar vergeet nu mijn man,' zei ze en kuste hem. En Salman vergat alles.

27

Het bleef maar regenen. Eerst straalden de gezichten van de mensen uit Damascus omdat regen in die dorre streek een betere oogst beloofde, maar hoe langer en hoe heftiger de regen op de lemen huizen neerdaalde, des te somberder werden ze. Na vijf dagen kwam er hoogwater op. De oude stad stond al snel onder. De Barada, die 's zomers tot een beekje was geslonken, veranderde nu in een onstuimige rivier. Lang voordat hij Damascus bereikte, trad hij buiten zijn oevers, verwoestte de tuinen en voerde veel schuurtjes met zich mee. Heel wat romantische restaurants en cafés langs de rivieroever stonden tot de eerste verdieping onder water. En van de Victoria-brug tot het Plein der Martelaren was de stad één groot meer. Het ergst was de Al Chatatin-soek getroffen, de straat van de kalligrafen in de Bahssa-wijk. En doordat het water zo plotseling was gekomen, iets wat niemand had verwacht, was de schade bij de kalligrafen enorm.

Hamid was blij, want zijn atelier – dat in de iets hoger gelegen Soek Suraja-wijk lag – bleef intact, en nu kregen hij en een paar andere kalligrafen die het modderige water niet had bereikt alle opdrachten die hun collega's niet konden aannemen.

Na precies zeven dagen hield het op met regenen. De zon scheen op de mensen uit Damascus vanuit een helblauwe hemel.

Toen Salman even na elven met zijn fiets door de oude stad reed, dampten de platte daken onder de brandende zon als versgebakken broden.

Hij moest voortdurend omrijden om het kniehoge modderwater te ontwijken. Hij stond verbaasd over de vele kinderen die vrolijk en luidruchtig in het water speelden, alsof ze aan het strand waren. Nura had voor hen tweeën wat groene bonen met vlees en tomaten klaargemaakt. Het smaakte goed, maar hij was rusteloos en werkte het eten haastig naar binnen. 'Jammer genoeg moet ik er weer snel vandoor, de overstroming heeft veel straten onbegaanbaar gemaakt,' verdedigde Salman zijn geschrok.

'Gierigaard, ik wilde jou als toetje opeten,' zei ze, en ze beet hem teder in zijn oorlel.

'Je kunt gerust met mijn oren beginnen, daarvan heb ik meer dan genoeg,' zei Salman.

Toen hij was vertrokken, keek ze door het traliewerk naar de straat en zag hoe hij met zijn fiets langs de mensen reed, en dat er op alle gezichten een glimlach verscheen. Het leek alsof Salman een toverpenseel had waarmee hij de harten van de mensen kietelde.

In haar leven had Nura niemand gekend die zoveel vreugde uitstraalde als hij, en het verwonderde haar hoe blind ze was geweest.

'Pas goed op jezelf,' fluisterde ze.

Mahmud liet hem zien hoe papier gemarmerd wordt. Dat zou interessant zijn geweest als Salman een andere gezel als leraar had gehad. Mahmud kneep hem altijd in zijn arm, gaf hem – ook zonder reden – tikken tegen zijn hoofd en kon maar slecht uitleggen hoe het allemaal in zijn werk ging.

Radi was degene die hem daarna in de middagpauze inwijdde in de geheimen van het marmeren. Het atelier had stapels gemarmerd papier nodig om er de kalligrafieën mee te omlijsten.

Midden december kwam Sarah op bezoek. Ze was zwanger en zag er mooier uit dan ooit. Ze straalde van geluk.

Het was een zonnige dag, maar er lagen nog wat plassen van de laatste regenbui. Een oude man keek door de poort van de hof en riep met vermoeide stem: 'Oude kleren, schoenen, ijzer.' Uit zijn manier van roepen bleek dat hij niet veel van de bewoners verwachtte. Een moeder met een huilend kind van vier riep naar de man: 'Koop je deze etter?' De jongen verstijfde, keek angstig naar de vuile man met de grote zak en verdween vliegensvlug in het huis.

'Ach mevrouw, daarvan heb ik er genoeg. Negen exemplaren, en stuk voor stuk zijn het dorsmachines, ze vermorzelen alles wat ze te pakken krijgen,' antwoordde hij, en hij wuifde haar vraag weg.

Salman ontdekte Sarah, die voor de huisdeur van haar ouders van de zon zat te genieten. Hij pakte een kruk en ging naast haar zitten. Hij voelde een band met haar, zoals in vroeger tijden, en ze spraken openhartig over Sarahs leven met haar man, over de ziekte van Salmans moeder en het lot van sommige bewoners van de armenhof. Sarah wist dat Samira sinds de tragische dood van haar zoon Adnan jaren ouder was geworden, en heel vroom. Ze wilde geen mannen meer ontvangen en beschouwde de dood van haar zoon als haar straf op aarde.

Sarah leek in de verre stad Homs meer van de buren af te weten dan Salman zelf. Ze vertelde hem over Saids lot. Hij had de schone jongeling tot een grote, dikke man zien opgroeien. Said liep als een vrouw. Er werd al lang gefluisterd dat Said zich vreemd ontwikkelde.

'Said is een prostitué,' zei Sarah nu. 'Eerst waren het een paar bezoekers van de hamam die de knappe jongen het hof maakten en hem royale fooien gaven. Toen werd hij door een van hen verleid, de tweede chanteerde hem en de derde had geen chantage meer nodig,' zei ze verdrietig. Als meisje was ze erg op de jongen gesteld geweest.

'Dat is erg,' fluisterde Salman. Hij herinnerde zich sommige klanten in het café, die nooit een fooi gaven zonder te flikflooien. Het waren eenzame mannen, rijke en arme, en Salman probeerde zonder hen te beledigen duidelijk te maken dat hij niet de jongen was die ze zochten.

'En,' onderbrak ze hem opeens, 'ben jij inmiddels verliefd of leef je nog als een monnik?'

Salman glimlachte. 'Ook monniken kunnen de liefde niet weerstaan. Dat heb ik laatst gelezen,' antwoordde hij. 'Ze heet Nura. Ze zou iedere monnik van het bidden afhouden.'

'En, kun je je tong een beetje in toom houden of zit je nog in de eerste fase van verliefdheid, waarin je verblind bent door hormonen?' zei Sarah. Zoals altijd was ze hem de baas.

Salman schudde zijn hoofd. 'Ik overdrijf helemaal niet. Ken je de actrice Audrey Hepburn?'

'Natuurlijk, zowel *Roman Holiday* als *Sabrina* heb ik twee keer gezien, maar wat is er met haar?'

'Nura ziet eruit als haar tweelingzus.'

'Echt waar? Of neem je een loopje met me?'

'Nee, echt waar,' zei hij, en zweeg even; hij moest denken aan Karams woorden. 'Dat ik van haar hou is belangrijker dan haar schoonheid; ik zou ook van haar houden als ze maar één oog en een horrelvoet had. Ze woont hier.' Hij klopte op zijn borst. 'Ze is bijna zo geweldig als jij,' zei hij.

'En jij bent een grote charmeur. Hoe kan iemand niet van jou houden?'

'O, wat dat betreft kan ik wel een paar exemplaren van de menselijke soort noemen. Er zijn er genoeg van, zowel in het café als in het atelier,' zei Salman.

'En wat doet jouw schoonheid zoal?' vroeg Sara, net toen Said de hof op kwam, vermoeid groette en meteen zijn huis binnenliep, waar hij sinds de dood van de weduwe die hem had geadopteerd in zijn eentje woonde.

'Ze is eigenlijk een gediplomeerd kleermaakster, maar ze mag haar beroep niet uitoefenen omdat haar man een rijke kalligraaf is,' zei Salman. Hij kon een grijns niet onderdrukken, want hij wist al wat Sarah zo meteen zou zeggen.

'Salman, Salman, waar ben je mee bezig? Is ze de vrouw van je meester of van een van zijn vijanden?'

'Die van hem. Als ik van de vrouwen van zijn vijanden zou houden, had ik een harem nodig. Hij heeft er oneindig veel.'

'Tjonge jonge. Wat ben jij veranderd. Je praat als een journalist,' zei ze verbaasd.

'Ik ben niet uit mezelf veranderd, dat komt door de liefde en het maakt me niet uit dat ze moslima is.'

'Kijk eens aan! Maar ik zou niet willen dat je op een gegeven moment met een gat in je hoofd op straat ligt. Het zou onzin zijn te zeggen dat je met je vingers van die vrouw af moet blijven, want je vingers kunnen er niets aan doen. Maar wees voorzichtig! Ik zal elke nacht voor ik mijn ogen dichtdoe aan de heilige Maria vragen je te beschermen,' zei ze, en ze streek hem over het hoofd en stond op. Ze wilde met haar moeder, die al op haar wachtte, een zieke tante bezoeken.

'Zoals destijds voor je kever,' fluisterde Salman, maar Sarah hoorde hem al niet meer.

Woensdags moest hij voor de laatste keer die week het eten voor meester Hamid halen, die donderdag drie dagen naar het noorden van het land wilde gaan. Salman stelde Nura voor elkaar in Karams huis te ontmoeten, waar hij iedere vrijdag de hele dag in zijn eentje zat te werken. 'We kunnen de hele dag ongestoord bij elkaar zijn,' zei hij uitnodigend.

Ze liet hem Karams adres, de trams die ze moest nemen en de buslijnen opschrijven en kuste hem ten afscheid. 'Moet ik iets te eten meenemen?' vroeg ze. Nee, zei hij. Er was altijd genoeg eten bij Karam.

'Je moet jezelf meebrengen, want ik heb trek in jou,' zei hij en kuste haar. Ze lachte. Als iemand haar zou vragen wat hij het mooiste op de wereld vond, zou hij zonder te aarzelen Nura's klokkende lach noemen.

Nura overhandigde hem de matbakia met het eten, en een zak met een gestreken overhemd en schone sokken voor Hamid. 's Avonds had hij een belangrijke afspraak met een invloedrijke geleerde, en hij had geen tijd om naar huis te komen.

'Er schiet me nog iets te binnen,' zei Salman, terwijl hij naar buiten ging. Nura lachte, ze kende zijn trucjes intussen. 'Ja, dat we elkaar al een eeuwigheid niet hebben gekust,' zei ze, zijn stem nabootsend.

'Nee, serieus. Weet je iets van kalligrafie?' vroeg hij.

'Een beetje maar. Maar Hamid heeft een uitstekende bibliotheek. Kan ik iets voor je opzoeken?'

'Wie is Ibn Muqla? Alle kalligrafen vereren hem. Je man praat over hem alsof het een heilige is! En wat is dat voor een organisatie waar je man lid van is? Maar je moet hem dat niet zelf vragen. Het is een geheime bond. Ik heb hem afgeluisterd toen hij zat te bellen.'

'Ik weet niets af van een geheime organisatie. Hamid en een geheime bond? Ondenkbaar. Ik probeer daar ook iets over te vinden, en als we elkaar vrijdag zien, heb ik iets voor je,' zei Nura, en ze kuste hem langdurig op zijn mond. 'Waarom smaak je altijd zo goed?'

'Ik ben net de kunst van het spiegelen in de kalligrafie aan het leren, dus heb ik daarnet bij de eerste kus al jouw smaakjes in mijn mond gespiegeld. Je proeft jezelf,' zei hij zelfverzekerd, en hij verdween. Een jongen had zich geïnstalleerd op de kleine bagagedrager van zijn fiets.

Toen hij Salman met de matbakia in zijn handen zag, sprong hij op en rende weg.

28

Zo vroeg als die vrijdag was Nura sinds haar schooltijd niet meer van huis gegaan. Ze dacht lang na of ze voor alle zekerheid een sluier zou dragen of niet. Ze besloot het niet te doen.

Er stond een stevige wind, die stof, stukken papier en bladeren voor zich uit blies. Duiven en mussen vlogen laag door de straat. Ze vroeg zich af of ze een mus of een duif was, en ze wist niet waarom ze geen van beide wilde zijn. Een buurvrouw had een keer tegen haar gezegd dat ze meer op een cactus leek dan op een of ander dier. 'Ik ben de roos van Jericho,' fluisterde Nura. Jarenlang is die woestijnplant een speelbal van de wind, die dan denkt dat hij de roos in zijn macht heeft. Maar bij de eerste regendruppel herinnert de roos zich dat ze ooit een kleine groene oase was.

Haar man moest oppassen. Ze had de eerste druppel al geproefd.

Om halfzeven stapte hij op de halte tegenover haar straat op de bus. Op dat moment, 's ochtends vroeg, liet Damascus zijn onschuldige gezicht zien, en ook de mensen uit Damascus die onderweg waren, zagen er nog slaperig en vreedzaam uit als kleine kinderen. Ze zag de bedelaar Tamer, die ze al een eeuwigheid had gemist. Er deden verhalen de ronde over zijn plotselinge verdwijning, maar opeens stond hij daar voor haar, opgewekt, en gewassen en gekamd. Zijn gezicht was nog nat en zijn haar droop. Tamer speelde voor het Hidjaz-station op zijn *nay*-fluit. Hij speelde goddelijk. Hij had in hoog aanzien gestaan als musicus van het omroeporkest, tot hij het spoor bijster was geraakt. Nu leefde hij alleen nog op straat.

Als Tamer speelde en je sloot je ogen, hoorde je de wind in de woestijn zingen. Die ochtend kon ze zijn melancholieke fluit zelfs door het helse lawaai van de overvolle bussen met scholieren heen horen.

Opeens dacht ze aan haar dagboek. Ze zou beslist over de bedelaar Tamer hebben geschreven als ze het schrift niet een week geleden had verbrand. Al na de eerste kus van Salman schreef ze nog maar zelden in haar dagboek en als ze het deed, dan niet langer ondubbelzinnig en direct. Niemand mocht iets van haar geheim met Salman weten. Ook het schrijven over haar man boeide haar niet meer, dus schreef ze alleen nog over haar verscheurdheid. Telkens weer had ze geschreven dat ze Salman nooit meer wilde zien. Maar zodra het elf uur was, hoopte ze dat hij die dag iets vroeger zou komen. Een dierlijke kracht bewoog haar hart naar hem toe. Ze voelde niet alleen een diep verlangen Salman te beschermen, alsof hij een kwetsbaar kind was, maar zijn geur, de smaak van zijn mond en de blik in zijn ogen riepen ook een wildere lichamelijke passie bij haar op dan ze ooit had meegemaakt, een passie waarover ze nooit had gehoord of gelezen. Ze hield haar geheim voor zich. Hij hoefde ook niet te weten dat ze meteen al bij zijn eerste kus een paar keer in het paradijs van het genot had gezweefd en daar als in een roes lange tijd was verbleven. Daarna beloofde ze zichzelf voor de zoveelste keer ermee op te houden. Haar verstand waarschuwde haar ervoor dat deze verhouding tussen een getrouwde moslima en een christen op een ramp moest uitlopen. Op welke manier zou hun liefde anders kunnen eindigen? Maar die vraag klonk voor Nura heel zacht, alsof een klein meisje in het tumult van een wilde volksdans vroeg hoe laat het is.

Hoe vaak had ze zich niet op een verstandig gesprek met hem voorbereid, waarin ze rustig en zakelijk alle argumenten zou opnoemen die tegen dit dierlijke verlangen pleitten, maar zodra hij op de deur klopte, besloot ze het anders te doen: ze zou het hem later zeggen, als ze ontspannen en op van vermoeidheid naast elkaar lagen; dan zou ze het voor elkaar krijgen. Maar als het zover was, had ze het vergeten – 'systematisch vergeten', zoals ze destijds in haar dagboek schreef.

Toen het dagboek alleen nog op pijnlijke wijze onbarmhartig als een spiegel haar niet-uitgevoerde besluiten liet zien, en ze moest inzien dat – hoewel ze Salman niet met name noemde – iedereen na twee regels zou begrijpen dat het over hem ging, vond ze het onverantwoord zijn leven in gevaar te brengen. Ze verbrandde het schrift in een koperen schaal en strooide de as rondom een roos.

In de bus moest ze glimlachen om haar kinderlijke besluit Salman niet meer te zullen zien. Na een klein uur arriveerde ze bij haar bestemming, drukte de klink van het tuinhek naar beneden, zoals Salman haar had gezegd, en liep snel naar het huis. Opeens ging de deur open. Nura schrok zich dood, maar Salman lachte tegen haar en trok haar het huis binnen. Ze struikelde en viel in zijn armen, en nog voor ze kon ademhalen, zonk ze weg in een eindeloze kus.

'Het ontbijt is opgediend, madame,' zei hij, en hij pakte haar jas aan en legde die in zijn kamer op een stoel.

Ze was diep ontroerd. In de keuken stond een liefdevol klaargemaakt ontbijt op tafel, met jam, kaas, olijven, vers brood en thee. Allemaal heel bescheiden, maar het was het eerste ontbijt van haar leven dat een man voor haar had gemaakt.

Salman merkte dat Nura geroerd was, en hij werd verlegen. Hij had haar zoveel te zeggen, maar nu kon hij alleen een stupide zin uitbrengen: 'Aanvallen maar!' Nog jaren later ergerde hij zich eraan dat van alle poëtische openingszinnen die hij zo zorgvuldig had voorbereid alleen het platte 'Aanvallen maar' was overgebleven.

Hoe vaak ze elkaar die ochtend hadden bemind, wist hij later niet meer. Salman kuste Nura nog eens. 'Als iemand me een keer vraagt of ik in het paradijs geloof, zal ik zeggen dat ik er niet alleen in geloof, maar dat ik het ook heb meegemaakt.' Hij streelde haar gezicht, zij kuste zijn vingertoppen.

Toen ze uit bed kwam en haar horloge omdeed, floot ze tussen haar tanden: 'Vier uur liefde, mevrouw Nura, we feliciteren u met uw verblijf in het paradijs der zinnen,' zei ze ironisch tegen zichzelf.

'Wil je al gaan?' vroeg Salman bezorgd.

'Nee, nee, maar ik trek graag mijn kleren aan nu ik iets heel droevigs ga voorlezen,' zei ze. 'Ik kan zoiets niet liggend lezen en al helemaal niet naakt of in pyjama. Dat heb ik van mijn vader. Hij trok graag mooie kleren aan als hij las, alsof hij de schrijver of de helden van het verhaal wilde ontmoeten. Als ik klaar ben met lezen, kom ik weer in bed en zal ik je zo wild beminnen als een apin haar aap.'

Salman sprong op. 'Ik ben juist degene die moet opstaan. Ik ben de gastheer en het geeft geen pas dat de gast in een mooie jurk zit voor te lezen en de gastheer naakt rondlummelt.'

Hij kleedde zich snel aan, maakte zijn bed in orde, kamde zijn haar en ging tegenover haar zitten.

'Zo, over die geheime bond heb ik niets gevonden. Dat moet een vergissing of een misverstand zijn. Ook mijn vader wist er niets van. Ik heb hem wijsgemaakt dat ik een stukje van een journalist had gelezen dat over een geheime bond van kalligrafen ging. Mijn vader raadde me aan journalisten niet al te serieus te nemen, want het was een hard beroep om elke dag verslag uit te moeten brengen, en een krant die niet overdreef, zou het niet redden. Maar over Ibn Muqla heb ik wel iets gevonden, een heel triest verhaal dat mijn man een keer in een tijdschrift heeft gepubliceerd. Ik heb het voor je overgeschreven, ik heb alleen de islamitische tijdrekening naar de christelijke omgezet. Wil je het verhaal zelf lezen of zal ik het aan je voorlezen?'

'Lees het voor, alsjeblieft,' zei Salman.

'Ibn Muqla,' begon ze, 'werd in het jaar 885 of 886 in Bagdad geboren. Meer details zijn niet bekend, omdat hij in een straatarm gezin ter wereld kwam. Hij overleed in juli 940, en die vermelding is daarom zo exact, omdat hij in de gevangenis stierf terwijl hij werd bewaakt, en omdat hij destijds in de hele Arabische en islamitische wereld beroemd was. Alleen zijn naam al is een curiositeit: *Muqla*, een dichterlijk woord voor "oog", was de koosnaam die zijn moeder van haar vader had gekregen, want hij hield bijzonder veel van zijn dochter. Ze trouwde met een arme kalligraaf en daarna kreeg het gezin niet de naam van haar man of zijn clan maar die van haar, wat in Arabië toentertijd uitzonderlijk was, en vandaag de dag nog steeds is. Muqla's kinderen en kleinkinderen werden allemaal kalligraaf, maar de beroemdste onder hen was onbetwist Mohammed ibn Muqla.

Hij was de grootste Arabische kalligraaf aller tijden, een architect van het schrift. Hij creëerde niet alleen verschillende stijlen van het schrift, hij legde bovendien de grondslag voor de leer van de afmetingen, de harmonie en de symmetrie van de letters. Zijn verhoudingsleer geldt ook tegenwoordig nog. Daarmee valt gemakkelijk na te gaan of iets goed of slecht is gekalligrafeerd.

De alif, de Arabische A, is een verticale streep, die door hem tot maatstaf voor alle letters werd gekozen. Sindsdien legt elke kalligraaf voor het gekozen schrift de lengte van de alif vast. De berekening wordt uitgevoerd aan de hand van loodrecht boven elkaar staande punten. De punt voegt zich naar de gebruikte pen, en ontstaat als de pen op het papier wordt gedrukt. Elke andere letter neemt, of hij nu horizontaal of verticaal staat, de vorm aan die door Ibn Muqla werd berekend en met een aantal punten werd vastgelegd. Ook de curves van veel letters liggen op een cirkel met een diameter die gelijk is aan de lengte van de alif. Het aanhouden van die maten vertoont overeenkomst met het aanhouden van een ritme in een muziekstuk. Alleen daardoor ziet het schrift er harmonisch uit en wordt het muziek voor het oog. Iedere meester beheerst de regels na jaren van oefening automatisch. Maar met de punten is snel na te gaan of de proporties kloppen.

Ibn Muqla was een begenadigd wiskundige, schriftgeleerde en natuuronderzoeker. Hij las ook de geschriften van theologen en atheïsten als Ibn al Rawandi, Ibn al Muqaffá, Al Rasi en Al Farabi. Maar bovenal was hij gefascineerd door de universele geleerde Al Gahiz. In tegenstelling tot de laatste was Ibn Muqla aangewezen op het gezelschap van heersers. Al Gahiz hield het aan het hof van de grote begunstiger van wetenschap en literatuur, kalief Al Ma'mun, zoon van de legendarische Harun Al Rasjid, niet langer dan drie dagen uit.

Ibn Muqla was eerste vizier – dat komt overeen met de huidige functie van premier – bij drie achtereenvolgende kaliefen. Maar de nabijheid die hij altijd zocht, werd hem ten slotte noodlottig.

Ibn Muqla begreep dat het Arabische schrift niet door Gods hand, maar door mensen was geschapen. Hij was geboeid door de schoonheid ervan, maar hij zag ook gebreken. Daarom begon hij er al vroeg over na te denken hoe het alfabet, de oorsprong van het schrift, voorzichtig kon worden hervormd. Hij experimenteerde, noteerde en wachtte op een geschikt moment. Destijds was Bagdad de hoofdstad van een wereldrijk, het centrum van de geestelijke en wereldlijke macht van de islam.

Van veel schriftgeleerden en vertalers van zijn tijd kwam de kritiek dat er letters ontbraken waarmee ze sommige klanken en namen uit vreemde landen en vreemde talen konden weergeven. Die kritiek spoorde Ibn Muqla aan voort te gaan op de ingeslagen weg. En toen werd hij door zijn natuuronderzoek op een lumineus idee gebracht. Hij wist natuurlijk dat de religieuze fanatici het Arabische schrift als heilig beschouwden, omdat Gods woord in het Arabisch in de Koran was opgetekend. Maar hij wist dat het Arabische schrift meer dan eens was hervormd.

Met de meest radicale wijziging was, eveneens in Bagdad, bijna honderd jaar voor Ibn Muqla's geboorte begonnen. Tot dan toe waren letters met punten in de Arabische taal onbekend, en omdat veel letters op elkaar leken, ging het lezen ervan telkens gepaard met onzekerheid, misverstanden en verkeerde interpretaties, zelfs als er door geleerden werd voorgelezen. Met verschillende kleine hervormingen trachtte men het schrift te verbeteren, maar toen volgde de grootste en meest radicale hervorming. Die ligt nu een respectabele twaalfhonderd jaar achter ons.

Aan vijftien letters, dus aan meer dan de helft van de letters van het Arabische alfabet, werden punten toegevoegd, en wel boven of onder de tekens. Zodoende waren leesfouten zo goed als uitgesloten. Kalief Abdulmalik bin Marwan en zijn bloeddorstige gouverneur van de oostelijke provincie, Al Hagag, legden in die tijd alle conservatieve stemmen die zich tegen elke hervorming verzetten, het zwijgen op. De kalief liet de Koran met het hervormde schrift opnieuw kopiëren, en sindsdien kan iedere leerling de woorden van het heilige boek duidelijk onderscheiden en foutloos lezen.

Maar niet alleen de religieuze teksten wonnen aan duidelijkheid. Ook de Arabische taal van de poëzie, de wetenschap en het dagelijks leven wonnen aan scherpte en eenduidigheid. Maar zonder de sterke arm van de kaliefen zou een dergelijke stap niet mogelijk geweest zijn. Ibn Muqla wist dat. En ook hij had de steun van een verlichte, vooruitziende kalief nodig om de noodzakelijke grote hervorming van het schrift door te voeren.

Ibn Muqla hield van het schrift als van zijn eigen kind, hij stelde het boven alles en verloor ten slotte alles.

Ging het hem erom macht te verwerven, zoals zijn door haat gedreven vijanden beweerden, die berichten in de wereld brachten dat hij coupplannen beraamde, en die de ene na de andere bladzijde volschreven met twijfelachtige verhalen over zijn motieven?

Nee, Ibn Muqla had alles bereikt voordat hij de radicale stap naar de hervorming zette die naar zijn ondergang leidde.

Onder de laatste kalief, Al Radi Billah, diende hij als huisleraar en hij gaf hem les in filosofie, wiskunde en taal. Hij was wat Aristoteles voor Alexander de Grote was, maar kalief Al Radi Billah bezat de grote ziel van de Macedonische wereldveroveraar niet.

Toen Ibn Muqla nog op het toppunt van zijn roem stond, liet hij een paleis in Bagdad voor zichzelf bouwen, dat met legendes was omgeven. Op het grote stenen blok aan de binnenkant van de tuinmuur was een spreuk gebeiteld van zijn eigen hand: "Wat ik schep, trotseert de tijd."

Het paleis had een enorme tuin, die Ibn Muqla uit liefde voor de dierenwereld omvormde tot een unieke dierentuin, waarin alle dieren in afzonderlijke verblijven vrij mochten rondlopen. Om ook de vogels een gevoel van vrijheid te geven, liet hij een net van zijde boven zijn dierentuin aanbrengen. Een grote ploeg opzichters en verzorgers onder leiding van een Perzische wetenschapper die Mohammed Nureddin heette, was verantwoordelijk voor de dieren.

Ibn Muqla wilde de schepping leren begrijpen door de dierenwereld te observeren. Zijn medewerkers begonnen te experimenteren met kruisingen, iets wat in het paleis van de kaliefen voor bewondering, maar ook voor haat en minachting zorgde. Van de discussies en experimenten kwam niets door de dikke muren van de paleizen naar buiten en het volk was niet op de hoogte.

Weliswaar boekten Ibn Muqla's medewerkers algauw successjes, zowel bij vogels als bij honden en katten, schapen en geiten, ezels en paarden, maar veel van die experimenten hadden misvormingen tot gevolg.

Zijn vorderingen op het gebied van de natuurwetenschap zetten Ibn Muqla aan tot een volgende stap, die hem wereldberoemd had kunnen maken. De twintigste kalief der Abbasiden, Al Radi Billah, was hem zeer toegenegen. In hem zag Ibn Muqla de man die hem bij de komende stap van de schrifthervorming behulpzaam kon zijn. De kalief was vierentwintig en een man die openstond voor de wereld, iemand die zelf gedichten schreef en van wijn en vrouwen hield. Anderzijds verbande hij de conservatieve geleerden uit de hoofdstad Bagdad en omringde zich met liberale theologen, maar aan het hof had hij, evenals de latere kaliefen, steeds minder te vertellen. Paleisbureaucraten, prinsen, hoge officieren en de vrouwen van de kaliefen zorgden er met hun intriges en samenzweringen voor dat geen hervormer al te lang in de nabijheid van de kalief bleef.

Met zijn aanzien, kennis en rijkdom haalde Ibn Muqla zich veel jaloezie en haat op de hals. Destijds was hij eind veertig en zag dat het kalifaat door en door verdorven was. Dus was hij ongerust dat hij zijn revolutionaire plannen niet meer zou kunnen realiseren. Bagdad was een plaats van onrust, revoluties en samenzweringen geworden. Bovendien was hij zelf trots en opvliegend. Als hij met de ambtenaren van het hof omging, reageerde hij regelmatig geïrriteerd, ongeduldig en onhebbelijk. Daarmee maakte hij zich ongeliefd bij de mensen uit de naaste omgeving van de kalief.

Ondanks alle intriges en tegen hem gerichte samenzweringen was hij toch vizier bij de jonge kalief Al Radi geworden. Ibn Muqla zag hierin de erkenning van zijn genie en werd hoogmoedig.

Trouwe vrienden, die terecht bezorgd waren, raadden hem aan het paleis te verlaten en als begenadigd kalligraaf op zijn lauweren te rusten, maar Ibn Muqla had ambitieuze hervormingsplannen met het Arabische alfabet en daarvoor was de steun van de kalief tegen de macht van de moskeeën noodzakelijk. Maar hij schatte de kalief verkeerd in en betaalde daarvoor een hoge prijs.

Ibn Muqla had de Perzische, Arabische, Aramese, Turkse en Griekse taal bestudeerd, evenals de metamorfose van het Arabische schrift vanaf het eerste begin tot aan zijn tijd. Door nauwgezette studie was hij in staat een nieuw Arabisch alfabet te ontwerpen, dat met slechts vijfentwintig letters alle toentertijd bekende talen kon weergeven. Daarvoor moesten er enige "dode" letters verdwijnen en een paar nieuwe worden ingelijfd. Voor het geval dat het verzet daartegen te groot zou zijn, was hij van plan de letters van het oude alfabet te behouden en daarnaast vier nieuwe letters op te nemen, namelijk de p, de o, de w en de e, waarmee Perzische, Japanse, Chinese en Latijnse woorden en veel Afrikaanse en Aziatische talen beter konden worden weergegeven.

Hij wist dat alleen al de gedachte aan een verandering van het schrift door de kaliefen als een doodzonde werd beschouwd. De kaliefen, die er voor hun genoegen wel vierduizend vrouwen en eunuchen op na hielden en meer dan eens de voorkeur gaven aan wijn boven religie, waren in godsdienstige aangelegenheden onverbiddelijk. Ze lieten bekende filosofen en dichters afranselen of op barbaarse wijze vermoorden als die een nog zo kleine verandering van de machtsverhoudingen of de religie wensten of de Koran in twijfel trokken.

De kaliefen zagen zichzelf ongegeneerd als de "schaduw van God op aarde" en hun kalifaat als de volmaakte uitdrukking van goddelijke heerschappij. Daarom reageerden zij, en hun bestuurders des te meer, meedogenloos op elk voorstel tot verandering.

Ibn Muqla streefde met zijn revolutionaire hervormingen naar eenduidige Arabische letters. Hij had geen idee dat hij zodoende de heersende soennieten in hun strijd tegen de sjiieten steunde. Extreme fracties van de laatsten, zoals de *isma'ilieten*, hadden de Koran altijd als een boek met verschillende niveaus, vatbaar voor verschillende interpretaties, beschouwd. Enkele extremisten gingen zelfs zover te beweren dat wat het gewone volk van de Koran begreep, *al saher* was, alleen de oppervlakte, de huls, die echter een meer belangrijke, complexe binnenkant, *batin*, verborg. Daarom heetten ze *batinieten*. Volgens hun leer had elk woord in de Koran een dubbele bodem. De leer van de soennieten stond daar lijnrecht tegenover; volgens hen was de taal van God ondubbelzinnig.

De kalief in Bagdad, zijn adviseurs, en de filosofen en theologen aan het hof waren soennieten. Hun strijd tegen de sjiieten stelden ze voor als de strijd van een door God uitverkoren kalief tegen afvalligen en ongelovigen. Ze waren er enthousiast over dat Ibn Muqla een exact systeem voor de afmetingen van de letters had ontwikkeld en bovendien met het Nas-chi-schrift een eenvoudig, mooi en slank schrift had ontworpen, waarmee de kopiisten – *nas-ch* betekent kopiëren – de Koran nu duidelijk en zonder omhaal konden overschrijven. Tot op de dag van vandaag wordt dat schrift bij het drukken van boeken het meest gebruikt.

De woorden van de Koran waren nu duidelijk te lezen en Ibn Muqla's geschriften waren het beste wapen in de strijd tegen de sjiitische oppositie. Maar de kalief en zijn theologen vermoedden niet dat Ibn Muqla het schrift nog radicaler wilde hervormen.

Kalief al Radi hield van Ibn Muqla en liet hem publiekelijk lof toezwaaien, maar toen deze hem een detail van zijn nieuwe kalligrafie toevertrouwde, was de kalief geschokt. Hij waarschuwde Ibn Muqla dat zijn vijanden inmiddels tegen hem rebelleerden, maar deze vatte zijn waarschuwing op als de raad van een bondgenoot, bleef bij zijn voornemen en begon gelijkgezinden om zich heen te verzamelen. Enkele geleerden en bekende vertalers deelden zijn mening over de noodzaak van een ingrijpende hervorming van het schrift en de taal, maar ze roken onraad, omdat de conservatieven er een aanval op de Koran in zagen. Daarom deed het merendeel van de hervormers niet mee. Maar Ibn Muqla sloeg geen acht op het gevaar, want hij wist zich verzekerd van de sympathie van kalief Al Radi.

Ibn Muqla's vijanden hoorden van zijn plannen, verraadden ze aan de kalief en brachten ze in verband met de dierproeven, die volgens hen maar één doel hadden, namelijk God te bespotten, omdat Ibn Muqla de schepper wilde uithangen. En nu wilde die man ook nog de heilige taal van de Koran veranderen! Daarop drong de jonge kalief er bij Ibn Muqla op aan zijn plannen te laten varen.

Maar Ibn Muqla, die in zijn hart diep gelovig, maar geen fanaticus was, verzekerde de kalief dat hij liever zou sterven dan dat hij aan één woord van de Koran zou twijfelen. Integendeel, de vereenvoudiging van het Arabische schrift zou tot een grotere verspreiding van de Koran leiden.

De twee vrienden gingen uit elkaar terwijl er een gevaarlijk misverstand tussen hen bestond: elk van hen dacht dat hij de ander had overtuigd.

De kalief wilde zijn geleerde, die hij zeer waardeerde, tegen de intriges beschermen en dacht dat deze de levensgevaarlijke dreiging had onderkend.

Maar Ibn Muqla vond dat hij als hervormer in zijn recht stond en beschouwde zijn aanpak als de enige manier om het Arabische schrift naar het niveau te tillen dat bij een wereldrijk hoort.

Hij schreef verschillende artikelen waarin hij de tekortkomingen van de Arabische taal en het schrift opsomde, en stelde verbeteringen voor.

Aanvankelijk stond kalief Al Radi niet afwijzend tegenover de hervorming. Maar de geleerden hadden gedreigd hem af te vallen en de islam trouw te blijven als hij met Ibn Muqla's hervorming zou instemmen. De kalief, die eerder had meegemaakt dat zijn vader door een woedende menigte, en zijn oom als gevolg van een complot binnen het paleis was vermoord – zelf was hij ternauwernood aan de aanslag ontsnapt –, wist wat dat betekende.

Bovendien lieten de intriganten de kalief weten dat Ibn Muqla een samenzwering tegen hem smeedde. De kalief werd boos en gaf het bevel Ibn Muqla te arresteren, zonder hem eerst zelf te ondervragen.

Maar hij had niet de moed de grote kalligraaf annex vizier persoonlijk te straffen, en delegeerde de tenuitvoerlegging van de straf aan een betrouwbare emir, een ambtenaar aan het hof, zonder te vermoeden dat deze een leidende rol speelde in de samenzwering tegen Ibn Muqla. Hij liet Ibn Muqla afranselen, maar die gaf de geheime bergplaats van het afschrift, met daarop het nieuwe alfabet, niet prijs. Uit wraak liet de ambtenaar Ibn Muqla's rechterhand afhakken. Hij onteigende hem en liet zijn paleis met dierentuin en al in brand steken. Er werd verteld dat alles afbrandde, behalve het gedeelte van de muur waarop het woord "tijd" stond.

Wat het vuur niet verslond, werd geroofd door het hongerige volk van Bagdad. De intriganten beweerden in het openbaar dat Ibn Muqla een samenzwering tegen de kalief op touw had gezet. Tegen die leugen van de historici van het paleis spreekt dat hij niet – zoals in zulke gevallen gebruikelijk was – werd terechtgesteld, maar later zelfs door de lijfarts van de kalief werd behandeld en met de heerser dineerde.

Ibn Muqla treurde zijn leven lang over de verminking: "Ze hebben mijn hand afgehakt alsof ik een dief ben, de hand waarmee ik de Koran twee keer heb gekopieerd."

Hij was nu vijftig en wilde niet opgeven. Hij bevestigde de rietpen handig aan de stomp van zijn arm. Op die manier kon hij weer kalligraferen, al was het niet meer zo mooi als voorheen. Hij richtte de eerste grote school voor kalligrafie op om zijn kennis te kunnen doorgeven en om de meest getalenteerde studenten om zich heen te verzamelen, een kring van ingewijden die zijn hervormingen zouden begrijpen, zich die eigen zouden maken en ze door zouden geven, voor het geval hem iets mocht overkomen. Zijn teleurstelling over zijn geleerden, die zich publiekelijk van hem hadden gedistantieerd toen hij werd gestraft, had hem verbitterd. Nu wilde hij de geheime kennis van het schrift in de harten van jonge kalligrafen planten, zodat die na zijn dood behouden zou blijven.

Maar hij had geen idee dat hij op die manier opnieuw in de val van zijn vijanden liep. Ze stelden ook zijn plannen voor de school voor als een samenzwering tegen de kalief.

De kalief was vertoornd omdat Ibn Muqla niet naar hem luisterde en beval zijn rechter hem in een huis ver van de stad gevangen te houden en ervoor te zorgen dat hij zijn geheimen aan niemand meer kon dicteren. Daar diende de kalligraaf tot aan het eind van zijn leven op kosten van het paleis te wonen, en afgezien van zijn bewakers mocht hij met niemand meer spreken.

Een van zijn aartsvijanden liet zijn tong afsnijden en hem in een gevangenis aan de rand van de woestijn werpen, waar hij geïsoleerd en in grote ellende leefde. Protesten van dichters en geleerden van zijn tijd haalden niets uit.

Ibn Muqla stierf in juli 940. Bij zijn graf hielden de grote dichters van zijn tijd emotionele toespraken. Als hij werkelijk bij een samenzwering tegen de kalief of de Koran betrokken was geweest, zoals zijn vijanden beweerden, zou geen dichter het hebben aangedurfd hem te prijzen, laat staan zijn verdriet te tonen, want in die tijd werkten de dichters en geleerden allemaal aan het hof van de kalief, en leefden van zijn genade.

"Wat ik schep, trotseert de tijd" luidt de beroemdste uitspraak die van Ibn Muqla is overgeleverd. Tot op de dag van vandaag getuigt die van de vooruitziende blik van een man die wist dat de regels die hij voor de kalligrafie opstelde zouden gelden zolang het schrift zou bestaan,' zei Nura ten slotte, en ze schoof de vellen papier in elkaar en legde ze op tafel.

Het was stil in de kleine kamer. Salman wilde een heleboel zeggen, maar hij vond geen woorden.

'Hij is nooit een samenzweerder geweest,' zei Nura zacht. Salman knikte, en op dat moment hoorden ze allebei het tuinhek knarsen.

'Er komt iemand,' riep Nura, en ze trok haastig haar jas aan. 'Ga kijken en bekommer je niet om mij. Als het Karam is, ben ik weg,' zei ze met een bleek gezicht. Ze knikte naar het raam, en nog voor Salman de deur van zijn kamer had bereikt, had ze het al geopend. De kamer lag op de begane grond, dus hoefde ze alleen over de vensterbank te klimmen.

'Zo, mijn kleine kalligraaf,' zei Karam bij de voordeur. 'Ik dacht, ik kom eens langs. In het café is het stil vandaag,' zei hij. Hij legde de zak met brood op de keukentafel en wierp een blik op Salman. 'Wat ben je bleek. Heb je iets te verbergen voor je vriend Karam?' Zonder te vragen opende hij de deur van Salmans kamer en hij bleef op de drempel staan. Salman verwachtte een schreeuw. Zijn hart bonkte in zijn borst.

Teleurgesteld keerde Karam terug naar de keuken. 'Ik dacht dat je misschien bezoek had. Ik heb er niets op tegen, maar je mag het niet voor me geheimhouden. Waarom ben je toch zo bleek?'

'Je hebt me laten schrikken. Ik dacht dat je een inbreker was.'

Salman ging terug naar zijn kamer, sloot het raam dat Nura op een kier had laten staan, ging aan tafel zitten en borg de stapel papier met Ibn Muqla's verhaal in de la. Karam belde waarschijnlijk met Badri, maar die leek niet van plan te zijn naar hem toe te komen.

Hij doorzocht de kamer op sporen die Nura zouden kunnen verraden en was haar innig dankbaar dat ze de keuken zo goed en snel had opgeruimd dat er van hun gezamenlijke ontbijt niets meer te zien was.

Opeens ontdekte Salman op de grond Nura's zilveren haarspeld. Hij pakte het fraaie sieraad en drukte het tegen zijn gezicht.

Hij had wel kunnen huilen van spijt dat hij Nura met zijn uitnodiging zoveel moeite en angst had bezorgd. Toch lachte hij bij zichzelf om Karams teleurstelling.

Hij opende de la om het artikel over Ibn Muqla nog eens door te bladeren. Toen ontdekte hij de laatste bladzijde, die Nura hem nog had willen voorlezen: een gedicht, dat een vrouw in de elfde eeuw over haar minnaars had geschreven.

Snel stopte hij de vellen terug in de la.

En daar stond Karam weer in de deuropening. 'Jij bent vandaag wel heel ijverig. Heb je eigenlijk al iets gegeten?' vroeg hij.

Salman schudde zijn hoofd. 'Ik heb geen honger,' zei hij, en hij boog zich weer over zijn schrift. Karam ging achter hem staan en las hardop van het papier dat Salman voor zich had: 'Het schrift is een universeel evenwicht tussen het aardse en het hemelse, het horizontale en het verticale, gebogen en rechte lijnen, openheid en geslotenheid, het weidse en het nauwe, vreugde en verdriet, hardheid en zachtheid, strengheid en speelsheid, opkomst en ondergang, dag en nacht, zijn en niet zijn, schepper en schepping.'

Hij zweeg. 'Een prachtige spreuk. Waar heb je die vandaan?' vroeg hij.

'Uit een groot, dik schrift waarin de meester zijn geheimen bewaart,' zei Salman. 'Hij bergt het achter slot en grendel met zijn belangrijkste bezittingen op in een grote kast.'

'Wat voor geheimen?' vroeg Karam.

'Zijn recepten voor geheime inkt, twee boeken over geheimschrift, het boek met vellen bladgoud, zijn dure mes, zijn inktrecepten en dat schrift dus.'

'En wat staat er in het schrift, behalve wijze spreuken?'

'Dat weet ik niet, ik kon er maar even naar kijken. Het is heel dik,' antwoordde Salman, en hij ordende zijn papieren om zijn nervositeit de baas te worden. Toen legde hij zijn hand nadenkend tegen zijn kin, alsof hij zich iets herinnerde: 'Ja, er staat nog iets over dode en levende letters, maar dat heb ik niet begrepen. Soms zijn de bladzijden in geheimschrift geschreven. De letters zijn Arabisch, maar de taal is niet Arabisch, Perzisch of Turks,' voegde hij eraan toe.

'Dode letters? Weet je het zeker?' vroeg Karam verrast.

'Ja, maar waarom interesseert jou dat?'
'Nou, het is altijd goed te weten wat onschuldige mensen zoal in hun schild voeren. Dode letters?' vroeg Karam, en in zijn ogen blonk een duivels lichtje.

Karam moest weer terug naar het café en liet Salman eindelijk alleen. Hij liep de keuken in en ging op een stoel staan om door het raampje boven het kruidenrek naar de straat te kijken. Hij zag Karam over straat in de richting van de tramhalte lopen.

Hij zette thee en werd langzaam kalmer. Toen hij Nura belde, was het al na vieren.

'Met Salman,' zei hij opgewonden. 'Is alles in orde?'

'Ja, lieveling. Maar toen ik uit het raam sprong heb ik mijn haarspeld in de tuin verloren.'

'Nee, nee. Die was daarvoor al onder het bed gevallen. Zal ik hem houden als herinnering aan ons eerste avontuur?'

'Hij is van jou. Ik heb hem jaren geleden gekocht van de fooi van een rijke klant bij kleermaakster Dalia. Maar vertel op: wat was dat voor onverwacht controlebezoek?'

'Dat begrijp ik ook niet. Was het toeval, alleen nieuwsgierigheid, wilde hij ons overvallen of betrappen, en zo ja waarom?'

'Misschien om me te chanteren. Misschien is hij ook maar een eenzame arme drommel...'

'Nee, nee. Karam ziet niet veel in vrouwen, als je begrijpt wat ik bedoel,' onderbrak Salman haar. 'Dat weet ik zeker. Dat maakt zijn plotselinge bezoek juist zo ongeloofwaardig. Blijkbaar had hij zich in het café zitten vervelen.'

Ze praatten een tijdje, opperden vermoedens en waren aan het dagdromen, toen Salman iets te binnen schoot wat hij Nura beslist wilde vertellen.

'Bid voor me dat het verhoor rustig verloopt,' zei hij smekend. Het liefst had hij het al in bed gezegd en haar troostende kussen geproefd, maar hij was het vergeten.

'Wat voor verhoor?' vroeg Nura.

'Iemand heeft de chef bespioneerd en het bericht van de aanstaande oprichting van de school voor kalligrafie verraden aan zijn vijanden, de fanatici, nog voor het officieel bekend werd. En Radi, de sympathieke gezel, heeft me gewaarschuwd, hij heeft gehoord dat meester Hamid en zijn assistent Samad mij verdenken.'

'Jou, een christen! Hoe kunnen ze zo dom zijn om te geloven dat jij met radicale islamitische fanatici onder één hoedje speelt? Maar wees gerust, Hamid is een onmogelijke echtgenoot, maar hij is een verstandige en behoedzame man. Ik zal niet bidden, waarschijnlijk is de zaak een misselijke grap. Wacht maar af,' zei ze ten afscheid voor ze ophing.

Salman werkte ongeveer een uur, maar toen werd hij zo onrustig en ongeconcentreerd dat hij zijn schriften en briefjes in de la opborg en de haarspeld in zijn broekzak deed. Toen hij de kamerdeur opende, was het of zijn hart stilstond, want op dat moment kwam Karam weer de deur door. 'Op de een of andere manier heb ik vandaag geen zin om in het café te zitten. Toen dacht ik: ik ga terug en maak iets te eten voor ons. Je hebt genoeg gewerkt,' zei hij met een kille grijns.

'Hartelijk dank, maar ik moet naar huis. Mijn moeder voelt zich niet goed,' zei Salman, en voor het eerst was hij bang voor Karam.

Buiten was de avondlucht koel. De tram reed door het avondlijke Damascus en hij vond dat de stad een ander gezicht had dan overdag. De mensen hadden haast. Met tassen vol boodschappen en allerlei plannen, vrolijk en vermoeid tegelijk, liepen ze door de straten.

Even vergat hij dat hij zich in een tram bevond. Het leek of hij in een carrousel zat, die langs verlichte kamers, allerlei winkels, vrolijke kinderen en onder de last der jaren gebukte oude mannen en vrouwen draaide. Hij sloot een moment zijn ogen. Toen hij ze weer opende, keek hij pal in het lachende gezicht van een dronkenman. Deze draaide zich om en vroeg luid aan de chauffeur: 'Rijd je vandaag naar Argentinië?' De chauffeur leek de man te kennen. 'Nee, vandaag niet. We rijden naar Honolulu en pas op 30 februari weer naar Argentinië,' riep hij terug.

Er reden maar weinig passagiers naar het centrum van de stad, zoals Salman. Daar stapte hij over op een andere tram, die naar Bab Tuma in de christelijke wijk reed. Hij zat tamelijk vol en Salman was blij dat hij een zitplaats vond. Mannen en vrouwen in mooie kleren maakten grapjes met elkaar op weg naar een feest.

Het duivelse lichtje in Karams ogen liet hem niet los. Hij vroeg zich af waarom zijn vriend opeens zo'n belangstelling voor de geheimen van de kalligraaf had. Maar net toen hij daarover wilde nadenken, nam de tram in volle vaart een bocht. De trambestuurder begon, aangestoken door de feestgangers, met hen mee te zingen en draaide de rijkruk helemaal open. Een knappe, tamelijk gezette vrouw kon zich niet vasthouden en belandde lachend op Salmans schoot. Ook anderen lagen opeens in elkaars armen. De bestuurder zag de wankelende passagiers in zijn achteruitkijkspiegel, remde en gooide de gillende meute opgewekt door elkaar.

'Die arme jongen, je verplettert hem nog,' riep een man in een fraai donkerblauw pak met een rode anjer in zijn knoopsgat.

'Ach wat! Hij heeft plezier,' bracht een ander in feestelijke kledij daartegen in.

Giechelend probeerde de vrouw op te staan van Salmans schoot. Toen haar wang even langs zijn gezicht streek, genoot hij van de geur van haar parfum, een combinatie van citroenbloesem en rijpe appels. De vrouw stond nu weer overeind en keek Salman verlegen aan.

Het zou jaren duren voordat hij het duivelse lichtje in Karams ogen weer voor zich zou zien. Hij kon toen maar met moeite in gedachten naar het paradijs terugkeren waarvan hij in Nura's armen een voorproefje had gehad. De tramrit van die avond kon hij zich ook herinneren, en toen begreep hij waarom de duivel Karams ogen zo deed glanzen.

De nacht na zijn avontuurlijke tramrit hoorde Salman dat groenteman Sjimon naar Israël was gevlucht. Waarom? De dagen daarna keek hij vanuit zijn raam telkens omhoog naar Sjimons kamer, in de hoop licht te zien. Maar het bleef donker.

Pas een maand later huurde een echtpaar de tweekamerwoning. En nog jaren later klaagde de verhuurder van de winkel dat Sjimon hem nog drie maanden huur schuldig was.

Maar Salman en zijn buren in de armenhof wisten dat de vrek loog. Alleen al de gedroogde kruiden, de olijfolie en de exotische vruchten, die na de vlucht van Sjimon zijn eigendom waren, waren goed voor een jaar huur.

29

Meester Hamid onderschatte de fanatici. Zelf was hij geen gelovig man. Hij geloofde weliswaar dat er een of ander machtig wezen achter de schepping zat, en hij was er tot in de verste uithoek van zijn ziel trots op dat God de Arabische taal zo'n warm hart toedroeg dat Hij zijn profeet Mohammed de Koran in die taal had gedicteerd. Maar verder liet elke religie hem koud, en vroomheid en al te fanatiek geloof waren voor hem de peilers van de domheid. Hij had meer respect voor joden dan voor christenen, want hij zag duidelijke parallellen tussen het jodendom en de islam, terwijl de hooghartige christenen hardnekkig volhielden dat God voor hen een zoon had verwekt die wijn dronk en zich liet kruisigen. En deze Jezus verlangde ook nog van zijn volgelingen dat ze hun vijanden zouden liefhebben.

Hamid ging zelden naar de moskee. Maar begin januari 1956 veranderde dat opeens, toen zijn eerbiedwaardige oude meester en leraar Serani hem aanraadde vrijdags naar de Omajjaden-moskee te gaan. Daar kwamen aanzienlijke theologen, politici, de bekendste kooplieden en invloedrijke clanhoofden. Serani was bezorgd om zijn favoriete leerling Hamid. 'De mensen kletsen over je plannen en dat begint serieuze vormen aan te nemen; dat bevalt me niet. Kom vrijdag mee naar de moskee en ze zullen zien dat je een goede moslim bent.' Hamid was geroerd door de zorgzaamheid van de oude man en hij besloot vanaf dat moment elke vrijdag in de moskee te zullen gaan bidden.

Al korte tijd later, in het voorjaar van 1956, besefte hij hoe wijs zijn meester was geweest. Grote mannen van de theologie, de wetenschap en de politiek nodigden hem uit om op de thee te komen. Ze stonden verbaasd over zijn radicale pleidooi voor de sluier en de hoofddoek, en moesten toegeven dat ze heel ander beeld van hem hadden gehad.

In mei gaf hij er in dat gezelschap hoog van op dat hij een grote opdracht voor de katholieke kerk had geweigerd en binnenkort op bedevaart naar Mekka zou gaan. Maar zijn medewerkers waren niet erg onder de indruk van zijn recente vroomheid.

'Waarschijnlijk komt er een grote opdracht van de Saudi's aan,' fluisterde Samad heimelijk. Maar ook de andere gezellen twijfelden aan de echtheid van de nieuwe religiositeit van hun chef die, zoals Mahmud beweerde, elke donderdag met drie andere kalligrafen afsprak in een klein, exclusief bordeel in het nieuwe deel van de stad.

'Donderdag gaat hij toch kaarten,' bracht Samad ertegen in.

'Ja, maar niet in een café, maar bij madame Juliette. Dat heeft mijn neef, die bij een van die kalligrafen heeft gewerkt en in de buurt van die matrone woont, me verteld. Ze spelen elke donderdag, en de winnaar mag op kosten van de anderen een hoer uitzoeken.'

In de herfst van 1956 was Hamid Farsi er zeker van dat hij alle mannen van aanzien van de stad, ook de strengste theologen, ervan had overtuigd hoe belangrijk het was de kalligrafie in ere te houden. Hij sprak geen woord met hen over hervormingen en toch stonden de meesten, ondanks hun vriendelijkheid, gereserveerd tegenover zijn project. Niettemin was hij ervan overtuigd dat de conservatieve theologen hun honden, de Zuiveren, strak aan de lijn hadden.

Maar hij overschatte de invloed die deze liberale theologen op de ondergrondse fanatici hadden. Twee weken nadat Farsi het huurcontract van de school voor kalligrafie had getekend, kwam er een gebaarde man het bureau van Nassri Abbani binnen en vroeg droog waar de 'eigenaar van de winkel' was. Taufiq moest zijn best doen om niet in lachen uit te barsten. 'Ik ben de loopjongen van deze winkel, waarmee kan ik u van dienst zijn?'

'Je baas heeft een fout gemaakt. Wij hebben niets tegen zijn familie, maar hij heeft met zijn geld het duivelswerk van Hamid Farsi gesteund. Hij moet daarvan afzien en zijn geld liever aan arme moslims geven of het aan de renovatie van onze moskeeën besteden, dan overkomt hem niets.' De man sprak zonder enige emotie en joeg Taufiq grote schrik aan. Sinds zijn kinderjaren was hij bang voor zulke kille figuren. Ze begrepen niet veel en schrokken voor niets terug, want in hun waan dachten ze dat ze al met één voet in het paradijs stonden. Geen wetenschap ter wereld kon een strijder beter uitrusten.

'Luister goed, mijn chef heeft een school voor kalligrafie gesteund en geen bordeel,' zei Taufiq uit de hoogte, om zijn angst te verbergen.

'Volgens ons is die kalligrafie alleen een dekmantel is voor het werk van de duivel. En ik ben niet gekomen om met jou of met hem te discussiëren, maar om een waarschuwing af te geven,' zei de man, die opeens toch geagiteerd raakte, zich omdraaide en vertrok.

Taufiq zat bevend in zijn kantoor en moest de actie van de fanaticus eerst even verwerken. Vervolgens haalde hij diep adem en belde Nassri. Die was in een uitstekend humeur.

'Ze kunnen naar de duivel lopen. Laat ze zich liever scheren en douchen. Als kalligrafie godslastering en duivelswerk is, dan is er niets wat nog voor God staat,' zei hij.

Taufiq knikte. Maar zodra hij had opgehangen stak zijn eerdere achterdocht opnieuw de kop op, en hij herinnerde zich een uitspraak van zijn overleden vader: 'Als je Nassri vijf minuten uit het oog verliest, heeft hij een vrouw zwanger gemaakt of zijn bedrijf geruïneerd.'

De trouwe medewerker dacht er lang over na hoe hij het gevaar dat zijn chef bedreigde kon afwenden. Hij belde islamologen, professoren, liberale en conservatieve journalisten, en allemaal lachten ze om zijn angst en verzekerden hem dat de kalligrafie de hoogste kunst was die de Arabische cultuur ooit had voortgebracht. 'En nu willen die barbaren ons ook nog het goddelijke spel van de letters verbieden, alsof het duivelswerk is,' brieste Mamduh Burhan, hoofdredacteur van de conservatieve krant *Al Ajjam*. 'Ze staan toch al vijandig tegenover de geneugten van het leven en zijn wat dat betreft anti-islamitisch. Onze Profeet, God hebbe Zijn ziel, was een zinnelijke man,' zei hij tot besluit.

Maar één man gaf een antwoord dat meer inhield dan een geruststelling. Het was Habib Kahale, de ervaren journalist en hoofdredacteur van het satirische tijdschrift *Al Mudhik al Mubki*. 'Niet het schrift of de kalligrafie,' zei de elegante man, 'maar – heb ik gehoord – de geheime plannen van de kalligraaf verontrusten de fanatici, en als dat zo is, hoeft u zich geen zorgen te maken om Nassri Abbani. Hamid Farsi is hun doelwit.'

Hij adviseerde Taufiq de gestoorde fanatici te vergeten, maar de dode ogen van de gebaarde man achtervolgden hem tot in zijn dromen. In tegenstelling tot Taufiq vergat Nassri Abbani het telefoongesprek onmiddellijk, at zijn zoete dessert op, dronk een kop koffie en liep naar zijn kamer op de eerste verdieping.

Hij haalde een map uit zijn aktetas, opende die, en voor hem lagen de twee pagina's van de brief. Een kunstwerk. De beschrijving van de vrouw was perfect. En als je door je oogharen keek, veranderden de regels in een laaiende vlam.

Wat een goddelijk schrift! Nassri moest zich ertoe dwingen het prachtige vel papier te vouwen. De vouwen kwamen hem barbaars voor, maar hij deed het zo dat de rand van het papier precies gelijk lag met de middelste vouw. Hij pakte de zware gouden munt die hij in de Goudsmeden-straat in de buurt van de Omajjaden-moskee had gekocht, legde hem exact in het midden van de strook papier die was ontstaan en bevestigde hem losjes met lijm. Hij schudde de strook een paar keer heen en weer; de munt zat vast. Hij klom op het bed, hield de strook in de lucht en liet hem vallen. De strook viel, ronddraaiend als een propeller, bijna loodrecht naar beneden.

Vervolgens wachtte hij geduldig tot zijn schoonmoeder de vaat had gedaan en de keuken had opgeruimd. Na een eeuwigheid ging ook zij op bed liggen. Hij wist dat Almas allang naast haar dochter Nariman lag te snurken, die van dag tot dag meer op haar moeder ging lijken.

Het was zo stil als op een kerkhof toen Nassri langzaam naar de houten ladder liep, er voorzichtig en geruisloos op klom en snel de deur van het zolderappartement achter zich sloot.

Buiten legde de zon een deken van licht over de stad. Het was aangenaam warm, maar de nachtelijke kou was nog niet uit de zolderwoning verdreven. Nassri huiverde en liep naar het raam. Hij wierp een blik op de binnenplaats beneden, waar de vrouw in een grote stoel naast de fontein lag te zonnen. Ze las. Toen hij het raam opende, keek ze omhoog en lachte. Nassri had kunnen sterven van geluk. Hij groette haar met een knikje en liet haar het papier zien. De wind was nu gaan liggen. Hij liet de strook omlaagzweven en zag de verbazing op het gezicht van de vrouw. Ze lachte en sloeg haar hand voor haar mond. De propeller kwam twee meter van de muur neer, niet ver van de fontein.

De vrouw ging rechtop zitten, glimlachte nog eens naar hem en stond op om de strook papier te halen. Toen hoorde Nassri voetstappen en een klap. Het klonk alsof iemand met een hamer tegen een deur sloeg. Snel sloot hij het raam, aarzelde even en stapte het kleine terras voor het zolderappartement op. Op dat moment zag hij zijn vrouw het trappenhuis van de eerste verdieping naar de begane grond binnengaan. Hij bleef voor de ladder wachten om te zien of hij zich misschien had vergist. Maar er kwam niemand het trappenhuis uit.

Een hallucinatie, veroorzaakt door mijn knagende geweten, dacht hij, en hij glimlachte, want sinds zijn kinderjaren had hij eigenlijk geen gewetenswroeging meer gehad. Hij stapte op de eerste sport van de ladder, en toen hij met zijn andere voet de volgende zocht, begaf het hout het onder hem en viel hij de diepte in, zocht met maaiende armen houvast, en kwam met zijn linkerbeen onzacht op de grond terecht.

Een van pijn vervulde duisternis viel als een plank over hem heen. Toen hij bijkwam, lag hij in het ziekenhuis. Zijn linkerbeen zat in het gips en liet zich niet bewegen.

30

Hamid Farsi ging tegen zijn verzamelde medewerkers tekeer, want alleen zij hadden weet van Nassri Abbani's grote gift en van de twee marmeren plaquettes die gezel Samad naar het ontwerp van zijn chef in het atelier had uitgehouwen. En hij was ook degene die Hamid erop had gewezen dat loopjongen Salman wellicht de verrader was, omdat hij de medewerker was die de meeste gesprekken met de klanten kon afluisteren.

'Maar hij is toch christen?' wuifde meester Hamid zijn woorden weg. Samad was niet onder de indruk: 'Christen of jood, verraders zijn het allemaal. Ze hebben hun Jezus voor dertig zilverlingen verkocht. Mahmud moet alles uit hem trekken, tot hij zingt als een kanarie.'

De meester zweeg. Ten slotte stemde hij toe.

De volgende dag kwam de arme loopjongen onder de blauwe plekken aanzetten. Zijn handen en ogen waren gezwollen en hij had een akelig dikke wond met een bruine korst naast zijn linkeroor. Maar Mahmud had niets uit hem gekregen, niets. Samad stond met gebogen hoofd voor zijn meester.

Hamid vroeg Salman schijnheilig wat er was gebeurd, en deze zei uit angst voor Mahmud dat hij van zijn fiets was gevallen en in een laaggelegen berm was beland.

Het was de dag voor Kerstmis. Hamid keek de magere jongen medelijdend aan. 'Jullie vieren morgen de geboorte van jullie profeet, nietwaar?' vroeg hij. Salman knikte. 'Daarna viert de wereld oud en nieuw. Blijf tot 2 januari maar thuis en word snel beter,' zei hij, en hij haalde zijn portemonnee uit zijn zak, overhandigde Salman zijn volle maandloon en nam afscheid van hem.

Op dat moment verscheen zijn zus Siham in de deur van het atelier. 'Wegwezen hier,' riep Hamid kwaad. 'Vandaag heb ik geen tijd voor je en ook geen geld.' Hij duwde haar naar buiten. Zijn zuster mompelde iets, bonkte met haar vuist op de glazen deur en vertrok.

'En voor straf mag Mahmud voor loopjongen spelen,' schreeuwde Hamid, zodat iedereen in de werkplaats het kon horen.

Dat was voor de volwassen gezel Mahmud inderdaad een harde straf. Maar een ergere zou in januari volgen.

Toen Salman Nura vanuit een telefooncel over het voorval vertelde, wilde ze hem beslist zien. Salman schaamde zich voor haar blik, maar ze wilde hem per se ontmoeten.

Ze zaten in een café in het nieuwe deel van de stad in de buurt van de Fardus-bioscoop. Salman zweeg. Nura was ontzet. Wat hadden ze Salman toegetakeld! Hoe kon haar man zo wreed zijn? Toen ze hem zag huilde ze, kuste hem op zijn ogen en was niettemin niet bang. De cafébaas keek meewarig naar het stel. Nura voelde een verbitterde haat jegens haar man. Na hun ontmoeting ging ze naar Dalia. Ze vertelde haar niets, maar dronk voor het eerst van haar leven arak. Daarna voelde ze zich lichter. Toen ze afscheid nam, drukte de kleermaakster haar stevig tegen zich aan. 'Pas goed op jezelf, kindje,' zei ze zacht. Nura knikte en liep langzaam naar huis.

Op 3 januari, toen Salman weer terug was in het atelier, vroeg Karam hem of hij van Mahmuds ziekte wist. Salman schudde van nee.

'Ik heb gehoord dat hij ernstig ziek is en vanaf morgen niet meer zal kunnen werken,' zei Karam, en hij lachte veelbetekenend. Die dag was Salman bijzonder verstrooid. Nura had terloops gezegd dat ze iemand kende die voor honderd lira echte papieren en een nieuwe identiteit kon regelen.

Hoe kan iemand je echte papieren met een andere naam bezorgen, wilde hij vragen. Tot dan toe had hij alleen van goede en slechte vervalsingen gehoord. 'Blijkbaar heeft hij toegang tot de gegevens van het bevolkingsbureau,' vervolgde Nura, alsof ze zijn vraag had gehoord, 'en kan hij de doden weer tot leven wekken, of mensen klonen.'

Salman was nog altijd bezig met de vragen die dat verhaal van een tweede identiteit opriep, en het liet hem tamelijk koud of de lomperik Mahmud al dan niet ziek was.

Pas de volgende dag zou hij vaststellen dat hij niet goed naar Karam had geluisterd, laat staan dat hij had begrepen wat deze had gezegd.

De kalligrafengezel werd in de nacht van de 3de januari door vier gespierde gebaarde mannen overvallen. Ze sloegen genadeloos op hem in en riepen bij elke klap: 'Allahu Akbar', 'God is groot', alsof ze een religieuze handeling verrichtten. En toen verbrijzelde de grootste van hen zijn rechterhand met een voorhamer.

Als een voorbijganger de zacht jammerende man niet in de donkere ingang van een magazijn had ontdekt, zou Mahmud aan zijn inwendige bloedingen zijn overleden. Maar alsof dat nog niet genoeg was, werd Hamid 's ochtends vroeg gebeld door een onbekende, die hem meedeelde dat zijn gezel had geprobeerd een jonge vrouw te verkrachten. Daarom hadden haar broers de hand gebroken waarmee hij de vrouw had aangeraakt.

Hamid gooide de hoorn zo snel op de haak alsof hij zijn hand eraan had gebrand. Aanvankelijk repte hij met geen woord over de aanslag, maar een dag later was iedereen in het atelier op de hoogte. Meester Hamid was naar een vergadering met de minister van Onderwijs en Cultuur, en toen de telefoon ging nam Samad op.

Het was Mahmuds vrouw, die Samad huilend vertelde dat haar man nu – God zij dank – niet meer in levensgevaar verkeerde. Maar zijn rechterhand zou hij nooit meer kunnen gebruiken. Ze huilde bittere tranen, want allen in het ziekenhuis wisten dat Mahmud vanwege een verkrachting was afgestraft. Nu werden ze allebei evenzeer geminacht.

Samad sprak twee of drie troostende zinnen en hing op. Salman werd heen en weer geslingerd tussen dankbaarheid tegenover Karam, die bij die les gegarandeerd aan de touwtjes had getrokken, en afschuw over de wreedheid van de straf, die ook Mahmuds gezin trof – waardoor dit nu in armoede moest leven. Wat voor hardvochtig spel speelde Karam?

Die droevige dag moest gezel Radi voor het eerst overgeven. Het werd voor de meester verborgen gehouden. Het zag er niet goed uit, maar Radi herstelde de dagen daarna weer enigszins. Als de bleke Radi maagkramp kreeg, kwam Salman met verschillende soorten kruidenthee.

Hamid treurde niet lang om Mahmud. Een week later stuurde hij zijn assistent Samad erop uit om een goede jonge kalligraaf te ronselen van wie de meester had gehoord. Samid moest de zaak tijdens een smakelijke lunch afhandelen. Hamid gaf hem twintig lira: 'Geef hem goed te eten. De maag maakt de ziel bescheiden.'

Twee dagen later arriveerde de nieuwe gezel. Hij heette Basjir Magdi en droomde ervan op een dag alle schriftsoorten van kranten en tijdschriften opnieuw te ontwerpen. Het was een grappige vent en hij was van meet af aan op Salman gesteld. Alleen Hamid had iets op hem aan te merken: 'Je moet hier niet voor wegwerppapier, maar voor de eeuwigheid produceren. Laat de tijd en niet je haast in de letters wonen.'

Maar Basjir kon niet langzaam werken. Twee maanden na zijn aanstelling wierp hij de handdoek in de ring. Hij ging naar een grote krant en werd er hoofd Kalligrafie.

Het ging slecht met Salmans moeder. Met de kerstdagen had ze koorts, ze knapte weer iets op en belandde vervolgens weer krachteloos in bed. Salman kocht dure medicijnen, maar die verlichtten alleen de pijn; ze brachten zijn moeder geen genezing.

Elke vrijdag nam hij haar mee naar dokter Sahum, want die dag behandelde hij kosteloos de armen. De praktijk was overvol, en je moest lang wachten, maar dokter Sahum bleef vriendelijk tot de laatste patiënt. Uiteindelijk kon hij ook niet zeggen wat Salmans moeder precies mankeerde. Algehele uitputting? Een virusinfectie? En toen nam hij Salman terzijde en deelde hem mee dat zijn moeder niet lang meer te leven had. Ze was nog geen veertig.

Salman en zijn vader, die opeens tot bezinning was gekomen, verzorgden haar en ook de buren hielpen mee. Maar zijn moeder herstelde niet.

Wat een ellende, dacht hij op weg naar zijn werk. Een mens als zijn moeder werd in armoede geboren, aan een vreemde man verkwanseld die ze niet liefhad en niet respecteerde, en die haar niet liefhad en niet respecteerde, ze leed haar leven lang pijn en stierf dan nu langzaam een pijnlijke dood.

'Soms denk ik dat God zich op de verkeerde mensen wreekt,' zei hij tegen Nura.

Nadat Salman die ochtend het atelier grondig had schoongemaakt, zoals elke week, moest hij een ingelijste kalligrafie, die al was betaald, naar een klant brengen. Hij wikkelde het kostbare werk in krantenpapier en vertrok kort voor tienen. Ter hoogte van de Victoria-brug kreeg hij Vlieger in het oog, die braaf voor een blinde bedelaar lag.

'Vlieger, mijn lieve hond, wie had dat gedacht?' fluisterde hij opgewonden. Het liefst was hij naar hem toe gerend, maar hij was bezorgd voor de kalligrafie. Daarom ging hij eerst naar de architect drie straten verderop om het kunstwerk af te leveren. Hij moest wachten tot de architect de kalligrafie persoonlijk in ontvangst zou nemen en hem zou bedanken, dat had Hamid hem opgedragen. Hamid was een trotse kalligraaf, die graag het verhaal over de Egyptische heerser en de Perzische kalligraaf vertelde. Mohammed Ali, de grote Egyptische heerser, verzocht de Perzische kalligraaf Sinklach een beroemd religieus gedicht te kalligraferen om het in de grote moskee op te hangen die Mohammed Ali op dat moment in Cairo liet bouwen. De kalligraaf werkte twee maanden aan zijn kunstwerk. Toen het af was, beval hij zijn dienaar de rol naar Egypte te brengen. Aan het hof moest hij meedelen dat hij het gekalligrafeerde gedicht bij zich had. Indien de heerser niet zou opstaan en de rol met de nodige eerbied in ontvangst zou nemen, moest de dienaar rechtsomkeert maken. Hij verlangde respect voor de kalligrafie. Maar niet alleen Mohammed Ali, zijn hele hofhouding kwam overeind en jubelde toen de dienaar de zaal met de grote rol betrad.

In het kantoor van de architect wilde de secretaresse hem eerst afwimpelen, maar Salman hield voet bij stuk, en uiteindelijk haalde ze haar chef. Die nam de kalligrafie verheugd in ontvangst, gaf Salman een fooi en vroeg hem zijn meester de hartelijke groeten en zijn dank over te brengen, zoals het hoorde.

Salman vloog naar buiten en rende aan één stuk terug naar de Victoria-brug. Godzijdank bevond de hond zich nog steeds op dezelfde plek. Hij was gaan liggen en keek naar de voorbijgangers. Achter hem zong de blinde bedelaar met een hartverscheurende stem over zijn lot. Opeens kwam de hond overeind en keek om zich heen. Hij was overdekt met littekens en zag er oud uit, maar de brutale, ondeugende blik die hij als pup al had, was hetzelfde gebleven. Honden kunnen je zo aankijken dat je denkt dat ze alles begrijpen, dacht Salman.

Vlieger rende op Salman af, sprong kwispelend tegen hem op en gooide hem bijna omver. Hij had hem herkend en gaf luid blaffend blijk van zijn blijdschap om het weerzien. 'Vlieger!' riep Salman, 'lieve Vlieger!'

De bedelaar hield op met zingen. 'Aini!' riep hij, 'Aini, kom hier, Aini, zit!' Maar de hond reageerde niet op zijn geroep. 'Help, iemand wil mijn hond stelen,' schreeuwde hij uit alle macht. 'Help alsjeblieft een blinde, God zal jullie belonen!'

'Hou op met schreeuwen,' riep Salman tegen hem. 'Niemand pakt je iets af. Dit is mijn hond. Ik heb zijn leven gered toen hij was achtergelaten en hij is bij mij opgegroeid, totdat hij werd gestolen. Hij heet Vlieger.' Salman zag onzekerheid en angst op het gezicht van de jonge bedelaar. 'Let op hoe hij naar me luistert. Vlieger! Zit!' En de hond ging zitten en kwispelde, en hoewel hij graag naar Salman toe wilde, bleef hij zitten. De bedelaar merkte dat de hond gehoorzaamde.

'Het is mijn hond, ik ben al jaren naar hem op zoek. Hoeveel wil je voor hem hebben?' vroeg Salman.

'Misschien was het jouw hond,' zei de bedelaar met klaaglijke stem, 'maar nu is hij het licht van mijn ogen. Nu heet hij Aini, mijn oog, en past hij de hele dag op mij. Je mag hem niet van me afnemen. Een keer heeft hij mij, toen slechte jongens me wilden beroven, heldhaftig gered. Moet je die littekens eens zien.'

'Maar...' protesteerde Salman.

'Niets te maren, Aini en ik leven al jaren in de beste harmonie. Hij is mijn zorgzame broer, die zelfs met me meehuilt als ik verdrietig ben.'

'Goed. Ik begrijp het,' zei Salman. 'Je mag de hond hebben en ik doe er nog een cadeau bij. Van nu af aan noem je hem Vlieger, en zal je naar een koffiehuis meenemen, een heel chic café in de Soek Suraja-wijk, niet ver hiervandaan. Vlieger heeft de cafébaas, Karam, een keer het leven gered. Hij kent de hond en houdt van hem. Elke middag, om twaalf uur precies, krijg je daar een maaltijd, en Vlieger ook. Akkoord? Karam is een royale man, maar alleen als je de hond voortaan Vlieger noemt.'

'Akkoord, voor een warme maaltijd noem ik mezelf ook nog Vlieger. Hoe heet dat koffiehuis?'

'Café Karam. Ik ben daar tussen twaalf en halfeen,' zei Salman, en hij aaide Vlieger, die, gerustgesteld door de verzoenende toon, lag te dommelen.

Karam was zichzelf niet meer. Noch van Vlieger, noch van de bedelaar wilde hij iets weten. Op luide toon weigerde hij het eten af te staan.

Toen Karam Salman zag komen, schudde hij zijn hoofd. Vervolgens greep hij hem bij zijn hemd en trok hem het café in, terwijl Darwisj de bedelaar iets beleefder dan zijn chef verzocht verder te lopen en de gasten niet met zijn hond lastig te vallen. Ondertussen stak hij hun heimelijk een broodje falafel toe.

'Ben je niet goed wijs, om die luizige bedelaar en zijn schurftige hond naar mijn café te sturen?' siste Karam tegen Salman.

Salman was geschokt en tegelijk schaamde hij zich. Hij wilde vragen wat er zo erg aan was dat een bedelaar een keertje in het café zat, maar Karam gaf hem geen kans. 'Jij moet je mond houden. Weet je wel wie hier komt? Heb je hier niet lang genoeg bediend? Mensen uit de hoogste kringen, voormalige ministers, de huidige ministerpresident, zijn neef, juweliers, professoren, geleerden, de sjeik van de Omajjaden-moskee, verschillende generaals bevinden zich onder mijn stamgasten, en jij kunt niets beters bedenken dan die brutale bedelaar op mijn dak te sturen. Ga naar buiten en haal die herrieschopper weg voor mijn café,' riep hij kwaad.

Precies op dat moment hoorde Salman de bedelaar zijn hond roepen: 'Kom, Aini, hier stinkt het naar gierigheid en ontbinding. Moge God degene straffen die ons heeft misleid. Kom, Aini, kom,' riep hij, en hij vertrok.

Salman huilde van woede. Hij haatte meester Hamid, die hem die ochtend geen minuut rust had gegund; hij haatte Karam, die zich zo druk maakte; maar het meest haatte hij zichzelf.

Vlieger zag hij nooit meer terug.

Salman gebruikte zijn fiets alleen voor de rit 's middags naar het huis van zijn meester en terug. Hij zou hem graag eens in de armenhof hebben laten zien, maar hij was bezorgd dat hij verraden zou worden, want Basem en Ali, die in het atelier werkten, woonden nog geen honderd meter van zijn straat vandaan.

Op de fiets zag Salman de stad Damascus anders dan te voet of vanuit de bus. Opeens viel het hem op hoeveel buitenlanders er in de stad werkten. Op een dag zag hij een boer die achter zijn sterke, zwaar bepakte muilezel aan liep. Het dier was nauwelijks te ontwaren onder de lange boomstammen en takken. Met slaperige stem riep de boer telkens weer: 'Brandhout! Let op je rug! Brandhout!'

Salman wist van zijn vader dat de boeren het hout van oude en zieke bomen verkochten, omdat het aardig wat geld opleverde. Zelf stookten ze alleen met gedroogde plakken koemest en stro.

De boer kwam bij een kruising, waarnaast drie mannen geleund op reusachtige bijlen stonden te roken en grappen maakten. Toen een vrouw twee stukken hout kocht, stapte een van de mannen eropaf en hakte ze klein. Hij kwam uit Albanië en verdiende hier zijn karige loon. De messenslijpers in Damascus waren afkomstig uit Afghanistan, de horlogemakers waren Armeens, de tapijthandelaren Perzisch en de notenverkopers op straat kwamen uit Sudan.

Begin februari werd het beter weer, en na een paar zonnige dagen haalden de bewoners van Damascus opgelucht adem. Ook Salmans moeder voelde zich beter. Ze stond met rode wangen op en had duizend plannen. Maar de dokter waarschuwde haar en zei dat ze het kalm aan moest doen.

Op een ochtend verraste zijn moeder hem bij het ontbijt. 'Weet je waarvan ik altijd heb gedroomd?' vroeg ze ietwat verlegen. Salman schudde zijn hoofd.

'Om een eindje op een fiets te rijden. Zelf kan ik niet fietsen, maar als jij met me zou willen rijden zou ik heel trots op je zijn. Wil je mijn wens vervullen?'

'Natuurlijk,' zei Salman.

Op een middag was het zover. Na het werk reed hij met de fiets door de toegangspoort de armenhof in. Hij haalde een plaid, vouwde die uit op de kleine bagagedrager en nodigde zijn moeder uit om erop te gaan zitten.

De buren, vrouwen en mannen, kwamen naar buiten en namen voor de deur plaats op hun krukjes om naar de vrolijke vrouw voor op de transportfiets te kijken. Barakat, de bakkersgezel met de mooie dochters, die inmiddels allemaal waren getrouwd, gooide een rood windmolentje naar zijn moeder, dat aan een stokje vastzat. Ze lachte, hield het omhoog en de wind liet het rode wiel draaien. Voor het eerst in zijn leven hoorde Salman zijn moeder een vrolijk liedje zingen.

Ruim twintig rondjes reed Salman, met een meute jubelende en zingende kinderen in zijn kielzog. Iedereen die een fiets had, reed achter Salman aan, en allemaal belden ze aan één stuk door met hun fietsbel. Het leek wel een bruidsstoet. De politieman Kamil, de vader van Sarah, ging in uniform midden op de hof staan en regelde met zijn fluitje het verkeer.

Het viel Salman op hoe knap en jeugdig Sarahs vader eruitzag, in tegenstelling tot haar moeder, die een oude en afgeleefde indruk maakte – en bijzonder jaloers was. Hij herinnerde zich wat Sarah hem jaren geleden had verteld: 'Elke avond slikt mijn moeder haar jaloezie in en besluit ze mijn vader te vertrouwen, maar 's nachts kruipt de jaloezie weer uit haar geopende mond, en als mijn vader 's ochtends vroeg het huis verlaat, springt de jaloezie behendig op mijn moeders schouder en fluistert haar in dat haar twijfel terecht is. Ze geeft dat onding, dat als een klit aan haar blijft plakken, te eten als een huisdier. Tegen de avond is het dan zo groot als een kip. En als mijn vader vermoeid thuiskomt van zijn werk, schaamt mijn moeder zich, geeft hem met een slecht geweten een kus, slacht haar jaloezie en eet die weer op.'

Salman reed zo lang rondjes met zijn moeder tot ze hem doodmoe en zielsgelukkig vroeg te stoppen. Hij reed haar naar de voordeur. Ze stapte af en omhelde hem. 'Het was mooier dan de droom die ik sinds mijn kinderjaren met me heb meegedragen.'

Een week later raakte zijn moeder in coma. Salman zong zacht haar liedjes bij haar bed, maar ze reageerde niet meer. Af en toe verbeeldde hij zich dat ze haar hand bewoog om aan te duiden dat hij verder moest zingen.

Eind februari, één dag na Salmans ontslag, stierf ze in de nacht. Ze lag er heel stil bij, een zweem van een glimlach om haar lippen. Salman werd gewekt door de schreeuw van zijn vader, die huilde als een kind en om vergeving vroeg. Onder haar kussen vonden ze het rode windmolentje.

Na het incident met de bedelaar meed Salman het café van Karam een week lang. Ook ging hij op vrijdag niet naar diens huis.

Toen hij dagen later zijn fiets naar de binnenplaats van de pottenbakkerij wilde terugbrengen, zag hij Karam daar. 'Wacht, waar ren je naartoe?' vroeg Karam vriendelijk, bijna smekend.

Salman antwoordde niet, maar bleef staan en sloeg zijn ogen neer. 'Je moet mij ook begrijpen,' zei Karam. 'Ik kan niet alle hongerigen van de wereld bij me opnemen.'

'Dat verlangt niemand van je. Ik wilde alleen Vlieger terugzien, en die dag is het me niet gelukt je vooraf op de hoogte te stellen. Dat spijt me, maar je moet me niet verwijten dat ik je heb geruïneerd.'

'Nee, nee, je hebt me niet geruïneerd. Het spijt me oprecht, en ik vraag je om vergeving. Zullen we weer vrienden zijn?' vroeg hij. Salman knikte, en Karam trok hem naar zich toe en omhelsde hem.

'Niet zo stevig, anders zet iemand Badri tegen me op,' schertste Salman.

Naast elkaar liepen ze naar het café. 'En,' wilde Karam weten toen ze alleen aan een tafeltje op een rustige plek zaten, 'nog nieuws van het liefdesfront?' Maar Salman wilde geen woord over zijn hartstochtelijke liefde voor Nura zeggen. Niet omdat hij hem niet vertrouwde, maar gewoon omdat hij die kostbaarheid, zijn liefde voor Nura, met niemand wilde delen.

'Nee, helaas komt de liefde nog steeds maar van één kant. Misschien vindt ze me aardig, is ze vriendelijk tegen me, maar ze is heel trouw aan haar man, en ze kan niets met mannen beginnen die afstaande oren hebben,' zei hij, en hij had zoveel binnenpret dat hij bijna de hik kreeg.

31

Het waren zijn brieven die Asmahan deden vergeten dat ze nooit meer van iemand mocht houden. Maar ze was haar gevoelens allang niet meer de baas en ze verloor haar gekunstelde nuchterheid zodra Nassri haar huis binnenkwam. Ze werd weer het jonge meisje dat meer dan tien jaar geleden vol verlangen op de woorden van haar toenmalige geliefde wachtte en 's nachts opbleef als een van de brieven te laat was.

Toen ze tot over haar oren op de bleke buurjongen Malik verliefd werd, was ze tien of elf. Hij was nog geen vijftien, maar hij bezat de geheime sleutel van de poëzie waarmee hij de werelden voor haar ontsloot die achter de letters schuilgingen. Dat was lang geleden.

Asmahans moeder kwam uit een rijke familie. In 1930 had ze als derde vrouw in Syrië eindexamen gedaan, twee jaar voor Asmahans geboorte.

Haar vader was afkomstig uit een handelaarsfamilie uit de stad, die al vanaf de middeleeuwen handelsbetrekkingen met Venetië, Wenen, Londen en Lübeck onderhield. Hij had de leiding over een tabaksfabriek, en hoewel hij moslim was, stuurde hij haar net als zijn vier andere kinderen naar een christelijke eliteschool. Ze bezocht een meisjesschool in het stadsdeel Salihije, drie straten van het huis waar ze nu woonde. De school werd geleid door strenge nonnen in merkwaardige kostuums. Ze droegen een sneeuwwit hoofddeksel waar aan beide kanten scherpe flappen uitstaken. Als de nonnen liepen, gingen de flappen op en neer, zodat het leek of er een zwaan op hun hoofd zat die zich klapwiekend in evenwicht probeerde te houden.

De school beschikte over een grote bibliotheek, maar de leerlingen mochten de boeken niet aanraken. Ook thuis mocht Asmahan niet bepalen wat ze wilde lezen. Haar vader bewaarde zijn boeken in een mooie muurkast met glazen deuren. Ze leerde de titels op de boekruggen allemaal uit haar hoofd, maar ze kwam nooit op het idee een van de boeken eruit te halen en te lezen. Malik was degene die tegen haar zei dat juist de verboden boeken alles van waarde voor een mens bevatten. Op een dag vond ze de sleutel van de boekenkast en pakte een van de boeken waarvan de titel haar altijd al had gefascineerd: *Het geheim van de woorden*. Ze las met kloppend hart. Malik kende het boek en zei tegen haar dat ze verder moest lezen, want ook alles wat ze niet begreep zou zich in haar verzamelen en wachten op het juiste moment, om dan als een bloemknop open te gaan.

Het zou vijf jaar duren voor ze alle boeken van de bibliotheek van haar vader had gelezen. Ze nam elke keer een boek mee naar haar heimelijke ontmoeting met Malik en las een gedicht of een anekdote over de liefde voor. Als hij luisterde, leek Malik nog bleker te worden dan hij al was. Soms huilde hij, als het gedicht over liefdespijn ging.

Ashaman had nooit meer iemand ontmoet die beter kon luisteren dan hij. Ze voelde dat Malik een onzichtbare magneet in zijn oren had waarmee hij haar woorden met zoveel gretigheid aantrok dat hij ze bijna uit haar mond plukte. Daarom kriebelde haar tong zo vreemd als ze hem iets vertelde.

En nadat ze hem had voorgelezen legde hij haar uit wat de zinspelingen in de dichtregels betekenden, en het kwam haar voor alsof hij haar bij de hand nam en naar een geheime lusthof voerde. Malik kon niet alleen de zichtbare woorden lezen, maar zag ook hun onzichtbare wortels.

Door een geheime doorgang in de heg kwam ze bijna elke dag in de tuin van zijn ouderlijk huis, waar ze elkaar in het gereedschapsschuurtje ontmoetten. De grote tuin was verworden tot een jungle van wilde bomen en struiken, want zijn ouders hadden een hekel aan tuinieren en konden niets beginnen met rozen, wijnstokken, sinaasappel- en moerbeibomen. Ze hadden het huis geërfd en laten vervallen. En nog voor ze in 1950 naar Amerika emigreerden, was het huis, dat ooit voornaam was geweest, bijna een bouwval.

Maar dat gebeurde pas jaren later, toen Ashaman al was getrouwd en Malik drie jaar onder de grond lag.

Vijf jaar lang ontmoette ze hem bijna elke dag. Tot Maliks dood merkten haar moeder en haar broers en zussen daar niets van.

Het leek wel een drugsverslaving. Hij zat er altijd, alsof hij haar verwachtte. En toch was hij elke keer zichtbaar opgelucht als ze kwam.

Zodra ze op de grote oude bank met het rode velours zaten, dat ooit een luxe uitstraling moet hebben gehad, raakte hij haar lippen met zijn tere vingers aan en begon gedichten over de schoonheid van vrouwen voor te dragen. Het waren, zoals ze pas laat had begrepen, zijn eigen gedichten, die haar schoonheid bezongen. Ze vergat de opgestapelde bloempotten, het roestige gereedschap van de vroegere tuinlieden, de gieters en de slangen. Ze was ontroerd door zijn woorden en ze bewoog zich in een andere wereld, die alleen hun tweeën toebehoorde.

Een keer bracht hij een groot boek mee, waarvan de bladzijden vol stonden met ornamenten van ineengestrengelde letters, die voor haar onbegrijpelijk waren. Af en toe herkende ze een woord, een letter, maar het geheel bleef een raadsel. De letters vormden een elegante jungle van zwarte inkt en witte tussenruimtes.

Die dag kuste hij haar lang; ze werd er duizelig van. Hij pakte haar wijsvinger en bewoog die langs de letters, en ze merkte hoe het schrift in haar vloeide. Het boek lag voor haar op een oude lage tafel. Malik boog zich dichter naar het vel papier toe en zocht de weg in de doolhof van lijnen, bogen en punten, en in het licht dat door het gekleurde glas van het raam viel, zag hij er goddelijk uit. Toen ze hem op zijn oorlel kuste, glimlachte hij en ging met zijn vinger langs een woord dat ze nu zag loskomen uit het woud van letters en kon lezen: liefde.

Op een andere dag zag ze hem voor een groot boek in het tuinhuis zitten. Hij stond meteen op, glimlachte tegen haar, pakte haar hand en nam haar mee naar de bank. Hij kuste haar heftig, zodat ze volkomen in de war raakte. Hij joeg haar angst aan, want het leek alsof hij in een roes verkeerde. Ze lag onder hem, en hij kuste haar niet alleen op haar mond, hals en wangen, maar raakte als een blinde ook haar riem aan en kuste die, en hij raakte haar horloge aan en kuste dat; hij kuste haar jurk, haar knieën en haar ondergoed en maakte ondertussen een geluid als het zachte gejammer van een baby die hongerig op zoek is naar de borst van zijn moeder.

Toen glimlachte hij, kwam overeind en wachtte tot ze was gaan zitten, nam haar rechterwijsvinger in zijn hand en ging langs de woorden van het eerste grote ornament van het boek.

Het waren de regels van een vurig erotisch gedicht en ze begreep al snel dat het boek een verboden boek over de liefde was. De schrijver had in de veertiende eeuw geleefd en gedurfde, openlijk erotische gedichten uit de hele wereld verzameld en door de kunst van de kalligrafie verborgen. Alleen kenners waren in staat de geheimen van de letters te ontsluiten. Voor niet-ingewijden zag het schriftbeeld eruit als een fraai ornament.

Pagina na pagina werden de verboden liefde, het liefdesspel en het groeiende verlangen de geliefde aan te raken beschreven. En keer op keer bezongen de regels tot in detail de lichamelijke schoonheid van mannen en vrouwen. Vaak stond er een misleidende, goed leesbare religieuze spreuk boven de erotische versregels. Malik leidde Asmahans vinger verder, tot ze een hevig verlangen naar hem voelde opkomen. Ze omhelsde hem en hoorde, boven op hem liggend, het snelle kloppen van zijn hart.

Ze beminde hem, erotisch en onschuldig tegelijk. De dagen, maanden en jaren vlogen razendsnel voorbij; daarom wist ze later de jaren niet meer van elkaar te onderscheiden. Ze werd pas wakker toen hij opeens ernstig ziek werd.

Had ze al die jaren niet geweten dat hij ongeneeslijk ziek was? Was ze nooit bezorgd om hem geweest? Waarom had ze gedagdroomd en al die plannen gemaakt, hoewel ze wist dat zijn hart ongeneeslijk ziek was? Had ze misschien zo met hem gedweept, opdat hij langer zou leven?

Volledig onverwacht stond zijn zus op een dag voor haar huisdeur en mompelde met neergeslagen ogen dat Malik op sterven lag en haar wilde zien. Ashaman ging meteen op weg, en rende aan één stuk door van haar straat naar het verre Italiaanse ziekenhuis. Zijn kamer was vol mensen. Malik zag haar en glimlachte. In de stilte die opeens viel, zei hij: 'Dat is ze. Dat is ze.'

De geringschattende blikken van de aanwezigen deden haar beseffen dat ze haar sloffen nog aanhad. 'Kom hier, ik wil je iets laten zien,' zei Malik nauwelijks hoorbaar, maar ze kon vanuit de deuropening alles zo duidelijk verstaan alsof hij de woorden in haar oor fluisterde. Maar haar voeten kleefden aan de grond, alsof de anderen ze met lood hadden verzwaard.

'Ik wil alleen zijn,' hoorde ze Malik tegen zijn moeder zeggen, die met rode, gezwollen ogen zijn hand vasthield. Ashaman ging op de rand van het bed zitten, en toen hij zijn hand naar haar uitstak, keek ze verlegen om zich heen en zag dat de kamer als bij toverslag was ontruimd.

'Ik heb iets voor je geschreven,' zei hij, en uit zijn nachtkastje haalde hij een rechthoekig pakje, dat onbeholpen in papier was gewikkeld en met een dik touw was dichtgebonden. Met trillende vingers peuterde Ashaman de vele vastzittende knopen los en verscheurde ongeduldig het papier. Er kwam een kleine ingelijste kalligrafie tevoorschijn. Hij was heel ingewikkeld en zag eruit als een roos.

'Als je dat kunt lezen, zul je aan me denken,' zei Malik, naar lucht happend.

'Liefde is de enige ziekte waarvan ik niet wil genezen,' kon ze een halfjaar later ontcijferen. Haar leven lang begeleidde de kleine ingelijste spreuk haar als een icoon.

Twee dagen na haar bezoek aan het ziekenhuis ontwaakte ze in de ochtendschemering uit een nachtmerrie. Ze hoorde dat iemand naar haar riep, liep haar kamer uit en het kleine terras op, maar haar ouders en haar drie jongere broers sliepen nog aan de andere kant in hun kamers.

Pas later zou Asmahan van Maliks zus, die elke nacht naast zijn bed op de grond had geslapen, horen dat Malik die ochtend op het moment dat hij overleed luid haar naam had geroepen.

Malik was nog geen twintig, Ashaman net vijftien. Een week later kreeg ze koorts en verloor het bewustzijn. Toen ze bijkwam, wist haar moeder het hele verhaal over Malik. Hoe ze dat te weten was gekomen, bleef haar geheim. Ze troostte Asmahan en vroeg of bij haar 'van onderen' alles in orde was, en ze was zichtbaar opgelucht toen ze hoorde dat Ashaman nog maagd was.

Asmahan beloofde zichzelf plechtig nooit meer van iemand te zullen houden. Ze verklaarde haar hart dood, maar ze besefte niet dat een hart geen verstand heeft waarmee het zoiets zou kunnen begrijpen.

Naarmate ze ouder en vrouwelijker werd, bekeken de mannen haar met groeiend verlangen, maar hun koortsige blikken lieten haar koud.

'Hoe bedoel je, pas vijftien? Ze heeft meer ervaring in de liefde dan ik. Ze heeft dringend een man nodig,' zei haar moeder dezelfde avond tegen Asmahans vader.

Asmahan trouwde een jaar later met haar tien jaar oudere neef, een lompe, onvriendelijke chirurg, een patholoog-anatoom die meer begreep van lijken dan van levende lichamen en de ziel.

Begin 1950 kreeg Asmahans vader een gedenkwaardige brief uit Florida. Die brief kwam op het goede moment, want haar vader had door te speculeren al zijn geld verloren. Hij leefde nog van wat hij verdiende als directeur van de tabaksfabriek, maar moest algauw schulden maken om zijn kostbare levensstijl te financieren. Nog geen halfjaar later rustten er verschillende hypotheken op het huis. Op het laatste moment kwam, als een geschenk uit de hemel, de brief. De oom van haar vader was een rijke hoteleigenaar, maar hij was kinderloos gebleven. Na een aantal scheidingen en kostbare processen haatte hij de Amerikanen. Omdat hij bang was dat de staat aan het eind van zijn lange werkzame leven ook nog zijn grote vermogen zou erven, liet hij zijn enige neef komen, die hij van voor zijn emigratie kende. Hij moest komen, een *green card* bemachtigen en alles erven. Door het ticket was zijn vader ervan overtuigd dat het geen grap was.

Al na drie weken had hij de nodige papieren bij elkaar, zegde alles op en emigreerde met zijn hele gezin.

Het was een ontroerend afscheid in de haven van Beiroet. Iedereen huilde, alleen Ashamans man lachte voortdurend en maakte grapjes. Ashaman walgde van die man. Ze wachtte tot het schip de haven uit voer, en vervolgens schold ze hem uit. De hele terugreis naar Damascus maakten ze ruzie en vlak voordat ze aankwamen, eiste ze dat ze zouden scheiden.

'Pas als ik een knappere geliefde vind,' zei hij, en hij lachte ruw. 'Maar als je zo'n haast hebt, waarom bezorg je me er dan niet eentje?' En hij schudde van het lachen, zodat hij bijna de macht over het stuur verloor.

Een week later had Asmahan haar eerste minnaar. Op een receptie van de toenmalige minister van Onderwijs en Cultuur, Fuad Sjajeb, werd ze benijd door de vrouwen en zwermden de machtigste mannen om haar heen. Ze had hen voor het uitkiezen.

Ze genoot van de champagne en keek naar de hanige mannen, die haar kleine jongens toescheen, ijdel, onbezonnen en onbetrouwbaar. En ze zag hoe haar hooghartige man opeens voor de minister van Volksgezondheid klein en krom werd, en die weer voor de ministerpresident, en deze weer voor de legeraanvoerder, een dwerg met een grote rode neus vol littekens, behangen met een groot aantal onderscheidingen en tierelantijnen, die een blikkerig geluid maakten als de dwerg bewoog. Hij leek op de aap die Asmahan als klein meisje op een jaarmarkt had gezien. Toen droeg de aap een opgesmukt napoleontisch uniform en kon zich op bevel oprichten, salueren en intussen akelig grijnzen.

'Een van die apen zal er nog eens voor zorgen dat het lachen je vergaat,' fluisterde Asmahan bij zichzelf toen haar man weer eens in de lach schoot. Ze glimlachte tegen de gastheer, een kleine, charmante man uit het christelijke dorp Malula. Hij beschikte over een brede kennis en een fluwelen tong. Hij beviel haar, maar hij was veel te gecultiveerd en ook niet machtig genoeg om de opdracht te vervullen die Asmahan voor haar toekomstige minnaar in gedachten had. De enige die in aanmerking kwam, was een man die die avond nog luider en primitiever lachte dan haar man, namelijk de minister van Binnenlandse Zaken Said Badrachan. Het was een stoutmoedige avonturier, hij kwam uit een van de rijkste families in het noorden en gedroeg zich ook als zodanig.

Hij was degene die haar man als een schaakstuk van het bord kon vegen. En dat gebeurde dan ook. Een halfjaar later wist iedereen van de affaire. Haar man ging akkoord met de scheiding, om een groter schandaal te voorkomen. De minister van Binnenlandse Zaken liet hem weten dat als hij Ashaman een haar zou krenken, hij zijn lijken voortaan niet meer zou kunnen opensnijden, want dan zou hij er zelf een zijn.

Haar minnaar schonk haar het kleine huis in de buurt van het parlement, en ze verhuisde. Twee maanden later kwam Said Badrachan bij een geheimzinnig auto-ongeluk om het leven. Het stond vast dat er met de remkabel geknoeid was. De documenten verdwenen en de regering reageerde niet meer op de geruchten dat hij op bevel van de president was vermoord omdat hij in het ministerie van Binnenlandse Zaken een dossier over de corruptie, de misstappen en de uitspattingen van de eerste man van de staat had aangelegd. Maar zijn weduwe bracht via een journalist het verhaal in omloop dat zijn liefdesrelatie met een jonge hoer hem het leven had gekost. Haar ex-man zou moordenaars hebben ingehuurd om zijn geschonden eer te wreken.

Het hele gedoe liet Ashaman koud, en of het toeval was of niet, precies op de dag van de begrafenis sliep ze voor het eerst tegen betaling met een man. Hij was parlementslid en buitengewoon royaal. Hij was ook degene die haar de raad gaf nooit een vast bedrag te verlangen: 'Kijk maar om je heen, in de etalages hebben waardevolle dingen nooit een prijskaartje. Kies je klanten weloverwogen en met zorg, en ze zullen komen en je ruimschoots belonen als ze tevreden zijn.'

Het parlementslid had profetische woorden gesproken. Algauw had Ashaman meer klanten uit de hoogste kringen dan ze aankon. Later werd beweerd dat ze in één week meer verdiende dan de minister-president in een maand of een leraar aan het gymnasium in een jaar, en Ashaman belegde haar geld verstandig.

Drie maanden nadat ze was gescheiden betrad Nassri haar salon, en vanaf het eerste begin was het een bijzondere man. Hij was door de wol geverfd en kende de halve stad boven en onder de grond, zoals hij eens gekscherend opmerkte. Nassri was spilziek, royaal en had een verfijnde smaak. Lang had Ashaman zich ervan kunnen weerhouden hem haar gevoelens te tonen, maar ze was zo door Nassri's brieven met de kalligrafieën geraakt dat haar weerstand was gebroken.

Ze vergat haar gelofte dat ze nooit meer van iemand zou houden, en na zijn derde, vierde brief was ze smoorverliefd. En juist die brieven, die haar een opgewekt en licht gevoel gaven, maakten haar het leven zwaar. Ze kon niet meer ontspannen in de armen van andere mannen liggen. Ze mat zich een maskerachtige glimlach aan, maar een paar ervaren klanten keken daardoorheen. Ze waren ontevreden en zeiden bij het afscheid niet meer dat ze het hemels hadden gevonden, maar deelden haar – bijna zoals een arts dat zou doen – mee dat ze gespannen, stijf en afwezig was.

Ze kon zich geen dag meer voorstellen dat ze Nassri niet zou zien, zou ruiken en zich aan hem zou overgeven. En hij kwam ook elke dag tegen de middag.

Maar toen ze hem bekende dat ze zich goed kon voorstellen dat ze met hem, en voor hem, zou kunnen leven, reageerde hij bijna geschrokken. Hij schreef haar geen brieven meer en kwam steeds minder, en hoe meer ze hem probeerde te bellen, des te vaker gaf hij niet thuis. Het waren de vier moeilijkste weken van haar leven. Nassri leek te zijn verdwenen. Ze maakte zich grote zorgen en op een ochtend ging ze naar zijn kantoor. Daar zat hij met een grijsharige medewerker en lachte. Toen hij haar zag, veranderde zijn gezicht. De medewerker verdween uit het kantoor, snel en geruisloos als iemand die zich voor een naderend onweer in veiligheid brengt.

'Wat heb jij hier te zoeken?' vroeg Nassri kortaf.

'Jou. Ik maakte me zorgen. Ben je niet blij me te zien?' Ze keek hem smekend aan.

Hij antwoordde niet, maar glimlachte onzeker en hing een verhaal op over zaken die hem in beslag namen, en hij beloofde gauw langs te zullen komen. Maar hij kwam niet.

Toen ze hem – weer na lange tijd – opnieuw in zijn kantoor opzocht, pakte de grijze medewerker Taufiq haar bij haar arm en ontzegde haar de toegang. 'Dit hier is een fatsoenlijke firma en geen bordeel,' zei hij, en hij duwde haar het trappenhuis in en sloeg de deur dicht.

De dreigende woorden van een dronken oude prostituee spookten door haar hoofd: 'Als je voor het eerst wordt afgewezen, heb je het hoogtepunt al achter de rug en de weg omlaag gaat sneller dan je denkt.'

'Nee!' schreeuwde ze toen ze bij haar positieven was gekomen, en ze liep de trap af en het huis uit. Ze zwoer wraak en pakte haar werk weer op, in de hoop haar wonden door de wensen en de loftuitingen van haar klanten te vergeten. Ze hoefde niet lang te wachten. De eerste klant, een beroemde banketbakker, prees haar bij het afscheid de hemel in en zei dat hij bij niemand anders zo tevreden was als bij haar.

Haar klanten gaven hoog van haar op en algauw vergat ze de uitspraak van de oude prostituee. Maar ze besloot onmiddellijk op te houden als ze nog eens zou worden afgewezen, en naar de Middellandse Zee in het noorden te verhuizen, zich daar voor te doen als jonge weduwe en een strandcafé te beginnen. Ze zou zich amuseren en nooit meer als hoer werken, en nieuwsgierig afwachten welke verrassingen het leven voor haar in petto had. Geld en zekerheid heb ik genoeg, dacht ze trots.

32

Nassri liet zich noch door zijn botbreuk, noch door de jaloezie van zijn vierde vrouw Alma uit het veld slaan. Begin februari kon hij weer zonder krukken lopen. Een ijzeren wenteltrap vormde nu de verbinding tussen de eerste verdieping en het zolderappartement.

Hij repte met geen woord tegen Hamid van zijn ongeluk, maar was vol lof over het wonderbaarlijke effect dat de eerste brief had gesorteerd en bestelde er nog een. Hij dicteerde de kalligraaf een paar details, zoals de lach van de vrouw en haar ranke handen, en wilde al vertrekken toen de kalligraaf tegen hem zei: 'Ik ben er dankbaar voor dat u zich niet hebt teruggetrokken.'

'Terugtrekken? Waarom zou ik me in vredesnaam terugtrekken?'

'Vanwege de schandalige chantage van de zogenoemde Zuiveren, die een gebaarde extremist naar uw bedrijfsleider hebben gestuurd. Hij belde me destijds bezorgd op, maar ik stelde hem gerust dat we intussen ook president Al Quatli en alle christelijke patriarchen aan boord hebben. Ik heb er geen flauw idee van hoe het bericht die sukkels heeft kunnen bereiken!'

Al jaren hoorde Nassri over de Zuiveren, met wie ook zijn jongste broer heimelijk sympathiseerde. Hij kon ze niet uitstaan. Ze zagen eruit als een spotprent van een lelijke Arabier en hij vond hun propaganda onnozel. Ze vormden een gevaar voor de openbare veiligheid. Ze wilden de republiek, de democratie en de partijen afschaffen en naar de sharia en het kalifaat terugkeren. In de open, pluriforme Syrische maatschappij maakten ze als partij geen kans, daarom hielden ze er een ondergronds leger op na dat vijandig en keihard optrad, afperste, ophitste en aanslagen pleegde, en intussen hielden de voorname Zuiveren lezingen over het glorieuze Arabische verleden waarnaar ze wilden terugkeren.

'Hoor eens, dan kent u Nassri Abbani niet. Nu beschouw ik de school al helemaal als noodzakelijk.' Hij aarzelde even, want zijn pathetische taal werkte hemzelf op de zenuwen. Hij beschouwde de kalligrafie als een onschuldig ambacht.

'Vergeet in uw strijd met de baarddragers mijn brief niet, die een andere baarddrager dringend nodig heeft,' zei hij, en hij glimlachte minzaam, gaf Hamid een hand en ging snel naar buiten, voordat de kalligraaf goed en wel had begrepen wat hij bedoelde.

Drie dagen later liet Nassri de volgende brief zweven. De mooie vrouw zat op de binnenplaats en schreef iets uit een groot boek over in een schrift. Toen ze hem daar boven in het kleine raam zag, glim-

lachte ze. Nassri had weer een gouden munt meegestuurd en stelde voor elkaar op een plek van haar keuze te ontmoeten.
De vrouw lachte, pakte de brief en verdween.

Vanaf midden december reisde Hamid Farsi voortdurend door het land. Hij zamelde geld in en overtuigde invloedrijke donateurs ervan dat het noodzakelijk was dat ze zijn project, de school voor kalligrafie, zouden ondersteunen. Royale giften stroomden in groten getale binnen, en hij overwoog meteen na de opening van de school in Damascus een volgende in Aleppo, de metropool in het noorden, te beginnen. Vervolgens zouden er nog vijf dependances in de grote steden van het land worden opgericht. Maar het hoofdkantoor diende in Damascus te blijven.

Veel belangrijker dan de giften was de erkenning van zijn visioen dat de tijd rijp was voor een radicale schrifthervorming. Toen hij een jaar eerder voor de Raad der Wijzen, het hoogste orgaan in de Bond der Wetenden, zijn ideeën uiteenzette, werd hij uitgelachen. Een paar lafaards zagen er een bedreiging van de Bond in en zouden het liefst nog een eeuw rustig verder hebben geslapen. Maar toen hij aan zijn plannen vasthield en verkondigde dat hij – al zou het hem zijn leven kosten – persoonlijk de verantwoordelijkheid zou nemen, kreeg hij applaus van degenen die hem eerst argwanend met de vinger hadden nagewezen.

Het land bloeide op, en overal lagen kansen waarvan men jaren geleden slechts had kunnen dromen.

Midden februari stapte Hamid in een bus van de lijn Damascus–Aleppo. Tegen negenen reed de bus, die al om acht uur had moeten vertrekken, eindelijk weg. De bus baande zich moeizaam een weg door de stad en reed daarna via de noordelijke uitvalsweg, bij het dorp Qabun, de rijksweg naar Aleppo op.

Op de Port Said-straat zag hij dat Nassri Abbani met de bekende apotheker Elias Asjkar voor zijn winkel in een gesprek was gewikkeld. De twee schenen een hartelijke verstandhouding te hebben. Hamid vroeg zich af waarom hij geen goede relatie met die merkwaardige, royale Nassri Abbani kon opbouwen die, bewust of onbewust, de Bond der Wetenden het meest had ondersteund.

Een paar leden van de Bond wantrouwden de steenrijke levensgenieter, een paar anderen wilden wel zijn geld accepteren, maar niet zijn naam op de plaquette zien.

Op die vergadering was Hamid uit zijn vel gesprongen. Of ze in de Raad der Wijzen misschien het voorbeeld wilden volgen van de vrouwen die in hun koffiekransjes een nieuwtje net zo lang uitkauwden tot het een kwalijk gerucht was geworden, of dat het hun om de verwezenlijking van hun idee ging. 'Wij willen niet met Nassri Abbani in het huwelijk treden, wij willen dat hij aan onze kant staat, daarom gaat zijn hoererij ons hoegenaamd niets aan. Of weet iemand van jullie hoe vaak de minister of een of andere generaal, geleerde of handelaar zijn vrouw, of een of andere klant, of God bedriegt?'

Zijn toehoorders applaudisseerden. Heel even vond hij hen zo weerzinwekkend dat de rillingen hem over de rug liepen. Een ijskoude muur scheidde hem van de andere leden, maar ook van Abbani, die hij had verdedigd.

Drie dagen wilde Hamid in Aleppo blijven en vandaar verder reizen naar İstanbul, waar hij aan een congres van islamitische kalligrafen zou deelnemen en over een grote opdracht wilde onderhandelen. In Ankara zou van Saudi-Arabisch geld een nieuwe moskee worden gebouwd, en er dienden beroemde kalligrafen aan de vormgeving mee te werken. Er waren drie meesters uit Arabië uitgenodigd, en Hamid geloofde dat hij een uitstekende kans maakte.

De dag na zijn vertrek begonnen de medewerkers in Hamids atelier al korter te werken en steeds langere pauzes in te lassen.

Samad was een man met een goede techniek, die alle kneepjes van de kalligrafie beheerste, maar geen millimeter van de geldende regels afweek. 'Als je geen grenzen overschrijdt, word je nooit een meester,' zei Hamid tegen hem. Maar Samad had geen ambitie en geen fantasie. Hij wilde ook niet, zoals Hamid Farsi, alleen voor de kalligrafie leven. Hij hield zielsveel van zijn vrouw en zijn drie zoons, kookte en zong met hen, en die vier mensen schonken hem alles wat het leven in zijn ogen de moeite waard maakte. Kalligrafie was een prachtig vak om je geld mee te verdienen, meer niet. Dat zei hij natuurlijk niet hardop, want dan zou hij op staande voet zijn ontslagen. Na tientallen jaren was hij Hamids rechterhand geworden – zo goed als bij hem verdiende hij nergens.

Samad liet zijn collega's merken dat hij hun werk waardeerde, daarom hielden ze van hem. Maar Hamid vreesden ze. Ze waren altijd blij als de meester buitenshuis moest werken. Ditmaal stuurde Samad hen al vroeg in de middag naar huis. Eén iemand moest tot zes uur bij de telefoon blijven om bestellingen op te nemen.

Toen Hamid terugkeerde, was hij uit zijn humeur. De vergadering was niet zo gelopen als hij zich had voorgesteld, en een Egyptenaar had de opdracht in İstanbul gekregen. 'De Turken wilden mij het werk gunnen, maar de vertegenwoordiger van de Saudi's keerde zich tegen me omdat hij mij voor een sjiiet aanzag. Het wilde er bij hem niet in dat iemand die Farsi heet, wat Pers betekent, een soenniet is,' zei hij verontwaardigd. Over de vergadering in Aleppo repte hij met geen woord. De kalligrafen hadden luidkeels geprotesteerd tegen de school voor kalligrafie in Damascus. Waarom zou de school niet in het noorden, ver van het centrum van de macht, gevestigd kunnen zijn? En wie bezat de macht in de Bond? Het land, schamperden ze, was democratisch, maar de Bond bevond zich nog in de tijd van het kalifaat – een grootmeester droeg de macht over aan een door hem uitverkoren opvolger, dat kon toch niet. Maar Hamid hield voet bij stuk. En ten slotte kwamen de meesters in de kalligrafie tot bedaren en boden aan zich publiekelijk achter zijn voorstel te scharen en zich unaniem voor een school voor kalligrafie in Damascus in te zetten.

'In Aleppo wordt heftig gedebatteerd, maar – anders dan in Damascus – laat men niet zijn vrienden vallen,' zei de afdelingsvoorzitter uit de hoogte. Die sneer kwam aan.

Pas later zou Hamid begrijpen dat de vergadering in Aleppo niet zo slecht was als hij de eerste dagen daarna had gedacht. Hij leerde de kalligraaf Ali Barake kennen, een kleine jonge man, die de grootmeester door dik en dun steunde en het gefoeter van de anderen onbewogen aanhoorde. Ali Barake verafgoodde Hamid Farsi en hing aan zijn lippen. Daarom koos Hamid hem later als zijn opvolger, ook in de hoop dat hij zodoende de gunst van Aleppo zou winnen, maar toen was het al te laat.

Toen hij na zijn terugkeer het atelier binnenkwam en alles schoon en in goede orde aantrof, was hij gerustgesteld. Hij kreeg zin zijn gedachten en indrukken van Aleppo en İstanbul op te schrijven. Hij liet Salman mokka voor hem zetten, opende de kast en haalde er het dikke boek uit waarin hij zijn ingevingen en geheimen opschreef. Al bij het openen van de kast merkte hij dat er met het slot iets niet in orde was.

Binnenin ontbrak niets, maar toen hij het zwarte, in linnen gebonden boek opensloeg, zag hij dat een vreemde, ruwe hand het had beschadigd. Er zat een scheur in de band. Iemand had het boek met geweld geopend. Zo'n scheur kon niet worden gerepareerd. Als het boek slecht zou zijn ingebonden, dan zouden de bladzijden eruit vallen en als het, zoals zijn boek, goed was gebonden dan sloeg je het telkens precies op die plek open. Zijn schrijfboek was een geschenk van zijn meester Serani en was door de legendarische boekbinder Salim Baklan vervaardigd.

Hamid sprong uit zijn vel. Hij schreeuwde en schold zo luid dat het hele atelier ineenkromp. Hij riep Samad bij zich, beschuldigde hem en foeterde hem uit. Zijn assistent stond met gebogen hoofd voor hem en ging na wie van zijn medewerkers de laatste paar dagen ongewoon nerveus was geweest. Hij hoefde niet lang na te denken: Salman.

Toen Hamid eindelijk even zweeg omdat hij geen lucht meer kreeg en de buurtbewoners zich gaandeweg voor de etalage verzamelden, keek Samad hem misprijzend aan: 'Je maakt je belachelijk voor de hele buurt. Moge God je vergeven. Maar ik was het niet. Inbreken kan tegenwoordig iedereen, maar aan die kast te zien is het een vakman geweest. En ik kan er niets aan doen als er 's nachts iemand komt en je boek of het bladgoud, je mes of iets anders weghaalt. Je kunt een stalen kluis kopen, maar ik heb gehoord dat de koning van de inbrekers uit Damascus alle brandkasten in de stad blind kan kraken.' Samad zweeg even. 'Als je het mij vraagt, moet je de loopjongen ontslaan. Ik heb het gevoel dat hij niet zuiver op de graat is.'

Hamid keek op, zijn ogen gloeiden.

'Stuur hem weg,' zei hij met hese stem.

33

In de dagen daarna was Hamid tevreden over het tempo waarin de school gestalte kreeg. Schilders, elektriciens, slotenmakers en timmerlieden werkten vierentwintig uur per dag, zodat de inrichting van het gebouw al een week voor de opening klaar was en de verse verf je tegemoet straalde.

Op 1 maart zou de feestelijke opening plaatsvinden. Van de honderdtwintig genodigden hadden er slechts vier afgezegd. En alle redacties van de kranten en tijdschriften die in Damascus verschenen, wilden erover berichten, zelfs de belangrijkste Libanese krant, *Al Nahar*, had aangekondigd te zullen komen.

Twee dagen voor de openingsplechtigheid van de school voor kalligrafie nam Nassri, die een wanhopige indruk maakte, de derde brief van de hand van de meester in ontvangst. Had hij geen geluk bij zijn aanbedene gehad? De tekst die Hamid had geschreven, stond vol met verwijten over het verstoppertje-spelen en vroeg naar de reden van de afwijzing. Verder had Hamid twee gedichten uit de zevende eeuw uit een oude poëziebundel overgeschreven. Ze spraken van het verlangen naar één enkele ontmoeting. Misschien zou Nassri daarmee haar hart weten te raken? Hamid wenste het hem oprecht toe.

Nassri moest eerst naar kantoor om iets met Taufiq te bespreken en vertrok toen naar zijn vrouw Almas, die een zware griep te pakken had. Vandaag zou ze hem niet betrappen.

Die nacht wilde hij kijken of de mooie vrouw wel thuis was. Hij klom naar het zolderappartement en keek naar de verlichte binnenplaats beneden. Hij kon alles duidelijk zien – en wat hij zag, deed zijn adem stokken: niemand anders dan Hamid Farsi zat bij de knappe vrouw.

Kokend van woede daalde Nassri de trap af. Wat een minne streek! Hij had hem toevertrouwd dat hij door die vrouw werd afgewezen, hij betaalde goudgeld, en vervolgens profiteerde die schijnheilige gluiperd van het buitenkansje – wellicht chanteerde hij de vrouw.

De hele nacht zon Nassri op wraak. En toen hij eindelijk had bedacht hoe hij Hamid schade kon berokkenen, grijnsde hij zo breed in het donker van zijn kamer dat het bijna licht gaf: 'Hamid, Hamid, je hebt de grootste fout van je leven gemaakt.'

Maar dat was Nassri's grootste fout.

34

De tranen liepen Salman over de wangen toen hij naast zijn vader de kist van zijn moeder volgde. Pas toen vier mannen de bescheiden houten kist in het graf lieten zakken, voelde hij geen verdriet meer. Een vreemde angst overviel hem. Het idee dat zijn moeder nooit meer zou opstaan, bezwaarde zijn hart.

Alleen de buren van de armenhof en Karam begeleidden zijn moeder naar haar laatste rustplaats, en de oude pastoor Basilius maakte de ellende compleet. Hij was hoogst geïrriteerd, schold op de twee misdienaren die onophoudelijk donderjaagden, raffelde neuzelend zijn tekst af alsof het een vervelende verplichting was en haastte zich daarna ogenblikkelijk naar huis. Hij had het koud en het was hem allemaal te armoedig.

Bij het kerkhof nam Karam afscheid van Salman en drukte hem stevig tegen zich aan: 'God hebbe haar ziel. Ik voel je verdriet, maar geloof me; het is een verlossing na al haar kwellingen.' Hij keek in de verte, Salman zweeg. 'Ik heb een goede betrekking voor je gevonden, bij juwelier Elias Barakat. Je kent hem wel. Hij is erg op je gesteld.' Hij kuste Salman op zijn voorhoofd en was verdwenen.

Ook de anderen betuigden hun deelneming, maar tot het eind van zijn leven bleef Salman alleen onthouden wat zijn buurman Marun had gezegd, als een eenzame berg in een weidse vlakte: 'Ik wil je niet troosten, ik treur om mijn moeder tot op de dag van vandaag. Moeders zijn goddelijke wezens, en als ze doodgaan, sterft het goddelijke in ons. Elke troost is huichelarij.' Toen Salman naar hem opkeek, liepen de man de tranen over de wangen. Nooit eerder had hij zoveel wijsheid en schoonheid in Maruns gezicht gezien als op dat moment.

Toen Salman die koude middag alleen terugkeerde, trof hij een akelig leeg huis aan. Zijn vader bracht de rest van de dag door met Marun, Kamil en Barakat in het wijnlokaal aan het begin van de Abbara-straat.

Salman dwaalde door het huis en vond de oude sloffen van zijn moeder. Ze stonden nog precies zo onder de tafel als ze daar de vorige keer door haar waren achtergelaten, voordat ze voor het laatst naar bed was gegaan. Hij pakte ze en begon opnieuw te huilen.

Pas tegen middernacht tuimelde zijn vader zijn bed in.

Twee dagen later belde Salman Nura vanuit het postkantoor. Toen hij haar stem hoorde, voelde hij zich opgelucht. En zij voelde weer dat Salman zo breekbaar was als een vaas van dun glas waarin een barst was gesprongen en die elk moment in stukken kon breken. Toen ze ophing, vroeg ze zich af of ze ook zo verdrietig zou zijn als haar moeder zou overlijden. Nee, beslist niet, zei ze tegen zichzelf, en ze schaamde zich.

Salman had Nura bij hem thuis uitgenodigd. Ze had altijd al willen weten hoe en waar hij woonde, maar uit verlegenheid had ze hem er nooit naar gevraagd. Nu zou ze op een middag naar hem toe komen. Bij de christenen had niemand er veel belangstelling voor wie bij wie op bezoek ging. De deuren van de huizen stonden open en zowel mannen als vrouwen bezochten elkaar. Dat had ze als klein meisje al gezien, omdat er in de Midan-wijk, waar ze was opgegroeid, veel christenen woonden. Daar zaten vrouwen bij elk bezoek met de mannen bijeen.

Salman maakte het niet uit wat de buren zeiden. De enige wiens mening er voor hem toe deed, was allang vertrokken: Sarah. Zijn vader was de hele dag en niet zelden ook 's nachts weg. Waar hij uithing interesseerde niemand, en Salman nog het minst. Zijn moeder was de brug tussen hen geweest, en nu waren ze als twee oevers van een rivier, die elkaar nooit raakten.

Op de dag dat Nura 's middags tegen tweeën wilde komen, stapte hij op de fiets en reed naar Karam.

Die was charmant als in vroeger dagen, maar toen de inbraak ter sprake kwam waarmee Salman hem had geholpen, wrong hij zich in allerlei bochten.

Salman had zich wel voor zijn hoofd kunnen slaan vanwege zijn naïviteit. Hij had echt geloofd dat Karam alles alleen uit nieuwsgierigheid had willen weten. Salman had een afdruk van het ouderwetse slot van de kast voor hem gemaakt. Na een paar dagen overhandigde Karam hem de kopie van een sleutel, waarmee Salman de kast kon openmaken – wat overigens moeizaam ging – zodat hij het fraaie dikke boek met de geheimen van de kalligraaf eruit kon halen, als de meester op reis was.

Het zou onmogelijk zijn geweest alles in die korte tijd over te schrijven. De enige andere mogelijkheid die in het Damascus van de jaren vijftig overbleef, was de fotograaf. Alleen al als hij daaraan dacht, had Salman zich wel driemaal voor zijn hoofd kunnen slaan, omdat hij zo argeloos was gebleven en alles zo leuk en spannend had gevonden. Vierhonderdtwintig bladzijden. De fotograaf had een heel goede camera en maakte tweehonderdtien opnamen, telkens van twee pagina's tegelijk. Salman stond iets verderop en de moed zonk hem in de schoenen toen de rug van het boek in het midden hoorbaar knakte, omdat de fotograaf een glad oppervlak nodig had.

'Maak je geen zorgen, dat komt wel goed,' zei Karam geruststellend.

Maar het kwam niet goed.

Het wilde er bij hem niet in dat Karam om zijn nieuwsgierigheid te bevredigen tweehonderdtien dure foto's liet maken en zijn baan op het spel zette, zei Salman nu kalm tegen Karam, die doorging met flikflooien en hem probeerde te verleiden de baan bij de juwelier te accepteren. Hij bazelde over de grote en kleine offers die een vriendschap met zich meebracht. Voor het eerst ontdekte Salman dat Karams lach meestal geen echte vreugde uitdrukte, maar slechts een beweging van de spieren van zijn gezicht was, waarbij zijn lippen naar achteren werden getrokken en zijn tanden bloot kwamen te liggen.

Er kwam een kleine jongen het café binnen en hij bestelde iets aan de bar.

'Hassan, de nieuwe loopjongen. Hij is een verre neef van Samad,' zei Karam. Salman wierp een blik op de kleine man, die net genietend in een broodje met falafel beet.

Salman besloot zo snel mogelijk zijn instrumenten en vooral zijn waardevolle schriften te redden, die in het kamertje in Karams huis lagen. Hij moest het contact met Karam verbreken. Voor alles wilde hij op geen enkel aanbod van die ondoorgrondelijke man meer ingaan. Hij leed nog liever honger dan dat hij nog eenmaal zijn café zou bezoeken. Nachtenlang lag Salman wakker. Zijn teleurstelling over Karam hield hem uit zijn slaap, maar één gedachte kwelde hem het meest: kon het zijn dat Karam zo boosaardig was dat hij hem van het begin af aan had misbruikt, als spion bij Hamid Farsi en als minnaar van diens vrouw? Was dat zijn dank, nadat hij hem van de verdrinkingsdood had gered? Karam had vaak laten zien dat hij niet veel belang hechtte aan dankbaarheid. Hij misleidde en vleide iedereen. En als hij hem opzettelijk met Nura in contact had gebracht? Zou dat aan zijn, Salmans, liefde afbreuk doen? Hij vond geen antwoord, maar besloot Nura het hele verhaal te vertellen, al zou dat net zo verward zijn als de gedachten die door zijn hoofd spookten. Sarah had ooit tegen hem gezegd dat de eerste barst in de liefde sprong als je iets verzweeg, een barst die elke keer als je dat deed ongemerkt groter werd, tot de liefde in scherven lag.

Maar nu moest hij tegenover Karam de naïeveling spelen, tot hij zijn schriften in veiligheid had gebracht. In de eerste twee schriften had Salman al de ervaring vastgelegd die hij in Hamids atelier had opgedaan: techniek, adviezen van de meester, het vervaardigen van de inkt, samenstelling en geheimen van de kleuren en tips over correctiewerk. Maar vooral het derde schrift lag hem na aan het hart. In dat schrift had Nura de antwoorden op de vragen opgeschreven die hij – geïnspireerd door de informatie over Ibn Muqla – telkens weer had gesteld. Nura was hem dankbaar voor de opgaven. Niet alleen omdat de bibliotheek van haar man haar het zoeken vergemakkelijkte, maar vooral omdat de tijd zo snel voorbijging. En Salman was iemand die gretig en dankbaar luisterde naar alles wat ze over beroemde historische mannelijke en vrouwelijke kalligrafen en de geheimen van de oude meesters te vertellen had. Hij kuste daarna elk van haar vingertoppen en haar oorlellen zo teder dat ze het soms niet meer uithield, zich op hem stortte en hem hartstochtelijk beminde.

'Met zo'n lerares kun je niet genoeg vragen stellen,' zei hij een keer tegen haar.

Het was even voor halftwee, toen Salman bij zijn huis arriveerde. Hij opende ramen en deuren, veegde de vloer, ging er daarna overheen met een vochtige doek, zette een bord met vers gebakken koekjes op tafel en zette water op voor thee, een uitstekende thee die hij bij de beste theehandelaar in de Rechte Straat, schuin tegenover de ingang van de Al Busurije-soek, de kruidenmarkt, had gekocht.

Nura's hart bonkte toen ze door de poort de armenhof op stapte en Salman zag. Hij stond tegen de deurpost van zijn huis geleund aan de linkerkant van de grote rechthoek die de sjofele armenhof vormde. Hij glimlachte en kwam haar tegemoet, begroette haar formeel en terughoudend, en begeleidde haar naar de voordeur, waar hij haar, zoals de gewoonte was, voor liet gaan.

Ze verbaasde zich erover hoe schoon zijn huis was. Alles stond op zijn plek. Hij begreep haar blik.

"s Ochtends twee uur en 's middags een kwartier,' zei hij glimlachend. Ze trok haar jas uit, en hij was gefascineerd door haar nieuwe katoenen jurk. 'Je bent net zo mooi als de vrouwen in de modebladen,' zei hij, en hij omhelsde haar teder. Ze wilde hem voor zijn compliment bedanken omdat ze haar nieuwe jurk zelf had genaaid, maar haar lippen hadden iets beters te doen. Ze zogen zich aan hem vast en lieten hem pas weer gaan toen ze naakt en bezweet naast hem in bed weer bij zinnen kwam. 'Doe je de deur niet op slot?' vroeg ze, rijkelijk laat.

'Niemand in deze straat sluit zijn deur af en niemand heeft tot nog toe iets gemist.'

Toen ze samen keurig aangekleed aan de keukentafel thee zaten te drinken, keek ze hem lange tijd peinzend aan. 'Ik wil met je uit Damascus verdwijnen,' zei ze ten slotte. 'Sinds ik van je hou, kan ik steeds minder verdragen. Hier maken we geen kans. Hij zal ons vermoorden. Maar we vinden beslist een plek waar we kunnen wonen en ongestoord dag en nacht van elkaar kunnen houden.' Ze glimlachte om haar eigen naïviteit. 'Natuurlijk pas nadat we ons dagelijks brood hebben verdiend. Ik met kleermaken en jij met kalligrafie.'

Salman zweeg, bijna geschrokken van de schoonheid van de droom die Nura zojuist met een paar woorden had beschreven.

'En als ze me te pakken mochten krijgen,' doorbrak ze de stilte, 'dan zal ik er geen spijt van hebben, als ik daarvoor ook maar een week met jou in het paradijs zou hebben doorgebracht.'

'Nee, ze krijgen ons niet te pakken,' zei Salman. 'We zullen zo onopvallend mogelijk leven. En hoe groter de stad, des te onzichtbaarder we zijn.'

'Aleppo,' riep Nura onmiddelijk uit, 'dat is de tweede stad hier in Syrië.' Hij wilde Beiroet voorstellen, want hij had gehoord dat de Libanese hoofdstad alle afvalligen en uitgestotenen een warm hart toedroeg. Maar ze overtuigde hem ervan dat er in hun eigen land minder vaak naar papieren werd gevraagd dan in het buitenland, en troostte hem met de fantastische keuken van Aleppo, die Damascus en Beiroet in de schaduw stelde.

'Ik heb twee pasfoto's van je nodig waarop alle twee je oren te zien zijn.'

'Allebei?' vroeg hij verbaasd. 'Dat lukt niet met een gewone foto; ik heb een panoramafoto nodig willen alle twee mijn oren erop passen,' zei hij, en ondanks de angst die altijd met hen aan tafel zat, moest ze lachen. Ze kon haar glas thee nauwelijks nog vasthouden, zette het op tafel en hoestte omdat ze zich had verslikt. Salmans lach veegde haar hart schoon. Het was geen klokkende, vibrerende of muzikale lach, het was een lach die alleen hij bezat. Bijna ademloos als een astmapatiënt lachte hij; hij haalde adem en lachte verder, als een golf van de zee. Iedereen stak hij ermee aan, zelfs de stoelen, dacht ze toen ze al lachend per ongeluk tegen een stoel stootte en die een hikkend geluid maakte.

'Trouwens, over foto's gesproken, ik zou je dringend willen aanraden alle fotonegatieven van het boek bij de fotograaf op te halen, voordat Karam op dat idee komt. Dat schoot me gisteravond te binnen. Mijn man heeft het een paar dagen geleden over de inbraak in zijn atelier gehad, en hij zei terloops dat in zijn boek schatten uit tien eeuwen kennis, filosofie, techniek en de geschiedenis van de kalligrafie zijn opgeslagen. Je hebt alles op het spel gezet, dus waarom zou je ze niet meenemen? Wie weet waar het op een dag goed voor kan zijn.'

'Maar hoe krijgen we de fotograaf zover? De negatieven zijn van Karam. Hij heeft ze alleen om veiligheidsredenen bij de fotograaf gelaten, voor het geval dat iemand na de inbraak zijn huis of het café zou doorzoeken.'

'Kent de fotograaf Karam goed?' vroeg Nura.

'Nee, helemaal niet. Hij is een van de vele in de nieuwe wijk. Karam wilde de foto's niet door iemand laten nemen die hem later zou herkennen.'

'Geweldig. Dan bel je hem, je doet je voor als Karam en zegt dat je de negatieven nodig hebt en dat je je vrouw stuurt om ze af te halen. Ze heet Aisja, en het aantal foto's, tweehonderdtien, moet het wachtwoord zijn. Beschrijf, als het nodig mocht zijn, mijn haar en zeg dat ik een bril draag.'

'Een bril? Waarom een bril?' vroeg Salman.

Nura lachte. 'Dat is het geheim van de vrouw van de kalligraaf,' zei ze. 'En jij wacht dan in een zijstraat en neemt het pakje met de foto's in ontvangst,' zei ze, en ze gaf hem ten afscheid een lange kus. Bij de deur draaide ze zich nog een keer om. 'Je netheid bevalt me. Je zou een goed figuur slaan als echtgenoot van een druk bezette kleermaakster.'

Toen ze van de Abbara-straat de Rechte Straat op kwam, vroeg ze zich af of het goed was geweest dat ze Salman nog steeds niet van de drie brieven van de lastige playboy had verteld. Elke keer nam ze het zich voor, maar vervolgens hield haar tong de woorden tegen en leidde ze om naar haar slokdarm. Ze slikte ze met moeite in.

Ook ditmaal troostte ze zich met de gedachte dat er later nog tijd genoeg was om dat vervelende verhaal te vertellen. Nu moesten er andere, gevaarlijker zaken worden gedaan, en bij die gedachte balde ze haar rechtervuist in de zak van haar jas. Ze was vastbesloten door te gaan tot het bittere einde.

Twee dagen later reed Salman met zijn fiets naar huis. Bij elke kuil danste het pakje in zijn mand. Toen hij zijn fiets voor de voordeur neerzette, werd hij gegroet door Barakat, die in de hof stond.

'Is dat eetbaar?' vroeg Barakat opgewekt.

'Nee, het is alleen leesbaar,' antwoordde Salman lachend.

'Dan mag je het van mij houden, veel plezier ermee,' zei zijn buurman.

Salman opende de grote koffer die hij voor de reis had gekocht. Hij was nog leeg. Hij woog het zware pakketje even in zijn handen en legde het ongeopend in de koffer.

Pas zo'n drie maanden later zou Salman het openen en versteld staan van de gevaarlijke geheime informatie die hij onder ogen kreeg.

Toen hij Nura bij hun volgende ontmoeting vertelde van zijn vermoeden dat Karam hem aan haar had gekoppeld, luisterde ze aandachtig naar hem. Salman zag eruit alsof die gedachte hem erg dwarszat.

'En wat dan nog?' zei Nura, en ze glimlachte tegen hem. 'Als ik niet van je had gehouden, was Karam kansloos geweest, al had hij zijn meest doortrapte man ingezet. Laat Karam, Badri, Hamid, de Wetenden en de Onwetenden, de Zuiveren en de Onzuiveren hun samenzweringen maar smeden, maar wij gaan ervandoor,' zei ze vastbesloten. Salman haalde opgelucht adem.

35

De openingsplechtigheid op de eerste dag van maart was groter en mooier dan Hamid had durven dromen. Maar één kleinigheid dempte zijn feestvreugde: Nassri Abbani was niet gekomen. Hamid vergat hem echter snel.

Zijn voorname gasten prezen hem de hemel in. Ook president Al Quatli was aanwezig, maar bleef diplomatiek op de achtergrond. Ten overstaan van de vele geleerden wilde hij geen toespraak houden.

Er werd gefluisterd dat de Saudi's, met wie zijn familie tientallen jaren nauwe banden had onderhouden, hem hadden gevraagd geen toespraak bij de opening te houden, om geen politieke lading aan de particuliere school voor kalligrafie te geven. Toen Hamid dat hoorde, zwol zijn borst van trots.

De geleerden waren allen van mening dat Hamid Farsi een standbeeld voor de ingang van de school verdiende, want nog nooit had een man in zijn eentje zo veel voor het Arabische schrift en de cultuur gedaan.

De minister van Onderwijs en Cultuur prees de ijver, de visie en de vasthoudendheid van de eerste directeur van de school, Hamid Farsi, die hem bijna elke week had bezocht tot hij eindelijk de schriftelijke toestemming van het ministerie in handen had.

'Ik vroeg de meester,' vertelde de minister geanimeerd, 'sinds wanneer dat stoutmoedige voornemen bestond. Hij antwoordde: "Sinds 940." Ik had het kennelijk verkeerd begrepen en dacht dat hij 1940 bedoelde. "Zeventien jaar?" vroeg ik geïmponeerd. Hamid Farsi glimlachte en corrigeerde me niet, uit beleefdheid! Maar mijn belezen medewerker, een bewonderaar van de heer Farsi, zei later tegen me: "Meneer Farsi doelde op het sterfjaar van de grootste kalligraaf aller tijden, Ibn Muqla, 940." Het is mij daarom een grote eer de school die zijn naam weer tot leven wekt te mogen openen.'

Er klonk langdurig een applaus door het gebouw.

Toen Hamid zich naar het spreekgestoelte begaf, flitsten de camera's van de fotografen om het hardst. Hij betuigde zijn dank en beloofde alles voor de kalligrafie te zullen doen wat in zijn vermogen lag. Zijn toespraak was kort, maar zeer krachtig. 'Dames en heren, hier in Damascus, dat beloof ik u,' riep hij ten slotte, 'hier, in het hart van Arabië, zal de kalligrafie bloeien en van Damascus weer de hoofdstad van een sterke natie maken.'

Hamid was tot tranen toe geroerd door de bijval.

Toen hij de lijst met donateurs langzaam en genietend doorlas, viel hem weer op dat Nassri Abbani niet aanwezig was. Waarom was hij niet gekomen?

De gasten aten en dronken, lachten en maakten rumoer tot middernacht. Keer op keer flitsten er camera's, want velen wilden een herinneringsfoto maken met legendarische persoonlijkheden als de geniale Fares al Churi, de enige christelijke minister-president in de Syrische geschiedenis.

Na het feest, toen alle gasten de school hadden verlaten, werd Hamid omgeven door diepe stilte. Hij liep door het lege gebouw en liet de indrukken van de afgelopen uren aan zich voorbijtrekken. Zijn grootste droom was in vervulling gegaan, maar was hij nu een gelukkig man?

Waarom was Nassri Abbani niet naar het feest gekomen? Iedereen brak er zich het hoofd over. Nassri Abbani's voormalige leraar, sjeik Dumani, een seniele oude man die Hamid had uitgenodigd om Nassri Abbani een plezier te doen, stond er versteld van dat de slechtste leerling die hij in de vijftig jaar dat hij lesgaf had gehad, de lijst aanvoerde van degenen die de kunst van de kalligrafie steunden. 'Hij schreef zo onleesbaar dat het leek of hij de kippen had omgekocht om zijn huiswerk te maken,' zei de tandeloze grijsaards kwijlend.

'Zoals gewoonlijk is die kerel met zijn weerhaak ergens blijven hangen,' riep hij luid tegen de aanwezigen, en hij greep met zijn linkerhand veelbetekenend in zijn kruis.

'Dat gevaar lopen wij tweeën niet,' was het cynische commentaar van de oude Fares al Churi. Het gezelschap lachte luid.

Waarom was Nassri niet gekomen? Zaten die idiote Zuiveren erachter dat Taufiq, Nassri Abbani's rechterhand, een dag voor het feest opeens had gebeld en had zitten zwammen dat hij zoveel dreigementen kreeg, en dat zijn chef het huurcontract daarom graag weer wilde ontbinden 'met het oog op de veiligheid van onze eigendommen, begrijpt u'? Hamid begreep het niet en zijn advocaat stelde hem gerust dat het huurcontract geldig was en dat geen macht ter wereld het ongedaan kon maken.

Nassri Abbani hield zich niet alleen verre van de feestelijkheden, ook daarna gaf hij niet thuis en hij belde niet terug.

Wat was er gebeurd?

Hamid wist het niet.

36

Op 10 april 1957 stapten Nura en Salman in de lijnbus van Damascus naar Aleppo. Ze hadden drie grote koffers en een handtas met eten en drinken bij zich.

'Doe allebei je handen open,' zei Nura toen ze eindelijk zaten, en ze legde er een zware buidel van zijde in.

'Wat is dat?' vroeg hij.

'Zeventig gouden munten, die Hamid me op onze bruiloft heeft gegeven. Dat was de vooruitbetaling van mijn loon voor vier jaar schoonmaken, koken en strijken. En voor het verdragen van zijn grillen. Dat andere kan hij niet met geld betalen,' zei ze op zachte, verdrietige toon.

Ze keek door het raam naar de arbeiders die bezig waren tramrails uit de grond te halen. Het was de derde tramlijn die werd opgeheven. 'Je ziet helemaal geen huurezels meer,' zei ze, en ze schudde haar hoofd. Wat had zij voor problemen, dacht Salman. Ze vluchtte uit haar woonplaats en haar huwelijk, en dacht aan ezels. Hij sloeg zijn arm om haar heen. 'Ik zal altijd je ezel zijn!' zei hij, maar zijn grapje kon Nura niet bekoren.

Slechts twee uur voor het vertrek had ze Dalia bezocht. De kleermaakster had opgekeken van haar naaimachine en begreep het direct. 'Ik ga ervandoor,' fluisterde Nura.

'Dat dacht ik meteen toen je kwam. Heb je er goed over nagedacht?' vroeg Dalia. Nura knikte.

Bij het afscheid huilden ze allebei. Dalia wist dat ze haar jonge vriendin nooit meer zou terugzien. Later zou ze zeggen dat ze die dag voor het eerst had begrepen dat je je in levensgevaar kunt begeven niet omdat je het leven haat, maar omdat je ervan houdt.

Ten slotte liep Nura na haar ouderlijk huis. Ze wist dat haar vader al dagen met griep in bed lag. Ze gaf hem een envelop met brieven, legde hem kort uit wat voor brieven het waren en vroeg of hij goed op wilde passen. Toen ging ze er alweer vandoor. Hij liep op zijn sloffen achter haar aan. 'Kind,' vroeg hij geschrokken, 'is er iets gebeurd?'

Ze huilde.

'Kan ik je helpen, mijn lieve kind?' vroeg hij, en hij voelde dat zijn benen hem nauwelijks konden dragen, zodat hij steun moest zoeken.

'Lees mijn brief, dan zie je wat je moet doen. Ik help mezelf,' zei ze, en ze zag dat hij huilde. Zijn tranen trokken haar als lood de diepte in. Ze scheurde zich innerlijk van hem los en liep haastig de deur uit.

'Moge God je behoeden op je weg,' fluisterde hij, en hij hoopte dat ze zich aan het eind van de straat zou omdraaien en zou wuiven, zoals ze altijd deed, maar Nura was al om de hoek met de hoofdstraat verdwenen.

Rami Arabi ging langzaam naar de slaapkamer terug. Met bevende vingers opende hij de grote envelop. Die bevatte Nura's afscheidsbrief en meer dan dertig briefjes met zijn kwinkslagen en aforismen. In zijn hart wist hij dat het een diepe kloof betekende dat ze zijn woorden had teruggeven. Maar Nassri's brieven bezorgden hem de grootste schok.

Hij was ontzet, zocht houvast, nam Nura's brief weer ter hand en las hem zorgvuldig. Ze schreef over haar teleurstelling, over de misère van het ongelukkige huwelijk waarmee hij haar had opgezadeld. Ze verzekerde hem dat ze hem noch haar moeder erom zou haten, maar ze wilde haar leven in eigen hand nemen want haar ouders hadden hun belangrijkste plicht verzaakt: haar beschermen.

Rami Arabi kende zijn dochter veel te goed om zich van den domme te houden. Ze had hem dat alles geschreven voordat ze vluchtte, omdat ze zich voelde als een spons die volgezogen was met bittere woorden. Ze moest de spons uitknijpen om te kunnen opzuigen wat haar nieuwe leven haar te bieden had.

Toen hij alles voor de derde keer had gelezen, wierp hij een blik op de amoureuze brieven met het handschrift van haar echtgenoot. Zijn handen trilden. Hij voelde zich als verlamd.

'Vervloekte pooier!' hoorde hij zichzelf luid roepen.

Nura's moeder hoorde die aprildag pas 's avonds van haar bezoek en de brieven, toen ze thuiskwam van haar wekelijkse vergadering van een religieuze vrouwenvereniging. Ze vroeg haar man de afscheidsbrief voor te lezen en begreep door de openhartige woorden dat Nura al was gevlucht. Ze slaakte een kreet en klaagde zo luid over haar bittere lot dat er drie vrouwen uit het huis ernaast kwamen omdat ze dachten dat de echtgenoot van hun buurvrouw Sahar de laatste adem had uitgeblazen.

Die dag was Salman naar het huis van de koffiehuisbezitter Karam teruggekeerd, had zijn schriften en schrijfgerei bij zich gestoken en een kringvormige kalligrafie voor Karam achtergelaten. Die verbaasde zich 's avonds na het werk over de sleutel die in het slot van de voordeur stak. Hij dacht dat Salman was teruggekomen en was blij verrast.

Toen Karam hem midden maart in de armenhof wilde bezoeken, maar hem niet aantrof, zei een buurvrouw dat Salman bij een meesterkok de kunst van de fijne keuken van Damascus leerde. Al Andalus was een chic en zeer duur restaurant in de buurt van Bab Tuma.

Salman leek zich op Karams bezoek te verheugen. Nadat hij het koken had ontdekt, zei hij, hanteerde hij liever de lepel dan de rietpen. Hij had momenteel veel te doen, er waren twee bruiloften ophanden, maar zodra hij weer wat tijd had zou hij Karam opzoeken en misschien nog wat kalligrafie oefenen. Zijn nieuwe chef Carlos, een kwart Spanjaard, een kwart jood, een kwart Arabier en hooguit een kwart christen, hield van de kalligrafie en beschouwde die naast koken, paardrijden en vechten als een kunst die je moest beheersen voor je jezelf een man mocht noemen.

Het was voor Karam een emotionele ontmoeting. Voor het eerst ontdekte hij dat Salman ook goed kon praten. Toen hij dat gekscherend tegen hem zei, lachte Salman – ja, hij zou wel eens gelijk kunnen hebben. Al die jaren had hij een soort knoop in zijn tong gevoeld en nu hadden de liefde en de kruiden hem daarvan bevrijd.

'Hij is geen jongen meer, hij is een man,' zei Karam destijds bij zichzelf terwijl hij weer naar zijn café liep. Hij voelde een diepe genegenheid voor die moedige jongeman, zonder een spoor van medelijden of gewetenswroeging, een genegenheid die nu als een lelie in zijn hart opbloeide, die ver boven zijn liefde voor Badri en diens goddelijke lichaam uitsteeg. Voor het eerst vond hij Salman onweerstaanbaar. Hij wilde het hem bij hun volgende ontmoeting vertellen. Voortdurend hoopte hij op een telefoontje, op een spontaan bezoek aan het café, maar maart liep ten einde zonder dat de wens van de verliefde Karam in vervulling was gegaan. Badri was beledigd omdat Karam alleen nog vol was van Salman, en zijn vermoedens waren gerechtvaardigd, want het hart van een bedrogen minnaar beschikt over een onzichtbaar kompas.

Op die dag in april opende Karam dus de voordeur en riep Salman, maar zijn stem werd opgeslokt door de stilte. Hij liep langzaam naar de kamer waar Salman altijd werkte. De deur was open. De leeggeruimde la van de tafel was uitgeschoven en gaapte hem aan in de lege ruimte. Op tafel lag alleen een kalligrafie, zo groot als een hand, die Karam niet kon ontcijferen.

Twee dagen later liet hij hem zien aan Hamids gezel Samad, die tussen de middag een hapje in het café at. 'Kun je deze wirwar ontcijferen?' vroeg hij, en hij legde het op karton geplakte vel papier voor de vakman neer.

'Dat is geen wirwar. Het is gespiegeld Kufi-schrift. Het is netjes geschreven, de afmetingen, de hoeken en de spreiding kloppen, maar het ontbreekt het schrift aan elegantie. Wie heeft het geschreven?'

'Een vriend,' antwoordde Karam trots.

'Dat kan niet,' zei Samad.

'En waarom, als ik vragen mag?'

'Omdat een vriend dat niet geschreven kan hebben. Daar staat: Karams hart is een begraafplaats.'

Alle kleur trok weg uit het gezicht van de waard. Ook zijn donkere ogen leken lichtgrijs te zijn geworden. Hij sleepte zich naar zijn kantoor achter de bar. Zijn medewerkers zwoeren dat, toen hij naar buiten kwam, zijn haren niet meer blauwzwart maar asgrauw waren.

Salman verdween stilletjes, zoals altijd zijn gewoonte was geweest. Hij nam van niemand afscheid. Hij schreef alleen een lange brief aan Sarah en vroeg haar een leugentje om bestwil te vertellen om de sporen van Nura en hem uit te wissen.

Zijn fiets verkocht hij voor een goede prijs aan een groentehandelaar in de verre Amara-wijk.

In de armenhof merkte vrijwel niemand, behalve Sarahs moeder, Salmans verdwijning op. Pas toen zijn vader twee maanden later een ernstige leverziekte kreeg, stelden een paar buren vast dat ze Salman al lang niet meer hadden gezien. Sommige buren verheugden zich al bij voorbaat op de mogelijkheid binnenkort over een goede tweekamerwoning te beschikken. Salmans vader herstelde echter en leefde nog vele jaren, maar hij dronk geen druppel alcohol meer.

Rond die tijd keerde Sarahs moeder Faise terug uit Homs, waar haar dochter haar eerste kind had gekregen, een meisje. Faise vertelde slager Mahmud en buurvrouw Samira vertrouwelijk dat Salman voor veel geld als kok in Koeweit werkte. 'Dat blijft onder ons,' zei Faise samenzweerderig. En dat werd in Damascus gezien als een uitnodiging om het bericht zo snel mogelijk te verspreiden. Slager Mahmud en buurvrouw Samira deden hun werk goed.

Na zevenentwintig uur en drieëndertig minuten bereikte het bericht Karam in zijn café. Hij geloofde zijn oren niet, belde met Al Andalus, het voorname restaurant in de christelijke wijk, en vroeg de eigenaar naar zijn vriend Salman.

'Helaas is hij zelfstandig geworden. Ik had die grappige vent graag tot mijn rechterhand gemaakt. Geen van mijn gezellen kon zo snel leren als die kleine knaap, die zingend zijn werk deed en alles met groot enthousiasme aanpakte. En een goede neus had die vent. In ons beroep is dat goud waard. Jammer, maar ik gun het hem. Naar ik heb vernomen verdient hij in Koeweit meer dan ik met mijn restaurant.'

Karam hing op en huilde. Hij was woedend op de oliesjeiks, op de Zuiveren, op zijn eigen domheid, op Badri en op Salmans koude hart, dat hem geen kans had gegeven zijn fout weer goed te maken.

Het bericht van Salmans carrière als kok in Koeweit onderging, nadat het voor de twintigste of dertigste maal van mond tot mond was gegaan, verschillende metamorfosen. Nu eens kookte Salman voor de emir van Koeweit, dan weer was hij eigenaar van een restaurantketen in de Golf-regio. Sommigen lieten hem overgaan tot de islam en met een nicht van de heerser trouwen, anderen wisten te melden dat hij tot visvoer was verwerkt.

Toen het verhaal in de herfst weer bij Sarahs moeder was terechtgekomen, had het zoveel veranderingen ondergaan dat zelfs Faise het niet meer herkende.

37

Jaren later zou Hamid iedereen die een geduldig oor had, vertellen dat de vlucht van zijn vrouw hem de ogen had geopend. Op de dag van haar verdwijning was hem de neergang van de Arabieren duidelijk geworden. Hij wilde niet meer meedoen. Hij had de mensen wakker willen schudden, maar nu wilde hij hun diepe slaap niet meer verstoren, en hij had nergens spijt van. Een volk dat zijn hervormers straft en zijn profeten vervolgt, verdrijft en vermoordt, is gedoemd ten onder te gaan.

Hamid had van de verdwijning van zijn vrouw gehoord toen hij 's avonds thuiskwam. Hij had veel op de school voor kalligrafie moeten doen en 's middags lange, moeizame onderhandelingen tot een goed einde gebracht. Hij kreeg de opdracht alle kalligrafieën en ornamenten voor de door Saudi-Arabië gefinancierde Saladinmoskee te vervaardigen. De onderhandelingen waren niet gemakkelijk geweest, temeer daar de kalligrafen uit de andere Arabische landen bereid waren het werk voor eenvijfde van zijn honorarium te doen. Ook drie van de beroemdste Syrische kalligrafen bleven met lege handen achter. Hamid vroeg hun tegen goede betaling bij hem te komen werken, een aanbod dat ze dankbaar aanvaardden. Het was een gezegende dag.

Die warme aprilnacht keerde hij dus gelukkig en tevreden terug naar huis. De school voor kalligrafie was begin april, een maand eerder dan gepland, met het onderwijs begonnen, en in de Bond der Wetenden had hij alle afgunstige lieden het hoofd geboden die zijn functie van grootmeester ter discussie wilden stellen. Een overweldigende meerderheid van de leden had een absoluut vertrouwen in hem. Zijn tegenstanders hadden het moment bijzonder slecht gekozen; Hamid was niet alleen de beste kalligraaf maar ook de held die de Bond verder had gebracht dan wie van zijn voorgangers ook.

Op weg naar huis fluisterde hij meer dan eens: 'Hamid, het is je gelukt.' En hij haalde diep adem en riep iets te hard: 'Ja!'

Nu wilde hij genieten van de nacht en van zijn vrouw. Hij had een dun nachthemd van doorzichtige rode zijde voor haar gekocht en wilde dat ze hem daarin zou verwennen.

In een dure winkel liet hij tweehonderd gram pasturma, een runderham die met een pittige laag scherpe kruiden aan de lucht wordt gedroogd, in flinterdunne plakjes snijden. Hij liet ook dure kaas en olijven inpakken. Voor zijn vrouw nam hij een glas met in olijfolie ingelegde kleine artisjokken uit Italië mee. Bij de fruitverkoper in de Rechte Straat, op de hoek met zijn straat, kocht hij voor het eerst van zijn leven een dure ananas.

'Dat geeft niets,' zei hij tegen de groenteman. 'Het is vandaag een bijzondere dag.'

Hij floot zijn lievelingsliedje en opende de deur.

Dat moment van dreigende stilte zou hij nooit meer vergeten. Vreemd genoeg vermoedde hij meteen dat Nura noch bij de buren, noch bij haar ouders was. Er moest iets verschrikkelijks zijn gebeurd. Hij ging naar de keuken, zette de papieren zakken op tafel en riep: 'Nura!' Zijn hart ging tekeer.

Geen antwoord, geen briefje, niets. Hij liep naar de binnenplaats en ging krachteloos op een stoel zitten. Op dat ogenblik besefte hij dat er een ramp was gebeurd.

'Er zijn momenten waarop je weet wat je allemaal verkeerd hebt gedaan. Ik had kunnen sterven toen ik in één seconde alles zag wat er verkeerd was in mijn leven. Ik ben in de verkeerde tijd in de verkeerde samenleving geboren,' herhaalde hij later. Zijn toehoorders hadden medelijden met hem, maar niemand begreep wat hij zei.

Veel van zijn beslissingen leken onjuist te zijn geweest. Hij wilde toch maar één ding: het schrift eer bewijzen – die goddelijke uitvinding, die met een paar letters oceanen, woestijnen en bergen deed ontstaan, het hart beroerde en de geest inspireerde. En schonk het niet alles wat met inkt op papier werd vastgelegd een lang leven? Alleen goden waren daartoe in staat. Hij had het moeten begrijpen! Het schrift was een godin, en alleen degene die alles verzaakte zou het paradijs binnengaan. Hadden vrouw en kinderen daarin wel een plaats? En was hij, om te beginnen, al niet in het verkeerde gezin ter wereld gekomen? Wie anders dan een gek sloeg zijn zoon vanwege zijn door God gegeven talent om zijn oren? Was zijn vader ziek? En zijn moeder, die nooit van hem had gehouden en hem nooit had verdedigd, was zij niet evengoed ziek?

Hoe dwaas was het een huwelijksleven te willen hebben. Natuurlijk had hij een vrouw nodig. Verslaafd was hij niet, zoals die playboy Nassri. Nee. Op de een of andere manier schonk het liefdesspel hem niet half zoveel bevrediging als het werk aan een kalligrafie.

Een halfuur lang zat hij destijds in zijn verlaten huis en hij hoopte dat een buurman hem zou komen vertellen dat Nura een ongeluk had gehad, of was flauwgevallen en naar het ziekenhuis was gebracht.

Maar er werd niet geklopt, urenlang niet, hoewel hij overal het licht aandeed en de radio hard zette om de buren te laten merken dat hij thuis was.

De gedachte aan een ongeluk leek hem een paar uur later absurd, en dat deed pijn, want hij realiseerde zich dat hij hulpeloos was. Hij was er ook van overtuigd dat zijn schoonouders niets van een ongeluk wisten, anders zouden ze hem hebben gebeld.

Hoe lang had hij geslapen? Hij wist het niet meer. Die dag kwam er een einde aan zijn discipline waardoor hij tot dan toe elke dag om zes uur wakker werd en uiterlijk om tien uur 's avonds naar bed ging. Dag en nacht gingen in elkaar over.

Hij werd gewekt door luid geklop. Hij keek geschrokken om zich heen en schudde met zijn hand, want hij had een nachtmerrie gehad waarin een grote wesp hem precies tussen zijn wijs- en middelvinger stak. Hij lag aangekleed op bed. Voor het eerst van zijn leven lag hij ongewassen en in zijn kleren op bed.

Het was nog vroeg, maar buiten begon het al licht te worden.

Nura's vader stond voor de deur, met een bleek gezicht en zijn ogen rood van het huilen. Hij zag er lelijker uit dan ooit.

'*Assalam aleikum*,' groette hij droog. Sjeik Rami Arabi was nooit een huichelaar geweest, dat wist Hamid. Hij kwam direct ter zake. Zonder iets te zeggen gooide hij de brieven op het tafeltje op de binnenplaats en bleef staan. Hamid herkende natuurlijk zijn handschrift. Hoe had Nura's vader die brieven in vredesnaam in handen gekregen? En op slag werd hem alles duidelijk. Hamid begreep wat de geleerde zonder woorden zei. Zijn knieën begaven het, hij plofte op de dichtstbijzijnde stoel. Hoe moest hij dit de vader van zijn vrouw uitleggen? Hij hoopte dat het allemaal een nachtmerrie was.

'Ga alsjeblieft zitten. Het is één groot misverstand, en ik kan het Nura uitleggen,' zei hij met schorre stem. Even was hij heimelijk opgelucht dat Nura haar toevlucht had gezocht bij haar ouders en haar vader vooruitstuurde. Maar hij volhardde in zijn rol van geschokte echtgenoot. 'Ze had het met mij moeten bespreken voordat ze jullie zonder reden ongerust zou maken. Het zijn brieven die ik voor een klant...' wilde hij uitleggen, maar sjeik Arabi schudde alleen afkeurend zijn hoofd. 'Nura is niet bij ons. Ze is gevlucht... Ik heb je een bloem tot vrouw gegeven en wat heb jij met haar gedaan, jij eerloze?' zei de sjeik, en zijn stem werd gesmoord door onuitgesproken verdriet. Hij wierp een vernietigende blik op zijn schoonzoon en vertrok.

Hamid Farsi voelde zich alsof hij een klap op zijn hoofd had gehad. Die hoerenloper Nassri Abbani had hem in de boot genomen. Hij had zijn vrouw Nura met de brieven verleid, en wie weet aan wie hij dat allemaal had verteld om zijn reputatie kapot te maken en hem te vernederen. Had Nassri Abbani dat van meet af aan zo gepland?

Maar de kalligraaf en zijn buren, die hadden meegeluisterd, geloofden nog dat Nura niet definitief was gevlucht. Hij belde het atelier en zei dat hij die dag niet zou komen. Tot dan toe was dat nog niet voorgekomen. Maar vanaf dat moment tot aan de sluiting van het atelier zou het bijna normaal worden.

Hamid waste en schoor zich, trok zijn zomerkostuum aan en liep doelgericht naar zijn schoonouders in de Midan-wijk. Sjeik Arabi was niet thuis. Alleen zijn vrouw Sahar keek met een betraand gezicht door de kier van de deur.

'Wat heb je gedaan? Ik heb van je gehouden als van een zoon,' zei ze, om niet over haar andere gevoelens te hoeven praten, want ooit was ze tot over haar oren verliefd geweest op die pezige, wilskrachtige man. Telkens als hij een woord zei of haar even aanraakte, voelde ze zich in het diepst van haar hart geraakt. Maar ze had haar hart opgeofferd om de eer en goede naam van de familie te redden. En nu ging alles in haar dood en ze voelde dat ze juist had gehandeld, want deze man had haar alleen verblind met zijn uitstraling. Bij hem was ze hoe dan ook verloren geweest.

Ze maakte geen aanstalten hem binnen te laten. Het was in die traditionele wijk niet gebruikelijk dat een vrouw een andere man ontving als haar eigen man afwezig was. Ook neven en schoonzoons dienden te wachten tot de heer des huize arriveerde.

'Laat me het uitleggen,' zei hij, en hij probeerde haar hand te pakken. Maar ze trok hem snel terug en sloeg de deur dicht. Hamid riep nog tegen de deur: 'Maar wanneer is ze gevlucht?'

'Wij weten nergens van,' zei Nura's moeder huilend. Hij klopte zacht – tevergeefs. Buurvrouw Badia verscheen op de drempel van haar huis.

'Wat is er aan de hand? Kan ik je helpen?' vroeg ze aan de kalligraaf, die ze goed kende. Ze vermoedde dat er iets ergs was gebeurd, want voor het eerst sprak Nura's moeder geen woord met haar; ze had alleen telkens 'Een ramp, een ramp' gemompeld en liet zich niet meer zien.

'Nee, dank u,' zei de kalligraaf kortaf, en sleepte zich naar de hoofdstraat, waar hij zich door een koets naar huis liet rijden.

Het was erger dan hij had gedacht.

'Ik ben een ezel,' riep hij toen hij 's avonds alleen bij de fontein zat en aan Nassri dacht. Hij jammerde zo luid dat de buren het hoorden. Een uur tevoren wist nog niemand dat Nura was gevlucht. Pas in de loop van de avond drong het bericht, dat nu bleek te kloppen, door tot het huis ernaast, maar het duurde nog tot het ochtendgloren voordat het als volwaardig gerucht de ronde begon te doen langs de bakkerijen en de gaarkeukens.

Nassri Abbani leek van de aardbodem verdwenen te zijn. Ook weken na Nura's vlucht kon Hamid hem niet vinden. En in zijn gekwetste fantasie creëerde hij complete speelfilms waarin de rijke Abbani vrouwen verleidde om ze aan oliesjeiks te verkopen.

Slechts één of twee keer per maand ging Hamid naar het atelier. Zelfs als het om grote opdrachten ging en zijn aanwezigheid dringend gewenst was, wuifde hij alle bezwaren weg.

Eind mei vertelde Salim, een kapper wiens zaak dicht bij Hamids atelier lag, hem dat hij had gehoord dat Nassri Abbani niet toevallig naar Hamid toe was gekomen; het zou hem er van het begin af aan om te doen zijn geweest hem te ruïneren. Nassri Abbani had van hogerhand opdracht gekregen via opdrachten voor extravagante kalligrafieën met hem aan te pappen en hem met zijn gulheid geleidelijk aan gunstig te stemmen, tot hij het schriftelijke bewijs van zijn karakterloosheid kon overleggen. Op samenzweerderige toon voegde Salim eraan toe dat de rollen volgens hem goed waren verdeeld. Terwijl Nassri Abbani Hamids reputatie met de brieven kapot had gemaakt, had een bende ervaren criminelen Nura ontvoerd. Dat was drie, vier keer eerder in Beiroet, Cairo en Bagdad gedaan om met impopulaire lieden of politieke tegenstanders af te rekenen.

'En hoe kun je een Arabische man dieper vernederen dan door hem voor te stellen als de pooier van zijn eigen vrouw?' vroeg Salim, maar hij wachtte het antwoord niet af. Hij stond meteen op en nam met een krachteloze handdruk afscheid.

'De Abbani-clan heeft ook mijn vader geruïneerd, omdat hij goed van vertrouwen was. Ze hebben een verbond met de duivel! Of denk je dat het toeval is dat die hoerenloper Nassri intussen de helft van het bouwland in Abu Rummane bezit, zonder een vinger te hebben uitgestoken?'

Hamid had wel kunnen huilen van woede. De man sprak precies uit wat hij zelf allang had vastgesteld: dat Nassri Abbani een slang was. Nu begreep hij ook waarom hij niet naar het openbare openingsfeest in de school voor kalligrafie was gekomen.

Om Nassri, die geslepen misdadiger, te pakken te krijgen en de lopende kosten te stoppen, besloot Hamid in juli het atelier voorlopig te sluiten. Samad herinnerde hem tevergeefs aan een aantal grote opdrachten, die in de herfst nog moesten worden afgehandeld. Maar Hamid liet zich niet vermurwen.

Het was de dag dat de geruchten in Damascus als een koraal, dat door een onzichtbare hand werd gedirigeerd, het volgende lied over Nura aanhieven: Nura was op een Engels passagiersschip gezien, dat vanuit Beiroet naar de Golf was vertrokken.

In een opwelling ontsloeg Hamid alle werknemers van zijn atelier, van Samad tot en met de jonge loopjongen Hassan – allemaal. En bij het afscheid deelde hij hun mee wat hij al die jaren over hen had gedacht: ze waren geen ambachtslieden maar knoeiers, en daarom hopeloze gevallen wat de kalligrafie betrof. Hij zei spottend tegen Samad dat hij met de loopjongen Hassan maar de eerste de beste garage moest opzoeken; dan zouden ze zich eindelijk nuttig maken voor de mensheid.

Niet alleen Samad, maar alle medewerkers waren diep beledigd. Ze dachten dat hun meester volkomen was doorgedraaid; zelfs een minimum aan beleefdheid en dankbaarheid kon hij niet meer opbrengen. Alleen de kleine magere jongen Hassan volgde de raad van zijn meester op en stapte de eerste de beste garage binnen. Klein en half verhongerd stond hij tegenover de onbehouwen baas en zei onomwonden dat een meester in de kalligrafie had voorspeld dat hij een goede automonteur zou worden. De met olie besmeurde man lachte en liet zijn gele tanden zien: 'Ach, kalligrafen zeggen zoveel, maar wat doet het ertoe? We hebben een loopjongen nodig. Kun je thee zetten?'

'Zo goed als u hem nog nooit gedronken hebt, meester,' zei de kleine jongen trots.

'Kom dan maar binnen, een lira per week en dan zien we wel verder,' zei de eigenaar van de garage.

38

Op 19 april 1957, negen dagen na Nura's vlucht, bestormden tien gebaarde mannen laat in de ochtend de school voor kalligrafie. Ze sloten de deur van binnen af, trokken de telefoondraad uit de muur en sloegen het complete meubilair kort en klein. Het was vrijdag, en alleen de secretaresse was aanwezig om het vele papierwerk dat zich die week had opgehoopt af te handelen. Ze kreeg de schrik van haar leven. De mannen zagen eruit alsof ze regelrecht uit een slechte film over Arabieren waren gestapt. Een van hen brulde tegen haar: 'Je werkt op vrijdag, ongelovige!' Hij gaf haar een draai om haar oren, waardoor ze op de grond belandde. Een ander trok haar jas van de kapstok en wierp die over haar hoofd. 'Bedek je kop, hoer!' riep hij. Ze kon niet eens schreeuwen. Ze kreeg een prop in haar mond en werd aan haar bureaustoel vastgebonden. Vervolgens liepen de mannen door het gebouw en ze hoorde hoe meubels, spiegels, glazen tafels en boekenkasten werden vernield. Toen ze weer in het kantoor kwamen, kalkten ze met rode, druipende verf hun grievende leuzen en dreigementen op de muur. Toen was de nachtmerrie voorbij.

Begin mei werd de school met het oog op de veiligheid van de leerlingen gesloten. Hamid was er nu van overtuigd dat Nassri Abbani tot de degenen behoorde die achter de sluiting van de school zaten.

39

Sommigen vertelden dat hij zich in Beiroet bevond, anderen beweerden hem in İstanbul te hebben gezien, weer anderen berichtten dat hij allang in Brazilië zat bij zijn vriend, ex-president kolonel Sjisjakli.

Niemand had er een lira om willen verwedden dat Nassri Damascus nooit had verlaten.

Hij hield van de stad waar hij vandaan kwam als van de vrouwen: mateloos, als een verslaafde. Het was een echte Damascener, die zijn stad voor het paradijs aanzag. Elke keer dat hij de stad verliet, was dat een soort kwelling voor hem, en was hij er zeker van dat de reis zou eindigen in duisternis en kou – en in een leven vol beslommeringen en ongemakken, een leven dat Nassri niet aankon.

Zijn medewerker Taufiq was degene die hem adviseerde de vernedering van de kalligraaf serieus te nemen. Hij geloofde hem, zei Taufiq, wanneer hij zei dat hij die vrouw niet had aangeraakt, maar wat hij geloofde was van geen belang. In de stad beweerde iedereen – alsof ze erbij waren geweest – dat de kalligraaf voor geld liefdesbrieven voor hem, een beroemde rokkenjager, had geschreven. En alsof het nog niet genoeg was dat Hamid Farsi's vrouw was weggelopen, was ook zijn grote droom van een school voor kalligrafie definitief de bodem in geslagen. De hoorndrager was buiten zichzelf van woede en daarom onberekenbaar. 'En het interesseert me niet of je je ding in die vrouw of in een wespennest hebt gestoken, maar of die waanzinnige iets in jou steekt interesseert me zeer,' zei Taufiq.

Wat een toon sloeg zijn boekhouder aan! Voor het eerst besefte Nassri dat hij Taufiq had onderschat. Dat was geen suffe cijferaar die blind door het leven ging, maar een ervaren man met stalen zenuwen. Sinds Nassri zich voor Hamid moest verbergen, had hij gemerkt dat de toon van zijn medewerker was veranderd. Hij was niet onbeleefder, maar minder geduldig en zijn stem was niet luider, maar gebiedender. Hij deed hem vaag denken aan die van zijn vader.

'Het gaat om leven en dood,' had Taufiq gezegd, om te benadrukken dat hij erop stond dat zijn bevelen, die hij – hoffelijk als elke bewoner van Damascus – voorstellen noemde, werden opgevolgd. En Nassri diende te gehoorzamen, of hij wilde of niet.

De eerste zes weken van zijn verborgen leven waren loodzwaar. Hij moest alles opnieuw leren. Opstaan als de anderen sliepen, uren- of dagenlang in gesloten ruimtes doorbrengen omdat niemand mocht weten dat hij in de kamer ernaast zat, uren – zo niet dagen – te moeten zwijgen, dat alles maakte Nassri voor het eerst mee. Zijn eenzaamheid voorzag de tijd van stekels en maakte er een martelwerktuig van. Zijn leven lang had hij de krant alleen vluchtig gelezen, nu las hij ook de advertenties en de overlijdensberichten, en nog altijd was er tijd over.

Hij dacht na over dingen waarmee hij zich nooit had beziggehouden, en kwam tot inzichten waar hij voorheen geen idee van had gehad.

Uur na uur werden zijn beproevingen zwaarder, zijn ogen deden pijn bij alles wat hij zag, zijn oren deden zeer van alles wat hij hoorde, zijn hart dreigde stil te staan en direct daarna te exploderen, en hij had kloppende hoofdpijn, alsof zijn hersens te klein waren geworden voor zijn gedachten. Opeens groeiden er woorden in zijn innerlijk, zoals er handen en voeten aan een embryo groeien. En zijn tong gooide ze tegen de muur, tegen het raam of, als hij lag, tegen het plafond. Zijn hart kwam tot bedaren en zijn hoofdpijn verdween. Zo moet het zijn geweest toen de mensheid aan het begin stond, dacht hij, de eenzaamheid van de mensen liet de taal in hen groeien, zodat hun hart niet uit elkaar zou barsten en hun hersenen niet aan hun verdriet zouden bezwijken.

Elke ontmoeting op straat zou hem het leven kunnen kosten. Slordigheden, hoe klein ook, kon hij zich niet meer veroorloven. Hij moest voortdurend sneller zijn dan de verklikkers en handiger dan die vervloekte slimme kalligraaf.

De weinige mensen met wie hij nog omging, gedroegen zich anders tegenover hem dan voorheen. Een vriend uit zijn kinderjaren weigerde hem te ontmoeten, en een hoge officier die vroeger, toen president Sjisjakli nog aan de macht was, op handen en voeten voor hem had gekropen, wilde niet eens aan de telefoon komen. Een jonge officier in de wachtkamer wimpelde Nassri af met de opmerking dat zijn commandant geen Nassri Abbani kende.

Hij lag urenlang wakker en dacht na. Hij was niet eens verbitterd over die vrienden, die destijds niet op hem maar op zijn uitstraling waren afgekomen, om zo een beetje licht in de duisternis van hun bestaan te brengen.

Terwijl hij zo leefde, opgejaagd en ondergedoken, moest hij telkens aan zijn oudoom denken, die ook voor zijn achtervolgers had moeten vluchten, Ahmad Abu Chalil Abbani, de broer van zijn grootvader. Als kind was hij al gefascineerd door het theater en hij had die onaanzienlijke kunst, die destijds in de koffiehuizen en danslokalen werd bedreven om de gasten te vermaken, verheven tot grote kunst op de podia van de theaters. Hij richtte een ensemble op en voerde zijn eigen stukken en veel uit het Frans vertaald repertoire uit. Hij was de eerste moderne theatermaker in Syrië en had te kampen met brandaanslagen, vernederingen, doodsbedreigingen en vervolging. Hij stak al zijn geld in zijn geliefde theater, dat het gepeupel, opgestookt door fanatici, in brand stak. Dertig jaar later waren toneelvoorstellingen nog steeds niet toegestaan, en tot 1930 verbood de moefti van Damascus mannen en in het bijzonder vrouwen te acteren, zodat de weinige zangers en acteurs die nog optraden christenen of joden waren.

Ahmad Abu Chalil Abbani moest onderduiken, tot hij eindelijk met een ensemble onderdak vond in Cairo, waar hij weer een theater oprichtte en een generatie Egyptische, Syrische en Libanese acteurs opleidde. Maar ook daar werd zijn theater in het jaar 1900 platgebrand. Hij keerde verbitterd terug naar Damascus en stierf in 1903 aan een gebroken hart.

Wanneer Nassri in zijn schuilplaats aan de foto van zijn oudoom terugdacht, huilde hij. Hij hing tussen een groot aantal andere foto's in de salon van zijn vader. De oneindige droefheid in zijn ogen sneed hem door het hart.

De eerste twee weken dat hij op de vlucht was, woonde Nassri bij zijn vrouw Lamia. Maar toen de eerste geruchten over zijn aanwezigheid in de wijk de ronde begonnen te doen, raadden de buren Lamia aan hem weg te sturen. Hij mocht met zijn hoererij niet ook nog de kinderen in gevaar brengen.

Lamia werd bleek, huilde 's nachts vaak en bij elk geluid kromp ze geschrokken ineen. Het was een hel.

Maar hij vertrok pas toen zijn kinderen in koor huilend hun uit het hoofd geleerde smeekbede hen te sparen en weg te gaan tegen hem blèrden. Hij vervloekte Lamia en zijn vader, die hem dat huwelijk had opgedrongen, en reed 's nachts naar zijn derde vrouw Nasime, omdat hij wist dat het huis van zijn tweede vrouw Saide vol gasten was. Haar hele familie uit het zuiden was op bezoek gekomen en als die kwam, werd geen enkel familielid thuis achtergelaten, louter uit liefde voor Saide.

Zijn derde vrouw Nasime, die vroeger zo'n honingzoete tong bezat dat hij af en toe vergat hoe lelijk ze was, greep nu haar kans met hem af te rekenen. Elke dag hield ze hem voor dat hij haar leven had verkwanseld, dat ze haar architectuurstudie was misgelopen en geen huizen had kunnen bouwen. Na zeven dagen hield hij het niet meer uit en sloeg haar. Ze gilde zo hard dat de buren kwamen, want ze dachten dat Nasime was overvallen. Ze stuurde de buren weg zonder hem te verraden, maar gelastte hem het huis onmiddellijk te verlaten. Nassri wilde zich meteen bij zijn vrouw verontschuldigen en haar voor haar moed bedanken, want hij had alles vanuit zijn schuilplaats gehoord, maar Nasime liet hem geen keus. 'Je vertrekt binnen drie uur uit mijn huis of ik wil je niet meer kennen,' riep ze huilend. In haar familie – dat had ze hem vroeger keer op keer trots verteld – had nooit een man zijn hand tegen een vrouw opgeheven.

Hij belde Saide, zijn tweede vrouw, die blij was dat hij kwam; ze verlangde hevig naar hem na het vertrek van haar familie.

Ze ontving hem met een rijk gedekte tafel en onthaalde hem op een lange liefdesnacht. Ze had altijd al geweten, sneerde ze, dat Nasime geen vrouw maar een man was, alleen mannen konden zich voor idiote ideeën als huizenbouw interesseren. En Lamia was altijd al een beetje hysterisch geweest. Maar bij haar kon hij eeuwig onderduiken, dan kon ze elke nacht van hem genieten. Zij was niet bang. Nassri bewonderde haar voor het eerst van zijn leven en hij vond haar van dag tot dag aantrekkelijker.

Omdat het huis in de nieuwe wijk Salihije lag, kon hij 's nachts, als Saide ging slapen, in de nachtclubs rondhangen.

Dat ging wekenlang goed. Maar Saide was niet moedig zoals hij had gedacht; ze nam alleen het gevaar waarin Nassri verkeerde niet serieus en vertelde blijkbaar aan iedereen dat hij zich bij haar had verstopt. En dus kwamen haar familieleden en vrienden langs om naar hem te kijken, en algauw voelde Nassri zich als een aap in een kooi die wordt aangegaapt.

Dat was tamelijk irritant.

Maar wat hem ertoe bewoog het huis haastig en zonder groet te verlaten, was een telefoontje van Taufiq, die in het café had gehoord waar Nassri zich verborgen hield. 'Ga onmiddellijk het huis uit. Ga niet naar je andere vrouwen, want Hamid heeft nu alle vier hun woningen in het vizier. Neem een taxi naar mijn huis. Zo meteen kom ik ook en bespreken we alles.'

Nassri's snelle reactie redde hem het leven. Want precies een uur na zijn overhaaste vertrek stormde Hamid Farsi met getrokken mes het voorname pand binnen, duwde de schreeuwende Saide opzij en doorzocht alle kamers. Hamid beefde over zijn hele lichaam toen hij teleurgesteld de aftocht moest blazen.

'Dit keer is hij me ontkomen. Maar ik zal hem vinden en vermoorden,' riep hij buiten adem, en hij sloeg de deur achter zich dicht.

Taufiqs vrouw had een overvloedige maaltijd klaargemaakt, maar ze trok zich met de kinderen terug. En alsof er niets was gebeurd, bracht Taufiq bij de thee erna kort verslag uit van de zaken die hij voor Nassri tot een goed einde had gebracht. Alleen maar goed nieuws! Nassri slikte de stekelige opmerkingen die zich verdrongen op zijn tong in met een flinke slok thee.

Eén opmerking ontsnapte hem: 'Alle goede zaken zijn zinloos als hij me te pakken krijgt.'

Taufiq was van mening dat Nassri de stad meteen diende te verlaten, maar daar viel met Nassri niet over te praten. Dus probeerde Taufiq de veiligste plek te vinden in Damascus en omgeving, en die was bij Nassri's oom Badruldin. Deze bezat een villa als een kasteel in Dummar, een dorp vlak bij Damascus.

Nassri gehoorzaamde, hij had geen keus. Eén enkele keer was hij op klaarlichte dag naar Café Havana gegaan omdat hij heimwee had naar het lawaai van de stad, en toen was het bijna misgegaan. Hij dronk een mokka en haalde zijn ogen en oren op aan de bedrijvigheid van Damascus, toen hij opeens Hamid Farsi aan de overkant van de straat zag staan. Deze leek het café te observeren, en als de tram niet tussen hen in was voorbijgereden, zou hij in zijn handen zijn gevallen. Nassri glipte de achterdeur uit, sprong in een taxi en vluchtte naar Dummar. De kalligraaf groeide langzaam uit tot een octopus, die zijn tentakels overal naar hem uitstrekte.

Oom Badruldin was een rijke boer van de oude stempel, die stedelingen beschouwde als hulpeloze arme stakkers. Als kind vond Nassri hem al tamelijk bekrompen. Wanneer zijn oom hen in de stad bezocht, zijn appels meebracht en erover begon te filosoferen waarom de tijden zo slecht waren – 'De mensen zijn Moeder Aarde vergeten,' placht hij te zeggen – en het gesprek kwam op het gedrag van de jeugd, de ontrouw van echtgenoten, de stank van de nieuwe fabrieken of de oorlogen die overal in de wereld ontbrandden, begon iedereen zich al snel te vervelen. Nassri hield het hoogstens tien minuten vol. Zijn oom kon niet eens een verhaal vertellen; hij kon alleen prediken, prediken en nog eens prediken tegen het verval der zeden.

Hij was inmiddels rond de zeventig en zijn bekrompenheid ging nu vergezeld van zijn angst voor het Laatste Oordeel, dat hij elk moment verwachtte. Of het nu om een noodweer, oorlog of een epidemie ging, voor hem waren het overtuigende bewijzen dat het einde van de wereld nabij was.

Het was er niet eenvoudiger op geworden hem gezelschap te houden, en doordat hij geen enkele tand meer in zijn mond had, praatte hij je niet alleen de oren van het hoofd, maar sproeide je ook nog onder.

'Het einde nadert en de aarde zal in de zon vallen en opgloeien als een stuk papier boven de gloed,' zei hij op een avond. En na zulke apocalyptische voorspellingen had Nassri er steeds meer moeite mee de slaap te vatten. Allerlei zaken spookten door zijn hoofd, tot hij ergens in de nacht wakker werd.

Hoe lang hij zich al bij zijn oom verstopt had, wist hij algauw zelf niet meer. Zijn oom sloopte hem met zijn boerse gastvrijheid. 'Zit niet zo als een schooljongen te knabbelen! Tast toe. We hebben veel en we willen niet dat onze gast hongerig gaat slapen, zoals bij die gastheren van tegenwoordig. Eet rustig, we houden je niet in de gaten,' riep hij, en Nassri was ervan overtuigd dat zijn oom elke hap telde.

Nassri nam nooit een toetje, en fruit was iets dat kinderen en zieken maar moesten eten. Hij had een sterke kop koffie met kardemom nodig. Maar zijn oom was van mening dat koffie giftig was en omdat hij alleen gebruikte wat de Syrische velden opbrachten, kwam koffie voor hem al helemaal niet in aanmerking.

Roken mocht Nassri ook niet en zijn arak moest hij heimelijk uit de fles drinken, zonder water en zonder ijsblokjes. Het was kommer en kwel.

De dagen en weken leken allemaal op elkaar. Op een gegeven moment ontwaakte Nassri uit een nachtmerrie en haastte zich naar buiten, de nog koele nacht in. Hij liep alsof zijn oom hem op de hielen zat. Pas op de provinciale weg, toen hij de lichten van een bus ontwaarde die naar Damascus reed, kwam hij tot rust. Nassri zwaaide, de bus stopte, hij stapte in en ging zitten. De bus was nagenoeg leeg. Een paar boeren, die op weg waren naar de markt in Damascus, hadden hun groenten en hun kippen meegenomen. Algauw viel hij in een diepe slaap. Hij werd pas wakker toen de bus aan de rand van de stad abrupt remde om een kleine kudde schapen de straat te laten oversteken. De herder schold op de ram die de kudde aanvoerde, die midden op straat naar de ontwakende stad blaatte.

'Zelfs een schaap raakt verliefd op Damascus,' zei Nassri tegen zijn buurman.

Na drie dagen Damascus zouden de schapen alleen nog triktrak spelen en arak drinken. 'Daarom worden die beesten snel geslacht. Wie ontsnapt, wordt een burger van de stad,' zei de man toen de stok van de herder op de schedel van de ram belandde.

De hemel boven Damascus werd al lichter.

Nassri sloop zijn kantoor binnen en belde Taufiq. 'Waar wil je heen?' vroeg zijn vertrouweling. Zijn stem klonk vermoeid.

'Naar mijn hoer. Daar zoekt niemand me,' zei Nassri.

'Geen slecht idee, maar pas goed op en ga overdag niet het huis uit,' waarschuwde Taufiq.

Onderweg naar Asmahan vroeg hij zich af waarom hij zijn echtgenotes zo lelijk vond. Hij was ervan overtuigd dat ieder van hen op haar eigen manier mooi was, alleen niet meer voor hem. Waarom worden de mensen van wie we niet meer houden lelijk? Voor hem was Asmahan beeldschoon en aantrekkelijk, maar zijn medewerker vond haar foeilelijk. Dus, concludeerde Nassri vlak voor Asmahans straat, hield hij van Asmahan. Waarschijnlijk omdat ze hem niet toebehoorde. Evenals de woestijn was ze van niemand en iedereen. Van de stoep tegenover Asmahans huis zag hij een elegante oude klant het kleine huis uit komen. Snel stak hij de straat over en drukte op de bel.

40

Ashaman hoorde van de vlucht van de mooie vrouw van de kalligraaf. Nassri's rol werd van week tot week ondoorzichtiger, maar hij was verdwenen. Opeens stond hij voor haar neus. Hij moest haar huis al een tijdje in de gaten hebben gehouden, want de oude juwelier Habib had de deur nog maar nauwelijks achter zich dichtgeslagen of er werd aangebeld. Ze dacht dat de bejaarde man zijn pillen, bril of wandelstok had vergeten, want hij liet voortdurend iets liggen, en ze verdacht hem ervan dat hij het met opzet deed om nog één keer – gratis – zijn armen om haar heen te kunnen slaan,

Habib was een vrek. Ze opende lachend de deur. Daar stond Nassri. Hij zag bleek.

'Laat me er alsjeblieft in, een gek wil me vermoorden,' zei hij, buiten adem. Ze liet hem binnen en voelde even iets van medelijden. Nassri bracht meteen zijn probleem ter sprake. Hij wilde zich enige tijd bij haar op de eerste verdieping, waar geen klant mocht komen, verbergen. De kalligraaf, zei Nassri, had intussen huurmoordenaars ingehuurd. 'En als ze je vinden,' zei Asmahan, 'zullen ze mij ook vermoorden. Ik wil op z'n minst weten waarom! Heeft die kalligraaf misschien de liefdesbrieven geschreven die je aan mij hebt gegeven? Heb je zelf geen enkel woord voor mij kunnen vinden? Heb je hem ervoor betaald mij je liefde te verklaren?'

In haar opwinding haalde ze een vel papier en legde het met een dramatisch gebaar voor hem neer. 'Schrijf hierop maar eens een korte brief aan me,' zei ze. Nassri was woedend, hij ging tekeer en schopte en enorme scène. Maar het mocht niet baten. Ze wist nu dat hij haar had voorgelogen. Haar medelijden sloeg om in diepe minachting.

Toen ging de deurbel. Asmahan glimlachte, want ze wist precies hoe ze definitief van hem af kon komen. Ze wist hoe ze ijdele mannen kon vernederen. Een oud verhaal dat haar ooit door een schoolvriendin was verteld, had haar op het idee gebracht.

'Je moet je verstoppen, snel.' Ze duwde hem een kleine ruimte in, waar hij tussen bezems en emmers op een kruk kon zitten. Wat was dat voor leven? Tot voor kort behoorde hij tot de vooraanstaande burgers van de stad, nu moest hij zich tussen die rommel voor de wereld verbergen!

En terwijl hij treurde over zijn lot, hoorde hij Asmahan lachen. Het hok werd alleen door een dun houten wandje van haar slaapkamer gescheiden. Hij moest aanhoren hoe Asmahan en de onbekende de liefde bedreven en elkaar blijkbaar erg aardig vonden. Toen de liefdesgeluiden eindelijk voorbij waren, hoorde hij dat de twee over hem spraken. De man vertelde uitgebreid welke geruchten op dat moment over Nassri en Nura in Damascus de ronde deden. Nassri sprong bijna uit zijn vel, en zijn hart sprong van schaamte zowat uit zijn borst.

'Die hond betaalt voor brieven,' riep de man uit, 'om vrouwen te verleiden, en zijn vrouwen worden elke dag door een of andere buurman verleid, zonder dat er één brief aan te pas komt.'

'O ja?' vroeg Asmahan. 'En, heb jij ook geprobeerd met die vrouwen aan te pappen?'

'Nee,' klonk het uit het bed, 'maar een vriend van me heeft Nassri's vrouwen allemaal gehad.'

Nassri stond op het punt te exploderen. Het liefst had hij Asmahan de nek omgedraaid, maar wat hij nu meemaakte, deed zijn adem stokken. Want gaandeweg drong het tot hem door dat de klant een hoge piet bij de geheime dienst moest zijn. Zoals alle mannen van zijn slag had hij een neiging tot grootspraak, maar hij was verbazend goed geïnformeerd.

'Intussen zijn zelfs mijn mannen op jacht naar Nassri!'

'Waarom? Is hij ook over hun vrouwen heen gegaan?'

De man lachte. 'Nee, dat niet, maar de kalligraaf zit achter hem aan. En omdat agenten van de geheime dienst in een democratie niet veel meer omhanden hebben, pakken ze graag dat soort opdrachten van particulieren aan. En ik verdien er ook altijd iets aan, zonder dat ik mijn handen vuil hoef te maken. Wat moet je anders? Ik verlang terug naar de tijd van de sterke regeringen, die neerbuigend dictaturen werden genoemd. Mijn mannen zaten toen tot over hun oren in het werk.'

'En nu heb je opdracht Nassri Abbani te zoeken en te vermoorden?' vroeg Asmahan.

'Nee, ik moet hem alleen zoeken, het vermoorden wil hij zelf voor zijn rekening nemen. Het is zijn eer die door het slijk is gehaald. Mijn mannen kunnen spioneren zoveel ze willen, maar ze mogen geen actie ondernemen. Als iemand zich er meer mee bemoeit dan door mij is toegestaan, dan wordt hij direct ontslagen. In mijn la heb ik ontslagredenen voor de hele bende.' De man lachte zo luid om zijn eigen grap dat Nassri's oren tuitten.

'En wat krijgt degene die Nassri's schuilplaats verraadt?'

'Dat zal twintig- tot vijfentwintigduizend lira zijn. De kalligraaf heeft haast en hij is steenrijk.'

Nassri zat in de val. Hoe langer hij luisterde, des te meer werd hij door doodsangst overmand. Hoe kon zo'n parvenu van een letterschilder, wiens school hij had ondersteund, hem naar het leven staan? En hoe was het gekomen dat Asmahan zijn lot opeens in haar hand had en door middel van één enkele opmerking steenrijk kon worden? Wat was er met zijn leven aan de hand?

Op een gegeven moment werd het stil in de kamer ernaast, en na een eeuwigheid deed Ashaman het hok open. Ze zag eruit alsof ze had gehuild, en was dronken. 'Scheer je weg, loop naar de duivel, voordat ik me bedenk en de kalligraaf bel.'

Nassri was de tranen nabij. 'Laat me je iets uitleggen,' smeekte hij.

'Loop naar de hel,' schreeuwde ze, en ze wees naar de voordeur, die op een kier stond.

Nassri liep van Asmahans huis naar het dichtstbijzijnde hotel, Al Amir, liet Taufiq komen, vertelde wat er bij Ashaman was gebeurd en overlegde met hem waar hij zich kon verbergen.

Taufiq drong er bij hem op aan naar Beiroet te verhuizen, maar Nassri haatte Beiroet. Hij verdroeg de zee en de Libanese manier van leven niet.

'Dan rest ons alleen het huis van mijn overleden zuster,' zei Taufiq, die van een paar portiers van Nassri's huizen had gehoord dat vreemden hun geld toestopten en vroegen of de eigenaar zich misschien in een van zijn leegstaande panden had verstopt. 'Het is een bescheiden woning, maar comfortabel ingericht en hij staat te koop,' ging Taufiq verder. 'De verkoop kan wel een paar maanden wachten, tot de crisis achter de rug is. Een anoniem appartement, dat zich bevindt in een modern gebouw van vier verdiepingen, met zestien soortgelijke appartementen en voortdurend wisselende huurders en eigenaren. Een echt niemandsland!' zei Taufiq en hij stond op. 'Overigens, het gebouw heeft twee uitgangen, die op twee verschillende straten uitkomen. Ik haal de auto.' Hij draaide zich om. 'Wees voorzichtig,' zei hij op vaderlijke, bijna tedere toon, en hij ging op weg. Een kwartier later zag Nassri uit het raam van het hotel dat Taufiq zijn Citroën voor de ingang van het hotel parkeerde. Nassri betaalde de kamer en met zijn ogen verscholen achter een zonnebril glipte hij de auto in.

Het appartement lag op de derde verdieping van een modern gebouw in de buurt van de berg Qassiun. Vanaf het balkon keek Nassri uit op een stoffig pleintje en de hoofdstraat van de wijk, die naar het centrum van de stad beneden leidde. Daarvandaan had hij een prachtig uitzicht over Damascus.

'Hier zou ik het eeuwig kunnen uithouden,' zei hij tegen Taufiq, voordat die het appartement verliet. Nassri voelde dankbaarheid jegens die man, die het appartement blijkbaar diezelfde dag nog had laten schoonmaken en de koelkast had laten vullen met delicatessen. Ook suiker, mokka, kardemom, thee en andere zaken vond Nassri in de keuken. Ernaast lag een briefje: 'Bel me als je iets nodig hebt.'

Twee uur later belde Nassri inderdaad. Hij bedankte hem en vroeg Taufiq of hij apotheker Elias Asjkar naar het appartement kon laten komen, want hij miste hem. Het was een betrouwbare vriend en een zeer beschaafde man.

Taufiq was niet enthousiast. 'Hij is christen,' gaf hij hem in overweging.

'En wat dan nog?' zei Nassri, en hij werd opeens kwaad op zijn medewerker, die hij dankbaar wilde zijn. 'Hij kan joods of een vuuraanbidder zijn. Hij is net zo fatsoenlijk als jij of ik,' voegde hij eraan toe, en hij bedacht dat de vrome Taufiq niet erg te spreken zou zijn over die vergelijking.

'Zoals je wilt. Ik breng hem morgenavond naar je toe,' zei Taufiq. Zijn woorden waren in een keurslijf van beleefdheid en verdriet gegoten.

'En zeg dat hij een fles leeuwenmelk meebrengt,' voegde Nassri eraan toe, want hij wist dat Taufiq zou weigeren om arak, schertsend leeuwenmelk genoemd, te kopen – hoe gehoorzaam hij verder ook was.

's Avonds arriveerden de twee bezoekers. Taufiq, zichtbaar nerveus, nam snel afscheid en reed weer naar huis. Elias Asjkar vond het een eer zijn oude vriend in zijn schuilplaats te mogen bezoeken, en met tranen van ontroering in zijn ogen drukte hij Nassri stevig tegen zich aan. 'Ik mis de mokka 's ochtends met jou,' zei hij aangedaan.

Elias bevestigde wat Nassri allang wist: dat de kalligraaf kosten noch moeite spaarde om hem te pakken te krijgen.

'En waarom laat je hem niet vermoorden? Er zijn werkloze criminelen genoeg die voor honderd lira iedereen om zeep helpen. Dan heb je rust,' zei Elias toen ze alle twee al dronken waren. De fles met arak was zo goed als leeg.

'Nee, zoiets doe je niet. Zijn vrouw is weggelopen, de kalligrafieschool is naar de haaien, hij heeft zijn atelier gesloten – en dan zou hij ook nog moeten sterven?' Nassri schudde zijn hoofd. 'Het is een arme drommel en hij zal al snel ontdekken dat ik niets met de hele zaak te maken heb. Taufiq gaat overmorgen naar hem toe en probeert hem tot rede te brengen. Goudsmid Nagib Rihan regelt de ontmoeting.'

Nassri voelde zich nog altijd dankbaar jegens de kalligraaf, en toen de arak het laatste beetje angst bij hem had weggenomen, vertelde hij de apotheker welke uitwerking Hamids brieven op hoeren en presidenten hadden gehad.

Toen de apotheker naar het toilet ging, wierp Nassri een blik in de krant die zijn vriend voor hem had meegebracht. Hij zag een advertentie: 'Modeshow. Modellen uit Parijs tonen de wintercollectie '56 – '57 van het Parijse modehuis Carven in Hotel Samir Amis.' Hij glimlachte toen hij terugdacht aan de modeshow van vorig jaar in hetzelfde hotel, georganiseerd door hetzelfde modehuis Carven uit Parijs. Het leek of het de krant van een jaar geleden was.

Het was laat toen de apotheker het huis verliet. In het donkere portaal keek hij lang om zich heen, voor hij de wankelend de door lantaarns verlichte straat in liep.

Drie dagen later kwam Taufiq met het bericht dat de kalligraaf nu stapelgek was geworden. Achtervolgingswaan. Hoewel hij de bemiddeling van de goudsmid had afgewezen, was hij, Taufiq, naar hem toe gegaan en Hamid Farsi had hem doodserieus verteld dat Nassri achter de samenzwering had gezeten die hem publiekelijk te schande wilde maken, omdat hij, Hamid Farsi, op revolutionaire wijze het schrift wilde hervormen. Het ging niet om Nura, maar uitsluitend om zijn vernedering, en daarom zou hij Nassri vermoorden.

Nassri brieste dat de apotheker gelijk had; die kalligraaf was een ramp die een halt moest worden toegeroepen. Je moest hem vermoorden om niet zelf door hem te worden vermoord.

Taufiq zweeg. Toen Nassri zuchtte, stond hij op. 'Ik moet terug naar kantoor. We moeten vandaag een grote zaak met de Japanners afhandelen,' zei hij, en hij vertrok. Nassri was woedend op zijn medewerker en vervloekte hem en alle Japanners.

Toen hij bij het raam ging staan, deed de schrik hem het bloed in de aderen stollen. Aan de overkant van de straat, nog geen tien meter van hem vandaan, stond achter de brede stam van een populier Hamid Farsi de woning gade te slaan. Taufiq verliet het huis en liep naar zijn Citroën. Hamid wachtte nog even tot een bus zijn schuilplaats afschermde; vervolgens rende hij als een wezel op het gebouw af.

Nassri verstijfde. Hij wist dat zijn voordeur, evenals de andere deuren, geen naambordje droeg. Maar misschien had iemand de kalligraaf de exacte locatie van zijn schuilplaats verraden. Hij ging naar de keuken en zocht een groot mes, maar vond alleen kleine, oude messen met aftandse houten heften. Toen ontdekte hij een lange, scherpe pen voor kebab. 'Kom maar hier. Ik rijg je aan het spit,' fluisterde hij, en hij grijnsde boosaardig toen hij zich voorstelde hoe hij de kalligraaf zoals sjasliek met uien en paprika boven een vuur zou houden. Hij liep met de spies in zijn rechterhand op zijn tenen naar de voordeur. Daar luisterde hij naar de geluiden in het trappenhuis. In het appartement rechts naast hem was een meisje hard aan het huilen, links viel met veel lawaai een pannendeksel op de vloer. Beneden vloekte een vrouw. Hij meende voetstappen te horen. Toen bedacht hij dat te veel stilte in een huis verdacht kon zijn. Hij liep op zijn gemak naar de woonkamer en zette de radio aan, en toen hij een klaaglijk lied tegenkwam, dacht hij: dat vinden huisvrouwen mooi. Vervolgens ging hij terug naar de keuken, liet het water lopen, klopte met een pollepel tegen een snijplank en stootte met een glas tegen een metalen bord.

Hij voelde zich belachelijk en had wel kunnen huilen, als de angst zijn zelfmedelijden niet had verdrongen. Hij sloop naar het raam en keek naar de straat. Toen zag hij dat Hamid Farsi het gebouw uit kwam en naar zijn uitkijkpost achter de populier terugkeerde.

Nassri belde Taufiq. Die zweeg, alsof hij het had voorvoeld. 'Ik heb een bericht voor je,' zei hij vervolgens, 'een merkwaardig bericht, en alleen jij kunt bepalen of het een goed bericht voor je is.' Nog voordat Nassri kon vragen waar het over ging, hoorde hij: 'Je vrouw Almas was hier. Ze verlangt naar je. Je moet naar haar toe komen en vanuit haar huis Hamid Farsi in de gaten houden.' Nassri dacht na.

'Dat is helemaal niet zo'n slecht idee,' zei hij toen. 'Zeg haar dat ik morgen tegen middernacht bij haar kom.'

Nassri dacht aan de talloze verhalen over slimme vrouwen die hij als kind had gehoord. Hij glimlachte en schudde zijn hoofd toen hij zich voorstelde hoe hij 's nachts zijn achtervolger Hamid Farsi zou observeren – een absurd beeld.

Alleen een vrouw kan zo'n list bedenken, dacht hij.

De volgende avond hield Nassri zijn belager, die tot laat op de avond bij de oude populier bleef staan, nauwlettend in de gaten.

Vlak voor middernacht verliet Nassri het huis door de achterdeur, nam een taxi en reed in de zomerse nacht door de stad. Hij dacht na over zijn leven, terwijl zijn ziel door de lichten van zijn geliefde stad tot rust kwam. Hij vroeg zich af of de tijd gekomen was een heel nieuw leven te beginnen. In zijn nieuwe leven zou hij zich allereerst laten scheiden van al zijn vrouwen. Het zou niet eenvoudig zijn en veel geld kosten, maar hij wilde nooit meer samenzijn met vrouwen van wie hij niet hield.

Nassri was vastbeslotener dan ooit om dat doel te bereiken, maar hij kon niet vermoedden dat hij niet veel tijd meer had.

41

Hamid Farsi was wanhopig op zoek naar Nassri Abbani. Eind juli was hij er zeker van dat zijn vijand in de stad was, want onafhankelijk van elkaar hadden drie detectives hem gezien in Café Havana in de Port Said-straat, dicht bij het gebouw van Abbani.

Dus wachtte Hamid de playboy tegenover het café op, naast boekhandel Librairie Universelle. Op een middag zag hij hem opeens achter het raam zitten. Maar Hamid pakte het niet handig genoeg aan. Abbani ontdekte hem en ontkwam via de achterdeur.

Hamid liet de huizen van Nassri's vrouwen door een detectivebureau in de gaten houden. Dat was duur, en voortdurend was er vals alarm. Een keer werd hij gebeld door een detective die zei dat hij er zeker van was dat Nassri nu bij zijn tweede vrouw in Salihije was ondergedoken. Hamid haastte zich erheen, klopte aan en stormde naar binnen. De vrouw viel op de grond. Hij had met haar te doen, maar Nassri was nergens te bekennen.

Ook bij de derde vrouw, in de Midan-wijk, had hij geen succes. En de vierde vrouw liet hem niet eens aan het woord komen, laat staan dat ze hem binnenliet. Breeduit stond ze daar; ze vervloekte hem en haar eigen echtgenoot en sloeg de deur dicht. Hij hoorde dat ze achter de gesloten deur nog hard 'Pooier!' riep.

Dat sneed hem door de ziel.

Ook op kantoor was Nassri niet meer komen opdagen. Zijn plaatsvervanger waarschuwde Hamid dat als hij hem nog één keer bij het kantoor zou zien rondsluipen, hij onmiddellijk de politie op hem af zou sturen.

Hamid was absoluut niet bang voor de politie. Hij vreesde alleen dat zijn wraakactie door hen zou kunnen worden verijdeld. Vanaf die dag vermeed hij het al te vaak door de Port Said-straat te lopen.

Hij volgde Taufiq op de voet. Dat had een voormalige agent van de geheime dienst hem aangeraden. Op een dag reed Taufiq met zijn oude Citroën naar een gebouw aan de voet van de Qassiun. Hamid was er zeker van dat de medewerker hem ongewild naar zijn chef zou leiden, maar hij kon geen spoor van Nassri ontdekken. Twee dagen en één lange nacht hield hij het gebouw in de gaten. Tevergeefs.

En toen, een week later, werd hij gebeld door Karam. De koffiehuiseigenaar zei dat hij een belangrijke boodschap voor hem had.

Hamid ging meteen op weg. In het café liet Karam hem weten dat Nassri Abbani zich al een paar dagen bij zijn vierde vrouw Almas verborg.

'En hoe weet jij dat?' vroeg Hamid wantrouwend. Hij was bang dat de cafébaas hem erin wilde laten lopen. De afgelopen weken hadden niet alleen een paar incompetente detectives, maar ook kwaadwillende figuren hem op zijn – toch al gespannen – zenuwen gewerkt. Ze belden hem 's nachts op en gaven het adres door waar Nassri zich zou ophouden. Eenmaal was het een adres van een bordeel, twee keer waren het bekende nachtclubs, en alle drie de keren maakte Hamid zich belachelijk.

'Luister eens, mijn nicht Almas is Nassri's vierde vrouw. Ze is geschokt vanwege die hoerenloper, die geen hoer in de stad heeft overgeslagen en die bovendien voor veel geld vrouwen aan de Saudi's verkoopt.' Hij zei dat Nassri bij haar was teruggekomen, en deed alsof er niets was gebeurd.

'Je kent toch haar huis in de Dakak-straat?' zei Karam. 'Je was een keer bij haar, heeft ze me verteld; de huizen van die straat liggen bijna evenwijdig aan die van jouw straat.'

Hamid was volkomen verbluft. Ja, hij was ooit kort bij de dikke vrouw met de grote mond langs geweest, maar hij had nooit gedacht dat het huis in de Dakak-straat pal aan het zijne zou grenzen.

'Eerst woonde Nassri met mijn nicht in de Bagdad-straat,' vervolgde Karam zijn verhaal, 'in hetzelfde pand dat later de school voor kalligrafie zou worden, maar algauw ontdekte mijn nicht dat Nassri met twee buurvrouwen sliep. Dat was een ongehoorde vernedering voor Almas, ze wilde geen dag langer in dat huis blijven. Daarom zijn ze zo snel naar de oude stad verhuisd. Almas had een tijdje rust, tot Nassri jouw vrouw ontdekte.'

'Maar hoe kon hij mijn vrouw dan zien?' vroeg Hamid schor.

'Zijn huis heeft een zolderappartement, dat direct op jouw binnenplaats uitkijkt.'

'Een zolderappartement? Wat voor zolderappartement? Aan drie kanten is ons huis het hoogst en zie je alleen de open hemel. Aan de vierde kant zie je alleen een hoge lemen muur zonder ramen. Ik heb daar nog nooit een mens gezien,' zei Hamid, die het gesprek langzamerhand absurd begon te vinden. Ook kon hij zich niet voorstellen dat Nassri, die toch wist dat hij achter hem aan zat, zich uitgerekend bij hem in de buurt verborg.

'Jij ziet niets, omdat je een fatsoenlijk man bent. Maar Nassri is dat niet. Jij kijkt naar de grond, omdat andermans vrouw voor jou taboe is. Je weet niet eens hoeveel vrouwen er wonen in de huizen waar je vanaf je terras op kunt uitkijken. Maar hij gebruikt een piepklein raampje als kijkgat. Kijk maar eens goed als je vandaag naar huis gaat,' zei Karam, en hij kwam overeind, want zijn medewerker gebaarde dat er telefoon voor hem was.

Ook Hamid stond op, bedankte hem en ging direct naar huis. Daar aangekomen ontdekte hij inderdaad een onopvallend raam in de muur. Daar boven, hoger dan zijn huis, moest het zolderappartement liggen. De muur was zo verweerd dat je nauwelijks verschil zag tussen het pleisterwerk en de houten vensterluiken als die gesloten waren. Nu stonden ze open. Hamid verbeelde zich dat een vrouw naar hem zwaaide. Hij reageerde niet.

Hij moest toegeven dat hij noch aan dat pand, noch aan de andere panden naast het zijne ooit enige aandacht had geschonken. Voor hem hield zijn huis op bij de benedenverdieping. Hij ging nooit naar de kamers van de eerste verdieping of naar het platte dak, waar zijn vrouw altijd de was ophing. Nooit had hij in de andere binnenplaatsen gekeken. Die gingen hem niets aan, dat hadden zijn grootvader en zijn vader hem wel ingepeperd. Andermans huis was taboe.

Hamid ging onder het raam staan en keek naar boven. Elk papier dat met een kiezelsteentje was verzwaard, zou hier terechtkomen, dacht hij.

Hij keerde terug naar zijn stoel bij de fontein en keek weer omhoog. Het raam was nu weer dicht, het was nauwelijks te onderscheiden.

De volgende ochtend ging hij vroeg het huis uit en kwam pas 's avonds terug. Was het mogelijk dat de hoerenloper Nura telkens 's ochtends had verleid? Hij herinnerde zich dat Abbani hem een keer had gezegd dat hij voor negenen niet wakker werd, omdat hij bijna elke nacht op pad was. Wel at hij vroeg in de avond met de echtgenote die aan de beurt was.

Hoe dan ook, als het niet meer dan losbandigheid van een playboy was geweest, had Nassri bij de eerste ontmoeting met Nura al geweten dat zij Hamids vrouw was, en zou hij meteen zijn opgehouden haar echtgenoot nog om brieven te vragen. Of was het allemaal lang van tevoren gepland? Had Nassri Nura van meet af aan bezocht om hem, Hamid, te vernederen? Hij voelde een oeverloze haat jegens Nassri Abbani, die hij niets dan schoonheid had geschonken en die zijn reputatie de doodsteek had toegebracht. En opeens leek de gulle gift aan de school voor kalligrafie onderdeel te zijn van een duivels plan om zijn droom als een kaartenhuis te laten instorten. De vijand was geen gebaarde idioot. Nee, de vijand was een glimlachende man, die alleen wachtte tot hij zijn scherpe mes in zijn lichaam kon planten.

De volgende ochtend probeerde Hamid herhaaldelijk Karam te bellen, maar tevergeefs. Hij liep door de oude stad en voelde voor het eerst de blikken van de anderen op zijn huid branden.

Halverwege maakte hij rechtsomkeert, sloeg de deur achter zich dicht en verschool zich in zijn donkere slaapkamer.

Opeens hoorde hij de telefoon overgaan.

Hij liep naar de salon, waar de telefoon stond. Laila Bakri, een schoolvriendin van zijn vrouw, wilde weten of Nura was teruggekeerd.

Hij sloot zijn ogen en zag vonken tegen een donker firmament. 'Wat gaat jou dat aan, stomme hoer!' schreeuwde hij in de hoorn, en hij hing op.

42

Vijf maanden na de verdwijning van zijn vrouw stak Hamid Farsi met een scherp mes Nassri Abbani neer toen deze 's avonds laat terugkeerde van de Nureddin-hamam op de kruidenmarkt en de donkere straat in sloeg die naar het huis van zijn vierde vrouw Almas voerde.

Nassri stierf zonder te weten dat zijn vrouw Almas hem, met Karams hulp, had verraden. Ze was diep teleurgesteld in hem vanwege zijn hoererij. Hij liet haar, nadat hij in een moment van zwakte haar leven was binnengedrongen en haar zwanger had gemaakt, maar één uitweg – als ze niet wilde sterven –, namelijk met hem trouwen. En vervolgens bedroog hij haar te pas en te onpas.

Na de bruiloft begon ze hartstochtelijk van Nassri te houden. Alleen al het feit dat hij zo vrijgevig jegens haar was zou reden genoeg zijn geweest. Maar hoe meer ze van hem hield, des te koeler werd hij. En toen ze na Narimans geboorte nog eens zei hoeveel ze van hem hield, antwoordde hij schamper: 'Rustig maar, je zult er gauw van genezen. Het is doorgaans onschuldig, net koorts. Je kunt beter afvallen.'

Vanaf dat moment was haar liefde vervlogen.

Toen Karam op een dag bij haar langskwam, vertelde hij haar over Asmahan, de chique hoer die Nassri jarenlang iedere dag had bezocht. Blijkbaar was ze verliefd op hem geworden, en omdat hij haar liefde niet had beantwoord, was ze niet langer bereid hem nog als klant te ontvangen, zei hij.

En daarbij kwam het schandaal met de vrouw van de kalligraaf. Al geruime tijd had ze iets vermoed, want Nassri ging steeds vaker naar het zolderappartement, en ze voelde zich nog dieper gekwetst dan voorheen met de hoer Asmahan. Nu was het haar huis van waaruit Nassri zijn hoererij bedreef.

Zijn val, die hem een lesje had moeten leren, was Nassri al vergeten voordat zijn gipsverband werd verwijderd. En toen had hij, met allerlei heimelijke bedoelingen, een ijzeren wenteltrap naar de mansarde laten maken.

Ze liet haar oom Karam roepen en hij kwam meteen, zoals altijd wanneer ze hem nodig had. Hij was geen echte oom, maar een verre neef van haar vader, een vriendelijke man die haar vaak hielp, zonder tegenprestatie te verlangen. Ze hield van zijn diepe stem, en hij diende haar graag van advies, op voorwaarde dat ze geen woord tegen haar man zou zeggen, want die mocht hij niet.

Terwijl haar ouders haar wilden sussen, steunde Karam haar door dik en dun. Hij was onverzoenlijk. Bij het schandaal met de vrouw van de kalligraaf opperde Karam dat haar man was verwikkeld in een soort souteneurschap. Maar hij raadde haar aan niets te laten blijken, want Nassri zou haar eruit kunnen gooien en dan zou ze met Nariman in armoede moeten leven. De rechters van de stad waren allemaal op de hand van de Abbani's.

Nassri zou algauw sterven, dus het was beter voor haar als ze tegenover hem de trouwe echtgenote zou spelen en hem nu, omdat al zijn vrouwen laf bleken te zijn, een schuilplaats zou aanbieden. Zodoende zou ze de erfenis voor zichzelf en haar dochter veiligstellen.

'Ik zeg het je ronduit. Hamid zal hem te pakken krijgen. Het is een kwestie van dagen of weken. Driemaal is hij hem op het laatste moment ontsnapt. Maar voordat hij sterft, moet je zorgen dat je je hebt ingedekt.'

Almas belde dus direct Taufiq en deelde hem kortaf mee dat ze over een halfuur bij hem op kantoor zou komen. Hij diende zijn medewerkers weg te sturen, want ze wilde onder vier ogen met hem praten, ze had een idee dat ze niet over de telefoon wilde vertellen.

Karam glimlachte, omhelsde Almas stevig en vertrok.

Twaalf messteken in de hartstreek had Hamid zijn verraste slachtoffer toegebracht. Iedere afzonderlijke steek met het vlijmscherpe mes zou dodelijk zijn geweest, zoals de patholoog-anatoom bij de sectie vaststelde. Nassri Abbani kreeg het zelfs niet voor elkaar zijn pistool uit zijn zak te halen, en al had hij dat gedaan, hij had zijn leven lang nog nooit een schot gelost.

Nog vele jaren zou Hamid aan de laatste minuten van Nassri Abbani's leven denken. 'Hamid, je bent waanzinnig,' rochelde hij. 'Je vermoordt me, hoewel ik je geen kwaad heb gedaan.'

'Smeerlap, en mijn vrouw dan?' had Hamid tegen hem geschreeuwd. Als een dronkenman hief Abbani, liggend in een plas bloed, zijn hand op. Zijn lippen trilden in het vale licht van de straatlantaarn.

Rasjid Sabuni, een van de bekendste advocaten in Damascus, had er geen enkele moeite mee de rechter en de jury ervan te overtuigen dat een levenslange gevangenisstraf voor die wrede moord met voorbedachten rade wel het minimum was dat nog rechtvaardig was.

Niet alleen het aantal steken, ook alle aanwijzingen spraken tegen Hamid Farsi. Ook de koffiehuiseigenaar Karam Midani legde een verklaring af die voor de aangeklaagde zeer belastend was. Hij had de kalligraaf keer op keer ontmoet, zei hij, en na de verdwijning van zijn vrouw had hij maar één doel: Nassri Abbani vermoorden.

Hamid schudde ontzet zijn hoofd. Hij dacht dat hij zijn verstand verloor. Hij maakte de getuige uit voor lid van het geheime verbond van de Zuiveren en voor een alom bekende homoseksueel. Karam had hem tegen Nassri opgezet en hem zelfs een pistool aangeboden. Hamid was zo woedend dat hij probeerde de getuige te lijf te gaan. Daarna werd hij door twee agenten gedwongen de zaal te verlaten.

Zijn aanhoudende gebrek aan respect voor de rechter en het volledig ontbreken van berouw leverden hem levenslange gevangenisstraf op.

Maar daar zat hij nog geen twee jaar van uit in de gevangenis van de citadel van Damascus, waar hij meteen aan het begin al, tot ergernis van de familie Abbani, een van de mooiste drie cellen kreeg, die door de gedetineerden 'de villa' werd genoemd. Hij werd verwend en in de watten gelegd, en mocht kalligrafieën maken voor de gevangenisdirecteur. De protesten waren tevergeefs, want de Al Azm-clan, waartoe de directeur behoorde, was nog machtiger dan de Abbani-clan.

Nassri's jongere broer Mohammed, verteerd door verdriet en woede, gaf via duistere connecties een moordenaar die in dezelfde gevangenis verbleef opdracht Hamid Farsi om het leven te brengen. Maar hij werd door de cipier, die de drie cellen van de bevoorrechte gevangenen bewaakte, overmeesterd. Na drie harde klappen in zijn gezicht verried de al wat oudere, beverige crimineel de naam van zijn opdrachtgever.

De aanklacht luidde: aanzetten tot moord.

De familie Abbani was blij dat ze ervan afkwamen met het ondertekenen van een document. Pas de volgende dag legde hun advocaat uit wat ze, bang als ze waren voor de straf en het schandaal, hadden getekend. Ze waren hevig ontsteld. Zij, de ondertekenaars, verklaarden dat, wanneer Hamid Farsi, de moordenaar van hun broer, iets zou overkomen, zij de verantwoordelijkheid daarvoor op zich zouden nemen.

السَّوَاةُ الثَّانِيَةُ لِلْحَقِيقَةِ

De tweede kern van waarheid

De anderen lezen om te studeren,
maar wij moeten studeren
om te kunnen lezen.

Taha Hussein
(1882-1973),
Egyptisch schrijver

De waarheid is een juweel.
Wie haar bezit leeft rijk,
maar gevaarlijk.

Josef S. Fadeli
(1803-1830),
Syrisch alchimist

1

Pas in de gevangenis kwam Hamid Farsi ertoe zijn leven te overdenken, dat hem nu vreemd en ver weg voorkwam. Hij was opgelucht dat hij in die cel was beland. Maar juist dat gevoel bevreemdde hem. 'Levenslang in een gevangeniscel,' herhaalde hij, om zijn catastrofe zo dramatisch mogelijk te laten lijken, maar hij kon er niets dramatisch in zien.

Liggend op zijn brits verbaasde hij zich erover hoe snel alles wat hij zo moeizaam had opgebouwd in verval was geraakt. Zijn reputatie als man, zijn roem als kalligraaf, zijn zekerheden en zijn levenslust waren verdwenen, alsof het tot voor kort geen onneembare burchten waren geweest.

's Middags, tijdens de thee met directeur Al Azm, zei hij terloops, alsof hij tegen zichzelf sprak: 'Het leven is één groot gevecht tegen verval en verwaarlozing. En per saldo zijn wij altijd de verliezers.'

Nura's vlucht had zijn verval ingeleid. Waarom ze niet met Nassri was gevlucht maar de hoerenloper had achtergelaten, was hem niet duidelijk. Alsof ze wilde dat hij Nassri zou vermoorden, alsof Nassri ergens voor moest boeten. Misschien had Nassri haar niet verteld dat hij vier vrouwen had, en had hij haar onaangenaam verrast met die mededeling nadat hij met haar naar bed was geweest.

Wilde ze Nassri misschien een lesje leren? Had ze hem, Hamid, onderschat? Dacht ze misschien dat hij, Hamid, Nassri een paar oorvijgen zou geven om hem voor schut te zetten? Of had ze gewild dat Nassri hem zou doden? Hamid had nooit iets van vrouwen begrepen. Zijn grootvader had een keer naar de sterrenhemel boven Damascus gekeken en tegen hem gezegd: pas als hij alle sterren had geteld, zou hij een vrouw kunnen begrijpen.

De gevangenis van de citadel besloeg een groot gebied aan de noordelijke rand van de oude stad. De citadel werd sinds de tijd van Saladin diverse malen verwoest en opnieuw opgebouwd. Tijdens de Osmaanse overheersing werd hij vierhonderd jaar lang niet door de gouverneur van Damascus geleid, maar stond hij direct onder het gezag van de sultan in İstanbul, evenals het bijbehorende garnizoen. De Osmaanse sultans wisten dat de onrustige stad Damascus met de machtige citadel gemakkelijker in toom te houden was. En inderdaad vielen de elitesoldaten, die de sultan trouw waren, bij elke opstand de stad vanuit de citadel aan en onderwierpen deze.

De Fransen gebruikten de citadel vervolgens vijfentwintig jaar lang als onderkomen voor een Frans garnizoen en als gevangenis voor Syrische opstandelingen. Sinds de onafhankelijkheid deed hij tientallen jaren dienst als centrale gevangenis. Maar uit gemakzucht bleven de mensen uit Damascus de gevangenis gewoon 'de citadel' noemen. Achteraf bleek dat verstandig te zijn, want vijftig jaar na de onafhankelijkheid werd het gebouw gerenoveerd en weer officieel citadel genoemd. De gevangenis werd verplaatst.

De citadel was een van de weinige in het Nabije Oosten die niet op een berg waren gebouwd, maar op gelijke hoogte met de stad lagen. De muren waren met een wirwar van roestig prikkeldraad en allerlei stangen beveiligd, wat het zicht belemmerde.

Hamids cel lag op de tweede verdieping van de noordelijke vleugel. Dat was een voordeel, omdat die kant 's zomers van de brandende zon verschoond bleef. Vanuit zijn traliedeur had hij uitzicht op de binnenplaats van de citadel en de daken en straten van de oude stad. Ergens in die doolhof lag zijn mooie huis. Het kleine tralievenster tegenover de deur liet hem een uitsnede zien van de daken van de Soek Suraja-wijk, waar ooit zijn atelier lag.

Hamid behoorde tot een van de drie bevoorrechten onder de achthonderd gevangenen. In de cel ernaast zat de zoon van een rijke handelaar uit Damascus wegens zevenvoudige moord. Het was een stille man, zo bleek dat je medelijden met hem zou krijgen, die de familie van zijn vrouw bij een ruzie had afgeslacht. In de derde, iets grotere cel zat de zoon van een hem onbekende emir een levenslange gevangenisstraf uit vanwege de laaghartige moord op zijn neef. Het was over een grote wapensmokkel gegaan. Als het slachtoffer niet de zwager van de president was geweest, had hij geen dag in de gevangenis hoeven doorbrengen, beweerde de moordenaar. Het was een onaangename praatjesmaker, luidruchtig, opschepperig en primitief. Hamid ging elke ontmoeting met hem uit de weg.

Hamids cel was een ruime kamer, en zonder de tralies voor de deur en het raam had hij voor een chic zolderappartement kunnen doorgaan. Hij mocht zijn kalligrafiebenodigdheden houden, omdat de gevangenisdirecteur, in de verte familie van minister-president Chalid al Azm, een groot bewonderaar van zijn kunst was. De eerste dag al had hij hem tijdens het theedrinken gezegd dat het hem zeer speet dat hij vanwege een vrouw in de gevangenis zat. Zelf had hij vier officiële en vijf officieuze vrouwen, en voor geen van hen zou hij de strijd aangaan met een andere man.

Hij betreurde het dat hij hem niet kon vrijlaten, maar zolang hij directeur van de gevangenis was, zou Hamid als een edelman worden behandeld, want kalligrafen waren de ware koningen van de Arabische cultuur. 'Wat ben ik met mijn rechtenstudie aan de Sorbonne vergeleken met jou?' voegde hij er met gespeelde bescheidenheid aan toe.

Hamids hoofd stond niet naar hoogdravende taal, en de man praatte aan één stuk door, als een dronkenman.

Maar hij zou al snel constateren dat directeur Al Azm het serieus meende. Zowel de bewakers als de oudere gevangenen, die het in de gevangenis werkelijk voor het zeggen hadden, respecteerden hem. Hij hoefde niemand een dienst te bewijzen en hoefde niet in de rij te staan. Een bewaker klopte twee keer per dag aan en vroeg onderdanig, maar niet gespeend van humor, wat hij wenste – afgezien van zijn vrijheid.

De bloempotten met zijn geliefde jasmijn en zijn rozen werden snel gehaald en sierden de gang die zijn cel met de balustrade boven de binnenplaats verbond en in de openlucht lag. Ook inkt en papier van de beste kwaliteit mocht hij bestellen.

Er was nog geen week voorbij of de eerste opdracht van de directeur was al binnen: een Koranspreuk in het Kufi-schrift, waar Hamid niet bijzonder op was gesteld. 'En er is haast bij,' voegde de bewaker eraan toe, zoals later bij alle opdrachten waarmee meneer de directeur zijn voorname vrienden in binnen- en buitenland verblijdde.

Bij zijn eerste – en enige – wandeling door de onderste verdiepingen van de gevangenis, die hij onder begeleiding van een bewaker mocht maken, werd het Hamid duidelijk in wat voor luxe hij en de twee telgen van de machtige clans in de citadel leefden. Alle anderen zaten gevangen in ellendige omstandigheden, in vochtige, donkere cellen waar het naar verrotting stonk.

Wat waren dat voor mensen? Onder de gevangenen bevonden zich professoren, dichters, advocaten en artsen, die niet alleen voor de vuist weg voordrachten van een uur lang over Arabische literatuur en filosofie konden houden, maar ook van Franse, Engelse en Griekse dichtkunst hielden, en binnen de muren bereid waren voor een sigaret, een kom soep of zomaar, zonder reden, een mens op beestachtige wijze te vermoorden. Toen ze de gevangenis binnenkwamen leken ze de beschaving als een dunne regenjas te hebben afgelegd.

Nooit meer wilde hij een voet op die onderste verdiepingen zetten.

Naast zijn belangrijkste kalligrafiegereedschap, het certificaat dat ervan getuigde dat hij meester in de kalligrafie was, een unicum uit de dertiende eeuw dat zo groot was als een hand, een aantal schriften met theoretische en geheime artikelen over de kunst der kalligrafie en drie zeldzame kalligrafieën uit de achttiende eeuw die zijn meester hem had geschonken, liet hij een ingelijste foto uit vroeger tijden uit zijn atelier halen, die daar altijd boven zijn werkplek had gehangen. Door het vocht en de tand des tijds was de foto vlekkerig geworden en was het zwart verbleekt tot een licht sepia. Hij hing aan de muur naast het raam.

De foto was na een feest in het huis van zijn grootouders genomen. Zelf was hij nog een klein kind. Noch zijn zus Siham, noch zijn jongere broer Fihmi was al ter wereld gekomen. Niet eerder had hij de foto gezien zoals hij hem nu zag.

2

Op de eerste rij, op een stoel als een troon, zat zijn grootvader met hem, zijn lievelingskleinkind, op schoot. Alle twee keken ze triomfantelijk in de camera. Grootmoeder Farida had iets verder, links van hen, op een bankje met bloemen plaatsgenomen, alsof ze niet bij haar man hoorde. Achter zijn grootmoeder, precies midden op de foto, stond zijn jongste oom Abbas, en links van hem oom Basjir. Aan haar linkerkant stond eenzaam Hamids vader. Hij was de eerstgeboren zoon. In plaats van de zaak van zijn vader over te nemen, zoals dat met eerstgeborenen traditie was, koos hij voor de kalligrafie, maar hij bleef zijn leven lang een middelmatig ambachtsman. Hij had een doffe blik in zijn ogen. Op zekere afstand van hem, alsof ze haar distantie tot de familie wilde demonstreren, stond zijn moeder met een somber gezicht in de verte te kijken.

Rechts in het midden, achter zijn grootvader, stond tante Majda met haar man Subhi in uniform. Destijds was hij nog officier bij de Franse luchtmacht. Later werd de ervaren piloot met veel geld en uitzicht op het staatsburgerschap door het pas opgerichte Saudische leger geronseld. Hij emigreerde naar Saudi-Arabië, maar tante Majda vond het leven daar saai en verdroeg de hitte en de eenzaamheid niet. Elke zomer kwam ze met haar kinderen naar Damascus. Algauw had ze negen kinderen, en haar oponthoud in Damascus duurde met de jaren langer. Op een gegeven moment werd er gefluisterd dat haar man was getrouwd met een Saudische prinses. Het koningshuis zag dat graag, omdat Subhi een hoge post bij het ministerie van Defensie bekleedde.

Later, toen tante Majda oud werd, kwam ze alleen nog in haar eentje naar Damascus, haar zonen en dochters bleven bij hun vader of hun familie, en langzaamaan werd het duidelijk dat tante in haar eentje leefde. Haar echtgenoot stuurde haar een royale toelage, maar hij heeft haar noch de stad ooit nog bezocht.

Majda was op Hamid gesteld, maar hij kon het contact met haar maar moeilijk onderhouden, omdat ze zijn ouders niet mocht; maar als hij haar hulp nodig had, steunde ze hem, zoals bij de bemiddeling met zijn eerste en tweede vrouw.

'Grootvader had gelijk, tante Majda brengt ongeluk. Alles wat ze aanpakt, mislukt,' fluisterde Hamid. Hij keek opnieuw naar de foto. Tussen zijn tante en haar man stond haar eerste zoon Rusjdi. Hij was drie jaar ouder dan Hamid en keek erg scheel. Hamid had destijds gelachen; Rusjdi keek scheel voor de lol, om de anderen aan het lachen te maken, maar toen de jongen hem aan zijn oren trok en intussen nog steeds vreselijk scheel keek, lachte Hamid niet meer. De vier zusjes van Rusjdi woonden het feest niet bij en waren daarom ook niet op de foto te zien. Ze waren bij hun andere grootouders, die, in tegenstelling tot grootvader Farsi, wel op meisjes waren gesteld.

Rechts van haar zwager Subhi poseerde tante Sa'dije met haar verloofde Halim, alsof de foto in de pers zou verschijnen. Toentertijd was Halim een bekende volkszanger, die door alle jonge vrouwen in Damascus werd aanbeden. Hij bracht Hamids tante na drie jaar huwelijk terug als ongerepte maagd, zeiden de vrouwen boosaardig. Hij liet zich scheiden en vluchtte met zijn minnaar, een Canadese diplomaat, naar het buitenland. Tante Sa'dije was beeldschoon en trouwde niet veel later met een jonge regisseur. Ze emigreerde met hem naar de vs, en de familie heeft nooit meer iets van hen vernomen.

Schuin voor de zanger Halim stond tante Basma, die toen pas twaalf was. Zijn grootmoeder had haar op haar veertigste gekregen en mocht haar helemaal niet. Basma was het zwarte schaap van de familie. Zelfs op de foto kon Hamid zien dat ze het niet eens was met het hele gedoe. Ze keek niet plechtig of vriendelijk, maar boos naar de fotograaf, alsof ze van hem een verklaring eiste voor alle inspanningen die haar familie zich die dag had moeten getroosten.

Midden jaren dertig was Basma verliefd geworden op een joodse arts en met hem naar Israël geëmigreerd. Het land heette destijds Palestina en was door de Engelsen bezet.

Zijn grootvader vatte het op als een persoonlijke belediging en onterfde haar demonstratief, met vooraanstaande handelaren en sjeiks als getuigen, om nog iets van zijn reputatie te redden.

Naast tante Basma stond – grootmoeder was bijgelovig en vreesde het getal dertien – de oude kokkin Widad. Hamid kon zich de vrouw goed herinneren, die altijd in de keuken stond met een schort vol vetvlekken voor, maar op de foto een elegante zwarte jurk droeg.

De foto leek te getuigen van een andere wereld, zoals foto's van opperhoofden, haremdames of Hawaïaanse danseressen. En die wereld was niet veel later voorgoed verdwenen. De foto had een gelukkig moment vastgelegd. Het was een van de schaarse ogenblikken uit zijn kinderjaren en latere jeugd waarin hij de smaak van oneindige vreugde had geproefd. Grootvader hield van hem en zei tegen iedereen dat Hamid op zijn vijftiende de tapijtzaak zou overnemen, want in tegenstelling tot zijn eigen zoons had hij zijn scherpe verstand geërfd. Hij stond niemand toe Hamid hard aan te pakken, verwende hem en speelde met hem als een kameraad. Hij was ook degene die Hamid in de geheimen van de wiskunde en de rekenkunde inwijdde. Het waren die uren met wonderbaarlijke berekeningen die hem voor altijd van getallen leerden te houden. En als Hamid iets niet begreep en een vraag stelde, dan antwoordde grootvader geduldig, alsof hij alle tijd van de wereld had.

Hamid wilde altijd bij grootvader blijven; daarom volgde er na elk bezoek een tragedie, want hij wilde niet terug naar het huis van zijn ouders, waar het kil was als het graf. In het huis van zijn ouders rook het altijd zurig; bij zijn grootouders rook het naar jasmijn en rozen.

Tot zijn dood bleef zijn grootvader Hamid Farsi zijn beschermer, iets wat in het bijzonder zijn moeder ergerde. Ze haatte haar schoonvader. Op de foto stond ze zo ver mogelijk van hem vandaan, met een verbeten trek om haar mond, alsof zij en niet Hamid kort tevoren een pak slaag had gekregen. Op de foto was er niets aan hem te zien, hoewel zijn rechteroor toentertijd had gebrand als vuur. Maar de overwinning op zijn moeder deed hem alle pijn vergeten.

Ze was die dag, een of andere ronde verjaardag van zijn grootmoeder, in een bijzonder slecht humeur geweest. Terwijl de fotograaf op de binnenplaats de grote familiefoto voorbereidde, gaf zij hem in een van de kleine kamers zonder ramen van het grote huis een pak rammel omdat hij niet tussen haar en zijn vader wilde staan, maar per se bij zijn grootvader op schoot wilde zitten.

De kokkin hoorde hem huilen, opende de deur en vroeg zijn moeder meteen op te houden met slaan, anders zou ze de heer des huizes, Hamid bei, vertellen dat zij zijn lievelingskind pijn deed.

Daarop rende zijn moeder verontwaardigd naar buiten. De kokkin waste zijn gezicht, kamde zorgvuldig zijn haar en fluisterde hem bemoedigend toe dat zijn grootvader heel veel van hem hield. En vervolgens gaf ze hem een toffee.

Hij was toen vier of vijf, net oud genoeg om alles te begrijpen.

3

Naar oud middeleeuws gebruik droeg Hamid als eerstgeborene de naam van zijn grootvader, niet vermoedend dat die naam zijn lot zou bepalen.

Een jaar nadat de familiefoto was genomen, kwam zijn broer Fihmi ter wereld. Hij leek erg op zijn moeder, was blond, mollig en had blauwe ogen. Hamid had zijn donkere ogen, huid en haar van zijn grootvader had geërfd.

Fihmi werd het lievelingetje van zijn moeder. In haar hart liet ze geen ruimte over voor iemand anders. Toen hij twee werd en hij niet kon praten en ook nog niet rechtop kon lopen, sleepte zijn moeder hem van de ene dokter naar de andere – en omdat je in die tijd de artsen in Damascus op de vingers van één hand kon tellen, liep ze van kwakzalver naar kwakzalver.

Maar het mocht niet baten. Later zou blijken dat Fihmi aan een ongeneeslijke hersenziekte leed. Hij was zo mooi als een pop. Zijn moeder liet zijn krulhaar lang groeien, zodat Fihmi eruitzag als een lief meisje. Bijna elke week liet zijn moeder hem voor veel geld fotograferen, versierde de foto's met olijftakjes en stak soms zelfs een kaars voor de foto aan en brandde wierook in een schaal.

Ook Siham, die een jaar na Fihmi werd geboren, kreeg geen liefde van haar moeder. Het meisje zou zijn verwaarloosd als er niet een weduwe uit het huis ernaast zou zijn gekomen en haar als haar eigen dochter zou hebben verzorgd. Soms vergat zijn moeder haar dochter af te halen, en dus bleef die bij de weduwe overnachten, die altijd al een kind had gewild, maar er nooit een had gekregen.

En toen kwam de dag die het leven van de hele familie op zijn kop zou zetten. Terwijl zijn moeder bij de weduwe ernaast een praatje maakte, sloop Hamid de slaapkamer van zijn ouders binnen, waar zijn broertje in het grote bed sliep. Hij wilde spelen en hem misschien ook een beetje plagen. Hamid schudde de jongen heen en weer, maar hij werd niet wakker. Toen hij hem wat harder kneep, begon Fihmi zo hard te krijsen dat Hamid bang werd en een hand tegen de mond van zijn broer drukte. De kleine trappelde en sloeg om zich heen. Wat er toen gebeurde, bleef onopgehelderd. Hamid sprak er met niemand over.

In elk geval viel zijn broer voorover op de tegelvloer en was op slag stil. Hamid, overmand door een vreselijke angst, rende zijn kamer in en deed alsof hij met zijn knikkers speelde. Even later hoorde hij zijn moeder gillen, een geschreeuw dat hem door merg en been ging. Ze gilde zo doordringend en hard dat het huis algauw vol stond met alle buren. Om hem bekommerde zich niemand.

Fihmi's dood was een zware slag voor zijn ouders. Zijn vader verweet zijn moeder dat de jongen niet was omgekomen door zijn val, maar door alle pillen van de kwakzalvers. 'Zo heeft hij meer moeten lijden dan wanneer je hem aan Gods hand zou hebben toevertrouwd,' riep hij. Volgens hem was de val door engelenhand geleid, om de jongen verdere kwellingen te besparen.

Toen Hamid dat hoorde, geloofde hij even dat hij die dag de onzichtbare, krachtige hand van een engel had gevoeld. Maar hij hield het voor zich, omdat hij bang was voor de wanhoop van zijn vader, en zijn moeder door haar verdriet in beslag genomen was. Ze had nergens oog voor, wilde niemand zien, jammerde en huilde en maakte zichzelf verwijten. En omdat ze bij de buurvrouw koffie had gedronken toen Fihmi stierf, vervloekte ze koffie en raakte de drank niet meer aan tot haar tragische dood.

Nu veranderde de arme pechvogel Fihmi onherroepelijk in een heilige, die zijn moeder dag en nacht aanbad. In haar devote rouw ging ze zover dat ze zijn beeltenis op een gouden medaillon liet aanbrengen, dat ze aan een ketting om haar hals droeg, wat voor haar vader een potsierlijke imitatie van een christelijk gebruik was.

Siham was op haar zesde al zo rijp en gehard dat ze geen enkel respect meer voor haar ouders en haar broer toonde. De godsdienstwaanzin van haar moeder, waardoor haar vader, die in het begin nog had tegengestribbeld, zich geleidelijk liet meeslepen, deed haar walgen. Opeens waren de twee aan het bidden, ze staken kaarsen en wierook aan en hadden het alleen nog over engelen en demonen.

Siham lachte brutaal wanneer de waanzin van haar vader en moeder spiraalsgewijs een hoge vlucht nam. En hoewel er dan klappen volgden, hield ze er niet mee op. Door de jaren heen werd haar hart kouder dan het blok ijs dat elke dag arriveerde om de groenten en het fruit in de kast koel te houden.

Het magere meisje ontwikkelde zich tot een grote, zeer vrouwelijke vrouw, die alle mannen het hoofd op hol bracht. Haar ouders zaten nu dag en nacht in angst dat hun dochter schande over het huis zou brengen, en ze gaven direct toestemming toen een arme fotograaf om Sihams hand vroeg. Siham was net zestien. Jaren later verklapte ze

Hamid dat ze alles zelf op touw had gezet; ze had de fotograaf meteen bij hun eerste ontmoeting om haar vinger gewonden. 'Ik wilde aan dat vervloekte graf ontsnappen,' had ze gezegd. Haar man, die niet bijzonder snugger was, geloofde echt dat die schoonheid, die zich door hem in poses van Amerikaanse filmdiva's liet fotograferen, verliefd op hem was. Maar ze behandelde hem als een hond. Hamid liep altijd met een grote boog om hun huis heen, want de kilte van zijn zuster en de onderdanigheid van haar man vond hij onverdraaglijk.

Zijn rampspoed liet haar koud. Ze was er alleen in geïnteresseerd zich zo veel mogelijk toe te eigenen – zij die kruiperig toenadering zocht en hem met respect bejegende toen hij op het toppunt van zijn roem stond. Ze zocht hem telkens op in zijn atelier om te bedelen om geld voor een of ander smakeloos prul. Elke keer vervloekte hij zijn eigen weekhartigheid als ze brutaal giechelend het geld met een triomfantelijk gebaar in haar handtas opborg en kauwgum kauwend de winkel uit wiebelde.

En nu vond ze het genant om hem te bezoeken omdat hij in de gevangenis zat, maar ze incasseerde zonder scrupules zijn geld en have en goed.

Om de sombere gedachten aan zijn zus te verdrijven, probeerde Hamid met een kleine loep het gezicht van zijn vader op de foto nader te onderzoeken.

Was het zichtbaar dat hij in grote financiële moeilijkheden zat? Een jaar eerder had hij, puur uit luiheid, zijn opleiding bij de beroemde kalligraaf Al Sjarif afgebroken en was hij voor zichzelf begonnen. Hij had nog geen idee hoe moeilijk het was om in Damascus op eigen houtje en zonder het diploma van een meester aan opdrachten te komen. Dat hij een bedrijfsruimte huurde in de kalligrafenwijk Al Bahssa was pure bluf. Hij moest hem weer opgeven, temeer omdat het gebied vanwege het hoogwater was overstroomd. Vanaf dat moment werkte hij thuis. De kamer die hij hoogdravend atelier noemde, had een raam dat op de binnenplaats en een dat op de kinderkamer uitkeek, en dus kon Hamid zijn vader urenlang bij zijn werk gadeslaan zonder dat deze het merkte.

Zijn moeder leek afwezig te zijn. Ze was bezeten van Fihmi. Ze sprak alleen nog over haar dode lieveling, met wie ze tijdens kostbare seances bij charlatans contact probeerde op te nemen. Het huis raakte verwaarloosd. En aangezien Hamids vader een zwak karakter had, liet hij zich niet scheiden, maar klampte zich steeds meer vast aan zijn vrouw, die langzamerhand tot waanzin verviel. Met de paar kleine opdrachten die hij nog kreeg, kon hij zijn gezin nog net onderhouden.

Ongeveer een jaar na Fihmi's dood was zijn moeder volledig aan de waanzin ten prooi gevallen. Zijn vader volgde niet lang daarna. Hamid moest zwijgen, want als hij ook maar enige twijfel uitte, kreeg hij klappen en raakte zijn moeder buiten zinnen. Ze sloeg om zich heen en schreeuwde, en een keer raakte ze zijn rechteroor, dat hevig begon te bloeden en waarmee hij wekenlang niets kon horen. Nog jaren later hoorde hij slecht met dat oor.

Als hij er nu over nadacht waarom hij op de begrafenis van zijn ouders niet had gehuild, dan was dat niet omdat hij de zwarte overblijfselen die hem na het busongeluk van zijn ouders werden overhandigd lachwekkend vond, en het was ook niet te wijten aan de hypocriete woorden over zijn vader die de sjeik tegen ruime vergoeding had uitgesproken. Nee, wat de werkelijke reden was, realiseerde hij zich hier in de gevangenis. Ze hadden hem zo vaak laten huilen dat hij uiteindelijk geen tranen meer voor hen over had gehad.

4

In de verte rommelde het. Hamids slapen klopten, zoals altijd als er onweer kwam opzetten. Bliksem en donder naderden en net toen ze boven Damascus waren aangekomen, ebde zijn hoofdpijn weg. De stroom viel uit, de hele stad lag in het donker, en in zijn cel hoorde hij de mensen in Damascus vloeken in de straten, winkels en cafés die om de citadel heen lagen.

Hij stak een kaars aan om de gezichten op de foto nog eens goed te bekijken. Hij vroeg zich af of hetgeen hij over zijn familie wist uit zijn fantasie of zijn herinnering voortkwam. Hij kon het niet met zekerheid zeggen.

Algauw keerde het licht terug, maar alleen in het kantoorgebouw en de drie luxe cellen. De onderste verdiepingen bleven in diepe duisternis gehuld. Vandaar stegen kreten naar hem op als het geroep van verdoemden in de hel. Eén stem liet het bloed in zijn aderen stollen; een man schreeuwde om genade, zijn stem klonk wanhopig en geschrokken, als die van een kalfje vlak voor de slacht. Zijn kreten werden keer op keer door het gelach van de andere gevangenen overstemd. De man smeekte de bewakers hem te beschermen, maar hij riep tevergeefs.

Hamid was van zijn stuk gebracht, liep weer naar de foto aan de muur en bekeek hem nog eens. De houding van zijn grootvader Hamid verried trots, levenslust, melancholie en pijn. Hij leek trots te zijn op zijn adellijke afkomst en op wat hij had gepresteerd. Hamid herinnerde zich dat zijn grootvader, die niet gelovig was, vaak vertelde over een oude soefi-meester die Al Hallaj heette, die de mens op gelijke voet met God plaatste en hen als een onverbrekelijke eenheid beschouwde. Daarvoor werd de soefi-geleerde in het jaar 922 in Bagdad gekruisigd.

En hij, Hamid? Welke schuld had hij op zich geladen? Was zijn rampspoed niet begonnen toen hij had besloten het schrift te hervormen? Het hervormen van het schrift en de taal houdt ook in dat je betere mensen probeert te maken. Waarom werd hij dan zo vijandig bejegend, zo onbuigzaam, alsof hij de islam haatte? Hij, die altijd zo gelovig en zuiver had geleefd, zo gelovig dat zijn grootvader hem ooit had gezegd dat hij niet zo streng voor zichzelf moest zijn? Hij zei dat de mens het paradijs en de hel had uitgevonden en op aarde tot stand had gebracht.

Hamid keek om zich heen – was dit niet de hel: dat hij werd opgesloten terwijl zijn verraderlijke vrouw zich ergens op de wereld amuseerde?

Zijn grootvader was een levensgenieter met veel gezichten en evenveel zielen. Hij was de gelukkigste man in Damascus en tegelijk zo teleurgesteld in zijn zoons dat hij Hamid had gevraagd alsjeblieft snel op te groeien en zijn gezicht te redden, anders zou alles wat hij had opgebouwd verloren gaan.

Destijds was Hamid nog geen zeven, en hij nam zich voor tweemaal zoveel te eten, zodat hij sneller zou groeien.

Later hoorde Hamid dat zijn grootmoeder hem daarom niet mocht, want ze had een hekel had aan alles wat haar man beviel: feesten, vrouwen en lachen. 'Als ik iemand onsympathiek vind,' zei zijn grootvader een keer, 'heeft zij er de volgende dag vriendschap mee gesloten.'

Hamid hield de loep dichter bij het gezicht van zijn grootvader. Hij zag pijn in de oog- en mondhoeken. En loodzware pijn, zwaar als een berg, moest grootvader verdragen. Hij was Pers en was als kind van vier met zijn vader van Iran naar Damascus gevlucht. Hij had moeten meemaken dat extremisten zijn zus en zijn moeder vermoordden. Iemand had zijn vader aangegeven omdat die sympathiseerde met een rebellerende soefi-sekte.

Als door een wonder ontkwamen Ahmad en zijn zoon Hamid aan hun achtervolgers en ze arriveerden in Damascus, dat voor veel vluchtelingen een gastvrije stad was, en ook Hamid en zijn vader werden er opgenomen.

Ahmad Farsi, een tapijtverkoper, was toentertijd al steenrijk. Met de gouden dinars die hij had kunnen redden, kocht hij een schitterend huis in de buurt van de Omajjaden-moskee en een grote zaak in de Al Hamadije-soek, die grootvader Hamid Farsi na de dood van zijn vader voortzette.

Algauw werden Ahmad en zijn zoon Syriërs. Religieuze fanatici haatte hij, ongeacht de sekte waartoe ze behoorden, meer dan de duivel, 'want de duivel is een vorst van edele statuur,' hield hij tot aan het eind van zijn leven vol, 'hij heeft mij mijn vrouw noch mijn dochter ontnomen. Een fanatieke buurman heeft hen alle twee eigenhandig gewurgd.'

Hij bad nooit.

Ook zijn zoon, Hamids grootvader, bezocht de moskee alleen als hij een gelovige handelaar wilde ontmoeten. Hij woonde in een huis dat openstond voor iedereen, en dineerde met joden en christenen alsof ze familie van hem waren.

Op de foto droeg zijn grootvader een das en een vest, en in zijn vestzak een gouden horloge. De horlogeketting was op de foto nog te net te onderscheiden, hoewel hij van gouddraad was gevlochten. Ten tijde van de opname was Hamid Farsi de bekendste tapijthandelaar van de stad.

Toen grootvader stierf, liep zijn kleinzoon Hamid verdoofd achter de kist. Hij was elf of twaalf, en was al leerling van Serani, de grote meester van de kalligrafie. Hij kon niet begrijpen dat de dood onherroepelijk was. En ook niet waarom de dood zo'n haast had met de mens die hem het liefst was. Er waren zoveel weerzinwekkende buren in de straat die hij ook had kunnen weghalen.

Pas veel later begreep hij dat hij die dag zijn geluk had begraven. Het lag onzichtbaar in de kist naast zijn grootvader. Nooit meer voelde hij de tinteling die zijn hart verwarmde als hij zijn grootvader zag. Natuurlijk had hij veel bereikt, iets waar honderden middelmatige kalligrafen hem om benijdden, maar geen van hen wist dat hij, de bekende Hamid Farsi, ongelukkig was.

Na grootvaders dood kregen de drie zoons ruzie. Zijn vader erfde niets, afgezien van vijf tapijten. Het huis had zijn grootvader aan de middelste zoon nagelaten. De jongste zoon kreeg de beschikking over de grote zaak in de Al Hamidije-soek en het bedrijfskapitaal. Zijn vader, de eerstgeborene, had grootvader vergeten, of hij had hem niet vergeven dat hij niet in de zaak wilde werken en zijn eigen weg ging.

Hamids vader was een gelovig kind geweest. Hij was gefascineerd door het schrift in de Koran en op de muren van de moskeeën, lang voordat hij kon lezen. Van meet af aan wilde hij kalligraaf worden en ten slotte werd hij dat ook, maar in alles wat hij deed was hij een brave navolger met een middelmatig talent.

Hamids moeder beweerde dat grootvader haar man had onterfd omdat hij haar verachtte en liever had gehad dat zijn zoon met een nicht getrouwd was, wat zijn moeder in haar overtuiging stijfde dat de familie van haar man – afgezien van hem – uit schurken en booswichten bestond.

Hamids zus Siham was van mening dat hun vader was onterfd omdat hij Hamid kort voor grootvaders dood had gedwongen bij een kalligraaf in plaats van bij grootvader in de leer te gaan. Hij zou hebben gezegd: 'Die nietsnut van een Ahmad heeft driemaal mijn hart gebroken: hij trouwde tegen mijn wil, weigert mijn zaak over te nemen en verbiedt mijn liefste kleinzoon tapijthandelaar te worden. Genoeg is genoeg.'

Wat de werkelijke reden ook geweest mag zijn, Hamids vader bleef met vrijwel lege handen achter. Om het gezicht van de familie Farsi te redden wilde hij geen schandaal veroorzaken. Hij zag met voldoening hoe zijn twee broers ongelukkig werden en ten slotte jammerlijk ten onder gingen. De gedachte dat niet hij, maar God zich had gewroken, vond hij bijzonder verheven.

Basjir, de oudste van de twee ooms, kreeg vlak na grootvaders dood spieratrofie. Algauw kon hij niet meer lopen, en dag en nacht vloekte hij op zijn vrouw, die hem het leven zuur maakte. Hamids vader weigerde zijn ernstig zieke broer te bezoeken, hoewel zijn huis nog geen honderd meter van zijn straat vandaan lag.

Het was akelig om te zien. Zijn oom zat op een armzalige matras in de rotzooi. Het huis was verwaarloosd, en zijn vrouw was op pad of stond op het punt om te vertrekken als Hamid zijn oom wilde bezoeken. Ze was niet mooi en daarom maakte ze zich heel geraffineerd op, maar ze bezat een betoverend lichaam en geurde altijd naar een exotisch parfum dat Soir de Paris heette. Een keer nam Hamid een van de kleine blauwe flesjes mee die in de slaapkamer onder de grote spiegel stonden. Telkens als hij eraan rook, dacht hij aan zijn tante.

Keer op keer sloop hij, zonder medeweten van zijn ouders, naar oom Basjir, niet uit medelijden, zoals hij zijn zusje verzekerde, maar omdat zijn oom hem fascineerde. Die kon vanaf zijn plek volgen hoe zijn vrouw door de straten naar vreemde huizen liep, waar ze zichzelf aanbood aan de meest uiteenlopende mannen, om aan fleurige kleren, sieraden en parfum te komen.

De verhalen over haar erotische avonturen die zijn oom vertelde, waren huiveringwekkend. Maar hij vertelde ze zo dat het leek alsof Hamids tante niet zijn vrouw, maar de heldin van het verhaal was. Hij vertelde enthousiast over haar avonturen en was ongerust als ze gevaar liep ontvoerd te worden of door een van haar jaloerse minnaars met een mes werd bedreigd.

'Zodra ze de deur uit gaat, is ze de heldin van mijn verhaal,' zei zijn oom toen Hamid op een dag vroeg waarom hij zo opgewekt was als zijn vrouw in zijn verhaal met andere mannen de liefde bedreef en wijn dronk, hoewel hij haar net nog had uitgefoeterd omdat ze niets warms voor hem wilde klaarmaken.

'Hier is ze mijn vrouw en hier maakt ze mijn leven tot een hel.'

Niet één keer herhaalde hij een verhaal, en als hij merkte dat Hamid opgewonden raakte van zijn woorden, hield hij halverwege op. 'Genoeg voor vandaag. Het is een zonde geil op je eigen tante te worden. Ga naar huis en kom pas weer langs als je haar bent vergeten.'

De dag daarop kwam Hamid natuurlijk terug en deed heel onschuldig, om meer van haar avonturen te horen.

Hamid bracht zijn gezicht dichter bij de foto. Hij bekeek oom Basjir nauwkeurig. Die stond trots en stralend als een held achter zijn grootmoeder, en lachte zelfverzekerd en vermetel. Wat een zwak schepsel was de mens toch. Een virus, een verkeerde verbinding in de hersenen – en van de held was niets meer over dan een hoopje ellende.

5

Hamid liet zijn blik naar zijn grootmoeder dwalen. Ze zat niet op een stoel naast haar man, zoals destijds gebruikelijk was, maar in haar eentje op een bank. Er lag een bos bloemen naast haar, alsof ze wilde aangeven dat er niemand naast haar mocht gaan zitten. Het was haar verjaardag. Ze was een dochter van de Al Abed-clan uit Damascus en hield van bloemen en gedichten. Haar vader was de adviseur en beste vriend van de Osmaanse sultan Abdulhamid.

Grootmoeder vereerde de Osmaanse sultan en haatte alles wat een republikeins luchtje had. Daarom kon ze ook niet opschieten met haar broer Mohammed Ali al Abed, die een fanatiek aanhanger van het Osmaanse Rijk was en door bemiddeling van zijn vader tot ambassadeur van de sultan in Amerika werd benoemd, tot hij opeens een volledige ommezwaai maakte en zich opwierp als overtuigd republikein. Hij werd de eerste president van Syrië.

Ahmad Isat was schatrijk en liet een Spaanse architect een prachtig huis aan het Plein der Martelaren in het centrum van de stad bouwen. Daar groeide grootmoeder Farida op, omringd door een groot aantal bedienden. Evenals haar vader sprak ze vier talen: Arabisch, Turks,

Frans en Engels. Ze was de eerste moslima die toetrad tot de Syrische vrouwenliteratuurclub, die in 1922 door christelijke vrouwen uit welgestelde families was opgericht. Onder leiding van de voorzitter, madame Musjaka, maakte de vereniging zich er sterk voor leeszalen voor vrouwen op te zetten in de openbare bibliotheken, destijds het domein van de mannen. Algauw was Farida verantwoordelijk voor de correspondentie en de organisatie van lezingen. Ze nodigde schrijfsters uit de hele wereld uit naar Damascus. Trots liet ze iedere bezoeker de brieven van de Engelse schrijfster Agatha Christie zien, die ook een keer naar Damascus was gekomen en in grootmoeders salon had opgetreden.

En ze was oneindig trots op haar verlichte vader, wiens foto alle andere in haar salon domineerde. Vaak stond ze daar in gedachten verzonken voor en leek een gesprek te voeren met de overledene, een kleine gebaarde man met slimme oogjes en een grote neus. Op de foto droeg hij zijn uniform voor speciale gelegenheden en had hij een rode fez op zijn hoofd, zoals dat in die tijd de gewoonte was. Zijn borst was van zijn schouders tot zijn broekriem overdekt met grote sterren met acht stralen, verschillende kruisen en medaillons, die aan kleurige linten hingen. De man maakte een potsierlijke indruk op Hamid en totaal niet vorstelijk met al dat metaal, en als hij niet bang voor zijn grootmoeder zou zijn geweest, dan zou hij haar hebben verteld hoe hij erover dacht.

'Een aap in uniform,' fluisterde Hamid, een frase die hij al die jaren angstvallig voor zich had gehouden.

Grootmoeder Farida gaf de bezoekers altijd het gevoel dat zij hun een korte audiëntie toestond. Ze was mooi, maar overdreef altijd alles. Hamid herinnerde zich niet dat ze ooit normaal antwoord had gegeven op een van zijn vele vragen. Zoals toen hij haar kort voor haar dood om een glas water vroeg. 'Het water in de ogen van de geliefde,' sprak ze, terwijl ze in de verte keek, 'komt uit de wolken van zijn hart.'

Grootvader Hamid vereerde zijn vrouw als een heilige, en hoezeer hij ook van het goede leven hield, hij bleef haar zijn leven lang trouw en verdroeg al haar capriolen. En als hij haar eenmaal per jaar kuste, foeterde ze op hem in het Frans, veegde de plek zo theatraal af alsof ze een vetvlek van haar gezicht wilde verwijderen en fatsoeneerde haar jurk, alsof grootvader zich onbetamelijk had gedragen.

Toen de foto werd gemaakt, had zijn grootmoeder alleen oog voor haar jongste zoon Abbas. Alle anderen waren figuranten in het toneelstuk waarin Abbas en zij de hoofdrol speelden. Ze stelde alles in het werk om jong te lijken, wat soms pijnlijke vormen aannam. Vaak maakte de oude dame zich op als een verdorven jonge vrouw, maar de rimpels die de tijd had achtergelaten lieten zich niet uitwissen. En door de scheef aangebrachte rouge had Farida's gezicht wel iets weg van dat van een oude clown. Maar Abbas wist hoe hij met de krankzinnigheid en de verliefdheid van zijn moeder moest omgaan. Tot aan de dag van haar dood moedigde hij haar aan in alles wat ze deed, alsof hij ogen noch oren bezat.

'Oom Abbas, die losbol,' fluisterde Hamid smalend, en met zijn loep bekeek hij de jonge lachende man die als enige op de foto geen kostuum droeg, maar een elegant wit jasje over een open donker overhemd. Zijn hand lag op de schouder van zijn moeder, die naar hem opkeek alsof hij haar bruidegom was.

Een jaar voor grootvaders dood kreeg Farida hoge koorts en overleed onverwacht.

En nog geen drie jaar na de dood van zijn grootvader had oom Abbas de zaak geruïneerd. Hij raakte aan de drank, vluchtte voor zijn schuldeisers uit Damascus en stierf als bedelaar in Beiroet. Hij werd anoniem begraven omdat niemand het lijk naar Damascus wilde overbrengen.

Hamids vader was ervan overtuigd dat God al zijn vijanden neersloeg. Destijds was hij al in de ban van zijn moeder; zijn verstand werd vertroebeld door wierrook en bijgeloof.

Merkwaardig, dacht Hamid herhaaldelijk, hoe zijn familie in de derde generatie ten onder ging. Met hem zou de laatste Farsi in Damascus sterven. En waar? In de gevangenis. Een bewaker vertelde hem dat ook hij tot de derde generatie behoorde van een clan die ooit machtig was geweest. En waar was hij beland? Eveneens in de gevangenis. Dat was een ijzeren regel, zei de man hoestend: de eerste generatie bouwt op, de twee breidt uit en de derde breekt af.

Hamids blik dwaalde nog eens over de foto. Wat was er van zijn tantes geworden? Hij wist het niet. Van geen van hen had grootvader gehouden. Na de strijd om de erfenis wilden ze niets meer met de familie te maken hebben. Ook de pogingen van zijn moeder hen om haar heen te verzamelen en een proces te beginnen waren stukgelopen.

De foto was genomen in de buurt van de grote fontein waar zijn grootvader zo van hield. Hamid herinnerde zich dat hij daar voor het eerst van zijn leven vissen had gezien en bewonderd.

Het huis bestond nog. Toen Hamid het drie jaar geleden bezocht, was de binnenplaats kleiner dan in zijn herinnering. De vriendelijke huiseigenaar nodigde hem uit voor een kop koffie toen Hamid vroeg of hij het huis uit zijn kinderjaren nog eens mocht zien.

Van de familie Farsi wist de douanier niets. Hij had het pand gekocht via een makelaar die niets over de vorige eigenaar, die grote schulden had, wilde zeggen. Ook hem had het ongeluk gebracht, vertelde hij: een van zijn zoons had zichzelf gewurgd toen die in de sinaasappelboom aan het spelen was. Toen had hij alle bomen geveld. Nu wilde hij het pand verkopen en in het moderne stadsdeel een ruime woning voor zichzelf, zijn vrouw en zijn vijf kinderen kopen. Of Hamid misschien interesse had?

Nee, hij wilde het nooit meer zien.

6

Het onweer trok van de stad naar het zuiden weg en het ging nog harder regenen. Het licht flikkerde. Hamid stond op en stak voor de zekerheid de kaars weer aan.

Hij bekeek zijn vader, zijn strakke gezicht. Zo had hij er bij de begrafenissen van de grootouders bij gezeten, en ook bij Hamids eerste bruiloft: met een gezicht als een masker van gelooid leer. Hij had het altijd op, of hij nu een kalligrafie vervaardigde of zijn veters strikte.

Hamid dacht terug aan het moment dat hij zijn eerste kalligrafie aan zijn vader had laten zien. Hij was negen of tien, en had in zijn eentje jarenlang heimelijk geoefend. Hij vergat te spelen en soms zelfs te eten, en er ging geen dag voorbij zonder dat hij urenlang oefende.

Zijn vader was buiten zichzelf. Hij was woedend en jaloers omdat het Tulut-schrift, waarmee zijn zoon een gedicht had geschreven, prachtig was. Hamid had geen idee dat hij het elegantste en moeilijkste schrift had gekozen. Alleen meesters beheersten dat. Zijn vader niet.

'Dat heb je overgeschreven,' zei deze smalend, en hij keerde terug naar zijn werk, een groot affiche voor een Indiase speelfilm.

Nee, dat had hij zelf geschreven, zei Hamid, het gedicht hadden ze op school geleerd en hij had het aan hem cadeau willen doen!

'Overgeschreven,' zei zijn vader, en hij legde het penseel weg waarmee hij de grote letters op het affiche invulde; de omtrek had hij al met inkt getekend. Hij stond langzaam op en kwam hem op af, en op dat moment wist Hamid dat hij zou worden geslagen. Hij probeerde zijn hoofd te beschermen. 'Leugenaar!' schreeuwde zijn vader, en hij sloeg op hem in. Maar Hamid wilde niet liegen om aan de slagen te ontkomen.

'Ik heb het zelf geschreven!' riep hij uit en hij smeekte om genade, vervolgens riep hij om zijn moeder. Ze verscheen even in de deur-

opening, schudde alleen haar hoofd en verdween zonder een woord te zeggen.
'Dat kun jij niet, dat kan ik niet eens,' zei zijn vader. 'Waar heb je dat gedicht overgeschreven?' En hij sloeg er genadeloos op los.
Een klap had zijn rechteroog geraakt. Destijds dacht hij dat hij het kwijt was, want alles werd zwart.

Hamid schudde zijn hoofd, terwijl hij naar het gezicht van zijn vader staarde. 'Stompzinnig,' fluisterde hij. Hij zag voor zich hoe hij in de kleine, donkere bezemkast zat. Zijn angst voor ratten deed hem alle pijn vergeten. Niemand troostte hem, niemand bracht hem een stuk brood of een glas water. Alleen een heel kleine rat stak zijn kop even uit een van de gaten, piepte, keek hem droevig aan en verdween. Die nacht deed hij nauwelijks een oog dicht, want zijn moeder hem had verteld dat ratten het liefst de neuzen en oren eten van kinderen die liegen.
'Ik heb niet gelogen,' fluisterde hij zacht op smekende toon, in de hoop dat de ratten hem zouden begrijpen.
Pas in de vroege uurtjes dutte hij in, en hij droomde dat hij in een jungle rondliep waar de bomen, lianen en struiken uit allerlei grote, kleurige letters bestonden. Ook elke bloem was een kunstig handschrift. Later zou hij nog vaak over die droom vertellen, niet alleen omdat het de voorbode van een nieuw leven was, maar ook omdat hij sinds die dag niet meer van schrift in kleur hield, alleen nog van zwart.
Maar zijn droom ging nog verder. Ergens achter hem riep iemand zijn naam. Hamid draaide zich even om en liep door. Hij lette niet op, struikelde over een paar boomwortels die uit de grond staken en werd wakker.
Zijn vader stond voor de deur van het hok.
Hamid greep naar zijn neus en zijn oren, en was opgelucht dat de ratten hem hadden geloofd.
'Kom eruit en schrijf het gedicht nog eens,' beval hij. Pas later zou Hamid horen wat de reden van deze ommezwaai was. De rijke bioscoop- en theaterbezitter voor wie zijn vader een serie affiches maakte, had hem verteld dat zich telkens weer talenten aandienden die zich niet lieten doorgronden. Een dag eerder had hij in zijn theater een straatarme jongen gehoord die de oude liederen beter vertolkte en de luit vaardiger bespeelde dan menige ezel in zwart pak die zich musicus noemde.
Hamids rechteroog deed vreselijk pijn en Siham lachte om zijn uiterlijk. 'Je ziet eruit als onze buurman Mahmud,' riep ze om hem te ergeren. Mahmud was een drinker die vaak bij vechtpartijen betrok-

ken raakte, wat hem was aan te zien. Siham riep zo lang op de binnenplaats 'Mahmud, Mahmud!' tot ze een draai om haar oren kreeg, waarna ze zich jammerend in haar slaapkamer terugtrok.

Zijn vader gaf hem een stuk van het beste papier en een rietpen. 'Ga zitten en schrijf,' zei hij, toen Hamid het blad streelde. De nieuwe rietpen was veel beter dan de zijne, die hij met het keukenmes uit een rietstengel had gesneden. Hij lag goed in de hand en de punt was vlijmscherp.

Alleen, zijn vader stond te dicht bij hem.

'Vader, ik verzoek u beleefd twee stappen achteruit te gaan,' zei hij zonder hem aan te kijken. Nooit eerder had hij zijn vader zo plechtig toegesproken. Het zou vele jaren duren tot het hem duidelijk werd dat juist dit korte moment beslissend was geweest voor zijn toekomst als kalligraaf. En terwijl hij dat zei, keek hij naar het scherpe schoenmakersmes waarmee zijn vader de rietpen in model had gesneden. Het lag op tafel naast de inktpot. Hij nam zich voor dat hij, als zijn vader hem weer zonder aanleiding zou slaan, het mes in diens buik zou stoten.

Als verdoofd zette zijn vader twee stappen achteruit, en Hamid schreef vlot het gedicht. Jarenlang had hij gekeken hoe zijn vader zijn kalligrafieën vervaardigde, en nooit had hij begrepen waarom hij aarzelde bij alles wat hij deed, fouten maakte, de inkt aflikte, wat er was achtergebleven met een mes afschraapte, vervolgens de plek bevochtigde en met een stukje marmer gladwalste, liet drogen en nog eens gladwreef.

Soms beschadigde hij dan het papier en vloekte, omdat hij dan alles moest overdoen.

Hamid keek een laatste maal met halftoegeknepen ogen naar de spreuk. Dat was de enige manier waarop hij de verhouding tussen zwart en wit precies kon inschatten zonder dat zijn blik op de letters bleef hangen. Hij haalde opgelucht adem. Het ritme klopte, en het geheel was nog mooier geworden.

'Hier heb je het gedicht,' zei hij. Zijn stem klonk niet trots, maar koppig. Zijn vader verstijfde; zo mooi kon hij zelf niet schrijven. Dit schrift had iets wat hij altijd had gezocht en nooit had gevonden: muziek. De letters leken een melodie te volgen.

'Dat heb je goed voor elkaar gekregen, maar dat is toeval,' zei hij toen hij zijn kalmte had herwonnen. 'Schrijf eens: "Je moet je ouders eren en hen dienen." In Diwani-schrift, als je kunt.'

'Maar je blijft bij de tafel vandaan,' zei Hamid toen hij merkte dat zijn vader naderbij begon te komen.

'Zoals je wilt, maar schrijf wat ik je heb gedicteerd.'

Hamid pakte een nieuw vel en doopte zijn pen in de zilveren inktpot. De inkt van zijn vader rook muf. Zijn leven lang zou hij daaraan terugdenken en zijn leerlingen opdragen de inktpotten in het atelier elke dag allemaal om te roeren. Als je de inkt niet roert, gaat hij schimmelen. Dan wordt hij onbruikbaar. Hij deed altijd een druppel kamfer in zijn inktpot. Hij vond dat een zeer opwekkende geur. Andere kalligrafen lieten hun inkt naar jasmijn, rozen of sinaasappelbloesem ruiken.

Onder de strenge blik van zijn vader dacht hij even na; daarna sloot hij zijn ogen, tot hij de vorm had gevonden die het best bij de woorden paste: een overslaande golf.

Vervolgens schreef hij resoluut de spreuk neer, en het was alsof de letters een brekende golf vormden.

'Dat moet ik meester Serani laten zien,' riep zijn vader uit. Toen hoorde Hamid de naam van de grootste Syrische kalligraaf voor het eerst.

Opeens omhelsde zijn vader hem, kuste hem en huilde: 'God heeft je alles gegeven wat ik altijd heb gewild. Waarom, dat weet alleen Hij, maar ik ben trots op je. Jij bent mijn zoon.'

Eindelijk kwam de langverwachte dag waarop Serani hen kon ontvangen. Voor het eerst mocht Hamid een pak dragen. Het was een licht zomerpak, dat zijn vader in een van de beste kledingzaken in de Al Hamidije-soek had gekocht. Of liever gezegd geruild, want hij betaalde niet met geld maar kwam met de man overeen dat hij voor het pak een nieuw bord voor de zaak zou schilderen. Het oude bord zat er al vijftig jaar op, de verf was op verschillende plaatsen afgebladderd en het was nauwelijks leesbaar.

'Hoe lang moet je daarvoor werken?' vroeg Hamid zijn vader op de terugweg.

'Een week,' zei zijn vader.

Hamid keek achterom naar het bord, daarna naar het pak in de grote zak die hij droeg en schudde zijn hoofd. Hij bezwoer dat hij, als hij zo oud was als zijn vader, nog geen dag voor een pak zou werken.

Meester Serani had een groot atelier in de buurt van de Omajjadenmoskee, en hij had drie gezellen, vijf assistenten en twee loopjongens in dienst.

Die dag begreep Hamid wat een onbeduidende man zijn vader was. Die had al twee keer voor meester Serani's atelier gestaan, maar beide malen durfde hij niet naar binnen te gaan en maakte rechtsomkeert. Hij had klamme handen, en pas de derde keer waagde hij het de deur te openen en onderdanig te groeten.

Hij stond gebogen voor de meester, die op een grote stoel troonde. Serani was nogal klein. Zijn dunne haar was zorgvuldig gekamd en zijn smalle, recht geknipte snor gaf zijn gezicht iets droevigs, maar zijn ogen verraadden dat hij klaarwakker was. Niemand bezat zo'n blik, een blik die verdriet, slimheid en angst in zich verenigde. Later zou Hamids eerste indruk nog vaak worden bevestigd. Meester Serani lachte zelden, was zeer gelovig, gereserveerd en wellevend, en als hij iets zei waren zijn woorden een filosoof waardig.

Alleen een bijkomstigheid maakte een komische indruk op Hamid: zijn afstaande rechteroor was bijna twee keer zo groot als het linker, het leek wel alsof iemand de meester voortdurend aan zijn oor had getrokken.

'Wat voert je hierheen, Ahmad?' vroeg Serani, nadat hij de groet kort had beantwoord. Zijn stem was hoffelijk en zacht, maar met een bewust onvriendelijke, afwijzende ondertoon.

Meester Serani en zijn vader waren ooit leerlingen van de beroemde kalligraaf Mamduh al Sjarif geweest. Ze hadden elkaar nooit gemogen.

Hamids vader wilde snel geld verdienen en hield het algauw voor gezien. Hij beperkte zich tot commerciële kalligrafieën, waarbij het meer om effect en kleur dan om de kunst ging, maar Serani bleef ruim tien jaar lang als gevorderde student bij Al Sjarif, tot het schrift geen geheimen meer voor hem had. Al halverwege de jaren twintig was zijn faam van İstanbul tot Cairo doorgedrongen, waar hij belangrijke opdrachten voor het restaureren van historische kunstwerken, moskeeën en paleizen kreeg.

'Het gaat om mijn zoon, Hamid,' zei zijn vader.

Meester Serani keek lang naar de kleine, magere jongen. Hamid ontweek de blik van de meester niet en trotseerde deze. Het leek wel een examen, en blijkbaar kon Hamid meester Serani overtuigen. Zijn blik werd milder, een zweem van een glimlach gleed over het vriendelijke, smalle gezicht van de destijds zesendertigjarige man, die eruitzag als iemand van vijftig. 'Laat maar eens zien wat je kunt, m'n jongen,' zei hij met zachte stem, en hij stond op en haalde een rietpen uit een kast.

'Van welk schrift hou je het meest?' vroeg Serani.

'Tulut, meester,' antwoordde Hamid zacht.

'Schrijf dan de zin voor me op waarmee alles begint,' zei Serani. Het was de meest gekalligrafeerde zin van de Arabische taal. Alle gebeden, boeken, brieven, toespraken, wetboeken en geschriften van moslims – of ze nu Arabier waren of niet – begonnen ermee:

Bismillahi ar rahmani ar rahim. In naam van Allah, de barmhartige, de genadevolle.

Hamid sloot zijn ogen. Honderden varianten van de spreuk schoten hem door het hoofd, maar hij vond er niet één die hem beviel.

Hij wist niet hoe lang hij had nagedacht, toen hij de zachte stem van zijn vader hoorde: 'Maak eens voort, de meester heeft niet eeuwig de t...' Blijkbaar keek de meester hem boos aan, want het werd weer stil. Ongeveer een jaar later hoorde Hamid de meester tot zijn grote vreugde zeggen dat je hand pas een kalligrafie kon uitvoeren als je een duidelijke voorstelling ervan in je hoofd had.

Ten slotte vond Hamid de vorm waarmee hij de muzikale klank die de biddende mensen voortbrachten kon uitdrukken. De woorden werden melodisch verkort of verlengd, zoals bij een accordeon. Hij opende zijn ogen en begon te schrijven. Elk woord in één keer; dan doopte hij even de pen in de inktpot en schreef verder. De inkt geurde aangenaam naar citroenbloesem. Meester Serani hield van de kleine bloesem, die in Damascus werd gedestilleerd.

Toen Hamid klaar was met schrijven, pakte de meester het vel papier, onderwierp het aan een grondige inspectie en keek de jongen aan. Hij vroeg zich af hoe een distel zo'n mooie bloem kon voortbrengen, en eens te meer besefte hij dat Gods wegen ondoorgrondelijk zijn.

'Schrijf je naam links onderaan en de datum volgens de islamitische tijdrekening, en over een jaar zullen we eens zien hoeveel je bent vooruitgegaan.'

Dat was een aanstelling. Zijn vader huilde van blijdschap. Voor Hamid was het in elk opzicht een zegen, want vanaf dat moment was zijn vader vriendelijker tegen hem. Vanaf de eerste dag moest hij bij de meester niet alleen schrijftechniek en recepten voor inkt leren, maar ook hoe je rietpennen snijdt. Bovendien meetkunde, symmetrie en perspectief, licht en schaduw, harmonieleer en andere belangrijke grondbeginselen. Maar bovenal moest hij de geschiedenis van de kalligrafie en alle vormen van het Arabische schrift grondig bestuderen. En als hij even pauze had, gaf de meester hem een koran of een bloemlezing met Arabische poëzie en zei: 'Ontdek de geheime vruchten van de taal.'

7

Onder kalligrafen stond Serani erom bekend dat hij nooit een woord van lof uitsprak, maar de beleefdste man op aarde was. Zijn atelier leek op een bijenkorf. Het was vol gezellen, medewerkers, loopjongens en klanten, en elke zomer kwamen daar twee of drie zoons van de rijkste families bij om een basiscursus in de kunst van de kalligrafie te krijgen. In die tijd werd het als een teken van beschaving gezien dat zoons niet alleen uitstekend konden paardrijden, maar ook het Arabische schrift perfect beheersten.

Hamid was een gretige leerling en zijn meester was coulant bij duidelijke fouten, maar onverzoenlijk bij weggemoffelde en geretoucheerde gebreken. Vooral het schrapen verfoeide de meester. 'Wat niet afgelikt kan worden, moet worden overgedaan,' onderrichtte hij. Serani schraapte nooit een fout met een scherp mes weg. Maar als hij merkte dat hij een vergissing had gemaakt, likte hij bliksemsnel de natte inkt van het papier. Eerst was Hamid geschokt en vond hij het weerzinwekkend dat zowel zijn meester als de gezellen inkt oplikten, maar terwijl hij heimelijk oefende, ontdekte hij algauw dat het de beste en snelste manier was om fouten ongedaan te maken. Jaren later kwam hij te weten dat alle kalligrafen zo te werk gingen als ze de fout of onnauwkeurigheid snel genoeg ontdekten, en men zei vrolijk dat een meester zich pas ervaren kon noemen als hij door de jaren heen een hele fles inkt had opgelikt.

Maar wie veel schraapte, werd als onzeker beschouwd. En zijn vader schraapte bij elke kalligrafie.

Meester Serani berekende nooit hoeveel tijd hij of een van zijn medewerkers voor een kalligrafie nodig had. Onvermoeibaar herhaalde hij: 'Laat de tijd in jullie werk trekken.' Met die instelling werd hij niet rijk van zijn werk. Daarentegen sierden zijn kalligrafieën de belangrijkste moskeeën, ministeries en paleizen van de stad.

Hamid kwam nooit bij de meester thuis en wist ook jaren later nog niet waar hij woonde, hoewel Serani hem van het begin af aan als zijn persoonlijke leerling behandelde. Hij was zijn beste student en veel te goed voor huishoudelijke karweitjes, die moest de loopjongen Ismail maar doen.

Deze bezocht verscheidene malen per dag het huis van de meester, om zijn vrouw de boodschappen te brengen en de warme lunch voor de meester in een matbakia mee te nemen. Ismail beschreef Hamid hoe eenvoudig de meester woonde.

Serani was zo streng dat hij tien jaar lang aan geen van zijn gezellen het begeerde getuigschrift uitreikte dat onder kalligrafen als vakdiploma gold. Velen verlieten verbitterd het atelier en gaven het beroep op; anderen begonnen met wisselend succes een eigen schrijfatelier en zagen af van de goedkeuring van hun meester.

Hamid kreeg niets cadeau. Hij moest alles tot in de finesses leren beheersen en naast zijn taken elke dag meehelpen met klusjes in het atelier, want Serani beschouwde de Arabische kalligrafie als een gemeenschappelijk kunst. Hij zei altijd dat een Europeaan zijn kunst in afzondering beoefende, omdat hij dacht dat hij een universum op zich was. Maar dat was de ijdelheid van de ongelovige. De gelovige mens wist echter dat hij slechts een deel van het universum was; daarom diende iedere medewerker mee te helpen aan de kalligrafie die op dat moment ontstond.

Het waren geen moeilijke klusjes, maar er was wel geduld en doorzettingsvermogen voor nodig, deugden die Hamid allebei bezat. Ook al plofte hij 's avonds doodmoe op bed, hij wist dat zijn werk bij meester Serani vergeleken met school een paradijs was. Hier sprak iedereen op gedempte toon met elkaar, maar zelden werd een leerling geslagen of uitgefoeterd. Eén keer had Hamid een oorvijg van de oudste gezel Hassan gekregen, toen hij een groot vat met pas aangemaakte inkt had omgegooid. Hassan handelde correct. Zijn hand was uitgeschoten, maar hij verraadde Hamid niet aan de meester. Naar oude alchemistische receptuur kookte hij nog een keer urenlang een mengsel van Arabische gom, roet en verkoolde rozenblaadjes in water, zeefde het, liet de oplossing indikken tot er een slappe pasta ontstond, loste het geheel op, kookte het nog eens, zeefde en dikte in, tot er een smeuïge, pikzwarte inkt was ontstaan. De ervaren gezel deed het allemaal nog heimelijk ook, om de meester niets van het ongelukje te laten merken. Toen Serani er drie dagen later naar vroeg, was de inkt klaar – hij was zelfs met citroenbloesem geparfumeerd.

Ook toen Hamid een keer tijdens het snijden een rietstengel had geruïneerd, werd hem dat niet kwalijk genomen. Hamid wist niet dat het goedkoop ogende riet drie jaar lang in Perzië werd bewerkt voor het op de markt kwam. Meester Serani kocht altijd de duurste benodigdheden voor zijn atelier. 'Wie bespaart op de inkoop, krijgt er later met het kalligraferen spijt van.'

Het was een andere wereld. En Hamid was heel dankbaar als hij hoorde wat voor smerige en harde zaken andere jongeren te verduren hadden als ze een beroep wilden leren. Hij voelde zich een prins.

Elke ochtend keken de scholieren uit zijn straat hem na, en hij glimlachte tevreden, omdat hij die weg naar de hel niet meer hoefde te gaan. In de vervloekte lagere school lieten de leraren nog steeds de hele dag hun stokken over de hoofden van de leerlingen suizen. Het waren reuzen en de leerlingen dwergen, die zonder enig recht of bescherming aan hen waren overgeleverd. Ook Hamid had altijd graag naar de verhalen over oude tijden geluisterd en de Koran gereciteerd, en hij was de beste in rekenen geweest, maar er ging geen dag voorbij of hij werd wel door een leraar of een oudere jongen geslagen. Hamid was altijd klein en mager geweest. Een gemene kerel zat hem elke pauze achterna. Hij werd *hassun* genoemd, distelvink, hoewel er geen groter verschil denkbaar was dan tussen de ranke vogel en die jongen. Hij was een kolos, die op hem en drie andere kleine leerlingen neerkeek en iedere ochtend hun brood afpakte. Als ze zich verzetten, sleepte hij hen, de een na de ander, een donkere hoek in waar geen surveillant hem kon zien, en kneep in hun testikels tot ze bijna flauwvielen van de pijn. Elke nacht bedacht hij hoe hij zijn kwelgeest de volgende ochtend op zijn lelijke smoel zou slaan, maar de bel voor de pauze was nog niet gegaan, of hij voelde zijn ballen al pijn doen en haalde zijn brood vrijwillig tevoorschijn.

Tot overmaat van ramp had de school een goede naam, en daarom kon hij zijn ouders er niet van overtuigen dat het een hel op aarde was. 'Het is een fabriek voor de mannen van morgen,' was de vaste overtuiging van zijn vader.

Hamid bekeek zijn vader op de foto. 'Mannenfabriek,' fluisterde hij bitter, en hij schudde zijn hoofd. Hij ijsbeerde door zijn cel, keek even door het tralievenster naar de donkere hemel. Waarom was hij achter tralies gezet? Het was toch een eerlijk gevecht geweest? Hij had zich alleen verdedigd tegen de machtige Abbani, die altijd alles kreeg wat hij wilde, zonder er rekening mee te houden of hij het leven van een ander kapotmaakte of niet. Hij had niet laaghartig gehandeld, zoals die vervloekte advocaat van de familie Abbani het had doen voorkomen.

Koffiehuiseigenaar Karam had hem verraden dat de hoerenloper Nassri Abbani zich bij zijn vrouw Almas had verstopt, maar dat hij elke dinsdagavond naar de hamam Nureddin ging.

Toen zij – Karam en hij – elkaar in Café Havana ontmoetten, waarschuwde deze dat Nassri gewapend was en raadde hem aan een pistool mee te nemen. Hij bood zelfs aan hem er een te bezorgen.

Maar Hamid wilde geen pistool. Dat was niets voor een man. Een kind kon daarmee een held van veraf doodschieten. Alleen met een mes kon de eer gezuiverd worden.

En juist die Karam legde bij de rechter een bezwarende verklaring af. Een man zonder ruggengraat. Niemand wist welke rol hij in die geschiedenis had gespeeld.

Hij, Hamid, had tegenover Nassri gestaan en gezegd dat hij hem wilde vermoorden omdat hij hem in zijn eer had aangetast, en in plaats

van zich te verontschuldigen had Nassri geroepen: Sinds wanneer houden ratten als Hamid Farsi er een eer op na? Hij was niet eens Arabier, maar een Perzische vluchteling, een bastaard. Ondertussen had hij zijn hand in zijn jaszak gestoken, maar het onhandige pistool was blijven steken. Had hij dan moeten wachten tot die hoerenzoon hem zou doorzeven? Nee, hij had zich op hem geworpen en had gestoken.
 Wat was daar zo koelbloedig aan?
 Hamid glimlachte bitter. Het was een gevecht van leven op dood geweest. Waarom gunde men hem de overwinning niet? Een vraag die niet alleen de rechters en advocaten, maar ook zijn meester Serani het hoofd deed schudden. 'Jij bent in de val gelopen,' zei hij zacht. Hij zag achter dat alles een samenzwering. Hij had gehoord dat de koffiehuiseigenaar het wapen voor Abbani had geregeld, hoewel deze dat helemaal niet wilde en nog nooit een pistool had aangeraakt. Bovendien was hij die avond stomdronken, zoals uit de lijkschouwing bleek.
 Zijn meester geloofde werkelijk dat Abbani onschuldig was gestorven, en dat Karam en de Zuiveren overal achter zaten. Als zijn leraar en meester zich alleen had vergist wat Abbani betrof, dan was dat nog tot daaraan toe geweest. Maar hij vroeg bovendien of Hamid zijn grootmeestersoorkonde wilde teruggeven, zodat de Bond een opvolger kon kiezen, om scheuring te vermijden. De ene helft van de kalligrafen bewonderde hem, de andere helft wilde hem uit de Bond stoten, maar ze waren bereid daarvan af te zien als hij de oorkonde vrijwillig teruggaf.
 'Zeg hun dat ik al een opvolger heb gevonden aan wie ik de oorkonde zal overdragen.'
 Serani vertrok, bezorgd en met gebogen hoofd. Hij draaide zich nog één keer om en stak zijn hand op, in de hoop dat Hamid van gedachten zou veranderen en hem zou roepen, maar die stond erbij als een standbeeld, stram en bewegingloos.

Opgewonden ijsbeerde Hamid door zijn cel. Hij herinnerde zich dat Nassri sterk naar drank had geroken en zijn woorden niet normaal uitsprak, maar lalde. Koffiehuiseigenaar Karam speelde een schimmige rol. Had hij hem erin laten lopen of werd hij zelf gechanteerd en was hij gedwongen een getuigenverklaring af te leggen? Was hij daar misschien voor betaald? Karam had hem tegen Abbani opgezet omdat die Karams nicht Almas zou hebben verkracht. Het gezin was opgelucht toen de heer bij wijze van schadeloosstelling met hun zwangere dochter trouwde. En van die nicht, Abbani's vierde vrouw, had Karam gehoord waar en wanneer hij de hoerenloper kon treffen.

Karam ontkende alles voor de rechtbank en ook de weduwe speelde in de getuigenbank de liefhebbende echtgenote en was vol lof over de trouw van haar overleden man, tot de rechter haar naar huis stuurde. De rechter was, fluisterde Hamids advocaat tegen hem, regelmatig met Nassri naar het bordeel geweest.

'Hoe had ik kunnen weten waar ik die playboy te pakken kon nemen als Karam me zijn route niet had verteld?' riep Hamid, maar de rechter scheen nog nooit van het woord logica te hebben gehoord. Kennelijk richtte hij zich alleen op de feiten, en die wezen erop dat Hamid aantoonbaar maandenlang naar Nassri had gezocht en bij verschillende mannen en vrouwen naar hem had geïnformeerd. Dat was het belangrijkste argument voor de veroordeling, en sprak voor moord met voorbedachten rade.

Er viel niets aan te doen.

Hamid sloeg met zijn vuist op de muur. 'Vervloekte gerechtigheid – ook al een hoer, en ze wordt geblinddoekt om de tuin geleid.'

Hij ging op de rand van zijn brits zitten, bukte en haalde een grote, langwerpige houten kist tevoorschijn. Hij opende hem en haalde het vel papier eruit dat hij bij het eerste bezoek aan het atelier van zijn meester had geschreven.

De woorden die de meester destijds bij het afscheid tegen zijn vader had gezegd, klonken nog na in zijn oren. 'Ahmad, God geeft aan hem die Hij heeft uitverkoren zonder dat wij het kunnen – of hoeven te – begrijpen en die gave is, dat kun je van me aannemen, geen reden tot vreugde. Het is een lastige verplichting. Wat ik zeg, grenst aan godslastering, maar toch zeg ik het. Die gave is een geschenk en een straf tegelijk. Ga heen en wees blij dat je hem niet bezit, en pas goed op de jongen. Laat me niet horen dat je hem slecht behandelt. Hebben we elkaar goed begrepen?'

Zijn vader knikte zwijgend.

Meester Serani wilde niet dat Hamid onder de hoede van iemand anders kwam. Hij noemde hem zijn persoonlijke leerling en was zeer ingenomen met zijn vorderingen. Het duurde ongeveer vijf jaar voordat men in Damascus over 'het wonderkind van de kalligrafie' begon te spreken. Hamid vond het overdreven. Hij kon niet aan zijn meester tippen en toch vertelden de mensen dat de kalligrafieën van de meester en van zijn leerling niet van elkaar te onderscheiden waren.

Zijn meester vertrouwde hem steeds grotere opdrachten toe. Al op zijn zestiende moest hij leiding geven aan het atelier als Serani op reis was, en die was de helft van de tijd niet aanwezig. Menige gezel was zo oud als Hamids vader, maar voor Serani speelde dat geen rol.

Ook niet dat Hamid impopulair was omdat hij werd voorgetrokken. En bovendien leidde Hamids perfectionisme ertoe dat hij elke keer als de ervaren gezellen iets over het hoofd zagen krachtig optrad, iets wat hem ook niet bepaald geliefd maakte.

Serani was op de hoogte van het ongenoegen dat onder zijn medewerkers heerste, maar hij was volkomen in de ban van zijn leerling: 'Hamid is mijn plaatsvervanger. Wie niet doet wat hij zegt, kan direct vertrekken,' liet hij hun kort weten.

Hamid legde het blad met zijn eerste kalligrafie terug in de houten kist en wilde die onder het bed schuiven, toen hij het dikke schrift met de zwarte kaft zag waarin hij zijn gedachten en geheimen had opgeschreven. Het was een werkverslag en een dagboek tegelijk, en op aanraden van zijn meester had hij het niet van een titel voorzien, om niet te veel nieuwsgierigen te trekken.

Destijds had Serani het grote, dikke schrift bij de bekende boekbinder Salim Baklan voor hem gekocht. In zijn atelier werden de kostbaarste drukken van de Koran voorzien van kunstige boekbanden. 'Wat Baklan bindt, is onverwoestbaar,' zei Serani.

Er was één enkele scheur in de band gekomen toen iemand het boek met geweld had opengeslagen. Zijn medewerker Samad gaf destijds de loopjongen Salman de schuld, die via Karam bij hem was gekomen.

Hamid schudde zijn hoofd om de gedachte aan de dubieuze cafébezitter te verjagen, en keerde terug naar zijn boek. Elke avond had hij de thema's van zijn oefeningen en zijn indrukken opgeschreven. Later vertrouwde hij het dagboek zijn gedachten over het schrift en zijn geheime plannen toe.

Hij kon vrijuit schrijven, want in het atelier had hij in een grote kast een eigen la. De sleutel droeg hij aan een grote ketting bij zich. Maar ook de keren dat hij de la niet afsloot, raakte niemand iets aan.

Thuis kon hij niets bewaren, want zijn zus Siham ontging niets, en geen slot was langer dan drie dagen tegen haar nieuwsgierigheid bestand.

Toen hij zelfstandig was geworden en zijn eigen atelier had, legde hij het schrift in de kast achter zijn bureau. Het was een kostbaar bezit. Het bevatte niet alleen zijn uitvindingen, gedachten en plannen voor de hervorming van de kalligrafie, maar ook de namen en de opvattingen van zijn vrienden in de geheime Bond der Wetenden. Het lag onopvallend en veilig onder de vele andere schriften en boeken over ornamentiek en kalligrafie. De kast werd altijd afgesloten, want ook het bladgoud en de dure schrijfbenodigdheden werden daar bewaard. Geen van zijn medewerkers had de kast ooit met een vinger aangeraakt. Daarvan was hij overtuigd. Een tijdlang had hij geheime markeringen aangebracht, die hem zouden hebben verraden of iemand de kastdeur had geopend. Maar behalve hijzelf leek niemand zich voor de kast te interesseren.

Alleen de kleine Salman was opvallend nieuwsgierig. Hij nam elke opmerking over kalligrafie goed in zich op, noteerde alles vlijtig op briefjes, maar verder was hij niet erg snugger. Later, na de verdenking en zijn ontslag, zou hij dienst hebben genomen in een restaurant. Als het hem om de geheimen van de kalligrafie te doen geweest zou zijn, was hij geen kok in een restaurant geworden.

De overige medewerkers waren brave, en drie van hen zelfs goede ambachtslieden, maar geen van hen verdiende het kalligraaf genoemd te worden.

'De pen is de tong van de hand.' Hij las zacht de spreuk voor die meester Serani op zijn verzoek op de eerste pagina van het schrift had geschreven.

De kalligrafie, had hij zelf enthousiast genoteerd, is de kunst met zwart grote vreugde in het machteloze wit van het papier te brengen. Ze geeft het vorm en verheft het.

Hij bladerde een paar bladzijden door met technische maataanduidingen voor de juiste proporties van letters, toen stuitte hij op een passage die toentertijd indruk op hem had gemaakt. Hij had hem woord voor woord onthouden.

Meester Serani had verteld: 'De Profeet had groot respect voor het schrift, en de Koran, het woord van God, is in het schrift geschreven. De eerste zin die de Profeet Mohammed hoorde, was:

> *Lees voor in de naam van je Heer, die heeft geschapen.*
> *Hij schiep de mens uit een bloedklomp.*
> *Lees voor, je Heer is edelmoedig,*
> *Hij heeft onderwezen met de pen.*
> *Hij heeft de mens onderwezen*
> *wat deze daarvoor niet wist...*

Na de gewonnen Slag bij Badir had de Profeet elke gevangene de vrijheid in het vooruitzicht gesteld, als hij tien moslims zou leren lezen en schrijven.'

Hamid bladerde een paar bladzijden door die over het vervaardigen en het onderhoud van schrijfbenodigdheden gingen. Hij herinnerde zich die periode heel goed. Hij was ongeveer een jaar in de leer toen hij zijn meester verraste met een spreuk die hij 's nachts op bestelling van een klant had geschreven. Serani prees zijn werk. Een oudere collega was jaloers en was de hele ochtend onuitstaanbaar, tot Serani hem terzijde nam en terechtwees. Achter een kamerscherm had Hamid alles gehoord.

Terwijl hij met het schrift in zijn handen op de brits zat, herinnerde hij zich Serani's woorden zo goed alsof hij ze op dat moment uitsprak: 'Jij bent doet je best, maar hij heeft een groot talent. Zoals bijen niet weten wie ze tot de volmaakte zeshoekige vorm van hun honingraten heeft gebracht, weet Hamid niet wie zijn pen die onzichtbare lijnen en vormen laat volgen. Dus wees niet jaloers, want hij kan er niets aan doen.'

Hamid had destijds een idee. 's Ochtend vroeg lag hij in bed. Zoals altijd stond hij er alleen voor, want zijn vader en moeder schonken geen aandacht aan hem. Zijn moeder was altijd al wakker als het licht werd, maar ze wekte hem nooit. Zijn vader lag tot tien uur te snurken. Op die manier leerde hij vroeg op te staan en vers warm brood bij de bakker te halen, om zijn lievelingsboterhammen met tijm en olijfolie klaar te maken. De ene boterham at hij in de keuken, de andere deed hij bij wijze van proviand in een zakje. Hij waste zich grondig, deed een druppeltje citroenbloesemolie op en ging fluitend op weg naar zijn meester. Hij verheugde zich op zijn werk en was blij dat hij voor de avond niet thuis hoefde te zijn.

Hij vertrouwde meester Serani zijn inval toe, en toen die vol bewondering knikte, schreef Hamid de zin op: 'De letters voeren een dans uit, en de zin wordt zo muziek voor het oog.'

De enige correctie van meester Serani was: 'Niet voor het oog, voor de ziel', maar Hamid vond het toen – en ook later – overdreven, en daarom had hij het niet in zijn schrift opgetekend.

Hij glimlachte.

Drie pagina's lang behandelde hij de moeilijkheidsgraad van de afzonderlijke letters. Voor hem was de letter H het moeilijkst onder de knie te krijgen. Maar meester Serani zei dat iemand die een elegante U kon schrijven, geen andere letter meer hoefde te vrezen. Gezel Hassan, stond in het schrift, zei dat de R hem veel moeite kostte omdat de letter niet zo gemakkelijk was als het leek, en met zijn elegantie het hele woord domineerde.

Arme Hassan, dacht Hamid nu; een wild geworden paard had hem later in de stal van zijn ouders een dodelijke trap tegen zijn slaap gegeven. Snel bladerde hij verder, tot hij de foto vond die hij midden op een bladzijde had geplakt: meester Serani en zijn medewerkers tijdens een uitstapje, picknickend aan de rivier de Barada. Hassan had zijn sjasliekspies als een degen naar de fotograaf opgeheven. Jammer, hij was een goed mens. Hij had die ellendige dood in de stal niet verdiend.

Hamid bladerde terug naar de passage over de moeilijkheidsgraad. Een paar pagina's verder had hij een discussie genoteerd die Serani met twee collega's had gevoerd. Nadat de loopjongen koffie voor de gasten had gezet, wilde Hamid zich terugtrekken in de achterste ruimtes van het atelier, maar de meester stond erop dat hij, zijn beste leerling, bij het gesprek aanwezig zou zijn. Dus bleef hij in een hoek van het vertrek zitten luisteren naar het meningsverschil.

Maar uit zijn notities was op te maken dat hij er niet met zijn hoofd bij was. De grove zeef van zijn oplettendheid had slechts een enkel fragment en een paar markante uitspraken opgevangen. Ze stonden naast elkaar als losse kiezelstenen. In die tijd was Hamid verliefd. Op een knappe christelijke vrouw. Ze werkte als dienstmeisje in een groot huis halverwege zijn huis en het atelier van zijn meester. Ze was vijf of zes jaar ouder dan hij en erg moedig. Hij had haar een paar keer gekust, en ze stond altijd achter het raam te wachten tot hij langskwam. Maar een week voor het in het schrift vermelde twistgesprek was ze opeens verdwenen. Hij kende alleen haar naam: Rosa.

'Tenslotte is de Koran in het Arabisch geschreven,' stond er. Tussen haakjes: sjeik Mustafa.

'De Koran werd in Mekka en Medina geopenbaard, in Bagdad op schrift gesteld, maar in İstanbul het mooist geschreven,' zei meester Serani.

De gedachteflarden die hij nog had genoteerd, terwijl hij verloren was in een oceaan van verdriet om Rosa, waren voor geen mens te begrijpen. Hij had ze alleen opgeschreven voor het geval zijn meester ernaar zou vragen, maar dat deed Serani nooit.

Pas later hoorde hij dat de Arabische kalligrafie veel aan de Osmanen te danken had, hoewel ook de Arabieren en Perzen het een en ander voor het schrift hadden betekend. De Osmaanse kalligrafen ontwikkelden het schrift tot een volwassen kunst. Ze vonden ook verschillende nieuwe stijlen uit, zoals Diwani, Diwani gali, Tughra, Ruq'a en Sunbuli.

Midden op een lege bladzijde vond Hamid de rood onderstreepte regel: 'Ik zal een nieuwe stijl uitvinden.'

Toen hij zijn meester destijds trots die zin liet zien, schudde die alleen zijn hoofd. 'Dat zijn overmoedige sprongen van een veulen. Leer eerst maar eens op de juiste manier te ademen tijdens het schrijven. Je hijgt van opwinding, als een hond in de brandende zon,' zei hij goedmoedig.

'Door nabijheid krijgen bijzaken regelmatig te veel nadruk en gaat men aan het wezenlijke voorbij,' citeerde hij een paar bladzijden verderop de verongelukte gezel Hassan, 'en daarom is het geen wonder dat profeten, schrijvers, schilders, musici en kalligrafen het meest onder hun omgeving te lijden hebben gehad.'

De arme man had groot gelijk. Hassan moest meer hebben geweten dan hij liet blijken. Een bescheiden boerenzoon met een messcherp oordeelsvermogen, die ongelukkig was. Hij was vrijgezel gebleven omdat hij mank liep. In zijn kinderjaren had hij zijn rechterbeen gebroken en een of andere prutser had het verkeerd in het gips gezet.

Hamid was net twaalf toen hij Hassan met een gecompliceerd ornament moest helpen. Die ochtend hoorden ze twee vrienden van de meester luidruchtig ruziën over het Arabische schrift. Serani zelf bleef neutraal, gaf beleefd nu eens de een, dan weer de ander gelijk, en je merkte aan zijn stem en zijn woorden dat hij het liefst een eind zou hebben gemaakt aan het debat.

Hassan koos partij voor de gast die tegen de heiligverklaring van de taal en de letters was. 'Met dezelfde letters kun je het lelijkste en het mooiste woord schrijven,' zei hij. 'En de Arabische letters kunnen niet door God zijn uitgevonden, want ze vertonen allerlei gebreken.'

Ook die zin had Hamid met rode inkt midden op een lege pagina geschreven, alsof hij toen al had vermoed dat deze zin het zaad in zich droeg van de twijfel die zijn leven zou veranderen.

8

Hamid had veel boeken over schriftsoorten gelezen, alle klanken en woorden beschreven en opgesomd die met het Arabische schrift maar moeilijk konden worden weergegeven, en de tekortkomingen van het schrift, de onvolkomenheden van de taal en de voorstellen van hervormers door de eeuwen heen verzameld.

Hij bekeek een titel, die hij zorgvuldig in de Nas-chi-stijl had geschreven: *Hervorming van het Arabische schrift. Een verhandeling van Hamid Farsi, slaaf van God.* De benaming 'slaaf van God' had hij op zijn zestiende van zijn meester geleerd, en hij gebruikte die tot hij zelfstandig werd en hem als een vorm van valse bescheidenheid ging beschouwen.

Zijn plannen, die hij gedurende twee jaar verschillende keren had geformuleerd en op losse vellen had opgeschreven voor hij ze in het schrift noteerde, las hij nu opnieuw, en hij was er trots op hoe fris en accuraat ze waren. Op vijftig pagina's had hij in piepklein, maar leesbaar schrift zijn hervormingsvoorstellen en de grondslagen voor drie nieuwe stijlen opgeschreven.

Het Arabische schrift had zich sinds meer dan duizend, en de kalligrafie sinds honderdvijftig jaar niet meer ontwikkeld. Alleen een paar verbeteringen van zijn meester hadden ingang gevonden en een vreselijk Egyptisch schrift, dat de uitvinder Mohammed Mahfuz puur uit opportunisme voor koning Fuad I had ontworpen. Hij stelde – in navolging van de Europeanen – voor, hoofdletters in te voeren. Met dat doel diende elke letter zo te worden veranderd dat deze een kroon voorstelde, om welke reden hij zijn afgezaagde uitvinding dan ook de 'kroonstijl' noemde. Naar Hamids mening een stap terug, waar nauwelijks iemand notitie van nam.

Twee grote tekortkomingen van het Arabische schrift, die alleen een kalligraaf kon verhelpen, had Hamid in zijn schrift toegelicht: 'Arabische letters worden op vier verschillende manieren geschreven, afhankelijk van de vraag of de letter aan het begin, in het midden of aan het eind van een woord, of op zichzelf staat.' Dat houdt in dat een leerling honderd verschillende lettervarianten moet kennen. En verder: 'Veel Arabische letters lijken op elkaar en verschillen alleen door één, twee of drie stippen. Er zou een nieuw schrift ontworpen moeten worden, waarin elke letter maar één keer wordt geschreven en niet met een andere kan worden verward,' noteerde hij hooghartig en radicaal als iedere revolutionair.

Terwijl hij daaraan werkte, stelde hij een derde onvolkomenheid van het Arabische schrift vast. 'Enkele letters zijn overbodig, andere ontbreken.' Zijn voorstel noemde hij 'het doelmatige alfabet'.

Talloze dagen en nachten experimenteerde hij, en hij leerde het ene alfabet na het andere. Intussen was hij negentien en wachtte op een goede gelegenheid om zijn meester de hervormingsvoorstellen voor te leggen. Hij was zeker van zijn zaak, maar hij zag het sceptische gezicht van Serani, die aartsconservatief en moeilijk voor vernieuwingen te winnen was, al voor zich. Hij wees resoluut de kunst van de losse letters af die destijds in de mode kwam. Volgens hem was het niet meer dan een platvloerse poging bij de Europeanen in de smaak te vallen – kalligrafie voor toeristen, die niet kunnen lezen en dat ook niet hoeven, dus kalligrafie voor analfabeten.

'Nee, de Arabische kunst komt tot uiting in de vormgeving van hele woorden, niet in die van afzonderlijke letters. En als een Fransman een Chinees woord in zijn surrealistische schilderij opneemt, noemt hij dat dan Chinese kalligrafie?' vroeg hij met een spottende glimlach.

Sommige kalligrafen, die ook door Hamid werden geminacht, vervaardigden precies dat soort afbeeldingen voor de oliesjeiks, die voor het merendeel analfabeet waren. Enorme olieverfschilderijen met een letterbrij in de vorm van woestijnen en oasen of kamelen en karavanen, composities waarmee de sjeiks zich konden onttrekken aan het verwijt dat ze schilderijen in hun vertrekken ophingen, iets wat de islam verbood.

Meester Serani moest niets hebben van die praktijken, en evenmin van de imitaties van de Japanners en de grove kalligrafie met de penseel die destijds ook in de mode kwam.

'Dat is van een ezel die zijn staart in de inkt heeft gedoopt en tegen het papier aan kwispelt,' zei hij minachtend toen gezel Hassan werk van een collega liet zien dat op die manier was gemaakt.

Dus had Hamid zich op een harde confrontatie met zijn meester voorbereid. Hij hield van hem als van de vader die hij altijd had gewild, en wenste niet langer te verbergen wat zijn hart en zijn geest volkomen in beslag had genomen. En ruzie, ontslag zelfs, nam hij op de koop toe.

Maar het liep anders.

In die fase voelde Hamid zich als een tent in een storm. Hij was ongeduldig en reageerde geïrriteerd op grapjes en fouten van de leerlingen. Op een nacht kon hij niet slapen; zijn rusteloosheid dreef hem zijn bed uit en hij besloot naar het atelier te gaan. Afgezien van meester Serani was hij de enige die in het bezit was van een sleutel.

Rond die tijd kondigde het eerste ochtendlicht zich al aarzelend in de straten aan. Toen hij van veraf licht in het atelier zag, was hij verrast en vreesde dat een van de leerlingen het licht de hele nacht had laten branden.

Zijn verbazing was groot toen hij meester Serani aan zijn bureau zag zitten, lezend in zijn – Hamids – schrift.

'Je hebt veel risico genomen, en de oogst is niet slecht. Ik heb je voorstellen tot verbetering tweemaal gelezen. Het schrift lag op mijn tafel. Zoiets zou ik niet overal laten rondslingeren. Het bevat pareltjes voor kenners, maar het is een mes in de handen van onwetenden,' zei hij.

Opeens had Hamid het koud. Hij schonk voor zichzelf een kop van de hete thee in die de meester net had gezet en ging op een kleine stoel tegenover hem zitten.

'Het lijkt of de hand van een engel jou naar mij heeft gevoerd,' zei Serani, en hij keek Hamid nadenkend aan. 'Het is toch niet te geloven? Ik word wakker na twee uur slaap en voel dat ik hierheen moet komen. Soms is zoiets ook het voorgevoel van een ramp. Ik kom hier en zie jouw schrift op mijn tafel liggen. Ik sla het open, en wat lees ik? Hetzelfde wat ik twintig jaar geleden zelf heimelijk heb opgeschreven. Ik heb deze vijftig bladzijden twee keer gelezen en vergeleken. Hier, dit is mijn schrift, je mag het rustig lezen, want je bent niet meer mijn leerling, maar een jonge collega van mij,' zei hij, en hij haalde uit zijn la een wat dunner, groot formaat schrift te voorschijn. Elke pagina was met de hand gelinieerd en zorgvuldig beschreven. Hamid bladerde erdoorheen, maar hij was zo opgewonden dat hij nauwelijks in staat was iets te lezen.

'De schriften zijn hetzelfde, zowel in goed als in slecht opzicht. Precies dezelfde fouten die ik destijds heb gemaakt, zijn ook bij jou te vinden.'

'Wat voor fouten?' vroeg Hamid schor.

'Het uitdunnen van het alfabet. Wat jij "doelmatig alfabet" noemt, heb ik "zuiver alfabet" genoemd. Jij wilt twaalf letters afschaffen, ik veertien. Intussen denk ik – misschien ligt het aan mijn leeftijd – dat dat geen verbetering, maar een verwoesting zou inhouden.'

'Verwoesting?' Hamid was klaarwakker. 'En hoe zit dat dan met de herhalingen van letters en met de overbodige LA, het teken dat bestaat uit twee aan elkaar geplakte letters die al in het alfabet voorkomen?'

'Ik wil je niet ontmoedigen. De letter LA heeft de Profeet aan het alfabet toegevoegd, en hij zal blijven bestaan tot de wereld vergaat. Als je het mij vraagt, moet je geen enkele letter schrappen, anders valt de hele islamitische wereld over je heen, want die letters komen in de Koran voor.

De Arabische taal telt negenentwintig letters, en hoe meer je er kapotmaakt, des te vager en onbetrouwbaarder de taal wordt.

Maar je hoeft je niet te schamen. In mijn schrift is dat voorstel nummer drie. In die tijd was ik nog radicaler dan jij. Ik heb gewed dat ik de Arabische taal met niet meer dan vijftien letters perfect kan weergeven. Tegenwoordig kan ik erom lachen. Spreek je Engels?'

Hamid schudde zijn hoofd. Hij had op school alleen een beetje Frans geleerd.

'In het Engels komen veel letters voor die in een geschreven woord opduiken, maar niet worden uitgesproken, en andere verdwijnen bij het spreken als ze in een woord naast elkaar staan, zoals de GH in light en night. Dat is toch mooi, nietwaar? Twee letters zitten stil bij elkaar en kijken naar de andere. En weer andere dragen in hun eentje of met z'n tweeën het masker van een andere letter. Vooral de O vermomt zich graag als een U, die wordt uitgesproken als "oe". Overigens telde een vriend van me zeventig verschillende manieren waarop letters kunnen worden geschreven om tot die U te komen. Ook de I manifesteert zich op vele manieren. Bovendien zijn er letters zoals de C en de H die, als ze naast elkaar staan, met elkaar versmelten en een andere letter vormen, die niet in het Engelse alfabet voorkomt. Dat is rijkdom. Die uitgekookte Engelsen gooien geen letters weg, maar combineren verschillende letters om nieuwe te vormen. En ze bewaren alles, zodat ze zowel oude als nieuwe teksten kunnen lezen.

De wens om letters te schrappen was ook een van mijn jeugdzonden...'

Serani glimlachte verlegen en wuifde met zijn hand, alsof hij zijn misstappen als lastige vliegen uit zijn herinnering wilde verjagen. Hij schonk thee bij.

'In het Frans vermommen de drie letters A, U en X zich als ze bij elkaar komen alsof ze de letter O zijn,' zei Hamid, in een poging ook een duit in het zakje te doen met zijn gebrekkige kennis.

Serani bladerde lang in Hamids schrift, dronk zijn thee en zweeg, alsof hij hem niet had gehoord.

'Precies. Je neemt geen letters weg,' zei hij ten slotte, alsof hij al die tijd naar een argument had gezocht, 'die duizenden jaren lang zijn gevormd, en Fransen en Engelsen hebben niet eens een Koran en die is, zolang je jezelf moslim noemt, het woord van God. Wees dus op je hoede, jongen, want op dit punt wordt het gevaarlijk. Tegenwoordig net zo goed als vroeger. Je moet op je hoede zijn voor fanatici. Een collega heeft er met zijn leven voor moeten betalen toen hij de Turken wilde nadoen en voorstelde het Arabisch af te schaffen en door Latijnse letters te vervangen. Hij wilde niet naar me luisteren.'

Serani's gezicht kreeg een droevige uitdrukking.

'Nee,' zei hij zacht, 'zoiets moet langdurig ondergronds worden voorbereid. Stukje bij beetje moet je de geleerden voor je zaak winnen, die een voorzichtige hervorming later met hun gezag publiekelijk kunnen verdedigen. Zonder hen kun je niets beginnen.'

'Maar u zou nooit instemmen met een omwenteling,' zei Hamid.

'Wie heeft het hier over een omwenteling? Er wordt niets omgewenteld. Het alfabet moet alleen worden uitgebreid, zodat het Arabisch de elegantste en doeltreffendste taal van de wereld wordt. Als je de mensen aanspreekt op hun trots, kun je ze overtuigen. Daarom vind ik je tweede voorstel zinnig: je schrijft dat ons alfabet vier – volgens mij zes – extra letters nodig heeft, om het Turks, Perzisch, Japans, Chinees en alle Latijnse talen perfect te kunnen weergeven. De Koran en de letters daarin worden met rust gelaten, maar voor ons moderne leven wordt een modern schrift steeds belangrijker. Wat dat betreft ben je op de goede weg. Het is ook in orde om nieuwe vormen voor letters te bedenken die geen aanleiding meer geven tot misverstanden. Zoiets gebeurt niet in één dag; het duurt een eeuw om de beste letters behoedzaam te laten uitkristalliseren.'

'En als de geleerden zeggen dat dat in strijd met de islam is, omdat de Arabische taal heilig is en geen letter meer mag hebben dan in de Koran staat?'

'Dat zullen ze zeker zeggen, maar je kunt hen de mond snoeren door hen eraan te herinneren dat het Arabisch al twee of drie keer is hervormd. De letters waarmee de eerste exemplaren van de Koran geschreven werden, zagen er anders uit, hadden geen punten en werden verschillende keren gewijzigd, totdat ze ruim duizend jaar geleden hun huidige vorm kregen. Je kunt ook zeggen dat het Perzisch met een uitgebreid Arabisch alfabet met tweeëndertig letters wordt geschreven. Of de Perzen daardoor minder gelovig of slechtere moslims zijn geworden?'

Serani stond op en liep naar het raam. Een tijdje keek hij aandachtig naar de straatvegers die op dit vroege uur hun werk deden. 'Misschien kwetst het je wat ik nu zeg, daarom moet je me beloven dat je een dag wacht voordat je me antwoord geeft. Ik weet hoezeer je je best doet, en je bent me dierbaarder dan mijn eigen zoon, die niets van kalligrafie wil weten. Maar jij hebt iets wat ik nooit heb gehad. Jouw goddelijke gave heeft je trots gemaakt, en trots leidt tot hoogmoed. Kalligrafie is echter een kunst van bescheidenheid. Alleen wie een nederig hart heeft, kan de laatste deuren van de geheimen ervan openen. Hoogmoed is bedrieglijk, je merkt niets van zijn kwade invloed, maar hij brengt je op een doodlopende weg.'

Hamids adem stokte. Hij was de tranen nabij. Opeens voelde hij Serani's kleine hand op zijn rechterschouder. Hij schrok, want hij had zijn meester niet horen aankomen.

'Lees vandaag mijn schrift door. Zolang ben je van het werk vrijgesteld. Lees het. Je zult zien dat ik meer dan twintig jaar heb geprobeerd één enkele nieuwe stijl te bedenken. Het is me niet gelukt – niet omdat ik geen voorstellingsvermogen heb, maar omdat de oude Osmanen nauwelijks iets voor me hebben overgelaten. En wat doe jij? Je schrijft dat je zeven nieuwe stijlen hebt uitgevonden, waaronder drie voltooide. Maar laten we er eens precies naar kijken. De stijl die jij "Morgana" noemt, ziet eruit als een bezopen Tulut-stijl. "Piramide" noem je het ontwerp waarin alle letters geforceerd tot een driehoek worden gereduceerd. "Fantasia" heeft geen structuur en wat je "Modern" noemt, kan ook worden vergeleken met een touw dat werd stukgetrokken. De letters bezitten geen innerlijke muziek. "Salim-stijl" mist elegantie. En ten slotte dan de stijl die je – om mij een plezier te doen – mijn naam hebt gegeven. Hij is me vreemd. Nee, zoveel hoeft een kalligraaf niet uit te vinden. Als je je op één enkele vernieuwing, één enkele stijl concentreert, zul je beseffen hoe moeilijk het is om werkelijk iets uit te vinden. En als het je lukt, dan zal je naam eeuwig voortleven.'

Hamid begon zachtjes te huilen. Hij huilde omdat hij kwaad was op zichzelf en teleurgesteld in zijn meester. Hij wilde veel zeggen, maar een dag lang zweeg hij. Daarna moest hij zijn meester gelijk geven en hij was dankbaar voor zijn advies een dag te wachten, want als hij Serani direct zijn mening zou hebben laten weten, zou hij zijn beschermer voorgoed zijn kwijtgeraakt.

Een maand later hield Serani, toen Hamid op het punt stond weg te gaan, hem staande. Hij sloot het atelier, zette thee en ging op zijn stoel zitten.

Hij zweeg langdurig.

'Van meet af aan – ik heb het je al eens gezegd – ben je voor mij de zoon geweest die ik had willen hebben. Negen jaar geleden kwam je bij me; tegenwoordig ben je de leider van het atelier en mijn rechterhand, en nog veel meer. De andere gezellen zijn brave en ijverige medewerkers, maar hun harten zijn niet bezield door het heilige vuur. Vandaag wil ik je graag de meestertitel verlenen. Het is de gewoonte dat de uitverkorene, als het ware bij wijze van meesterproef, zijn certificaat zelf vervaardigt. Voorgeschreven is alleen deze officiële tekst, die ongeveer in het midden moet staan. Verder staat je alles vrij, de vormgeving en de keuze van de spreuken. Je kunt er een van onze Profeet of een paar uit de Koran nemen of wijsheden die je belangrijk vindt, en ze in het grote certificaat verwerken. Bekijk de verzameling certificaten in dit boek, voordat je het jouwe maakt.'

Hij gaf hem een klein stuk papier, waarop stond dat meester Serani hem, Hamid Farsi, dit certificaat uitreikte omdat hij aan alle voorwaarden voor het meesterschap in de kalligrafie had voldaan. 'Je stelt het certificaat in alle rust op en brengt het me begin volgende maand om het door mij te laten ondertekenen. En zodra ik het heb ondertekend, neem je het met je mee naar huis. Je bent nog veel te jong, en de jaloezie van de anderen zou je schade kunnen berokkenen. Laat het ons geheim zijn.'

Hamid, op dat moment de gelukkigste mens op aarde, pakte de hand van de meester en kuste die.

'In godsnaam,' zei Serani, half voor de grap, maar ook een beetje geschrokken. 'Wat bezielt je? Zelfs als kleine jongen heb je nooit mijn hand gekust.'

'Omdat ik nog te dom was om te begrijpen wie je bent,' zei Hamid, en opeens moest hij huilen van geluk.

Toen hij het certificaat na een maand af had, bracht hij het gewikkeld in een grote sjaal naar het atelier en verstopte het in een la, tot alle medewerkers naar huis waren.

Serani riep: 'Vandaag zet jij thee', en werkte door tot Hamid met de geurende Ceylon kwam.

Met zichtbare voldoening bekeek Serani het certificaat. 'Lieve hemel! Kun je er ook zo een voor mij maken?' schertste hij.

'Die van jou is goddelijk. Dit is alleen stof,' antwoordde Hamid.

'Ik ben altijd al een bodemdier geweest, daarom ben ik gek op stof. Vreemd genoeg heb je alleen spreuken gekozen die met verandering te maken hebben. Destijds heb ik, zoals je op mijn certificaat kunt lezen, alleen "dank u" en nog eens "dank u" geschreven. In die tijd was ik tamelijk naïef en het enige waar ik op kon komen was mijn dankbaarheid.'

Serani ondertekende het certificaat met de woorden: 'De meestertitel verleent en bevestigt Salem Serani, Gods arme slaaf.'

'Kom, ga voor het eerst vandaag eens als meester naast me zitten. Er is iets heel belangrijks waarmee ik je wil lastigvallen.'

En de meester begon over de Geheime Bond der Wetenden te vertellen. Over de hemel van de onwetenden, het vagevuur van de schijngeleerden en de hel van de wetenden.

Een week later werd hij plechtig in de Bond opgenomen.

Hij bladerde in zijn schrift en vond de bladzijden die hij, zoals alle leden van de Geheime Bond, in Siyakat-geheimschrift had geschreven.

Hamid herinnerde zich de eerste vergaderingen van de Bond. Hij was gefascineerd door de encyclopedische kennis van de heren, maar ze leken hem tamelijk traag en nogal vergrijsd. En dan dat pathetische: 'De aarde is de hel voor de wetenden, het vagevuur voor de schijngeleerden en het paradijs voor de onwetenden.' Die uitspraak zou van Ibn Muqla afkomstig zijn. Hier in de Raad der Wijzen, het bestuur van de Bond, merkte hij niets van een hel. Alle meesters waren welgesteld, waren met verscheidene jongere vrouwen getrouwd en wierpen een behoorlijk ronde schaduw met hun weldoorvoede verschijning.

Voor de zwijggelofte kon hij begrip opbrengen, want sinds de oprichting van de Bond dreigde er dodelijk gevaar voor alle leden, je kon je niet genoeg tegen verraders beschermen

Hun groet bestond uit een code, om vreemde kalligrafen te kunnen herkennen. Het was een ritueel uit vervlogen tijden en had in de moderne tijd geen betekenis meer, want de Bond beperkte zich telkens tot maar één land en het aantal leden was begrensd. Iedereen kende elkaar en had contact met de leden in andere steden, en vreemde kalligrafen werden altijd van aanbevelingsbrieven voorzien.

Toen Hamid het Siyakat-geheimschrift leerde, dat door de kalligrafen van de Osmaanse sultan was ontwikkeld, was hij er zo door gegrepen dat hij er bladzijde na bladzijde van zijn dagboek mee volschreef. Ten tijde van de sultans leek het Siyakat op een rij gestenografeerde Arabische letters, en voor de toenmalige wereld was het zeer gecompliceerd. Alle berichten van de sultan werden in dit schrift opgetekend om ze tegen nieuwsgierige ogen te beschermen, maar iedere begaafde kalligraaf kon het geheim ontsluieren.

De Raad der Wijzen gaf later zijn goedkeuring aan Hamids voorstel om het Siyakat af te schaffen, omdat het geheimschrift de communicatie tussen vrienden bemoeilijkte, maar niet voorkwam dat een ervaren vijand de tekst kon ontcijferen.

Destijds werd hij gedragen door een golf van enthousiasme en merkte hij dat hij in staat was veel te veranderen. Maar algauw ondervond hij tegenwind. Zijn voorstellen om de optimistische stemming die in het land heerste uit te buiten en van de radicale schrifthervorming een publieke kwestie te maken, werden resoluut verworpen. Dat was te vroeg en bracht de Bond in gevaar, zei men.

Later, toen de minister van Onderwijs en Cultuur enkele radicale hervormingen doorvoerde, jubelden de leden van de geheime Bond en niemand wenste zich te herinneren dat hij, Hamid Farsi, die voorstellen al veel eerder dan de minister had gedaan. Niemand liet ook maar een woord van excuus horen.

Hij las nu de zin die hij toentertijd woedend had opgeschreven: 'De Arabische clan staat fouten toegeven niet toe, maar beschaving is niets anders dan de som van alle verbeterde fouten.'

Hij schudde zijn hoofd. 'Dat was geen Raad der Wijzen, maar een kudde schapen,' fluisterde hij. En ze verzetten zich tegen zijn volgende stappen, zodat er – afgezien van de oprichting van de school voor kalligrafie – tien jaar lang geen enkel besluit ten gunste van zijn ideeën werd genomen.

'Jaloerse lummels,' zei hij, en hij klapte het boek dicht.

Ook om de twee kalligrafische stijlen die hij in de loop der jaren had ontwikkeld werd in de Bond alleen meewarig geglimlacht. Hamid verdedigde zijn vernieuwing, schreef een brief aan alle leden en stelde beide nieuwe stijlen voor. Het Schrift van Damascus was elegant en open, maar had alles met de geometrie van de cirkel te maken. Het Jonge Schrift was heel smal en glad, zonder poespas. Het had vaart, was spits en energiek. Het neigde naar schuine in plaats van loodrechte lijnen. Hij vroeg om kritiek en hoopte op inspirerende lof, maar hij kreeg geen antwoord.
In die tijd had zijn eenzaamheid een bittere smaak gekregen.

9

Hamid sloot het schrift, legde het terug in de kist en schoof die weer onder de brits. Hij stond op, liep naar de muur tegenover hem en bekeek aandachtig de kalligrafieën die daar hingen. De spreuk 'God is schoon en heeft de schoonheid lief' was in het Tulut-schrift uit het jaar 1267 met bladgoud op een donkerblauwe achtergrond aangebracht. De voorstelling was niet groter dan zijn handpalm, maar het was een unicaat van onschatbare waarde. Hij had het kalligrafische juweel met zeven andere kalligrafieën onopvallend van zijn atelier naar de gevangenis laten overbrengen. Niemand wist dat die kleine prent een geheim verborg: het document van zijn lidmaatschap van de geheime Bond der Wetenden, waarvan hij twee jaar na zijn toetreding grootmeester was geworden. Het document werd door zijn meester aan hem overhandigd tijdens een geheime plechtigheid van de Bond. Serani had het document op zijn beurt van zijn meester Al Sjarif, en deze weer van zijn meester Siba'i ontvangen. De lijst van alle bezitters was in de hoes van de voorstelling verstopt; deze ging terug tot het jaar 1267 en liet de geheime verbinding met grootmeester Yakut al Musta'simi zien. Hij was de oprichter van de geheime Bond van kalligrafen geweest. In het document noemde hij zichzelf een onbeduidende leerling van de meester der meesters: Ibn Muqla.

Ook in de twintigste eeuw streefde de geheime Bond nog trouw de doelen van de oprichter na. Destijds had hij twaalf van zijn beste studenten en loyale aanhangers naar de twaalf landstreken van het in die tijd grote Arabische Rijk gestuurd, een rijk dat zich uitstrekte van China tot Spanje. Aanvankelijk lag de hoofdzetel van de meester der meesters in Bagdad; later werd hij naar İstanbul verplaatst, en bleef daar vierhonderd jaar. Na de ineenstorting van het Osmaanse Rijk en de beslissing van de stichter van de moderne Turkse republiek, Mustafa Kemal Atatürk, om het Turks vanaf 1928 met Latijnse letters te schrijven, ontbrandde er een grimmige strijd tussen de meesters in Damascus, Bagdad en Cairo om de hoofdzetel. Een halve eeuw later was die strijd nog onbeslist, maar de principes van de organisatie bleven hetzelfde. In elk land zat een grootmeester die, afhankelijk van de grootte, een Raad der Wijzen met drie, zes of twaalf andere meesters voorzat, en zij gaven leiding aan kleine groepjes kalligrafen, die 'ingewijden' werden genoemd. Elk van de ingewijden moest een groep persoonlijkheden beïnvloeden, die in de Bond 'schijngeleerden' werden genoemd.

De Bond had tot taak – niet in het openbaar, maar heimelijk – via de kring van ingewijden en schijngeleerden de gebreken van de taal en het schrift te verhelpen, zodat het op een dag het predikaat 'goddelijk' zou verdienen. Heel wat meesters kwamen om het leven door verraad. Naast hun naam stond de vermelding 'martelaar'.

Hamid dacht terug aan het moment dat hij voor zijn meester knielde. Serani stond voor hem, legde zijn linkerhand op zijn hoofd. Hij legde de wijsvinger van zijn rechterhand op Hamids lippen: 'Ik ben jouw meester en beschermer, en beveel je in je hart de woorden te herhalen dat je je leven in dienst van het schrift stelt en nooit het geheim zult verraden.'

Als verdoofd had Hamid geknikt.

Samen met de meester moest hij een dankgebed bidden, vervolgens nam meester Serani hem mee naar een tafel met daarop een klein brood en een schoteltje met zout. De grootmeester deelde het brood en het zout met hem. Pas daarna haalde hij de kleine gouden ring tevoorschijn en schoof hem aan Hamids linkerringvinger, en zei zacht tegen hem: 'Met deze ring verbind ik je hart aan ons doel, dat de grote meester Ibn Muqla ons heeft aangewezen.' Daarna richtte Serani zich tot de Raad der Wijzen en nam afscheid met de belofte dat hij zich altijd voor de Bond zou blijven inzetten en de nieuwe grootmeester zou begeleiden.

De twaalf meesters kwamen naar Hamid toe, kusten de ring, omhelsden hem en elk van hen fluisterde: 'Mijn grootmeester.'

Een paar dagen later zei Serani tegen hem, toen alle medewerkers het atelier hadden verlaten: 'Ik ben oud en moe, en ik ben blij dat ik jou voor de Bond heb gevonden. Dat is mijn grootste prestatie. Toen ik nog jong was, bezat ik ook jouw vuur in mijn hart, maar ik merk hoe de as van de jaren de gloed steeds meer verstikt. Ik heb niet veel bereikt, misschien waren een paar onbeduidende verbeteringen van de Taalik-stijl nog het belangrijkst, maar in dertig jaar heb ik de kring van ingewijden in het land tweemaal, en de kring van schijngeleerden drie keer zo groot gemaakt.

Die twee groepen, die tussen de meesters en de onwetende massa in staan, moet je opvoeden, aanmoedigen en onderwijzen, en je moet telkens weer ingewijden erop uitsturen om de mensen te informeren en de zaak van het schrift te verdedigen tegen de zonen der duisternis die zich de Zuiveren noemen. Jij bent nu de grootmeester. Daartoe heeft God je voortreffelijk uitgerust. Je ambt verplicht je, hoe jong je ook bent, van de twaalf meesters te houden en hen te beschermen alsof het je eigen kinderen zijn. Je dient altijd het evenwicht te bewaren tussen de zekerheid van de stilte en de noodzaak van de onrust. Je moet je afzijdig houden als schijngeleerden onwetenden informeren en deze of gene als lid van hun groep inlijven. Want ze weten niets wat de Bond zou kunnen schaden en kunnen gemakkelijk worden geroyeerd als ze tegen onze principes zondigen. Maar jij bent degene die moet beoordelen of een schijngeleerde tot een ingewijde moet worden gepromoveerd of niet. Nog zorgvuldiger kies je de opvolger van een lid van de Raad der Wijzen dat ons door de dood is ontnomen. Laat je bij je beslissing niet verblinden door de roem van een meester. Het hoofd van de Bond ben jij. Per slot van rekening neem jij de ingewijden en meesters de eed van trouw af en breng je daarmee jezelf in gevaar.

Vijf jaar lang kun je nog met vragen bij mij terecht. Ik ken alle meesters en elke ingewijde persoonlijk. Daarna zul je ze zelf hebben leren kennen.

Ik ben moe. Ik merk het al geruime tijd, maar mijn ijdelheid dwarsboomde me; ik wilde het niet toegeven, maar als ik jou zie, weet ik wat passie en hartstocht betekenen. Daarom draag ik de fakkel graag aan je over. Van nu af aan ben ik alleen nog een oude, tandeloze leeuw.'

Serani was nog geen vijftig, maar hij zag er moegestreden uit.

Die nacht zaten ze nog lang bij elkaar. 'Vanaf morgenochtend vroeg,' zei de meester glimlachend bij het afscheid, 'begin je te zoeken naar een beste leerling. Daar kun je niet vroeg genoeg mee beginnen. Het heeft twintig jaar geduurd voordat ik jou vond. En weet je wat de doorslag gaf? Je vragen, je twijfel. De vragen die je me hebt gesteld, zijn niet te leren. Je had geen antwoord, maar antwoorden zijn nooit belangrijker dan de vragen,' zei hij nadrukkelijk. 'Zoek niet de meest sympathieke of de aardigste, maar de onbetwiste meester onder je leerlingen. Het kan ook een onuitstaanbare persoon zijn; je hoeft niet met hem te trouwen, maar alleen zijn opname in onze Bond te bekrachtigen.'

335

'Meester, hoe kan ik weten welke man de meest geschikte opvolger is, als er een paar niet alleen genoeg vuur in hun hart hebben, maar ook even goed kalligraferen?'
'Het is degene op wie je jaloers begint te worden en die je heimelijk voor de beste van jullie beiden houdt,' zei Serani met een minzame glimlach.
'Dat betekent, dat ik… Nee…' Hamid durfde zijn gedachte niet te voltooien.
'Jazeker, je bent beter dan ik,' zei Serani. 'Wat sympathie aangaat, ben ik honderd keer meer op gezel Mahmud, en tien keer meer op Hassan gesteld, maar je kent ze: Hassan loopt stuk op de Diwani en Mahmud op de Tulut-stijl, omdat ze alle twee een hekel aan geometrie hebben. Dat is zoiets als wanneer een wiskundige niet van algebra houdt,' voegde hij eraan toe. 'En jij? Jij schrijft letters die tot op de millimeter de onzichtbare middellijn van een cirkel volgen. Ik heb die twee een keer een liniaal gegeven en gevraagd me één enkele letter in een door jou geschreven gedicht in Diwanischrift te laten zien die een afwijking van meer dan een millimeter vertoont. Ze wisten net zo goed als ik dat je geen liniaal gebruikt en vooraf geen cirkels met potlood intekent waarbinnen je de letters construeert. Na een uur kwamen ze met een bleek gezicht en neergeslagen ogen terug.'

De achter de afbeelding verstopte lijst met kalligrafen bevatte de namen van Arabische, Perzische en, vanaf de zestiende eeuw, voornamelijk Osmaanse meesters, die de Arabische kalligrafie tot grote bloei hadden gebracht. Hamid was pas de derde Syrische meester sinds de instorting van het Osmaanse Rijk.

Tien jaar lang had hij naar een opvolger gezocht, maar onder zijn collega's en gezellen trof hij alleen middelmatige kalligrafen aan.
Pas een maand voor de vlucht van zijn vrouw vestigde een oude meester zijn aandacht op Ali Barake, een bijzondere kalligraaf uit Aleppo. Zijn hand was moedig en zijn schrift vol virtuoze muziek. Hamid liet foto's van zijn kalligrafieën komen en na diepgaand onderzoek was hij er zeker van dat Ali Barake de juiste opvolger zou zijn indien hij naast de techniek van het schrijven het hart van een meester zou bezitten.
Toen er na de oprichting van de school een crisisstemming in de Bond heerste, stond Ali Barake als een rots achter hem. Zijn beslissing de jonge kalligraaf als zijn opvolger te kiezen was een feit.

Maar de tragische gebeurtenissen in zijn leven hadden hem ervan weerhouden Barake tijdig in te lichten. In de gevangenis wachtte Hamid af tot de directeur begin januari een groot kalligrafisch werk wenste. Het moest in de zomer, als geschenk van de familie Al Azm aan een grote nieuwe moskee in Saudi-Arabië, worden aangeboden. De gevangenisdirecteur bood hem de grote timmerwerkplaats aan als atelier voor het werk aan de acht meter lange spreuk. Het onverwoestbare, edele cederhout waarop de spreuk diende te worden geschreven, was uit Libanon ingevoerd. Aan de hand van Hamids aanwijzingen hadden drie meester-meubelmakers het bewerkt tot een groot, spiegelglad vlak met een fraai gesneden lijst.

Hamid wenste nu de hulp van de kalligraaf uit Aleppo, die in veel moskeeën van zijn stad uitstekend werk had geleverd, en hij liet de directeur een paar foto's ervan zien. Directeur Al Azm was laaiend enthousiast.

Hamid schreef meester Barake een brief met als briefhoofd een gecompliceerd ornament dat alleen een meester kon lezen. De brief zelf bevatte de officiële, hoffelijke uitnodiging. Maar in het ornament zat de geheime boodschap verborgen dat Hamid Farsi hem het document als grootmeester van de geheime Bond wilde doen toekomen.

Ali Barake schreef de directeur per kerende post een vriendelijke brief dat hij zich vereerd voelde dat hij voor de moskee in het Heilige Land van de islam een religieuze spreuk mocht schrijven. Daarom verlangde hij ook geen loon, alleen een bescheiden plek om te overnachten en één enkele maaltijd per dag.

Hij vroeg er begrip voor te hebben dat hij pas in april kon beginnen, want eind maart werd de moskee in Aleppo, die hij hielp vorm te geven, in aanwezigheid van de president van het land ingewijd. Hij werkte nu twaalf tot veertien uur per dag om zijn kalligrafieën op tijd af te krijgen. Maar in april zou hij zich aan de prachtige opdracht in de gevangenis van Damascus wijden.

De gevangenisdirecteur jubelde van vreugde. Hij liet Hamid naar zijn bureau brengen en legde hem de brief voor. In het ornament dat de brief als een sierlijst omgaf en dat een gewone sterveling niet kon lezen, schreef de meester uit Aleppo dat hij zich zeer vereerd voelde dat hij de grootste prijs uit zijn leven kreeg, hoewel hij vergeleken met hem, grootmeester Hamid, een dilettant was.

Toen hij ervan overtuigd was dat zijn opvolger zou komen, stuurde Hamid de bewaker naar zijn zus Siham met het bericht dat ze direct moest komen. Die stond versteld dat ze een Hamid aantrof die blijkbaar zelfs achter gevangenismuren macht bezat.

Hamid verwelkomde haar meteen met zijn eis: 'Jij hebt je, als ik alles bij elkaar optelt, bijna een miljoen lira toegeëigend. Je brengt vijftigduizend hierheen, dan vergeef ik je alles. En verkoop het huis niet. Als ik vrijkom, ga ik er wonen. Verhuur het, dat sta ik toe, maar breng me het geld. Ik heb het nodig voor een goed doel.

Als ik het geld niet binnen een week heb, stuur ik je een paar advocaten op je dak die alles uit je zullen persen wat je me hebt afgenomen. En denk erom: ik kom gauw vrij. De directeur zegt dat ik na zeven jaar gratie krijg. Hoor je dat? Wat zijn zeven jaar? Breng me de vijftigduizend lira en je bent overal vanaf.'

'Ik zal mijn best doen,' antwoordde Siham ten slotte ontwijkend, en ze vertrok.

Tien dagen later riep de directeur Hamid bij zich. Hij overhandigde hem een grote tas met bamboe en rietstengels.

Hamid stopte de bewaker iets toe, en toen hij weer alleen was, sneed hij de bodem van de tas open en grijnsde. 'Duivelsdochter,' zei hij, en hij lachte. Siham had hem het geld gestuurd, maar niet meer dan veertigduizend lira. Maar ook dat was in die tijd een vermogen.

Zijn opvolger Ali Barake moest met het geld een geheime knokploeg oprichten tegen de Zuiveren, de grootste vijanden van de Bond, en zelf met moord en doodslag tegen hen optreden. 'Het is ontoelaatbaar dat wij als makke schapen altijd maar afwachten tot ze ons komen afslachten. Ze moeten leren dat er voor elke dode aan onze kant drie bij hen vallen.'

Begin april 1958 zou Ali Barake in Damascus moeten aankomen. Al in februari schreef Hamid zijn naam en geboortejaar op de lijst in de hoes. Nu was hij er zeker van dat hij in elk geval zijn geheim zou kunnen redden en een paar van zijn dromen met hulp van die kundige man kon verwezenlijken.

Maar het liep allemaal anders.

10

Gevangenisdirecteur Al Azm liet Hamid door een bewaker halen. Zoals altijd was hij voorkomend, zoals al die gegoede burgers van wie Hamid nooit hoogte kon krijgen. Ze glimlachten voortdurend als Chinezen, zelfs als ze iemand een mes in de buik staken of een smadelijke nederlaag moesten slikken. Dat had hij, Hamid, nooit gekund. Meester Serani zei vaak vermanend dat zijn gedachten op zijn gezicht stonden te lezen als in een boek met duidelijke letters.

Degenen die tot deze beschaafde kringen behoorden, had hij alleen als klant ontmoet. Hij wist dat die mannen, al dan niet voorzien van de titels pasja of bei, niet in hem, maar slechts in zijn kunst waren geïnteresseerd. Deze, en niet hem gold hun bewondering.

Hamid gedroeg zich tegenover hem niet stilletjes en bescheiden maar trots, op het hooghartige af, om aan hen die in zijde waren geboren te laten zien dat hij alles zelf voor elkaar had gekregen en niet – zoals zij – had geërfd en dat ze, als ze hem dan niet in hun kringen wensten op te nemen, in elk geval een minimum aan respect voor hem dienden op te brengen. Hamid wist dat de Al Azm-clan, waarvan alle leiders klant bij hem waren, al sinds de achttiende eeuw steeds gemene zaak met de heersers tegen de bevolking hadden gemaakt. De andere clans waren geen haar beter. Daarom reageerde Hamid wel eens agressief als een van die chique parvenu's over zijn werk opmerkte: 'Een groot talent.' Men wilde zijn vakmanschap bagatelliseren; 'talent' was iets dat kinderen en dilettanten als compliment beschouwden, maar niet de beste kalligraaf van Damascus.

Ook die dag kwam directeur Al Azm achter zijn bureau vandaan om hem te verwelkomen.

'Een kleine, maar fijne kalligrafie,' zei hij, nadat een bewaker de thee had geserveerd, 'in goud en groen, als het mogelijk is. Dat zijn de lievelingskleuren van mijn neef. Ali bei is een groot bewonderaar van jouw kunst. Hij is voorzitter van het parlement en over een week komt hij het ziekenhuis uit – maagzweer, je zou het ook de politiek kunnen noemen. Ik haat politiek, maar hij wilde altijd al politicus worden. Raad eens welke rol hij altijd heeft gespeeld toen we nog klein waren?'

Hamid schudde zijn hoofd. Hij had geen idee waar de directeur het over had.

'Hij wilde altijd de president spelen. Het zij zo. Hij is een groot kenner van de kalligrafie en vindt het jammer dat hij nooit tijd heeft om te tekenen en te schilderen. Maar hij bewondert je mateloos en is, net als ik, van mening dat de grootste misdaad eigenlijk is dat je in de gevangenis vastzit. Ik heb je laatst toch verteld dat hij je na zeven jaar gratie wil laten verlenen. Hij is de schoonzoon van de president. Eigenlijk mag ik je dat niet vertellen. Waar was ik gebleven? O ja, schrijf als het kan, iets wat eruitziet als een valk of een adelaar. Mijn neef is verslingerd aan de valkenjacht.'

Hamid sloeg zijn ogen ten hemel; hij haatte zowel de planten- als de dierenstijl, waarbij de letters in bloemen, landschappen, leeuwen en roofvogels veranderden. Hij vond het belachelijk dat de letters zo lang werden vervormd tot ze slaafs de voorstelling volgden. Wat dat opleverde, kon iedere beginnende schilder of fotograaf beter.

Directeur Al Azm bespeurde Hamids onwil: 'Het was maar een suggestie. Ik begrijp er sowieso niet veel van. Je moet maar schrijven wat je goeddunkt.' Directeur Al Azm aarzelde even; hij schonk Hamid thee in. 'En dan is er nog een kleinigheid,' zei hij zacht. 'Mijn tante, de moeder van mijn eerder genoemde neef Ali bei en de zus van minister-president Al Azm, heeft geld voor de restauratie van de kleine Omar-moskee geschonken – heb ik je over die tante verteld?' Hamid wist niet wat de directeur met al die verhalen wilde, en schudde zijn hoofd.

'Ze is honderttien en doet nog elke dag boodschappen, houdt haar siësta en drinkt elke avond een liter rode wijn, en nu kreeg ze een halfjaar geleden voor de tweede keer melktanden. Als ik ze niet had gezien, had ik het niet geloofd. Kleine, sneeuwwitte tanden groeien in haar mond. Maar afgezien daarvan. De legende wil dat een soefi-meester had gedroomd dat de derde kalief, Omar, op dat kleine pleintje, bij de Zijde-straat, een moskee wenste. In die tijd, de achttiende eeuw, was die buurt een poel van verderf!' De directeur lachte veelbetekenend en nam een flinke slok thee. 'Een marmeren plaat bij de ingang moet hun royale gift vereeuwigen, en de familie zou zeer vereerd zijn als jij daarvoor op papier een ontwerp zou willen maken. Ik heb hier drie steenhouwers die je kalligrafie in marmer kunnen beitelen. Twee van hen hebben levenslang en de derde vijf jaar.'

Op weg naar zijn cel vertelde de bewaker dat zijn broer een zoon van zeven had, die geheel behaard en geslachtsrijp was. Hamid had het gevoel dat hij in een gekkenhuis was beland. Hij schudde zijn hoofd toen de bewaker zijn celdeur afsloot en hoestend wegliep. Het duurde even voordat hij zijn hoofd van alle rommel had ontdaan.

Er kwamen herinneringen in hem op. Destijds was hij negenentwintig en op het toppunt van zijn roem en zijn geluk. Niet ver van zijn atelier woonde, in een van de mooiste huizen van de Soek Suraja-wijk, minister Hasjim Ufri, een rijke industrieel en een groot liefhebber van kalligrafie. Hij bestelde vaak grote en kleine kalligrafieën bij Hamid, maar vertelde nooit aan wie hij ze cadeau deed.

In 1949 bracht deze minister Ufri een kalligrafie van Hamid Farsi mee voor koning Faruk van Egypte bij diens staatsbezoek. Een maand later kwam de Egyptische ambassadeur bij hem in het atelier en deelde hem met veel omhaal mee dat de koning nog nooit zo enthousiast was geweest over een kalligrafie als over deze – afgezien uiteraard van een paar van de oude Osmaanse meesters, maar die waren natuurlijk, zoals bekend, dood en schreven nu hun kalligrafieën bij de heerser aller heersers.

'Misschien verrast het u dat onze koning een hartstochtelijk kalligraaf is, evenals zijn vader en zijn grootvader. Hij wenst de pennen te kopen waarmee u dit goddelijke schrift op het papier heeft getoverd.'

Hamid trok wit weg. Hij was bleek van woede, maar vermande zich.

'Als Zijne Majesteit een kalligraaf is, dan weet hij dat de rietpen en het mes kleinoden zijn die niet te koop zijn.'

'Alles is te koop, voor Zijne Majesteit al helemaal. Stelt u mij en uzelf niet teleur,' zei de ambassadeur.

Hamid bedacht dat de koning van Egypte zeer goed bevriend was met dictator Hussni Hablan, die sinds maart aan de macht was, en de laatste was een primitieve analfabeet die er niet voor zou terugschrikken het atelier compleet te ontmantelen en het naar de koning van Egypte te verschepen om hem een plezier te doen.

Wat achter de beschaafde dreiging van de ambassadeur schuilging, zag er merkwaardigerwijs niet veel beter uit dan de angstvisioenen van de kalligraaf.

'Ze zijn niet te koop, maar ik schenk ze aan Zijne Majesteit,' zei Hamid wanhopig, en hij stond op en opende de kast achter zijn rug. Daar lagen ze. Hij wikkelde ze in een rode vilten doek en overhandigde ze aan de donkere kleine man met de enorme kale schedel. Het hele gezicht van de ambassadeur straalde. Hij was verbaasd hoe goed zijn vriend bij het Syrische ministerie van Buitenlandse Zaken op de hoogte was geweest, die Hamid Farsi had geprezen als een buitengewoon verstandige man.

'Ik zal Zijne Majesteit persoonlijk verslag uitbrengen van uw vrijgevigheid omdat hij mij, uit respect voor u, heeft bevolen deze onbetaalbare pennen zelf naar Cairo te brengen,' zei de ambassadeur.

Hamid Farsi treurde niet lang over het verlies. Hij sneed, spleet en sleep twee dagen lang, tot hij met zijn nieuwe pen tevreden was.

Een maand later kwam de ambassadeur terug en gaf Hamid een persoonlijke brief van de koning. Hij bevatte een van de grootste opdrachten die Hamid Farsi ooit had gekregen, en een vraag: 'Waarom schrijven de pennen niet een schrift dat zo fraai is als het uwe?'

Drie maanden werkte Hamid Farsi aan de riant betaalde opdracht. Het waren grote beschreven doeken voor de muren van het paleis. Toen hij ermee klaar was, schreef hij een begeleidende brief.

'Uwe Majesteit. Zoals u bekend is en uw ambassadeur, Zijne Excellentie Mahmud Saadi, bevestigt, deed ik u mijn beste pennen toekomen, maar ik kon en kan de hand niet sturen die de pennen voert.'

Blijkbaar was koning Faruk meer onder de indruk van de brief dan van de kalligrafieën, waarmee hij zijn slaapvertrek verfraaide. Hij schreef in zijn dagboek dat nog niemand in den vreemde had begrepen met welke pen hij schreef. Alleen die Syriër, die hem adviseerde nooit met de stalen pennen te schrijven die destijds uit Europa waren gekomen.

Hamid Farsi schreef zelden met metalen pennen. Hij gaf de voorkeur aan rietstengels of bamboe, en sneed voor elk schrift, al was het nog zo klein, eigenhandig zijn rietpennen. Er bestonden bepaalde, streng geheime methodes, die voorschreven wanneer het riet diende te worden geoogst en hoe lang het in paardenmest en ander geheime ingrediënten moest worden begraven om goed schrijfgerei te verkrijgen. De beste stengels kwamen uit Perzië.

'Stalen pennen zijn gemaakt van dood erts. Ze schrijven goed, maar grof en koud,' zei meester Serani altijd. 'Stengels zijn tegelijk hard en soepel, zoals het leven zelf.'

Het best bewaarde geheim van een kalligraaf was de manier waarop hij een pen sneed en spleet. 'Wie slecht snijdt, kan nooit goed schrijven,' zei Hamid. En als hij een stengel sneed, wilde hij niemand om zich heen hebben, zijn gezellen niet en de loopjongens evenmin. Hij trok zich terug in een kleine cabine, sloot de deur achter zich, deed het licht aan en werkte aan één stuk door tot zijn pennen waren gesneden, schoongemaakt en gespleten.

Zijn mes bewaarde hij in de kast bij zijn pennen en schriften met inktrecepten. Niemand mocht het aanraken, zelfs niet als het ergens rondslingerde.

11

De spreuk aan Hamids celmuur beviel directeur Al Azm en hij wilde hem hebben. Hamid vroeg of hij die kalligrafie mocht houden, want hij had hem van zijn geliefde leraar en meester gekregen. Als tegenprestatie zou hij een nieuwe, even mooie kalligrafie voor de directeur maken. 'Als het kan tweemaal zo groot,' zei de directeur. Op weg naar kantoor glimlachte hij, omdat hij nauwelijks een betere spreuk voor zijn jonge geliefde had kunnen vinden dan 'God is schoon en heeft de schoonheid lief.' Ze vroeg hem altijd: 'Waarom hou je uitgerekend van mij?' Hier had hij het antwoord gevonden. De kalligrafie aan Hamids muur was toch al stoffig en aan de randen ingescheurd; met een gloednieuw exemplaar zou hij nog beter voor de dag komen. Opgewekt ging hij zijn kantoor in, ingenomen met zijn eigen sluwheid. Maar Hamid was diep geschokt door de wens van de gevangenisdirecteur. De gedachte dat hij de kalligrafie zou moeten weggeven sloeg hem met stomheid, en hij was pas na geruime tijd in staat iets nieuws voor de directeur te ontwerpen. Algauw wist hij welke vorm de spreuk moest krijgen. Hij kende de vaak beschreven angst van zijn collega's voor het witte vel papier niet. Integendeel, hij voelde zich sterk en moedig. En precies dat gevoel was het mooiste moment van het werk: de eerste keer dat de zwarte inkt met het ongevormde witte vlak in aanraking kwam. De ervaring hoe het zwart het wit vormgaf. Het was geen roes zoals bij muziek en opium, waarbij je zweefde en droomde, maar de hoogst mogelijke voldoening in waaktoestand. Hij zag hoe de schoonheid uit zijn hand in het papier stroomde en er leven, vorm en muziek aan gaf. Pas als de woorden allemaal waren geschreven, voelde hij vermoeidheid. Dan volgde het moeizame routinewerk aan de schaduwen van de letters, de sierbalk, de tekens voor de klinkers boven en onder de letters, en ten slotte de uitwerking van de ornamenten van het vlak eromheen. Daar kwamen vakmanschap en geduld bij kijken.

Hij doopte zijn rietpen in de inkt en schreef in één haal helemaal bovenaan het woord God. Geen woord mocht in een van zijn kalligrafieën hoger staan dan de naam van God.

Toen hij twee dagen later klaar was, liep hij naar de muur en streelde de oude kalligrafie. 'Gered,' fluisterde hij.

'God is schoon en heeft de schoonheid lief,' las Hamid. Allerlei beelden kwamen boven. Zijn eerste vrouw Maha was mooi geweest, maar te dom om voor de duivel te dansen. Had God van haar gehouden?

Hij herinnerde zich hoe alles was begonnen. Serani had hem zonder omhaal, maar heel schuchter aangeraden een vrouw te nemen, omdat Hamids blik meteen onrustig werd zodra hij de voetstappen van een vrouw hoorde. Hamid zag destijds niet veel in het huwelijk. Hij leidde graag een onafhankelijk leven, bezocht eenmaal per week een bordeel en at vaak in cafés. Zijn kleren liet hij voor een paar piaster wassen, strijken en herstellen, om meer tijd voor zijn werk te hebben.

Een dag na dat gedenkwaardige gesprek kwam – alsof het noodlot haar had gestuurd – zijn tante Majda, op de vlucht voor de zomerhitte en de eenzaamheid in Saudi-Arabië, naar Damascus. Ze deelde hem onomwonden mee dat ze een juweel van een vrouw kende, geknipt voor hem. Hamid vroeg zich verbaasd af hoe een vrouw die negen maanden per jaar in de woestijn van Saudi-Arabië woonde kon beweren wie er in Damascus bij hem paste, en hij verbaasde zich nog meer toen zij de naam van de vrouw noemde: Maha, de knappe dochter van zijn meester Serani. Hamid kende haar niet, maar het enthousiasme van zijn tante werkte aanstekelijk. Ze was gefascineerd door Maha's verstilde schoonheid en voerde zelf alle onderhandelingen, omdat zijn ouders in die tijd het contact met de aardse dingen des levens hadden verloren.

Maha was de enige dochter van meester Serani en Hamid dacht natuurlijk dat ze een lot uit de loterij was. Zijn meester, die toch had aangedrongen op zijn beslissing, liet zich zeer terughoudend uit over de zaak, zoals zijn gewoonte was. Te laat stelde Hamid vast dat Serani zijn eigen dochter niet had gekend. Anders zou hij hebben geweten dat ze niet bepaald op hem en zijn kalligrafie gesteld was en hem bovendien als een tiran beschouwde.

Was hij echt zo vreselijk als ze hem afschilderde? In elk geval vertelde Maha uitsluitend griezelverhalen over hem.

'Ik zou graag een rietstengel zijn geweest,' zei ze een keer in tranen, 'want mijn vader heeft zijn rietstengels elke dag gestreeld en verzorgd, maar mij heeft hij niet één keer omhelsd.'

Omdat de overeenkomsten tussen haar man en haar vader steeds duidelijker werden, kon ze algauw Hamid ook niet meer luchten of zien.

Hij was intussen de eerste kalligraaf in het atelier van zijn meester en de eerste in tien jaar die het certificaat uit handen van Serani had ontvangen. Nu werd het tijd een eigen atelier te beginnen. Hij durfde het alleen niet aan zijn meester te vertellen, vooral niet als deze – intussen als zijn schoonvader – openlijk over de dag begon te spreken waarop hij het atelier aan hem wilde overdragen en met pensioen wilde gaan. 'Als mijn hand begint te beven, over zo'n twintig, dertig jaar,' voegde hij er met een ironische glimlach aan toe. Inderdaad waren er oude meesters die op hun vijfenzeventigste nog haarscherp schreven.

Hamid moest dus geduldig op een goede gelegenheid wachten om zijn meester de bittere pil te laten slikken.

Het was in de tijd dat hij naar het volmaakte zwart zocht. Vlak na zijn bruiloft experimenteerde hij in een kamertje in het achterste gedeelte van de werkplaats met allerlei stoffen; hij verbrandde ze, loste het verkoolde restant op in water en voegde metaalslijpsel, verschillende zouten en harssoorten toe, maar een dieper zwart dan hij al gebruikte kreeg hij niet.

Serani had tien jaar van zijn leven verdaan met het zoeken naar het ideale zwart. Hamid wilde zijn meester niet overtreffen, maar het geheim van de zwarte kleur doorgronden en de puurste vorm ervan vinden. En als dank wilde hij die kleur Serani-zwart noemen. Maar hoeveel moeite hij ook deed, hoeveel alchemisten, drogisten, kruidenhandelaren, apothekers en magiërs hij ook ondervroeg, niemand was in staat hem het geheime recept te vertellen.

Pas in de gevangenis kon hij overzien hoeveel energie hij had verspild om het volmaakte zwart in handen te krijgen. Een heel hoofdstuk in zijn boek droeg de titel 'Inkt'; daaronder schreef hij later: 'Mijn inkt is zwart, bestel bij mij geen regenboog.'
'Zwart is de machtigste kleur. Het doet elke ander kleur verbleken en doodt het licht. Het zwart is moedig als het verstand en koel als de logica,' noteerde hij zelfverzekerd en pathetisch, nadat hij maandenlang alles had gelezen wat hij over de vervaardiging van kleuren te pakken kon krijgen. Meester Serani zag zijn ijver vol bewondering aan, en niet zonder zich vrolijk te maken wanneer Hamid met een besmeurd gezicht naar huis ging.

Hij zocht de donkere tint van zwart fluweel en droomde van het absolute zwart van het heelal. Daar, ver weg, is de donkerste tint van allemaal te vinden. En opeens ontdekte hij zijn liefde voor de nacht en vroeg zich af waarom zijn verlangen naar vrouwen hem altijd in het duister overviel. Toen hij tegen zijn meester zei dat hij dacht dat er een relatie bestond tussen Eros en de nacht, zei deze vermanend tegen hem dat hij zich liever bij zijn inkt moest houden.

Hij begon bij de bekende methodes, liet geperst afval van druiven, blauwhout, galnoten, beenderen, ivoor, olijvenpitten, bladeren van de sumak – een plant die bij het leerlooien wordt gebruikt – en aniline in gesloten vaten verkolen, hakte alles klein, kookte het met ijzer- en koperzout of zilvernitraat, maar hij vond nooit wat hij zocht.

Ook probeerde hij met alcohol en azijn nog meer zwart te extraheren. Allemaal kleine verbeteringen, maar nog geen overtuigende doorbraak.

De andere gezellen noemden hem algauw schoorsteenveger, omdat hij onder de zwarte vlekken rondliep, maar hij was zo geobsedeerd dat hij niets hoorde.

Hij vond oeroude recepten uit Griekenland en Turkije. Verkoolde bijenwas, roet van lampen en van petroleum moest men bij de inktfabricage gebruiken, alles mengen met fijngemaakte hars, koken, een week laten trekken, zeven, indikken. Hamid volgde de instructies nauwkeurig op, en ten slotte hield hij een verzadigd zwart over, maar het was nog steeds niet wat hij zocht.

Op een dag liep hij in een café in de buurt van het atelier een alchemist uit de Maghreb tegen het lijf. Hamid dronk zijn thee en luisterde naar hetgeen de alchemist zijn toehoorders aanraadde om hun potentie in stand te houden. De man in het witte gewaad had een intelligent gezicht en leek genoeg te hebben van de mannen die hem belegerden om zijn poedertjes te kopen. Opeens viel zijn blik op Hamid, een blik die deze tientallen jaren later niet was vergeten. Hij had zijn blik niet ontweken, maar had veelzeggend tegen de man geglimlacht, en die was opgestaan, had zijn theeglas gepakt en was naar zijn hoek gekomen.

'Meneer houdt zich met andere zaken bezig dan het verleiden of vergiftigen van vrouwen. Misschien zoekt hij het geheim van de goudmakerij?' Hamid had gelachen. 'Dan zullen we niet tot zaken komen. Noch in goud, noch in vrouwen ben ik geïnteresseerd.'

'Maar iets duisters, iets zwaars drukt op je hart,' zei de man onverschrokken.

'Je hebt gelijk,' was hem ontvallen, 'ik ben op zoek naar het volmaakte zwart.'

'Dus je bent kalligraaf,' stelde de vreemdeling laconiek vast. 'De aarde heeft zijn beperkingen, waarom zoek je naar het volmaakte? Dat bestaat alleen in de hemel. Maar van alle kleuren op aarde is die van mij het donkerst,' zei de man.

Hamid had alleen wrang geglimlacht.

'Ik geef je een recept, en als je tevreden bent met het resultaat, stuur je honderd kleine kalligrafieën met spreuken uit de Koran of de Hadith van onze Profeet naar mijn adres in Beiroet. De vellen papier mogen niet groter zijn dan je handpalm en moeten alle in spiegelschrift zijn geschreven. Ga je akkoord?'

'En waarom naar Beiroet?' vroeg Hamid geamuseerd.

'Morgenvroeg moet ik Damascus verlaten. Ik blijf een maand in Beiroet, en als je me mijn loon niet stuurt, zal ik je vervloeken, zodat je in het ongeluk wordt gestort. Schrijf op wat ik nu tegen je zeg,' zei de man ernstig.

Hamid pakte zijn schriftje, dat hij altijd bij zich droeg om er invallen en curiositeiten in op te schrijven. Hij deed dat op advies van zijn meester Serani, die nooit zonder zijn pen en schriftje het huis verliet.

De alchemist leek het recept uit het hoofd te kennen. Terwijl hij in de verte keek, dicteerde hij de ingrediënten en hoeveelheden, het procedé en de tijd waarin alles moest gebeuren, alsof hij het uit een onzichtbaar boek oplas.

Het was, naar later bleek, misschien niet met volmaakte zwart, maar een donkerder kleur had destijds niemand in Damascus kunnen maken. Die kleur zou Hamid later veel roem en rijkdom brengen, maar ook slapeloze nachten bezorgen, want hij was de alchemist een tijdje vergeten en toen hij dan het afgesproken loon naar Beiroet stuurde, kwam de taxichauffeur onverrichter zake terug met het bericht dat de man uit de Maghreb al was vertrokken.

Had de vloek van de alchemist zijn ongeluk veroorzaakt?

Voor de vervaardiging van de inkt had hij de wol van de buik van zwarte schapen genomen, deze geschroeid, fijngewreven, met hars, Arabische gom en verschillende soorten looizuur gemengd, het geheel in water opgelost, op een kleine vlam ingekookt en het resulterende deeg gekneed. Vervolgens had hij metaaloxide toegevoegd, alles opgelost en ingedikt, en zodoende een pasta gemaakt die bij het afkoelen stolde tot een pikzwart blok. Als je een stukje ervan in water oploste, kreeg je een buitengewoon zwarte inkt.

Algauw raakte de hoge kwaliteit bekend en elke zichzelf respecterende kalligraaf plaatste een bestelling. Meester Serani beviel het niets. 'We worden zo langzamerhand een inktfabriek,' bromde hij.

Toen Hamid zijn eigen atelier bezat, produceerde hij het fraaie zwart op grote schaal.

Het vervaardigen van de zwarte inkt was omslachtig, maar in tegenstelling tot de giftige kleuren ongevaarlijk. Veel kalligrafen stierven zeer jong, en hadden geen idee dat ze van de mineralen waarvan ze de kleuren maakten een vergiftiging hadden opgelopen. Hamid moest aan zijn medewerker Radi denken, die altijd alle waarschuwingen in de wind had geslagen en daarvoor met zijn leven had betaald.

Toen Maha, zijn eerste vrouw, nog leefde, kwam hij vaak doodmoe thuis, stinkend en met een roetzwart gezicht. Zijn vrouw haatte de stank die in zijn kielzog het huis binnenkwam, en steeds vaker verzon ze een reden om niet met hem te hoeven slapen.

Ook toen hij voor zichzelf begon en na een grote opdracht van de orthodoxe kerk het fraaie huis van Ehud Malaki, een rijke jood, kon kopen, verbeterde haar stemming niet. Maha sprak geen woord van lof over het huis.

Niet in de kalligrafenwijk Al Bahssa had hij zijn zaak geopend – ook omdat hij rekening met haar wilde houden –, maar hij koos de allermooiste straat in de Soek Suraja-wijk, waar alleen de welgestelden woonden. De mensen uit Damascus noemden die elegante buurt Klein-İstanbul, maar Maha wilde het atelier niet eens zien; ze was ook nooit binnen geweest.

Omwille van haar hield hij ermee op met kleurstoffen te experimenteren en keerde hij 's avonds terug zoals hij 's ochtends het huis uit ging, elegant en geparfumeerd. Maar het hielp niets. Zijn vrouw werd steeds somberder en trok zich meer en meer terug. Een jaar lang accepteerde hij haar weerspannigheid, maar daarna, toen ze weer eens weigerde in bed haar echtelijke plicht te vervullen, sloeg hij haar.

Een jaar of twee na de bruiloft werd ze ernstig ziek, viel zienderogen af en kreeg een etterende huiduitslag over haar hele lichaam. De buren begonnen te fluisteren dat de vrouw ziek was geworden door het vergif van de kleuren in de zwarte dozen die Hamid in de kelder bewaarde.

Het leven in zijn huis werd een hel. Hij werd bang dat zij hem wilde vergiftigen, maar ze wilde hem niet vermoorden. Ze benijdde de levenden niet. Haar wraak was, fluisterde ze schor op haar sterfbed, dat ze hem een lang leven toewenste.

Aanvankelijk had hij zich schuldig gevoeld, maar toen begon hij zijn vrijheid en de diepe stilte in huis prettig te vinden.

Rouwde hij om haar? Hij schrok toen hij, liggend op zijn brits, zijn stem hoorde zeggen: 'Geen seconde.'

Vanaf dat moment woonde hij alleen in zijn mooie huis, en wilde nooit meer trouwen. Hij interesseerde zich niet voor vrouwelijke klanten en niet voor de eenzame buurvrouwen die voortdurend voor het een of ander aanklopten. Hij wist precies waarom ze aanklopten, en behandelde ze dan ook nors.

En toen kwam op een dag een van zijn rijkste klanten, Munir al Azm. Hij had van zijn zus gehoord dat de dochter van de beroemde, maar arme geleerde Rami Arabi een uitzonderlijke vrouw was. Ze kon beter lezen en schrijven dan menige man, was heel knap en welopgevoed. Hij zou haar graag als vijfde vrouw hebben genomen, maar dat wees haar vader af, omdat zijn dochter het hart van haar man met niemand wilde delen.

Hamid Farsi keek nauwelijks op van zijn werk. 'Ik moet een maand wachten, tot mijn tante uit Saudi-Arabië komt en haar bekijkt, dan zullen we eens zien,' schertste hij.

'Kom ons toch opzoeken. Ik zal mijn zuster ertoe overhalen het meisje uit te nodigen,' bood de vriendelijke man aan, maar Hamid schudde zijn hoofd. Hij had wel wat anders te doen.

Niet veel later werd Hamid verkouden. Hij kreeg koorts, kon zich nauwelijks bewegen en miste een helpende hand. Zijn huishouden liep in het honderd en hij moest een oude buurvrouw vragen om het hoogstnodige voor hem te koken, de was te doen en alle bloemen te verzorgen.

's Nachts voelde hij zich steeds eenzamer; het lege huis boezemde hem angst in, en de echo van zijn voetstappen deed zijn eenzaamheid groeien. Zijn verlangen naar vrouwen dwong hem na zijn genezing een hoer te bezoeken. Maar hij walgde toen hij daar de klant tegenkwam die net bij de vrouw wegging: een grote, vuile, vulgaire man, die zich, toen hij Hamid zag, naar de hoer omdraaide en zei: 'Met zo'n kleine fiets kan je garage een beetje bijkomen van mijn vrachtwagen.' Toen Hamid de dronken hoer hoorde lachen, verliet hij het huis.

Dus wachtte hij met smart op de aankomst van zijn tante, wie er veel aan gelegen was haar eerste ongelukkige bemiddeling weer goed te maken. Toen hij de naam van de jonge vrouw noemde, vond ze in de doolhof van haar relaties al snel een vriendin uit haar schooltijd, Badia, die in dezelfde straat woonde als de familie van het gezochte meisje. Badia was ook van mening dat Nura geknipt was voor Hamid.

Was dat zo? Hij zou er heel wat voor over hebben gehad als dat waar zou zijn. Ze was wat te mager, maar haar gezicht had iets onweerstaanbaars. En ze praatte te veel naar zijn smaak. Op het eerste gezicht leek ze goed te zijn opgevoed, maar ze had niet geleerd haar mond te houden. Vooral als hij haar iets wilde vertellen, nam ze het initiatief over en gaf ze het gesprek een andere wending. Soms wist hij niet meer wat hij wilde zeggen. Op een of andere manier was ze opgevoed als een man en dacht dat ze net als een man overal over kon praten. Aanvankelijk vond hij het grappig, maar algauw verloor ze voor hem haar vrouwelijkheid. In bed voelde hij zich niet prettig, omdat ze heel kleine borsten had en een maand na de bruiloft bovendien haar haar kort had laten knippen, als een jongen. Maar ze rook aangenaam en was gedistingeerd in alles wat ze deed. Soms zag hij dat ze huilde, maar, zoals zijn grootvader op een dag zei: 'Vrouwen zijn wezens van de zee. Ze beschikken over eindeloos veel zout water.' Als hij aandacht zou schenken aan de tranen van zijn vrouw, zou hij nergens meer aan toekomen.

Hij had gehoopt dat ze zwanger zou worden. Er was hem vaak verteld dat boezem, buik en achterste van dergelijke vrouwen gedurende de zwangerschap in omvang toenamen. Hij probeerde zo vaak mogelijk met haar te slapen en zo weinig mogelijk met haar te praten. En als ze iets zei, deed hij alsof hij het niet hoorde. Maar in plaats van dat ze vrouwelijker werd, of zwanger, werd ze recalcitrant.

Af en toe had hij het gevoel dat ze gek was. Midden in het liefdesspel begon ze opeens te lachen; hij kon het gevoel niet van zich af zetten dat ze hem uitlachte.

Soms kwam hij moe en hongerig thuis en stelde vast dat ze niet had gekookt. Ze had de hele dag gelezen en nagedacht, zei ze. Herhaaldelijk kwam hij onaangekondigd thuis, want hij verdacht haar ervan dat ze een minnaar had of dat zij en de buurvrouwen bij elkaar zaten, iets wat hij haar had verboden. Ze verzekerde weliswaar keer op keer dat ze niemand bezocht en dat er geen buurvrouw bij haar langskwam, maar intussen glimlachte ze kil. Vaak ging de telefoon en als hij opnam, werd de verbinding verbroken.

Zijn vermoeden dat ze gek was geworden werd bevestigd toen hij zag hoe ze op een dag op de binnenplaats aan het knikkeren was. In haar eentje! Hij ging tekeer en zij glimlachte alleen. Het was een schok voor hem, en hoog tijd een arts te raadplegen. Maar hij dacht dat een vrouw de ziel van een andere vrouw beter kon begrijpen dan welke dokter ook.

En wat zei die vervloekte tante Majda tegen hem? 'Dat doen vrouwen alleen als ze onbevredigd zijn, en daarom hun man minachten. Om haar klein te krijgen, moet je vaker met haar slapen. Er zijn vrouwen die dan pas verstandig en vrouwelijk worden. Daarna zal ze alleen jouw knikkers nog in haar hand nemen en kussen.'

Hij sliep nu elke dag met Nura, en als ze weer eens lachte, sloeg hij op haar in, en ze huilde dagenlang en werd angstig. Ze zei niet veel meer en werd steeds bleker. Haar vader bezocht haar drie keer en drong er bij hem op aan goed op Nura te passen; hij had zijn dochter nog nooit zo ongelukkig gezien. Hamid moest zich niet laten opslokken door de kalligrafie. De boeken en het schrift waren bedoeld om de mensen gelukkig te maken, zei hij. Bij hem bestonden geluk, gastvrijheid en het huwelijk alleen nog als een offergave op het altaar van het boek. Hij vroeg hem ongegeneerd wanneer hij voor het laatst bezoek had gehad van een gast.

Hamid moest het antwoord schuldig blijven. Hij probeerde Nura te verwennen, maar ze wilde niet meer. Met huishoudelijk werk en hoofdpijn wierp ze een muur op tegen zijn pogingen haar eenzaamheid te bestormen.

Op een dag bezocht haar moeder hem in het atelier en gedroeg zich alsof ze verliefd op hem was. Hij ging met haar naar een familiecafé in de buurt, want in het atelier had Samad elk woord kunnen horen. In het café bekende Nura's moeder dat ze hem graag zomaar had opgezocht, alleen om hem te zien, maar nu stuurde haar man haar.

Hij zou niet zoveel moeten werken en beter voor zijn vrouw moeten zorgen. Maar ze wist dat Nura mannen niet goed kon inschatten. Ze was niet rijp, want een rijpe vrouw zou juist zo'n man willen als hij. Voor haar was hij het toonbeeld van de fatsoenlijke, viriele echtgenoot.

Ze zou gelukkiger zijn als haar man ook maar eentiende van zijn ijver zou bezitten en zich wat meer met de huishoudkas zou bezighouden. Nura had veel van haar vader geërfd, ook haar spraakzaamheid. Dat speet haar oprecht. Maar, zei ze, terwijl ze heimelijk zijn hand streelde, samen zouden ze het kind opvoeden en er een vrouw van maken.

Bij het afscheid kuste ze hem heel teder en haar lichaam straalde een warmte uit die hij bij zijn eigen vrouw nooit had bespeurd.

Hij kon niets beginnen met de adviezen van zijn schoonvader, en de genegenheid van zijn schoonmoeder bracht hem van zijn stuk en vervreemdde hem van zijn vrouw. Ze kwam steeds vaker om met hem over Nura te praten, en bij haar vierde, vijfde bezoek aan het atelier moest hij haar vragen niet meer alleen te komen, want de medewerkers en de buren begonnen te kletsen. Dat was een leugen, maar elke keer als de vrouw hem aanraakte, raakte hij in een roes. Ze was maar drie jaar ouder dan hij, maar voor hem had ze een grotere erotische uitstraling en leek ze jonger dan haar dochter.

Toen tante Majda Nura's moeder een keer bij hem zag, geloofde ze heel pedant dat ze ook nu kon bemiddelen en de dochter door haar moeder kon vervangen.

'Onheilsstichtster,' fluisterde Hamid, en vanaf zijn brits richtte hij zijn blik op de rechterhelft van de kleine foto, waar hij zijn tante Majda vermoedde.

12

H amid liep onrustig rond in zijn cel. Hij was klaarwakker, alsof hij tien uur had geslapen. Zo'n nacht had hij lang niet meegemaakt. Vlak voor hij afscheid van zijn meester had genomen, was hij ook zo opgewonden geweest. Destijds sliep hij maar drie uur per nacht. En toch haalden al zijn voorbereidingen niets uit. Al weken voordat hij zijn beslissing had meegedeeld, zag zijn meester er zo ziek en oud, zo verdrietig en eenzaam uit dat het leek of hij zag aankomen dat hun band binnenkort zou worden verbroken.

Bij het afscheid wenste Serani hem succes en veel geluk, maar twee dagen later betitelde hij zijn vertrek als verraad. Nog jaren later vroeg Hamid zich af waarom zijn meester van verraad sprak, hoewel deze zelf de grote opdracht had geweigerd waarmee Hamid zijn uittreding wilde financieren.

Een maand eerder had Serani tweemaal achtereen opdrachten voor katholieke kerken afgewezen. Het waren kleine, uitstekend betaalde opdrachten, maar Serani interesseerde zich niet voor het geld. Om religieuze redenen weigerde hij kalligrafieën voor christenen te maken. Zowel het Arabische schrift als de Arabische taal was heilig voor hem, omdat ze onlosmakelijk verbonden waren met de Koran, en daarom wilde hij zijn kalligrafieën nooit aan ongelovigen verkopen. Veel van zijn collega's namen hem dat kwalijk, omdat Damascus altijd een open stad was geweest, waar christelijke, joodse en islamitische beeldhouwers, architecten en metselaars regelmatig gezamenlijk moskeeën renoveerden. Dagenlang had Hamid geprobeerd Serani over te halen. Tevergeefs.

Op een dag had Alexandros III, patriarch van de orthodoxe kerk van Damascus en een groot bewonderaar van de Arabische kalligrafische kunst, zijn afgezant naar meester Serani gestuurd. Hij verzocht hem de pas gerenoveerde kerk van de heilige Maria van Arabische kalligrafieën en arabesken te voorzien. Het loon mocht Serani zelf vaststellen. Deze weigerde botweg. Hij schreef het goddelijke schrift niet voor ongelovigen. Zijn leven lang geloofde Serani dat de kalligrafie de moskee tot een groot religieus boek voor wijze mensen maakte, en de ongelovigen maakten van hun kerk een prentenboek voor ongeletterden.

Alexis Dahduh, de afgezant van de patriarch, stond er verstard als een standbeeld bij, en voor het eerst schaamde Hamid zich voor zijn meester. Hij liet de elegante man uit en zei bij het afscheid dat deze Zijne Excellentie niets over het onvriendelijke antwoord moest vertellen; hij zou hem de komende dagen in zijn kantoor opzoeken en alles nog eens samen met hem bespreken.

Een week later, toen Hamid het contract met de patriarch had ondertekend en het eerste voorschot had ontvangen, keerde hij terug naar het atelier, pakte de paar benodigdheden die hij bezat, nam beleefd afscheid en gaf te kennen dat hij zelfstandig wilde worden. Serani, die verslagen op zijn stoel zat, mompelde nauwelijks hoorbaar: 'Ik weet het, ik weet het. Als schoonvader wens ik je geluk en als je meester wens ik je Gods zegen.' Het liefst had Hamid gehuild en zijn meester omhelsd, maar zonder een woord te zeggen draaide hij zich om en vertrok.

Hij begon dus voor zichzelf en pakte in de orthodoxe kerk het best betaalde werk van zijn leven aan. Hij voerde de spreuken uit zoals de architecten en de leiding van de kerk wensten, zonder er ook maar een moment aan te twijfelen dat christenen onnozel waren omdat ze in een god geloofden die zijn zoon naar de aarde stuurde, hem door een paar uitgemergelde joden liet sarren en bovendien door de Romeinen liet vermoorden. Wat voor god was dat? Als hij hem was geweest, zou hij zijn duim op Palestina hebben gezet en van die streek het diepste punt van de oceaan hebben gemaakt.

De kerkleiding was hem zo dankbaar dat ze zijn voorwaarde accepteerde dat hijzelf slechts drie dagen per week in de kerk het voorbereidende werk zou doen en de door hem voorgetekende schriften, ornamenten en arabesken in verf, marmer, steen en hout door de gezellen en leerlingen, steenhouwers en timmerlieden zou laten uitvoeren. Op de overige dagen richtte hij zijn nieuwe atelier in en wierf hij zijn eerste klanten.

Het werk in de kerk duurde twee jaar, en de kerkleiding was royaal. Met het geld kocht Hamid zijn huis en richtte hij zijn atelier in. In die rijke buurt was hij alleen en via zijn invloedrijke klantenkring kreeg hij het algauw voor elkaar dat er geen kalligraaf in de straat kwam die met hem concurreerde.

Maar zijn meester Serani boycotte hem en ging zijn voormalige pupil zo veel mogelijk uit de weg, zeker na de dood van zijn dochter. Sommigen zeiden dat de reden daarvan was dat Hamid het schrift niet in ere hield, en niet alleen voor christenen en joden werkte, maar ook brieven, overlijdensadvertenties en zelf badkamers voor geld met kalligrafieën verfraaide. De hele stad sprak van de liefdesgedichten die hij voor de minister-president op grote panelen had geschreven. Deze was op zijn zeventigste met een vrouw van twintig getrouwd, die van de gedichten van de geleerde soefi-meester Ibn Arabi hield. 'De filosoof van de liefde' noemden de mensen uit Damascus de dichter, die in Damascus was begraven.

Vanaf toen kon Hamid de opdrachten van de ministeries en het parlement nauwelijks nog aan. Meester Serani zou hem hebben beschouwd als een karakterloos genie, iemand die voor iedereen tegen betaling kalligrafeerde. Maar er werd ook verteld dat Serani Hamid meed omdat hij hem heimelijk verweet schuldig te zijn aan de dood van zijn dochter.

De ware reden hoorde Hamid pas toen zijn doodzieke meester hem in de gevangenis bezocht. Serani had kanker. Hij kwam om afscheid te nemen en Hamid over te halen af te treden als grootmeester en de weg voor een opvolger vrij te maken.

Hij was geschokt door het bezoek van zijn meester. Niet alleen omdat deze de grootmeester-oorkonde verlangde, maar ook omdat de oude man hem eerlijk liet weten waarom hij het contact met hem niet had voortgezet: uit angst.

Hamid was te snel en te hard van stapel gelopen en had de hervorming van het schrift ongeduldig en met veel kabaal openbaar gemaakt. 'En niet alleen de conservatieven waren tegen je, ook alle fanatici. Dat boezemde me angst in,' bekende de meester, 'want met de conservatieven en de progressieven kun je tenminste nog discussiëren, maar die fanatici praten niet. Die vermoorden hun tegenstanders.'

'Je wist dat er misdadigers op me af werden gestuurd?' vroeg Hamid boos.

'Nee, ik wist van niets. Je weet pas iets als het al te laat is. Er zijn vier, vijf fanatieke religieuze groeperingen, die ondergronds opereren. Waar het mes vandaan komt, kan niemand weten. Ze hebben meer kalligrafen en denkers op hun geweten gehad dan pooiers. Wat dat betreft zien ze meer door de vingers.'

'Dat zijn toch waanzinnigen...' zei Hamid, om van het betoog van zijn meester af te zijn. Serani keek hem wanhopig aan: 'Dat zijn geen gekken,' zei hij. 'Van het begin af aan was het zo en zo zal het altijd blijven. Daarvoor – en daarvoor alleen – schaam ik me, ik heb zelf begrepen dat onze Bond op de verkeerde weg is. Ik had je er niet bij moeten betrekken, maar de documenten gewoon moeten verbranden en door moeten gaan jou, een gelukkige, begaafde meester in de kalligrafie, te ondersteunen. Ik heb je erbij betrokken en vraag je om vergiffenis.'

'Ach,' wuifde Hamid zijn woorden weg, omdat hij niet vond dat zijn meester ergens schuld aan had, 'dat zijn een paar gekken en je zult zien dat we...'

'Gekken, gekken – hou toch op met die onzin,' onderbrak zijn meester hem kwaad. 'Ze zijn overal, en ze loeren op ons. Ze loeren op iedereen die ook maar één stap van het voorgeschreven pad afwijkt. Opeens wordt er iemand met een mes tussen zijn ribben gevonden of ladderzat betrapt bij een hoer, hoewel hij nooit een druppel alcohol heeft gedronken. In Aleppo hebben ze een jaar of twintig geleden een schandknaap bij een grote kalligraaf in bed gelegd, en bij de rechter schreeuwde de jongen dat meester Mustafa hem met geld had verleid. Allemaal leugens, maar de rechter veroordeelde een van onze beste kalligrafen tot tien jaar. Hoeveel bewijs is er eigenlijk nodig om jou wakker te schudden? Ibn Muqla bouwde een wereld van filosofie, muziek, meetkunde en architectuur voor de letters, voor de kalligrafie. De profeten zijn voor de moraal op aarde gekomen, en Ibn Muqla kwam als de profeet van het schrift. Hij was de eerste die van het schrift een kunst en een wetenschap maakte. Hij betekende voor het schrift wat

Leonardo da Vinci betekende voor de Europese schilderkunst. En werd hij beloond? Hij kwam erger aan zijn eind dan een schurftige hond, met een afgehakte hand en een afgesneden tong. Zo zijn we allemaal gedoemd ten onder te gaan.

Kijk de Osmanen eens, waren dat misschien slechtere moslims dan wij? Bepaald niet! Hun sultans vereerden de kalligrafen als heiligen. In tijden van oorlog verborg menige sultan zijn kalligraaf alsof het de schatkist was, en inderdaad, toen sultan Selim I Tabriz veroverde, liet hij artsen, astronomen en architecten ongemoeid, maar hij nam alle zestig kalligrafen mee om İstanbul te verfraaien.

Sultan Mustafa Khan hield de inktpot vast voor de beroemde kalligraaf Hafiz Osmani en vroeg de meester of hij hem als leerling wilde accepteren en in de geheimen van het schrift wilde inwijden. Heb ik je verteld wat zijn laatste wens was?' vroeg Serani, en hij glimlachte, alsof hij zijn pupil een vrolijk verhaal wilde vertellen. Hamid schudde zijn hoofd.

'Toen Hafiz Osmani in het jaar 1110 stierf, vervulden zijn leerlingen zijn laatste wens. De spaanders die bij het snijden, slijpen en punten van de bamboe- en rietstengels op de grond vielen, had hij zijn hele leven laten verzamelen. Tien grote jutezakken vol. De spaanders moesten worden gekookt en met het kookwater diende zijn lichaam voor het laatst te worden gewassen.'

Serani keek zijn lievelingsleerling verdrietig aan. 'Weet je,' zei hij glimlachend, 'toen ik twintig was, wilde ik de wereld veranderen en een nieuw alfabet bedenken dat alle mensen zouden kunnen gebruiken. Toen ik dertig werd, wilde ik alleen Damascus redden en het Arabische alfabet radicaal hervormen. Op mijn veertigste zou ik blij geweest zijn als ik onze straat in de oude stad had kunnen redden en een paar hoognodige hervormingen van het schrift had kunnen doorzetten. Zoals je weet heb ik je alles gegeven. Toen ik zestig werd, hoopte ik alleen nog mijn familie te kunnen redden.'

Bij het afscheid in de bezoekersruimte huilde Serani, en hij vroeg zijn voormalige leerling nogmaals om vergeving, en Hamid verzekerde hem pathetisch dat hij geen wrok koesterde jegens hem en dat zijn hart overvloeide van dankbaarheid.

Gebogen slofte de oude meester naast de bewaker naar buiten. Hij draaide zich om en zwaaide, maar Hamid had de kracht niet om terug te zwaaien.

Hij voelde zich miserabel, want hij wist dat zijn meester niet had overdreven. Een paar zaken die hij vroeger onbegrijpelijk of absurd had gevonden, werden nu duidelijk.

Maar op welk moment kwam de ommekeer? vroeg hij zich af. Hij hoefde niet lang na te denken. De maand voor de opening van de school was er veel te doen geweest. Hij had veel gereisd, had voor kranten artikelen over de school geschreven en was uiterst voorzichtig geweest. Keer op keer had hij laten doorschemeren dat een hervorming noodzakelijk was, maar ter geruststelling had hij nadrukkelijk gezegd dat de Koran onaantastbaar moest blijven. Alleen een correspondent van een kleine Libanese krant, een groot bewonderaar van Hamid, had meer losgelaten dan hem lief was. In een interview had hij rechtstreeks naar de noodzaak van een hervorming gevraagd. Hamid had geantwoord dat het alfabet manco's vertoonde; het diende te worden uitgebreid zodat er een moderne taal voor het leven van alledag zou komen. In de volgende fase – 'Dat hoeft ons nageslacht pas over vijftig of honderd jaar te doen' – zouden de overbodige letters kunnen worden geschrapt en ook zou de vorm van de letters zodanig worden verbeterd dat ze steeds minder met elkaar zouden worden verward. Zonder Hamid om toestemming te vragen, kortte de journalist de zin met het nageslacht en de lange termijn in, en voegde er op eigen houtje aan toe dat het alfabet diende te worden zoals het Perzische.

Dat leverde Hamid scheldwoorden en drie onaangename telefoontjes op, maar vervolgens ontspande de situatie zich weer. Harder was de kritiek uit de eigen geledoren. De soennitische kalligrafen wilden niets met Perzië te maken hebben. Hij stelde hen gerust en wist dat hij hen beloog, want bij de uitbreiding van het alfabet was hij wel degelijk van plan het Perzische alfabet te benaderen.

Hamid glimlachte bitter. Zolang ze binnen de Bond met het idee van een radicale hervorming van het schrift hadden gedweept, heerste er harmonie, maar toen hij ermee naar buiten trad, viel de hele organisatie in groepen en groepjes uiteen. Opeens was hij niet meer het hoofd van de Bond, zoals de wetten eeuwenlang hadden voorgeschreven, maar er ontstond een veelkoppige hydra. Dat alles gebeurde tijdens de oprichting van de school, toen hij elk beetje kracht en solidariteit had kunnen gebruiken. Veel jaloerse leden zagen op dat moment hun kans schoon om hem ten val te brengen. Sommigen vonden de hervorming te moeizaam en te halfslachtig; anderen wilden met de oprichting van de school meteen een nieuw alfabet invoeren dat in één klap zou afrekenen met alle tekortkomingen van het Arabische schrift; weer anderen wilden opeens geen enkele verandering meer die iets met Perzië te maken had en jammerden alleen dat het Arabische alfabet niet deugde.

Hamid verlangde discipline en gehoorzaamheid, en moest al zijn aanzien in de strijd werpen om een eenheid te bereiken. Vreemd genoeg stonden alle meesters uit het noorden achter hem, terwijl de twee vertegenwoordigers van de stad Damascus uit de Bond traden. Daarna bleef het rustig. Het openingsfeest van de school overtuigde hem ervan dat alle ophef binnen de Bond een storm in een glas water was geweest. De landelijke elite was zeer verheugd over die stap. Maar hij moest algauw constateren dat hij zich had vergist. Toen de vechtersbazen zijn school vernielden en bezoedelden, nam de sjeik van de Omajjaden-moskee hen in bescherming en citeerde in een interview Hamids woorden moedwillig onjuist. Vervolgens werd hij voor het eerst voor 'afvallige' uitgemaakt. En de democratische, zogenaamd beschaafde regering verbood de school – in plaats van de Zuiveren tot staatsvijand uit te roepen.

Zijn tegenstanders in de Bond der Wetenden hielden zich rustig – althans, tot hij in de gevangenis belandde. Toen drongen de meesters uit het zuiden in meerderheid aan op democratie en wilden verkiezingen uitschrijven om een grootmeester aan te wijzen. Het noorden, aangevoerd door Ali Barake, stond als één blok achter meester Hamid en vroeg hem zelf zijn opvolger te kiezen.

Maar niet alleen in de Bond stuitte Hamid op afwijzing. Vanaf de dag dat hij aanstalten maakte publiekelijk ruchtbaarheid aan zijn radicale hervorming te geven, werd hij geboycot door zijn religieuze opdrachtgevers. Twee moskeeën annuleerden onmiddellijk hun opdrachten. Pas nu viel hem op dat dat steeds met duistere toespelingen gepaard ging.

Ook werd hem nu duidelijk waarom Serani elk contact had gemeden. Serani was bang geweest opdrachten te verliezen en had voor zijn leven gevreesd.

13

Had hij de Zuiveren onderschat omdat hun gebaarde handlangers behoorden tot het domste gedeelte van de mensheid? Waren ze in het hoofdkantoor van de Zuiveren misschien zo gewiekst dat ze koel en berekenend allerlei plannen uitbroedden om hun vijanden op verschillende niveaus uit te schakelen? Wilden ze meer dan de dood van hun vijanden?

Hadden de Zuiveren zelfs zijn Bond der Wetenden ondermijnd? Hij had weliswaar vastgesteld dat er bij sommige religieuze, conservatieve kalligrafen binnen de Bond en ook in de Raad der Wijzen sympathie voor de standpunten van de Zuiveren bestond, maar hij kon niet openlijk met hen praten, omdat de grenzen tussen de religieuze conservatieven en de religieuze fanatici vaag waren. Hadden ze misschien ook de hand gehad in het verzet dat binnen de Bond tegen hem opkwam op het moment dat hij de solidariteit van allen nodig had? Was Nura misschien ontvoerd om hem in zijn eer aan te tasten? Was de rol van de hoerenloper Abbani misschien alleen hem opdracht te geven de brieven te schrijven om een buitenstaander die ze las de indruk te geven dat hij de pooier van zijn vrouw was? Had hij de verkeerde vermoord?

Waarom had de eigenaar van het koffiehuis tegen hem getuigd? Zou hij misschien onder druk zijn gezet met belastende getuigenverklaringen die hem, de homoseksueel, in de gevangenis konden doen belanden? Abbani's broers en advocaten waren er zonder veel moeite achter gekomen dat Almas, Abbani's vierde vrouw, iets met de moord te maken had. Abbani had nog maar kort tevoren haar huis als schuilplaats gebruikt.

Maar waarom had Karam hem tegen Abbani opgezet? Vanwege die matrone van een nicht? Niet erg aannemelijk. Was de moord beraamd als straf voor de royale steun die Abbani de school voor kalligrafie had verleend? Of moest Karam Abbani laten vermoorden voordat deze Hamid de waarheid over de liefdesbrieven kon vertellen?

Had zijn buurman Nagib, een krenterige goudsmid, die anders nooit zijn atelier betrad, hem niet opeens bezocht en laten weten dat voorname mensen hem opdracht hadden gegeven te vragen of hij, Hamid, bereid was tot een verhelderend gesprek met Nassri en zijn bedrijfsleider Taufiq? Woedend had Hamid de man eruit gegooid en hem nageroepen zijn atelier, zoals voorheen, nooit meer binnen te komen.

Hoe kon Karam van die bemiddelingspoging hebben geweten? Hij had hem bij voorbaat voor de goudsmid gewaarschuwd, de man was een ongelovige christen en zelf herhaaldelijk door zijn vrouw bedrogen. Nagib Rihan was bijna zestig en was getrouwd met een twintigjarige vrouw, destijds een derderangs zangeres.

Als Abbani niet de minnaar van zijn vrouw was geweest, waarom moest hij dan sterven?

Was hij zelf door de omstandigheden een instrument geworden om de Bond kapot te maken?

Hamid verstijfde bij dat idee en schudde heftig met zijn hoofd – niet om het te ontkennen, maar om zich van die dodelijke gedachte te ontdoen.

Op alle vragen moest hij het antwoord schuldig blijven.

14

Hamid was misschien twaalf of dertien toen hij voor het eerst de dichtregels hoorde:

Ellendig lijden de verstandigen in het paradijs
En paradijselijk voelen zich de onwetenden in de ellende.

Destijds had hij gedacht dat het om een goochelarij met woorden ging. Maar nee, het was de harde werkelijkheid. Zijn kennis van de letters en de tekortkomingen van de Arabische taal hadden hem in de hel doen belanden bij een volk van onwetenden, dat elke dag in een poel van zonde leefde en overwegend uit analfabeten bestond, dat het schrift niet als een instrument van het verstand beschouwde maar als een onaantastbaar heiligdom.

In Europa, had de minister destijds tegen hem gezegd, zou men een standbeeld voor hem hebben opgericht; hier moest hij voor zijn leven vrezen. Hij perste zijn lippen op elkaar bij die gedachte en keek naar zijn blote voeten. Ze staken in armzalige schoenen, die ooit elegant waren geweest. Nu waren ze van achteren opengesneden om als sloffen te dienen.

Wat is er van mijn leven geworden?

15

Lang dacht Hamid Farsi dat de aanvallen op hem rond 1956 waren begonnen, dus op het moment dat bekend werd dat de school voor kalligrafie zou worden opgericht.

Op een ochtend ontdekte hij in zijn geheime dagboek een notitie die hem verontrustte. Hij moest er vele malen overheen hebben gelezen. Het was maar een kort, onopvallend zinnetje: 'Een boos telefoontje, een opgewonden man die me uitmaakte voor een agent van de ongelovigen.' De datum was 11 oktober 1953.

Een bladzijde verder las hij: 'Twee grote opdrachten voor de renovatie van de Omajjaden-moskee werden geannuleerd.' Daarna stond een uitroepteken en vervolgens de datum: 22 oktober 1953.

Natuurlijk had hij er toentertijd geen aandacht aan geschonken, omdat hij toch al te veel orders had en zijn medewerkers al zo hard werkten als ze konden.

Hoe vaak had hij die aanwijzing over het hoofd gezien? Nu, in zijn cel, begreep hij dat zijn vijanden hem heel wat vroeger in het vizier hadden gehad dan hij tot dan toe had gedacht.

Die datum was geen toeval. Vlak na zijn huwelijk met Nura had hij met verschillende kalligrafen geprobeerd liberale sjeiks, islamgeleerden, professoren en conservatieve politici van de noodzaak van een hervorming van het schrift te overtuigen. Tevergeefs.

Zijn schoonvader Rami Arabi, die doorging voor een van de meest radicale voorvechters van de modernisering in het land, was ervan overtuigd dat het noodzakelijk was dat de Arabische taal en het schrift verbeterd zouden worden. Maar hij vermoedde dat geen moslim zich eraan zou wagen, omdat velen ten onrechte geloofden dat dat in strijd was met de Koran. Daarom wilde hij Hamid ook tegenhouden.

Toen Hamid hem vroeg waarom hij zich als vooraanstaande sjeik en geleerde niet voor de hervorming inzette, temeer daar zijn naam aan de hooggeachte en in Damascus zeer geliefde dichter en soefigeleerde Ibn Arabi deed denken, barstte Rami in lachen uit. Hamid was naïef, zei hij, of hij niet begreep dat hij vanwege veel kleinere meningsverschillen met grote sjeiks hier in deze kleine moskee was beland. Onlangs had men een extremist naar de moskee gestuurd, die hem met vragen over kalligrafie en hem, zijn schoonzoon, had geprovoceerd en hij vreesde dat de jonge man ook hem zou aanvallen, maar God was hem genadig geweest. Niettemin, ook zonder een mes tussen zijn ribben was de overplaatsing naar die kleine moskee al straf genoeg. Een man van de letteren naar leeghoofden en analfabeten sturen was erger dan de doodstraf.

Of Hamid nog niet had begrepen dat het geen kwestie was van moed of lafheid, maar dat het draaide om de macht en het geweld van de staat. Alle radicale veranderingen van de taal en het schrift van de Arabieren waren altijd uitsluitend door de staat doorgevoerd. En de Arabische staat was nooit het product van de wil of het inzicht van de meerderheid, maar van de overwinning van de ene clan op de andere. Daarom moest hij niet hem, maar tien mannen van de sterkste clans van het land zien te overtuigen. Dan zouden de Zuiveren zelfs het voorstel accepteren om de Arabieren hun taal met Chinese tekens te laten schrijven.

Hamid wist dat zijn schoonvader gelijk had, en toch was hij teleurgesteld. Hij moest niet zo'n lang gezicht trekken, zei zijn schoonvader bij het afscheid; wat moest een moskeesjeik als hij beginnen als ze hem uiteindelijk zouden ontslaan? Bedelen kon hij niet en voor een zanger was hij te lelijk. Hij klopte Hamid amicaal op zijn schouder en zei dat hij misschien inkt voor hem zou kunnen koken of het atelier kon opruimen.

Een week later volgde een nog grotere ontnuchtering, toen Hamid sjeik Mohammed Sabbak ontmoette, die onder islamitische geleerden werd beschouwd als een moedige hervormer die gewaagde, provocerende stellingen over de emancipatie van de vrouw en sociale gerechtigheid poneerde. In Damascus werd spottend gezegd dat de sjeik de ene helft van de Arabische landen niet in mocht vanwege zijn houding tegenover vrouwen, en de andere helft niet omdat hij als een verkapte communist werd beschouwd.

Maar in Syrië stond hij in hoog aanzien, temeer daar hij tevens de schoonvader van de minister van Defensie was. Hamid ontvouwde voor hem onder vier ogen zijn ideeën over de noodzaak van een schrifthervorming. Hij vroeg om zijn steun. De gedrongen man sprong op alsof een schorpioen hem in zijn achterste had gebeten. 'Ben je gek, of doe je maar alsof? Ik heb vrouw en kinderen. Wie moet er voor ze zorgen als ik als goddeloze een schandelijke dood sterf?'

Eind 1952 was Hamid verteld dat de islamgeleerden van Aleppo bijzonder moedig waren, maar bij een bezoek aan hen en verschillende professoren in de metropool van het noorden oogstte hij niets dan negatief commentaar.

Toen hij Serani van zijn nederlaag in Aleppo vertelde, was deze onaangedaan en toonde geen enkel medeleven. Pas bij het afscheid zei hij: 'Ga niet te snel. De mensen zijn heel langzaam, ze kunnen je algauw niet meer volgen.'

Destijds had Hamid niet begrepen dat hij met zijn ongeduld, dat hem steeds verder dreef, op het punt stond zijn aanhang te verliezen.

Ook de ontmoeting met de minister van Onderwijs en Cultuur leek hem aanvankelijk een gelukkige wending van het lot. Maar het was een slecht voorteken, zoals hij nu in de gevangenis begreep.

Midden april 1953 ontving hij een brief van het ministerie van Onderwijs en Cultuur, dat destijds alle schoolboeken uitgaf. De nieuwe onderwijsminister wilde de schoolboeken met schrijvers, pedagogen, taalkundigen, geografen, natuurwetenschappers, illustratoren en kalligrafen aan de laatste stand van de wetenschap laten voldoen, ze eleganter maken en er meer eenheid in brengen. Meer stond er niet op de uitnodiging. Hamid moest de belettering voor zijn rekening nemen.

Op de ochtend van de vergadering stond hij om vier uur op, met het gevoel dat het een belangrijke dag zou worden. Aangekomen in het ministerie herkende Hamid alleen de beroemde oude geleerde Sati' al Husri, die altijd onvermoeibaar openbare discussies voerde en in hoog aanzien stond bij de nationalisten. Hij beschouwde de taal als de belangrijkste pijler van een natie.

Hamid ging op een vrije stoel zitten en verbaasde zich over een bordje met een hem onbekende naam. Zijn tafelbuur legde hem uit dat de minister vooraf had bepaald wie waar zou zitten. 'Dat heeft hij zeker van de Fransen geleerd,' voegde de man er sarcastisch aan toe. Hamid vond zijn plaats tussen twee zwijgzame eigenaren van drukkerijen. Algauw waren alle deelnemers, afgezien van de minister, gearriveerd en het viel Hamid op dat er geen enkele sjeik in het selecte gezelschap aanwezig was.

Toen betrad de minister de grote ruimte. Zijn uitstraling was voelbaar tot aan de laatste stoel aan de grote ovale tafel. George Mansur was een zeer erudiete jonge literatuurwetenschapper, die na zijn studie in Frankrijk korte tijd als professor bij de universiteit van Damascus had gewerkt, tot president Sjisjakli hem eind 1952 opdracht gaf het schoolsysteem te hervormen.

Hamid begreep niet hoe een christen met de opvoeding van kinderen kon worden belast in een land dat voor het overgrote deel uit moslims bestond. Maar na een uur was hij zo in de ban geraakt van de charme en de visie van de minister dat hij zijn aanvankelijke onbehagen zelf niet meer begreep.

'Ik heb de godsdienstonderwijzers niet uitgenodigd, omdat we het niet over hervormingen zullen hebben die de religie betreffen. Morgen zal hun worden verzocht een aparte vergadering bij te wonen, waar niet ik, maar de geleerde sjeik Sabbak u de nieuwe richtlijnen zal presenteren waartoe onze president heeft besloten.

Ik heb echter vandaag de twee beste drukkers van Damascus uitgenodigd, zodat ze ons kunnen adviseren – of redden, voor het geval dat we te veel dromen! Zij, de mannen van de drukinkt, weten dat onze dromen onbetaalbaar kunnen zijn.'

De minister wist precies wat hij wilde. George Mansur was een begenadigd spreker, die het Arabisch beter beheerste dan veel islamitische geleerden. Hij jongleerde meesterlijk met citaten, verzen en anekdotes uit de Arabische literatuur.

Damascus was altijd al het hart van Arabië geweest, en als het hart ziek is, hoe kan het lichaam dan gezond blijven? vroeg hij aan het begin van zijn toespraak.

Hamid hing, zoals de meeste mannen in de ruimte, aan de lippen van de minister. Die leek alles tot in de puntjes te hebben voorbereid.

Hij leidde zijn rede in door te zeggen dat de president groen licht voor een radicale hervorming van het schoolsysteem had gegeven en dat hij hun, de experts, grootmoedig alle ruimte daartoe zou bieden. Nu ging het erom er voor de Syrische leerlingen het beste van te maken.

Hamid voelde zijn hart bonken, want langzamerhand begon hij te vermoeden waar de minister heen wilde. Hij vergiste zich niet.

'De eerste radicale hervorming betreft de taal,' zei deze kalm, 'want met de taal geeft de mens zijn gedachten vorm. Dat wij een mooie, maar in menig opzicht verouderde taal gebruiken, is geen geheim meer. Hij vertoont verschillende gebreken, die ik hier niet hoef toe te lichten. Eén wil ik u er toch noemen, zodat u kunt zien hoe moeilijk de littekens van de tijd genezen. Het is de overdaad aan synoniemen in onze taal. Geen andere taal ter wereld kent dit gebrek, dat zich als een sterk punt camoufleert, en dat menige Arabier zelfs met trots vervult. We moeten het Arabisch van alle ballast ontdoen en het afslanken, zodat het ondubbelzinnig wordt. Laten we eens naar de Fransen kijken. Zij hebben hun taal aan verschillende hervormingen onderworpen, tot het Frans een moderne taal werd en andere volken als voorbeeld diende. Al in 1605 begon men onder invloed van Malherbe de taal op te schonen. Een reeks moedige hervormingen volgde. Al die stappen leken te zijn geïnspireerd door de uitspraak van de filosoof Descartes, die zei dat duidelijkheid het eerste gebod van de taal is. Dus kon Antoine Comte de Rivarol in 1784 vrijmoedig uitroepen: "Ce qui n'est pas clair, n'est pas français – Wat niet duidelijk is, is geen Frans."

Wat kunnen wij daartegenover stellen? "Een woord dat niet meer dan vijftig synoniemen heeft, is geen Arabisch?"'

De mannen in de zaal lachten onderdrukt.

'En inderdaad, het Frans is exact,' vervolgde de minister. 'Elk woord heeft een betekenis, maar kan ook in een dichterlijke variant iets afwijken. Maar de taal wordt voortdurend vernieuwd, en zodoende wordt er plaats geboden aan moderne, levendige woorden die voor de cultuur van levensbelang zijn. Alleen door dat permanente verjongingsproces ontwikkelt een taal zich voorspoedig, kan hij gelijke tred houden met de beschaving en er een bijdrage aan leveren.

Onze taal is prachtig, maar diffuus, wat dichters veel ruimte laat, maar verwarring sticht onder filosofen en wetenschappers. Zij weten beter dan ik dat we voor "leeuw" ruim driehonderd, volgens Ibn Faris zelfs vijfhonderd synoniemen hebben, tweehonderd voor "baard" en een enorm aantal voor "wijn", "kameel" en "zwaard".'

'Maar al die woorden staan al in woordenboeken. Moeten we ze eruit gooien?' zei een jonge taalwetenschapper. De minister glimlachte, alsof hij wist wat er komen ging.

De zeventigjarige Sati' al Husri hief zijn hand op. 'Jongeman,' zei hij vaderlijk, 'niet eruit gooien, maar in het museum zetten, en nieuwe, frisse woordenboeken maken. De Europeanen hebben moed getoond door de lijken van woorden te begraven die niemand meer nodig heeft en die alleen nog verwarring stichten. Bij ons wandelen de lijken rond. Een woordenboek zou een huis van levende en niet een begraafplaats van dode woorden moeten zijn. Wie heeft meer dan vijf woorden voor "leeuw" nodig? Ik beslist niet. U misschien? Twee, drie voor "vrouw" en "wijn" zijn ook meer dan genoeg. Alles wat daarbovenuit gaat verontreinigt de taal alleen maar...'

'Maar de Koran, wat wilt u met de synoniemen doen die daarin voorkomen?' viel een man met grijs haar en een verzorgde snor hem in de rede. Hij was auteur van een aantal boeken over pedagogiek.

'Elk woord dat in de Koran voorkomt, wordt in de nieuwe woordenboeken opgenomen. Daar zal niemand mee rommelen. Maar de Koran is te verheven om vol te staan met synoniemen van leeuwen en andere dieren,' zei de oude Husri ongeduldig.

'En de Koran zegt nergens dat we onze taal met al die ballast moeten lamleggen,' vervolgde de minister. 'Eén voorbeeld uit vele: het aantal woorden van de moderne fysica wordt op zo'n zestigduizend geschat, van de scheikunde op honderdduizend, van de geneeskunde op tweehonderdduizend. In de zoölogie worden ruim een miljoen diersoorten geteld en in de plantkunde zijn ruim driehonderdvijftigduizend plantensoorten bekend. Ik zou blij zijn als we ze allemaal uit het Latijn zouden overnemen en in het Arabisch kunnen spellen, maar stelt u zich eens voor wat voor ramp het zou zijn als we al die woorden inclusief hun synoniemen zouden moeten opnemen. Daarom moeten we de moed hebben onze taal te ontlasten en al die nieuwe begrippen die onze intrede in de beschaving mogelijk maken, op te nemen. Dan worden de woordenboeken weliswaar omvangrijk, maar ze zullen vol leven zijn. Daarom heb ik mijn geachte leraar Sati' al Husri gevraagd een commissie te leiden die deze hachelijke taak de komende tien jaar moet uitvoeren.' Hij wendde zich tot de oude man: 'Ik dank u voor uw moed.'

Husri knikte tevreden. 'Over vijf jaar overhandig ik u het nieuwe woordenboek van mijn commissie,' zei hij trots.

In de zomer van 1968 zou Sati' al Husri, vijftien jaar na de vergadering, op zijn sterfbed aan dat moment terugdenken. Hij had gebluft, zoals zo vaak, en het leven had hem daarvoor bestraft. Hij werd destijds, in de jaren vijftig en zestig, als de geestelijk vader van alle Arabische nationalisten beschouwd. Daarom kwamen zijn volgelingen, toen ze van zijn ziekte hoorden, uit alle Arabische landen naar hun leraar en idool toe om afscheid van hem te nemen. Het waren twaalf doorgewinterde mannen; als je hun gevangenisstraffen bij elkaar optelde, kwam je op ruim een eeuw, maar intussen bekleedden ze in hun landen allemaal machtige posities, meestal dankzij een staatsgreep, maar dat stoorde de oude Husri niet. Onder de twaalf bevonden zich drie ministers-presidenten, twee partijvoorzitters, twee ministers van Defensie, drie chefs van de geheime dienst en twee hoofdredacteuren van staatskranten.

Die dag omringden ze hem als kinderen hun stervende vader; ze bedankten hem voor alles wat hij voor hen had gedaan en prezen zijn levenswerk. Sati' al Husri glimlachte wrang bij al die toespraken. De hervormingscommissie die hij voorzat had schipbreuk geleden, zoals alles wat hij had ondernomen. Geen enkel woordje mocht hij uit de Arabische woordenboeken schrappen. De Arabische taal bleef, met al zijn tekortkomingen, zoals hij duizend jaar geleden was. Zijn idee om een verenigde Arabische natie op te richten leed duizend-en-een nederlagen. De Arabische landen waren verdeelder dan ooit, en in plaats van zich te verenigen, probeerden ze zich door afscheidingen te vermenigvuldigen. Maar het grootste debacle dat hem en zijn idee overkwam, kwam toch wel in de zomer van 1967, toen Israël de Arabieren hun grootste nederlaag toebracht. Dat was een jaar voor zijn dood. Daarom kon hij de zalvende lofzangen van zijn leerlingen niet verdragen. Hij hief vermoeid zijn hand op: 'Hou op met huichelen. Jullie vervelen me. Ik ga van jullie heen als een man die gefaald heeft. Maar ik ben niet de enige. Hadden jullie met de verpletterende nederlaag tegen Israël nog niet genoeg gehad? En wat hebben jullie ertegen gedaan? In plaats van te onderzoeken waar het fout is gegaan, hebben jullie in de Arabische naslagwerken meer dan zeventig synoniemen voor het woord nederlaag gevonden en er een paar nieuwe bij verzonnen.

Misschien zijn jullie gewoon infantiel en begrijpen jullie de politiek en de wereldorde niet. Goed, lieve kinderen, zeg me dan eens hoe jullie dit in jullie landen noemen,' zei hij op suikerzoete toon, en hij kantelde zijn achterwerk naar rechts en perste er zo'n geweldige wind uit dat zijn vrouw in de kamer ernaast wakker schrok.

'Hoe wordt dat in jullie landen genoemd?' vroeg de oude man glimlachend.

Zijn leerlingen werden het niet eens. Ze noemden, ieder voor zich, tal van Arabische synoniemen die in hun landen voor het woord wind werden gebruikt. 'En jullie willen één natie zijn?' onderbrak Husri de kemphanen op luide toon. 'Jullie kunnen het nog niet over een wind eens worden,' riep hij, en hij lachte zo hard dat zijn aorta knapte. Hij was op slag dood. Toen zijn vrouw de kamer binnenkwam, waren de mannen al vertrokken. 'Het ruikt hier naar ontbinding,' zou hun eerste commentaar geweest zijn.

Maar laten we op de vergadering terugkomen, waar Hamid aanwezig was en waar de onderwijsminister er niet helemaal van overtuigd was dat zijn leraar in slechts vijf jaar, zoals deze had gepocht, het nieuwe woordenboek zou kunnen samenstellen. Hij keek in het rond. De mannen knikten nadenkend.

'Ook de manier waarop wij leren is achterhaald. We slaan onze kinderen tot het papegaaien zijn die alles vanbuiten leren. In de woestijn is dingen uit je hoofd leren een nuttig en begrijpelijk principe, maar hier hebben we inmiddels boeken die onze kennis beter opslaan dan welk geheugen ook. Door het napraten worden onderdanen gekweekt en de vragen van de kinderen in de kiem gesmoord. Ze gaan er prat op dat ze op hun tiende hele boeken kunnen opdreunen, maar ze hebben er geen woord van gesnapt. Onze kinderen moeten leren dingen te begrijpen door vragen te stellen, en niet alleen alles uit het hoofd opzeggen. Dat moet afgelopen zijn. Met ingang van het volgende schooljaar wil ik een methode invoeren, die ik in Frankrijk heb gezien, waarbij de kinderen het alfabet wordt bijgebracht met behulp van zinvolle woorden – zoals we spreken, moeten de kinderen leren. Die methode heet de globaalmethode.' De minister zweeg en keek onderzoekend naar zijn gasten. 'Trouwens, wat het alfabet betreft: ik deel niet de mening van vele zogenaamde hervormers dat de Arabische taal kan worden gemoderniseerd door onze cultuur te verloochenen en onze taal met Latijnse letters te schrijven, iets wat Mustafa Kemal Atatürk de Turken heeft opgedrongen. Ook zijn zulke voorstellen niet nieuw of origineel. De Arabieren in Spanje begonnen na hun beslissende nederlaag in 1492 en hun verdrijving uit angst hun taal met Latijnse letters te camoufleren. Het schrift werd naar hen vernoemd met dezelfde naam waarmee veel andere zaken in de architectuur werden aangeduid: *mudejar*.

Ook de Franse oriëntalist Massignon, de Irakees Galabi en de Egyptenaar Fahmi hebben lang geleden dergelijke smakeloze grappen uitgehaald, en nu komt de Libanees Said Akil en doet alsof hij het atoom met een tang heeft gesplitst. Hij stelt weer eens voor Latijnse letters in te voeren om ons beschaving bij te brengen.

Nee, met Latijnse letters lossen we geen enkel probleem van onze taal op, maar creëren we alleen nieuwe,' zei de minister. 'Het huis van de taal is oud en eerbiedwaardig. Iemand moet met de restauratie beginnen, voordat het instort. En laat u er zich niet mee chanteren dat de Arabische taal niet verandert. Alleen dode talen zijn immuun voor de tijd.

Ik denk dat Damascus de eer toekomt de eerste serieuze stap in de richting van een hervorming te zetten. Met ingang van volgend jaar dienen alle leerlingen in Syrië een alfabet van slechts achtentwintig letters te leren. De voorlaatste letter LA is er geen. *Het is een vergissing die meer dan dertienhonderd jaar oud is.* De profeet Mohammed was een mens, en behalve God is niemand zonder fouten. Maar daarom hoeven we onze kinderen nog niet al bij het leren van het alfabet te dwingen de logica af te zweren en het onware als waar te beschouwen. Er zijn achtentwintig letters. Dat is maar een kleine correctie, maar hij gaat in de juiste richting.'

Gemompel ging door de rijen. Hamids hart sprong op van vreugde. Sati' al Husri glimlachte veelbetekenend. De minister gunde zijn toehoorders tijd. Alsof hij een theaterregisseur van een doortimmerd toneelstuk was, die overal aan had gedacht, ging tijdens zijn laatste woorden de zaaldeur open. Personeel van het ministerie kwam binnen met thee en gebak.

Alle aanwezigen wisten waar de minister over sprak. En de thee kwam goed van pas om hun droge kelen te smeren.

Rond de letter LA waren veel legendes ontstaan. Volgens de bekendste anekdote vroeg een medestrijder van het eerste uur aan de Profeet hoeveel letters God aan Adam had gegeven; de Profeet antwoordde: negenentwintig. Zijn geleerde metgezel corrigeerde hem en zei vriendelijk dat hij in de Arabische taal maar achtentwintig letters had aangetroffen. De Profeet herhaalde dat het er negenentwintig waren, maar zijn vriend telde ze nog eens na en antwoordde dat het er maar achtentwintig waren. Toen werden de ogen van de Profeet rood van woede, en hij zei tegen de man: 'Maar God heeft Adam negenentwintig Arabische letters gegeven. Zeventigduizend engelen waren erbij. De negenentwintigste letter is LA.'

Alle vrienden van de Profeet wisten dat hij zich had vergist, *la* is een woord, het bestaat uit twee letters en betekent 'nee'. Maar niet alleen de vrienden van de Profeet, ook duizenden geleerden en talloze mensen die de kunst van het lezen machtig waren, zwegen meer dan dertienhonderd jaar en leerden hun kinderen een alfabet met overbodige en bovendien incorrecte – want samengestelde – letters.

'Mijn doel is het,' vervolgde de minister, 'Syrische kinderen groot te brengen die niets zouden hoeven te leren wat niet tot de waarheid leidt. Hoe we dat kunnen bereiken, is aan ons. De Profeet zelf was een voorbeeld: "Vergroot je kennis, al moet je ervoor naar China," zei hij terecht.'

Hij richtte zich tot Hamid. 'En van u, mijn favoriete kalligraaf Hamid Farsi, verwacht ik grote daden. Door de kalligrafie gebeuren er vreemde dingen. Die werd uitgevonden om het schrift, de lettertekens en de taal op papier te vereren, en toch vernietigt die de taal door hem onleesbaar te maken. De letters verliezen hun functie van tekens die gedachten overbrengen en veranderen in puur decoratieve elementen. Zolang een kalligrafie als omranding of versiering op muren, tapijten of vazen is aangebracht, heb ik daar niets op tegen, maar in boeken hebben dergelijke tierelantijnen niets te zoeken. Met name het Kufi-schrift keur ik af.'

Hamid had wel een gat in de lucht kunnen springen. Hij verfoeide het Kufi-schrift. Hij was gefascineerd door de stemming die de minister onder de experts teweeg had gebracht, en was ontroerd toen de minister hem in de pauze wenkte.

'Van u verwacht ik de meeste steun. U moet zich bezighouden met de vormgeving van de taalboeken. Kalligrafen zijn de ware meesters van de taal. Ontwerpt u of hervormt u een schrift dat het lezen gemakkelijker en niet moeilijker maakt, zoals de schriftsoorten die de kalligrafen tot nog toe hebben gebruikt.'

Hamid had al enkele alternatieven ontwikkeld. Niet veel later bezocht hij de minister, die altijd tijd voor hem leek te hebben en thee met hem dronk, terwijl ze samen stijlen vergeleken en voorbeelden met verschillende lettergrootte lazen. Na vier bijeenkomsten waren ze het eens over de schriftsoorten die voor de schoolboeken dienden te worden gebruikt.

De lof die hij voor zijn werk oogstte, was belangrijk voor Hamid als hefboom om de steen van de hervorming aan het rollen te brengen, een hervorming die verder zou moeten reiken dan de minister in de plenaire vergadering had verklaard.

Nachtenlang sliep hij onrustig.

Ze spraken openhartig met elkaar. Toen Hamid zich hardop afvroeg waarom een christen zich zo intensief bezighield met de Arabische taal, die de moslims als heilig beschouwden, lachte de minister.

'Beste Hamid,' zei hij, 'er bestaat geen heilige taal. De mens heeft hem gemaakt om zijn eenzaamheid te verlichten. De taal is dus een spiegel van het complexe menselijk bestaan. Je kunt er lelijke en mooie dingen mee zeggen, iemand mee dood wensen of je liefde mee uitspreken, er oorlog en vrede mee verklaren. Als kind was ik bangelijk, en de draai om mijn oren die ik van mijn leraar Arabisch kreeg omdat ik volhield dat er maar achtentwintig letters waren en zijn, dwong mij op zoek te gaan. Ik wilde de leraar met mijn bewijs om de oren slaan, maar toen ik zover was, was hij helaas overleden.'

'Maar we hebben ook nieuwe letters nodig,' zei Hamid, die van de gelegenheid gebruikmaakte om zijn droom te verwezenlijken. 'Er ontbreken er vier, en anderzijds kunnen er andere worden geschrapt, zodat we uiteindelijk een dynamisch alfabet overhouden dat op elegante wijze plaats biedt aan alle talen van de wereld.'

De minister keek hem verbaasd aan. 'Ik begrijp u niet helemaal. Wilt u het alfabet veranderen?'

'Van overbodige ballast bevrijden en vier nieuwe letters toevoegen,' antwoordde Hamid. 'Als onze letters mank gaan, hinkt onze taal en kan hij onmogelijk het razende tempo van de beschaving bijbenen,' vervolgde hij, en hij voegde eraan toe: 'Jarenlang heb ik geëxperimenteerd. De P, O, W en E zou ik zonder veel moeite uit bestaande Arabische letters kunnen afleiden...'

'Nee toch?' riep de minister verontwaardigd. 'Dan heb ik u toch goed begrepen. Beste Hamid,' zei hij, 'ik mag blij zijn als ik mijn bescheiden hervorming er na oktober, in het nieuwe schooljaar, door krijg en mijn pensioen haal zonder een mes tussen mijn ribben. Uw voorstellen kunnen dan wel geniaal zijn, ze moeten eerst door de geleerden worden geaccepteerd. Met mijn voorstellen voor het afschaffen van LA en mijn taalsysteem, dat op de woorden als geheel is gebaseerd, heb ik de grens van mijn mogelijkheden bereikt.'

Hij stond op en gaf hem een hand. 'Ik vind uw idee moedig, maar het is onuitvoerbaar zolang er geen scheiding van staat en religie is. En die ligt nog in een ver verschiet. Ik heb haast en wil nu iets veranderen. Maar,' zei de minister en hij hield Hamids hand vast, 'richt u toch één, twee drie, tien scholen voor kalligrafie op in het hele land. We hebben veel mensen nodig voor de nieuwe drukkerijen, en vanwege het groeiende aantal kranten en boeken. En nog belangrijker is het dat u in de mannen die u onderwijst bondgenoten vindt die uw ideeën begrijpen en verdedigen, en zij zullen meer voor elkaar krijgen dan tien ministeries,' voegde de minister eraan toe. En ten slotte zei hij hem in vertrouwen dat hij moest uitkijken. Ook bij hem, bij het ministerie van Onderwijs en Cultuur, moest hij voorzichtig zijn met wat hij zei, want in het gebouw wemelde het van de Moslimbroeders. De meesten waren ongevaarlijk, maar enkelen onder hen vormden geheime ondergrondse organisaties, die zich de Zuiveren of Anderen noemden en niet terugdeinsden voor moord. Hamid voelde geen angst.

Toen hij vertrok, was hij helemaal van de kook. Hij voelde zich als de visser die hij ooit in een film had gezien. Die zat in een piepklein bootje, midden op een stormachtige oceaan, en voer met zijn scheepje zo roekeloos over de toppen en dalen van de huizenhoge golven dat Hamid het er destijds in de bioscoop benauwd van had gekregen. Net als nu. Door de afwijzing en de daaropvolgende aanmoediging van de minister was hij volledig van zijn stuk gebracht. Maar de minister had gelijk: er moesten scholen voor kalligrafie worden opgericht als basis voor een legertje kalligrafen, dat met rietpen en inkt de strijd met de domheid moest aanbinden.

Maar hoezeer hij ook zijn best deed, hij kon zich niet verheugen over dat plan. Kalligrafiescholen oprichten betekende weer jaren uitstel van de acties. Op weg naar zijn atelier vatte hij alweer moed. Als hij één enkele vooraanstaande islamgeleerde zou kunnen overtuigen, kon hij de minister vast en zeker de noodzaak van een tweede radicale hervorming laten inzien. In het atelier maakte hij een afwezige indruk op zijn medewerkers, en hij had geen zin om te werken. Hij maakte een lange wandeling en kwam pas rond middernacht thuis. Zijn vrouw vroeg of hem iets was overkomen, want hij zag zo bleek en maakte een verstrooide indruk. Hij schudde alleen zijn hoofd en ging meteen slapen, maar even na middernacht werd hij wakker en sloop zachtjes naar de keuken. Hij schreef de namen van een aantal geleerden op die in aanmerking kwamen.

Daarna probeerde Hamid elk van de bekende islamgeleerden aan zijn kant te krijgen, maar allemaal reageerden ze agressief. De een raadde hem aan een bedevaart naar Mekka te maken om daar voor genezing te bidden, de ander weigerde hem bij het afscheid een hand te geven. Drie anderen gaven te kennen dat ze niet met hem wensten te praten, nog voor hij hun had verteld wat hij van hen wilde.

Zou het mogelijk zijn dat een van hen hem aan duistere kringen had verraden?

De minister had gelijk, want al in september, toen de hervorming bekend werd en nog voor het schooljaar begon, ging er een golf van verontwaardiging door de moskeeën van de grote steden. De fanatici voerden een hetze tegen de minister van Onderwijs en zijn helpers door hen als ongelovigen te bestempelen, en menige sjeik riep op de afvalligen te doden.

Maar de president reageerde kordaat, koos partij voor zijn minister, liet de sprekers arresteren en wegens volksopruiing vervolgen.

Opruiende toespraken werden niet meer gehouden, maar er werd veel gefluisterd. Ook over hem – daarom raadde meester Serani hem destijds aan naar de Omajjaden-moskee te gaan en daar niet alleen te bidden, maar ook de vooroordelen jegens hem weg te nemen door met de meest vooraanstaande mannen van de stad te praten.

Nu, in de gevangenis, werd het een en ander duidelijk. Al op 10 oktober 1953, een week na de invoering van het nieuwe alfabet met achtentwintig letters, hadden een moskee en het hoofdkantoor van de grote begraafplaats hun orders zonder opgaaf van redenen geannuleerd. Dat had hij destijds in zijn dagboek opgeschreven, maar zonder commentaar, omdat hij nu eenmaal omkwam in het werk. Pas nu, in de gevangenis, herinnerde hij het zich weer. Dat was de reden van zijn ontsteltenis.

Uiterlijk medio 1953 en niet pas eind '56 of begin '57 hadden de fanatici hem op de zwarte lijst gezet. In elk schoolboek werd hij als kalligraaf vermeld. Dat ze hem niet hadden gedood, was onderdeel van hun laaghartige, doortrapte plan. Ze wilden niet dat hij als martelaar zou sterven. Eerst haalden ze zijn reputatie door het slijk, en vervolgens wilden ze hem levend begraven en hem dag in dag uit pijnigen tot hij wenste dat hij dood was.

'Ik laat niet met me sollen,' riep hij tamelijk luid. 'Jullie zullen nog versteld staan als je ziet waartoe ik in staat ben.'

Het einde van een verhaal

en

het begin van een gerucht

In de winter van 1957 begonnen enkele timmerlieden en hun helpers in de grote timmerwerkplaats van de gevangenis een groot kalligrafisch schilderij voor te bereiden. Eind april zou de alom bekende kalligraaf Ali Barake uit Aleppo arriveren en samen met Hamid aan het grote schilderij werken.

Deze had al toegezegd. Het vergulden van de lijst zou onder Hamids leiding in mei 1958 beginnen en midden juni worden afgerond.

Gevangenisdirecteur Al Azm was zielsgelukkig, want de naam van zijn familie zou door het schilderij in een nieuwe moskee in Saudi-Arabië voor eeuwig en altijd gevestigd zijn als donateur. Hoewel hij atheïst was, kende zijn trots geen grenzen. Hij was jurist en elke religie was hem om het even, maar de naam van zijn clan ging hem boven alles en het respect dat zijn familieleden hem nu zouden betuigen al helemaal.

Van nu af aan liet hij Hamid in de watten leggen. Vanaf januari kreeg de kalligraaf warme maaltijden van het naburige restaurant Asji. Hamid sliep rustiger dan ooit.

Maar niet lang.

In februari 1958 ging Syrië overhaast een unie met Egypte aan. Het was het begin van een zwarte bladzijde in de geschiedenis. In één klap werden alle partijen opgeheven en alle kranten verboden, en de ene golf van arrestaties volgde de andere op.

Eind maart 1958 werd Al Azm afgezet als gevangenisdirecteur en korte tijd later gearresteerd. Hij werd ervan beschuldigd dat hij lid was van een door de CIA gesteunde organisatie, die had opgeroepen tot omverwerping van het nieuwe regime.

Er zou binnenkort een nieuwe directeur arriveren.

Hamid voelde dat hij in het voorportaal van de hel stond. Hij kon nauwelijks meer lopen.

Maar Hamid was taai, hij was niet lang verdoofd door de klap. Hij kwam de schok te boven, en dacht erover na of hij de nieuwe directeur zou aanbieden om op het houten paneel, dat nu goed was geprepareerd, een patriottistische leus te schrijven, als geschenk van de gevangenen aan hun president. De tijd van islamitische spreuken was voorbij. De Saudi's haatten Nasser, en die liet de islamisten na een mislukte aanslag vervolgen, opsluiten, martelen en vermoorden.

Nu wachtte hij vol spanning op de nieuwe directeur. Hij vond het weliswaar gemeen van zichzelf dat hij zijn beschermer Al Azm zo snel had vergeten, maar zijn toekomst en de Geheime Bond waren belangrijker. En alles wat de overdracht van de leiding aan kalligraaf Ali Barake eenvoudiger maakte, kwam van pas.

Maar de nieuwe gevangenisdirecteur was een bittere teleurstelling. Het was een officier met een boerse achtergrond, die nauwelijks in staat was zijn naam te schrijven. Hij liep altijd – ook binnen – met een zonnebril op, alsof hij zijn ogen wilde verbergen. Het was een lomperik en hij stak zijn minachting voor boeken en geleerden niet onder stoelen of banken. Hij beschouwde kalligrafie als ingewikkelde pesterij, uitsluitend bedoeld om het lezen te bemoeilijken. Alleen pedante sadisten konden mensen zoiets aandoen.

Toen Hamid dat hoorde, leed hij drie nachten aan slapeloosheid. Hij maakte zich zorgen, en met reden. De vijfde dag maakte hij de diepste val van zijn leven.

De gevangenisdirecteur lag dubbel om hem en zijn idee. 'Miljoenen en nog eens miljoenen patriotten houden van onze president Nasser, en of daar nog een paar gevangenisratten bij komen, kan hem geen zier schelen,' schreeuwde hij, bulderend van het lachen. Van het grote paneel liet hij brandhout hakken. Maar het ergste moest nog komen: omdat de nieuwe directeur de drie cellen van de bevoorrechtten voor zijn eigen favoriete gevangenen nodig had, stuurde hij de huidige gedetineerden naar de hel: de gewone cellen beneden. Zowel Hamids kalligrafieën, die aan de celmuren hingen, als zijn foto's, boeken, schriften en de kostbaarste kalligrafische benodigdheden liet de directeur zonder pardon bij de vuilnis zetten. Het bezit van dat soort zaken was verboden. Hij zou blij moeten zijn dat hij als strafgevangene te eten kreeg van de staat, zei de nieuwe bewaker cynisch tegen hem. Kunst in de nor, was dat wat hij wilde? 'Waar denk je dat je bent? In Zweden?' vroeg de bewaker, en hij wachtte zijn antwoord niet af. Hij had geen idee waar Zweden lag, maar zo zei men dat in Damascus. Zweden en Zwitserland gingen bij veel Arabieren door voor volmaakte staten met een tevreden volk.

De kar van de vuilnismannen, die destijds nog door een oeroude, knokige muilezel werd getrokken, vervoerde die dag onder het afval van de keuken, de werkplaatsen en het kantoor een rijke verzameling kalligrafische unicaten van onschatbare waarde naar de vuilnisbelt van het vergeten.

Er werd geen spoor gevonden van de veertigduizend lira. Toen Hamid naar de gemeenschappelijke cel werd gebracht, had hij niets anders dan zijn kleren bij zich.

Eind april vroeg een magere man uit Aleppo na een vermoeiende busreis aan de gevangenispoort beleefd naar Hamid Farsi en directeur Al Azm. Hij toonde zijn uitnodigingsbrief. Toen de dienstdoende officier het document zag, stuurde hij de man botweg terug en zei dat hij moest wegwezen, voor hij zijn geduld verloor. Een oude bewaker met twee gele tanden midden in een donkere mondholte raadde de verbolgen vreemdeling aan te maken dat hij wegkwam, omdat bewezen was dat de voormalige gevangenisdirecteur Al Azm een CIA-agent en een spion van Israël was, en Hamid Farsi een zware crimineel.

Ali Barake, zei men, had in tranen verzekerd dat hij niets wist van Al Azm en de CIA, maar dat hij ervan overtuigd was dat Hamid Farsi een goddelijke kalligraaf was die op handen gedragen zou moeten worden en niet in de gevangenis thuishoorde. Hij kende een paar jonge kalligrafen die bereid waren hun leven voor hem te geven.

De bewaker schudde zijn hoofd over zoveel pathetische woorden. Hij duwde de magere, betraande man weg. 'Je zou er goed aan doen de namen van die twee niet in de mond te nemen. En nu opgehoepeld, of ik leg je naast hem.'

Berooid en gebroken arriveerde Hamid op de afdeling voor zware criminelen, die allemaal een of meer keren levenslang hadden gekregen.

Dit was de hel op aarde, tussen ratten en moordenaars wier hersenen jarenlang door het vocht waren aangetast. Doordat de citadel aan een riviertje lag, sloeg het water door de muren. Toen de Fransen het land bezet hielden, achtte een dierenarts van het Franse leger de benedenverdieping ongeschikt als stal voor de paarden en muilezels.

Dat was al ellendig genoeg, maar meer nog was Hamid ontzet over het feit dat zijn slechte reputatie hem vooruit was gesneld. Hij oogstte niets dan verachting, en niemand, maar dan ook niemand van de veertien bewoners van de grote donkere cel wilde zijn versie van de toedracht geloven.

'Maar ik heb hem vermoord. Met twaalf messteken,' probeerde hij zijn reputatie op te vijzelen. Hij had het aantal steken niet geteld, maar de advocaat van de familie Abbani had het getal twaalf nadrukkelijk genoemd.

'Niet alleen ben je een gehoornde idioot,' zei Faris, vier keer levenslang, 'maar je hebt ook nog de verkeerde vermoord. Nassri heeft je vrouw alleen bestegen, maar directeur Al Azm heeft haar in zijn harem opgenomen. Of denk je nou echt dat hij je vanwege die kloteletters van je boven in de villa heeft gezet?'

Hamid schreeuwde en huilde van woede, maar bij de levenslang gestraften gold dat alleen als een schuldbekentenis.

Twee maanden later moest de nieuwe gevangenisdirecteur, gewaarschuwd door de bewakers, Hamid Farsi in de psychiatrische inrichting Al Asfurije ten noorden van Damascus laten opnemen. Hij wierp een laatste blik op de kalligraaf. Diens lichaam was overdekt met blauwe vlekken en drek. 'Ik ben een profeet van het schrift en de achterkleinzoon van Ibn Muqla. Waarom kwellen die misdadigers me elke nacht?' riep hij. De andere gevangenen gierden het uit. 'Geef me maar eens een stuk papier, dan laat ik jullie zien hoe het schrift uit mijn vingers vloeit. Wie kan dat beter dan ik?' jammerde hij.

'Elke dag dezelfde onzin, tot hij een klap op zijn bek krijgt, dan jankt hij als een wijf,' verklaarde een reusachtige gevangene met een gehavend gezicht en een getatoeëerde borstkas.

'Spuit hem schoon en was hem twee keer met zeep en spiritus voordat de mannen van de psychiatrie komen. Ik wil niet dat er over ons gekletst wordt,' zei de directeur vol weerzin.

Hamid verbleef een paar maanden in een kliniek en kwam daarna, nadat hij enigszins was hersteld, in een gesloten psychiatrische inrichting terecht. Daar liep het spoor dood. Maar zijn naam leefde voort.

Zijn zus Siham erfde al zijn bezittingen. Jaren later verkocht ze het huis aan een generaal. Maar de buren noemden het pand na tien jaar nog steeds 'het huis van de gekke kalligraaf'. Voor de generaal was dat een reden om het pand weer van de hand te doen. De Finse ambassadeur kocht het, het kon hem niet schelen dat hij in het mooie huis van de gek woonde. Hij verstond sowieso geen Arabisch.

Het atelier ging voor ongehoord veel geld naar de oudste medewerker Samad. Zakelijk als hij was, behield hij het bord met de naam ATELIER HAMID FARSI boven de deur, het stempel en alle officiële papieren. Hij ondertekende zijn werk zo klein dat de handtekening nauwelijks te ontcijferen was. De reputatie van kalligraaf Hamid Farsi was doorgedrongen tot Marokko en Perzië, en daarvandaan kwamen keer op keer opdrachten voor het atelier.

Samad had een goede techniek, maar bereikte nooit de elegantie, het esprit en de perfectie van zijn meester. Kenners zagen dat meteen, maar voor de meeste rijke burgers, zakenlieden en directeuren was een kalligrafie bijzonder waardevol als die uit Farsi's atelier afkomstig was. Samad was een bescheiden, geestige man en als men vroeg waarom zijn kalligrafieën niet zo goed waren als die van zijn meester, glimlachte hij en antwoordde: 'Omdat ik niet zo wil eindigen als hij.'

Maar wat werd er dan van Hamid Farsi? Dat is een verhaal dat telkens weer anders eindigt. Eén gerucht deed vlak na zijn opname in de psychiatrische kliniek de ronde en hield hardnekkig stand: Hamid zou met hulp van zijn aanhangers uit de inrichting zijn gevlucht en nu als gerespecteerd kalligraaf in İstanbul wonen.
Er waren getuigen. Tien jaar later liet een voormalige bewaker van de citadel een krant weten dat Hamid destijds als gevangene drie brieven uit Aleppo had ontvangen, die natuurlijk van tevoren werden gecontroleerd. Het waren onschuldige brieven met een brede versiering, geschreven met fraaie letters. Hij wist nog precies dat Hamid vlak na ontvangst van de derde brief gek was geworden; daar had het tenminste alle schijn van.
De inrichting weigerde elk commentaar. De vlucht van een gek had nog nooit iemand in Damascus geïnteresseerd. En dan nu ineens wel, omdat hij toevallig Hamid Farsi heette en zijn aartsvijanden, de Abbani-clan voorop, overal een geraffineerd vluchtplan in zagen.
Twintig jaar later onthulde een radioverslaggever het schandaal in een sensationele reportage. Hamid zou destijds zijn gevlucht, en de man die jarenlang directeur van de inrichting was geweest zou zijn vlucht in de doofpot hebben gestopt.
Hamid had geen kans uit de citadel te ontsnappen 'en voelde er helemaal niets voor om levenslang met misdadigers opgesloten te zitten, dus sprak hij met zijn vrienden in Aleppo af dat hij zou doen alsof hij gek was, wat blijkbaar vruchten heeft afgeworpen. Hier hoef je alleen een laag tuinhek over. Met een paar cadeaus voor de directeur wordt het hek nog lager,' zei hij, en hij interviewde voorbijgangers, die de luisteraars verzekerden dat iedereen, zelfs de beroerdste sporter, over het onbewaakte hek van gaas heen kon komen. In Damascus zorgde de uitzending voor grote hilariteit. In die tijd ontstonden veel grappen over politici die tegen gekken werden uitgewisseld.
Maar de reporter was het niet om een vrolijke noot te doen. Hij wilde afrekenen met de directeur van de inrichting, die al veertig jaar in functie was, en die hij voor corrupt hield. Zijn programma eindigde met de conclusie: het hoofd van de inrichting loog toen die beweerde dat Hamid Farsi was overleden en op de begraafplaats van de inrichting lag. Ook de zus van de kalligraaf verklaarde verontwaardigd voor de microfoon dat ze ervan zou hebben geweten als haar broer zou zijn gestorven. Ze voegde er kwaad aan toe: 'De leiding van de inrichting moet mij en de pers het graf van mijn broer Hamid Farsi maar eens laten zien, als ze kan.'

Ondanks het schandaal vreesde dokter Salam, de directeur van de psychiatrische kliniek, niet voor zijn positie – zijn jongste broer was generaal bij de luchtmacht. Hij hulde zich in stilzwijgen. Zo niet Hassan Barak, de rijke eigenaar van een automobielbedrijf. Hij gaf de journalisten een interview dat in de hoofdstad veel stof deed opwaaien. Hassan Barak sprak onomwonden over de ondergang van de Arabische cultuur. 'Hamid Farsi was een profeet. En zie,' riep hij schor van opwinding, 'zo eindigt een profeet in Damascus: als gerucht. Wij zijn een door God vervloekt volk. We voeren oorlog met onze profeten en vervolgen hen. Ze worden verdreven, gekruisigd, neergeschoten of in het gekkenhuis gestopt, en in andere landen worden ze op handen gedragen. Hamid Farsi woont tegenwoordig in İstanbul,' zei hij bezwerend. Langzaam kwam de man tot bedaren. Dertig jaar geleden had hij, als kleine loopjongen, Hamid Farsi's raad opgevolgd om de kalligrafie vaarwel te zeggen, en was hij de bekendste en rijkste automonteur van Damascus geworden. Hij had op vakantie in İstanbul toevallig een kalligrafie gezien en daarin de hand van meester Hamid Farsi herkend, vertelde hij zijn verbaasde toehoorders, en veel geld voor het unieke werk betaald. De galeriehouder had de kalligraaf nauwkeurig beschreven. Maar toen hij, Hassan Barak, vroeg of hij zijn oude meester kon zien, wuifde de ervaren galeriehouder zijn vraag weg. De meester wilde, zei hij, en hij lachte alsof hij een grapje maakte, geen Arabieren zien of spreken.

Een week later berichtte de journalist dat de eigenaar van het automobielbedrijf het schilderij aan hem en andere verslaggevers en bezoekers had laten zien. Professor Bagdadi, een deskundige, had bevestigd dat de kalligrafie met zekerheid van de hand van de ondertekenaar was. Hij kon de handtekening, die de vorm van de Damascener roos had, ontcijferen: Hamid Farsi.

In april 1957, driehonderdzestig kilometer van Damascus, betrok een jong echtpaar een kleine woning in de Arba'in-straat.

De straat lag in de oude christelijke wijk van Aleppo, de metropool in het noorden van Syrië. Algauw opende de man een klein atelier voor kalligrafie, schuin tegenover de Assyrische katholieke kerk. Hij heette Samir; zijn achternaam – Al Haurani – interesseerde niemand. Hij maakte vooral indruk met zijn afstaande oren en zijn vriendelijkheid. Hij was niet bijzonder getalenteerd, maar hij had zichtbaar plezier in zijn werk.

Hij kreeg zelden opdrachten van moskeeën en islamitische drukkerijen, maar omdat hij niet zoveel verlangde als andere kalligrafen, kreeg hij genoeg orders voor commerciële naamborden en filmaffiches, restaurants, christelijke drukkerijen en uitgeverijen. Pastoor Josef Gamal liet hem alle boeken van zijn pas opgerichte uitgeverij ontwerpen. Als tegenprestatie verkocht Samir in zijn winkel behalve ansichtkaarten, inkt voor kalligrafen en schrijfwaren ook heiligenbeelden. En op aanraden van de pastoor schafte de kalligraaf een kleine machine aan waarmee hij stempels voor instanties, scholen, clubs en verenigingen kon vervaardigen.

Maar dat was slechts zijn broodwinning. Elke vrije minuut werkte hij aan zijn geheime plan. Hij wilde een nieuwe kalligrafie voor het Arabische schrift creëren. Hem zweefden letters voor de geest die door hun duidelijke ontwerp gemakkelijk te lezen en elegant waren, en bovenal in de tijdgeest zouden passen.

Zijn vrouw Laila was – dat hadden haar buurvrouwen algauw in de gaten – een uitstekende kleermaakster en de eerste in de straat die een elektrische Singer-naaimachine bezat. In de christelijke wijk was ze na korte tijd bekender dan haar man, en zo werd Samir al na een jaar 'de man van de kleermaakster' genoemd.

Samir wilde graag een zoon, zoals de meeste Arabische mannen, maar na verschillende miskramen kwam zijn enige dochter Sarah gezond en wel ter wereld.

Ze werd later een beroemde kalligrafe.